De leugenaar

Lisa Gardner

the house of books

Oorspronkelijke titel
The Neighbor
Uitgave
Bantam Books, New York
Copyright © 2009 by Lisa Gardner, Inc.
Copyright voor het Nederlandse taalgebied © 2010 by The House of Books,
Vianen/Antwerpen

Vertaling
Karina Zegers de Beijl
Omslagontwerp & -beeld
marliesvisser.nl
Foto auteur
John Earle
Opmaak binnenwerk
ZetSpiegel, Best

ISBN 978 90 443 2710 6
D/2010/8899/79
NUR 332

www.thehouseofbooks.com

Hoofdstuk 1

Ik heb me altijd afgevraagd wat mensen in de laatste uren van hun leven voelen. Wisten ze dat er iets verschrikkelijks zou gaan gebeuren? Waren ze zich bewust van een ophanden zijnde tragedie en streefden ze naar zo veel mogelijk contact met hun dierbaren? Of is het gewoon iets wat je zomaar overkomt? De moeder van vier kinderen, die ze naar bed brengt terwijl ze nadenkt over de carpool van de volgende ochtend, over de was die nog gedaan moet worden en over dat vreemde geluidje van de verwarmingsketel, en die dan, opeens, vanuit de gang een onheilspellend gekraak hoort. Of de tiener, die droomt van de komende zaterdag waarop ze met haar beste vriendinnen de stad in zal gaan, en zich dan, wanneer ze haar ogen opendoet, realiseert dat ze niet langer alleen is in haar kamer. Of de vader, die wakker schrikt, nog net de kans krijgt om zich af te vragen wat er verdomme aan de hand is, waarna de hamer tussen zijn ogen neerdaalt.

In de laatste zes uur van de wereld zoals ik die ken, geef ik Ree haar avondeten. Macaroni met kaas van Kraft, versierd met stukjes kalkoen. Ik snijd een appel in partjes. Ze eet het knapperige witte vruchtvlees en legt de op halve glimlachjes lijkende, uitgeholde rode schilletjes terug op het bord. Ik zeg dat alle voedingstoffen in de schil zitten. Ze rolt met haar ogen – een meisje van vier met het gedrag van eentje van veertien. We hebben nu al ruzies over kleren. Zij houdt van korte rokjes, maar haar vader en ik geven de voorkeur aan lange jurken. Zij wil een bikini, wij staan erop dat ze een badpak draagt. Het is waarschijnlijk slechts een kwestie van weken voor ze de autosleutels van me wil hebben.

Na het eten wil Ree 'schatzoeken' op zolder. Ik zeg dat het tijd is voor haar bad. Nou ja, haar douche. Sinds haar geboorte douchen we altijd samen in de oude, van leeuwenpoten voorziene badkuip in de badkamer boven. Ree zeept twee Barbies en een plastic eendenprinses in. Ik zeep haar in. Tegen de tijd dat we klaar zijn, ruiken we allebei naar lavendel en is het door alle waterdamp stikbenauwd in de badkamer.

Persoonlijk gaat mijn voorkeur uit naar het ritueel erna. In badlakens gewikkeld rennen we de kille gang af, naar de slaapkamer van Jason en mij, naar het Grote Bed. We liggen zij aan zij, losjes tegen elkaar aan, met onze armen om onszelf heen geslagen. Onze tenen steken onder de handdoek uit.

Dan springt onze rode kater, Mr. Smith, op het bed, zwiept met zijn staart en kijkt met zijn grote, gouden ogen op ons neer.

'Wat was het leukste moment van je dag?' vraag ik aan mijn dochter.

Ree trekt haar neus op. 'Dat weet ik niet meer.'

Mr. Smith loopt verder, vindt een plekje bij het hoofdeinde en begint aan een persoonlijke wasbeurt. Hij weet wat er gaat komen.

'Mijn favoriete moment was thuiskomen van school en die dikke knuffel krijgen.' Ik ben lerares. Het is woensdag. Op woensdag kom ik rond vier uur thuis en gaat Jason om vijf uur de deur uit. Ree is inmiddels vertrouwd met de procedure. Papa is er overdag, en mama is er 's avonds. We hadden besloten dat we ons kind niet door vreemden wilden laten opvoeden, en gelukkig kunnen we zelf voor haar zorgen.

'Mag ik een film kijken?' vraagt Ree. Dat vraagt ze altijd. Als we onze dochter haar gang lieten gaan, zou ze dag en nacht achter haar dvd-speler zitten.

'Nee, geen film,' antwoord ik vrolijk. 'Vertel me over school.'

'Een korte film,' zegt ze, om dan op triomfantelijke toon te suggereren: 'Veggie Tales!'

'Geen film,' herhaal ik, waarbij ik mijn arm net lang genoeg onder mijn badlaken vandaan haal om haar even onder de kin te kietelen. Het loopt tegen achten en ik weet dat ze moe en koppig is. Als het even kan, heb ik liever geen scène zo vlak voor bedtijd. 'Vertel me over school. Wat hebben jullie als tussendoortje gekregen?'

Nu haalt zij haar armen onder de handdoek vandaan en kietelt me onder mijn kin. 'Worteltjes!'

'Echt?' Nog meer kietelen, nu achter haar oren. 'Wie had die meegenomen?'

'Heidi!'

Ze mikt op mijn oksels, maar ik weet haar behendig te ontwijken. 'Tekenen of muziek?'

'Muziek!'

'Zingen of een instrument?'

'Gitaar!'

Ze werpt de handdoek van zich af, springt boven op me en kietelt me waar ze maar kan met die gretig graaiende vingertjes van haar. Het is haar laatste energie-uitbarsting van de dag – nog even en ze is doodmoe. Het lukt me haar af te weren en ik laat me lachend van de rand van het bed rollen. Wanneer ik met een luide bons op de houten vloer val moet ze nog harder lachen, en Mr. Smith slaakt een diep verontwaardigde kreet. Hij heeft geen geduld voor de laatste fase van het ritueel en verlaat de kamer.

6

Ik pak een lang T-shirt voor mijzelf en een Kleine Zeemeermin-nachtjapon voor haar. Samen poetsen we onze tanden, zij aan zij voor de ovale spiegel. Ree houdt van synchroon uitspugen. Twee verhaaltjes, een liedje en een halve musical later ligt ze eindelijk in bed, met Lil' Bunny in haar armpjes en Mr. Smith aan het voeteneinde.

Halfacht. Ons huisje is nu officieel van mij. Ik neem in de keuken mijn vaste plekje aan het aanrecht in, nip van mijn thee, kijk proefwerken na en blijf vooral met mijn rug naar de computer gekeerd zitten om niet in de verleiding te komen. De kattenklok die Ree van Jason heeft gekregen, miauwt op het volle uur. Het geluid weergalmt door ons rijtjeshuis uit de jaren vijftig, waardoor het leger aandoet dan het in werkelijkheid is.

Ik heb koude voeten. Het is maart in New England, de dagen zijn nog fris. Ik zou sokken moeten aantrekken, maar ik heb geen zin om op te staan.

Kwart over negen. Ik maak mijn ronde. Het veiligheidsslot op de achterdeur, controle van de beveiligingen van de ramen. En ten slotte het dubbele veiligheidsslot op de stalen voordeur. We wonen in Zuid-Boston, in een aardige arbeidersbuurt met boomrijke straten en parkjes met speeltoestellen voor de kinderen. Het is dan ook een kinderrijke buurt, met veel voortuintjes met witte hekjes.

Maar toch controleer ik de sloten en de ramen. Daar hebben Jason en ik onze redenen voor.

Even later sta ik weer voor de computer. Mijn handen jeuken, maar ik hou mezelf voor dat het bedtijd is. Ik zeg tegen mezelf dat ik niet moet gaan zitten, maar denk tegelijkertijd dat ik dat waarschijnlijk toch wel zal doen. Heel eventjes maar. Kijken of ik mail heb. Dat kan toch zeker geen kwaad?

Op het laatste moment vind ik een dosis wilskracht waarvan ik niet gedacht had dat ik die bezat. Ik zet de computer uit. Dat is een van de regels hier in huis: de computer moet uit voordat je naar bed gaat.

Een computer is namelijk een portaal, een punt waarop de wereld je huis binnen kan komen. Maar dat wist je waarschijnlijk wel. Of niet.

Je zult het snel genoeg begrijpen.

Tien uur. Ik laat het keukenlicht aan voor Jason. Hij heeft niet gebeld, dus het is kennelijk een drukke avond. Dat is prima, denk ik. Druk is druk. Het lijkt wel alsof we steeds minder tegen elkaar zeggen. Dat kan. En helemaal wanneer je een klein kind hebt.

Mijn gedachten gaan terug naar ons uitstapje in februari. De korte gezinsvakantie die, afhankelijk van hoe je het bekijkt, het beste of het slechtste was dat ons is overkomen. Ik wil het snappen. Al is het maar om iets van mijn man te begrijpen, en van mijzelf. Er zijn dingen die je niet ongedaan kunt maken, net zoals er dingen zijn die je niet ongezegd kunt maken.

Ik kan er vanavond niets aan doen. Sterker nog, ik heb er al weken niets aan kunnen doen, en dat benauwt me steeds meer. Er was een tijd waarin ik ervan overtuigd was dat liefde alle wonden kon helen. Inmiddels weet ik beter.

Boven aan de trap blijf ik even staan om voor de laatste keer bij Ree naar binnen te kijken. Ik duw de deur op een kiertje open en gluur om het hoekje. Mr. Smiths gouden ogen kijken me aan. Hij staat niet op en dat kan ik hem niet kwalijk nemen: het is een knus tafereel. Ree ligt met haar knieën hoog opgetrokken onder haar dekbed met groene en roze bloemen, ze zuigt op haar duim, en een deel van haar donkere krullen piept boven de deken uit. Ze lijkt weer even klein als de baby die ik nog maar zo kortgeleden – het voelt als gisteren – in mijn armen hield. Toch zijn er inmiddels maar liefst vier jaren verstreken, en intussen kleedt ze zichzelf aan en uit, weet precies wat ze wel en niet wil eten, en heeft ze overal een eigen mening over, die ze ons graag vertelt.

Ik geloof dat ik van haar hou.

Maar liefde is waarschijnlijk niet de juiste emotie voor het beschrijven van het gevoel in mijn hart.

Heel stilletjes doe ik de deur weer dicht, loop op mijn tenen naar mijn eigen slaapkamer en kruip onder de blauw met groene bruiloftsquilt.

De deur staat op een kiertje voor Ree. Het ganglicht is aan voor Jason. Het avondritueel is voltooid. Alles is zoals het moet zijn.

Ik lig op mijn zij – een kussen tussen mijn knieën, een hand op mijn heup – en staar naar alles en niets in het bijzonder. Ik bedenk dat ik moe ben, dat ik er een puinhoop van heb gemaakt, dat ik wou dat Jason thuis was, hoewel ik tegelijkertijd dankbaar ben dat hij er niet is, en dat ik iets moet oplossen al heb ik geen flauw idee wat.

Ik hou van mijn kind. Ik hou van mijn man.

Ik ben ontzettend stom.

En dan schiet me iets te binnen waaraan ik al maanden niet meer heb gedacht. Het is niet zozeer een beeld als wel een geur – de geur van uitgebloeide, verwelkende rozenblaadjes in de ondraaglijke, zomerse hitte voor mijn slaapkamerraam in Georgia. Terwijl mama's stem over de donkere gang roept: 'Ik weet iets wat jij niet weet...'

'Ssst, ssst, ssst,' fluister ik nu. Ik leg mijn hand op mijn buik en denk te veel aan dingen die ik mijn leven lang geprobeerd heb te vergeten.

'Ssst, ssst, ssst,' probeer ik opnieuw.

En dan, een geluid onder aan de trap...

*In de laatste seconden van de wereld zoals ik die ken, zou ik graag hebben ge-
zegd dat ik buiten een uil hoorde roepen. Of dat ik een zwarte kat over het
hek zag springen. Of dat ik mijn nekharen overeind voelde komen.*

*Ik wou dat ik kon zeggen dat ik het gevaar zag aankomen en dat ik me
met hand en tand verzette. Uiteindelijk zou ik als geen ander moeten weten
hoe makkelijk liefde kan omslaan in haat, verlangen in obsessie. Ik, uitgerekend ik, had het moeten zien aankomen.*

Maar dat deed ik niet. Ik deed het echt niet.

*En god sta me bij, toen ik zijn gezicht om het hoekje van de deur zag kij-
ken, was mijn eerste gedachte dat ik hem nog even knap vond als op de dag
dat we elkaar ontmoet hadden, en dat ik er nog altijd naar verlangde zijn
kaaklijn te strelen en mijn vingers door zijn golvende haar te kammen...*

*Het volgende moment, toen ik naar hem keek, bedacht ik dat ik niet mocht
gillen, dat ik mijn dochter moest beschermen, mijn dierbare dochtertje dat
verder op de gang lag te slapen.*

Hij kwam de kamer in. Hief zijn beide armen op.

Ik zweer je, ik heb geen kik gegeven.

Hoofdstuk 2

Inspecteur D.D. Warren was dol op buffetrestaurants waar je voor één bedrag onbeperkt kon eten. Dat was niet vanwege de pasta – geweldig wanneer je honger had, maar een ronduit slecht idee wanneer er ook rosbief te krijgen was. In de loop der jaren had ze haar eigen strategie ontwikkeld. Fase één: de saladebar. Niet dat ze zo'n grote fan van ijsbergsla was, maar als ongehuwde workaholic van eind dertig nam ze nooit de moeite om verse groenten te kopen. Dus ja, de eerste gang was meestal iets met groente, al was het maar om te voorkomen dat ze, als gevolg van haar slechte eetgewoonten, scheurbuik of zo zou krijgen.

De tweede fase: dun gesneden plakjes vlees. Kalkoen was prima. Gebraden ham met honing uit de oven was een graadje beter. Halfrauwe rosbief spande de kroon. Ze hield ervan wanneer het van binnen nog dieprood en lekker bloederig was. Als haar vlees niet nog een beetje leefde wanneer ze haar vork erin zette, had iemand in de keuken een misdrijf tegen het rund begaan.

Maar ze at het altijd op. Je kon aan zo'n soort buffet nu eenmaal niet al te hoge eisen stellen.

Dus eerst een beetje sla en dan een paar plakjes dun gesneden rosbief. Elk ander mens zou daar gebakken aardappeltjes bij nemen, maar zij niet. Dat nooit! Het was veel beter om erna wat schelvis met een knapperig korstje te nemen, gevolgd door drie of vier gevulde coquilles en, natuurlijk, een garnalencocktail. En dan moest je natuurlijk ook wat van de gesauteerde groenten, of desnoods een beetje van die sperziebonenschotel met die krokant gebakken uitjes erop, nemen. Dát was pas wat je een maaltijd noemt.

Een toetje mocht aan de buffetprocedure natuurlijk niet ontbreken. Kwarktaart viel in dezelfde categorie als gebakken aardappeltjes en pasta – het was de standaardfout van een beginneling. Laat staan! Je kon beter beginnen met iets van vla of fruit. En dan was er, zoals de aloude reclameleus vermeldde, altijd nog wel een plekje over voor gelatine. Of voor chocolademousse. En crème brûlée. Met frambozen erop – zalig.

Ja, een beetje crème brûlée was geen slecht idee.

Des te spijtiger was het dat het nog maar net zeven uur 's ochtends was, en dat ze alleen maar een zak meel in huis had.

D.D. draaide zich om in haar bed, hoorde haar maag knorren en probeerde zichzelf wijs te maken dat dit het enige deel van haar lichaam was dat honger had.

Ze keek naar buiten. Het was een grijze ochtend. Alweer een ijzige ochtend in maart. Normaal gesproken was ze om deze tijd al op weg naar het hoofdbureau, maar gisteren had ze na twee maanden hard werken een gecompliceerde zaak tot een oplossing gebracht. Het betrof een schietpartij uit een rijdende auto die niet alleen een drugshandelaar het leven had gekost, maar ook een moeder die met haar twee kleine kinderen aan het wandelen was geweest. En alsof dat op zich nog niet erg genoeg was, had het drama zich op slechts enkele honderden meters van het hoofdbureau van Roxbury, Boston, afgespeeld.

De pers was totaal doorgeslagen. De buurtbewoners hadden dagenlang gedemonstreerd en meer veiligheid op straat geëist.

De hoofdinspecteur had onmiddellijk een speciale taakeenheid in het leven geroepen onder leiding van – wie dacht je – D.D., omdat een aantrekkelijke blanke blondine minder onder druk zou worden gezet dan een mannelijke collega.

D.D. had er geen bezwaar tegen gehad. Hier deed ze het toch voor. Flitsende camera's, hysterische burgers, rood aangelopen politici. Kom maar op. Ze liet de lawine van klachten over zich heen komen en sloot zich vervolgens op met haar team, dat ze keihard aan het werk zette. De smerige schoft die dacht dat hij zomaar een hele familie van de kaart kon vegen, moest niet denken dat ze hem hier ongestraft vanaf zou laten komen.

Met haar team stelde ze een lijst op van mogelijke verdachten en daar gingen ze mee aan de slag. En ja hoor, zes weken later forceerden ze – met de media als getuigen – de deuren van een onbewoonbaar verklaard magazijn bij de haven, en sleurden hun man naar buiten.

Zij en haar team zouden een dag lang als plaatselijke helden worden bejubeld, en daarna zou een nieuwe gek zijn opwachting maken en ervoor zorgen dat het hele proces weer van voren af aan kon beginnen. Het vaste ritme van het leven. Schijten, vegen, spoelen. En dan weer schijten.

D.D. zuchtte, draaide zich op haar andere zij en weer terug, streek over haar dure laken en zuchtte opnieuw. Ze moest opstaan. Douchen. De was doen en de enorme bende in huis opruimen, want daar was het hoog tijd voor.

Weer dacht ze aan het buffet. En aan seks. Van die vurige, hartstochtelijke, heftige seks. Ze wilde keiharde billen voelen. Wilde stevige armen rond haar heupen. Ze wilde schroeiplekken van baardstoppels tussen haar dijen terwijl haar nagels deze mooie witte lakens aan flarden scheurden.

Verdomme. Ze gooide de dekens van zich af en liep, in slechts een T-shirtje en een slipje, gefrustreerd de slaapkamer uit.

Ze zou opruimen. Een eind gaan joggen. Twaalf donuts eten.

In de keuken griste ze het blik met koffiebonen uit de diepvries, pakte de koffiemolen en ging aan de slag.

Achtendertig was ze, verdomme nog aan toe. Een toegewijde inspecteur en een doorgewinterde workaholic. Voelt het een tikje eenzaam zonder knappe echtgenoot en twee komma twee koters? Pech gehad, want het is te laat om daar nog wat aan te veranderen.

Ze schepte de versgemalen koffie in de kleine goudkleurige filter en drukte op de schakelaar. De Italiaanse espressomachine kwam luidruchtig tot leven, en de heerlijke koffiegeur die zich door de keuken verspreidde, had een kalmerende uitwerking op haar. Nadat ze de melk uit de koelkast had gepakt, zette ze de schuimer aan.

Inmiddels was het drie maanden geleden dat ze deze loft in het North End had gekocht. Het was veel te mooi voor een smeris, maar de verslechtering van de huizenmarkt had ook zijn positieve kanten. Er werden dure flats gebouwd waarvoor geen kopers te vinden waren. En dat betekende dat normale mensen met een doorsneesalaris ineens een kansje op het goede leven kregen. Ze was blij met haar flat. Hij was ruim, licht en minimalistisch. Wanneer ze thuis was, voelde ze de wens om vaker thuis te zijn. Niet dat ze dat dan ook deed, maar het ging om de gedachte.

Met haar cappuccino in de hand liep ze naar het raam dat uitkeek op een drukke zijstraat. Ze voelde zich nog altijd onrustig en gespannen. Het uitzicht beviel haar. Een drukke straat met drukke, langsrazende mensen, elk met zijn eigen problemen en dringende aangelegenheden. Ze konden haar niet zien, konden zich geen zorgen over haar maken en konden niets van haar verlangen. Ze had een vrije dag, maar kijk, het leven ging gewoon door. Geen slechte les voor iemand zoals zij.

Ze blies wat schuim naar achteren, nam een paar slokjes en voelde alweer een beetje spanning van zich af glijden.

Ze had niet naar die bruiloft moeten gaan. Daar ging het om. Een vrouw van haar leeftijd zou niet naar bruiloften en/of feestjes van aanstaande moeders moeten gaan.

Verrekte Bobby Dodge ook. Hij had zowaar een brok in zijn keel gekregen toen hij zijn jawoord had gegeven. En Annabelle, die er allerliefst uitzag in die strapless witte japon van haar, had gehuild. En toen was de hond, Bella, met de ringen aan een grote strik om haar hals, door het middenpad naar hen toe gelopen.

Logisch toch, dat je een tikje emotioneel werd van dat soort dingen. En helemaal toen de muziek op gang kwam en iedereen begon te dansen op Etta James' 'At Last' – iedereen behalve zij natuurlijk, omdat ze altijd veel te hard werkte en geen tijd had om iemand te leren kennen.

D.D. nam nog een paar slokjes van haar cappuccino, keek naar de mensen op straat en zuchtte.

Bobby Dodge was getrouwd. Dat was de kern van de kwestie. Hij had iemand gevonden die beter was dan zij, en nu was hij getrouwd terwijl zij...

Verdomme, ze wilde seks.

Ze had net haar sportschoenen aan toen haar mobiel ging. Ze bekeek het nummer, fronste haar voorhoofd en drukte de telefoon tegen haar oor.

'Inspecteur Warren,' zei ze kortaf.

'Goeiemorgen, inspecteur. U spreekt met Brian Miller, recherche, district C-6. Neemt u mij niet kwalijk dat ik u stoor.'

D.D. haalde haar schouders op en wachtte, maar toen de man niet meteen verderging met zijn verhaal, vroeg ze: 'Wat kan ik vandaag voor u doen, rechercheur Miller?'

'Nou, ik zit met een probleem...' Opnieuw ging Miller niet verder met zijn verhaal, en ook nu wachtte D.D. enkele seconden op wat er komen zou.

District C-6 van de BPD, het Boston Police Department, was de buitendienst. Als inspecteur van de afdeling moordzaken had D.D. zo goed als nooit met de recherche van C-6 te maken. Zuid-Boston was niet echt berucht om zijn moorden. Diefstal, inbraak en roof, ja, dat wel. Maar moorden waren er een uitzondering.

'Er is vanochtend om vijf uur een melding binnengekomen,' ging Miller ten slotte verder. 'Van een man die vertelde dat hij thuis was gekomen en dat zijn vrouw er niet was.'

D.D. trok haar wenkbrauwen op. 'Bedoelt u dat hij om vijf uur 's nachts thuis is gekomen?'

'Hij belde om vijf uur om haar vermissing door te geven. Hij heet Jason Jones. Zegt die naam u iets?'

'Moet dat?'

'Hij is journalist voor de *Boston Daily*. Hij schrijft over Zuid-Boston en doet ook grotere, algemene artikelen. Het schijnt dat hij doorgaans de avonddienst draait en verslag doet van gemeenteraadsvergaderingen, bestuursvergaderingen en dat soort werk. Op woensdag gaat hij standaard naar het waterbedrijf, en daarna moest hij naar een brand. Hoe dan ook, tegen tweeën was hij klaar en ging hij naar huis, waar zijn dochtertje van vier in haar bedje lag te slapen, maar zijn vrouw was verdwenen.'

'Oké.'

'Er is een surveillanceteam heen gegaan voor de vaste procedure,' vertelde Miller verder. 'Het huis is onderzocht. De auto staat voor de deur, tas en sleutels van de vrouw bevinden zich op het aanrecht in de keuken. Geen sporen van braak, maar boven in de slaapkamer is een nachtlampje kapot en ontbreekt er een blauw met groene quilt.'

'Oké.'

'Gezien de omstandigheden, een moeder die haar kind alleen thuis laat, enzovoort, enzovoort, besloot het team hun superieur te bellen, die vervolgens weer contact opnam met mijn baas. Het spreekt voor zich dat we de afgelopen uren bezig zijn geweest met het afzoeken van de buurt, navraag doen bij de plaatselijke winkels en het zoeken naar vrienden en familie, enzovoort, enzovoort. Om een lang verhaal kort te maken: ik heb niet één aanknopingspunt.'

'Is er een lijk?'

'Nee.'

'Bloedsporen? Voetafdrukken, nevenschade?'

'Alleen die kapotte lamp.'

'En heeft dat surveillanceteam het héle huis doorzocht? Zolder, kelder, kruipruimte?'

'We doen ons best.'

'U doet uw best?'

'De man... het is niet dat hij weigert, maar echt meewerken doet hij ook niet.'

'Ah, shit.' En ineens begreep D.D. het. Waarom iemand van de buitendienst een inspecteur van moordzaken belde om te vertellen dat er een vrouw werd vermist. En waarom die inspecteur van moordzaken haar uurtje joggen wel kon vergeten. 'Is die mevrouw Jones soms jong, blank en beeldschoon?'

'Een blonde schooljuf van drieëntwintig. Met een glimlach die elk televisiescherm laat oplichten.'

'Vertelt u mij alstublieft dat u hiermee nog niet op de radio bent geweest.'

'Waarom denkt u dat ik uw mobiel bel?'

'Wat is het adres? Geef me tien minuten. Ik kom eraan.'

D.D.'s sportschoenen bleven in de woonkamer, haar sportbroek bleef in de gang en haar shirtje in de slaapkamer. Een spijkerbroek, een wit topje en hooggehakte laarzen – perfect. Ze klemde haar pieper vast aan de riem van haar broek, hing haar identiteitsbewijs om haar hals en stak haar mobieltje in haar achterzak.

Als laatste trok ze nog naar favoriete, caramelkleurige leren jack aan dat ze aan de kapstok bij de deur had hangen.

En inspecteur Warren ging op weg. Haar werkdag was begonnen. Ze genoot.

Zuid-Boston kon bogen op een lange, kleurrijke geschiedenis. Ingeklemd tussen het drukke financiële district en de helderblauwe Atlantische Oceaan had het iets van een schilderachtig havenplaatsje, maar dan wel met alle voordelen van een echte grote stad. Oorspronkelijk was het een arbeiderswijk geweest. In het Zuid-Boston van weleer huisden immigranten – voornamelijk Ieren – in groepen van dertig in verpauperde huurwoningen vol ongedierte, met een emmer als toilet en stromatrassen vol luizen. Het leven was zwaar – vrijwel niemand ontkwam aan ziekte en armoede.

Honderdvijftig jaar later was 'Southie' niet zozeer meer een wijk als wel een manier van leven. Het was de geboorteplaats van Whitey Bulger, een van Bostons meest beruchte maffiabazen, die in de jaren zeventig de plaatselijke woningbouwprojecten tot zijn persoonlijke speelterrein maakte, de helft van de bevolking aan de drugs hielp en de andere helft in dienst had. Maar het stadsdeel was niet klein te krijgen, de solidariteit onder de buren was groot, en elke generatie bijdehante criminelen zorgde voor een volgende generatie bijdehante criminelen. Buitenstaanders snapten er niets van en de bewoners van Southie vonden dat best.

Maar aan alles komt een eind. Een aantal jaren geleden trok een groots opgezet evenement in de haven drommen bewoners uit het centrum van de stad naar de buurt die ze eigenlijk altijd hadden gemeden. Ze verwachtten een armoedige achterstandswijk, maar zagen huizen met uitzicht op zee, een overvloed aan groene parken en voortreffelijke katholieke scholen. Het bleek een op slechts tien minuten afstand van het centrum van Boston gelegen buurt waarin je op zaterdagochtend geconfronteerd werd met de moeilijke keuze tussen rechtsaf naar het park, of linksaf naar het strand te gaan.

Het zal duidelijk zijn dat de eerste yuppies al snel de juiste makelaars vonden, en korte tijd later waren de woningbouwflats veranderd in peperdure koopflats aan zee terwijl de simpele rijtjeshuizen voor vijf keer hun oorspronkelijke waarde aan projectontwikkelaars werden verkocht.

Aan de ene kant kon je zeggen dat Southie erop vooruitging, maar aan de andere kant ging er veel verloren. Alles steeg in waarde en je zag er steeds minder immigranten. Wat de fantastische parken en boomrijke straten betrof, veranderde er weinig. Er kwamen dure cafés, maar de Ierse pubs bleven. Het aantal bewoners met een hogere opleiding nam toe, maar je zag er nog altijd gezinnen met kinderen. Het was een fijne buurt om te wonen, vooropgesteld dat je er iets had gekocht voordat de prijzen de pan uit waren gerezen.

D.D. volgde de aanwijzingen van haar gps naar het adres dat Miller haar had genoemd en kwam bij een niet ver van de haven gelegen, schilderachtig, bruin met zachtgeel geverfd huis met een piepklein tuintje waar een reusachtige kale esdoorn in stond. Op hetzelfde moment schoten haar twee gedachten door het hoofd. De eerste was: zo'n soort huisje hier, in Boston? En de tweede: Miller is een man naar mijn hart. Hij werkte al vijf uur aan deze zaak en had tot op dit moment kunnen voorkomen dat het huis was afgezet, dat er surveillancewagens voor de deur stonden en – het beste van alles – dat er auto's van de pers te bekennen waren. Het huis maakte een volkomen rustige, normale indruk, en de straat net zo. De spreekwoordelijke stilte voor de storm.

Nadat D.D. drie keer langs het huis was gereden, parkeerde ze haar auto een paar straten verder. Als Miller de zaak zo lang stil had weten te houden, wilde ze er alles aan doen om dat zo lang mogelijk zo te houden.

Ze liep, met haar handen tot vuisten gebald in haar zakken en haar schouders opgetrokken tegen de kou, terug naar het huis waar Miller in de voortuin op haar stond te wachten. Hij was kleiner dan ze had verwacht, met dunnend bruin haar en een ouderwets jarenzeventig-snorretje. Hij kwam haar voor als het type smeris dat een ideale stille zou zijn – zo totaal onopvallend dat niemand hem op zou merken, laat staan dat iemand zou beseffen dat hij hem of haar afluisterde bij een belangrijk gesprek. Zijn gezicht had de typisch bleke kleur van iemand die het grootste deel van zijn tijd in het licht van neonlampen zat. Een bureaumuis, dacht ze, maar haastte zich dit negatieve oordeel te corrigeren.

Miller kwam haar over het gras tegemoet. Toen hij bij haar was gekomen, bleef hij niet staan maar liep door. Zij volgde zijn voorbeeld. Soms moest je als politie een beetje acteren, en nu speelden ze de rol van een stel dat een ochtendwandelingetje maakt. Millers bruine kostuum was daar een tikje te formeel voor, maar D.D., in haar nauwsluitende spijkerbroek en leren jack, was een lust voor het oog.

'Sandra Jones werkt op de plaatselijke school,' begon Miller zijn verhaal, terwijl ze met stevige pas in de richting van de haven liepen. Hij sprak zacht en snel. 'Ze geeft maatschappijleer aan groep zes. Er zijn daar op dit moment twee collega's heen, maar niemand heeft nog iets van haar vernomen sinds ze gistermiddag om halfvier naar huis is gegaan. We hebben navraag gedaan bij de winkels en horecagelegen-heden in de buurt, maar dat heeft niets opgeleverd. De borden van het avondeten zijn niet afgewassen. Haar tas staat op het aanrecht, er ligt een stapeltje nagekeken proefwerken naast. Volgens Sandra's man begint ze doorgaans pas om acht uur met het nakijken daarvan, nadat ze haar dochtertje naar bed heeft gebracht. Dus we gaan ervan uit dat ze tot iets van halfnegen, negen uur thuis moet zijn geweest. Haar mobiele telefoon vertoont na zessen geen activiteit meer, en de gegevens voor de vaste telefoon zijn aangevraagd.'

'Hoe zit het met de familie? Grootouders, tantes, ooms, nichten?' vroeg D.D. De zon had eindelijk een gat in de grauwe bewolking gebrand, maar het was nog steeds koud, en de ijzige wind vanaf het water sneed dwars door haar leren jack.

'Geen plaatselijke familie. Alleen een vader in Georgia met wie ze geen contact heeft. De echtgenoot wilde er verder niet op ingaan, en het enige wat hij er over loslaat is dat het een oude kwestie is die hier volkomen buiten staat.'

'Wat aardig van die man dat hij voor ons denkt. Heb je die vader al gebeld?'

'Dat zou ik gedaan hebben als ik wist hoe hij heet.'

'Wil haar man je dat niet vertellen?' vroeg D.D. verbaasd.

Miller schudde zijn hoofd en stak met een heftig gebaar zijn handen in zijn broekzakken. Zijn adem vormde kleine witte wolkjes. 'Wacht maar tot je hem ontmoet hebt. Ken je die doktersserie op de televisie?'

'*ER*?'

'Nee, die andere, met meer seks.'

'*Grey's Anatomy*?'

'Ja, die bedoel ik. Hoe heet die dokter ook alweer? McDuff, McDevon?'

'McDreamy?'

'Precies! Meneer Jones zou zijn tweelingbroer kunnen zijn. Je weet wel, dat ongekamde haar, niet geschoren... Je zult het zien, die man krijgt zakken fanmail straks, zodra de zaak in de media is verschenen. Als we Sandra Jones niet binnen twintig uur hebben gevonden, zijn we de sigaar.'

D.D. slaakte een diepe zucht. Ze waren bij het water gekomen, sloegen rechtsaf en liepen verder. 'Mannen zijn stom,' mompelde ze geïrriteerd. 'Ik bedoel, zeg nou zelf. Het gebeurt zowat wekelijks dat we zien hoe een knappe man, zo iemand die alles mee heeft, zijn huwelijksproblemen probeert op te lossen door zijn vrouw van kant te maken en dan te beweren dat ze gewoon verdwenen is. En elke week zien we vervolgens hoe de media zich ermee bemoeien en...'

'We hebben weddenschappen lopen. Vijf tegen één voor Nancy Grace, vier tegen één voor Greta van Susteren.'

D.D. nam hem even onderzoekend op. 'En elke week,' ging ze verder, 'stelt de politie een taakeenheid samen, stropen vrijwilligers het bos af en doorzoekt de kustwacht de haven. En wat denk je?'

Miller keek haar hoopvol aan.

'De vrouw wordt gevonden. Dood. En de man belandt voor twintig jaar in de gevangenis. Je zou toch verwachten dat tenminste een of twee van die kerels voor een gewone, ouderwetse echtscheiding zou kiezen.'

Daar had Miller niets op te zeggen.

D.D. zuchtte, haalde haar hand door haar haren en zuchtte opnieuw. 'Oké, ik wil het horen. Wat zegt je gevoel? Denk je dat ze dood is?'

'Ja,' antwoordde Miller op een zakelijk toontje. Toen ze niets zei, ging hij verder: 'Een gebroken lamp, een ontbrekende sprei. Volgens mij heeft iemand haar lijk daar in gewikkeld en haar afgevoerd. Er moeten bloedsporen op die sprei zitten, en het verklaart waarom we verder geen sporen hebben.'

'Oké. Denk je dat haar man de dader is?'

Miller haalde een dubbelgevouwen geel blocnotevel uit de binnenzak van zijn bruine jasje en gaf het aan haar. 'Dit vind je vast leuk. Hoewel meneer nou niet bepaald, laten we zeggen, stond te popelen om onze vragen te beantwoorden, heeft hij ons uit eigen beweging dit overzicht gegeven van wat hij de afgelopen avond heeft gedaan, compleet met telefoonnummers van mensen die zijn alibi kunnen bevestigen.'

'Bedoel je dat hij je dit uit zichzelf heeft gegeven?' D.D. vouwde het papier open en bekeek de namen. Larry Wade, brandweercommandant, James McConnagal, staatspolitie van Massachusetts. Daaronder nog drie namen, alle drie van de BPD, de gemeentepolitie van Boston. Ze las verder, terwijl haar ogen steeds groter werden en haar handen van nauwelijks onderdrukte woede begonnen te trillen. 'Wat zei je ook weer dat hij doet?'

'Verslaggever van de *Boston Daily*. Er is gisteren een huis afgebrand en hij beweert dat hij, evenals een groot aantal Bostonse bobo's, daarbij aanwezig was om er verslag van te doen.'

'Je meent het. En heb je al iemand van het lijstje gebeld?'

'Ga weg. Ik kan zo wel zeggen wat ik te horen zal krijgen.'

'Dat ze hem hebben gezien, maar dat ze hem niet hebben gezien,' zei D.D. 'Het gaat om een brand. Iedereen is er aan het werk. Het kan zijn dat hij elk van die mensen om een reactie heeft gevraagd om ervoor te zorgen dat ze hem een alibi kunnen geven, maar dan gaat hij weg...'

'Precies. Je kunt je nauwelijks betere alibi's wensen dan hij opgeeft. Maar liefst zes mensen van ons eigen korps om te bevestigen waar hij gisteravond was, zelfs als hij daar mogelijk niet de hele avond is geweest. En dat betekent,' Miller wiebelde zijn wijsvinger voor haar neus heen en weer, 'dat meneer Jones niet dom is. McDreamy is een behoorlijk uitgekookte jongen. En dat is niet eerlijk.'

D.D. gaf hem het papier terug. 'Heeft hij al een advocaat?' Ze waren bij de hoek gekomen en draaiden zich, zonder iets te zeggen, tegelijkertijd om en liepen terug. Nu liepen ze tegen de wind in. De stevige bries drukte hun jassen tegen hun borst en blies de uiterst fijne waterdruppeltjes van zee in hun gezicht.

'Nog niet. Hij weigert antwoord te geven op onze vragen.'

'Heb je hem al gevraagd om mee te komen naar het bureau?'

'Daarvoor wil hij eerst een arrestatiebevel zien.'

D.D. trok haar wenkbrauwen op. McDreamy was inderdaad een McSmarty. Hij wist in ieder geval meer van zijn rechten dan de doorsneeburger. Interessant. Ze drukte haar kin tegen haar borst en wendde haar gezicht af van de wind. 'Geen sporen van braak?'

'Nee. En stel je voor: zowel de voor- als de achterdeur is van staal.'

'Echt?'

'Ja. En met veiligheidssloten. O, en ook de ramen zijn beveiligd.'

'Ga weg. En wat heeft meneer daarop te zeggen?'

'Dat is een van de vragen waarop hij geen antwoord wil geven.'

'Is het huis verder nog beveiligd? Met camera's of zo?'

'Nee. Zelfs nog geen videosysteem voor de kinderkamer. Ik heb het hem gevraagd.'

Ze naderden het huis, de schilderachtige woning die kennelijk beter beveiligd was dan Fort Knox.

'Veiligheidssloten,' peinsde D.D. hardop, 'maar geen camera's. Ik vraag me af of dit bedoeld is om ervoor te zorgen dat er niemand naar binnen kan, of dat het de bedoeling is dat er niemand naar buiten kan.'

'Denk je dat de vrouw mishandeld werd?'

'Ze zou de eerste niet zijn. En zei je niet dat ze een kind hebben?'

'Een meisje van vier. Clarissa Jane Jones. Ze wordt Ree genoemd.'

'Heb je al met haar gesproken?'

Miller aarzelde. 'Ze heeft de hele ochtend bij haar vader op schoot gezeten en maakt een behoorlijk aangeslagen indruk. Aangezien het me volkomen onwaarschijnlijk lijkt dat meneer het goed zal vinden dat we zonder hem erbij een gesprekje met haar kunnen hebben, heb ik er niet eens naar gevraagd. Ik denk dat we daar beter mee kunnen wachten tot we wat meer munitie hebben.'

D.D. knikte. Kinderen verhoren was lastig. Je had mensen die daar goed in waren, anderen maakten er een potje van. Te oordelen naar Millers reactie was het niet iets waar hij zich op verheugde. En dat was mogelijk de reden waarom D.D. zoveel geld verdiende.

'Heeft meneer huisarrest?' vroeg ze. Ze liepen het pad naar de voordeur af en naderden de lichtgroene mat met het woordje 'welkom' erop. De ruimte rond de blauwe letters was versierd met een grote hoeveelheid groene en gele bloemen. Volgens D.D. kon zo'n mat alleen maar zijn uitgekozen door een klein meisje en haar moeder.

'Vader en dochter zitten in de woonkamer. Ik heb een agent bij ze achtergelaten. Meer kan ik op dit moment niet doen.'

'Op dit moment,' beaamde ze. Ze bleef even staan. 'Heb je het huis doorzocht?'

'Voor negentig procent.'

'Auto's?'

'Ja.'

'De schuur?'

'Ja.'

'En er is navraag gedaan bij de plaatselijke winkels en bedrijven, de buren, vrienden, familie en collega's?'

'Daar zijn we mee bezig.'

'En alles zonder zelfs maar een spoor van Sandra Jones.'

Miller keek op zijn horloge. 'Ongeveer zes uur na het eerste telefoontje van de echtgenoot is er nog niets bekend over de verblijfplaats van zijn vrouw, de drieëntwintigjarige, blanke vrouw Sandra Jones.'

'Maar je hebt wel een potentiële plaats van misdrijf in de ouderslaapkamer, een potentiële getuige in de persoon van Sandra's dochtertje van vier, en een potentiële verdachte in Sandra's man, de journalist. Daar komt het zo'n beetje op neer?'

'Daar komt het zo'n beetje op neer.' Miller wees op de voordeur en gaf voor het eerst blijk van ongeduld. 'Hoe wil je het aanpakken – huis, echtgenoot of dochter?'

D.D. legde haar hand op de deurknop. Ze had een idee, maar wilde daar eerst even over nadenken. Bij elk onderzoek waren de eerste uren, wanneer dat onderzoek net op gang was maar je nog niet van een misdaad kon spreken, van cruciaal belang. Ze hadden vermoedens, maar nog niets om die hard te maken. Ze hadden een mogelijke verdachte, maar niets om hem mee in staat van beschuldiging te kunnen stellen. Juridisch bezien hadden ze precies voldoende touw om zichzelf mee op te kunnen hangen.

D.D. zuchtte, realiseerde zich dat ze voorlopig niet naar huis zou kunnen en maakte haar keuze.

Hoofdstuk 3

Ik ben altijd al goed geweest in het herkennen van smerissen. Anderen zijn goed in bluffen met poker. In die zin heb ik weinig mazzel. Maar ik ben goed in het herkennen van agenten.

Tijdens het ontbijt zag ik de eerste undercoveragent. Ik had net een kom Rice Crispies klaargemaakt en stond ermee tegen het formica-aanrecht geleund, klaar voor het nemen van mijn eerste hap. Ik keek naar buiten door het raampje boven de gootsteen, en daar zag ik hem, keurig omlijst door de kanten vitrage – een blanke man, lengte ongeveer een meter zestig à vijfenzestig, donker haar, donkere ogen, die aan de overkant de stoep af liep. Hij droeg een beige bandplooibroek, een tweedachtig colbertje en een blauw overhemd. Zijn gepoetste schoenen waren bruin en hadden dunne, donkere leren zolen. In zijn rechterhand hield hij een kleine blocnote met spiraalband.

Smeris.

Ik nam een hap Crispies, kauwde, slikte, en herhaalde dat.

Ongeveer anderhalve minuut later zag ik de volgende man. Deze was langer – een meter tachtig à vijfentachtig, kort blond haar en zo'n vlezige, vierkante kop waarvan magere knullen als ik onmiddellijk stompneigingen krijgen. Hij droeg een soortgelijke broek, een ander colbertje en een overhemd met een witte boord. Agent nummer twee nam de stoep aan mijn kant voor zijn rekening.

Dertig seconden later werd er op de deur gebonsd.

Ik nam een hapje, kauwde, slikte en herhaalde dat.

Elke ochtend gaat om vijf over zes mijn wekker. Van maandag tot en met vrijdag. Ik sta op, ga onder de douche, scheer me en trek een oude spijkerbroek en een oud T-shirt aan. Ik ben een type van witte slips. En ik draag witte kniekousen met drie blauwe strepen langs de boord. Dat heb ik altijd gedaan en dat zal ik altijd blijven doen.

Om vijf over halfzeven 's ochtends eet ik een kom Rice Crispies, waarna ik mijn kom en lepel afwas en ze laat afdruipen op de verschoten groene theedoek die naast de roestvrijstalen spoelbak op het aanrecht ligt. Om tien voor zeven ga ik lopend op weg naar mijn werk bij de plaatselijke garage, waar ik een blauwe overal met olievlekken aantrek en mijn plekje onder een motorkap inneem. Ik ben goed met mijn handen, wat betekent dat ik nooit om werk verlegen zal zitten. Maar ik zal altijd de man onder de motorkap blijven, nooit de man die de klanten te woord staat. Dat soort werk zal ik nooit krijgen.

Ik werk tot zes uur en tussen de middag heb ik een uur om te eten. Het is een lange dag, maar voor deze vorm van therapie krijg ik tenminste betaald, en nogmaals, ik ben goed met mijn handen en ik zeg niet veel, wat betekent dat bazen het niet erg vinden om mij over de vloer te hebben. Na mijn werk loop ik terug naar huis. De meeste avonden warm ik voor het eten een blik ravioli op. Ik kijk naar *Seinfeld* op de televisie, en om tien uur ga ik naar bed.

Uitgaan doe ik niet. Ik ga nooit naar een bar, en ook niet met vrienden naar de film. Ik slaap, eet en werk. Elke dag is in grote lijnen hetzelfde als de dag ervoor. Leven kun je het niet echt noemen. Het is eerder een vorm van bestaan.

De zielenknijpers hebben daar een term voor: doen alsof je normaal bent.

Een andere manier van leven ken ik niet.

Ik neem nog een hapje Rice Crispies, kauw, slik en herhaal dat.

Opnieuw wordt er op de voordeur gebonsd.

Het licht is uit. Mijn hospita, mevrouw H., is in Florida, op bezoek bij haar kleinkinderen, en het is zinloos om stroom aan mij te verspillen wanneer ze zelf niet thuis is.

Ik zet de kom met doorweekte Crispies neer en de smeris kiest uitgerekend dat moment om zich om te draaien en het tuinpad weer af te lopen. Ik ga naar de andere kant van de keuken, vanwaar ik hem kan nakijken, en zie dat hij nu bij de buren op de deur klopt.

Buurtonderzoek. De politie is bezig met een buurtonderzoek. Ze kwamen van rechts, dus ik vermoed dat er in deze straat iets gebeurd moet zijn, en waarschijnlijk niet eens zo ver van mijn huis.

Ineens schiet me iets te binnen waar ik niet echt aan wil denken, maar wat sinds het afgaan van de wekker, en toen ik daarna in de spiegel boven de wastafel mijn gezicht zag, door mijn achterhoofd spookt. Dat geluid dat ik de vorige avond had gehoord, kort nadat ik de televisie uit had gezet. Wat ik mogelijk weet dat ik niet wil weten, maar nu niet meer uit mijn hoofd kan zetten.

Ik laat mijn ontbijt staan en ga met een plof op een harde keukenstoel zitten.

Twaalf over halfzeven. Vandaag wordt dus duidelijk geen dag van doen alsof je normaal bent.

Vandaag is het menens.

Ineens heb ik het benauwd. Mijn hart slaat op hol en ik krijg vochtige handen. En ik denk zoveel tegelijk dat mijn hoofd er pijn van doet, en wanneer ik iemand hoor kreunen ben ik even van slag, totdat tot me doordringt dat ik het zelf ben.

Haar glimlach, die lieve, lieve glimlach. Zoals ze naar me kijkt, alsof ik een kei ben, alsof ik in mijn eentje de hele wereld aankan.

En dan, dan stromen de tranen over haar wangen. 'Nee, nee, nee. Alsjeblieft, Aidan, hou op. Nee...'

De politie zal me komen halen. Vroeger of later. Ze komen met zijn tweeën, met zijn drieën of met een speciale eenheid, en verdringen zich op de stoep. Daar hebben jongens zoals ik hun bestaan aan te danken. Omdat elke gemeenschap zijn schurk moet hebben, en ook al doe je nog zo normaal, dat verandert daar niets aan.

Ik moet nadenken. Een plan maken. Ik moet hier als de sodemieter weg.

Maar waar moet ik heen? En voor hoelang? Zoveel geld heb ik niet...

Ik probeer mijn ademhaling onder controle te krijgen. Mezelf gerust te stellen. Alles komt goed. Ik hou me aan het programma. Ik drink niet, ik rook niet, ik zit niet op internet. Ik ga braaf naar elke bijeenkomst en doe geen rare dingen.

Ik leef normaal en doe normaal, ja toch?

Maar daar schiet ik niets mee op. Ik val terug op oude gewoontes, op het besef dat ik weet dat het waar is.

Ik kan liegen als de beste, vooral tegen de politie.

D.D. begon haar bezoek in de keuken. Draaide ze haar hoofd naar links en keek ze door de deur, dan kon ze nog net de omtrekken zien van een man die op een donkergroen bankje zat. Over de rugleuning hing een dekentje in regenboogkleuren. Jason Jones zat onbeweeglijk stil en onder zijn kin zat een tweede, eveneens roerloze krullenbol – zijn dochter Ree, die in slaap leek te zijn gevallen.

Omdat D.D. zo aan het begin van het onderzoek zo min mogelijk aandacht wilde trekken, waakte ze ervoor te lang naar het tweetal te kijken. Millers intuïtie klopte – ze hadden te maken met een intelligente man, een mogelijke verdachte, die goed op de hoogte leek van het functioneren van politie en de justitie. Dat betekende dat ze hun zaakjes snel goed op orde moesten krijgen als ze bij het ondervragen van de echtgenoot of van het vierjarige meisje – de potentiële getuige – nuttige informatie aan het licht wilden krijgen.

Ze concentreerde zich op de keuken.

Net als de rest van het huis was ook deze ruimte nog grotendeels in originele staat. Versleten zwart-witte linoleumtegels op de vloer. Apparatuur die door sommigen als 'retro' zou worden omschreven, maar die in D.D.'s ogen gewoon ouderwets was. De ruimte was piepklein. Het keukentje bood nog net plaats aan een gebogen eetbar waar twee met rood skai beklede krukken onder stonden. Voor het raam stond een tafel met een computer erop, maar het was tevens een extra zitplaats.

Interessant, vond D.D. Een gezin dat uit drie personen bestaat heeft een eetbar met slechts twee krukken. Zei dat iets over de manier waarop deze familie functioneerde?

De keuken was redelijk netjes – het aanrecht was schoon en de apparatuur stond netjes naast elkaar tegen het tegelwandje boven het werkblad. Maar het was er niet overdreven schoon – er stond een aantal vuile borden in de gootsteen, terwijl in het afdruiprek droge borden stonden die nog weggeruimd moesten worden. Boven het fornuis hing een oudere klok zoals je die vroeger wel in eethuizen zag, en waarvan de wijzers een vork en een lepel waren. Boven langs de ramen hingen gele gordijntjes met een motiefje van spiegeleieren. Oud, maar gezellig. Het was duidelijk dat iemand daar erg zijn of haar best voor had gedaan.

D.D.'s blik viel op een roodgeruite theedoek aan een haakje, en ze boog zich ernaartoe om er even aan te ruiken. Miller sloeg haar verwonderd gade, maar ze volstond ermee haar schouders op te halen.

Toen ze nog maar pas bij de politie was, had ze ooit aan een zaak gewerkt waarin huiselijk geweld een belangrijke rol speelde. Pat, de echtgenoot, dwong zijn vrouw, Joyce, elke dag het huis te boenen, en dat met militaire precisie. D.D. kon zich de lucht van ammonia, die haar tranen in de ogen had bezorgd, nog goed herinneren. Het hele huis had ernaar gestonken, met uitzondering van het achterkamertje, waar het naar opgedroogd bloed rook. Het scheen dat die arme Joyce het bed niet naar behoren had opgemaakt die ochtend. En dus had Pat haar in de nieren getrapt. Joyce was begonnen bloed te plassen en toen ze tot de conclusie was gekomen dat haar einde nabij moest zijn, had ze het geweer uit de laadruimte van de truck van haar man gehaald en zich ervan verzekerd dat hij haar in het hiernamaals zou vergezellen.

Joyce had het letsel aan haar nieren overleefd. Haar man, Pat, van wie het gezicht er grotendeels af was geschoten, was minder fortuinlijk.

Zo op het eerste gezicht leek het D.D. een normale keuken – geen sporen van manisch of compulsief schoonmaakgedrag. Gewoon een plek waar een moeder haar kind te eten had gegeven, en waar de borden met restjes macaroni nog in de gootsteen stonden.

D.D. richtte haar aandacht op de zwartleren tas op het aanrecht. Zonder iets te zeggen reikte Miller haar een setje latex handschoenen aan. Ze knikte bij wijze van bedankje en bekeek de inhoud.

Als eerste was Sandra Jones' mobiele telefoon aan de beurt. De echtgenoot had niet te kennen gegeven dat hij er iets op tegen had dat de telefoon onderzocht werd, dus ze konden zich erop uitleven. Ze bekeek de sms'jes en de overzichten van de gesprekken. Het nummer dat het vaakst was gebeld, was 'thuis.' Een moeder die naar huis belt om te controleren of alles goed is met haar dochter, vermoedde ze. Het op een na vaakst gebelde nummer was 'Jason mobiel.' Een echtgenote die haar man belt om te vragen of alles goed met hem is, nam D.D. aan.

Ze had een pincode nodig om de berichten af te kunnen luisteren, maar daar maakte ze zich vooralsnog niet druk om. Miller kon contact opnemen met het telefoonbedrijf en de boodschappen plus de lijst van gesprekken opvragen. Telefoonbedrijven bewaarden kopieën van alle sms'jes en berichten, ook die gewist waren, en dat was handig voor lieden zoals zij – die van nature nieuwsgierig waren. Wat Miller ook moest doen, was de provider laten uitzoeken welke zendmasten bij Sandra's laatste gesprekken in actie waren gekomen om te kunnen bepalen waar ze op die momenten was geweest.

De rest van de inhoud van haar tas leverde drie verschillende lippenstiften – drie tinten roze – op, en verder twee pennen, een nagelvijl, een mueslireep, een zwart haarelastiek, een leesbril, een portemonnee met tweeënveertig dollar in contanten, een geldig rijbewijs, twee pinpassen, drie pasjes van supermarktketens en een pasje van een boekhandel. Het laatste wat D.D. uit de tas viste, was een notitieboekje met lijstjes van boodschappen die nodig waren, dingen die gedaan moesten worden en afspraken. D.D. legde het boekje opzij als iets wat dringend nader onderzoek behoefde, en Miller knikte.

Naast de tas lag een sleutelbos met autosleutels. Ze pakte hem op en keek Miller vragend aan.

'De automatische starter is van de grijze Volvo-stationcar die op de oprit staat. De twee gewone sleutels zijn van het huis. Er zijn vier sleutels waarvan we niet weten waar ze van zijn, maar we vermoeden dat tenminste eentje ervan van haar klaslokaal is. Ik zet er een mannetje op.'

'Is de kofferruimte van de stationcar onderzocht?' vroeg ze op scherpe toon.

Miller keek haar aan op een manier die om een pietsje meer vertrouwen in zijn capaciteiten vroeg. 'Ja, ja. Maar geen verrassingen.'

D.D. vond een verontschuldiging niet nodig. Ze legde de sleutels neer en nam de stapel gecorrigeerde proefwerken op. Sandra Jones had haar leerlingen een opdracht van één enkele alinea gegeven – een vraag die kort en bondig beantwoord moest worden. 'Als ik mijn eigen dorp kon stichten, dan was regel nummer één... omdat...'

Sommige kinderen kwamen niet verder dan twee zinnetjes. Een paar hadden een alinea van bijna een hele bladzijde lang. Sandra had elk opstel van een of twee opmerkingen voorzien, en het cijfer dat ze had gegeven stond bovenaan, met een cirkeltje eromheen. Ze had een vrouwelijk handschrift, en een paar kinderen hadden een smiley van haar gekregen. D.D. vond dit een detail voor iemand die plezier had in haar werk. Voor het moment vond ze het voldoende om te weten dat Sandra Jones aan deze eetbar had gezeten en opstellen had nagekeken, een activiteit waarvan haar man had gezegd dat ze dat pas gedaan zou hebben wanneer ze Ree naar bed had gebracht.

Dat betekende dat Sandra Jones zo rond negen uur nog gezond en wel in haar keuken aan het werk moest zijn geweest. En toen...

D.D.'s blik ging naar de computer, een relatief nieuw uitziende Dell, op de kleine rode tafel bij het raam. Ze zuchtte.

'Staat hij aan?' vroeg ze met nauwelijks verhuld verlangen.

'Ik heb niet in de verleiding willen komen,' antwoordde Miller.

De computer was riskant. Dat ze hem wilden hebben sprak voor zich, maar ze hadden er de toestemming van de echtgenoot voor nodig. Hij had recht op privacy. Het zou iets zijn om over te onderhandelen, vooropgesteld natuurlijk dat ze iets vonden waar over onderhandeld kon worden.

Achter in de keuken was een smalle trap naar boven. D.D. liep erheen.

'Is de technische recherche al boven?' vroeg ze.

'Ja.'

'Waar staat hun busje?'

'Vijf straten verderop. Bij een pub. We willen zo min mogelijk de aandacht trekken.'

'Daar ben ik het helemaal mee eens. Zijn ze al klaar met de trap?'

'Dat was het eerste wat ik ze heb laten doen,' stelde Miller haar gerust. En toen vervolgde hij: 'Moet je horen, we zijn hier al sinds zes uur vanochtend. Op een gegeven moment had ik tien man hier aan het werk, met het onderzoeken van de kelder, de slaapkamers, de kasten en de tuin. Maar het enige wat het onderzoek heeft opgeleverd, is een kapotte lamp en een ontbrekende sprei in de ouderslaapkamer. Dus ik heb de jongens van het lab naar boven gestuurd en de rest de wijde wereld in gezonden om Sandra Jones te vinden, of om in ieder geval de nodige informatie te achterhalen waaruit blijkt wat haar is overkomen. We weten de hoofdzaken, maar we schieten er niets mee op.'

D.D. zuchtte opnieuw, pakte de leuning vast en liep de chocoladebruine trap op.

Boven was het al even knus als beneden. D.D. onderdrukte de neiging om in elkaar te duiken toen twee oude wandlampjes langs haar haren streken. De houten vloer van de gang had dezelfde bruine kleur als de trap. In de loop der jaren had het stof zich in de kieren tussen de vloerdelen genesteld, en er dwarrelden ook een paar stofnestjes met huidschilfers over de vloer. Een huisdier, vermoedde ze, hoewel niemand daar nog iets van had gezegd.

Ze bleef even staan en keek achterom – een wirwar van voetstappen op de stoffige vloer. Maar goed dat de technici hier al klaar waren met hun werk, dacht ze. Maar toen schoot haar iets anders te binnen, en ze fronste haar wenkbrauwen omdat ze onmiddellijk bezorgd was.

Bijna had ze haar mond opengedaan om iets te zeggen, maar ze bedacht zich op het allerlaatste moment. Ze kon er beter nog even mee wachten. Hoe eerder ze alles op een rijtje hadden, hoe beter.

Ze passeerden de kleine badkamer, met eenzelfde soort jarenvijftigmotief als de keuken. Ertegenover was een bescheiden slaapkamer met, onder het schuine dak, een eenpersoonsbed waar een roze sprei op lag. Het plafond en de balken waren helderblauw geschilderd en versierd met wolkjes, vogels en vlinders. Een echte meisjeskamer, en even had D.D. te doen met die kleine Clarissa Jane Jones, die in dit zoete kamertje was gaan slapen, en vanochtend op wrede wijze gewekt was door vreemde mannen in donkere pakken die door haar huis heen gingen.

D.D. bleef niet in deze kamer hangen, maar liep resoluut door naar de grote slaapkamer.

Twee technici in witte pakken waren aan het werk bij het raam. Ze hadden de rolluiken dichtgedaan en onderzochten de kamer met blauw licht. D.D. en Miller bleven op de gang staan terwijl een van de witte figuren de muren en de vloer afzocht op lichaamsvloeistoffen. Nummer twee plakte een sticker bij elk plekje dat zichtbaar werd. Het hele proces nam iets van tien minuten in beslag. Ze keken niet naar het bed. Het beddengoed was waarschijnlijk al eerder opgerold en ingepakt om op het lab onderzocht te worden.

Een van de technici deed de rolluiken weer open, deed de lamp aan die nog heel was en begroette D.D. met een vrolijk: 'Hé, goeiemorgen, inspecteur!'

'Hallo Marge. Hoe staat het met de strijd?'

'We zijn aan de winnende hand, zoals altijd.'

D.D. deed een stapje naar voren en gaf eerst Marge een hand, en toen Nick Crawford, haar collega. Ze kenden elkaar al jaren van ontmoetingen onder overeenkomstige lugubere omstandigheden.

'Enig idee?' vroeg D.D. aan het stel.

Marge haalde haar schouders op. 'We hebben een paar dingen gevonden. We zullen alles onderzoeken, dat spreekt voor zich, maar er zit niets opvallends bij. Ik bedoel, elke slaapkamer in de Verenigde Staten heeft wel een hoeveelheid lichaamsvloeistoffen.'

D.D. knikte. Bij het zoeken naar lichaamsvloeistoffen waren er twee dingen waar met name op werd gelet. Om te beginnen was dat een grote hoeveelheid duidelijke spetters op de muren of een grote plas op de vloer. Het tweede verdachte kenmerk was een totale afwezigheid van lichaamsvloeistoffen, want dat betekende dat iemand verschrikkelijk zijn best had gedaan om met chemische middelen alle sporen te verwijderen. Het was immers waar wat Marge had gezegd; in elke slaapkamer was altijd wel iets te vinden.

'En wat is er met die kapotte lamp?' wilde D.D. weten.

'Die lag op de vloer,' zei Nick, 'met alle scherven er vlak omheen. Op het eerste gezicht lijkt het alsof hij van het nachtkastje op de grond is gevallen, en niet alsof hij als wapen is gebruikt. We hebben er zo met het blote oog geen bloedsporen op kunnen ontdekken.'

D.D. knikte. 'Beddengoed?'

'De blauw met groene quilt ontbreekt, maar de rest lijkt intact.'

'Hebben jullie de badkamer al gedaan?' wilde D.D. weten.

'Ja.'

'Tandenborstels?'

'Twee ervan waren nog vochtig. Een daarvan is een elektrische roze Barbie-tandenborstel, die is van het kind. De andere is een elektrische Braun Oral-B tandenborstel die, volgens meneer, van zijn vrouw is.'

'Pyjama's?'

'Volgens de man droeg zijn vrouw een lang paars T-shirt met op de voorzijde een afbeelding van een kuikentje met een kroon op zijn kop. Het is tot op dit moment nog niet gevonden.'

'Andere kleren? Een koffer?'

'Volgens de man, die alles snel even heeft bekeken, ontbreekt er niets.'

'Sieraden?'

'De belangrijkste zijn haar horloge en haar trouwring. Die zijn alle twee weg. Wat ook ontbreekt zijn haar favoriete gouden oorringen, die ze volgens haar man bijna elke dag droeg. Het enige wat we in het juwelendoosje hebben gevonden, zijn een paar kettingen en een stel zelfgemaakte armbandjes die ze kennelijk van haar dochtertje heeft gekregen. Haar man zei dat het klopte.'

D.D. wendde zich tot Miller. 'Geen activiteit met haar creditcard, neem ik aan?'

Miller schonk haar opnieuw die blik van 'ik ben niet achterlijk'. Ze ging ervan uit dat dit op zich voldoende antwoord was.

'Dus,' dacht ze hardop, 'dan lijkt het erop dat Sandra Jones gisteren thuis is gekomen van haar werk, dat ze eten heeft gekookt voor haar kind, het kind naar bed heeft gebracht en vervolgens zoals gewoonlijk de opdrachten van haar leerlingen heeft nagekeken. Op een gegeven moment heeft ze haar tanden gepoetst, haar nachthemd aangetrokken en is in ieder geval tot de slaapkamer gekomen, waar...'

'... er bij een worsteling een lamp is gesneuveld?' vulde Marge aan, waarbij ze haar schouders ophaalde. 'Misschien was er al iemand binnen, die haar opwachtte. Dat zou een verklaring zijn voor het gebrek aan bloedsporen.'

'Je bedoelt dat ze overmeesterd is,' vulde Miller aan. 'Dat hij haar heeft laten stikken.'

'Denk eraan de kussenslopen te onderzoeken,' zei D.D. 'Misschien heeft hij haar in haar slaap laten stikken.'

'Laten stikken, of gewurgd. Iets geruisloos en zonder al te veel rommel,' beaamde Nick.

'En toen heeft hij haar in de sprei gerold en naar buiten gesleurd,' concludeerde Miller.

D.D. schudde haar hoofd. 'Nee, nee, niet gesleurd. Dit gedeelte is niet duidelijk.'

'Hoe bedoel je, niet gesleurd?' vroeg Miller verbaasd.

'Heb je gezien hoe stoffig de gang is? Ik kan onze voetafdrukken er duidelijk zien, en dat is een probleem, want als iemand een in een sprei gewikkeld lijk over de gang heeft gesleurd, zou er vanaf deze slaapkamer tot aan de trap een duidelijk sleepspoor te zien moeten zijn. Een schone baan in het stof. Maar die is er niet. En dat betekent dat het lijk niet gesleept is.'

Miller trok een bedenkelijk gezicht. 'Goed, dan heeft de dader haar naar buiten gedragen.'

'Denk je echt dat iemand het ingepakte lijk van een volwassen vrouw over die smalle gang heeft kunnen dragen?' D.D. trok haar wenkbrauwen op en trok een ongelovig gezicht. 'Om te beginnen moet het een heel sterke man zijn geweest, en ten tweede kan hij er de bocht in de trap niet mee om zijn gekomen, en als dat al het geval was, zouden we daar overal duidelijke sporen van moeten zien.'

'Twee mannen?' opperde Marge.

'Twee keer zoveel lawaai, twee keer zoveel kans om betrapt te worden.'

'Wat is er dan verdomme met die sprei gebeurd?' wilde Miller weten.

'Dat weet ik niet,' zei D.D. 'Tenzij... tenzij ze niet in deze kamer is vermoord. Misschien is ze weer naar beneden gegaan. Misschien zat ze beneden op de bank toen er is aangebeld. Of misschien is haar man thuisgekomen...' Ze liep in gedachten meerdere scenario's na. 'Hij heeft haar ergens anders vermoord, is teruggekomen voor de quilt en heeft, toen hij hem van het bed trok, de lamp omgegooid. Minder luidruchtig, en minder kans dat het kind wakker is geworden.'

'Waarmee je dus wilt zeggen dat we de plaats van de moord nog niet hebben gevonden,' mompelde Miller, en er lag een diepe rimpel op zijn voorhoofd. Want ze hadden het standaardonderzoek gedaan en het feit dat hier geen bloedsporen waren aangetroffen, gaf hem te denken.

Ze keken elkaar aan.

'Ik hou het op de kelder,' zei D.D. 'Echt erge dingen gebeuren altijd in de kelder. Zullen we?'

*

Gevieren daalden ze de trap af. Ze passeerden de woonkamer waar, in de deuropening, een geüniformeerde agent de wacht hield bij Jason Jones en zijn slapende kind. D.D. keek de vader aan en ving een glimp op van zijn uitdrukkingsloze bruine ogen. Miller deed de kelderdeur open en D.D. keek bedenkelijk naar de verraderlijk smalle houten trap en de bedompte, met vier kale peertjes slecht verlichte kelder. Langzaam, stapje voor stapje, gingen ze naar beneden. Mensen hadden er geen idee van hoe vaak politiepersoneel van trappen viel en zich lelijk bezeerde. Zoiets was voor alle betrokkenen even pijnlijk. Het was op zich niet zo erg om tijdens het werk gewond te raken, maar dan moest je er wel een sterk verhaal bij kunnen vertellen.

De kelder leek akelig veel op een kelder. De vloer van gebarsten beton. Recht voor hen een wasmachine en een droger. Ernaast, op een oude salontafel, een plastic wasmand en daarvoor een fles vloeibaar wasmiddel. Ernaast, zoals in elke kelder, een verzameling half kapotte tuinstoelen, oude verhuisdozen en overbodig geworden babyspullen. Pal naast de trap een plastic boekenkast die als een soort voorraadkast dienstdeed. D.D. zag dozen cornflakes, pakken macaroni met kaas, crackers, droge pasta, blikken soep en keukenspullen.

Het was er stoffig, maar alles was netjes tegen de muur geordend en gestapeld, en het was duidelijk dat de ruimte primair gebruikt werd voor de was, maar dat hij, te oordelen naar het paarse driewielertje bij de trap naast het stortluik, ook dienstdeed als speelruimte.

D.D. liep naar het stortluik en bekeek een verzameling spinnenwebben in de rechterhoek en de dikke laag stof op het handvat van het luik. Het was duidelijk al lange tijd niet open geweest, en nu ze hier beneden was, dacht ze alweer heel anders over de zaak. Als je iemand hier in de kelder vermoordde, zou je dan echt de moeite nemen om het lijk weer helemaal naar boven te sjouwen? Was het niet logischer om het tijdelijk achter een stel dozen te verstoppen, of het in een laken te wikkelen om het dan, midden in de nacht, via het luik naar buiten te werken?

Ze zocht tussen en achter de gedemonteerde wieg, kinderwagen en babyzitjes. Vervolgens deed ze hetzelfde met de verzameling dozen tegen de muur en de collectie half kapotte tuinmeubelen.

Achter haar onderzochten Nick en Marge de vloer met schijnwerpers, terwijl Miller zich afzijdig hield en met zijn handen in de zakken stond te wachten tot iedereen tot dezelfde conclusie zou komen als hij uren geleden al had bereikt.

D.D. had daar slechts enkele minuten voor nodig. De kelder deed haar sterk denken aan de keuken – niet te vuil en niet te schoon. Heel normaal eigenlijk, voor een gezin van drie.

Voor de lol besloot ze toch nog even in de wasmachine en de droger te kijken. En dat was het moment waarop haar hart een paar slagen miste.

'O shit,' zei ze, nadat ze de deksel van de wasmachine had opgetild en de blauw met groene sprei had gezien.

Miller kwam, op de voet gevolgd door de beide technici, op een holletje naar haar toe. 'Is dat...? Dat meen je niet. Wacht maar, als ik die twee oenen te pakken krijg die de boel hier onderzocht hebben...'

'Hé, is dat niet de quilt?' merkte Nick nogal stompzinnig op.

Marge had zich al naar voren gebogen en haalde de sprei uit de bovenlader, waarbij ze goed oplette dat hij niet in contact kwam met de vloer.

'Heeft hij hem gewassen?' dacht D.D. hardop. 'De man heeft de sprei gewassen, maar hij had geen tijd meer om hem te drogen voordat hij de politie belde? Of heeft de vrouw hem zelf in de wasmachine gestopt en hebben we ons de afgelopen uren druk gemaakt om niets?'

Marge had het ene uiteinde van de sprei aan Nick gegeven, terwijl ze het andere uiteinde zelf vast was blijven houden en ermee naar achteren liep. De sprei vertoonde de scherpe vouwen van een natte lap die lang in de wasmachine had gezeten. Hij rook vagelijk naar wasmiddel – fris en schoon. Ze schudden hem op en er viel een natte paarse bal uit.

D.D. had haar latex handschoenen nog aan, dus ze raapte hem op van de vloer. 'Ik neem aan dat dit Sandra Jones' nachthemd is,' zei ze, het paarse T-shirt met voorop de afbeelding van het gekroonde kuikentje omhooghoudend.

Ze namen de tijd om de beide voorwerpen op gebleekte roze vlekken te onderzoeken – het soort vlekken dat achterbleef wanneer je ergens bloed uit probeerde te wassen – en om te zien of ze scheuren konden ontdekken die op een worsteling zouden kunnen duiden. En of er misschien nog andere aanwijzingen uit af te leiden waren.

Opnieuw werd D.D. bekropen door dat onaangename gevoel. Alsof ze iets zag wat overduidelijk was, maar waarvan de betekenis haar ontging.

Wie nam de tijd om een sprei en een T-shirt te wassen, maar vond het niet nodig om een kapotte lamp op te ruimen? Wat was het voor soort vrouw, die wegging zonder haar portemonnee en haar auto, en die haar kind achterliet?

En wat was het voor echtgenoot, die thuiskwam, ontdekte dat zijn vrouw weg was, en dan drie uur wachtte voordat hij de politie waarschuwde?

'Zolder? Kruipruimte?' vroeg D.D. hardop aan Miller. Nick en Marge vouwden de sprei op om mee te nemen naar het laboratorium. Als er geen bleekwater gebruikt was, zou de sprei mogelijk nog enige informatie op kunnen leveren. D.D. gaf het paarse shirt aan de technici, die het, ook voor nader onderzoek, in een tweede zak stopten.

'Geen kruipruimte. De zolder is klein en staat voornamelijk vol met kerstspullen,' meldde Miller.

'Kasten, koelkasten, diepvriezers, schuurtjes, barbecuekuilen?'

'Nee, nee, nee, nee en nee.'

'Maar er is natuurlijk wel een grote haven.'

'Inderdaad.'

D.D. slaakte een diepe zucht en probeerde het toen met nog een laatste theorie. 'De auto van meneer?'

'Een pick-up. Hij is met ons mee naar buiten gelopen om achterin te kijken. Maar hij weigerde de portieren van de cabine open te maken.'

'Wat je voorzichtig noemt, verdomme.'

'Gevoelloos,' corrigeerde Miller. 'Zijn vrouw wordt al uren vermist, en hij heeft nog geen mens gebeld – geen vrienden, geen familie, niemand.'

Dat gaf voor D.D. de doorslag. 'Kom op,' zei ze. 'Het is tijd voor een kennismaking met meneer Jones.'

Hoofdstuk 4

Toen ik klein was, geloofde ik in God. Mijn vader nam me elke zondag mee naar de kerk. Ik ging naar zondagsschool en luisterde naar verhalen over Zijn werk. Na afloop was er een gezamenlijke maaltijd van een warme schotel en een toetje met perzik.

Daarna gingen we terug naar huis, waar mijn moeder mijn vader met een slagersmes achternazat en krijste: 'Ik weet heus wel wat je uitspookt, meneertje! Alsof die sletjes daar in de kerk alleen maar naast je zouden zitten om je gezangboek met je te delen!'

Ze renden als gekken door het huis, terwijl ik me zo klein mogelijk maakte in de garderobekast, waar ik precies kon horen wat ze zeiden maar niet hoefde te zien wat er gebeurde als mijn vader uitgleed, struikelde of een traptree miste.

Toen ik klein was, geloofde ik in God. Elke ochtend dat ik wakker werd en mijn vader nog leefde, was voor mij een teken van Zijn werk. Pas toen ik ouder was, begon ik te begrijpen wat er echt aan de hand was op die zondagochtenden bij ons thuis. Ik begon te begrijpen dat het in leven blijven van mijn vader niets te maken had met Gods wil, maar alles met mijn moeders wil. Ze heeft mijn vader nooit vermoord omdat ze niet wilde dat hij dood zou gaan.

Nee, wat mijn moeder wilde, was mijn vader kwellen. Om elke minuut van zijn leven tot een hel te maken.

Mijn vader overleefde het omdat, voor mijn moeders gevoel, de dood veel te goed voor hem zou zijn geweest.

'Hebben jullie Mr. Smith gevonden?'

'Pardon?'

'Hebben jullie Mr. Smith gevonden? Mijn kat. Mama is hem vanochtend gaan zoeken, maar ze is nog niet terug.'

D.D. knipperde een paar keer snel met haar ogen. Ze had de kelderdeur nog maar half opengedaan toen ze oog in oog stond met een uiterst serieus kijkende krullenbol van vier. Clarissa Jones was kennelijk wakker, en had de leiding van het onderzoek op zich genomen.

'Aha.'

'Ree?' De stilte die was gevallen, werd doorbroken door een bariton. Ree draaide zich gehoorzaam om en D.D. keek op naar Jason Jones, die hen vanuit het halletje stond op te nemen.

'Ik wil Mr. Smith terug,' jammerde Ree.

Jason stak zijn hand uit, en zijn dochter liep naar hem toe. Hij zei geen woord tegen D.D., en keerde samen met zijn dochter terug naar de kamer.

D.D. en Miller volgden hen. Miller knikte kort naar de geüniformeerde agent die op wacht stond, ten teken dat hij geëxcuseerd was.

De zitkamer was klein – een tweepersoonsbankje, twee houten stoelen en een dekenkist met kanten kleedjes erop die tevens dienstdeed als salontafel. In de hoek, op een laag, namaakhouten kastje, stond een kleine televisie. De rest van de ruimte werd in beslag genomen door een kindertafel en een rij bakken met honderden kleurpotloden, Barbies en ander speelgoed. Te oordelen naar dat speelgoed was de vierjarige Ree dol op de kleur roze.

D.D. nam haar tijd. Ze keek rond en bleef staan om de korrelige foto's op de schoorsteenmantel te bestuderen – een pasgeboren baby, diezelfde baby op het moment dat ze haar eerste hapjes vast voedsel nam, haar eerste stapjes deed en haar eerste driewieler bereed. Er stonden geen andere familieleden op de foto's. Geen spoor van oma's, opa's, ooms of tantes. Alleen Jason, Sandra en Ree.

Toen zag D.D. een kiekje van een peuter die een uiterst tolerante, rode kater in haar armen hield, en ze nam automatisch aan dat dit die Mr. Smith moest zijn.

Ze liep verder naar de bakken met speelgoed en de tafel, waarop een half ingekleurde plaat van Assepoester met twee muizen lag. Heel normale dingen, dacht D.D. Normaal speelgoed, normale voorwerpen, normale meubels voor een normaal gezin in een normaal huis in Zuid-Boston.

Behalve dat dit gezin niet normaal was, want anders zou ze hier nu niet hebben gestaan.

Ze liep nog een keer langs de bakken, maar dat was vooral een excuus om de vader te observeren zonder hem rechtstreeks aan te hoeven kijken. De meeste mannen zouden ondertussen goed van streek zijn. Een echtgenote die wordt vermist. Het huis vol politie – agenten die overal aan zitten en alles bekijken en onderzoeken, en dat in het bijzijn van een dochtertje van vier.

Maar hij straalde helemaal geen bezorgdheid uit. Niets.

Het was bijna alsof hij helemaal niet in de kamer aanwezig was.

Ten slotte draaide ze zich naar hem om. Jason Jones zat op het bankje. Hij had zijn arm om zijn dochtertje geslagen, die volkomen kalm en rustig naast hem zat. Zijn blik was op het scherm van de televisie gericht, maar het ding stond niet aan. Zo van dichtbij was hij alles wat Miller over hem had gezegd. Dik, ongekamd haar, viriele stoppelbaard, gespierde borst waar een eenvoudig, katoenen, donkerblauw shirt overheen spande. Hij was een combinatie van seks en vader en de mysterieuze buurjongen. Hij was de natte droom van elke presentatrice, en Miller had gelijk – als ze Sandra Jones niet vonden voordat de media lucht van de zaak kregen, konden ze het verder wel vergeten.

D.D. pakte een van de houten stoelen, zette hem voor de bank en ging zitten. Miller hield zich op de achtergrond. Dat was beter, met het kind erbij. Twee smerissen waren handig om een echtgenoot onder druk te zetten, maar voor een angstig kind was het doorgaans te veel van het goede.

Eindelijk keek Jason Jones haar aan, en ze onderdrukte een onwillekeurige huivering.

Zijn ogen waren even leeg als een sterrenloze hemel. Dat soort blik had ze nog maar twee keer eerder gezien. De ene keer bij het verhoren van een psychopaat die niet blij was met een bepaalde zakenpartner en de relatie had beëindigd door de man en diens volledige gezin met een kruisboog te vermoorden. De tweede keer was geweest bij het ondervragen van een Portugese vrouw van zevenentwintig die gedurende vijftien jaar door een rijk echtpaar in hun dure villa in Boston als seksslavin was gehouden. De vrouw had twee jaar daarna een eind aan haar leven gemaakt door op een drukke straat recht tegen het verkeer in te lopen. Zonder zelfs maar een seconde te aarzelen, hadden getuigen erover gezegd. Ze was gewoon van de stoep af gestapt en pal voor een Toyota Highlander gaan staan.

'Ik wil mijn kat terug,' zei Ree. Ze ging rechtop zitten en maakte zich een beetje los van haar vader. Hij deed geen poging om haar weer tegen zich aan te trekken.

'Wanneer heb je Mr. Smith voor het laatst gezien?' vroeg D.D. haar.

'Gisteravond. Toen ik naar bed ging. Mr. Smith slaapt altijd bij mij. Hij vindt mijn kamer het mooist.'

D.D. glimlachte. 'Ik vind jouw kamer ook heel mooi. Al die bloemen en die mooie vlinders. Heb je geholpen bij het schilderen daarvan?'

'Nee. Ik kan niet tekenen. Mijn papa en mama hebben het gedaan. Ik ben al vier en drie kwart.' Ree zette een hoge borst. 'Ik ben al groot, en daarom heb ik voor mijn vierde verjaardag een grotemeisjeskamer gekregen.'

'Ben jij vier? Dat had ik nooit gedacht. Ik zag je aan voor vijf, of zes. Wat geven ze je te eten? Want je bent wel heel erg groot voor een meisje van vier.'

Ree giechelde. Haar vader zei niets.

'Ik hou van macaroni met kaas. Dat vind ik het allerlekkerste op de hele wereld. Mama vindt het goed dat ik dat eet, maar ik moet er wel kalkoenworstjes bij eten. Voor de eiwitten, zegt ze. En als ik genoeg eiwitten eet, mag ik Oreo-koekjes als toetje.'

'En heb je dat gegeten gisteravond?'

'Gisteravond heb ik macaroni met kaas gegeten en een appel. Geen Oreo's. Papa had geen tijd om boodschappen te doen.'

Ze keek haar vader aan, waarop hij voor het eerst tot leven leek te komen. Hij woelde zijn dochtertje door het haar, waarbij hij haar be-schermend en teder aankeek. Maar toen hij zijn blik het volgende mo-ment weer afwendde, was het alsof er een knop werd omgezet en hij totaal geen emoties had.

'Wie heeft je gisteravond te eten gegeven, Ree?'

'Mama geeft me altijd te eten 's avonds. Papa geeft me tussen de middag te eten. Ik eet brood met pindakaas en jam, maar geen koek-jes. Je kunt niet de hele dag koekjes eten,' voegde ze er op een spijtig toontje aan toe.

'Houdt Mr. Smith ook van Oreo's?'

Ree rolde met haar ogen. 'Mr. Smith houdt van álles! Daarom is hij ook zo dik. Hij doet niets anders dan eten. Mama en papa zeggen dat hij geen menseneten mag hebben, maar dat vindt hij niet fijn.'

'Heeft Mr. Smith je gisteravond geholpen bij het eten?'

'Hij wilde aldoor op de bar springen, en mama moest hem steeds wegjagen.'

'Aha. En na het eten?'

'Dan is het tijd voor het bad.'

'Gaat Mr. Smith in bad?' D.D. deed haar best om heel verbaasd te klinken.

Ree moest weer giechelen. 'Nee. Mr. Smith is een kat. Katten gaan niet in bad. Ze wassen zichzelf.'

'Ooh. Ja, nu begrijp ik het. Maar wie gaat er dan wel in bad?'

'Mama en ik.'

'Is er wel plaats voor jullie alle twee? En pikt mama niet alle zeep in?'

'Er is plaats genoeg. Maar de zeep krijg ik niet. Ik heb eens een hele fles schuim in bad gedaan. Je had het schuim moeten zien!'

'Ik wed dat het enorm veel was.'

'Ik hou van schuim.'

'Ik ook. En na het bad?'

'Nou, we namen eigenlijk een douche.'

'O, neem me niet kwalijk. Na de douche...'

'Toen ben ik naar bed gegaan. Ik mag twee verhaaltjes kiezen. Ik hou van de boekjes van *Fancy Nancy* en *Pinkalicious*. En ik mag een liedje kiezen. Mama houdt van *Twinkle, Twinkle Little Star*, maar daar ben ik te oud voor. Dus ik heb haar *Puff the Magic Dragon* laten zingen.'

'Heeft je moeder *Puff the Magic Dragon* voor je gezongen?' Deze keer was D.D.'s verbazing oprecht.

'Ik hou van draken,' verklaarde Ree.

'Hmm, ik begrijp het. En wat vindt Mr. Smith daarvan?'

'Mr. Smith zingt niet.'

'Maar houdt hij van liedjes?'

Ree haalde haar schouders op. 'Hij houdt van verhaaltjes. Tijdens het voorlezen gaat hij altijd tegen me aan liggen.'

'En dan doet je moeder het licht uit?'

'Ik heb een nachtlampje. Ik weet wel dat ik vier en drie kwart ben, maar ik vind een nachtlampje fijn. Misschien... ik weet niet. Misschien als ik vijf ben... of misschien wel dertig, dan heb ik geen nachtlampje meer nodig.'

'Goed, dus je ligt lekker in bed, en Mr. Smith is bij je...'

'Hij ligt aan het voeteneinde.'

'Goed, hij ligt aan het voeteneinde. Je nachtlampje is aan. Je moeder doet het grote licht uit, ze doet de deur dicht, en dan...'

Ree staarde haar met grote ogen aan.

Jason Jones staarde haar ook aan, en zijn blik was een tikje vijandig.

'Is er later op de avond iets gebeurd, Ree?' vroeg D.D. zachtjes.

Ree bleef haar aanstaren.

'Andere geluiden? Stemmen van andere mensen? Is je deur openge-gaan? Wanneer is Mr. Smith je kamer uit gegaan?'

Ree schudde haar hoofd. Ze keek D.D. niet meer aan. Het volgende moment kroop ze weer tegen haar vader aan, waarbij ze haar armpjes om zijn middel sloeg. Jason legde zijn armen om haar schouders en keek D.D. strak aan.

'Afgelopen,' zei hij.

'Meneer Jones...'

'Afgelopen,' herhaalde hij.

D.D. haalde diep adem, telde tot tien en ging haar keuzemogelijk-heden na. 'Is er misschien iemand van de familie, of van de buren, die even op Clarissa zou kunnen passen, meneer Jones?'

'Nee.'

'Nee, er is niemand die op haar kan passen, of nee, dat wilt u niet hebben?'

'Wij passen zelf op onze dochter, mevrouw...'

'Warren. Inspecteur D.D. Warren.'

Haar rang leek geen indruk op hem te maken. 'Wij passen zelf op onze dochter, inspecteur Warren. Het slaat nergens op om een kind te hebben en haar door anderen op te laten voeden.'

'Meneer Jones, u begrijpt vast wel dat we, als u wilt dat we u helpen met het terugvinden van... Mr. Smith... we meer informatie en meer medewerking van u nodig hebben.'

Hij zei niets, bleef zijn dochter stevig vasthouden.

'We hebben de sleutels van uw auto nodig.'

Hij bleef zwijgen.

'Meneer Jones,' drong D.D. ongeduldig aan. 'Hoe eerder we vast-stellen waar Mr. Smith níet is, des te eerder we kunnen bepalen waar ze wél is.'

'Híj,' zei Ree met een klein stemmetje. 'Mr. Smith is een jóngen.'

D.D. zei niets en bleef Jason Jones aandachtig opnemen.

'Mr. Smith is niet in de cabine van de pick-up,' zei Jason zacht.

'Hoe weet u dat?'

'Omdat hij al weg was toen ik thuiskwam. En voor de zekerheid heb ik zelf al in de auto gekeken.'

'Met alle respect, meneer, dat lijkt me toch meer een taak voor ons.'

'Mr. Smith is niet in mijn pick-up,' herhaalde Jason kalm. 'En zolang u geen huiszoekingsbevel kunt overleggen, zult u mij moeten geloven.'

'Er zijn rechters die ons alleen al een huiszoekingsbevel zouden geven omdat u weigert mee te werken.'

'In dat geval kunt u vast heel snel weer terug zijn, niet?'

'Ik wil toegang tot uw computer,' zei D.D.

'Dat zult u aan diezelfde rechter moeten vragen.'

'Meneer Jones. Uw... kat wordt nu al zeven uur vermist, en er is geen spoor van haar...'

'Hem,' zei Ree.

'Hém, niet in de buurt en niet op de plekken waar je normaal... katten kunt verwachten. De zaak is dringend. Ik had toch wel op enige hulp van u gerekend.'

'Ik hou van mijn kat,' zei Jones zacht.

'Laat ons dan die computer van u analyseren. Werkt u mee, zodat we dit zo snel en zo succesvol mogelijk kunnen klaren.'

'Dat kan ik niet.'

'Kunt u dat niet, of wilt u dat niet?' vroeg D.D. een tikje fel.

'Dat kan ik niet.'

'En waarom kunt u dat niet, meneer Jones?'

Hij keek haar aan. 'Omdat ik nog meer van mijn dochter hou.'

Dertig minuten later liep D.D. met Miller terug naar haar auto. Ze hadden, zuiver voor het protocol, vingerafdrukken van Jason Jones en Clarissa Jones genomen – om vast te kunnen stellen of er vreemde vingerafdrukken in huis waren, moesten ze beginnen met het identificeren van de afdrukken van de bewoners. Jones had vrijwillig meegewerkt, en daarna had hij Ree geholpen bij het geven van haar vingerafdrukken. Het meisje vond het één groot avontuur. D.D. vermoedde dat Jason zich gerealiseerd had dat het geen kwaad kon om daaraan mee te werken, want uiteindelijk was er niets verdachts aan dat zijn huis vol zat met zijn vingerafdrukken.

Jason Jones had zijn handen gewassen, en vervolgens had hij Rees handjes gewassen. Daarna had hij de politie zo ongeveer zijn huis uit gegooid. Zijn dochter moest rusten, had hij gezegd, en daarmee was de zaak afgedaan. Hij had ze uitgeleide gedaan, en hij had verder geen vragen gesteld. Niets in de trant van 'En wat gaat u ondernemen om mijn vrouw te vinden?' of 'Ik smeek u, doet u alstublieft wat u kunt' of 'Laten we een zoekactie op touw zetten en de hele buurt uitkammen tot we mijn beeldschone, dierbare echtgenote hebben gevonden.'

Nee, niet meneer Jones. Zijn dochter moest rusten. Klaar uit.

'Kil?' vroeg D.D. 'Zeg maar rustig ijzig. Het is duidelijk dat meneer Jones nog nooit van de klimaatverandering en het opwarmen van de aarde heeft gehoord.'

Miller liet haar rustig uitrazen.

'Dat kind weet iets. Heb je gezien hoe ze zich ineens afsloot toen we bij het slapengaan waren aanbeland? Ze heeft iets gehoord of iets gezien, ik weet niet. Maar we hebben iemand nodig die gespecialiseerd is in het verhoren van jonge kinderen. En snel ook. Hoe langer dat meisje zo intens alleen is met haar vader, des te moeilijker het voor haar zal zijn om zich pijnlijke dingen te herinneren.'

Miller knikte.

'Natuurlijk zal die lieve papa ons toestemming voor dat verhoor moeten geven, en op de een of andere manier betwijfel ik of hij dat zal willen doen. Ik vind het maar vreemd, jij niet? Ik bedoel, zijn vrouw verdwijnt ergens midden in de nacht, laat haar dochtertje alleen thuis, en in plaats van zo veel mogelijk mee te werken of logische vragen te stellen met betrekking tot wat we ondernemen om mevrouw zo snel mogelijk te vinden, zit hij maar zwijgend op dat bankje. Je zou shock van hem verwachten, of ongeloof en paniek, en dat hij antwoord op zijn vragen zou willen hebben. Waarom hangt hij niet aan de telefoon met vrienden en familie? Het zou alleen maar logisch zijn als hij foto's van zijn vrouw tevoorschijn haalde waarmee wij de buurt rond kunnen gaan. Op zijn minst zou hij iets van een oppas voor zijn dochter moeten regelen om ons persoonlijk bij het zoeken te helpen. Maar ik weet niet, het is alsof hij de knop heeft omgedraaid. Het lijkt alsof hij niet thuis is, zeg maar.'

'Ontkenning,' suggereerde Miller, die zijn best moest doen om haar bij te benen.

'Ik ben voor een harde aanpak,' verklaarde D.D. 'Zorg voor een huiszoekingsbevel voor Jones' pick-up, voor een officiële verklaring dat we zijn computer in beslag mogen nemen en toestemming voor het opvragen van de gespreksinformatie van de mobiele telefoon van zijn vrouw. Het zou nog beter zijn als we het hele huis als plaats delict bestempeld zouden kunnen krijgen, want dan kan niemand meer ergens aan zitten. Dat zou meneer wel eens aan het denken kunnen zetten.'

'Ja, maar dat zou wel erg moeilijk zijn voor dat meisje.'

'Precies dat is het probleem.' Als het huis tot plaats delict verklaard werd, zouden Jason en zijn dochter hun boeltje moeten pakken en onder politiebegeleiding hun intrek in een hotel moeten nemen. D.D. vroeg zich af hoe dat voor Ree zou zijn, die haar eigen veilige en knusse plekje thuis zou moeten verruilen voor een goedkope hotelkamer met bruine vloerbedekking en de geur van verschaalde sigarettenrook. Het leek D.D. geen goed idee, maar toen schoot haar iets anders te binnen.

Ze bleef met een ruk staan en draaide zich zo plotseling naar Miller om dat deze bijna tegen haar op botste.

'Als we Jason en Ree laten verkassen, zullen we ze vierentwintig uur per dag moeten laten bewaken. Dat betekent dat we minder mankracht tot onze beschikking zullen hebben voor het onderzoek zelf – minder mensen om in deze cruciale eerste uren naar Sandra Jones te zoeken. Dat weet jij net zo goed als ik. Maar Jason weet dat niet.'

Miller keek haar peinzend aan en draaide aan zijn snor.

'De rechter die we moeten hebben is Banyan,' ging D.D. verder, terwijl ze doorliep. 'We kunnen de verklaringen alvast klaarmaken en ze dan meteen na de middagpauze aan haar voorleggen. Ik wil toestemming voor de computer, de pick-up en, verdomme, voor het hele huis. Wacht maar af, het zal niet lang meer duren voor meneer IJsberg ontdooit.'

'Hé, wacht even. Net zei je nog dat...'

'En dan is het te hopen,' viel D.D. hem nadrukkelijk in de rede, 'dat wanneer Jason Jones de keus krijgt tussen het verlaten van zijn huis en het door een deskundige laten verhoren van zijn dochter, hij voor die laatste mogelijkheid zal kiezen.'

D.D. keek op haar horloge. Het was een paar minuten over twaalf, en prompt begon haar maag te knorren. De herinnering aan haar fantasie van die ochtend over een buffet vol heerlijkheden, maakte haar er niet vrolijker op.

'We hebben meer mankracht nodig voor de uitvoering van de rechterlijke bevelen,' voegde ze eraan toe.

'Komt in orde.'

'En we zullen een manier moeten verzinnen om onze zoekacties uit te breiden zonder daarbij vooralsnog de aandacht van de media te trekken.'

'Oké.'

Ze waren bij haar auto. D.D. bleef nog even staan om Miller recht in de ogen te kijken, en vervolgens een diepe zucht te slaken.

'Er zit een luchtje aan deze zaak,' verklaarde ze.

'Moet je mij vertellen,' zei Miller vriendelijk. 'Ben je niet blij dat ik je gebeld heb?'

Hoofdstuk 5

Om één minuut voor twaalf had Jason eindelijk de laatste agent de deur uit gewerkt. De brigadier, de inspecteur die het onderzoek leidde, de technici en de geüniformeerde agenten. Iedereen ging weg, met uitzondering van een enkele agent in burger in de bruine Ford Taurus die voor de deur stond geparkeerd. Jason kon hem vanuit het keukenraam zien, zoals hij daar zat – recht voor zich uit kijkend, afwisselend geeuwend en slokjes van zijn koffie van Dunkin' Donuts nemend.

Nadat hij nog even naar hem gekeken had, liep Jason bij het raam vandaan in het besef dat hij het huis weer voor zichzelf had, hoewel de gedachte aan wat hem nu te doen stond hem nagenoeg ondraaglijk voorkwam.

Ree keek hem aan met die grote bruine ogen van haar die zo sterk op die van haar moeder leken.

'Lunch,' zei Jason hardop, en hij schrok een beetje van de onverwacht hese klank van zijn stem. 'Laten we wat eten.'

'Papa, heb je Oreo-koekjes gekocht?'

'Nee.'

Ze ademde op overdreven wijze uit. 'Waarom bellen we mama niet? Want als ze in de supermarkt is om daar naar Mr. Smith te zoeken, kan ze meteen een pak koekjes meebrengen.'

'Misschien,' zei Jason. Hoewel zijn hand ineens heftig begon te beven, lukte het hem de koelkast open te trekken.

Op de automatische piloot pakte hij het brood en haalde een paar boterhammen uit het pak. Smeerde er de pindakaas en de jam op. Telde vier worteltjes af en plukte een paar druiven van een grote tros. Daarna legde hij alles, met de boterhammen schuin doormidden gesneden, op een met bloemen beschilderd bord.

Ree kwebbelde over Mr. Smiths grote ontsnapping, over hoe hij natuurlijk Peter Rabbit zou ontmoeten, en dat hij misschien wel samen met Alice in Wonderland terug zou komen. Ree had een leeftijd waarop realiteit en fantasie nog heel gemakkelijk door elkaar liepen. De Kerstman bestond, de paashaas was de beste maatjes met de tandenfee, en er was geen enkele reden waarom Clifford, de grote rode hond, niet met Mr. Smith zou kunnen spelen.

Ze was een voorlijk kind. Eén brok energie, hoge verwachtingen en enorme eisen. Als ze niet precies de juiste kleur roze sokjes kreeg, kon ze daar gemakkelijk drie kwartier over blijven razen en tieren. Een keer had ze een hele zaterdagochtend geweigerd haar kamer uit te komen uit woede omdat Sandra nieuwe gordijntjes voor de keuken had gekocht zonder eerst met haar te overleggen.

Maar toch zouden Jason en Sandra haar niet anders willen hebben.

In Ree zagen ze de jeugd die ze geen van tweeën hadden gehad. Ze zagen onschuld en vertrouwen. Ze genoten van de spontane omhelzingen van hun dochter. Ze leefden voor haar aanstekelijke lach. En ze waren het er alle twee van begin af aan over eens geweest dat Ree altijd op de eerste plaats zou komen. Er was niets wat ze niet voor haar zouden doen.

Niets.

Jason wierp een blik op de onopvallende politieauto voor de deur, en toen hij voelde hoe zijn hand zich vanzelf tot een vuist balde probeerde hij zich zo snel mogelijk weer te ontspannen.

'Ze is mooi.'

'Mr. Smith is een jongen,' zei hij automatisch.

'Niet Mr. Smith. De politiemevrouw. Ze heeft mooi haar.'

Jason wendde zich tot zijn dochter. Bij haar ene mondhoek zat een smeer pindakaas, en bij de andere een smeer jam. En ze zat hem weer aan te kijken met die grote, bruine ogen van haar.

'Je kunt me alles vertellen, dat weet je toch, hè?' zei hij zacht.

Ree legde haar boterham neer. 'Ja, dat weet ik, papa,' zei ze, maar ze keek hem al niet meer aan. Aarzelend stopte ze twee druiven in haar mond en schikte de andere die nog op haar bordje lagen vervolgens rond een van de geschilderde margrieten. 'Denk je dat alles goed is met Mr. Smith?'

'Katten hebben negen levens.'

'Mama's niet.'

Hij wist niet wat hij daarop moest zeggen. Hij probeerde zijn mond open te doen, probeerde iets geruststellends te zeggen, maar er kwam geen woord over zijn lippen. Waar hij zich vooral bewust van was, was het heftige, oncontroleerbare trillen van zijn handen, en dat hij ergens diep vanbinnen ijskoud was geworden en daar waarschijnlijk nooit meer warm zou kunnen worden.

'Ik ben moe, papa,' zei Ree. 'Ik wil een dutje doen.'

'Goed,' zei hij.

En ze gingen naar boven.

Jason keek naar Ree terwijl ze haar tanden poetste. En hij vroeg zich af of Sandy dit ook zo had gedaan.

Hij las Ree twee verhaaltjes voor, zittend op de rand van haar bed. En hij vroeg zich af of Sandy dit ook zo had gedaan.

Jason zong een liedje, stopte zijn dochter in en gaf haar een zoen op de wang. Hij vroeg zich af of Sandy dit ook zo had gedaan.

Hij was al op de drempel toen Ree iets zei en hij zich opnieuw naar haar moest omdraaien. Hij had zijn armen voor zijn borst over elkaar geslagen, en zijn vingers weggestopt onder zijn ellebogen, om te voorkomen dat Ree het beven van zijn handen zou zien.

'Wil je bij me blijven, papa? Tot ik slaap?'

'Goed.'

'Mama heeft 'Puff the Magic Dragon' gezongen. Ik weet nog dat ze 'Puff the Magic Dragon' voor me zong.'

'Goed.'

Ree draaide zich rusteloos van haar ene op de andere zij. 'Denk je dat ze Mr. Smith al heeft gevonden? Denk je dat ze thuiskomt?'

'Dat hoop ik.'

Eindelijk bleef ze stil liggen. 'Papa,' fluisterde ze. 'Papa, ik heb een geheim.'

Hij haalde diep adem, deed zijn best om zo luchtig mogelijk te klinken. 'Echt? Want je kent de papa-regel.'

'De papa-regel?'

'Ja, de papa-regel. Wat voor geheim je ook hebt, je mag het aan één papa vertellen. En dan helpt hij je bij het bewaren van het geheim.'

'Je bent mijn papa.'

'Ja, en je kunt ervan op aan dat ik heel goed ben in het bewaren van geheimen.'

Ze glimlachte. En toen, als de dochter van haar moeder die ze was, draaide ze zich op haar zij en viel, zonder verder nog iets te zeggen, in slaap.

Hij wachtte nog een paar minuten, sloop op zijn tenen de kamer uit en haastte zich terug naar beneden.

Hij bewaarde de foto in de keukenla, bij de zaklantaarn, de groene schroevendraaier, stompjes verjaardagskaarsjes en bedelkettinkjes voor rond de wijnglazen die ze nooit gebruikten. Sandra plaagde hem altijd met het kiekje in het goedkope, goudkleurige lijstje.

'Godallemachtig, Jason, je doet net alsof het een foto van je geheime jeugd-liefde is. Zet hem toch op de schoorsteenmantel, als ze zo goed als familie voor je is. Ik heb er heus niets op tegen.'

De vrouw op de foto was geen familie. Ze was oud – tachtig, negentig, hij kon het zich niet eens meer herinneren. Ze zat op een schommelstoel, een schriel, mager lijfje, weggedoken in meerdere lagen afgedankte kleren – een donkerblauw, flanellen mannenoverhemd, een bruine ribfluwelen broek en een oud legerjack. Ze had die brede grijns die je wel vaker bij heel oude mensen ziet. Het leek alsof ze een geheim had, en dat haar geheim beter was dan het zijne.

Hij was dol geweest op die grijns. En op haar lach.

Ze was geen familie, maar ze was de enige mens die hem, gedurende lange tijd, het gevoel had gegeven dat hij veilig was.

Hij hield de foto met beide handen vast en drukte hem als een talisman tegen zijn borst. En toen zijn benen zijn gewicht niet langer wilden dragen, liet hij zich op de keukenvloer zakken. Opnieuw begon hij van top tot teen te trillen. Het begon met zijn handen, en van daar verspreidde het beven zich naar zijn armen en zijn borst. Een diep trillen, van binnenuit, dat omlaag trok naar zijn dijen, zijn knieën, zijn enkels en zijn tenen.

Hij huilde niet. Er kwam geen enkel geluid over zijn lippen.

Maar hij beefde en schokte zo hevig dat het voelde alsof zijn lichaam elk moment kon exploderen, waarbij het vlees van zijn botten zou vliegen en die botten in duizenden stukjes uiteen zouden spatten.

'Verdomme, Sandy,' zei hij, terwijl hij zijn hoofd op zijn bevende knieën legde.

En toen drong het tot hem door dat hij zo snel mogelijk iets met de computer moest doen.

Tien minuten later ging de telefoon. Jason had geen behoefte aan een gesprek, maar toen bedacht hij – een beetje dwaas, misschien – dat het Sandy zou kunnen zijn die ergens vandaan belde... En dus nam hij op.

Het was niet zijn vrouw. Het was een man, een stem die hij niet kende, die vroeg: 'Ben je alleen thuis?'

'Met wie spreek ik?'

'Is je kind daar?'

Jason hing op.

De telefoon ging opnieuw. Volgens de nummerherkenning was het dezelfde man. Deze keer liet Jason het antwoordapparaat opnemen. Dezelfde stem schalde door de luidspreker: 'Ik neem aan dat je antwoord ja is. Over vijf minuten in je achtertuin. Je wilt het gesprek met mij niet missen.' En toen hing de man op.

'Klootzak,' zei Jason tegen de keuken. Het sloeg nergens op, maar het was een opluchting om het te kunnen zeggen.

Hij ging naar boven, naar Ree. Ze lag, diep weggedoken onder de dekens, heerlijk te slapen. Zijn blik ging automatisch naar het plekje aan haar voeteneinde waar Mr. Smith normaal altijd lag. De kat lag er nu niet, en zijn hart balde zich samen.

'Verdomme, Sandy,' kwam het zachtjes en vermoeid over zijn lippen. Toen pakte hij zijn jas en ging door de achterdeur naar buiten.

De man was jonger dan hij op grond van de stem verwacht had. Tweeentwintig, drieëntwintig. Het lange, lijzige lijf van een jongen die waarschijnlijk nog een aantal jaren nodig had voordat zijn lichaam een echt mannenlichaam zou zijn. Hij was over Jasons hek geklommen.

Hij sprong op de grond en deed een paar stappen naar Jason toe. Zijn bewegingen waren lenig en soepel als van een golden retrieverpup, en hij had sluik blond haar en lange ledematen. Kennelijk had hij Jason niet meteen gezien, want toen hij dat wel deed, bleef hij met een ruk staan en veegde zijn handen af aan zijn spijkerbroek. Het was koud buiten, en hij droeg alleen een wit T-shirt met een verschoten zwarte afbeelding, geen jas. Het was niet duidelijk of hij last had van de kou – hij liet het in ieder geval niet blijken.

'Eh, je huis wordt aan de voorkant in de gaten gehouden, maar dat weet je natuurlijk al. Ik wil niet dat ze me zien,' zei het joch, alsof dat alles verklaarde. Jason zag dat hij een groen elastiekje om zijn linkerpols had en dat hij dat afwezig, als een soort zenuwtic, tegen zijn huid liet knallen.

'Wie ben je?'

'Een buur,' antwoordde het joch. 'Van vijf huizen verderop. Aidan Brewster. We kennen elkaar nog niet.' *Pets, pets, pets.*

Jason zei niets.

'Ik, eh, heb niet veel contacten,' zei de jongen.

Jason zei nog steeds niets.

'Je vrouw wordt vermist,' verklaarde het joch. *Pets, pets.*

'Van wie weet je dat?'

Hij haalde zijn schouders op. 'Niemand. Dat was ook niet nodig. De politie is de hele buurt af geweest, op zoek naar een vrouw die wordt vermist. Bij jou staat een agent voor de deur, dus het is duidelijk dat het dit huis is waarin ze geïnteresseerd zijn. Jij bent hier, je dochter ook. Ergo, het is jouw vrouw naar wie ze op zoek zijn.' Het joch wilde het elastiekje weer laten knallen, maar hij beheerste zich en liet zijn armen slap langs zijn zij vallen.

'Wat wil je van me?' vroeg Jason.

'Heb je haar vermoord?'

Jason keek de jongen aan. 'Hoe kom je erbij dat ze dood zou zijn?'

De jongen haalde zijn schouders op. 'Omdat het altijd zo gaat. Het begint met een melding dat er een vrouw wordt vermist – een moeder van een, twee of drie kinderen. De media storten zich erop, er worden zoekacties op touw gezet en hele buurten worden uitgekamd. En dan, iets van een week tot drie maanden later, wordt het stoffelijk overschot uit een meer gevist, of in een bos gevonden, of in een grote diepvrieskist ergens in een garage. Jij hebt zeker niet toevallig ergens van die grote, blauwe plastic tonnen staan, hè?'

Jason schudde zijn hoofd.

'En je hebt ook geen kettingzaag? Of een barbecuekuil?'

'Ik heb een kind. Zelfs als ik dat soort dingen had gehad, kun je daar, met een klein kind in huis, niet zomaar onbeperkt gebruik van maken.'

De jongen haalde zijn schouders op. 'Anderen hebben zich daar niet door laten weerhouden.'

'Ga mijn tuin uit.'

'Nog niet. Ik wil het eerst weten. Heb je je vrouw vermoord?'

'Hoe kom je erbij dat ik jou dat zou vertellen?'

Hij haalde zijn schouders weer op. 'Weet niet. We kennen elkaar niet, maar toch wilde ik het je vragen. Het is belangrijk voor me.'

Jason nam het joch lange seconden onderzoekend op, en toen hoorde hij zichzelf zeggen: 'Ik heb haar niet vermoord.'

'Oké. Ik ook niet.'

'Kende je mijn vrouw?'

'Blond haar, grote bruine ogen, en een beetje ondeugende glimlach?'

Opnieuw nam Jason de jongen onderzoekend op. 'Ja.'

'Nou, ik heb haar nooit gesproken of zo, maar ik heb haar in jullie tuin gezien.' Hij begon weer met het elastiekje te spelen.

'Waarom ben je hier?' vroeg Jason.

'Omdat ik je vrouw niet heb vermoord,' herhaalde de jongen. Hij keek op zijn horloge. 'Maar over pakweg een tot vier uur zal de politie denken dat ik dat wel heb gedaan.'

'En waarom zouden ze dat doen?'

'Omdat ik een strafblad heb.'

'Heb je al eerder iemand vermoord?'

'Nee, maar dat maakt niet uit. Ik heb een strafblad, en zo werken deze dingen nou eenmaal. Er wordt een vrouw vermist. De recherche begint met de mensen uit haar onmiddellijke omgeving, en dat betekent in dit geval dat ze in jou geïnteresseerd zullen zijn. Maar dan wordt er naar de buren gekeken. En dat is het moment waarop ze bij mij komen, en word ik tot hun tweede mogelijke verdachte. De vraag is of ze mij interessanter zullen vinden dan jou. En omdat ik die vraag niet zelf kan beantwoorden, besloot ik een praatje met je te maken.'

Jason fronste zijn voorhoofd. 'Je wilt weten of ik mijn vrouw iets heb aangedaan, omdat dat automatisch betekent dat jij niets te vrezen hebt?'

'Dat is toch een logische vraag,' zei de jongen op effen toon. 'Maar je beweert dat je haar niet hebt vermoord, en ik weet dat ik haar ook niet heb vermoord, en dát betekent weer dat we een probleem hebben.'

'En dat is?'

'Ze zullen ons geen van beiden geloven. En hoe meer we beweren dat we onschuldig zijn, hoe minder ze ons met rust zullen laten. Ze zullen waardevolle tijd en energie aan ons verspillen in de hoop dat we zullen bekennen, in plaats van hun best te doen om erachter te komen wat er in werkelijkheid is gebeurd.'

Daar was Jason het volledig mee eens. Daarom had hij ook de hele ochtend zijn mond gehouden. Omdat hij de echtgenoot was, en de echtgenoot automatisch de eerste verdachte was. En dat betekende dat de politie, bij alles wat hij zei, aandachtig zou luisteren om te bepalen of hij de dader was – dat was wat hen interesseerde, niet of hij misschien ook onschuldig was. 'Je schijnt goed te weten hoe het systeem in elkaar zit,' zei hij tegen het joch.

'Heb ik het mis?'

'Waarschijnlijk niet.'

'Dus, uitgaande van het aloude gezegde dat de vijand van je vijand je vriend is, en de politie ons beider vijand is, zijn we nu dus vrienden.'

'Ik weet niet eens wie je bent.'

'Aidan Brewster. Je buurman, automonteur, onschuldige partij. Wat wil je verder nog weten?'

Er verscheen een denkrimpel op Jasons voorhoofd. Hij zou sneller moeten zijn, moeten beseffen dat een dergelijke uitspraak aan alle kanten rammelde. Maar hij was moe en gestrest. Hij had al in bijna dertig uur geen oog dichtgedaan – eerst had hij op Ree gepast, daarna was hij naar zijn werk gegaan, en bij thuiskomst had hij ontdekt dat zijn vrouw weg was. Zijn hart had letterlijk stilgestaan in de tijd die hij nodig had gehad om, bij de ontdekking van het lege bed, de twaalf stappen naar Rees kamer te doen, zijn hand op de deurknop te leggen, hem in te drukken en de deur open te doen – en dat zonder te weten wat hij in de kinderkamer aan zou treffen. En toen, bij het zien van Rees slapende gestalte, was hij achteruitgewankeld, om vervolgens te beseffen dat de aanwezigheid van zijn dochter de zaak er alleen maar nóg mysterieuzer op maakte. Van het ene op het andere moment was er een eind gekomen aan de vijf jaar waarin hij zich min of meer normaal had gevoeld en een min of meer normaal leven had geleid.

Hij was terug in de afgrond, een plek die hij beter kende dan wie dan ook, nog beter zelfs dan de eerder veroordeelde Aidan Brewster.

'Dus,' hoorde hij het joch nu op bitse toon vragen, 'heb je je vrouw wel eens geslagen?'

Jason keek hem met grote ogen aan.

'Je kunt net zo goed antwoord geven,' zei zijn buurman. 'Als de politie je vanochtend niet onder vuur heeft genomen, kun je dat elk moment alsnog van ze verwachten.'

'Ik heb mijn vrouw niet geslagen,' zei Jason zacht, vooral omdat hij zichzelf die woorden wilde horen zeggen, al was het maar om zich er bewust van te worden dat dát tenminste waar was. Maar laten we die korte vakantie in februari vergeten. Laten we daar alsjeblieft niet meer aan denken.

'Huwelijksproblemen?'

'We hebben verschillende werktijden. We zagen elkaar nooit lang genoeg om ruzie te maken.'

'Oké, dus dan deden jullie het buiten de deur. Jullie alle twee? Of alleen jij, of zij?'

'Ik niet,' zei Jason.

'Maar zij had er wel iets naast?'

Jason haalde zijn schouders op. 'Is de echtgenoot niet altijd de laatste die daarachter komt?'

'Denk je dat ze er met hem vandoor is gegaan?'

'Ze zou Ree nooit hebben achtergelaten.'

'Dus dan had ze een verhouding, en ze wist dat je het nooit goed zou vinden dat ze haar dochter meenam.'

Jason knipperde met zijn ogen en werd zich opnieuw van zijn uitputting bewust. 'Wacht eens eventjes...'

'Kom op, man, gebruik je verstand, want anders zit je vanavond nog achter de tralies,' drong het joch ongeduldig aan.

'Ik zou mijn dochter nog geen haar hebben gekrenkt en hebben toegestemd in een scheiding, als mijn vrouw dat wilde.'

'Echt? En je zou dit dure huis hebben opgegeven?'

'Geld speelt bij ons geen rol.'

'O, ben je zo'n rijke stinkerd? Dus je zou haar ook nog betaald hebben?'

'Geld speelt bij ons geen rol.'

'Onzin. Geld is voor iedereen belangrijk. Als je zoiets zegt, klink je schuldig.'

'Mijn vrouw is de moeder van mijn dochter,' hoorde Jason zichzelf op koppige toon zeggen. 'Als we zouden scheiden, zou ik willen dat ze voldoende geld zou hebben om goed voor mijn kind te kunnen zorgen.'

'Vrouw, kind, vrouw, kind. Je zegt het alsof ze geen mensen, maar dingen zijn. Je beweert verschrikkelijk veel van ze te houden en ze geen kwaad toe te wensen, maar aan de andere kant kun je jezelf er niet eens toe brengen ze bij de naam te noemen.'

'Hou op. Ik wil het er niet meer over hebben.'

'Heb je je vrouw vermoord?'

'Donder op en laat me met rust.'

'Je hebt gelijk. Ik smeer hem. Ik heb maar acht minuten met je gesproken, maar volgens mij heb je haar om zeep gebracht. Dus ik bof, want nu hoef ik me nergens zorgen over te maken. Dus tot kijk dan maar.'

De jongen draaide zich om en liep terug naar het hek. Hij wilde zich er net aan ophijsen toen er bij Jason ineens een lichtje ging branden, en hem te binnen schoot wat hij vanaf het eerste moment zo vreemd had gevonden aan dit gesprek.

'Je vroeg me of mijn kind thuis was,' riep hij de jongen achterna. 'Je vroeg naar mijn kind.'

De jongen had intussen al een been over het hek geslagen. Jason haastte zich op een holletje naar hem toe.

'Klootzak die je bent! Die eerdere veroordeling van je, zeg op, wat heb je gedaan? Waarvoor ben je veroordeeld geweest?'

Het joch bleef even boven op het hek zitten. Jason vond hem ineens helemaal niet meer op een golden retriever lijken. Zijn oogopslag was veranderd, en er gleed een schaduw over zijn gezicht. 'Dat is niet nodig. Je hebt het zelf al bedacht,' snauwde hij.

'Je bent een kinderverkrachter! Een pedofiel, heb ik het goed? Ik wed dat je naam in de database van kinderverkrachters staat. Logisch, dat je ze elk moment aan de deur verwacht!'

'Ja, maar daarna zullen ze jou komen halen. Ik heb je vrouw niet vermoord. Voor mij is ze te oud...'

'Smerige, vuile schoft!'

'En ik weet iets wat jij niet weet. Ik heb gisteravond een auto gehoord. Volgens mij heb ik de auto gezien waarin je vrouw is verdwenen.'

Hoofdstuk 6

Ik was acht toen ik voor het eerst verliefd werd. De man bestond niet echt, maar was een personage op tv – Sonny Crockett, uit Miami Vice, de agent die door Don Johnson werd gespeeld. Mijn moeder hield niet van die nonsens, dus ik wachtte tot ze onder zeil was van de 'ijsthee' die ze 's middags altijd dronk, en dan pakte ik zelf een cola en haalde mijn hart op aan herhalingen van oude afleveringen.

Sonny Crockett was sterk en wist hoe de wereld in elkaar zat. De soort stoere bink die alles al eens had meegemaakt, maar zich desondanks verschrikkelijk uitsloofde om het leven van een meisje te redden. Ik wilde een Sonny Crockett. Ik wilde iemand die mij kwam redden.

Toen ik dertien was, kreeg ik borsten. Opeens waren er een heleboel jongens die me wilden redden. En gedurende een poosje dacht ik dat het zo ook wel zou lukken. Ik maakte het ene afspraakje na het andere, en hoewel ik niet echt nauwkeurig keek, had ik toch een lichte voorkeur voor wat oudere, asociale jongens met tatoeages. Zij wilden seks. Ik wilde iemand met een Mustang bij wie ik voorin kon zitten wanneer hij met honderdvijftig kilometer per uur zonder lichten aan door het duister scheurde. Ik wilde keihard mijn naam schreeuwen en de wind in mijn gezicht en in mijn haren voelen. Roekeloos wilde ik zijn, en wild. Het kon me niet schelen wat ik voelde, zolang ik maar niet mezelf hoefde te zijn.

Ik bouwde een reputatie op van een meisje dat goed kon pijpen, en ik stond bekend als iemand die nog geschifter was dan mijn totaal geschifte moeder. Elk klein stadje heeft een moeder zoals de mijne, en elk klein stadje heeft een meisje zoals ik.

Ik was veertien toen ik voor het eerst zwanger raakte. Ik vertelde het aan niemand. Ik dronk liters rum-cola en smeekte God om mijn baby weg te halen. Toen dat niet gebeurde, stal ik geld uit mijn vaders portefeuille en ging naar een kliniek waar ze dat soort dingen voor je doen.

Huilen deed ik niet. Ik beschouwde mijn abortus als een sociaal gebaar. Een leven minder dat mijn moeder zou kunnen verpesten.

Ik zweer het, elk stadje heeft een meisje zoals ik.

Toen werd ik vijftien en mijn moeder overleed. Mijn vader en ik waren eindelijk vrij en ik...

Ik had al die tijd gedroomd van iemand die me zou komen redden. Ik wilde Sonny Crockett, de oude ziel die de gave heeft om onder een afgeleefd uiterlijk een zuiver hart te herkennen. Ik wilde een man die me dicht tegen zich aan zou houden en me het gevoel zou geven dat ik veilig was, en die me nooit meer zou laten gaan.

Sonny Crockett vond ik nooit. In plaats daarvan vond ik, de dag voor mijn achttiende verjaardag, mijn man. Het was in een bar. Ik ging op Jasons barkruk zitten, sloeg zijn glas cola achterover, en toen hij begon te sputteren streek ik mijn handen vanaf zijn knieën over zijn dijen. Hij zei dat ik moest opsodemieteren. En op dat moment wist ik dat ik hem nooit meer wilde laten gaan.

Het is duidelijk dat niemand je kan redden.

Maar door wat ik intussen allemaal over Jason te weten ben gekomen, begrijp ik waarom hij het toch wilde proberen.

Het was twee minuten over twee en D.D. was redelijk in haar nopjes met het verloop van het onderzoek. Ze hadden een plan en de uitvoering daarvan liep op rolletjes, helemaal wanneer je bedacht dat ze op zoek waren naar een volwassen vrouw die nog niet officieel de status van vermist kon hebben, maar die toch zo snel mogelijk gevonden moest worden.

Om zes minuten over twee kreeg ze het eerste slechte bericht binnen. Edelachtbare Banyan had geweigerd het verzoek tot inbeslagname van de gezinscomputer te ondertekenen, en ze vond het ook niet nodig om het huis tot plaats delict te verklaren. Ze was van mening dat er onvoldoende bewijzen waren waaruit zou kunnen blijken dat er een misdaad was gepleegd, en bovendien was er nog niet voldoende tijd verstreken. Een vermissing van tien uur was niets voor een volwassene. Misschien was Sandra Jones wel bij een vriendin gebleven. Misschien was ze op de een of andere manier gewond geraakt, was ze niet in staat haar naam te noemen en bevond ze zich in een plaatselijk ziekenhuis. Misschien was ze wel aan het slaapwandelen en dwaalde ze op dit moment nog steeds door de straten van de stad. Met andere woorden, niets dan vraagtekens.

Maar als Sandra Jones na vierentwintig uur nog niet terecht was, had de rechter eraan toegevoegd, was ze bereid de zaak opnieuw in overweging te nemen. Het enige waar ze tot die tijd mee akkoord ging, was het doorzoekingsbevel voor Jason Jones' pick-up.

Eén op drie, stelde D.D. teleurgesteld vast. De ontdekking van de sprei en het T-shirt in de wasmachine had de situatie er gecompliceerder op gemaakt. Een ontbrekende sprei en een kapotte lamp leken weinig goeds te voorspellen. Een sprei en een T-shirt in de wasmachine daarentegen...

D.D. vroeg zich nog steeds af wat die sprei en het nachthemd in de wasmachine nu eigenlijk te betekenen hadden. Was het dat de echtgenoot zijn sporen wilde uitwissen, of dat de vrouw de was had gedaan? Veronderstellingen waren gevaarlijk.

Miller meldde zich om kwart over twee en D.D. vertelde hem het slechte nieuws van Banyans beslissing. Miller had bericht van Sandra Jones' school. Volgens het hoofd onderwees Sandra er sinds twee jaar maatschappijleer. Het eerste jaar had ze dat als leerling-docente voor groep zeven gedaan, en daarna had ze in september zelfstandig de vaklessen voor de groep zes voor haar rekening genomen. Iedereen scheen haar te mogen – leerlingen, ouders en collega's. Sandra had buiten de school zo goed als geen contact met de andere docenten, maar ze had een klein kind en haar man werkte 's avonds, dus het was begrijpelijk dat ze daar geen tijd voor had. Het hoofd had de echtgenoot een keer ontmoet en hem een aardige man gevonden. Het hoofd had het dochtertje, Ree, vele keren ontmoet en vond haar een snoesje.

Het hoofd had er geen idee van waarom Sandra niet naar haar werk was gekomen en ja, het was totaal ongebruikelijk voor haar dat ze niet had opgebeld. Hij was bezorgd en wilde weten hoe hij aan het onderzoek mee kon werken.

O ja: het hoofd was een vijftigjarige, gelukkig getrouwde man die, volgens de secretaresse, al een hartstochtelijke verhouding met de toneeldocente had. Iedereen wist ervan en niemand kon zich er echt druk om maken, en al had hij alle viagra die er op de hele wereld te krijgen was tot zijn beschikking, dan zou het hem nog niet lukken om zowel de roodharige toneeljuf als een nieuwe vlam van drieëntwintig naar behoren te kunnen bevredigen. Het was dus meer dan waarschijnlijk dat het hoofd alleen een werkrelatie met Sandra Jones had.

Miller had ook al een begin gemaakt met het onderzoek naar de financiële situatie van de Jones'. Ze hadden een spaarrekening met het onvoorstelbare bedrag van honderdvijftigduizend dollar erop, en daarnaast bleken ze iets van twee miljoen in aandelen en obligaties bij verschillende investeringsbanken te hebben. Daar stond tegenover dat zowel hun maandelijkse inkomsten als uitgaven bescheiden waren. Voor zover hij had kunnen nagaan, hadden ze het huis contant betaald en deden ze hun best om rond te komen van hun salaris.

Wat Miller vermoedde, was dat geld dat ze op de bank hadden staan afkomstig was van een erfenis of dat het een uitkering van de verzekering was geweest. Hij had een paar mannetjes opgedragen dat uit te zoeken.

Verder was hij nog te weten gekomen dat het echtpaar in 2004 in Massachusetts was getrouwd. Voor de burgerlijke stand. Hun dochter, Clarissa, was twee maanden daarna geboren. Geen van beide echtelieden had bekeuringen of boetes uitstaan, en er was nooit aangifte gedaan van huiselijk geweld of openbare ordeverstoring.

Volgens de buren waren ze een rustig echtpaar zonder echte sociale contacten. Ze gaven geen feesten of etentjes. Wanneer je ze op straat tegenkwam, groetten ze altijd beleefd, maar ze waren niet van het type dat bleef staan om een praatje te maken. Ree was anders. Iedereen was het erover eens dat Clarissa Jones een schat van een kind was dat je de oren van het hoofd kon kletsen. Bovendien had ze de neiging om als een gek op die driewieler van haar te scheuren. Als ze eraan kwam, kon je als voetganger maar beter zo snel mogelijk een veilig heenkomen zoeken.

'Schreeuwen haar ouders vaak tegen haar?' vroeg D.D.

'Haar ouders zijn verzot op haar. En dat hebben drie verschillende buren letterlijk zo gezegd. Het stel is verzot op hun dochtertje.'

'Ja, hoor. En ze zeggen ook van die ouders dat ze een kalm en teruggetrokken leven leiden. Dus in hoeverre kennen die buren hen echt?'

'Daar zit wat in.'

'Levensverzekering?'

'Dat wordt uitgezocht.'

'Twee miljoen dollar op de bank,' peinsde D.D. hardop. 'En een vette spaarrekening, een duur huis in Boston, dus alles bij elkaar, zeg maar, iets van bijna drieënhalf miljoen? Er zijn heel wat mensen voor minder vermoord.'

'Ik schat dat een standaardscheiding Jason wel eens iets van twee miljoen zou kunnen kosten. Dat is een aardig bedrag voor een startershuwelijk.'

'Nu we het daar toch over hebben. In welk jaar zijn ze getrouwd?'

'In 2004.'

'Dus dan moet Sandra Jones, even denken, achttien zijn geweest? En al zwanger?'

'Ja, want Clarissa is twee maanden later geboren.'

'En hoe oud is Jason Jones? Dertig, eenendertig?'

'Zoiets. We zijn nog op zoek naar zijn geboortedatum.'

'Laten we daar eens naar kijken. Een jonge, beeldschone, zwangere vrouw en een oudere man met geld...'

'Ik weet niet van wie dat geld was. Het kan zowel van Jason als van Sandra zijn geweest.'

'Op de een of andere manier weet ik zo goed als zeker dat het van hem was.'

'Op de een of andere manier denk ik dat je daar gelijk in hebt.'

'Dus Jason trouwt met een zwangere tiener. Ze krijgen een snoes van een kind, en vier à vijf jaar later...'

'Leiden ze een teruggetrokken bestaan in Zuid-Boston, in een huis dat zwaarder beveiligd is dan Fort Knox, in een buurt waar zo goed als niemand hem kent.'

D.D. en Miller waren even stil.

'Weet je wat me het sterkst opviel toen we in dat huis waren?' vroeg D.D. opeens. 'De manier waarop alles precies goed voelde. Je weet wel, niet te schoon en niet te vuil. Niet te rommelig, maar ook niet griezelig netjes. Het was allemaal zo... harmonisch. Net zoals het hoofd van de school zei – Sandra Jones had voldoende contact met de mensen zodat ze haar aardig konden vinden, maar echt diep gingen haar contacten niet, waardoor niemand haar echt goed kende. Jason en Sandra doen vriendelijk tegen de buren, maar ze hebben ze nog nooit binnen ge-vraagd voor een borrel. Ze zwaaien, maar maken geen praatje. Ze gaan uit, maar vragen niemand op bezoek. Je zou het evenwichtig kunnen noemen, uitgebalanceerd. Behalve dat de natuur niet evenwichtig is.'

'Denk je dat hun leven kunstmatig is?'

Ze haalde haar schouders op. 'Als je het mij vraagt is het leven een grote chaos, en dit stel is me niet chaotisch genoeg.'

Miller aarzelde. 'We hebben nog niet met Jasons baas gesproken...'

D.D. trok een gezicht bij de gedachte aan de *Boston Daily*, een groot mediaconcern. 'Ja, ik snap wat je daarmee wilt zeggen.'

'Ik speel met de gedachte om er een van de meisjes op te zetten. Zo-genaamd om de beveiliging van de personeelsgegevens te testen, zo-iets. Het wekt minder argwaan als je een vrouw laat bellen.'

'Goed idee.'

'En daarna willen we naar het kleuterklasje van de dochter. Eens horen wat het personeel daar te zeggen heeft. Volgens mij opereren kleine meisjes in kliekjes – ze gaan bij elkaar spelen en logeren. Er moeten ergens ouders te vinden zijn die meer van het gezin weten.'

'Helemaal mee eens.'

'En ik heb per fax een afschrift van de trouwakte aangevraagd. Nu ik Sandra's meisjesnaam heb, kan ik op zoek gaan naar haar vader, en meer info uit Georgia krijgen.'

'Goed. Ik neem aan dat er nog steeds geen spoor van Sandra is en dat ze ook geen pinpas of creditcard heeft gebruikt?'

'Nee. Ze is nergens gesignaleerd – niet in horecagelegenheden, niet in winkels. In geen van de plaatselijke ziekenhuizen is een onbekende vrouw binnengebracht of binnen komen lopen. Ook geen onbekende slachtoffers in het mortuarium. De creditcard is twee dagen geleden voor het laatst gebruikt in de supermarkt. Ze heeft geen geld opgenomen. De enige relatieve tekens van leven zijn twaalf binnenkomende gesprekken op haar mobiel. Om zestien over twee in de ochtend een telefoontje van haar man – waarschijnlijk hoorde hij die toen overgaan op het aanrecht in de keuken. En vanochtend een aantal belletjes van het schoolhoofd, dat waarschijnlijk wilde weten waar ze was, en van nog een paar leerlingen. Dat is alles.'

'Ze is gebeld door leerlingen uit groep zes?'

'Ja, en vanaf hun eigen mobiele telefoons, vanzelfsprekend. Welkom in deze nieuwe wereld van volwassen kinderen.'

'Ben ik even blij dat ik zelfs nog niet eens een plant heb.'

Miller gromde. 'Ik heb drie zoons – zeven, negen en elf. Voor de eerstkomende tien jaar betekent dat standaard overwerken.'

Dat kon ze hem niet kwalijk nemen. 'Dus doe jij de financiën, de mobiele contacten en volwassen kinderen van twaalf. Ik neem de pick-up voor mijn rekening en ga op zoek naar een deskundige die het kind kan verhoren.'

'Denk je dat hij ons met zijn dochter zal laten praten? We hebben niets om hem mee onder druk te zetten.'

'Ik denk dat hij, als Sandra morgenochtend nog niet op magische wijze gevonden is, geen andere keuze zal hebben.'

*

D.D. was net opgestaan van haar bureau toen de telefoon ging. Ze nam op.

'Jason Jones op lijn één,' zei de receptioniste.

D.D. ging weer zitten. 'D.D. Warren, recherche,' zei ze in de telefoon.

'Ik ben klaar om te praten,' zei Jason.

'Pardon?'

'Mijn dochter doet haar middagslaapje. Nu kan ik praten.'

'Bedoelt u dat u naar het bureau wilt komen? Ik kan een auto sturen om u te halen.'

'Tegen de tijd dat die auto hier is, is mijn dochter alweer wakker en ben ik niet langer beschikbaar. Als u mij vragen wilt stellen, moet dat nu. Meer dan dit kan ik u niet bieden.'

Dat betwijfelde D.D. Het was niet dat hij niet meer kón bieden, het was dat hij niet meer wílde. Zijn vrouw werd al twaalf uur vermist, en dit was zijn idee van meewerken?

'We hebben een deskundige gevonden om met Ree te praten,' zei ze.

'Nee.'

'De vrouw is deskundige op het gebied van het verhoren van kinderen. Ze zal het gesprek heel voorzichtig leiden en ervoor zorgen dat uw dochter zich zo min mogelijk onder druk voelt gezet.'

'Mijn dochter weet van niets.'

'In dat geval zal het een heel kort gesprek zijn.'

Hij antwoordde niet meteen, en in zijn zwijgen kon ze zijn emoties bijna horen knetteren.

'Is uw vrouw ervandoor gegaan?' vroeg ze opeens, expres onverwacht. 'Heeft ze een andere man ontmoet en is ze er met hem vandoor?'

'Ze zou Ree nooit in de steek hebben gelaten.'

'Waarmee u zegt dat ze misschien een ander heeft.'

'Dat weet ik niet, inspecteur. Ik werk bijna elke avond. Ik heb geen duidelijk beeld van wat mijn vrouw doet.'

'Dat klink niet als een gelukkig huwelijk.'

'Dat hangt ervan af. Bent u getrouwd, inspecteur?'

'Hoezo?'

'Omdat u, als u getrouwd zou zijn, zou weten dat een huwelijk zich kenmerkt door fasen. Mijn vrouw en ik voeden een jong kind op terwijl we alle twee werken. De fase van onze wittebroodsweken is voorbij – dit is de werkfase.'

D.D. maakte een grommend geluid en liet opnieuw een stilte vallen. Ze vond het interessant dat hij in de tegenwoordige tijd sprak – wij voeden een jong kind op – maar het was haar niet duidelijk of hij dat uit berekening deed of niet. Want hoewel hij de tegenwoordige tijd gebruikte, noemde hij zijn vrouw en kind niet bij de naam. Interessant type, die Jason Jones.

'En jij, Jason, heb jij een affaire? Want als dat zo is, zal dat toch wel uit het onderzoek naar voren komen.'

'Ik heb mijn vrouw niet bedrogen.'

'Maar zij jou wel.'

'Dat kan ik niet bewijzen.'

'Maar je vermoedt het.'

'Inspecteur, zelfs al hád ik haar met een andere man in bed betrapt, dan zou ik haar nog niet vermoord hebben.'

'Omdat je daar het type niet voor bent?'

'Omdat we niet zo'n soort huwelijk hebben.'

D.D. knipperde met haar ogen. Ze dacht erover na, maar hoe ze het ook probeerde, ze snapte werkelijk niet wat hij daarmee wilde zeggen. 'Wat voor soort huwelijk hebben jullie dan?'

'Onze relatie draait om respect. Sandra was erg jong toen we trouwden. Als ze nog dingen te verwerken heeft of nog bepaalde ervaringen op wil doen, ben ik bereid haar daar de ruimte voor te geven.'

'Dat noem ik nog eens begrip.'

Hij zei niets.

En toen begreep D.D. het. 'Zijn jullie op huwelijkse voorwaarden getrouwd? En hebben jullie een clausule of zo waarin staat dat je haar geen cent verschuldigd bent als ze je bedriegt?'

'Nee, we zijn niet op huwelijkse voorwaarden getrouwd.'

'Echt niet? En geen clausules? Met die vette bankrekening van jullie?'

'Het geld is afkomstig van een erfenis. Ik had nooit verwacht dat ik het zou krijgen, dus als ik het kwijtraak, kan ik me daar niet echt druk om maken.'

'O, alsjeblieft zeg, twee miljoen dollar...'

'Vier. U heeft uw huiswerk niet goed gedaan.'

'Vier miljoen dollar...'

'Maar we leven van vijfentwintighonderd dollar per maand. Inspecteur, u heeft nog altijd de juiste vraag niet gesteld.'

'En die is?'

'Zelfs als ik mijn vrouw iets aan had willen doen, waarom zou ik dan ook Mr. Smith willen vermoorden?'

'Pardon?'

'Heeft u wel eens van Ted Bundy gehoord? De man heeft meer dan dertig vrouwen vermoord en in stukken gehakt, maar het stelen van een onverzekerde auto vond hij wreed. In die zin is het voor een man behoorlijk psychopathisch om wel je vrouw te willen vermoorden maar niet te willen scheiden. Behoorlijk egoïstisch. Zo'n man ziet zijn vrouw als een bewegend object, meer niet. Als een object dat de bevrediging van zijn behoeften in de weg staat, en in die zin vindt hij dat hij het volste recht heeft om zich van haar te ontdoen.'

D.D. zei niets. Ze had even nodig om innerlijk na te gaan of ze zojuist een bekentenis van hem had gehoord.

'Maar de kat, inspecteur, Mr. Smith. Zelfs al was ik tot de conclusie gekomen dat ik beter af zou zijn zonder mijn vrouw, die kat heeft me nooit iets misdaan. Misschien dat ik tot op zekere hoogte nog in staat zou zijn om mijn dochter ervan te overtuigen dat ze zonder haar moeder een beter leven zou hebben. Maar om dan ook haar kat iets aan te doen, dat zou ronduit wreed zijn.'

'Wat is er dan met uw vrouw gebeurd, meneer Jones?'

'Geen idee.'

'Is ze nog nooit eerder zomaar opeens verdwenen?'

'Nog nooit.'

'Is ze ooit zomaar, zonder bericht vooraf of een telefoontje, niet op komen dagen?'

'Zoiets zou Sandra nooit doen. Vraagt u maar na op school, waar ze werkt. Ze zegt wat ze doet en ze doet wat ze zegt.'

'Is ze iemand die regelmatig naar bars gaat? Drinkt ze? Gebruikt ze drugs? Ze is nog erg jong.'

'Nee. We drinken niet. We gebruiken geen drugs.'

'Slaapwandelt ze? Gebruikt ze medicijnen?'

'Nee.'

'Heeft ze veel sociale contacten?'

'We leiden een heel rustig leven, inspecteur. Bij ons draait alles om onze dochter.'

'Met andere woorden, u bent een doorsneegezinnetje.'

'Zo doorsnee als het maar kan.'

'Een doorsneegezinnetje in een huis met stalen deuren en extra beveiligde ramen?'

'We wonen in een grote stad. Veiligheid mag je niet lichtzinnig opnemen.'

'Ik had me nooit zo gerealiseerd dat Southie zo gevaarlijk is dat een dergelijke mate van beveiliging noodzakelijk is.'

'Ik had me niet gerealiseerd dat de politie een probleem heeft met burgers die goede sloten aanbrengen.'

Eén-één, dacht D.D. Opnieuw zweeg ze even om haar gedachten over dit gesprek, dat onder vier ogen plaats behoorde te vinden en niet via de telefoon, op een rijtje te krijgen.

'Toen u thuiskwam, meneer Jones, waren de deuren toen op slot?'

'Ja.'

'En is u misschien iets vreemds opgevallen? In de keuken, in het halletje, op de gang? Heeft u iets ongewoons opgemerkt toen u binnenkwam?'

'Niets. Ik heb niets vreemds gezien.'

'En toen u zich realiseerde dat uw vrouw er niet was, wat heeft u toen als eerste gedaan?'

'Haar mobiel gebeld. En die bleek in haar tas op de bar te zitten.'

'En toen? Wat deed u toen?'

'Ik ben naar buiten gegaan om te zien of ze misschien de tuin in was gegaan. Ik weet niet, om naar de sterrenhemel te kijken of zo. Binnen was ze niet, dus ik keek of ze buiten was.'

'En daarna?'

'Heb ik in haar auto gekeken.'

'En toen?'

'Toen... wat?'

'Wat u daar beschrijft, neemt iets van drie minuten in beslag. Volgens onze gegevens heeft het drie uur geduurd voor u uiteindelijk de politie waarschuwde. Wie heeft u gebeld, meneer Jones? Wat heeft u gedaan?'

'Ik heb niemand gebeld en niets gedaan.'

'U heeft drie uur lang niets gedaan?'

'Ik heb gewacht, inspecteur. Ik ben op de bank gaan zitten wachten tot ze terug zou komen. Maar toen dat uiteindelijk niet gebeurde, heb ik de politie gebeld.'

'Ik geloof u niet,' zei D.D. op effen toon.

'Dat weet ik. Maar misschien dat daaruit ook mijn onschuld blijkt. Ik bedoel, zou een schuldige echtgenoot geen beter alibi verzinnen?'

Ze slaakte een diepe zucht. 'En wat denkt u zelf dat er met uw vrouw is gebeurd, meneer Jones?'

Hij antwoordde niet meteen, nam de tijd om over haar vraag na te denken.

Ten slotte zei hij: 'Nou, hier verderop in de straat woont een kinder-verkrachter met een strafblad.'

Hoofdstuk 7

Op 22 oktober 1989 vond de ontvoering plaats van Jacob Wetterling. Het jongetje werd door een gemaskerde en gewapende man meegenomen, en er is nooit meer iets van hem vernomen. In dat jaar, 1989, was ik nog maar drie. Iedereen zal me dus zonder meer geloven als ik zeg dat ik dat niet heb gedaan. Maar als gevolg van Jacob Wetterlings ontvoering, bijna twintig jaar geleden, is mijn leven voorgoed veranderd. Zijn ouders richtten namelijk het Jacob Wetterling Instituut op, dat ervoor zorgde dat er in 1994 een wet tegen kindermishandeling en misbruik van kinderen werd aangenomen. Je kon dan ook wel stellen dat de allereerste database met namen en gegevens van pedofielen voornamelijk te danken was aan de inspanningen van Jacobs ouders.

Ik weet wat je denkt – je denkt dat ik een beest ben. Ja toch? Dat is hoe er tegenwoordig over pedofielen wordt gedacht. Pedofielen zijn beesten. Niet alleen zouden we geen enkel contact met kinderen mogen hebben, maar we zouden ook doodverklaard en verbannen moeten worden, en als uitschot onder bruggen moeten wonen. Kijk naar wat er met Megan Kanka was gebeurd – ontvoerd uit haar eigen kamertje door de buurman die pedofiel was. Of Jessica Lunsford – gewoon meegenomen uit haar huis door de kinderlokker die samen met zijn zus in de stacaravan aan de overkant van de straat woonde.

Wat kan ik erover zeggen? Volgens mijn reclasseringsambtenaar tellen de Verenigde Staten bijna zeshonderdduizend geregistreerde zedendelinquenten. Het zit er dik in dat een aantal daarvan zich niet volgens de regels zal gedragen. En als dat gebeurt, moeten we daar allemaal voor boeten – zelfs jongens zoals ik.

Ik sta op, doe mijn werk, ga naar de groepstherapie en doe geen dingen die niet mogen. Er valt echt niets op mijn gedrag aan te merken. En toch verwacht ik elk moment gearresteerd te worden.

Het is vijf uur, mijn werk zit erop en ik kan naar huis. Als er om kwart over vijf nog steeds geen politieauto's met zwaailicht de straat in zijn komen scheuren, besluit ik rustig naar huis te lopen. Ik denk terug aan alles wat er vandaag is gebeurd en probeer mijn groeiende paniek en bezorgdheid te onderdrukken. Nadat ik vanochtend had vastgesteld dat de politie met een buurtonderzoek bezig was, leek het me het beste om gewoon naar mijn werk te gaan. Ze zullen me uiteindelijk snel genoeg vinden, en als dat gebeurt zullen ze willen weten wat ik gedurende de afgelopen uren heb gedaan. Ik was wel een halfuurtje te laat terug van de lunch, maar dat kwam door mijn gesprekje met meneer Jones. Dat valt natuurlijk op, maar daar kan ik nu niets meer aan veranderen. Ik moest hem spreken. Uiteindelijk kan ik alleen maar hopen dat ze niet míj, maar hém zullen arresteren.

Ik ben bijna thuis en zie nog steeds geen politie – zelfs geen speciale eenheid in kogelvrije vesten. Ineens bedenk ik dat het donderdag is, de dag van de wekelijkse groepstherapie, en dat ik als ik niet opschiet te laat zal komen. Ik kan me niet nog een afwijking van mijn vaste schema veroorloven. Ik maak dat ik naar binnen kom, en na vijf minuten voor een douche en het aantrekken van schone kleren neem ik een taxi naar het plaatselijke instituut voor geestelijke gezondheid. Je moet niet denken dat acht geregistreerde zedendelinquenten hun therapiesessie in de bibliotheek kunnen houden.

Het is op de kop af één minuut voor zes wanneer ik op mijn bestemming arriveer. Dat is belangrijk. In het contract dat ik moest ondertekenen, staat dat je nog geen minuut te laat op de bijeenkomsten mag verschijnen, en onze groepsleidster is daar heel stipt in. Brenda Jane is een maatschappelijk werkster met het uiterlijk van een blond fotomodel van één meter negentig en het karakter van een cipier. Veel meer dan de leidster van onze groepstherapie, is ze de baas over elk facet van ons leven, over wat we wel of niet drinken tot en met de afspraakjes die we wel of niet maken. De helft van ons kan haar niet uitstaan. De andere helft is haar uitermate dankbaar.

De wekelijkse sessies duren iets van twee uur. Een van de eerste dingen die je als geregistreerde zedendelinquent leert, is paperassen verzamelen en formulieren invullen. Ik heb een hele ringband vol met paperassen, zoals het door mij ondertekende 'Contract voor het zedendelinquent-programma', het speciaal voor mij samengestelde 'Veiligheidsplan voor toekomstig welzijn', talloze 'Regels en voorschriften voor groepsbijeenkomsten', 'Regels en voorschriften voor afspraakjes/relaties' en 'Regels en voorschriften voor overtreders binnen gezinsverband'. En net als aan het begin van elke sessie, moet ook nu weer eerst het wekelijkse statusrapport worden ingevuld.

Vraag één. *Welke gevoelens heb je in de loop van deze week gehad?*
Het eerste wat me te binnen schiet, is schuldgevoel. Mijn tweede gedachte is dat ik dit niet kan opschrijven. Binnen het kader van de groep gedane verklaringen en uitspraken zijn niet vertrouwelijk. Maar het is wel iets wat ik in moet vullen en waar ik mijn handtekening onder moet zetten. Alles wat ik hier opschrijf of zeg, kan tijdens een rechtszaak tegen me worden gebruikt. Het dagelijkse bestaan van een zedendelinquent is een paradox. Aan de ene kant willen ze dat ik mijn best doe om zo eerlijk mogelijk te zijn. Aan de andere kant kan ik daar elk moment voor bestraft worden.

Ik schrijf het tweede antwoord op dat me te binnen schiet. Angst. Dat zal de politie toch moeten kunnen begrijpen, niet? Er wordt een vrouw vermist. Ik, haar buurman, ben een geregistreerde zedendelinquent. Natúúrlijk ben ik bang.

Vraag twee. *Welke vijf dingen heb je deze week gedaan ter vermijding van ongezonde situaties?*
Die vraag is een makkie. De eerste keer dat je bij de groep komt, krijg je een waslijst met pakweg honderdveertig suggesties van dingen die je kunt doen om de cyclus van seksuele behoeften te doorbreken. De meesten moeten lachen wanneer ze die lijst voor de eerste keer onder ogen krijgen. Honderdveertig manieren om niet opnieuw een overtreding te begaan? Er staan echt fantastische ideeën bij, zoals de politie bellen, een koude douche nemen en – mijn persoonlijke favoriet – midden in de winter een duik in zee nemen.

Ik geef de gebruikelijke antwoorden. Niet alleen geweest met kinderen, geen barbezoek, niet doelloos rondgereden, geen verwachtingen gekoesterd, en met mijn elastiekje gespeeld.

Soms zet ik er ook nog 'vermijden van zelfmedelijden' bij, maar zelfs ik weet dat ik dit de afgelopen week niet heb kunnen voorkomen. De keuzemogelijkheid van 'geen hoge eisen aan mezelf stellen' deed het altijd goed. Ik stel al jaren geen eisen meer aan mijzelf.

Vraag drie. *Welke vijf dingen heb je deze week gedaan die bijdragen tot een gezonde levensstijl?*
Alweer een standaardantwoord. Hele dagen gewerkt, aan sport gedaan, geen drugs en alcohol gebruikt, voldoende nachtrust genomen en me nergens druk om gemaakt. Goed, dat laatste kan ik van vandaag niet helemaal zeggen, maar dit is slechts een van de zeven dagen en goedbeschouwd gaat het hier om een weekrapport.

Vraag vier. *Beschrijf alle ongepaste of gevoelloze neigingen, fantasieën of seksuele gedachten die je in de loop van deze week hebt gehad.*

Ik schrijf: *Ik heb gefantaseerd over seks met een geboeide volwassen vrouw.*

Vraag vijf. *Vertel waar je denkt dat die fantasie vandaan kwam.*

Ik schrijf: *Ik ben een jongen van drieëntwintig, zonder vriendin of relatie, en ik ben zo geil als de neten.*

Nadat ik nog even over mijn antwoord heb nagedacht, schrap ik 'geil als de neten' en schrijf in plaats daarvan 'met een seksuele behoefte die normaal is voor mijn leeftijd'. Brenda Jane, de groepsleidster, wil dat we fatsoenlijke taal gebruiken. Niemand in de groep heeft een lul, een pik of zelfs maar een piemel. We hebben een penis. Punt uit.

Bij vraag zes moet ik een beschrijving geven van mijn emotionele toestand voor, tijdens en na afloop van het masturberen. De meeste types hier hebben het altijd over woede of spanning. De stress neemt steeds verder toe, en dan komt er een moment dat ze er iets aan moeten doen. Sommige van de jongens vertellen dat ze na afloop moeten huilen. Ze voelen zich schuldig, beschaamd of verschrikkelijk eenzaam, en dat alleen omdat ze zich hebben afgetrokken.

Voor mij is dat helemaal niet zo. Ik ben automonteur en tegenwoordig voel ik even weinig bij het masturberen als bij het repareren van een auto. Ik hoef geen stoom af te blazen – ik zorg er alleen maar voor dat alles goed blijft werken.

Vraag zeven. *Welke wederkerige seksuele activiteit heb je deze week beleefd?*

Ik heb niets te vermelden.

Vraag acht. *Heb je deze week enig voor jouw leeftijd normaal contact (niet seksueel) gezocht?*

Ook hier heb ik niets te vermelden.

Vraag negen. *In geval van contacten met kinderen: noem naam en leeftijd van het (de) betreffende kind(eren), de relatie die je met het kind hebt, het soort contact, en de naam van de aanwezige volwassene.*

Ik heb niets te vermelden.

En zo gaat het elke week – het invullen van de vragenlijst en de groepstherapie.

Weet je wat we echt doen in zo'n sessie? We proberen onze daden goed te praten. De vader die met een van zijn dochters heeft geslapen, beweert dat hij beter is dan de priester die het met vijftien koorknapen heeft gedaan. De man die een kleuter heeft betast, beweert dat hij beter is dan de man die gepenetreerd heeft. De lokkers die hun slacht-

offertjes proberen te verleiden met beloftes op snoep, affectie of speciale voorrechten, beweren dat ze beter zijn dan de monsters die geweld gebruiken, en de monsters die geweld gebruiken houden bij hoog
en bij laag vol dat hun handelwijze minder schadelijk is dan die van degenen die hun slachtoffers het gevoel geven dat ze even schuldig zijn
als zijzelf. De overheid gooit ons allemaal op een grote hoop, en net
als bij elke georganiseerde groep doet iedereen zijn best om zijn indi-
vidualiteit te benadrukken.

En weet je waarom deze bijeenkomsten succesvol zijn? Omdat niemand zo goed is in het herkennen van een leugenaar als een leugenaar.
En laten we eerlijk zijn, we zijn stuk voor stuk professionals.

Gedurende het eerste halfuur van de bijeenkomst nemen we het
weekrapport door, en daarna heb ik – voor het eerst in maanden – eindelijk iets te vertellen.

'Ik denk dat ik weldra gearresteerd zal worden.'

De gesprekken verstommen. Brenda Jane schraapt haar keel en legt
het klembord op haar schoot recht. 'Aidan, zo te horen heb je iets om
over te praten.'

'Ja. In mijn straat wordt een vrouw vermist. En ik verwacht dat ze,
als ze niet snel wordt gevonden, mij daar de schuld van zullen geven.'
Mijn stem klinkt boos. Daar kijk ik van op. Tot op dit moment had ik
het idee dat ik me bij mijn lot had neergelegd. Maar misschien dat ik
dan toch verwachtingen koester. Ik merk dat ik het elastiek om mijn
pols laat knallen, een teken van mijn onrust. Ik dwing mijzelf daarmee
te stoppen.

'Heb je haar vermoord?' vraagt Wendell. Wendell is een ontzettend
dikke blanke man met een keurig verzorgd, zwart baardje. Hij is geleerd, heeft geld en hij heeft een heel hoog stemmetje. Niemand van
ons kan zo goed rationaliseren als Wendell. Hij is alleen maar een
treurige exhibitionist, verder niets. Het feit dat hij bij ons beesten in
dezelfde groep zit, is voor hem het zoveelste bewijs van de onmense-
lijkheid van het rechtssysteem.

Persoonlijk ben ik er niet zo zeker van dat Wendell alléén een exhibitionist is. Bij het intakeproces dat we als zedendelinquent moeten
doorlopen, moeten we een volledig overzicht geven van alle door ons
begane misdrijven, waarna je met je hele geschiedenis door de leugendetector moet. Dat grapje kost honderdvijftig dollar. (Dat moeten we

zelf betalen, wil ik er nog wel even bij zeggen, en dat moeten we net zo lang blijven betalen tot we de test met goed gevolg hebben afgelegd.)

Persoonlijk denk ik dat Wendell een psychopaat is. Een arme exhibitionist – kom nou! Hij mikte altijd op zogenaamd zwakke groeperingen. Hij ging bijvoorbeeld graag naar verpleegtehuizen, waar hij zijn enorme blanke billen toonde aan zieke oudjes die amper nog voldoende kracht hadden om de hand voor hun ogen te slaan. En daarna reed hij naar het kinderziekenhuis om zijn jongeheer te kunnen showen aan het overdonderde meisje dat juist te horen had gekregen dat ze acht weken zwanger was. Maar waar hij bij voorkeur optrad, was voor de ingang van de speciale kliniek voor verkrachtingsslachtoffers, waar hij de toch al getraumatiseerde vrouwen zijn vette lijf kon tonen.

Zijn laatste slachtoffer heeft zich bij thuiskomst verhangen. Maar Wendell houdt vol dat hij niet half zo erg is als wij.

'Ik heb haar niet aangeraakt,' zeg ik nu, Wendells grijns negerend. 'Ik kende haar niet eens. Maar dat maakt niet uit. De politie hoeft maar in de database te kijken, en dan vinden ze mijn naam. Ze arresteren me uit principe, en borg kan ik natuurlijk niet betalen. Zit ik eenmaal vast, dan kan ik het verder wel schudden.' Ik speel weer met het elastiek. Ik zie Brenda Jane naar me kijken, en weer dwing ik mijzelf ermee te stoppen.

En ik weet ook al wat ze denkt: *En hoe voelt dat nou, Aidan Brewster? Gevangen*, wil ik schreeuwen. *Alsof ik muurvast in de val zit.*

'Wordt er een vrouw vermist? In Southie? Sinds wanneer?' Een ander groepslid, Gary Provost, neemt het woord. Gary is een alcoholist van zevenendertig. Hij is investeringsbankier en is betrapt toen hij het elfjarige dochtertje van zijn vriend betastte. Zijn vrouw heeft hem verlaten en hun twee zoontjes meegenomen. Zijn familie praat nog steeds niet met hem. Toch is hij van ons allemaal degene die het meest hoopvol is. Om te beginnen ziet hij er nog altijd uit als een gerespecteerde zakenman, in plaats van als kinderlokker met een strafblad. Verder lijkt hij oprecht berouw te koesteren en is hij inmiddels van de drank af. Hij is een serieuze kerel. Stil maar intelligent. Van alle aanwezigen is hij de enige die ik een beetje mag.

'Sinds vannacht,' antwoord ik.

'Ik heb niets op het nieuws gehoord.'

'Daar weet ik niks van.' Ik haal mijn schouders op.

'Hoe oud is ze?' vraagt Wendell. Uiteindelijk is dat de vraag waar het om gaat.

Opnieuw haal ik mijn schouders op. 'Ze heeft een kind. Ik schat iets van in de twintig, of zo.'

'Dat zou voor je moeten pleiten,' zegt Jim. 'Dat ze volwassen is, en zo. En daarbij, je staat niet te boek als gewelddadig.'

Jim glimlacht terwijl hij dat zegt. Jim is de enige derdegraadszedendelinquent van onze groep, en dat wil zeggen dat de staat hem als een grotere bedreiging beschouwt dan de rest van onze groep. Een exhibitionist als Wendell heeft waarschijnlijk de grootste kans om opnieuw in de fout te gaan, maar een doorgewinterde pedofiel als Jim is een veel groter gevaar. Hij heeft bekend dat hij zich alleen maar aangetrokken voelt tot jongetjes van maximaal acht jaar oud, en over een periode van iets van veertig jaar heeft hij zich, naar eigen zeggen, aan iets van vijfendertig kinderen vergrepen. De eerste keer dat hij dat had gedaan, was toen hij als veertienjarige ergens moest oppassen. Nu is hij vijfenvijftig en voelt hij zich, door het terugvallen van de testosteronproductie, minder onder druk staan. Daarbij is hij zwaar aan de antidepressiva, wat ook een remmende werking op het libido heeft.

Maar zoals keer op keer uit onze wekelijkse kringgesprekken blijkt, is het erg moeilijk om iets aan je seksualiteit te veranderen. Je kunt proberen iemand te leren volwassen partners te begeren, maar wat niet zo gemakkelijk is, is om iemand zijn seksuele voorkeuren te laten vergeten – met andere woorden, om iemand zover te krijgen dat hij niet langer naar kinderen verlangt.

Jim heeft de neiging om klassieke wollen herenvesten te dragen en op harde toffees te zuigen. Alleen al op grond daarvan heb ik het vermoeden dat hij nog altijd voornamelijk over jonge jongetjes fantaseert.

'Ik weet niet of dat enig verschil zal maken,' zeg ik. 'Een geregistreerde delinquent is een geregistreerde delinquent. Volgens mij is het een kwestie van eerst arresteren en dan pas vragen stellen.'

'Nee,' zegt Gary, de investeringsbankier. 'Ze beginnen met een bezoek aan je reclasseringsambtenaar. Zo werkt dat.'

Mijn reclasseringsambtenaar. Ik knipper van verbazing. Die was ik volkomen vergeten. Ik ben inmiddels al twee jaar voorwaardelijk vrij, en hoewel ik geacht word een keer per maand bij haar langs te gaan, opereer ik volgens zo'n strak schema dat ik nauwelijks nog nadenk bij de afspraken die ik heb. Het is gewoon de zoveelste formaliteit waar ik aan moet voldoen – een formulier invullen en ondertekenen. Alles bij elkaar ben ik daar hooguit acht minuten aan kwijt. Ik maak kopieën van de reçuutjes waaruit blijkt dat ik mijn wekelijkse therapie heb betaald en overhandig de brief van mijn therapeut, en dat is dat. Tot de volgende maand.

'En wat denk je dat die lui van de reclassering zullen zeggen?' vraagt Wendell. Hij neemt me schattend op.

'Nou, ze hebben niet veel te melden.'

'Ben je vandaag naar je werk geweest?' vraagt Brenda Jane.

'Ja.'

'Geen drank, geen drugs, geen internet?'

'Ik werk. Ik loop. Ik doe geen dingen die niet mogen.'

'Dan heb je waarschijnlijk niets te vrezen. Je hebt recht op een advocaat, als je dat zou willen. Dus als je je zorgen maakt, kun je er beter zo snel mogelijk een aanvragen.'

'Volgens mij heeft haar man het gedaan,' hoor ik mezelf zeggen. Niet dat ik daar een duidelijk bewijs voor zou hebben. Het is typisch weer zo'n geval van rationalisatie. *Kijk maar, ik ben niet het monster. Hij is het.*

Mijn groep knikt. 'Ja, ja,' zeggen er een paar. 'De man is toch altijd de dader.'

Wendell zit nog steeds te grijnzen. 'En ze is geen veertien of zo...' begint hij.

'Wendell,' valt Brenda Jane hem in de rede.

Hij trekt een onschuldig gezicht. 'Ik zeg alleen maar dat ze geen mooie, minderjarige blondine is.'

'Meneer Harrington...'

Wendell heft zijn mollige hand op als teken dat hij zich gewonnen geeft. Maar op het laatste moment wendt hij zich opnieuw tot mij en zegt eindelijk iets waar ik wat aan heb. 'Werk je eigenlijk nog steeds in die garage in de buurt? In dat geval kan ik alleen maar voor je hopen dat die vermiste vrouw haar auto niet bij jullie bracht.'

Op datzelfde moment kan ik Sandra Jones helder voor me zien, zoals ze bij de functionele grijze toonbank stond, haar lange blonde haren achter haar oor duwde en glimlachend haar sleuteltjes aan Vito overhandigde. 'Ja hoor, we halen hem na vijven weer op...'

En voor de tweede keer in mijn leven weet ik dat ik niet meer naar huis zal gaan.

Hoofdstuk 8

Wat maakt een gezin tot een gezin?

Dat is een vraag die me het grootste gedeelte van mijn leven heeft bezig-gehouden. Ik ben opgegroeid binnen zo'n typische clan uit het zuiden van de Verenigde Staten. Mijn niet-werkende moeder was altijd thuis en ze stond be-kend om haar onberispelijke uiterlijk en meerdere malen met prijzen onder-scheiden rozentuin. Mijn vader was een alom gerespecteerde advocaat met een eigen praktijk – iemand die hard werkte om de kost te verdienen voor 'zijn twee liefallige dames'. Ik had twaalf neven en nichten en een heel stel ooms en tantes. Meer dan voldoende familie om te kunnen garanderen dat de jaar-lijkse reünies – die altijd plaatsvonden in onze kapitale villa met het enorme gazon en de veranda rondom – veel meer een circus waren dan een gezapige barbecue.

De eerste vijftien jaar van mijn leven vond ik het heel gewoon om gehoor-zaam te glimlachen terwijl mijn veel te dikke tantes me in de wang knepen en zeiden dat ik toch zo sprekend op mijn moeder leek. Ik leverde mijn huis-werk op tijd in om in aanmerking te komen voor een goedkeurende aai over mijn hoofd en de opmerking dat mijn vader reuzetrots op me kon zijn. Ik ging naar de kerk, ik paste op de kinderen van de buren, ik werkte na schooltijd in de plaatselijke supermarkt, en ik glimlachte, glimlachte en glimlachte tot mijn wangen ervan verkrampten.

En als ik dan thuiskwam, raapte ik de lege drankflessen van het parket, en deed alsof ik niet hoorde hoe mijn dronken moeder uitdagend vanaf het einde van de gang riep naar me riep: 'Ik weet iets wat jij niet weet. Ik weet iets wat jij niet weet...'

Toen ik twee was, liet mijn moeder me een gloeilamp eten zodat ze met me naar de dokter kon om te zeggen dat ik toch zo'n stout kind was. Toen ik vier was, liet ze me mijn duim tegen de deurstijl houden terwijl ze de deur met kracht dicht smeet om de dokter te kunnen zeggen dat ik niet uitkeek. Toen ik zes was, liet ze me bleekwater drinken zodat de dokter zou begrijpen dat het een verschrikkelijke beproeving was om mijn moeder te zijn.

Mijn moeder deed verschrikkelijke dingen met me, en er was niemand die er iets van zei. Maakte dat ons tot een gezin?

Mijn vader had zo zijn vermoedens, maar hij stelde nooit vragen – ook niet

wanneer zijn dronken vrouw hem met het slagersmes door het huis achterna-
zat. Maakte dat ons tot een gezin?

Ik was me ervan bewust dat mijn mama me met opzet mishandelde en dat
ze ook mijn vader probeerde te mishandelen, maar ik heb het nooit aan
iemand verteld. Maakte dat ons tot een gezin?

Mijn vader hield van haar. Ik mocht dan nog heel jong zijn, maar dat wist
ik zeker. Wat mama ook deed, papa nam het altijd voor haar op. Dat hoorde
bij getrouwd zijn, zei hij. En ze was ook niet altijd zo, voegde hij er dan aan
toe. Alsof ze, omdat ze vroeger normaal was geweest, ooit opnieuw normaal
zou kunnen worden.

Dus zette mijn moeder elke avond een zorgvuldig bereide maaltijd op tafel,
die goed begon maar er altijd mee eindigde dat ze de kip – en soms ook de
kristallen glazen – naar mijn hoofd, mijn vaders hoofd of naar de hoofden van
ons allebei slingerde. Na zo'n scène bracht mijn vader haar uiteindelijk naar
de slaapkamer en stopte hij haar in met een extra kopje zoete thee met gin.

'Je weet hoe ze is,' zei hij dan zacht, alsof hij haar wilde excuseren. Daarna
brachten de we rest van de avond samen lezend in de kleine zitkamer door, en
deden we alle twee alsof we mama's dronkenmansgejammer niet hoorden: 'Ik
weet iets wat jullie niet weten. Ik weet iets wat jullie niet weten...'

Na de dood van mijn moeder hield ik op zoveel vragen te stellen. De oor-
log was eindelijk voorbij, dacht ik. Mijn vader en ik waren vrij. Van nu af
aan zouden we altijd gelukkig zijn.

Eén week na de begrafenis rukte ik mijn moeders prijswinnende rozen-
struiken uit de grond en stopte ze in de houtversnipperaar, en mijn vader
huilde heftiger om die verrekte bloemen dan hij ooit om mij heeft gedaan.

Dat was het moment waarop mij een aantal dingen duidelijk werd over de
ware aard van gezinnen.

*

Nu, terugkijkend op die tijd, denk ik dat het onvermijdelijk was dat ik zwan-
ger raakte, met een man trouwde die ik helemaal niet kende en in een staat
ging wonen waar niemand de 'r' uitsprak. Ik was van mijn leven nog geen
dag alleen geweest. Dus het is alleen maar logisch dat ik, op het moment dat
ik er alleen voor kwam te staan, zo snel mogelijk het enige probeerde te creëren
dat ik kende: een gezin.

Ik schrok me kapot van de bevalling. Negen maanden later was ik er nog
altijd niet klaar voor. We waren nog maar net getrouwd en we hadden nog

76

maar nauwelijks onze intrek genomen in ons nieuwe huis – een huisje dat zo klein was dat het bijna in de kleine zitkamer van mijn ouders zou passen. Ik kon nog geen moeder zijn. Ik had de wieg nog niet eens klaargezet, had het boek over ouderschap nog niet eens gelezen.

Ik had geen flauw idee waar ik mee bezig was. Ik was hier niet voor gekwalificeerd.

Ik weet nog dat ik, strompelend op weg naar de auto, dacht dat ik mijn moeders rozen kon ruiken. Toen ik moest overgeven op het gras, gaf Jason me een paar klopjes op mijn rug en zei, met die kalme, beheerste stem van hem, dat het echt goed zou komen allemaal.

Nadat hij mijn koffertje voor het ziekenhuis in de auto had gezet, hielp hij mij instappen.

'Ademhalen,' zei hij, keer op keer. 'Diep ademhalen, Sandy. Ademhalen.'

In het ziekenhuis hield mijn hoffelijke nieuwe echtgenoot de emmer vast terwijl ik overgaf. Hij ondersteunde mijn zware lijf terwijl ik hijgend en kreunend de weeën onderging. Hij bood me zijn arm, waar ik tot bloedens toe mijn nagels in drukte terwijl ik me tot het uiterste inspande om de grootste bowlingbal ter wereld uit mijn baarmoeder te persen.

De verpleegsters waren een en al bewondering voor hem, en ik weet nog heel goed dat ik dacht dat mijn moeder gelijk had gehad – de wereld barstte van de krengen, en ik zou ze het liefst allemaal vermoorden. Als ik maar op kon staan. Als ik maar iets kon doen tegen die pijn.

En toen... lukte het.

Mijn dochter Clarissa Jane Jones kwam de wereld binnenglijden en kondigde dat aan met een hese kreet van protest. Ik kan me het gevoel van haar warme, plakkerige en gerimpelde lijfje op mijn borst nog goed herinneren. En dat wilde, bezeten zoeken van haar rozerode mondje tot ze ten slotte mijn tepel te pakken had. En ik herinner me dat onbeschrijflijke gevoel van mijn lichaam dat het hare voedde, terwijl de tranen me over de wangen stroomden.

Ik zag Jason naar ons kijken. Hij stond een eindje van ons af, met zijn handen in zijn zakken en die ondoorgrondelijke uitdrukking op zijn gezicht. En op dat moment werd me ineens van alles duidelijk.

Ik was met hem getrouwd om aan mijn vader te ontsnappen. Maakte dat ons tot een gezin?

Mijn man was met me getrouwd omdat hij mijn kind wilde. Maakte dat ons tot een gezin?

Clarissa werd onze dochter omdat ze in deze onzuivere situatie werd geboren. Maakte dat ons tot een gezin?

Misschien moet je gewoon ergens beginnen.

Ik stak mijn hand uit en Jason kwam naar me toe. En langzaam, heel langzaam, bracht hij zijn vinger naar Clarissa's wangetje en streelde het.

'Ik zal ervoor zorgen dat jullie nooit iets overkomt,' mompelde hij. 'Ik beloof jullie dat jullie veilig zullen zijn bij mij. Dat beloof ik. Dat beloof ik. Dat beloof ik.'

Hij greep mijn hand vast en maakte me deelgenoot van de intensiteit van zijn emoties, van al die duistere dingen waar hij me niet over wilde vertellen maar waarvan ik – van overlevende tot overlevende – aanvoelde dat hij ze met zich mee droeg.

Hij kuste me. Hij kuste me, met Clarissa tussen ons in – een harde, krachtige kus.

'Ik zal altijd voor jullie zorgen,' fluisterde hij, met zijn wang tegen de mijne, terwijl zijn tranen zich met de mijne vermengden. 'Dat beloof ik je, Sandy. Bij mij zijn jullie veilig.'

En ik geloofde hem.

Om één minuut voor zes, toen Aidan Brewster zich meldde voor zijn wekelijkse steungroep, zette Jason Jones een film op voor zijn dochter. En begon hij in paniek te raken.

Hij had zich ziek gemeld op zijn werk. Omdat hij niet wist wat hij anders moest doen. Het begon donker te worden. En nog steeds geen woord van Sandy. Nog steeds geen bericht van de politie. Ree was wakker geworden van haar dutje, en ze was nog altijd even kalm en stil. Ze hadden een paar spelletjes gespeeld.

Daarna waren ze aan haar kindertafel gaan zitten – hij met zijn kin op zijn knieën – en hadden ze platen uit haar Assepoester-kleurboek ingekleurd. Mr. Smith had zich nog altijd niet vertoond en Ree was inmiddels opgehouden naar haar kat of haar moeder te vragen. In plaats daarvan keek ze Jason met die ernstige bruine ogen van haar om de zoveel tijd onderzoekend aan. En daar kreeg hij de kriebels van.

Na het eten – gehaktballetjes met extra fijne pasta en schijfjes komkommer – zette hij een film op. Het was een zeldzame traktatie waar Ree onmiddellijk van was opgefleurd, en nu zat ze, met Lil' Bunny in haar armen, op het groene bankje. Jason beweerde dat hij de was moest doen en haastte zich naar de kelder.

Eenmaal beneden begon hij te ijsberen, en daar kon hij toen niet meer mee stoppen.

Toen hij bij thuiskomst ontdekt had dat Sandra er niet was, had hij dat aanvankelijk niet begrepen en had het idee hem ook een beetje benauwd. Hij had gedaan wat iedereen zou doen. Hij had in de kelder gekeken, en op zolder, en in de oude schuur achter het huis. Daarna had hij haar mobiel gebeld, maar die had in haar tas op het aanrecht gezeten. Dat had hem ertoe gebracht de inhoud van haar tas te bekijken, en het kleine notitieblokje open te slaan om te zien of ze er soms een afspraak voor laat op die avond in had opgeschreven. Toen hij om halfdrie tot de conclusie was gekomen dat zijn vrouw niet met opzet was verdwenen, was hij, onder het zachtjes roepen van haar naam – zoals je een weggelopen kat zou roepen – door de buurt gelopen.

Ze was niet in haar auto. Ze was niet in zijn auto. En ze was nog steeds niet thuis.

Hij was op het bankje gaan zitten om over de kwestie na te denken.

De deur en de ramen hadden op slot gezeten toen hij was thuisgekomen. Dat betekende dat Sandy voor het slapengaan haar gebruikelijke ronde had gemaakt. Uit het nagekeken schoolwerk bleek dat ze, zoals altijd, nadat ze Ree naar bed had gebracht het werk van haar leerlingen had gecorrigeerd.

Dus, op welk punt was het misgegaan die avond?

Zijn vrouw was niet volmaakt. Dat wist Jason net zo goed als iedereen. Sandy was jong en ze had een wilde, onbesuisde jeugd gehad. En nu, op de relatief jeugdige leeftijd van drieëntwintig, probeerde ze een peuter op te voeden terwijl ze moest wennen aan een nieuwe baan en het leven in een totaal nieuwe omgeving. Sinds het begin van het schooljaar had hij haar afstandelijker gevonden – eerst was ze ongewoon teruggetrokken geweest, en daarna, zo vanaf december, was ze ineens heel vriendelijk geworden, maar bijna op een geforceerde manier. Toen was hij op het idee gekomen om er in februari een paar dagen tussenuit te gaan, juist omdat ze zo... veranderd was.

Hij was ervan overtuigd dat ze last had van heimwee, vooral in de wintermaanden, maar ze zei er nooit iets van. En hij wist ook zeker dat ze op momenten zin moest hebben om uit te gaan om zich jong te kunnen voelen, maar ook daar sprak ze nooit over.

Meer dan eens had hij zich afgevraagd hoelang ze met hem getrouwd zou blijven, en ook dat was een onderwerp waar ze nooit over sprak.

Hij miste haar, en dat vond hij een pijnlijk besef. Hij was eraan gewend geraakt om haar bij thuiskomst in hun bed te vinden. Ze sliep, net als hun dochtertje, op haar zij en met haar knieën helemaal opgetrokken. Hij hield van haar zuidelijke accent, en van haar verslaving aan cola, en van haar glimlach met een kuiltje in haar linkerwang.

Als ze stil was, straalde ze een tederheid uit die hij geruststellend vond. En als ze pret maakte met Ree, en samen met haar giechelde, sprankelde ze op een manier die hem energie gaf.

Hij vond het fijn om naar haar te kijken wanneer ze hun dochter voorlas. En hij luisterde graag naar haar neuriën wanneer ze in de keuken aan het werk was. Haar haren vielen als een krullend gouden gordijn langs haar gezicht, en daar hield hij van, net zoals van de manier waarop ze bloosde wanneer ze merkte dat hij naar haar keek.

Het was hem niet duidelijk of ze van hem hield. Daar had hij nooit achter kunnen komen. Maar voor een tijdje had ze hem nodig gehad, en dat was voor hem voldoende geweest.

Ze heeft me verlaten, was zijn eerste gedachte geweest toen hij om drie uur in de nacht in de donkere kamer op het bankje was gaan zitten. In februari had hij geprobeerd het goed te maken, en dat was uitgelopen op een ramp. En nu had Sandy hem dan eindelijk verlaten.

Maar nog geen halve seconde later zette hij die gedachte alweer van zich af. Sandy mocht dan haar twijfels over hun huwelijk hebben gehad, maar ze hield voor honderd procent van Ree. Dat betekende dat Sandy, als ze uit eigen wil was vertrokken, dat nooit zonder Ree zou hebben gedaan, en dat ze op zijn minst haar tas zou hebben meegenomen. En dat bracht hem automatisch bij de conclusie dat Sandy niet vrijwillig was vertrokken. Er was iets ergs gebeurd, hier, in zijn eigen huis, terwijl zijn dochter boven had liggen slapen. Maar hij had geen idee van wat dat was.

Jason was een gereserveerd mens. Dat wilde hij best toegeven. Hij wilde liever logica in plaats van emotie, feiten in plaats van veronderstellingen. Dat was een van de redenen waarom hij zo'n goede journalist was. Hij blonk uit in het analyseren van een grote hoeveelheid informatie om daar de kern uit te halen – het punt waar alles om draaide. Hij raakte niet overweldigd door verdriet, woede of verontwaardiging. Hij koesterde geen enkele vooringenomenheid ten aanzien van de inwoners van Boston of ten aanzien van de mensheid in het algemeen.

Jason was iemand die er rekening mee hield dat er op elk moment iets verschrikkelijks zou kunnen gebeuren. Dat hoorde nu eenmaal bij het leven. En dus wapende hij zichzelf met een grote hoeveelheid feiten, misschien omdat hij – en dat was natuurlijk nogal dwaas – meende dat hij, zolang hij maar van alles wist, niets te vrezen zou hebben. Zijn gezin zou veilig zijn. Zijn dochter zou veilig opgroeien.

Maar daar zat hij nu. Met enorme vragen waar hij geen antwoord op wist, en hij voelde hoe zijn zelfverzekerdheid, zijn innerlijke kalmte, beetje bij beetje begon af te brokkelen.

De politie was iets van zes uur geleden de deur uit gegaan, en de enkele agent in burger die in de auto voor het huis de wacht hield, was om vijf uur door een collega vervangen. Jason had het vervelend gevonden om de politie over de vloer te hebben, maar nu moest hij erkennen dat hij het nog veel erger vond dat ze er niet waren. Waar waren ze op dit moment mee bezig? Wist hij maar wat er omging in het hoofd van inspecteur D.D. Warren. Had ze iets gedaan met die opmerking van hem over zijn buurman de zedendelinquent, of had ze het nog steeds voornamelijk op hem voorzien?

Hadden ze al toestemming om zijn computer in beslag te nemen? Konden ze hem het huis uit trappen en dwingen om naar het bureau te gaan? Wat hadden ze daar precies voor bewijzen voor nodig?

Of nog erger, stel dát ze hem arresteerden, wat zou er dan gebeuren met Ree?

Jason liep voor de zoveelste keer om de salontafel heen. Kleine rondjes waar hij duizelig van werd, maar hij kon er niet mee ophouden. Hij had geen familie in de buurt, geen echte vrienden. Zou de politie contact zoeken met Sandy's vader en Ree naar Georgia sturen? Of zouden ze Max vragen om hier te komen?

En áls Max naar Boston kwam, hoeveel zou hij dan precies zeggen of doen?

Wat Jason nodig had, was een strategie. Een plan.

Want hoe langer Sandy's vermissing duurde, hoe erger dit zou worden. De politie zou steeds dieper graven en steeds moeilijker vragen stellen. En op een gegeven moment zou de waarheid uitlekken en was hij een prooi voor de media. Jasons collega's zouden zich als een stelletje hyena's boven op hem storten en zijn foto de hele wereld rondsturen. Jason Jones, echtgenoot van de vermiste vrouw en sleutelfiguur in een voortdurend onderzoek.

Vroeger of later zou er iemand zijn die zijn foto herkende. En dan zouden ze de puntjes met elkaar verbinden.

Zeker wanneer de politie zijn computer in handen kreeg.

Jason was steeds sneller om de tafel gaan lopen, en nu maakte hij een verkeerde beweging en stootte zijn knie tegen de hoek van de wasmachine. De pijnscheut die door zijn dij omhoogschoot was zo intens dat hij pas op de plaats moest maken. Even tolde de wereld om hem heen en hield hij zich, naar lucht happend van de pijn, vast aan de bovenkant van de wasmachine.

Toen hij even later weer scherp kon zien, was het eerste wat hij zag de spin, de kleine bruine tuinspin die vlak voor zijn gezicht aan een draad hing.

Jason sprong naar achteren, schaafde zijn scheen aan de rand van de oude salontafel, en kreunde van de pijn. Maar die pijn was geen probleem. Hij kon heus wel tegen een beetje pijn. Pijn was prima, zolang hij die spin maar niet meer hoefde te zien.

En even werd het hem allemaal te veel. Even was dat spinnetje voldoende geweest om hem terug te laten gaan in de tijd, naar die plek waar het altijd donker was, met uitzondering van de ogen die hem aankeken vanuit de tientallen terraria die tegen de muren van de kamer stonden. Een plek waar het gegil in de kelder begon om dan via de muren naar boven te kruipen. Een plek die standaard naar dood en verval stonk, zo intens dat alle ammoniak ter wereld er nog niet tegenop zou kunnen.

Een plek waar jongetjes en meisjes naartoe werden gebracht om te sterven.

Jason stopte een vuist in zijn mond. Hij beet op zijn eigen knokkel tot hij bloed proefde, en de pijn was voldoende om hem terug te brengen tot de realiteit.

'Ik weiger me zo te laten gaan,' mompelde hij. 'Ik moet mijn kalmte bewaren. Ik blijf kalm. Ik blijf kalm.'

Boven ging de telefoon. Hij was blij dat hij de kelder uit mocht om hem op te nemen.

Het was Phil Stewart, het hoofd van Sandy's school. De man die altijd zo rustig was, klonk ongewoon opgewonden.

'Is Sandra daar?' vroeg hij kortaf.

'Ze kan niet aan de telefoon komen,' antwoordde Jason automatisch. 'Kan ik een boodschap overbrengen?'

Phil was lange seconden stil. 'Jason?'

'Ja.'

'Is ze thuis? Ik bedoel, heeft de politie haar al gevonden?'

Dus dan was de politie op Sandra's werk geweest. Natuurlijk. Dat was immers de volgende logische stap. Nadat ze hier hadden gekeken, zouden ze ook daar willen kijken. Natuurlijk. Jason wilde iets intelligents zeggen, maar er schoot hem niets te binnen. Een korte zin die de situatie omschreef zonder daar een persoonlijke noot aan toe te hoeven voegen.

Zijn brein was als verlamd.

'Jason?'

Jason schraapte zijn keel en keek op de klok. Het was vijf over zeven in de avond, wat betekende dat Sandy intussen al iets van achttien of twintig uur weg was. De eerste dag zat er bijna op, de tweede dag brak bijna aan. 'Eh... ze is... ze is... niet thuis, Phil.'

'Dus ze wordt nog steeds vermist,' concludeerde het hoofd.

'Ja.'

'Heb je enige idee? Heeft de politie een spoor? Wat is er toch aan de hand, Jason?'

'Ik ben gisteravond gewoon naar mijn werk gegaan,' vertelde Jason. 'En toen ik thuiskwam, was ze verdwenen.'

'O, mijn god,' kwam het op een lange zucht over Phils lippen. 'En heb je enig idee wat er gebeurd zou kunnen zijn?'

'Nee.'

'Denk je dat ze weer thuis zal komen? Ik bedoel, misschien wilde ze er alleen maar even tussenuit of zo.' Dit was een persoonlijke vraag, en Jason kon Phil zo ongeveer horen blozen aan de andere kant van de lijn.

'Misschien,' zei Jason zacht.

'Nou,' zei Phil, die zijn emoties weer onder controle leek te hebben, 'zo te horen zal ik voor morgen een invaller moeten regelen.'

'Dat lijkt me wel.'

'Wordt er morgen begonnen met zoeken? Ik kan me voorstellen dat het grootste deel van de mensen hier daar aan mee zal willen werken. En een aantal ouders waarschijnlijk ook. Je zult wel hulp nodig hebben met de verspreiding van flyers en met de buurten uitkammen, en zo. Wie heeft de leiding daarover?'

Jason wist alweer niet wat hij moest zeggen, en het kostte hem moeite om de paniek de baas te blijven. Hij nam zijn tijd, rechtte zijn rug en dwong zichzelf om kalm te klinken. 'Zodra ik iets weet, hoor je dat van me.'

'We moeten ook bedenken wat we tegen de kinderen zeggen,' zei Phil. 'En bij voorkeur voordat ze het op het nieuws horen. Misschien moeten we ook een verklaring afleggen voor de ouders. We hebben zoiets hier nog nooit eerder meegemaakt. De kinderen moeten worden voorbereid.'

'Je hoort van me,' zei Jason opnieuw.

'Hoe is Clarissa eronder?' vroeg Phil onverwacht.

'Zo goed als onder de omstandigheden maar mogelijk is.'

'Mocht je op dat gebied hulp nodig hebben, laat het ons dan weten. Er zijn vast wel leraren die willen helpen. Alles kan geregeld worden, vanzelfsprekend. Het enige wat we nodig hebben, is een plan.'

'Absoluut,' zei Jason. 'Wat we nodig hebben, is een plan.'

Hoofdstuk 9

Eén minuut voor zes in de avond. Inspecteur D.D. Warren was in haar nopjes. Ze had een doorzoekingsbevel voor Jason Jones' pick-up. Ze had een afspraak met een reclasseringsambtenaar van zedendelicten. En, het beste van alles, er werd die avond vuilnis opgehaald in de buurt.

Ze reed samen met brigadier Miller door de buurt om het terrein nader te verkennen, en ondertussen bepaalden ze wat hun volgende stappen zouden zijn.

'Agent Rober heeft gemeld dat Jones zich de hele middag rustig heeft gehouden,' meldde Miller. 'Geen bezoek, geen boodschappen, geen enkele activiteit. Zo te zien is hij gewoon rustig thuis met zijn dochter en gaat hij zijn eigen gangetje.'

'Is hij bij zijn auto geweest?' wilde D.D. weten.

'Nee. Hij heeft de voordeur nog niet eens een kiertje opengetrokken.'

'Hm,' zei D.D. 'Heeft hij op de computer zitten werken? Dat mannetje van jou moet dat door het keukenraam kunnen zien.'

'Ja, daar heb ik hem naar gevraagd, maar ik heb geen duidelijk antwoord gekregen. De middagzon scheen op het raam en daardoor kon hij niet goed zien wat er binnen gebeurde. Maar zover hij heeft kunnen nagaan, heeft Jones zich het grootste gedeelte van de dag met zijn dochtertje beziggehouden.'

'Interessant,' vond D.D., en dat meende ze. Het gedrag van een echtgenoot na de verdwijning van zijn dierbare wederhelft stemde de inspecteur altijd tot nadenken. Deed de man alsof er niets aan de hand was? Nodigde hij zijn nieuwe vriendin uit om zich door haar te laten 'troosten'? Of kocht hij ineens allerlei chemische producten en/of gespecialiseerd elektrisch gereedschap?

In Jasons geval viel juist op wat hij níét deed. Hij kreeg geen bezoek van vrienden of familie die hem in deze moeilijke momenten wilden steunen of de zorg voor het meisje van hem wilden overnemen. Hij ging ook niet de stad in om een foto van zijn vermiste vrouw te laten vergroten, en was ook niet bij de buren langs geweest om te vragen of ze zijn vrouw hadden gezien, en of ze misschien iets ongewoons hadden opgemerkt of gehoord. En of ze soms een rode kater hadden gezien.

Jason Jones' vrouw was verdwenen en hij deed niets. Helemaal niets.

Het was net alsof hij niet verwachtte dat ze gevonden zou worden, en dat vond D.D. fascinerend.

'Oké,' zei ze nu. 'Omdat Jason niet van zijn plek komt, stel ik voor om eerst naar die reclasseringsambtenaar te gaan om vragen over Aidan Brewster te stellen. Het is tijd om wat meer over die jongen aan de weet te komen.'

'Uitstekend,' vond Miller. 'Wist je al dat morgenochtend het vuil wordt opgehaald in de buurt?' Hij maakte een vagelijk gebaar naar de vuilniscontainers die hier en daar al langs de stoeprand waren neergezet. Zolang afval binnenshuis werd bewaard, gold het als privébezit en had je een huiszoekingsbevel nodig om erin te kunnen snuffelen, maar zodra het eenmaal buiten was gezet... 'Wat vind je ervan als ik vannacht, zo rond een uur of twee, een mannetje langsstuur om Jones' afval te halen? Dan kunnen we daar morgenochtend lekker mee aan de gang.'

'Miller, je hebt mijn gedachten gelezen.'

'Ik doe mijn best,' zei hij bescheiden.

D.D. gaf hem een knipoog, en ze gingen op weg naar het centrum van de stad.

Colleen Pickler ontving hen in de kleurloze ruimte die doorging voor haar kantoor. Op de vloer lag lichtgrijs linoleum, de muren waren grijs en de archiefkasten waren grijs. Colleen zelf echter was een één meter tachtig lange, atletisch gebouwde amazone met felrood haar. Ze droeg een rode blazer op een bontgekleurd T-shirt, en toen ze van achter haar bureau opstond, was het alsof er midden in een grauwe mistbank een fakkel werd ontstoken.

In drie grote, soepele stappen was ze bij hen, schudde hen krachtig de hand en wees hen op de gemakkelijke blauwe stoelen tegenover haar bureau.

'Neemt u mij dit kantoor niet kwalijk,' zei ze vrolijk. 'Ik werk voornamelijk met zedendelinquenten, en de overheid is van mening dat elke kleur behalve grijs hen te zeer zou kunnen prikkelen. Het is duidelijk,' voegde ze eraan toe terwijl ze op haar T-shirtje wees, 'dat ik het daar niet mee eens ben.'

'Werkt u voornamelijk met zedendelinquenten?' vroeg D.D. verbaasd.

'Ja, dat is de leukste groep die er is. Heroïnedealers en inbrekers gaan onmiddellijk aan de haal wanneer ze in vrijheid zijn gesteld. Die zie je nooit meer terug, niet om formulieren in te vullen en niet voor groepstherapie. Maar de gemiddelde zedendelinquent doet verschrikkelijk zijn best om een goede indruk te maken.'

Miller keek Pickler aan alsof hij het geesteslicht aanschouwde. 'Meent u dat?' vroeg hij, aan zijn dunne, bruine snorretje draaiend. Toen hij zich realiseerde dat hij dat deed, hield hij ermee op, maar ging er even later toch weer mee door.

'Ja, dat meen ik. De meeste van deze mannen zijn doodsbang. Het verblijf in de gevangenis is het ergste wat hun ooit is overkomen, en ze willen er nooit meer terug. Ze zijn meegaand en willen graag goed en aardig worden gevonden. Ik kan u vertellen dat de echte doorgewinterde pedofiel hier bijna dagelijks zijn gezicht laat zien. Ik ben de enige volwassene met wie ze contact hebben en ze doen er alles voor om mij tevreden te stellen.'

D.D. trok haar wenkbrauwen op en ging zitten. 'Waarmee u wilt zeggen dat het eigenlijk heel normale kerels zijn.'

Pickler haalde haar schouders op. 'Voor zover iemand normaal kan zijn. Maar u zou hier nu niet zitten als u niet meende dat iemand mogelijk een overtreding had begaan. Om wie gaat het?'

D.D. bekeek haar aantekeningen. 'Brewster. Aidan Brewster.'

'Aidan Brewster?' herhaalde Pickler. 'Onmogelijk!'

'Wel mogelijk.'

Nu was het Picklers beurt om haar wenkbrauwen op te trekken. Maar het volgende moment liep ze naar de eerste grijze archiefkast en begon te zoeken. 'B... B... Brewster. Aidan. Hebbes. Maar ik kan u nu al zeggen dat hij een goed mens is.'

'Voor een zedendelinquent,' voegde D.D. er lichtelijk sarcastisch aan toe.

'Kom, kom. Dit is nu precies waar het systeem zijn eigen grootste vijand is. Het systeem is veel te ruim, waardoor de groep van plegers veel te groot is geworden. Ze worden allemaal op één hoop gegooid – de pedofiel die dertig kinderen heeft misbruikt en de jongen van negentien die met een meisje van veertien naar bed is geweest omdat ze dat alle twee wilden. Het is net zoiets als zeggen dat een seriemoordenaar hetzelfde is als de man die zijn vrouw een keer een blauw oog heeft geslagen. Oké, ik zou ze geen van tweeën in mijn buurt willen hebben, maar je kunt hun daden niet écht over een kam strijken.'

'En wat voor soort zedendelinquent is Aidan Brewster?' vroeg D.D.

'De jongen van negentien die met een meisje van veertien – zijn stiefzusje met wie hij een heel nauwe band had – naar bed is geweest.'

'En daarvoor is hij bestraft?'

'Hij heeft er twee jaar voor in de gevangenis gezeten. Als ze een jaar jonger was geweest, zou hij er twintig voor hebben gekregen. Voldoende om een jongen te leren zijn gulp dicht te houden.'

'Veertien is te jong om bewust seks te willen hebben,' vond Miller, die eindelijk was gaan zitten. 'Een jongen van negentien zou beter moeten weten.'

Dat sprak Pickler niet tegen. 'Een les die Brewster de rest van zijn leven bij zal blijven. Het stempel van zedendelinquent raak je nooit meer kwijt. Brewster kan zich de komende dertig jaar voorbeeldig gedragen, maar hij zal altijd een zedendelinquent blijven. Dat betekent dat hij altijd – bij solliciteren, bij het huren van een huis of bij het verhuizen naar een andere staat – als zedendelinquent uit het systeem tevoorschijn zal komen. Dat is een zware last voor een joch van drieëntwintig.'

'En hoe gaat hij ermee om?' vroeg D.D.

'Zo goed als onder de omstandigheden verwacht kan worden. Hij zit in een zelfhulpgroep voor zedendelinquenten en woont de wekelijkse therapiesessies bij. Hij heeft een flatje en een baan en leidt ogenschijnlijk een normaal leven.'

'Een flatje,' zei D.D.

Pickler noemde het adres, dat overeenkwam met dat wat D.D.'s team al had gevonden. 'Weet zijn huisbaas het?' wilde ze weten.

'Ik heb het haar zelf verteld,' antwoordde Pickler. 'Dat is geen standaardprotocol in zijn geval, maar ik denk dat mensen het beter van tevoren kunnen weten. Stel dat ze er later achter was gekomen en hem eruit had gegooid, zoiets zou alleen maar tot extra stress en problemen leiden. Hij zou dakloos kunnen worden. Als Aidans reclasseringsambtenaar beschouw ik het als mijn taak hem dergelijke problemen te helpen voorkomen.'

'En hoe reageerde die vrouw erop?'

'Ze wilde het hele verhaal horen, en ze wilde mijn nummer hebben. Dat was alles. De meeste mensen hebben er geen problemen mee, zolang ze maar precies weten wat er aan de hand is.'

'En de buren?' drong D.D. aan.

'Ik heb niets aan de buren verteld, en ik heb het ook niet bij het plaatselijke politiebureau gemeld. Hij zit in de landelijke database voor zedendelinquenten, en dat leek me gezien de omstandigheden meer dan voldoende.'

'Wat wilt u daar precies mee zeggen?' vroeg Miller.

'Dat Brewster niet voor problemen zorgt. Hij woont al bijna twee jaar op hetzelfde adres, heeft dezelfde baan en gaat trouw elke week naar zijn groepstherapie. Voor wat voorwaardelijk in vrijheid gestelde klanten betreft, teken ik voor jongens zoals Aidan Brewster.'

'Een waar succesverhaal,' meende Miller lollig.

Pickler haalde haar schouders op. 'Voor zover je dat kunt verwachten. Moet u horen, ik doe dit werk al achttien jaar. Zestig procent van mijn klanten blijft op het rechte pad – goed, misschien niet altijd de eerste keer, maar op den duur wel. De overige veertig procent...' Opnieuw haalde ze haar schouders op. 'Sommigen belanden weer in de gevangenis. Sommigen zuipen zichzelf dood. Een paar plegen zelfmoord. In technisch opzicht begaan ze niet nog eens dezelfde fout, maar toch zou ik dat geen succes willen noemen. En dan heb je de Aidan Brewsters. Vanuit mijn positie beschouwd is hij een goeie jongen, en dat is alles wat ik u kan zeggen.'

'Waar werkt hij?' Er lag een rimpel op D.D.'s voorhoofd.

'Plaatselijke garage. Vito's. Het joch is heel goed met zijn handen. Dardoor heeft hij veel sneller weer een plek in de maatschappij gevonden dan de meeste anderen.'

D.D. schreef het op. 'En u zegt dat hij daar al twee jaar werkt?'

'Hij is hun beste monteur,' voegde Pickler eraan toe. 'Zijn baas, Vito, is helemaal weg van hem. Hij zou zich geen betere baan kunnen wensen, en dat is meegenomen, met alle onkosten die hij heeft.'

'Wat voor soort onkosten?' wilde Miller weten.

'Die groepstherapie. Zedendelinquenten moeten zelf opdraaien voor de kosten van de sessies. In Brewsters geval betekent het dat hij daar zestig dollar per week aan kwijt is. Daarnaast moet hij betalen voor het ondergaan van een periodieke test met de leugendetector – tweehonderdvijftig dollar eens in de tien maanden – om ervoor te zorgen dat hij niet van het rechte pad af raakt. Als hij een enkelbandje had gehad, zou hij daar ook voor hebben moeten betalen, maar hij boft dat hij al een jaar vrij was voordat de gps verplicht werd. Daar komt bij dat de huren in Boston aan de hoge kant zijn en dat geldt ook voor de transportkosten hier. Het is geen goedkoop leven voor iemand die niet zomaar elke baan kan aannemen.'

'U bedoelt omdat hij niet in de buurt van kinderen mag komen,' zei D.D.

'Precies. Dus zelfs in de plaatselijke garage moet Brewster in de buurt van auto's blijven en kan hij nooit achter de receptie komen. Je weet uiteindelijk maar nooit wanneer er een vrouw met kinderen binnenkomt.'

'Maar hij is een goede kracht.'

'De beste.' Colleen grijnsde. 'Vito kan Brewster net zo lang en hard laten werken als hij wil, en het joch zal nooit klagen, omdat ze alle twee weten dat hij niet zomaar zijn ontslag kan nemen en elders een baan kan vinden. Mensen denken dat zedendelinquenten geen werk kunnen krijgen, maar in werkelijkheid zijn er voldoende uitgekookte werkgevers die ze meer dan graag in dienst willen nemen.'

Miller trok een bedenkelijk gezicht. 'Arme kleine Aidan Brewster? Hij kon niet van een meisje van veertien afblijven en nu moeten we allemaal medelijden met hem hebben?'

'Dat hoort u mij niet zeggen,' antwoordde Pickler op effen toon. 'De wet is de wet. Ik zeg alleen maar dat voor de meeste overtreders daarvan geldt dat je je straf uitzit en dat de zaak daarmee bekeken is. Brewster heeft in de gevangenis gezeten, maar zijn straf duurt zo lang als hij leeft. Ironisch genoeg zou hij iets beter af zijn geweest als hij het meisje vermoord had, in plaats van seks met haar te hebben. En als iemand die deel uitmaakt van het juridisch systeem, kan ik niet zeggen dat dit een conclusie is waar ik blij mee ben.'

D.D. was met haar gedachten alweer ergens anders. Ze wendde zich tot Miller. 'Weet jij bij welke garage de Jones' hun auto's in onderhoud hebben?'

Hij schudde zijn hoofd en maakte een aantekening. 'Dat zoek ik uit.'

'Wie zijn de Jones'?' vroeg Colleen.

'Jason en Sandra Jones. Ze wonen in dezelfde straat als Aidan Brewster. En Sandra Jones wordt sinds gisteravond vermist.'

'Aha,' verzuchtte Colleen. Ze leunde naar achteren en vouwde haar handen achter haar rode haar. 'En u denkt dat Aidan daar iets mee te maken heeft?'

'We moeten rekening met hem houden.'

'Hoe oud is Sandra Jones?'

'Drieëntwintig. Ze is lerares en ze heeft een dochtertje van vier.'

'Dus u denkt dat Aidan de moeder midden in de nacht uit haar eigen huis heeft ontvoerd, terwijl haar man daarbij aanwezig was?'

'De man was op zijn werk. Hij is journalist.'

Colleen kneep haar ogen half dicht. 'Denkt u dat Brewster het op het kind had voorzien? Aidan heeft vier tot vijf tests met de leugendetector gedaan, en vrijwillig over zijn seksuele geschiedenis verteld. Pedofilie is daarbij nooit ter sprake gekomen.'

'Ik weet niet wat ik denk,' zei D.D. 'Behalve dat Sandra Jones een bijzonder aantrekkelijke vrouw is en, laten we eerlijk zijn, drieëntwintig is nu ook weer niet zo oud. Als ik me niet vergis, is ze daarmee van dezelfde leeftijd als Brewster.'

Pickler knikte. 'Inderdaad.'

'Dus dan hebben we een knappe jonge moeder en, een paar huizen verderop, een zedendelinquent. Is Aidan toevallig een mooie jongen om te zien?'

'Ja, ik vind van wel. Dik blond haar, blauwe ogen. Beetje een surftype, maar dan op een lieve manier.'

Miller rolde met zijn ogen.

D.D. was nog niet klaar met het uitwerken van haar theorie. 'Sandra's man is de meeste avonden weg vanwege zijn werk. Dat betekent dat ze veel alleen thuis is met haar kind. Misschien gaat ze 's avonds ook wel eens de tuin in met het meisje. Aidan komt langs en maakt een praatje. Misschien leidt het praatje tot een relatie, waarna die relatie ertoe leidt dat...'

'Dat ze er met hem vandoor gaat?' opperde Colleen.

'Of ze krijgen ruzie. Ze ontdekt zijn verleden en wordt boos. Hij komt uiteindelijk ook in aanraking met haar kind, en volgens alle verklaringen is Sandra Jones zo iemand die alles over heeft voor haar kind.'

'Dus hij vermoordt haar,' concludeerde Colleen op een zakelijk toontje.

'U zei het zelf al. Dit soort lui zal er alles aan doen om te voorkomen dat ze terug moeten naar de gevangenis.'

'Dus Aidan Brewster verleidt zijn eenzame buurvrouw, waarna hij haar vermoordt om zijn sporen uit te wissen.'

D.D. haalde haar schouders op. 'Er gebeuren wel vreemdere dingen.'

Colleen zuchtte. Ze pakte een potlood en liet het gummetje een paar keer op het blad van haar bureau stuiteren. 'Vooruit. Als u het mij vraagt, zit u er helemaal naast. Aidan heeft al eerder een uiterst riskante relatie gehad en die is hem bijzonder duur komen te staan. In die zin denk ik eerder dat hij, als hij een vrouw als Sandra Jones in haar tuin had zien staan, onmiddellijk rechtsomkeert zou hebben gemaakt. Je kunt het lot beter niet in verzoeking brengen, wel? Dat verandert er toch niets aan dat Sandra Jones wordt vermist en dat Aidan Brewster de pech heeft dat hij haar buurman is. En protocol is protocol, dus we kunnen er maar beter werk van maken.'

'Ik ben blij dat u dat zegt.'

Colleen liet het gummetje nog een paar keer stuiteren. 'Hoe zit het met de tijd?'

'We hebben haast. We proberen zo veel mogelijk gedaan te krijgen zolang de zaak nog niet is uitgelekt. Morgenochtend om zeven uur zal Sandra officieel vierentwintig uur vermist zijn, wat haar officieel een vermiste persoon maakt, en dat betekent dat de media...'

'Zich als aasgieren op de zaak zullen storten.'

'Precies.'

Colleen gromde. 'Een aantrekkelijke, jonge moeder die lesgeeft op een school in de buurt, zegt u.'

'Inderdaad.'

'Dan kunt u het wel schudden.'

'Helemaal.'

'Goed. U heeft me overtuigd. Ik ga vanavond nog een praatje met Brewster maken. Ik bekijk zijn flat en vraag hem naar zijn recente bezigheden. Kijken of ik dingen aan de weet kom die nader onderzocht moeten worden.'

'Wij zouden u graag bij dat bezoek assisteren.'

Colleen hield haar potlood stil. 'Nee, geen sprake van,' zei ze nadrukkelijk.

'Maar u heeft geen enkele volmacht. Stel dat u bloedsporen aantreft, of sporen van geweld, dan kunt u dat niet als bewijsmateriaal in beslag nemen.'

'Ik kan u bellen.'

'Ja, en dan weet Brewster meteen dat we in aantocht zijn.'

'En dan zal ik met hem op de bank gaan zitten tot u er bent. Moet u horen, ik ben Aidans reclasseringsambtenaar en dat betekent dat ik jaren aan het opbouwen van een relatie met hem heb gewerkt. Ik stel de vragen, en daarvoor baseer ik mij op alles wat ik in de loop van de afgelopen twee jaar over hem te weten ben gekomen. Aan u vertelt hij toch niets.'

D.D. spande haar lippen over haar tanden. Aan de ene kant wilde ze haar zin doorzetten, maar aan de andere kant moest ze de vrouw gelijk geven.

'Hij is een goede jongen, echt waar,' voegde Pickler er zachtjes aan toe. 'En persoonlijk kan ik me niet voorstellen dat hij de dader zou zijn.'

'Heeft u dit vaker meegemaakt?' wilde Miller weten. 'Heeft u eerder meegemaakt dat klanten van u opnieuw de fout in gaan?'

Ze knikte. 'Drie keer.'

'En ziet u dat aankomen?'

Colleen zuchtte. 'Nee,' bekende ze zachtjes. 'Alle drie de keren... had ik er geen idee van. De jongens deden het goed. Ze hadden geen moeite met de stress. Maar toen, op een ochtend... knapten ze. En toen was er geen weg terug meer mogelijk.'

Hoofdstuk 10

Iets wat me altijd al gefascineerd heeft, zijn geheimen. Ik ben opgegroeid met een leugen, dus het is alleen maar logisch dat ik overal iets achter zoek. Dat kind in mijn klas, dat altijd lange mouwen draagt, zelfs op warme dagen, krijgt er regelmatig van zijn stiefvader van langs. Die oudere vrouw, met haar ingevallen wangen en magere schouders, die bij de stomerij werkt, is totaal overgeleverd aan de grillen van die beer van een zoon van haar die altijd in het kamertje achter zit.

Mensen liegen. Dat gaat ze even vanzelfsprekend af als ademhalen. We liegen omdat we het niet kunnen helpen.

Mijn man liegt. Hij kijkt me er zelfs recht bij aan wanneer hij dat doet. Jason is een meester in het liegen.

Ik schat dat ik hem iets van zes weken kende toen ik doorhad dat onder dat beheerste uiterlijk van hem een enorme hoeveelheid duistere gevoelens schuilging. Aanvankelijk merkte ik het aan kleine dingen. De manier waarop hij soms een licht zuidelijk accent had, met name 's avonds, wanneer hij moe was en niet goed oplette. Of die keren dat hij opstond en zei dat hij tv ging kijken, maar als ik de volgende ochtend dan zelf de televisie aanzette, deze aansprong op de zender van Home & Garden waar ik eerder naar had gekeken en die Jason in het geheel niet interesseerde.

Soms probeerde ik plagend achter de waarheid te komen. 'Hé, je zei net 'cola' in plaats van 'fris'. Ik dacht dat ze dat alleen in het zuiden deden.'

'Nou, dat heb ik dan zeker van jou overgenomen,' zei hij dan, maar ik zag aan zijn ogen dat ik hem even van zijn stuk had gebracht.

Andere keren stelde ik hem een rechtstreekse vraag. 'Vertel me wat er met je familie is gebeurd. Waar zijn je ouders, je broers en zussen?'

En nooit kreeg ik een rechtstreeks antwoord. 'Dat doet er niet toe. Nu heb ik jou en Clarissa. Dat is de enige familie die voor mij telt.'

Op een avond, toen Ree vijf maanden oud was en ze al de hele nacht doorsliep, voelde ik me onrustig en kriebelig, zoals een meisje van negentien dat tegenover een knappe, aantrekkelijke man zit, naar zijn handen kijkt en denkt aan hoe teder die handen een pasgeboren baby vasthouden. En dat zich vervolgens afvraagt hoe die handen op haar naakte borsten zouden voelen. En ik besloot tot een directere aanpak.

'Doen, durven of de waarheid,' zei ik.

Eindelijk keek hij op van de pocket die hij aan het lezen was. 'Wat?'

'Doen, durven of de waarheid. Je weet wel, dat spelletje. Dat heb je als tiener vast ook wel gespeeld.'

Jason keek me strak aan. Zijn donkere ogen waren even ondoorgrondelijk als altijd. 'Ik ben geen tiener meer.'

'Maar ik wel.'

Daarmee leek ik eindelijk zijn aandacht te hebben getrokken. Hij sloeg het boek dicht en legde het weg. 'Wat wil je, Sandra?'

'Doen, durven of de waarheid. Zo moeilijk is dat niet. Gewoon kiezen. Doen, durven of de waarheid.' Ik schoof dichter naar hem toe. Nadat ik Ree naar bed had gebracht, had ik me gedoucht en me ingesmeerd met een naar sinaasappel geurende bodylotion. Het was een fris, subtiel geurtje, maar ik wist dat hij het had geroken, want ik zag zijn neusvleugels even bewegen, en toen schoof hij van me af.

'Sandra...'

'Speel met me, Jason. Ik ben je vrouw. Dat is toch zeker niet te veel gevraagd.'

Hij wilde het. Ik zag het aan de manier waarop hij zijn rug en zijn schouders rechtte. Hij scheepte me al maanden af, en het moest hem duidelijk zijn dat er vroeg of laat een moment zou komen waarop hij me toch mijn zin zou moeten geven. Uiteindelijk draaide niet álles om Ree.

'Doen,' zei hij ten slotte.

'Kus me,' beval ik. 'Ik wil dat je me gedurende één minuut kust.'

Hij aarzelde. Ik dacht dat hij terug zou krabbelen en ik zette me schrap voor zijn afwijzing. Maar toen zuchtte hij – heel zacht. Hij boog zich naar me toe, tuitte zijn lippen en beroerde mijn mond met de zijne.

Hij wilde het kuis houden. Ik kende hem inmiddels al lang genoeg om te weten wat er zou komen. En ik wist ook dat, als ik te agressief of te veeleisend zou zijn, hij zich terug zou trekken. Jason verhief nooit zijn stem als hij boos was, en slaan deed hij ook niet. Wanneer hij boos of gekwetst was, trok hij zich terug diep binnen in zichzelf, ergens waar niets wat ik deed of zei hem leek te kunnen bereiken. Ook al stond ik op die momenten dan nog zo dicht naast hem, het voelde altijd alsof ik alleen was.

Mijn man respecteerde me. Hij behandelde me vriendelijk en voorkomend. Zijn begrip kende geen grenzen. Hij deed zijn uiterste best om al mijn behoeften voor te zijn.

Alleen niet met seks. We waren inmiddels bijna een jaar samen en hij had me nog steeds met geen vinger aangeraakt. Ik werd er knettergek van.

Nu perste ik mijn lippen op elkaar. Ik greep hem niet bij zijn schouders en groef ook mijn vingers niet in zijn dikke, donkere haar. Ik deed niets van al die dingen die ik zo graag wilde doen. In plaats daarvan liet ik mijn armen langs mijn lichaam hangen, balde mijn handen tot vuisten en beantwoordde – uiterst beheerst – zijn kus.

Hij gaf me tederheid, en die gaf ik hem terug – mijn adem streek warm over zijn gesloten lippen. Hij gaf me begrip, en ik gaf hem dat terug op zijn mondhoek en daarna over zijn onderlip. Hij gaf me respect, dus ik lette erop dat ik de door hem bepaalde grens nog geen millimeter overschreed. Maar ik kan erbij zeggen dat ik hem de aller-, allerbeste kus heb gegeven die er ooit tussen twee mensen met gesloten monden heeft plaatsgevonden.

Toen de minuut om was, maakte hij zich van me los. Maar hij was sneller gaan ademhalen, en ik bespeurde ook iets in de diepten van zijn ogen. Iets donkers en intens. Het liefst was ik op dat moment op zijn schoot gesprongen om hem achterover, languit op de bank te duwen en hem te neuken tot hij er scheel van zag.

In plaats daarvan fluisterde ik: 'Doen, durven of de waarheid? Jouw beurt. Vraag me wat ik kies – doen, durven of de waarheid.'

Ik zag zijn innerlijke worsteling. Hij wilde 'doen' zeggen, hij wilde dat ik hem opnieuw aan zou raken. Of misschien wilde hij me wel mijn mooie, zijdeachtige rok uittrekken. Of dat ik mijn handen over zijn keiharde borst liet gaan.

'Waarheid,' kwam het schor over zijn lippen.

'Wat wil je weten?'

'Waarom doe je dit?'

'Omdat ik het niet langer uithou.'

'Sandy.' Hij sloot zijn ogen, en even voelde ik zijn pijn.

'Doen, durven of de waarheid?' vroeg ik.

'Waarheid.' Nu kreunde hij bijna.

'Wat is het ergste wat je ooit hebt gedaan?'

'Hoe bedoel je?'

'Wat is het ergste wat je ooit hebt gedaan? Kom op. Heb je gelogen? Gestolen? De oppas van je beste vriendin verleid? Heb je een moord gepleegd? Vertel het me, Jason. Ik wil weten wie je bent. We zijn getrouwd, verdomme nog aan toe. Dat is toch wel het minste waar ik recht op heb.'

Er lag een eigenaardige blik in zijn ogen. 'Sandy...'

'Nee. Geen gezeur, geen gesjoemel. Ik wil gewoon antwoord op mijn vraag. Heb je iemand vermoord?'

'Ja.'

'Wat?' vroeg ik, oprecht verbaasd.

'Ja, ik heb iemand vermoord,' zei Jason. *'Maar dat is niet het ergste wat ik ooit heb gedaan.'*

Toen stond mijn man op van de bank, pakte zijn boek en verliet de kamer.

Jason kon zich niet voorstellen dat hij in slaap was gevallen, maar dat moest haast wel, want hij werd wakker van een geluid. Hij zat op de bank en het was enkele minuten over één. Hij schoot overeind en luisterde naar de doffe klappen die van ver, van ergens buiten, leken te komen. Nadat hij was opgestaan, liep hij naar het raam aan de voorzijde, deed het gordijn op een kiertje open en keek naar buiten.

Twee geüniformeerde agenten hadden de deksels van zijn vuilnisbak gehaald en waren bezig om de witte pedaalemmerzakken met keukenafval uit de afvalcontainer in de achterbak van hun patrouillewagen te laden.

Shit, dacht hij, en het scheelde maar een haar of hij had de voordeur opengetrokken en tegen hen geschreeuwd dat ze daarmee op moesten houden. Hij wist zich nog maar op het nippertje te beheersen.

De fout van een groentje. Hij had, zoals hij al jaren deed, zijn vuilnis op straat gezet, maar zijn afval daarmee wel aan de politie cadeau gedaan. In gedachten probeerde hij na te gaan hoe ernstig zijn vergissing was geweest. Pas toen hem niets te binnen was geschoten wat nadelig voor hem zou kunnen zijn, ontspande hij zich eindelijk – hij liet zijn schouders zakken en de ingehouden adem kwam in een diepe zucht over zijn lippen.

Nou goed. De politie had zijn afval te pakken. Wat nu?

Inspecteur D.D. Warren en haar hulpje, brigadier Miller, waren om iets na half negen die avond langsgekomen met het doorzoekingsbevel voor zijn auto. Hij had de deur voor ze opengedaan, had – zoals zijn recht was – het bevel even doorgelezen, en hen vervolgens braaf de sleutels overhandigd.

Daarna had hij de voordeur nadrukkelijk dichtgedaan en was samen met Ree binnengebleven. Ze gingen hun gang maar, dacht hij. Zich druk maken over zijn auto kon hij niet. Hij wilde alleen maar dat ze een beetje werden afgeleid om te voorkomen dat ze zich uitsluitend op zijn computer zouden concentreren.

En over de computer gesproken... Hij keek op de klok. Het was bijna twee uur. Midden in de nacht. Nu of nooit, besloot hij, waarna hij op zijn tenen naar boven liep.

Hij vond het heel naar dat hij Ree wakker moest maken. Ze keek hem met glazige ogen aan. Het kwam niet alleen door de slaap dat ze een nogal afwezige indruk maakte, maar ook door alle emoties die het gevolg waren van de vermissing van haar moeder en haar kat. Hij liet haar opzitten in bed, stopte haar armen in de mouwen van haar winterjas en trok haar haar laarzen aan. Zonder zelfs maar een beetje te protesteren legde ze haar hoofd tegen zijn schouder en liet ze zich, met haar dekentje en Lil' Bunny stevig in haar handjes geklemd. door hem de trap af dragen.

Bij de voordeur bleef hij even staan, pakte een groene reistas en hees de riem ervan over zijn schouder. Hij nam Ree en haar dekentje zodanig in zijn armen dat de tas aan het zicht werd onttrokken. Daarna trok hij de deur open en liep hij met zijn dochter en de tas naar Sandy's Volvo.

Hij voelde de ogen van de agent op zijn rug. Hij stelde zich voor hoe de man een notitieboekje pakte en schreef: *01.56 uur. Subject komt via voordeur naar buiten met slapend kind op de arm. 01.57. Subject begeeft zich naar de auto van zijn vrouw...*

Jason zette Ree in haar kinderzitje en liet de tas zo onopvallend mogelijk van zijn schouder op de vloer aan haar voeten glijden. Nadat hij het portier had gesloten, liep hij naar de onopvallende politieauto.

Hij tikte op het zijraampje. De agent opende het raampje op een kier. 'Ik moet naar mijn werk,' verklaarde Jason op zakelijke toon. 'Een paar dingen afhandelen voordat ik vrijaf kan nemen. Wilt u het adres of blijft u hier?'

De man dacht na en vroeg zich duidelijk af of hij hier moest blijven om het huis in de gaten te houden, of dat hij mee moest om het subject in de gaten te houden. Zijn orders waren in dat opzicht niet duidelijk.

'Beetje laat om met het kind ergens heen te gaan,' merkte de agent op, duidelijk om tijd te winnen.

'Heeft u kinderen, agent? Dit is niet de eerste keer dat ik mijn dochter mee moet nemen naar kantoor. Het goede nieuws is dat ze overal doorheen slaapt.'

Dat had Jason nog niet gezegd, of hij had al spijt van zijn woorden. Ze terugnemen was er niet bij. De agent grijnsde en zei: 'Nou, dat is goed om te weten.' En hij maakte nog een uitgebreide aantekening in zijn boekje.

Jason gaf het op, keerde terug naar de Volvo en startte de motor. Bij het wegrijden zag hij dat de agent hem niet volgde, maar zes straten verder kwam er vanuit een zijstraat opeens een patrouillewagen achter hem rijden. Zijn nieuwe oppas, dacht hij, en hij hief in gedachten het glas op het politiekorps van Boston.

Het kantoor van de *Boston Daily* was een typisch mediabedrijf, wat wilde zeggen dat het er overdag een gekkenhuis was waar een waanzinnige drukte heerste, en dat er 's nachts altijd wel een paar mensen aan het werk waren. Er waren altijd wel mensen die de kleine uurtjes gebruikten om in alle rust aan artikelen te kunnen werken, kopij persklaar te maken of de lay-out te verzorgen. Werk waarover echt nagedacht moest worden, vond doorgaans 's avonds en 's nachts plaats, wanneer het stil was op de redactie.

Jason ging het gebouw binnen met het slapende kind op zijn arm en de tas over zijn schouder. Hij had Rees deken met berenmotief heel zorgvuldig zó gedrapeerd dat de tas er volledig door werd bedekt. Hij zag eruit als een man die een zware last torste, maar bij het zien van het flinke vierjarige meisje op zijn arm was er geen mens die op het idee kwam dat hij afgezien van het kind nog iets anders droeg. Hij haalde zijn journalistenpasje door de verschillende deurbeveiligingen tot hij in het hart van het gebouw was aangekomen.

De meeste journalisten werkten zowel thuis als op kantoor, en in de praktijk betekende dit dat Jason, volgens een systeem dat 'hoteling' werd genoemd, zijn werkruimte met meerdere collega's deelde. Waar het op neerkwam, was dat er overal bureaus met een computer erop stonden. Je vond een vrij plekje en ging er aan het werk. En nu was dat niet anders.

Jason liep zo ver mogelijk naar achteren, waar het extra rustig was, en vond er een met schotten afgeschermd vrij bureau. Hij schopte de tas onder de tafel, zette Ree op de vloer en maakte met behulp van de deken en het pluchen beest een nestje voor haar. Ze was wakker geworden en keek hem somber aan.

'Rustig maar,' fluisterde hij. 'Papa moet een beetje werken, en daarna gaan we weer naar huis.'

'Waar is mama?' vroeg Ree. 'Ik wil mama.'

'Ga slapen, lieverd. We gaan zo weer naar huis.' Ree sloot gehoorzaam haar ogen en viel weer in slaap.

Jason bleef even naar haar kijken. Zijn blik bleef kort rusten op het contrast van haar donkere wimpers op haar bleke wangen. Op de paarse schaduw van uitputting langs de rand van haar oogleden. Ze kwam hem zo klein voor. Zo broos. Een onmogelijke last die bovendien de voornaamste zin van zijn leven was.

Hij had niet verwacht dat ze zo sterk zou zijn. Kinderen konden doodsbang zijn en daar niets van laten blijken. Net zo kon een kind tien minuten lang krijsen over een in de speeltuin opgelopen blauwe plek. Datzelfde kind kon volledig dichtslaan wanneer het geconfronteerd werd met een gewapende onbekende. Kinderen begrepen instinctief dat ze kwetsbaar waren. En de meeste kinderen reageerden op een crisis door zich zo klein mogelijk te maken, want misschien dat, wanneer ze zich zo klein maakten dat ze onzichtbaar werden, de slechte man hem of haar met rust zou laten.

Of misschien probeerde een kind van vier wel zo lang mogelijk te slapen zodat, wanneer het wakker werd, haar mama en haar kat vanzelf weer terug zouden zijn gekomen.

Jason keek van zijn dochtertje naar het bureau. Op dit late uur was het rustig in de nieuwskamer. De werkruimtes naast de zijne waren onbezet. Beter dan dit kon hij zich waarschijnlijk niet wensen, bedacht hij, waarna hij de reistas pakte, hem langzaam openritste en er de computer uit haalde die thuis op de keukentafel had gestaan.

Technisch gezien bezat Jason drie computers: de laptop die hij voor zijn werk gebruikte, de pc van het gezin die thuis op de keukentafel stond, en dan nog een oudere pc, de voorganger van de huidige pc, die afgelopen jaar, na de aanschaf van een nieuwe Dell, naar de kelder was verhuisd. Over zijn laptop maakte Jason zich geen zorgen. Hij gebruikte hem alleen maar voor het schrijven van artikelen, omdat hij zich volkomen bewust was van de risico's van een draagbare computer die in principe elk moment gestolen zou kunnen worden, of die hij gewoon zou kunnen verliezen. Iets meer zorgen maakte hij zich over de oude PC in de kelder. Toegegeven, hij had een officieel, van het ministerie van Defensie afkomstig programma gebruikt om de harde schijf onleesbaar te maken door hem met eindeloze reeksen nullen en enen te overschrijven, maar zelfs op het ministerie vertrouwden ze tegenwoordig al niet meer op die methode. In het geval van topgeheimen werd een harde schijf tegenwoordig verbrand, waarbij de informatie in stof veranderde. Hij had geen verbrandingsoven bij de hand, dus hij had gedaan wat hij kon, en dat zou in principe voldoende moeten zijn.

Maar de gedachte aan de gezinscomputer, de relatief nieuwe pc van Dell, met zijn geheugen van 500 gigabyte, waar hij in de kleine uurtjes van de nacht op werkte terwijl Sandra lag te slapen, was voldoende om hem het klamme angstzweet te bezorgen. Hij kon het zich niet veroorloven dat de politie deze computer in handen zou krijgen. Daarom had hij ze op het spoor van zijn pick-up gezet. Hij keek op zijn horloge en schatte dat hij iets van drie uur zou hebben om de ergste informatie te vernietigen.

Nadat hij de memorystick in de E-poort had gedaan, was het zuiver een kwestie van het kopiëren van de ene map na de andere. Programmabestanden, internetbestanden, bestanden met documenten en foto's, en pdf's. Er waren er een heleboel, veel meer dan in de tijd van drie uur gekopieerd konden worden, dus hij probeerde zo goed mogelijk te selecteren.

Terwijl het proces van het kopiëren bezig was, ging hij internet op om wat eenvoudige research te doen. Hij begon met de geregistreerde zedendelinquent Aidan Brewster. Het kon uiteindelijk geen kwaad om je buren een beetje beter te kennen, nietwaar? Hij vond enige basisinformatie, en ook het nodige jargon zoals 'geheim dossier'. Maar hij was journalist, niet iemand die het meteen opgaf wanneer hij voor een dichte deur kwam te staan. Hij schreef een paar telefoonnummers op, groef nog wat dieper en vond een paar dingen waar hij echt blij mee was.

Vervolgens opende hij de pagina van AOL en logde in als zijn vrouw. Hij had haar password al jaren geleden achterhaald – ze noemde zich LilBun1, de naam van Rees favoriete pluchen beest. Maar als hij daar niet door gewoon gokken achter was gekomen, zou hij dat altijd nog hebben kunnen proberen met behulp van een van die programma's die ze bij de recherche gebruiken, zoals AccessData's Forensic Toolkit of Technology Pathways' ProDiscover. Dat was het soort dingen dat hij deed. Dit was het soort echtgenoot dat hij was.

Was Sandy daar achter gekomen? Was ze daarom weggegaan?

Hij wist het niet, en daarom begon hij haar e-mail door te nemen, op zoek naar aanwijzingen over de laatste uren van zijn vrouw.

Haar inbox telde vierenzestig mails, waarvan het merendeel over penisimplantaten ging, of verzoeken tot het overmaken van geld uit het een of andere derdewereldland. Als je Sandra's e-mails zo zag, zou je gemakkelijk kunnen denken dat ze geobsedeerd was door mannelijke geslachtsdelen, of dat ze hoopte rijk te worden door de een of andere notabele in een ver land te helpen met het doen van een betaling.

Hij werkte de spam door, daarna de phishing, en kwam uiteindelijk bij zes mails die daadwerkelijk voor zijn vrouw bestemd leken te zijn. Eentje was van Rees peuterklasje – een mail om de ouders eraan te herinneren dat er op een bepaalde avond geld zou worden ingezameld. Een andere was van het schoolhoofd, waarin hij de leraren op een aanstaande workshop wees. De laatste vier waren antwoorden op een oorspronkelijk van een andere leraar afkomstige mail waarin ze vroeg wie er zin had om na schooltijd een wandelclubje te vormen.

Er verscheen een rimpel op Jasons voorhoofd. De laatste keer dat hij Sandy's mail had bekeken, had ze minstens vijfentwintig persoonlijke mails gehad, variërend van briefjes van leerlingen tot berichtjes van een aantal moeders.

Hij klikte op de map met oude e-mails van zijn vrouw, maar het enige wat hij daarin aantrof was de spam die hij zojuist had gewist. Vervolgens klikte hij op de map met verzonden mails. Leeg. Dat was het moment waarop hij, met een groeiend angstgevoel, besloot om echt serieus te gaan zoeken. Haar adressenbestand – leeg. Favoriete websites – niet één. AOL-buddy's – niemand. Geschiedenis van bladerprogramma's, van de websites waar ze onlangs een kijkje had genomen – leeg.

Godallemachtig, dacht hij, en even kon hij niet ademhalen. Hij was als het hert dat gevangen zat in het licht van de koplampen, en voelde hoe de paniek meer en meer bezit van hem nam en hij zichzelf erin dreigde te verliezen.

Datum en tijd, schoot het door hem heen. Zorg dat je de datum en tijd vindt. Uiteindelijk draaide alles om de datum en de tijd.

Hij ging terug naar de map met oude mail. Zijn hand beefde. Hij scrolde naar de oudste gewiste junkmail. Hebbes. De oudste gezonden mail was bezorgd op dinsdag om 16.42 uur, en dat was ruim vierentwintig uur voor Sandra's verdwijning.

Jason leunde naar achteren, hield zijn handen op zijn samengebalde buik en deed wanhopig zijn best om te begrijpen wat dit alles zou kunnen betekenen.

Het was duidelijk dat iemand Sandra's e-mailbestanden zorgvuldig en opzettelijk had leeggehaald. Als dat was gebeurd op woensdagavond, de avond van haar verdwijning, dan was de voor de hand liggende conclusie dat degene die Sandra had meegenomen dezelfde was als degene die haar bestanden had gewist. En dat had hij mogelijk gedaan om zijn sporen uit te wissen.

Maar het schonen was eerder gebeurd, bijna vierentwintig uur ervoor. En wat betekende dat?

De meest simpele verklaring is doorgaans de juiste, wist hij. Ergo, waarschijnlijk had Sandra zelf al haar bestanden gewist. Naar alle waarschijnlijkheid omdat ze iets online had gedaan waarvan ze niet wilde dat iemand dat wist. Een virtuele flirt? Een echte relatie? Iets waarvan ze niet wilde dat hij of iemand anders het zou ontdekken.

Die verklaring zou minder onheilspellend moeten zijn dan het beeld van een duister type dat Sandra had overmeesterd en vervolgens aan de keukentafel achter de computer was gaan zitten om zijn virtuele sporen uit te wissen, en dat terwijl Ree boven lekker in haar bedje lag te slapen.

Vreemd genoeg vond hij deze nieuwe verklaring juist nog veel erger. Het impliceerde voorbedachte rade. Het impliceerde dat Sandra had geweten dat ze weg zou gaan, en dat ze haar best had gedaan om ervoor te zorgen dat hij haar niet zou kunnen vinden.

In een vermoeid gebaar haalde Jason zijn hand over zijn ogen, en hij verbaasde zich over de emotionele brok in zijn keel.

Hij was niet uit liefde met Sandra getrouwd. Hij was niet iemand die een dergelijke verwachting van het leven koesterde. Maar toch, gedurende een tijdje... Voor een tijdje was het heel prettig geweest om te voelen dat hij deel uitmaakte van een gezin. Hij had zich normaal gevoeld en dat was fijn geweest.

In februari had hij alles verpest. De hotelkamer, het diner, de champagne... Dat wat hij in februari had gedaan, had hij nooit moeten doen.

Jason schraapte zijn keel en wreef in zijn ogen. Hij probeerde zich over zijn uitputting heen te zetten, keek neer op zijn slapende kind en concentreerde zich weer op zijn werk.

Sandra was in technologisch opzicht minder begaafd dan hij. Hij nam aan dat ze, als zij degene was geweest die haar bestanden had opgeschoond, dat via een cachebestand had gedaan, wat betekende dat alle gewiste informatie nog op de harde schijf te vinden moest zijn, en dat alleen het bestand met het juiste adres verwijderd was. In dat geval zou hij, door middel van toepassing van enkele door de recherche gebruikte programma's, het grootste gedeelte van de gewiste informatie alsnog kunnen achterhalen.

Het probleem was de tijd. Het laten lopen van een dergelijk programma nam al snel een uur in beslag, waarna hij ook nog eens uren nodig zou hebben om de gevonden data uit te pluizen tot hij eindelijk te pakken zou hebben wat hem interesseerde. En zoveel tijd had hij niet. Jason keek op zijn horloge. Hij had nog maar een halfuur. Shit.

Hij zuchtte en haalde opnieuw een vermoeide hand over zijn ogen. Goed dan. Tijd voor plan B.

Zijn memorystick was vol. Hij trok hem uit de poort, keerde terug naar het menu van het systeem en nam de inhoud ervan door. Hij had zowel te weinig als te veel verwijderd. Hij klikte nog een zestal bestanden aan om te wissen, keek opnieuw op zijn horloge en voelde de hete adem van de tijd in zijn nek.

Oorspronkelijk had hij alleen maar gehoopt zo veel mogelijk te pakken te kunnen krijgen, om daarna alles wat nog op de harde schijf stond te wissen. Maar nu kon hij zichzelf daar niet toe brengen – niet zolang er nog aanwijzingen op konden staan op grond waarvan hij meer te weten zou kunnen komen over Sandra's laatste uren. En dat leidde tot een boeiend dilemma. De computer bevatte zowel de mogelijkheid om zijn vrouw te vinden als de gegevens op grond waarvan hij levenslang in de gevangenis zou kunnen belanden.

Hij nam even de tijd om daarover na te denken. En toen nam hij een besluit.

Hij zou de oude pc uit de kelder naar boven halen, op de keukentafel zetten en er alle actuele software van de nieuwe computer op installeren. Daarna zou hij er vanaf de memorystick voldoende bestanden op overnemen om de indruk te wekken dat de oude computer nog actief was.

Een goede technicus zou daar uiteindelijk achter komen, natuurlijk. Het zou opvallen dat er gaten zaten in het geheugen van de computer. En misschien dat inspecteur Warren en brigadier Miller ook zouden zien dat hij de computers verwisseld had. Maar toch achtte hij dat niet waarschijnlijk. De meeste mensen keken eerst naar een monitor en dan naar een toetsenbord, maar de toren zelf, de eigenlijke pc die doorgaans onder het bureau of in dit geval onder de keukentafel stond, viel de mensen niet op. In het beste geval hadden ze gezien dat hij een Dell had, en in dat geval zou zijn trouw aan het merk beloond worden.

En daarmee zou de oude computer zijn huidige computer worden, een zet die hem nog wat kostbare tijd zou opleveren.

De vraag was alleen wat hij met de huidige computer moest doen. Thuis kon hij hem niet bewaren, want het zat er dik in dat ze zijn huis vroeger of later opnieuw wilden doorzoeken. Om dezelfde reden kon hij hem ook niet in zijn auto bewaren. En daarmee restte hem nog maar één mogelijkheid, namelijk om de computer hier, op dit bureau, op zijn kantoor te laten staan – in een ruimte met talloze andere computers op talloze andere bureaus. Hij zou hem aansluiten op het netwerk van de redactie, waarmee hij zich niet langer zou onderscheiden van alle andere computers van de *Boston Daily* en de indruk werd gewekt dat deze computer hier al tijden stond. De beste plek om hem te verstoppen was waar iedereen hem gewoon kon zien.

Zelfs áls de politie mocht besluiten om de kantoren van de *Boston Daily* te doorzoeken, dan nog betwijfelde hij dat de rechter toestemming zou willen geven om alle computers van een grote krant in beslag te nemen. Neem alleen maar het feit dat er inbreuk op de privacy van alle medewerkers gemaakt zou worden... En daarbij, in de moderne wereld van 'hoteling' beschikte Jason niet over een vaste, eigen werkplek, wat betekende dat in principe elke werkplek en elke computer door hem gebruikt had kunnen zijn. In technisch opzicht waren álle computers van hem, en geen enkele rechter zou het in zijn hoofd halen om de politie toestemming te geven om alle computers van de *Boston Daily* voor onderzoek mee naar het laboratorium te nemen. Zoiets was ondenkbaar.

Tenminste, dat hoopte hij.

Jason zette zich af tegen het bureau. Hij drukte de reistas tot een prop en stopte hem achter in een metalen archiefkast. Toen tilde hij zijn slapende dochter van de vloer en droeg haar voorzichtig terug naar de auto.

Kwart voor zes in de ochtend. Nog even en de zon kwam op, dacht hij. Hij vroeg zich af of Sandra ergens was waar ze dat zou kunnen zien.

Hoofdstuk 11

Ik werk aan een brief. Om mijn groepstherapie af te kunnen sluiten, moet ik een brief aan het slachtoffer schrijven, waarin ik de verantwoordelijkheid voor mijn daad op me neem en uiting geef aan mijn spijt en berouw. Deze brief wordt niet verzonden – ze zeggen dat het niet eerlijk zou zijn om het slachtoffer dat aan te doen. Oude koeien en zo. Maar we moeten hem wel schrijven.

Tot dusver heb ik twee woorden op papier staan: *Lieve Rachel*.

Ze heet natuurlijk niet echt Rachel, want in groepstherapie wordt dat soort dingen geheimgehouden. Waar het op neerkomt, is dat ik na een halfjaar therapie tot twee woorden kom, waarvan er eentje een leugen is.

Toch heb ik vanavond het gevoel dat ik wat verder kan komen met mijn brief. Vanavond voel ik voor het eerst hoe het is om slachtoffer te zijn.

Ik wilde vluchten. Daar heb ik over gedacht. Probeerde het uit in mijn hoofd. Zag niet in hoe het mogelijk was. Vluchten is, in deze tijd na 11 september waarin Big Brother je voortdurend in de gaten houdt, een probleem geworden. Je moet je overal voor identificeren – voor de trein, voor het vliegtuig – en een auto heb ik niet. De grens van Massachusetts lopend overgaan zie ik niet echt zitten.

Bovendien heb ik niet voldoende geld om een succesvolle verdwijningsact te kunnen realiseren. Ik heb zelf moeten betalen voor de leugentests en de groepstherapie, om nog maar te zwijgen over de honderd dollar die ik wekelijks aan Jerry stuur. Hij noemt het terugbetaling. Ik noem het de garantie dat hij me niet hier, in Zuid-Boston, komt halen en al mijn botten breekt.

Dus al met al staat er niet zo bijster veel op mijn bankrekening.

Wat kan ik anders dan, na afloop van de groepstherapie, gewoon weer naar huis teruggaan?

Iets van een halfuur later staat Colleen bij me op de stoep.

'Mag ik binnenkomen?' vraagt mijn reclasseringsambtenaar, beleefd maar op een toon die geen tegenspraak duldt. Ze heeft haar rode haar in een punkkapsel, maar dat doet niets af aan haar ernstige gezicht.

'Natuurlijk,' zeg ik, en ik doe de deur wijdopen. Colleen is een keer eerder bij me op bezoek geweest, helemaal in het begin, toen ze kwam om na te gaan of mijn adres wel klopte. Dat is nu twee jaar geleden, maar sindsdien is er nauwelijks iets veranderd. Ik blink nu eenmaal niet uit in interieurontwerpen.

Ze loopt de smalle gang door naar de achterzijde van het huis, waar mijn spaarzame hospita, mevrouw Houlihan, de zitkamer en de veranda verbouwd heeft tot een bescheiden appartement waar ik achthonderd dollar voor neer moet tellen. Daarvoor in ruil is mijn hospita in staat de onroerendgoedbelasting te betalen voor dit huis dat al ruim vijftig jaar haar eigendom is, en dat ze niet op wil geven alleen omdat de buurt door yuppies is ontdekt en de waarde van onroerend goed er de pan uit is gerezen.

In werkelijkheid mag ik haar wel, die mevrouw H. Ook al hangt ze dan vitrage voor elk raam en is er geen gestoffeerd oppervlak in het hele huis te vinden waarop ze geen gehaakt kleedje heeft gespeld (en dat van die spelden, dat weet ik omdat ik me zo ongeveer om de dag wel aan eentje prik). Mevrouw H. weet dat ik een geregistreerde zedendelinquent ben, maar toch laat ze me die kamers van haar huren, zelfs nadat haar eigen kinderen haar daarvoor hebben uitgescholden (ik kon ze vanaf mijn bank woordelijk horen – zó groot is het huis nu ook weer niet). Ik mag haar, hoewel ik haar regelmatig in mijn kamer betrap.

'Ik was iets vergeten,' blaft ze me dan toe, zoals je van een vrouw van haar leeftijd mag verwachten. Ze is tachtig en heeft de lichaamsbouw van een tuinkabouter. Ze heeft niets broos, afwezigs of vergeetachtigs. We weten alle twee dat ze me controleert. Maar dat zullen we nooit hardop toegeven, en dat bevalt me ook.

Alleen voor haar verstop ik mijn pornobladen onder mijn matras, waar ik zeker weet dat ze ze zal vinden. Volgens mij stelt het haar gerust dat haar jonge huurder een voorkeur heeft voor bladen met volwassen tieten. Ik zou ook niet willen dat ze zich zorgen om mij maakte.

Misschien zou het mij goed hebben gedaan om een moeder te hebben gehad toen ik jong was. Misschien dat me dat geholpen zou hebben. Ik weet niet.

Nu laat ik Colleen mijn hoekje van het paradijs binnen. Ze inspecteert het piepkleine keukentje en de schaars gemeubileerde woonkamer met het roze gebloemde bankje dat eigendom is van mevrouw

H. Nadat Colleen iets van een minuut heeft rondgekeken, loopt ze door naar de slaapkamer, en op dat moment realiseer ik me dat ik mijn lakens al enige tijd niet meer heb gewassen.

Nou, shit, denk ik, daar kan ik nu niets meer aan veranderen. En daarbij, schone lakens zullen ongetwijfeld worden opgevat als een teken van schuld.

Colleen keert terug naar de woonkamer en strijkt neer op het roze bankje. Het kleedje op de rugleuning kriebelt in haar nek. Ze gaat even rechtop zitten, bekijkt het gehaakte lapje, haalt haar schouders op en leunt weer naar achteren.

'Wat heb je uitgespookt, Aidan?'

'Werk, wandelen, groepstherapie.' Ik haal mijn schouders op. Ik ben blijven staan, voornamelijk omdat ik te zenuwachtig ben om te kunnen zitten. Ik laat het groene elastiekje om mijn pols knallen. Colleen kijkt ernaar, maar ze zegt er niets van.

'Hoe is het op je werk?'

'Ik mag niet klagen.'

'Nieuwe vrienden? Nieuwe hobby's?'

'Nee.'

'Ben je de laatste tijd nog naar de film geweest?'

'Nee.'

'In de bibliotheek? Heb je boeken geleend?'

'Nee.'

Ze houdt haar hoofd scheef. 'Barbecuefeestjes bij de buren, dan?'

'In maart?'

Ze grinnikte. 'Zo te horen heb je wel een érg rustig leventje.'

'Dat klopt,' verzeker ik haar. 'Heel erg rustig.'

Dan komt ze eindelijk ter zake. Ze buigt zich naar voren, bij het kleedje vandaan, en zet haar ellebogen op haar knieën. 'Ik heb gehoord dat er opwinding was in de buurt.'

'Ik heb de agenten gezien,' zeg ik. 'Ze zijn vanochtend de huizen langs geweest.'

'Heb je met ze gesproken, Aidan?'

Ik schud mijn hoofd. 'Ik moest werken. Vito geeft me ervanlangs als ik te laat kom. En daarbij,' voeg ik er op een defensief toontje aan toe, 'ik weet nergens iets van af.'

Ze glimlacht, en ik kan haar bijna horen denken: kreeg ik maar een dubbeltje voor elke keer dat ik dat zinnetje hoor.

Ik begin opgewonden de kamer op en neer te lopen. 'Ik ben bezig aan een brief,' zeg ik opeens, want ze observeert me met die alwetende blik in haar ogen, en als er op die manier door een autoriteit naar je wordt gekeken, dan móét je gewoon iets zeggen.

'Ja?'

'Aan Rachel,' zeg ik. Ze weet niet wie Rachel is, want uiteindelijk is het niet haar echte naam, maar dat weerhoudt haar er niet van begrijpend te knikken. 'Ik probeer onder woorden te brengen hoe het voelt om hulpeloos te zijn, en dat valt niet mee, weet je. Niemand vindt het prettig om zich hulpeloos te voelen. Maar ik denk dat ik het al aardig onder de knie begin te krijgen. Volgens mij krijg ik nog tijd genoeg om erachter te komen hoe het precies voelt om hulpeloos te zijn.'

'Vertel het me maar, Aidan.'

'Ik heb het niet gedaan, oké? Ik heb het niet gedaan. Maar ondertussen is die vrouw wel verdwenen en ik woon vijf huizen van haar vandaan, en toevallig sta ik wel in de database van zedendelinquenten. En dat zegt genoeg. Het spel is uit. We hebben een klant, een pedofiel, en we pakken hem op. Niet dat iemand iets van mijn verhaal zal geloven.'

'Kende je die vrouw, Aidan?'

'Niet echt. Ik heb haar een paar keer in de buurt gezien. Maar ze hebben een kind. En dat kind heb ik ook gezien. Ik hou me aan de regels. Ik heb al problemen zat. Ze hebben kinderen, dus ik hou me op een afstand.'

'Ik heb begrepen dat ze erg knap is.'

'Ze heeft een kind,' herhaal ik met klem, alsof het een mantra is, en misschien is het dat ook wel.

'En jij bent een aantrekkelijke jongeman.' Colleen houdt haar hoofd schuin wanneer ze dit zegt – het is bijna alsof ze me voor het eerst echt bekijkt – maar ik trap er niet in. 'Je leidt een rustig leventje en gaat niet veel uit. Ik kan me indenken dat dit behoorlijk frustrerend voor je moet zijn.'

'Je mag rustig van me geloven dat ik me elke dag aftrek. Vraag maar aan de groepsleidster – ze wil er elke keer alles over horen.'

Colleen vertrekt geen spier. 'Hoe heet ze?' vraagt ze dan.

'Wie?'

'Die vrouw.'

'Jones, geloof ik. Nogwat Jones.'

Ze neemt me aandachtig op en probeert te bepalen hoeveel ik weet, of hoeveel ze op slinkse wijze uit me zal kunnen krijgen. Zal ik bekennen dat ik de man heb gesproken terwijl het kind thuis was? Waarschijnlijk is dat een detail dat ik beter voor me kan houden. Vuistregel nummer een voor een veroordeelde is dat je nooit zomaar informatie moet geven. Zeg pas iets wanneer ze je ernaar vragen. Laat het werk aan hen over.

'Volgens mij heet ze Sandra Jones,' denkt ze hardop. 'Ze is lerares. Haar man werkt 's avonds. Dat kan nooit gemakkelijk zijn. Zij met een baan overdag, en manlief die elke avond weg is. Ik kan me zo voorstellen dat zij zich ook behoorlijk gefrustreerd moet hebben gevoeld.'

Ik laat het elastiek weer knallen. Ze heeft me nog niets gevraagd, dus ik ben niet van plan te antwoorden.

'En dat kind is ook een schatje.'

Ik zeg niets.

'Voorlijk, heb ik begrepen. Vindt het heerlijk om op haar driewielertje door de buurt te crossen. Misschien heb je haar wel eens gezien?'

'Ja. Aan de overkant,' antwoord ik kortaf. *Klets, klets, klets.*

'Wat heb je gisteravond gedaan, Aidan?'

'Dat zei ik toch al. Niets.'

'Heb je een alibi voor dat niets wat je hebt gedaan?'

'Ja, hoor. Bel Jerry Seinfeld maar. We spreken elkaar elke avond om zeven uur.'

'En daarna?'

'Ben ik naar bed gegaan. Als automonteur moet ik vroeg weer op.'

'En ben je alleen naar bed gegaan?'

'Volgens mij heb ik daar al antwoord op gegeven.'

Nu trekt ze haar wenkbrauwen op. 'Echt hoor, Aidan, die charme van jou is onweerstaanbaar. Ga vooral zo door als je achter de tralies wilt komen.'

'Maar ik heb helemaal niets gedaan!'

'Dan zul je me daarvan moeten overtuigen. Praat tegen me. Vertel me alles over dat niets wat je hebt gedaan, want je hebt gelijk, Aidan, je bent inderdaad een geregistreerde zedendelinquent, en vijf huizen verderop wordt een vrouw vermist en je verhaal laat te wensen over.'

Ik bevochtig mijn lippen. Laat het elastiek kletsen. Ik bevochtig mijn lippen. Laat het elastiek kletsen.

Ik wil haar over de auto vertellen, maar doe dat niet. Als ik haar vrijwillig over de auto vertel, kun je er vergif op innemen dat ik de politie over de vloer krijg. Ik kan er beter mee wachten, en de informatie gebruiken voor als ze me voor ondervraging zijn komen halen en me tijdelijk in een cel hebben gezet. Dan kan ik het gebruiken om mee te onderhandelen. Geef nooit zomaar iets cadeau, is nog een vuistregel waar je je als veroordeelde aan moet houden.

'Als ik iets hád gedaan,' zeg ik ten slotte, 'denk je dan niet dat ik voor een beter verhaal zou hebben gezorgd?'

'Het gebrek aan alibi is een alibi op zich,' merkt Colleen lollig op.

'Ja, zoiets.'

Ze staat op van de bank, en heel even voel ik me echt opgelucht. Ik zal dit overleven.

Dan vraagt ze: 'Loop je even mee naar buiten?'

En op hetzelfde moment is het gedaan met mijn goede bui. 'Waarom?'

'Lekkere avond. Ik heb behoefte aan wat frisse lucht.'

Ik kan niets verzinnen, en dus gaan we naar buiten – zij, één meter tachtig op haar plateauzolen, en ik, ineengedoken in mijn spijkerbroek en witte T-shirt. Ik ben eindelijk opgehouden met het laten knallen van het elastiek. Mijn pols is gevoelloos geworden en ziet knalrood. Ik zie eruit als iemand die een zelfmoordpoging heeft gedaan. Dat is het overwegen waard.

Ze loopt om het huis heen naar de achtertuin. Ik zie haar aandachtig naar de grond kijken. Ligt er soms ergens bebloed elektrisch gereedschap? Of is een deel van de tuin vers omgespit?

Ik wil zeggen dat ze de kolere kan krijgen, maar natuurlijk hou ik mijn mond. Ik laat mijn hoofd hangen. Ik wil niet opkijken. Ik wil voorkomen dat ze aan me kan zien hoe ik me voel.

Achteraf zal ze natuurlijk zeggen dat ze dit voor mijn eigen bestwil doet. Ze probeert me te beschermen. Ze wil me alleen maar helpen.

En ineens kan ik mezelf op mijn achterlijke roze bankje zien zitten schrijven. De woorden rollen uit mijn pen.

Lieve Rachel,

Ik heb spijt van wat ik heb gedaan. Spijt van al die keren dat ik zei dat ik alleen maar wilde praten terwijl we alle twee wisten dat ik je in werkelijkheid alleen maar naakt wilde zien. Ik heb spijt van al die keren dat ik je mee naar bed heb genomen en dat ik zei dat ik alleen maar wilde wat het beste voor jou was.

Ik heb er spijt van dat ik je geneukt heb, en na afloop heb gezegd dat het jouw schuld was. Dat jij het wilde. Dat jij het nodig had. Dat ik het alleen maar voor jou had gedaan.

En ik heb er spijt van dat ik nog steeds elke dag aan je moet denken. Hoezeer ik naar je verlang. En je nodig heb. En aan hoe je het alleen voor mij hebt gedaan.

En dan, net wanneer ik lekker goed op gang ben met in gedachten die brief te schrijven, dringt Colleens stem opeens tot me door.

'Hé, Aidan,' roept ze. 'Is dat jouw kat?'

Hoofdstuk 12

Het overleg begon om klokslag zes uur in de ochtend. Als eerste keken ze naar het bord. Ze hadden twee mogelijke verdachten. De eerste was Jason Jones, de echtgenoot van de vermiste. De tweede was Aidan Brewster, een geregistreerde zedendelinquent die verderop in de straat woonde. En die twee mogelijke daders vormden het uitgangspunt voor het bepalen van middelen, motieven en gelegenheid.

Bij middelen werd niets ingevuld, want vooralsnog was niet bekend wat er precies met Sandra Jones was gebeurd. Was ze vermoord of ontvoerd? Was ze uit eigen beweging vertrokken? Omdat het onverstandig was om zo vroeg in een onderzoek al vermoedens te uiten, gingen ze verder met het volgende punt.

Motieven. Een echtscheiding zou Jones miljoenen dollars kunnen kosten, en de voogdij over zijn dochter. Brewster was een bekende zedendelinquent die mogelijk zijn instinct niet de baas had gekund.

Gelegenheid. Jones had een alibi voor de avond en nacht in kwestie, maar het was geen waterdicht alibi. Brewster had geen alibi, maar konden ze een verband vaststellen tussen hem en Sandra Jones? Op dit moment hadden ze niet de beschikking over voicemailberichten, sms'jes of e-mails waaruit kon worden afgeleid dat ze elkaar kenden. Wat voor hun band sprak, was dat ze buren waren. Ze woonden vijf huizen van elkaar af. Een jury zou in alle redelijkheid kunnen aannemen dat Brewster en het slachtoffer elkaar als buren of zo hadden gekend. En dan was er ook nog de garage waar Brewster werkte. Het was mogelijk dat Sandra Jones haar auto bij die garage in onderhoud had – iets wat ze in de loop van de ochtend wilden nagaan.

Ze gingen verder met achtergrond. Jones was freelancejournalist en een 'toegewijde' vader die getrouwd was met een erg jonge zwangere vrouw. Direct na het huwelijk was hij met haar vanuit Atlanta, Georgia, naar Boston verhuisd. Hij had miljoenen op verschillende bankrekeningen staan terwijl de herkomst van het geld onbekend was. Zowel inspecteur Warren als brigadier Miller omschreven Jones als iemand die niet mee wilde werken – iets wat niet voor hem pleitte. Daarbij leek hij een sterke voorkeur te hebben voor stalen deuren met veiligheidssloten.

Brewster was een geregistreerde zedendelinquent die een seksuele relatie met een meisje van veertien had gehad. Hij had al twee jaar lang dezelfde baan en woonde gedurende diezelfde periode op hetzelfde adres. Zijn reclasseringsambtenaar sprak lovend over hem, en ze had de vorige avond om negen uur gebeld met de melding dat ze niets verdachts had kunnen ontdekken bij hem thuis. En dat pleitte voor hem.

Het slachtoffer zelf werd niet beschouwd als iemand met een hoog risico. Een toegewijde moeder die sinds kort les gaf op een school in de buurt. Ze had geen geschiedenis van drugs, alcohol of seksuele uitspattingen. Het hoofd van de school waar ze lesgaf omschreef haar als punctueel, betrouwbaar en consciëntieus. De echtgenoot beweerde dat ze haar dochter nooit opzettelijk in de steek zou laten. Daar stond tegenover dat het slachtoffer jong was, in een relatief onbekende stad woonde en, voor zover bekend, niet over een netwerk van naaste familie of intieme vrienden beschikte. Dus ze hadden een aantrekkelijke jonge vrouw, een jonge moeder, die een maatschappelijk geïsoleerd bestaan leidde en de meeste avonden alleen thuis zat met haar kleine kind.

Plaats van de misdaad. Geen sporen die op braak wijzen. Geen bloedspetters of tekenen van geweld. In de slaapkamer was één kapotte lamp, maar uit niets bleek dat deze als wapen was gebruikt of tijdens een vechtpartij was gesneuveld. Ze hadden een blauw met groene sprei die gewoonlijk op het bed van de ouders lag, maar iemand had hem, samen met een paars nachthemd, in de wasmachine gestopt. De handtas van de vrouw, haar mobiel, autosleutels en auto waren allemaal ter plekke. Geen ontbrekende kleding, sieraden of koffers. Pick-up van de man was doorzocht, maar had niets opgeleverd. Het laboratorium was bezig het afval van het gezin te doorzoeken. BRIC – de regionale inlichtingendienst – zou het liefst ook de gezinscomputer onderzoeken.

Op het laatste moment voegde D.D. nog iets aan de bekende gegevens toe. *Vermist: een rode kater.*

Ze stapte bij het bord vandaan en alle aanwezigen bestudeerden de informatie.

Toen niemand er iets nieuws aan toe te voegen had, deed D.D. de dop op de pen en wendde ze zich tot de hoofdinspecteur moordzaken.

'Inmiddels wordt Sandra Jones vierentwintig uur vermist,' concludeerde ze. 'Ze is nergens boven water gekomen – niet in een plaatselijk ziekenhuis, en ook niet in een van de mortuaria. Vanaf het moment van haar vermissing tot nu heeft ze geen geld opgenomen en ze heeft nergens met een pinpas betaald. We hebben haar huis doorzocht, de tuin, de beide auto's en de buurt. Op dit moment hebben we geen flauw vermoeden van haar verblijfplaats en we hebben geen enkele aanwijzing.'

'Mobiele telefoon?' vroeg de hoofdinspecteur kortaf.

'We hebben de provider verzocht om een volledige lijst van alle gewiste voicemailboodschappen en sms'jes, en een overzicht van alle inkomende en uitgaande gesprekken. In de afgelopen vierentwintig uur is ze een paar keer gebeld door collega's van school en leerlingen die haar te spreken probeerden te krijgen.'

'E-mail?' drong Clemente aan.

'Gisteren hebben we geprobeerd toestemming tot inbeslagname van de gezinscomputer te krijgen, maar dat is niet gelukt. De rechter vond dat Sandra Jones nog niet lang genoeg vermist was. Vanochtend doen we een nieuwe poging, want inmiddels zijn de vereiste vierentwintig uur wel verstreken.'

'Strategie?'

D.D. haalde diep adem en wisselde een blik met brigadier Miller. Ze waren hier al sinds vijf uur die ochtend mee bezig, en dat na slechts een paar uur geslapen te hebben. Het verstrijken van de vereiste vierentwintig uur was zowel een groot pluspunt als een ernstige complicatie. Aan de ene kant konden ze de zaak-Sandra Jones nu officieel openen. Maar aan de andere kant was de kans dat ze haar levend terug zouden vinden gehalveerd, en vanaf dit moment was het meer dan ooit een race tegen de klok.

Ze moesten haar vinden. Binnen de eerstkomende twaalf uur, want hoe langer het duurde, des te groter de kans dat ze een lijk op zouden graven.

'We kunnen twee dingen doen,' zei D.D. 'Om te beginnen denken we dat het kind, Clarissa Jones, iets weet over wat er die avond is voorgevallen in het huis. We moeten Jason Jones zover krijgen dat hij ons toestemming geeft voor een gesprek van Clarissa met een van onze in kinderen gespecialiseerde deskundigen.'

'En hoe wilde je dat aanpakken?'

'Door hem te zeggen dat we, als hij het niet goed vindt dat we met Clarissa gaan praten, het huis tot plaats delict laten verklaren, wat betekent dat hij en zijn dochter elders een onderkomen moeten zoeken.

We denken dat hij toe zal stemmen omdat het voor het kind belangrijk is dat ze gewoon thuis kan blijven.'

Clemente keek haar aan. 'Niet als hij denkt dat het kind dingen kan vertellen die belastend voor hem zouden kunnen zijn.'

D.D. haalde haar schouders op. 'Ook in dat geval zullen we dan meer weten dan we op dit moment doen.'

Clemente dacht na. 'Daar heb je gelijk in. En wat was het tweede plan?'

Ze haalde opnieuw diep adem. 'Aangezien we totaal geen aanknopingspunten hebben, zullen we het publiek om tips moeten vragen. Er zijn vierentwintig uur verstreken. We weten niet wat er met Sandra Jones is gebeurd. Misschien dat iemand iets heeft gezien. Wat we graag zouden willen, is een speciale taakeenheid voor de verwerking van de binnenkomende tips. En we moeten samenwerken met andere korpsen om op grote schaal te kunnen zoeken. En ten slotte hadden we gedacht om vanochtend om negen uur een persconferentie te geven waarin we foto's van Sandra Jones verspreiden en het telefoonnummer bekendmaken waar de mensen naartoe kunnen bellen. Het is natuurlijk niet ondenkbaar dat een onderzoek van deze omvang de nationale aandacht trekt, maar wie weet komt ons dat juist wel van pas.'

Clemente staarde haar vertwijfeld aan.

D.D. haalde haar schouders op. 'Allemachtig, Chuck, nog even en de media hebben lucht van de zaak gekregen. Denk je niet dat het beter is dat wij zelf bepalen hoe we het onderzoek willen laten verlopen?'

Clemente zuchtte, pakte de bruine dossiermap die voor hem lag en tikte er een paar keer mee op tafel. 'De televisie zal hiervan smullen.'

'We hebben een goede voorlichter nodig,' merkte D.D. op.

'Vijfennegentig procent van de tips zal van eenzame mannen afkomstig zijn – eenzame kerels met een enorme fantasie. Ik zie het al aankomen, al die verzinsels over ontvoeringen door buitenaardse wezens.'

'Die hebben we al lang niet meer gehad,' zei D.D. met een strak gezicht. 'Misschien is het een goed idee om een tweede voorlichter aan te stellen om hun adressen te checken. Misschien zijn ze wel verhuisd intussen.'

Clemente snoof. 'Net alsof ik daar het budget voor heb, en alsof zij ooit weg zullen gaan uit de kelder van hun moeder.' Hij pakte het dossier met beide handen vast. 'De pers zal je naar de echtgenoot vragen. Wat ben je van plan te zeggen?'

'Dat we alle aanwijzingen aan het natrekken zijn.'

'En als ze vragen of hij meewerkt aan het onderzoek?'

'Dat zullen ze zeker doen. En dat betekent dat ik hem om halfnegen ga bellen met de suggestie dat hij ons een gesprek met zijn dochtertje toestaat, want dan kan ik die vraag naar waarheid beantwoorden.'

'En de zedendelinquent?'

D.D. aarzelde. 'We gaan alle eventuele mogelijkheden na.'

Clemente knikte met een wijs gezicht. 'Zo mag ik het horen. Geen woord over hem, dus. We kunnen niet hebben dat bekend wordt dat we twee kandidaten op het oog hebben. Voor je het weet steken ze de beschuldigende vinger naar elkaar uit en zaaien de nodige redelijke twijfel bij de betreffende procureur.'

D.D. knikte en vond het niet nodig op te merken dat Jason Jones daar al mee bezig was. Dat was het probleem bij het profileren van twee mogelijke verdachten, en daarom hadden ze alles op het uitwisbare witte bord geschreven, in plaats van er nu al een officieel document van te maken. Want zodra er een arrestatie was gedaan, kreeg een advocaat inzicht in de officiële stukken en kon hij de andere verdachte extra verdacht gaan maken en hem aan de jury voorstellen als het werkelijke meesterbrein. Hupsakee, een redelijke portie twijfel, u voorgeschoteld dankzij het grondige onderzoek van de recherche. Soms was je de voorruit, soms was je de vlieg.

'De persconferentie om negen uur, zeg je?' Clemente keek op zijn horloge en stond op van tafel. 'Dan mogen jullie wel opschieten.'

Als een rechter die zijn laatste woord heeft gesproken tikte hij nog een laatste keer met de map op tafel, en verliet de kamer. D.D. en Miller, die eindelijk toestemming hadden om een taakeenheid te formeren en een verdachte onder druk te zetten, gingen haastig aan de slag.

*

Even over achten ging de telefoon. Jason draaide zijn hoofd een fractie en zag het rinkelende apparaat aan de andere kant van de kamer, op het tafeltje bij het raam. Hij zou op moeten staan en opnemen. Maar het ontbrak hem aan de nodige energie om in beweging te komen.

Ree zat, achter een halflege kom met Cheerio's, voor hem op de vloer naar de televisie te kijken. Ze keek naar *Dragon Tales*, dat de opvolger was van *Clifford the Big Red Dog*, dat de opvolger was geweest van *Curious George*. Ze had nog nooit zo lang achter elkaar televisie mogen kijken als in de afgelopen vierentwintig uur. De vorige avond had ze zich nog verschrikkelijk verheugd op het vooruitzicht van een film, maar vanochtend was haar blik even glazig als de zijne.

Ze was niet om halfzeven de gang af komen rennen om boven op zijn slapende lijf te springen en met het plezier van een kind van vier te roepen: 'Wakker worden! Wakker worden, wakker worden, wakker worden! Papa, papa, opstaan, wakker worden!'

In plaats daarvan was hij om zeven uur haar kamer binnengegaan. Ze had met haar ogen wijdopen naar het plafond liggen staren alsof ze de afbeeldingen van de vogels en vlinders die over de geschilderde balken vlogen, in haar geheugen probeerde te prenten. Hij had haar rolluik opgetrokken en een nieuwe frisse maartdag haar kamer binnengelaten, en haar roze kamerjas voor haar gepakt.

Zonder een woord te zeggen was ze uit bed gekomen. Ze had haar kamerjas aangetrokken, en haar sloffen, en was hem naar beneden gevolgd. De Cheerio's kletterden met ongewoon veel lawaai vanuit de doos in de met margrietjes beschilderde kom. Het klotsen van de melk was absoluut oorverdovend. Hij had zich afgevraagd of ze het lawaai van het bestek zouden kunnen overleven, maar gelukkig viel dat mee.

Ree was met haar kommetje naar de woonkamer gelopen, waar ze, zonder iets te vragen, de televisie had aangezet. Alsof ze van tevoren had geweten dat hij dat goed zou vinden. En dat was ook zo. Hij kon het niet over zijn lippen krijgen om te zeggen dat ze aan tafel moest gaan zitten en dat televisie slecht was.

Op de een of andere manier leek het al dan niet slecht zijn van televisiekijken totaal onbelangrijk vergeleken bij wat hen vandaag te wachten stond – de tweede dag zonder Sandra. De tweede dag zonder Rees moeder en zonder zijn echtgenote, een vrouw die zesendertig uur tevoren opzettelijk al haar e-mails had gewist. Een vrouw die mogelijk bij hen was weggegaan.

De telefoon ging opnieuw. Deze keer draaide Ree zich naar hem om en keek hem strak aan. Er lag iets verwijtends in haar blik. Alsof hij, als de volwassene, beter zou moeten weten.

En dus hees hij zich ten slotte met moeite van de bank en liep naar de telefoon.

Het was inspecteur Warren. Natuurlijk. 'Goedemorgen, meneer Jones.'

'Niet echt,' zei hij.

'Ik neem aan dat u een productieve werksessie had?'

'Ik heb gedaan wat ik moest doen,' antwoordde hij onverschillig.

'Hoe is het vanochtend met uw dochter?'

'Heeft u mijn vrouw gevonden, inspecteur?'

'Nou, nee...'

'Zegt u me dan wat u van me wilt.'

Hij hoorde haar diep ademhalen. 'Nou, aangezien er inmiddels meer dan vierentwintig uur zijn verstreken, bel ik u om te zeggen dat uw vrouw nu als officieel vermist te boek staat.'

'Nou, wat fijn voor haar,' mompelde hij.

'Dat is het in zeker opzicht inderdaad. We kunnen nu officieel een dossier openen en meer mankracht inzetten. Bovendien geven we om negen uur een persconferentie om de vermissing van uw vrouw bekend te maken.'

Hij verstijfde. Haar woorden troffen hem als een vlijmscherpe dolkstoot tussen de ogen. Hij deed zijn mond open om te protesteren, maar slikte zijn woorden vrijwel meteen weer in. Hij kneep in de brug van zijn neus en probeerde zichzelf wijs te maken dat het prikkende gevoel in zijn ogen niet van tranen afkomstig was. 'Goed,' zei hij zacht. Het drong tot hem door dat hij moest beginnen mensen te bellen. Hij had een advocaat nodig. En hij moest bedenken wat hij met Ree aan moest. Hij klemde het draadloze toestel tussen zijn kin en schouder en liep naar de keuken, waar zijn dochter hem niet zou kunnen horen.

Nadat hij de deur van de koelkast had opengetrokken, kwam hij niet verder dan naar Sandra's geliefde cola te kijken, en toen deed hij de deur weer dicht.

'Het zou natuurlijk een stuk effectiever zijn,' ging inspecteur Warren verder, 'als u zelf iets tegen de mensen zou kunnen zeggen. Dat zou de zaak een stuk persoonlijker maken, en zo. We zouden de persconferentie in uw voortuin kunnen geven, met u en Ree erbij,' besloot ze vrolijk.

'Nee, dank u.'

'Nee, dank u?' Ze klonk intens verbaasd, maar ze wisten alle twee dat het spel was.

'Mijn eerste zorg geldt mijn dochter. Ik denk niet dat het goed voor haar is om haar aan het mediacircus bloot te stellen. Verder denk ik dat het heel traumatisch voor haar zou zijn om verslaggevers en journalisten in onze voortuin toe te laten. Daarom denk ik dat ik het best gewoon thuis kan blijven om haar voor te bereiden op wat ons te wachten staat.'

'En wat denkt u dat u te wachten staat?' vroeg inspecteur Warren, duidelijk in de hoop dat hij zou happen.

'U gaat ervoor zorgen dat de foto van mijn vrouw op de televisie en in alle kranten komt. Overal in de stad zullen affiches met haar foto worden opgehangen. Er zal systematisch naar haar worden gezocht. Mensen van Sandy's school zullen zich als vrijwilliger opgeven. De buren zullen eten komen brengen in de hoop dat ze binnen rond kunnen kijken en daar iets zullen zien wat de moeite van het vertellen waard is. U zult kleding willen hebben voor het zoeken met honden. En als u een lijk vindt, zult u haren voor DNA-onderzoek willen hebben. En u zult een kiekje van het gezin willen hebben omdat dat meer bij de mensen losmaakt dan een foto van Sandy alleen. En dan komen auto's en bussen van de media voor mijn deur, en vanaf vier uur elke ochtend zullen er schijnwerpers op mijn huis worden gericht. Voor u zal er niets anders op zitten dan mijn huis door een aantal agenten te laten bewaken om ervoor te zorgen dat de dames en heren van de pers, die zich achttien van de vierentwintig uur op de stoep zullen verdringen en vragen schreeuwen in de hoop dat ik naar buiten zal komen om ze te beantwoorden, op een afstand blijven. Als ik zelf het woord voer, zal tijdens de rechtszaak alles wat ik zeg tegen me worden gebruikt. Maar als ik daarentegen een advocaat in dienst neem om voor mij het woord te voeren, wekt dat de indruk dat ik iets te verbergen heb.

'Langzaam maar zeker zal de stoep voor mijn huis in een gedenkplaats veranderen. Mensen zullen bloemen, briefjes en pluchen beesten komen brengen om van hun solidariteit met Sandy te getuigen. En er zullen goedbedoelende mensen komen die kaarsen ontsteken en voor Sandra's behouden thuiskomst bidden. En het zou me niets verbazen als ook enkele helderzienden hun diensten kwamen aanbieden. En dan heb je natuurlijk de jongedames die het nodig vinden om mij condoleancebriefjes te schrijven gewoon omdat ze het idee van een jonge alleenstaande vader nu eenmaal onweerstaanbaar vinden, en helemaal zolang het niet vaststaat of ik mijn vrouw nu wel of niet heb vermoord. U begrijpt natuurlijk dat ik hun aanbod om voor niets op Ree te passen zal afslaan.'

Er viel een lange stilte. 'U schijnt goed op de hoogte te zijn van het proces,' zei D.D. ten slotte.

'Ik ben lid van de media. Natuurlijk weet ik hoe het gaat.'

We zijn aan het dansen, schoot het door hem heen. In gedachten zag hij inspecteur D.D. Warren in een knalroze flamencojurk om hem heen draaien. Zelf was hij helemaal in het zwart en probeerde hij een stoïcijnse en sterke indruk te maken terwijl hij in werkelijkheid de passen niet kende.

'Nu het onderzoek echt goed op gang komt,' hoorde hij de inspecteur zeggen, 'is het natuurlijk van belang om ervoor te zorgen dat de taakeenheid zo snel mogelijk over zo veel mogelijk informatie kan beschikken. U weet natuurlijk dat, met elk uur dat verstrijkt, de kans dat we uw vrouw levend terug zullen vinden aanmerkelijk kleiner wordt.'

'Wat ik weet is dat we haar gisteren niet hebben gevonden, betekent dat we haar waarschijnlijk helemaal niet zullen vinden.'

'Wilt u daar misschien nog iets aan toevoegen?' vroeg inspecteur Warren zacht.

'Nee, mevrouw,' zei hij toen, en daar had hij onmiddellijk spijt van, want hij had van zichzelf gehoord hoe duidelijk zijn zuidelijke accent in die woorden had doorgeklonken.

Inspecteur Warren was even stil. Hij vroeg zich af of dat betekende dat zij het ook had gehoord.

'Ik zal eerlijk tegen u zijn,' zei ze opeens.

Dat betwijfelde hij ten zeerste, maar hij vond het niet nodig om dat te zeggen.

'Het is van het grootste belang dat we met Ree praten. De klokt tikt, meneer Jones, en het is niet ondenkbaar dat uw dochter de enige is die heeft gezien wat er met uw vrouw is gebeurd.'

'Dat weet ik.'

'In dat geval vindt u het natuurlijk goed dat een deskundige vanochtend om tien uur een gesprek met haar heeft. Ze heet Marianne Jackson en ze is geweldig met kinderen.'

'Uitstekend.'

Er viel een ijzige stilte. 'U vindt dat goed?'

'Ja.'

Hij hoorde een diepe zucht, en toen vroeg de inspecteur: 'Meneer Jones, gisteren wilde u hier niets van weten. Hoe komt het dat u er nu opeens geen bezwaar tegen heeft?'

'Omdat ik me zorgen om haar maak.'

'Om uw vrouw?'

'Nee. Om mijn dochter. Het gaat niet zo best met haar, geloof ik. Misschien doet het haar goed om met iemand te praten. Ik ben echt niet zo'n monster, inspecteur. En het welzijn van mijn dochter staat bij mij voorop.'

'Goed, dan houden we het op tien uur. Op het bureau. Een neutrale omgeving is beter.'

'Papa?'

'U hoeft me niet te overtuigen,' zei hij in de telefoon, waarna hij zich tot Ree wendde, die in de deuropening was verschenen en leek te weten dat er over haar werd gesproken – iets wat kinderen dat altijd schijnen aan te voelen.

'We gaan vanochtend met een aardige mevrouw praten,' zei hij, terwijl hij de telefoon een eindje van zijn mond af hield. 'Je hoeft niet bang te zijn, lieverd, het is goed.'

'Er is een geluid bij de deur, papa.'

'Wat?'

'Er is een geluid. Bij de deur. Hoor je het?'

En toen hoorde hij het. Een geluid van geritsel en gekras, alsof iemand probeerde binnen te komen.

'Ik moet ophangen,' zei hij tegen de inspecteur, waarna hij, zonder haar reactie af te wachten, de verbinding verbrak. 'Naar de woonkamer, lieverd. Nu meteen. Ik meen het.'

Hij gebaarde Ree dat ze voor het bankje op de vloer moest gaan zitten, terwijl hij zichzelf tussen haar en de zware stalen deur positioneerde. Toen hij opnieuw hoorde krassen, ging hij met zijn rug tegen de muur bij het raam staan en probeerde hij een zo kalm mogelijke indruk te maken hoewel zijn hele lichaam in paniek was. Het eerste wat hij zag toen hij naar buiten keek, was dat de onopvallende politieauto nog steeds voor het huis stond, en dat de agent die de wacht hield doodkalm van zijn koffie zat te drinken. En het volgende wat tot Jason doordrong, was dat hij voor de deur en in de tuin helemaal niemand zag.

Maar toen hoorde hij het geluid opnieuw. Ritsel, kras, kras, en toen...

'*Miauw.*'

Ree sprong op.

'*Miauw.*'

Ree vloog naar de deur. Hij had nooit verwacht dat ze zo snel zou kunnen zijn. Ze rukte en trok aan de deur terwijl hij, de een na de ander, de sloten opendraaide.

Ree rukte de deur open en Mr. Smith dook het huis in. '*Miauw!*'

'Mr. Smith, Mr. Smith, Mr. Smith!' Ree sloot de rode kater in haar armpjes en kneep zo hard dat het arme dier luidkeels protesteerde.

Maar het volgende moment liet ze de kater los, liet ze zichzelf op de vloer vallen en barstte in snikken uit. 'Maar ik wil mama!' jammerde ze. 'Ik wil mama!'

Jason liet zichzelf op zijn knieën op de vloer zakken. Hij trok zijn dochter op zijn schoot, streelde haar donkere krullen en liet haar rustig uithuilen.

Hoofdstuk 13

Ree was nog maar elf maanden oud toen ik Jason de eerste keer bedroog. Ik hield het niet langer uit. De slapeloze nachten, het uitputtende ritueel van voeden, wassen, luiers verschonen, voeden, wassen, luiers verschonen. Ik had me op dat moment ook al ingeschreven voor een onlinestudie en voor mijn gevoel was ik altijd ofwel bezig met mijn baby of met mijn studie.

Ik was echt uitgeteld en tegelijkertijd ontzettend gespannen. Kribbig. Mijn huid voelde alsof hij te krap voor me was, en het was alsof mijn schedel mijn brein samenperste. Ik voelde echt alles – van de kriebel van het zijdeachtige materiaal van Rees roze babydekentje tot de pijnlijke stralen van de warme douche op mijn borsten.

En wat nog erger was, was dat ik het binnen in mijn hoofd steeds donkerder voelde worden. Op een gegeven moment kon ik in elke hoek van mijn eigen huis de geur van verwelkte rozen ruiken, en ik durfde bijna niet in te slapen omdat ik van tevoren wist dat ik wakker zou worden van mijn moeders stem die over de gang riep: 'Ik weet iets wat jij niet weet. Ik weet iets wat jij niet weet...'

Op een dag realiseerde ik me dat ik voor het aanrecht stond en bezig was mijn handen met een staalborstel te boenen. Ik probeerde mijn vingerafdrukken uit te wissen, probeerde het DNA uit mijn huid te schrobben. En toen begreep ik wat die duisternis in mijn hoofd was – het was mijn moeder, mijn eigen moeder, die zich in mijn hoofd aan het wortelen was.

Je hebt mensen die, om ze echt dood te krijgen, meerdere keren vermoord moeten worden.

Ik zei tegen Jason dat ik eruit wilde. Dat ik er vierentwintig uur tussenuit wilde. Misschien een hotel waar ik een beetje tot mezelf zou kunnen komen, waar ik roomservice zou kunnen bestellen en uit zou kunnen rusten. Ik toonde hem een folder van een spa in het centrum, vlak bij de Four Seasons, en liet hem de lijst met alle schoonheidsbehandelingen zien die je daar kon krijgen. Alles was even bespottelijk duur, maar ik wist dat Jason daar geen bezwaar tegen zou hebben, en dat had hij ook niet.

Hij nam een vrijdag en zaterdag vrij om op Clarissa te kunnen passen.

'Kom vooral niet meteen weer thuis,' zei hij. 'Neem de tijd. Ontspan. Ik begrijp het, Sandy, ik begrijp het echt.'

Dus ik ging naar die hotelkamer van vierbonderd dollar per nacht, waar ik het geld voor de spa gebruikte om, in Newbury Street, een heel kort suède minirokje, zwarte naaldbakken van Kate Spade, en een glitterend, zilveren haltertopje dat je alleen maar zonder beha kon dragen van te kopen. Vervolgens begaf ik mij naar de Armani Bar, en daar begon het.

Vergeet niet dat ik toen nog maar negentien jaar oud was. Ik kon me alle trucjes nog heel precies herinneren, en je kunt rustig van me aannemen dat ik over een uitgebreid repertoire beschikte. Een meisje zoals ik, in een haltertopje en op naaldbakken. Ik was meteen al populair, en dat bleef ik tot twee uur in de ochtend. In die tijd gooide ik de ene na de andere whisky achterover en gaf demonstraties van een lapdance bij oude mannetjes die van een groen blaadje houden, en bij jonge studentjes.

Mijn huid kriebelde. Hoe meer ik dronk, hoe erger het jeuken werd, hoe meer ik danste, hoe meer ik mijn heupen op mannenschoten draaide, hun handen in mijn billen voelde knijpen en hun lendenen contact liet maken met mijn strategisch gespreide benen. Ik wilde de hele nacht blijven drinken en dansen.

Ik wilde neuken tot ik mijn eigen naam niet meer zou weten, tot ik het uit zou schreeuwen van woede en begeerte. Ik wilde neuken tot mijn kop uit elkaar zou knallen en die duisternis eindelijk zou verdwijnen.

Ik nam alle tijd voor het bepalen van mijn uiteindelijke keuze voor die avond. Zo'n oude man wilde ik niet. Die waren goed om drankjes voor je te betalen, maar het zat er dik in dat ze hun pogingen om een meisje als ik bij te houden met een hartaanval zouden moeten bekopen. Mijn keus viel op een van de studenten. Een keihard gespierd lijf, één brok testosteron en de dwaze, gelukzalige grijns van iemand die niet kon geloven dat ik uiteindelijk voor hem had gekozen.

We gingen naar zijn studentenhuis, waar ik hem dingen liet zien die je kunt doen door aan de onderkant van een stapelbed te hangen. Toen ik klaar was met hem, ging ik meteen door met zijn kamergenoot. Studentje nummer één was te ver heen om daar bezwaar tegen te kunnen hebben, en zijn vriendje, een nerd met totaal geen spieren, was me uitermate dankbaar en wist zich daarmee op zijn eigen manier toch nuttig te maken.

Kort na zonsopgang ging ik weg. Ik hing mijn felroze tanga bij wijze van aandenken aan de deurknop, liep naar het metrostation en keerde terug naar mijn hotel. De portier kreeg zowat een beroerte toen hij me zag. Hij dacht waarschijnlijk dat ik een hoer was – of, neem me niet kwalijk, een dure callgirl, iets wat hij nader inzien waarschijnlijk een goed vak voor me zou zijn geweest. Maar ik had de sleutel van mijn kamer, dus hij moest me wel binnenlaten.

Ik ging naar mijn kamer, poetste mijn tanden, nam een douche, poetste mijn tanden voor een tweede keer en liet me op bed vallen. Ik sliep vijf uur zonder ook maar een spier te verroeren. Ik sliep als een blok. En toen ik wakker werd, voelde ik me voor het eerst in maanden eindelijk weer mezelf.

Er was maar een ding wat ik kon doen – ik pakte het rokje, de hakken en het topje bij elkaar en gooide de hele handel weg. Daarna nam ik opnieuw een douche en boende mijn handen, die altijd nog naar sperma, zweet en wodka roken. Ik smeerde me in met een naar citrusvruchten geurende olie en wreef het over mijn half gekneusde ribben, mijn dijen met schuurplekken van baardstoppels, en de tandensporen op mijn schouder. En nadat ik mijn grijze ribfluwelen broek en lavendelblauwe coltrui weer had aangetrokken, keerde ik terug naar huis, naar mijn echtgenoot.

Van nu af aan zal ik me gedragen, nam ik me onderweg keer op keer voor. Maar ondertussen wist ik al dat ik dit opnieuw zou doen.

In werkelijkheid is het helemaal niet zo moeilijk om met een leugen te leven.

Ik begroette mijn man met een zoen op zijn wang. Jason beantwoordde het gebaar op dezelfde manier en vroeg beleefd hoe ik het had gehad.

'Ik voel me een heel stuk opgeknapt,' antwoordde ik eerlijk.

'Daar ben ik blij om,' zei hij, en ik hoefde alleen maar in zijn donkere ogen te kijken om te beseffen dat hij precies wist wat ik had gedaan. Maar ik zei er verder niets over, en hij al evenmin. Dat hoort allemaal bij het leven met een leugen – je doet alsof het er niet is. Je ziet de olifant midden in de kamer, maar doet alsof je gek bent.

Ik ging naar boven, pakte mijn tas uit, tilde mijn dochter op en drukte haar tegen mijn borst. En ik kwam tot het besef dat mijn dochter nog precies zo voelde, rook en liefhad als voorheen – hoer of geen hoer, overspelige echtgenote of niet. Ik hield haar dicht tegen me aan en las haar een verhaaltje voor terwijl ik tedere kusjes op haar kruin drukte.

De week daarop kleedde ik me alleen maar aan en uit wanneer ik alleen was. Dat deed ik in zekere zin uit respect. Jason bracht de week daarop tot in de kleine uurtjes ver over de computer gebogen door. Het was duidelijk dat hij me zo veel mogelijk uit de weg ging.

Iets van zeven of acht dagen later, toen de bijtsporen waren weggetrokken en ik nog altijd wakker werd in een leeg bed, besloot ik dat dit lang genoeg *had geduurd. Ik hield van Jason. Dat deed ik echt. En ik geloofde dat hij van mij hield. Dat hij echt van me hield. Hij wilde alleen geen seks met mij. Wat je ironisch noemt. De enige man die me eindelijk met respect, begrip en medeleven behandelde, was uitgerekend de enige man die niet in mijn lichaam geïnteresseerd was. Maar liefde is nu eenmaal liefde, ja toch? En volgens de Beatles is dat het enige wat een mens nodig heeft.*

Ik trok mijn badjas aan en liep op mijn tenen de trap af om mijn man te vragen of hij alsjeblieft mee naar bed wilde komen. En zoals gewoonlijk zat hij achter onze computer.

Het eerste wat me aan hem opviel, waren zijn rode wangen en zijn helder stralende ogen. Voor hem op tafel lag een hoeveelheid financiële stukken, met inbegrip van een aanvraagformulier voor een creditcard.

'Donder op hier, verdomme,' beval hij op scherpe toon, en omdat die toon geen tegenspraak duldde, gehoorzaamde ik zonder aarzelen.

Vier uur later zaten we naast elkaar aan de eetbar te ontbijten. Ree lag in haar wipstoeltje te koeren. We spraken geen woord.

Hij kauwde. Ik kauwde. Toen stak hij zijn hand uit en pakte, heel langzaam, de mijne vast. En toen was alles weer goed. Zomaar. Tot de volgende keer dat ik weer naar het hotel zou moeten, vermoedde ik. Tot de volgende keer dat hij weer in de computer wilde verdwijnen.

Ik vroeg me af of hij dat ook had, van die groeiende duisternis in zijn hoofd. Ik vroeg me af of hij ook verwelkte rozen rook, de kleur van zijn ogen vervloekte of het gevoel van zijn eigen huid. Maar dat vroeg ik hem niet. Dat zou ik hem nooit vragen.

De eerste regel van liegen, weet je nog? Doen alsof de leugen niet bestaat.

En tijdens het eten van die kom met zacht geworden Cheerio's, bedacht ik dat ik zo best zou kunnen leven. Een leven in vakjes. Samen, maar apart. Samen, maar alleen. Liefhebbend, maar geïsoleerd. Uiteindelijk had ik het grootste deel van mijn leven zo geleefd. In een gezin waar mijn moeder opeens midden in de nacht voor me kon staan en onuitsprekelijke dingen met een haarborstel deed. En een paar uur daarna zaten we dan weer tegenover elkaar met een bord kwarkbollen te ontbijten.

Mijn moeder had me heel goed op dit leven voorbereid.

Ik nam nog een hap, wierp een zijdelingse blik op mijn man, en vroeg me af wie hem erop had voorbereid.

*

De persconferentie van de politie begon om drie minuten over negen. En Jason kon precies zeggen wanneer die was afgelopen, want op dat moment ging zijn telefoon.

Hij had er niet naar gekeken. Nadat hij zijn dochters tranen had gedroogd en een bijzonder hongerige Mr. Smith te eten had gegeven, had hij zijn dochter en de kat in Sandy's Volvo geladen. Mr. Smith – de zeldzame kat die zowaar van autorijden hield – had een zonnig plekje gevonden en was meteen gaan slapen. Ree zat, met Lil' Bunny tegen haar borst gedrukt, in haar stoeltje en keek strak naar Mr. Smith alsof ze bang was dat hij er opnieuw vandoor zou gaan.

Jason reed. Voornamelijk omdat hij een enorme behoefte had om in beweging te zijn. Hij voelde zich alsof hij op de uitgestrekte vlakte van Kansas was, een wervelwind naderbij zag komen en niet het vermogen had hem te ontwijken. Hij kon niet anders dan kijken naar hoe de hemel steeds donkerder werd terwijl de aantrekkende wind hem in het gezicht sloeg.

De politie had een persconferentie gegeven. De mediamachine kwam langzaam maar zeker op gang. Daar kon hij niets aan doen. Niemand kon daar iets aan doen.

Zijn mobiel ging opnieuw. Hij wierp een blik op het schermpje en zijn vrees voor dreigend onheil nam nog verder toe.

Via de achteruitkijkspiegel keek hij weer naar zijn dochter, naar het ernstige gezichtje waarmee ze haar slapende kat observeerde en daar blij mee probeerde te zijn terwijl ze ondertussen niets liever wilde dan haar armpjes om haar moeders hals te slaan.

Hij klapte de telefoon open en drukte hem tegen zijn oor.

'Hallo, Greg.'

'Godsamme, Jason,' blafte de hoofdredacteur van de *Boston Daily* in zijn oor. 'Waarom heb je ons daar niets van verteld? Verdomme, we zijn toch familie hier. We zouden het begrepen hebben.'

'Het is een moeilijke tijd,' zei Jason automatisch. De woorden kwamen, net als indertijd, zo lang geleden, als vanzelf over zijn lippen. *Wil je op de voorpagina?* Dat kost je alleen je leven maar. Of mogelijk dat van je kind. Of misschien ook dat van je vrouw.

'Wat is er precies aan de hand, Jason? En dat vraag ik niet van redacteur aan journalist. Je weet best dat ik je dat nooit aan zou doen.' Alweer een leugen. Er zouden de komende dagen nog heel wat leugens volgen. 'Ik vraag het als lid van je journalistieke familie, als de man die de foto's van je gezin heeft gezien en die weet hoeveel je van ze houdt. Gaat het een beetje met je?'

'Ik leef met de dag,' antwoordde Jason op effen toon.

'Weet je al iets? Ik moet zeggen dat de politie behoorlijk vaag was, hoor.'

'We hopen op tips van de kijkers,' luidde Jasons reactie.

'En je dochter? Clarissa? Hoe is zij eronder? Kan ik iets voor je doen, jongen?'

'Dank je voor het aanbod. We nemen alles zoals het komt.'

'Jason... Jason, mijn kerel.'

'Ik kom vanavond niet werken, Greg.'

'Natuurlijk niet! Godsamme, alsof we dat niet zouden begrijpen! Je moet een week vrij nemen, of nog langer, misschien wel. Je geeft maar een kik, jongen, en we regelen wel wat.' *Maar vergeet ons niet, wil je? Voorpagina-artikel? Het hele verhaal rechtstreeks uit de pen van de echtgenoot op onze voorpagina, oké, maat?*

'Dank voor je begrip.'

'Je kunt op ons rekenen, Jason. Je hoeft maar te kikken, en het gebeurt. We geloven in je, man. Stel je voor, alleen al de gedachte dat jij Sandra iets zou hebben aangedaan...'

'Dank voor je begrip.' Jason klapte de telefoon dicht.

'Wie was dat?' vroeg Ree vanaf de achterbank.

'Papa's vroegere baas,' zei Jason, en hij meende het.

Het hoofdbureau van de BPD was een mausoleum van glas en graniet dat midden in de sociale woonwijk Roxbury was gebouwd en daar geheel niet in paste. Het idee erachter was de aanvankelijke hoop dat de nadrukkelijke aanwezigheid van politie een verbetering van het leefklimaat in de buurt tot gevolg zou hebben. Maar waar het vooral toe leidde, was dat zowel het personeel als de bezoekers van het gebouw vreesden voor hun eigen leven.

Jason moest ergens parkeren, en hij ging de mogelijkheden na. Hij rekende er niet op dat hij de auto onbeschadigd terug zou vinden. En hij maakte zich vooral zorgen om de kat. Mr. Smith had de afgelopen zesendertig uur minstens één van de hem beschikbare negen levens verbruikt. Wie kon zeggen hoeveel hij er nog over had?

'Ik wil hier niet zijn, papa,' zei Ree terwijl ze, met haar konijn stevig in haar armpjes geklemd, achter uit de auto stapte. De parkeerplaats kenmerkte zich door gebarsten asfalt en betonnen hekken. Decoratie die je zou verwachten in Beiroet.

Jason dacht na, en pakte toen zijn notitieboekje en een krijtje van Ree uit de auto. Hij scheurde twee velletjes van de blocnote en schreef er met grote, vette letters op: QUARANTAINE. *Hondsdolle kat. Waarschuwing: Niet Aankomen.*

Hij legde een velletje voorin op het dashboard, en het andere op de hoedenplank. Toen keek hij naar Mr. Smith, die één lui oog opende, geeuwde en verderging met slapen.

'Wees een brave hondsdolle kat,' mompelde Jason, waarna hij Ree stevig bij de hand nam en ze samen op weg gingen naar de zebra.

Bij het naderen van het kolossale gebouw vertraagde hij zijn stap. Hij kon het niet helpen. Zijn blik dwaalde af naar Rees handje, dat vol vertrouwen in zijn hand lag, en het kwam hem voor alsof de afgelopen twee jaar zowel te snel als te langzaam voorbij waren gegaan. Hij wilde de tijd terugdraaien. Hij wilde elke seconde terug en aan zijn hart koesteren, want de tornado kon elk moment hier zijn. De wervelwind kwam eraan en er was geen ontkomen aan.

Hij herinnerde zich de allereerste keer dat zijn dochtertje zijn vinger had vastgepakt. Ze was nog maar één uur oud geweest, en haar onmogelijk kleine handje had zich met de grootst mogelijke vastberadenheid rond zijn absurd grote wijsvinger gesloten. Datzelfde grijpende gebaar van haar herinnerde hij zich van een jaar daarna, toen ze met haar handje naar het vlammetje greep van het brandende kaarsje op haar verjaardagstaart. Ze was razendsnel geweest, zo snel dat Sandy en hij het niet hadden kunnen voorkomen. En hij herinnerde zich een middag, toen hij dacht dat ze sliep en hij online was gegaan en zoveel verhalen over zielige, verdrietige kinderen had gelezen dat hij achter de keukentafel had moeten huilen. Toen was Ree opeens bij hem gekomen en had ze die kleine, tweeënhalf jaar oude handjes van haar op zijn gezicht gelegd en zijn tranen weggeveegd.

'Niet verdrietig, papa,' had ze zachtjes tegen hem gezegd. 'Niet verdrietig.'

En bij het zien van zijn tranen op de vingertjes van zijn dochtertje, was hij bijna opnieuw in snikken uitgebarsten.

Hij wilde iets tegen haar zeggen. Hij wilde zeggen dat hij van haar hield. Hij wilde zeggen dat ze hem kon vertrouwen, dat hij ervoor zou zorgen dat haar niets zou overkomen. Hij zou dit tot een goed einde brengen. Hoe, dat wist hij nog niet, maar hij zou ervoor zorgen dat alles weer goed kwam.

Hij wilde haar bedanken voor de mooie jaren, voor het feit dat ze het allerliefste meisje te wereld was. Voor het feit dat ze de zon op zijn gezicht was, de gloed in zijn glimlach en de liefde van zijn leven.

Ze waren bij de glazen deuren gekomen. Haar handje bewoog onrustig in de zijne.

Jason keek neer op zijn dochter.

Uiteindelijk zei hij niets van dat alles. In plaats daarvan gaf hij haar het beste advies dat hem maar te binnen wilde schieten.

'Wees flink,' zei hij, en hij deed de deur voor haar open.

Hoofdstuk 14

Na overleg met Marianne Jackson, de politiemedewerkster die gespecialiseerd was in het verhoren van kinderen, had D.D. een verhoorkamer van de afdeling witteboordencriminaliteit opgeëist. Het was de minst onplezierig aandoende ruimte die voor dit doel gebruikt werd, en het idee was dat het meisje zich er zo veel mogelijk op haar gemak zou kunnen voelen. Marianne had twee klapstoeltjes voor kinderen meegebracht, en verder een vrolijk gekleurd kleed in de vorm van een bloem en een mand vol speelgoedautootjes, poppen en tekenmateriaal. Binnen de tijd van nog geen tien minuten was de ruimte van sobere verhoorkamer in een gezellige kinderkamer veranderd. D.D. was onder de indruk.

Ze was tevreden over de persconferentie van die ochtend. Ze had alles opzettelijk zo kort mogelijk gehouden. Op dit moment gold: *less is more*. Ze zouden minder verwijten te incasseren krijgen als ze achteraf tot het inzicht kwamen dat de geregistreerde zedendelinquent de verdachte was op wie ze zich volledig wilden concentreren, en niet de echtgenoot, of dat er – de hemel verhoede – nog een derde verdachte op de proppen zou komen. Waar het hen op dit moment voornamelijk om te doen was, was dat er door zo veel mogelijk mensen naar Sandra Jones werd uitgekeken. Als de vrouw levend zou worden teruggevonden, konden ze daar heel veel mensen heel veel ellende mee besparen. Het onderzoek was nu zevenendertig uur aan de gang en D.D. had de hoop nog niet opgegeven.

Ze legde een blocnote en twee pennen klaar op de tafel in de observatiekamer. Miller was er ook al. Hij zat op de stoel bij de deur en te oordelen naar de ritmische manier waarop hij zijn snor streelde, was hij diep in gedachten verzonken. Persoonlijk vond ze dat hij die snor eraf zou moeten scheren. Zo'n soort snorretje vroeg om lichtblauwe vrijetijdskleding, en ze had er geen behoefte aan om hem in zulk soort kleren te zien. Maar ze zei er niets van. Mannen konden erg gevoelig zijn ten aanzien van snorren of baarden.

D.D. legde haar pennen anders neer, knipte de balpen in en uit. De luidsprekers stonden al aan, zodat ze alles konden horen wat in de kamer ernaast werd gezegd. Marianne had een klein speakertje in haar oor om eventuele, in de draadloze microfoon gesproken vragen van hun kant te kunnen horen. Marianne had hun op het hart gedrukt om vooral heel geconcentreerd te zijn. De vuistregel was vijf minuten per jaar dat een kind oud is, wat betekende dat ze pakweg twintig minuten hadden om alles te weten te komen wat er te achterhalen viel van de vierjarige potentiële getuige Clarissa Jones.

Ze hadden hun strategie van tevoren bepaald: sleutelvragen om na te gaan in hoeverre Clarissa als getuige geloofwaardig was, en vervolgens gerichte vragen om erachter te komen wat er woensdagavond met Sandra Jones was gebeurd. Het was een flinke kluif voor de beperkte tijd die ze hadden, maar Marianne had gezegd dat ze vooral grondig moeten zijn – vervolgverhoren met een zo jonge getuige waren riskant. Voor je het wist begon de advocaat van de verdachte allerlei bezwaren te maken, en de praktijk had geleerd dat jonge kinderen bij elk vervolgverhoor steeds minder spontaan waren. Marianne hield het erop dat ze het met maximaal twee gesprekken zouden moeten doen, en daarvan had D.D. er al eentje verbruikt toen ze Clarissa donderdagochtend bij haar thuis een paar vragen had gesteld. Dus het was nu of nooit.

De receptie belde om te zeggen dat Jason en zijn dochter gearriveerd waren. Marianne haastte zich hen tegemoet om hen zo snel mogelijk naar boven te krijgen, voordat Ree te zeer geïntimideerd zou zijn door het hele politiegebeuren. Je had kinderen die al die mannen en vrouwen in uniform geweldig vonden, maar de meeste vonden het toch te intimiderend allemaal. Zomaar met een vreemde praten was al ingrijpend genoeg voor zo'n jong kind.

D.D. en Miller hoorden voetstappen op de gang. Beiden draaiden zich afwachtend om naar de deur, en ondanks haar allerbeste voornemens moest D.D. erkennen dat ze zenuwachtig was. Een kind ondervragen was twintig keer erger dan de nieuwsmedia of een nieuwe hoofdinspecteur onder ogen komen. Journalisten deden haar niets, en een nieuwe hoofdinspecteur liet haar in de regel ook redelijk onverschillig, maar met kinderen had ze altijd verschrikkelijk te doen.

De eerste keer dat ze een kind had verhoord, had het meisje van elf hun gevraagd of ze haar menu wilden zien. Daarop had ze uit haar achterzak een tot een piepklein vierkantje dubbelgevouwen papiertje gehaald. Het was een menu van seksuele handelingen met de prijs erachter. *Aftrekken, een kwartje. Orale seks, vijftig cent. Neuken, een dollar.* Het menu was opgesteld door de stiefvader van het meisje. Ze had een briefje van twintig dollar uit zijn portefeuille gegapt, en dit was zijn manier om haar dat geld terug te laten betalen. Behalve dat hij, toen ze hem de laatste keer een 'dienst' had bewezen, geweigerd had te betalen, en dat had háár zo boos gemaakt dat ze met haar verhaal naar de politie was gegaan. O, de treurige verhalen die je als politie moest aanhoren...

De voetstappen kwamen voor de deur tot stilstand. D.D. hoorde Mariannes stem.

'Clarissa, ben je wel eens in een toverkamer geweest?'

Geen antwoord, dus D.D. nam aan dat Ree haar hoofd schudde.

'Nou, ik neem je nu mee naar een heel bijzondere kamer. Daar ligt een heel mooi kleed, er staan twee stoelen en er is een grote mand met speelgoed waar je in mag neuzen. Maar het is ook een kamer met speciale regels. Daar zal ik je alles over vertellen, maar eerst moet je afscheid nemen van je papa. Hij blijft in deze kamer op je wachten, dus als je hem nodig mocht hebben, dan is hij vlakbij. Maar deze toverkamer, die is alleen voor jou en mij.'

Nog steeds geen antwoord.

'Zeg eens, hoe heet dit jochie hier? O, neem me niet kwalijk, ik zie dat het een meisje is. Lil' Bunny? Goh, ik had toch meteen moeten zien dat ze een meisje is, met dat roze jurkje. Nou, Lil' Bunny, hou jij van roze bloemen? Want volgens mij ben jij zo'n soort konijntje dat een heel grote roze bloem echt prachtig vindt. En als ik groot zeg, dan bedoel ik echt heel groot. Zo'n soort bloem die je moet zien om te geloven dat hij echt is. Ja? Nou, kom dan maar mee, dan zal ik hem je laten zien. En dan zal ik je ook een beetje meer vertellen over de toverkamer.'

De deur ging open. Jason Jones kwam binnen. Clarissa's vader liep met stijve, robotachtige bewegingen. Opnieuw lag die ondoorgrondelijke uitdrukking op zijn gezicht – die uitdrukking waarvan ze niet kon beslissen of dat betekende dat hij een psychopaat was, of de meest stoïcijnse man die ze ooit had ontmoet. Hij deed de zware deur achter zich dicht en nam D.D. en Miller een tikje achterdochtig op. D.D. friemelde met de oudertoestemming die ze geprint had, en die ze vervolgens, samen met een zwarte vulpen, over de tafel heen naar hem toe schoof.

'Dit is het formulier waarin staat dat u ons toestaat uw dochter door een speciale deskundige van de BPD te laten ondervragen.'

Jason keek haar aan alsof hij zich erover verbaasde dat zijn toestemming daadwerkelijk nodig was. Maar hij zette zijn handtekening zonder een woord te zeggen, gaf haar het formulier terug, ging tegen de achterste muur geleund staan – zo ver mogelijk van de doorkijkspiegel verwijderd – en sloeg zijn armen over elkaar. Zijn blik dwaalde naar het raam, waardoor ze Marianne en Ree de kamer binnen zagen gaan. Ree hield haar bruine konijn dicht tegen zich aangedrukt, waarbij zijn lange flaporen over haar handjes vielen.

Marianne sloot de deur. Ze ging midden in de kamer staan, maar in plaats dat ze op een van de rode klapstoeltjes plaatsnam, ging ze met gekruiste benen op de rand van het roze kleed zitten. Ze streek er een paar keer overheen alsof ze het meisje uitnodigde om bij haar te komen zitten.

D.D. pakte de microfoon en zei tegen Marianne: 'Het formulier is getekend, je kunt beginnen.'

Marianne knikte kort, en bracht haar hand even naar de ontvanger in haar oor. 'Wat vind jij?' vroeg ze hardop aan Clarissa, waarbij ze op het roze kleed wees. 'Is dit een mooie bloem of niet? Ik vind hem een beetje op een zonnebloem lijken, behalve dat zonnebloemen geloof ik nooit roze zijn.'

'Het is een margriet,' zei Ree met een klein stemmetje. 'Mijn mama heeft ze in de tuin.'

'Een margriet? O, natuurlijk! Jij weet veel van bloemen, zeg.'

Ree bleef staan en bleef haar konijn vasthouden. Haar vingers hadden een van de flaporen gevonden, en ze begon hem ritmisch te aaien. D.D. vond die onbewuste beweging meer dan ontroerend. Als kind had ze dat zelf ook gedaan. Ze had een pluchen hond gehad. En ze had dat net zo lang gedaan tot zijn oren van zijn versleten kop waren geaaid.

'Nou, zoals ik je beneden al zei, ik ben Marianne Jackson,' zei de vrouw op opgewekte toon. 'Ik praat met kinderen, en dat is mijn werk. Ik praat met meisjes en met jongetjes. En, Ree, ik wil je best vertellen dat dit niet zo gemakkelijk is als je misschien wel denkt.'

Ree toonde een eerste reactie. Er verscheen een rimpeltje op haar voorhoofd, en ze vroeg: 'Waarom niet?'

'Nou, om te beginnen zijn er speciale regels om met jongetjes en meisjes te praten, wist je dat?'

Ree deed een stapje naar haar toe en schudde haar hoofd. Haar tenen raakten de roze bloem. Ze deed alsof ze het kleed aandachtig bestudeerde.

'Weet je nog dat ik zei dat dit een toverkamer is en dat er in een toverkamer speciale regels gelden? Er zijn vier regels waar we ons aan moeten houden.' Marianne hield vier vingers op en begon af te tellen. 'Regel nummer één. We praten alleen over dingen die echt gebeurd zijn. Niet over wat misschien had kunnen gebeuren, maar alleen over dingen die echt zijn gebeurd.'

Ree fronste haar voorhoofd en deed nog een stapje dichterbij.

'Weet jij het verschil tussen waarheid en leugen, Clarissa?' Marianne haalde een pluchen hond uit de speelgoedmand. 'Als ik zeg dat dit een kat is, vertel ik dan de waarheid of is het een leugen?'

'Een leugen,' antwoordde Ree zonder erbij na te denken. 'Dat is een hond.'

'Heel goed! Dus dat is regel nummer één. We zeggen hier alleen maar dingen die waar zijn, afgesproken?'

Ree knikte. Ze leek moe te zijn geworden van het staan, en ze ging, met haar konijn op schoot, vlak voor de rand van het kleed op de vloer zitten.

'Regel nummer twee,' ging Marianne verder, 'is dat je, wanneer ik je een vraag stel waar je het antwoord niet op weet, gewoon zegt dat je het niet weet. Begrijp je dat?'

Ree knikte.

'Hoe oud ben ik, Clarissa?'

'Vijfennegentig,' antwoordde Clarissa.

Marianne glimlachte toegeeflijk. 'Kom, kom, Clarissa, wéét je hoe oud ik ben? Heb je dat gevraagd, of heeft iemand het je verteld?'

Ree schudde haar hoofd.

'Nou, dus dan weet je niet echt hoe oud ik ben. En wat zou je zeggen als je iets niet weet?'

'Dat ik het niet weet,' antwoordde Ree braaf.

'Goed zo. Waar woon ik?'

Ree deed haar mond open, maar leek zich toen te bedenken. 'Dat weet ik niet!' riep ze triomfantelijk uit.

Marianne grinnikte. 'Ik kan me voorstellen dat je heel goed bent op school. Ben je een van de besten van de klas?'

'Ik ben heel voorlijk,' zei Ree trots. 'Dat zeggen ze allemaal.'

'Voorlijk? Ja, daar ben ik het helemaal mee eens en ik ben erg trots op je. Oké, dan nu regel nummer drie. Als je je iets niet herinnert, mag je dat rustig zeggen. Dan zeg je dat je het niet meer weet. Dus hoe oud was je toen je leerde lopen?'

'Ik loop al vanaf mijn geboorte,' begon Ree, maar ze zweeg abrupt toen ze zich regel nummer drie herinnerde. Ze liet haar konijn los en klapte blij in haar handjes. 'DAT WEET IK NIET MEER!' riep ze opgetogen uit. 'Dat. Weet. Ik. Niet. Meer.'

'Je bent de beste leerling die ik ooit heb gehad,' zei Marianne, die nog steeds met gekruiste benen op het kleed zat. Ze hield haar vier vingers op. 'Mooi zo, beste leerling, dan komt nu de laatste regel. Weet je wat regel nummer vier is?'

'DAT WEET IK NIET!' riep Ree stralend uit.

'Goh, wat ben jij goed. Oké, regel nummer vier. Als je iets niet begrijpt wat ik zeg of vraag, dan mag je zeggen dat je het niet begrijpt. *Capisce?*'

'*Capisce?*' kraaide Ree. 'Dat is Italiaans en het betekent dat je het begrijpt! Ik spreek Italiaans. Mevrouw Suzie leert ons Italiaans.'

Marianne leek even overdonderd. Zelfs voor iemand die zoveel gewend was als zij, bleek er toch duidelijk een verschil te zijn tussen voorlijk en voorlijk. D.D. moest echt haar best doen om haar gezicht in de plooi te houden. Ze keek even naar Jason, maar er lag nog altijd diezelfde ondoorgrondelijke uitdrukking op zijn gezicht. *Lichtknopje*, dacht ze opnieuw. Hij was in de kamer, maar stond uit.

Dat deed haar ergens aan denken, en ze maakte snel een aantekening op haar blocnote.

In de verhoorkamer leek Marianne Jackson zich inmiddels weer in de hand te hebben. 'Mooi, dus dan weet je nu wat de regels zijn. En dan zou ik nu graag van je willen weten, Clarissa...'

'Ree. Iedereen noemt me Ree.'

'Waarom noemen ze je Ree?'

'Omdat ik, toen ik een baby was, geen Clarissa kon zeggen. Ik zei Ree. En papa en mama vonden dat leuk, en toen zijn ze me ook Ree gaan noemen. Maar niet als ik iets stouts heb gedaan. Dan zegt mama altijd: "Clarissa Jane Jones." En dan telt ze tot drie, en moet ik voor straf op de trap gaan zitten.'

'Op de trap?'

'Ja, ik moet vier minuten op de onderste trede van de trap zitten. En dat vind ik niet leuk.'

'En hoe zit het met dat konijnenmeisje op je schoot? Is zij wel eens stout?'

Clarissa keek Marianne aan. 'Lil' Bunny is een speelgoedbeest. Speelgoedbeesten kunnen niet stout zijn. Alleen mensen kunnen stout zijn.'

'Heel goed Clarissa. Je bent een grote slimmerik.'

Het meisje straalde.

'Ik vind haar leuk, die Lil' Bunny,' ging Marianne gezellig verder. 'Toen ik zo oud was als jij, had ik een Winnie de Poeh. Hij had een muziekdoosje in zijn buik, en als je dat opwond dan speelde het "Twinkle, Twinkle Little Star".'

'Ik vind Poeh ook leuk,' zei Ree met een ernstig gezichtje. Ze was nog wat dichterbij gekomen en zat nu op het kleed. Ze probeerde langs Marianne heen te kijken om te zien wat er allemaal in de mand zat. 'Waar is die Poeh van jou? Zit hij in deze mand?'

'Nou nee. Hij is thuis, en hij zit in de boekenkast. Hij was mijn lievelingsbeest, en volgens mij blijf je altijd aan je lievelingsbeesten gehecht.' Terwijl ze dat zei, schoof ze de mand dichter naar Ree toe, die inmiddels helemaal opging in het gesprekje en duidelijk nieuwsgierig was geworden naar wat de toverkamer verder nog te bieden had.

D.D. wierp nog een tersluikse blik op Jason Jones. Nog steeds geen reactie. Blij, verdrietig, bezorgd, bang. *Nada.* Ze maakte nog een aantekening.

'Ree, weet je waarom je hier bent?'

Er gleed een schaduw over het gezicht van het meisje. Ze liet haar schouders hangen en ze haar handjes gingen weer over de oren van het konijn. 'Papa zegt dat je een aardige mevrouw bent. Hij zei dat ik met je mocht praten en dat het goed was.'

Nu kon D.D. iets van Jasons innerlijke onrust voelen. Hij bleef roerloos staan en zei geen woord, maar ze zag de aderen in zijn nek spannen.

'Wat is goed, lieverd?'

'Breng je mijn mama terug?' vroeg Ree met een klein stemmetje. 'Mr. Smith is vanochtend teruggekomen. Hij krabbelde aan de deur en we hebben hem binnengelaten en ik hou van hem, maar... breng jij mijn mama terug? Ik mis mijn mama.'

Marianne was even stil. Ze leek het kind aandachtig en meelevend op te nemen en liet de stilte voortduren. D.D. liet haar blik vanuit het vertrek aan de andere kant van het raam over het roze kleed, de klapstoeltjes en de speelgoedmand gaan – over alles behalve het gekwelde kindergezichtje. Miller ging ongemakkelijk verzitten. Maar Jason Jones reageerde nog altijd niet.

'Vertel me eens over je familie?' vroeg Marianne. D.D. herkende de ondervragingstechniek. Als het te pijnlijk wordt, doe dan een stapje terug. Uitzoomen om meer in beeld te krijgen. Om dan weer in te zoomen op de pijnlijke plek.

'Mama, papa en ik,' begon Ree. Ze wreef weer over het konijnenoor. 'En Mr. Smith, natuurlijk. Twee jongens en twee meisjes.'

D.D. maakte nog een paar aantekeningen: de gezinssamenstelling gezien door de ogen van een kind van vier.

'En hebben jullie verder nog familie?' vroeg Marianne. 'Ooms, tantes, neven en nichten, opa's en oma's?'

Ree schudde haar hoofd.

D.D. schreef: *Verdere familie?* Het kind was kennelijk niet op de hoogte van het bestaan van haar eigen grootvader. Misschien was het waar wat Jason had gezegd, dat Sandra en haar vader geen contact hadden, of anders kon het zijn dat Jason er op effectieve wijze voor had gezorgd dat zijn zoveel jongere vrouw van haar familie geïsoleerd was geraakt.

'En heb je een oppas, Ree? Is er iemand die op je komt passen als mama en papa dat niet kunnen?'

Ree keek Marianne aan alsof ze dat maar een vreemde vraag vond. 'Mama en papa zorgen voor mij.'

'Ja, natuurlijk. Maar wat als ze moeten werken, of als ze misschien ergens naartoe moeten?'

'Als papa werkt dan past mama op mij,' zei Ree. 'En als papa thuis is, gaat mama naar haar werk, maar papa moet ook slapen, en dan ga ik naar school. En dan haalt papa me af en hebben we papa-dochtertijd.'

'O, ik begrijp het. En waar zit je op school, Ree?'

'Ik zit op de peuterzaal. In de school waar ook de grote kinderen zijn. Ik zit in de klas met de bloemetjes. Maar volgend jaar, als ik vijf ben, mag ik naar de grote klas met de kleuters.'

'Wie zijn je leraren?'

'Juf Emily en juf Suzie.'

'En je beste vriendinnen?'

'Ik speel met Mimi en Olivia. We spelen elfjes. Ik ben de tuinelf.'

'Dat zijn dus je beste vriendinnen. En je mama en papa, wie zijn hun beste vrienden?'

Dat was ook een routinevraag die doorgaans werd gesteld in zaken van kindermishandeling waarbij de eventuele verdachte niet iemand van de familie was, maar een buurman of een vriend van de ouders. Het was belangrijk dat het kind zijn wereld met eigen woorden beschreef om te voorkomen dat het bij een volgende gelegenheid, wanneer de politiedeskundige een naam noemde, niet leek alsof deze het kind probeerde te beïnvloeden.

Maar Ree schudde haar hoofd. 'Papa zegt dat ik zijn beste vriendin ben. En hij werkt ook veel, dus ik denk niet dat hij tijd heeft voor vriendjes. Papa's zijn altijd erg druk.'

Nu was het Miller die naar Jason keek. Maar Rees vader stond altijd nog onbeweeglijk tegen de muur geleund. Hij keek strak voor zich uit, door het raam, alsof hij naar een televisieprogramma keek en niet naar een medewerkster van de politie die zijn kind verhoorde. Miller draaide zich weer naar voren.

'Ik vind juf Lizbet lief,' vertelde Ree uit zichzelf. 'Maar zij en mama spelen niet samen. Ze zijn juffen.'

'Hoe bedoel je?' vroeg Marianne.

'Juf Lizbet is de juf van groep zeven. Vorig jaar heeft ze mama geholpen om juf te worden. Nu is mama de juf van groep zes. Nu zien we juf Lizbet bij het basketballen.'

'O, ja?'

'Ja. Ik vind basketbal leuk. Mama neemt me mee om te kijken. Papa moet werken, snap je. Dus dan is het elke avond mama-dochteravond. Joepie!' Ree leek even te zijn vergeten waarom ze in deze kamer was. Maar het volgende moment zag D.D. hoe ze zich dat ineens weer realiseerde – ze sperde haar oogjes wijdopen, liet haar schoudertjes zakken tot ze ver naar voren, over haar konijn gebogen zat, en weer heftig over het oortje van het speelgoedbeest begon te wrijven.

Achter zich hoorde D.D. Jason Jones' adem stokken.

'Wanneer heb je je mama voor het laatst gezien?' vroeg Marianne zacht.

'Ze heeft me naar bed gebracht,' antwoordde ze nauwelijks verstaanbaar.

'Ken je de dagen van de week, Ree?'

'Zondag, maandag, dinsdag, woensdag,' zong Ree met een hoog stemmetje. 'Donderdag, vrijdag, zaterdag, zondag.'

'Heel goed. En weet je dan ook welke dag het was toen je mama je naar bed bracht?'

Ree keek haar niet-begrijpend aan, en toen begon ze weer te zingen: 'Zondag, maandag, dinsdag, woensdag...'

Marianne knikte en drong verder niet aan. Het was duidelijk dat het meisje het liedje van de dagen van de week kende, maar verder nog geen bewustzijn van de feitelijke dagen had. Gelukkig waren er bij kleine kinderen nog andere manieren om tot het bepalen van de dag en de tijd te komen. Marianne zou haar vragen naar programma's die ze op de televisie had gezien, of liedjes die ze op de radio had gehoord – dat soort dingen. In de ogen van een volwassene mogen kleine kinderen dan nog zo goed als niets weten, maar ze hadden de gewoonte om veel te observeren waardoor ontbrekende informatie vaak ingevuld kon worden en dat bovendien vaak op een wijze die nauwkeuriger was dan wanneer een volwassene bijvoorbeeld zei dat iets 'woensdagavond om acht uur' was gebeurd.

'Kun je me nog wat meer vertellen over die avond met je moeder, Ree? Wie waren er thuis?'

'Mama en ik.'

'En Mr. Smith? Was die er niet? En Lil' Bunny, of je papa, of iemand anders?'

De 'iemand anders' was nog een ondervragingstechniek. Wanneer je een kind een reeks opties noemde, moest de laatste altijd 'iemand anders' of 'iets anders' zijn, want anders werd het beschouwd als suggereren.

'Mr. Smith,' antwoordde Ree. 'En Lil' Bunny. Maar papa niet. Papa is overdag bij mij, en mama 's avonds.'

'En was er nog iemand anders?'

Er verscheen een rimpel op Rees voorhoofd. 'In de avond zijn mama en ik alleen thuis. Dan hebben we onze meisjesavond.'

D.D. maakte een aantekening.

'En wat hebben jullie op de meisjesavond gedaan?' vroeg Marianne.

'We hebben gepuzzeld. Ik hou van puzzelen.'

'Wat voor soort puzzels?'

'Eh, we hebben de vlinderpuzzel gemaakt, en daarna de prinsessen-puzzel en die is héél groot en je hebt er het hele kleed voor nodig. Maar het was moeilijk, want Mr. Smith liep er de hele tijd overheen, en ik werd boos, en dus zei mama dat we er misschien maar mee moesten ophouden.'

'Hou je van muziek, Ree?'

Het meisje knipperde met haar ogen. 'Ik hou van muziek.'

'Luisterden jij en je mama naar muziek terwijl jullie aan het puzzelen waren? Of had je misschien de televisie aanstaan, of de radio, of iets anders?'

Ree schudde haar hoofd. 'Ik dans graag op de muziek van Tom Petty,' zei ze op een zakelijk toontje, 'maar puzzels zijn om tot rust te komen.' Ze trok een gezicht, mogelijk in imitatie van haar moeder, en hief een belerend vingertje op. 'Kinderen hebben tijd nodig om tot rust te komen. Dat is nodig om hun hersens te laten groeien.'

'Aha.' Marianne klonk alsof ze diep onder de indruk was van die wijze woorden. 'Dus dan was het stil toen jij en je moeder die puzzels maakten. En wat heb je daarna gedaan?'

'Gegeten.'

'O, ik hou van eten. Wat is jouw lievelingseten?'

'Macaroni met kaas. En gomwurmen. Ik ben dol op gomwurmen, maar die kun je alleen maar als toetje eten.'

'Dat is zo,' beaamde Marianne. 'Ik mocht van mijn moeder ook nooit gomwormen als avondeten. En wat hebben jij en je mama die avond gegeten?'

'Macaroni met kaas,' antwoordde Ree zonder enige aarzeling, 'met stukjes kalkoenworst en appel. Ik hou eigenlijk helemaal niet van kalkoenworst, maar mama zegt dat ik eiwitten nodig heb voor mijn spieren, dus als ik macaroni met kaas wil, dan moet ik er ook worstjes bij eten.' Ze klonk alsof ze dat maar niets vond.

D.D. maakte een aantekening van het menu. Ze verbaasde zich niet alleen over alle details die Ree wist te geven, maar ook over het feit dat ze precies hetzelfde vertelde als ze donderdagochtend had gedaan. Rechercheurs waren dol op consequente getuigen. Bovendien betekende het feit dat Rees verslag van de eerste helft van de avond zo gedetailleerd was, dat de jury net zo onder de indruk moest zijn van wat het meisje eventueel over de tweede helft van de avond te melden had. Alles bij elkaar was Clarissa Jones een betere getuige dan tachtig procent van de volwassenen met wie D.D. te maken kreeg.

'En wat heb je na het eten gedaan?' wilde Marianne weten.

'Badtijd!' zong Ree.

'Badtijd?'

'Ja. Mama en ik gaan samen onder de douche. Wil je weten wie er onder de douche zijn geweest?' Kennelijk had ze het patroon van vragenstellen inmiddels door.

'Vertel maar.'

'Nou, niet Mr. Smith, want die houdt niet van water, en Lil' Bunny ook niet, want zij wordt in de wasmachine gewassen. Maar Prinses Duckie en Mariposa Barbie en Island Princess Barbie moesten allemaal gewassen worden, dus zij zijn mee geweest onder de douche. Mammie zegt dat ik maar drie dingen kan wassen, want anders is er niet genoeg warm water.'

'Aha. En wat deed je mama?'

'Ze wast haar haren, en dan wast ze mijn haar, en dan schreeuwt ze dat ik veel te veel zeep gebruik.'

Opnieuw knipperde Marianne met haar ogen.

'Ik hou van schuim,' vertelde Ree. 'Maar mama zegt dat zeep geld kost en dat ik te veel gebruik, dus daarom doet ze de zeep voor mij in een bekertje, maar het is altijd te weinig want Barbies hebben een heleboel haar.'

'Ree, als ik tegen jou zeg dat ik blauw haar heb, is dat dan een leugen of is het waar?'

Ree herkende het spelletje en ze grinnikte. Ze stak haar wijsvinger op. 'Het is een leugen, en in de toverkamer mag je alleen de waarheid zeggen.'

'Heel goed, Ree. Uitstekend. Dus jij en je mama gaan samen onder de douche, en jij gebruikt te veel zeep. Hoe vind je het onder de douche, Ree?'

Ree keek Marianne even onderzoekend aan, maar toen leek ze ineens iets te bedenken. Ze stak twee vingers op. 'Ik begrijp het niet,' zei ze trots.

Marianne glimlachte. 'Alweer uitstekend. Ik zal proberen het uit te leggen. Wanneer jij en je mama samen douchen... vind je dat dan fijn of niet? Hoe vind je het?'

'Ik hou van douchen,' zei Ree serieus. 'Ik vind het alleen niet fijn als mijn haar wordt gewassen.'

Opnieuw zag D.D. Marianne heel even aarzelen. Aan de ene kant was het een beetje vreemd dat een moeder en haar dochtertje van vier samen onder de douche gingen, maar aan de andere kant zou Marianne geen werk hebben als alle ouders alleen maar 'normale' dingen deden. In dit gezin klopte iets niet, en het was haar taak om Ree te helpen bij het vinden van een manier om dat onder woorden te brengen.

'Waarom vind je het niet fijn als je haren worden gewassen?' vroeg Marianne.

'Omdat mijn haar zo snel in de knoop komt. Ik heb niet echt kort haar, weet je. Helemaal niet, want als het nat is, komt het tot halverwege mijn rug. Het duurt eeuwig voor mama alle shampoo eruit heeft gespoeld, en dan moet er nog crèmespoeling in, want anders gaan de klitten er helemaal nooit uit. Ik hou helemaal niet van mijn haar. Ik wou dat het steil was, zoals dat van mijn beste vriendin Mimi,' besloot ze met een diepe zucht.

Marianne glimlachte, en ging verder. 'En wat heb je na de douche gedaan?'

'We hebben ons afgedroogd,' meldde het meisje. 'En daarna zijn we naar het Grote Bed gegaan, waar mama wil dat ik haar over mijn dag vertel, maar ik kietel haar altijd.'

'Waar is het Grote Bed?'

'In de kamer van mama en papa. Daar gaan we na badtijd altijd naartoe. Mr. Smith springt ook altijd bij ons op bed, maar ik hou van worstelen en hij niet.'

'Hou je van worstelen?'

'Ja,' zei Ree trots. 'Ik ben sterk! Ik had mama op de vloer geworsteld en daar moest ik om lachen.' Ze hield haar armen op en deed alsof ze haar spierballen toonde. 'Mama moest er ook om lachen. Mama heeft een mooie lach.' Haar stem had een afwezige klank gekregen. 'Denk je dat mijn mama boos is omdat ik haar op de vloer heb geworsteld? Ze klonk niet boos, maar misschien... Een keertje op school heeft Olivia een tekening van mij kapotgescheurd, en ik zei dat het niet gaf, maar het gaf wel en ik werd steeds bozer en bozer. Ik was de hele dag boos! Denk je dat mama ook boos was? En dat ze de hele dag boos is gebleven?'

'Dat weet ik niet, liever,' antwoordde Marianne eerlijk. 'En wat gebeurde er daarna, nadat jullie geworsteld hadden?'

Het meisje haalde haar schouders op. Ze maakte opeens een zwaar vermoeide indruk. D.D. keek op haar horloge. Het gesprek was al vierenveertig minuten bezig, en dat was veel langer dan de twintig minuten die ze eigenlijk hadden.

'Bedtijd,' mompelde Ree. 'We trokken onze pyjama's aan...'

'Hoe ziet jouw pyjama eruit, Ree?'

'Ik had mijn groene nachtjapon van De Kleine Zeemeermin aan.'

'En je moeder?'

'Ze draagt een paars T-shirt. Het is heel lang, het hangt bijna op haar knieën.'

D.D. maakte een aantekening – nog een belangrijk detail, aangezien dat nachthemd in de wasmachine had gezeten.

'En toen jullie je pyjama's aan hadden?'

'Tandenpoetsen, plasje doen en naar bed. Twee verhaaltjes. Een liedje. Mama zong "Puff the Magic Dragon". Ik ben moe,' verklaarde het meisje opeens. 'Ik wil ermee ophouden. Zijn we klaar?'

'We zijn bijna klaar, lieverd. Je doet het echt heel goed. Ik heb nog een paar vraagjes voor je, goed? En dan mag je mij alles vragen wat je weten wilt. Wil je dat? Wil je mij iets vragen?'

Ree nam Marianne even onderzoekend op. Toen opeens knikte ze. Ze had haar speelgoedkonijn weer op schoot genomen en ze wreef beide oren.

'Nadat je moeder je had ingestopt, wat deed ze toen?'

'Ik begrijp het niet.'

'Deed ze het licht uit en trok ze de deur dicht? Of deed ze nog iets anders? Hoe slaap je, Ree? Kun je me vertellen hoe je kamer eruitziet?'

'Ik heb een nachtlampje,' zei het meisje zacht. 'Ik ben nog geen vijf. Ik denk dat je, als je vier bent, nog een nachtlampje mag hebben. Misschien, wanneer ik met de schoolbus ga... Maar ik ga nog niet met de schoolbus, dus ik heb een nachtlampje. Maar de deur is dicht. Mama doet de deur altijd dicht. Ze zegt dat ik een lichte slaper ben.'

'Dus de deur is dicht en jij hebt een nachtlampje. Wat is er verder nog in je kamer?'

'Nou, Lil' Bunny, natuurlijk. En Mr. Smith. Hij slaapt altijd bij mij op bed, want ik ben de eerste die naar bed gaat en katten houden erg van slapen.'

'Is er nog iets anders dat je helpt om in te slapen? Muziek? Een radio, een luchtbevochtiger, of iets anders?'

Ree schudde haar hoofd. 'Nee.'

'Hoe heet mijn kat, Ree?'

Ree keek haar grinnikend aan. 'Dat weet ik niet?'

'Heel goed. En als ik tegen je zei dat die stoelen blauw zijn, zou ik dan de waarheid zeggen of zou het een leugen zijn?'

'Een leugen! Die stoelen zijn rood!'

'Inderdaad. En in de toverkamer vertellen we alleen maar wat waar is, toch?'

Ree knikte, maar D.D. zag dat het meisje weer zenuwachtig begon te worden. Marianne kwam steeds dichter bij het cruciale moment.

'Ben je in je bedje gebleven, Ree? Of ben je misschien nog een keertje opgestaan om bij je mama te gaan kijken of om nog een plasje te doen, of zo?'

Het meisje schudde haar hoofd, maar ze keek Marianne niet meer aan.

'Wat doet je mama nadat ze jou naar bed heeft gebracht, Ree?' vroeg Marianne zacht.

'Ze moet schoolwerk nakijken.' Ze keek weer op. 'Tenminste, dat denk ik.'

'Hoor je wel eens geluiden beneden? De televisie, of de radio, of het geluid van je moeders voetstappen, of iets anders?'

'Ik hoorde het water koken voor de thee,' fluisterde Ree.

'Hoorde je het water koken voor de thee?'

'De fluitketel. Op het fornuis. Mama houdt van thee. Soms hebben we een theeparty en dan maakte ze echte appelthee voor me. Ik hou van appelthee.' Het meisje babbelde verder, maar de klank van haar stem was veranderd. Ze klonk terughoudend, ingetogen, en haar eerdere enthousiasme was verdwenen.

D.D. keek naar Jason Jones, die altijd nog tegen de achterste muur geleund stond. Hij had zich niet verroerd, maar intussen lag er wel een grimmige uitdrukking op zijn gezicht. Ja hoor, ze waren bijna bij het moment waar alles om draaide.

'Ree, en na het fluiten van de ketel, wat hoorde je toen?'

'Voetstappen.'

'Voetstappen?'

'Ja, maar ze klonken niet goed. Ze waren luid. Boos. Boze voeten op de trap. O,o,' zei het meisje op zangerige toon. 'O, o, papa is boos.'

D.D. hoorde Jasons adem voor de tweede keer stokken. Ze zag hem zijn ogen sluiten en slikken, maar hij zei nog altijd niets.

In de verhoorkamer was Marianne ook stil. Ze liet de stilte voortduren totdat Ree ineens weer begon te spreken. Ze wiegde van voren naar achteren, en haar vingers gingen nu onophoudelijk over de oren van haar konijn.

'Er viel iets kapot. Ik hoorde het, maar ik ben in bed gebleven. Mr. Smith niet. Hij sprong van het bed. Hij stond voor de deur maar ik wilde niet opstaan. Ik hield Lil' Bunny stevig vast. Ik zei tegen haar dat ze heel stil moest zijn. Dat we muisstil moesten zijn.'

Het meisje zweeg even, maar ging het volgende moment met een zacht, heel hoog stemmetje verder. *'Doe dit niet, alsjeblieft.'* Ze klonk verdrietig. *'Niet doen alsjeblieft. Ik zal het niet vertellen. Je moet me geloven, ik zal het nooit vertellen. Ik hou van je, ik hou nog steeds van je...'*

Ree keek op. D.D. kon zweren dat het kind dwars door de spiegel heen, recht in de ogen van haar vader keek. 'Mama zei: "Ik hou nog steeds van je." Mama zei: "Doe dit niet.' En toen hoorde ik lawaai en wilde ik niet meer luisteren. Ik drukte Lil' Bunny's oren dicht, en ik luisterde niet meer, en ik ben nooit, nooit, nooit uit bed gekomen. Je moet me geloven. Ik ben in bed gebleven.'

'Ben ik klaar?' vroeg het kind tien seconden later, toen Marianne nog steeds niets had gezegd. 'Waar is mijn papa? Ik wil niet meer in de toverkamer zijn. Ik wil naar huis.'

'Je bent helemaal klaar,' zei Marianne hartelijk, waarbij ze haar hand even losjes op de arm van het meisje legde. 'Je bent een heel dapper meisje, Ree. Dank je wel dat je met me wilde praten.'

Ree knikte alleen maar. Er lag een glazige blik in haar ogen, en ze was duidelijk uitgeput na het gesprek van bijna een uur. Toen ze overeind kwam, wankelde ze even op haar benen. Marianne ondersteunde haar.

In de observatieruimte had Jason Jones zich al afgezet tegen de muur. Miller was net even eerder bij de deur dan hij, en hij deed hem open. Het felle neonlicht van de gang deed pijn aan hun ogen.

'Mevrouw Marianne?' klonk Rees stem uit de verhoorkamer.

'Ja, lieverd.'

'Je zei dat ik je iets mocht vragen...'

'Ja, dat heb ik gezegd. Wil je me iets vragen? Vraag maar wat je wilt.'

Marianne was ook opgestaan. Nu zag D.D. hoe de ondervraagster voor het kind op haar hurken ging zitten om met haar op ooghoogte te zijn. De vrouw had het microfoontje al losgemaakt, en het ontvangertje hing slap in haar handen.

'Toen jij vier jaar was, is jouw mama toen weggegaan?'

Marianne streek een bruine krul van de kinderwang. Haar stem klonk blikkerig, en als van ver. 'Nee, lieverd, toen ik vier was is mijn mama niet weggegaan.'

Ree knikte. 'Dan heb je geboft toen je vier was.'

Ree verliet de verhoorkamer. Ze zag haar vader, die op de gang op haar stond te wachten, en vloog hem om de hals.

D.D. keek hoe ze elkaar lange seconden omhelsden – hoe de magere kinderarmpjes strak om het stevige lijf van haar vader waren geslagen. Ze hoorde hoe Jason Ree troostende woordjes toefluisterde en zag hem teder haar trillende ruggetje strelen.

Ze meende te begrijpen hoeveel Clarissa Jones van haar beide ouders hield. En niet voor de eerste keer vroeg ze zich af waarom er ouders waren voor wie de onvoorwaardelijke liefde van hun kind niet voldoende was.

Tien minuten later werd de sessie officieel voor afgerond verklaard, nadat Marianne met Jason en Ree mee naar beneden, naar de uitgang, was gelopen. Miller had een duidelijke indruk gekregen. Marianne en D.D. dachten er ook elk het hunne van.

'Woensdagavond is iemand hun huis binnengedrongen,' zei Miller. 'Diegene heeft duidelijk ruzie met Sandra gemaakt, en Ree denkt dat het haar vader was. Dat kan ze gewoon maar hebben aangenomen. Ze hoorde voetstappen en nam automatisch aan dat het haar vader was die thuis was gekomen van zijn werk.'

D.D. schudde haar hoofd. 'Ze heeft ons niet alles verteld.'

'Nee,' meende ook Marianne.

Miller keek van de een na de ander.

'Ree is wel degelijk uit bed gekomen,' vulde D.D. aan. 'Dat blijkt overduidelijk uit de heftige manier waarop ze dat ontkende.'

'Ze is opgestaan,' vulde Marianne aan, 'en ze heeft iets gezien waarover ze nog niet kan praten.'

'Haar vader,' verklaarde Miller, maar hij klonk onzeker. 'Maar zoals ze hem op het eind omhelsde...'

'Hij is nog steeds haar vader,' zei Marianne zacht. 'En zij is kwetsbaar en doodsbang voor alles wat er zich in haar wereldje afspeelt.'

'Maar waarom heeft hij haar dan hier laten komen?' vroeg Miller uitdagend. 'Als ze woensdagavond de slaapkamer binnen is gegaan en haar vader met haar moeder heeft zien vechten, zou hij niet gewild hebben dat ze iets vertelde.'

'Misschien is ze op de drempel blijven staan en heeft hij haar niet opgemerkt,' opperde D.D. schouderophalend.

'Of hij rekende erop dat ze het niet zou zeggen,' vulde Marianne aan. 'Kinderen zijn al vanaf heel jong gevoelig voor familiegeheimen. Ze zien hoe hun ouders tegen buren liegen, tegen ambtenaren en andere dierbaren – ik ben van de trap gevallen, natuurlijk is er niets aan de hand – en ze nemen die leugens op tot het op een gegeven moment de gewoonste zaak van de wereld is. Het is heel moeilijk om kinderen iets slechts over hun ouders te laten vertellen. Voor hen is het alsof je ze vraagt om zonder eerst adem te halen in een diep zwembad te springen.'

D.D. zuchtte en bekeek haar aantekeningen. 'Niet voldoende voor een huiszoekingsbevel,' besloot ze.

'Nee,' was Miller het met haar eens. 'We hebben een wapen nodig. Of op zijn minst het lijk van Sandra Jones.'

'Nou, begin dan maar snel met druk uitoefenen,' zei Marianne tegen hen beiden. 'Want ik geef je op een briefje dat dit meisje meer weet. Maar ze doet ook erg haar best om te vergeten wat ze weet. Over een paar dagen tot een week zal ze er nooit meer iets over willen zeggen, en al helemaal niet wanneer ze die hele tijd bij haar vader is.'

Marianne begon het speelgoed terug te doen in de mand. Miller en D.D. wilden weggaan, maar op dat moment piepte de zoemer aan D.D.'s riem. Ze keek op het schermpje en fronste haar wenkbrauwen. Een collega van de staatspolitie die haar wilde spreken. Ach, dat was ook wel te verwachten geweest. Haal de media erbij, en iedereen wil meteen meedoen. Ze besloot de oproep te negeren, en zij en Miller keerden terug naar hun eigen afdeling.

'Ik wil weten waar Jason Jones vandaan komt,' zei D.D. toen ze de trap op liepen. 'Die enorme zelfbeheersing van hem intrigeert me. Hij is steenrijk, maar werkt als onbeduidend verslaggevertje. En volgens zijn kind heeft hij geen vrienden. Ik vraag me af hoe die man in elkaar zit.'

Miller haalde zijn schouders op.

'Ik stel voor om twee jongens op het achterhalen van zijn verleden te zetten,' vervolgde D.D. 'Ik wil alles weten over Jason Jones, Sandra Jones en hun respectievelijke families. En ik kan je nu al zeggen dat die informatie ons op een belangrijk spoor zal zetten.'

'Ik wil zijn computer,' mompelde Miller.

'Hé, wees blij dat we tenminste zijn vuilnis hebben. Is daar trouwens al iets van bekend?'

'Er is een team mee bezig. Over een paar uur kunnen we een rapport verwachten.'

'Miller?' vroeg ze, waarbij ze hem bezorgd aankeek.

'Wat?'

'Ik weet dat Ree die avond iets heeft gezien. Jij weet dat Ree die avond iets heeft gezien. En wat als de dader dat ook weet?'

'Jason Jones, bedoel je?'

'Of Aidan Brewster. Of iemand die we nog niet kennen.'

Miller reageerde niet meteen, maar D.D. zag dat hij zich nu ook zorgen begon te maken. Marianne Jackson had gelijk. Ree was bijzonder kwetsbaar op dit moment.

'We zullen haast moeten maken,' zei Miller grimmig.

'Jij zegt het.'

Hoofdstuk 15

Ik heb vannacht van Rachel gedroomd. Ze zei: 'Nee, nee, nee,' en ik wist precies wat ik tegen haar moest zeggen om elke 'nee' in een 'ja' te veranderen.

'Het is niet mijn schuld,' zei ik, in mijn droom. 'Je hebt zulke volmaakte borsten. God zou je nooit zulke volmaakte borsten hebben gegeven als Hij echt gewild had dat ik ervan af zou blijven.'

Ik had haar tepels tussen mijn vingers, en toen ze zich zuchtend naar achteren boog, wist ik dat ik had gewonnen. Natuurlijk won ik – ik was immers groter, sterker en slimmer. Dus ik wreef en streelde en vleide tot dat magische moment waarop ik haar binnendrong en zij misschien wel een beetje huilde, maar wat kon dat schelen? Ze hijgde en kronkelde immers ook, en ik zorgde ervoor dat ze ervan genoot. Ik zweer je dat ze ervan genoot.

Mijn droom was verschrikkelijk echt. Ik kon voelen hoe ze haar benen om mijn middel klemde. Hoe haar borsten tegen mijn borstkas wreven. En ik wilde. God, en of ik wilde. En toen...

Toen werd ik wakker. Alleen. Keihard. En totaal uitzinnig.

Hijgend kwam ik uit bed en maakte dat ik naar de douche kwam. Ik draaide de warme kraan zo ver mogelijk open. Dook eronder en maakte het af, want als je een geregistreerde zedendelinquent van drieëntwintig bent, wordt het niet beter dan dit.

Maar in mijn gedachten kan ik het meisje dat ik begeer nog altijd voelen en proeven. Het meisje dat ik altijd heb begeerd. Het meisje dat ik niet kan hebben.

Dus ik trek me af, en ik haat elke seconde ervan. Het aanraken van Rachel was zo zuiver. Nu mis ik iets. Dit is zuivere lust, niets meer en niets minder.

Maar ik werk het af, ruim het op en droog me af.

Zonder het licht aan te doen of in een spiegel te kijken kleed ik me aan, en nog voor ik het huis uit ga weet ik al dat dit een beroerde dag gaat worden. Een echte klotedag. Het is gedaan met mijn rustige bestaantje. Het is alleen nog maar de vraag wie me de doodsklap zal geven.

Voor Colleen wegging, de vorige avond, had ze me aangeraden om gewoon door te gaan met wat ik altijd deed. Natuurlijk zal ik bezoek krijgen van de politie. Ze willen dingen weten, en dat kan geen mens ze kwalijk nemen. En als ik het gevoel heb dat ik een advocaat nodig heb, kan ik daar gewoon om vragen, want dat is mijn recht. Maar ik hoef me geen zorgen te maken, zegt ze. Ik doe het fantastisch. Laat je niet zo snel van je stuk brengen, zegt ze.

Wat ze in werkelijkheid zegt, is dat vluchten erger is dan blijven. Alsof ik dat zelf nog niet had bedacht.

Dus ik ga lopend naar mijn werk. Om halfacht sta ik, in mijn blauwe overal, met mijn hoofd onder de motorkap van een oude Chevrolet en verwissel de bougies. Moet je me zien, janlul, de brave burger. Ja baas.

Ik trek, schroef, draai en doe alsof mijn met vet besmeurde handen niet trillen als een gek, alsof ik niet nog steeds een enorme stijve heb en alsof ik nog nooit van mijn leven zo over mijn toeren ben geweest als nu. Stel je voor, ik bíd zowaar dat er geen vrouw de werkplaats binnenkomt, want ik sta echt niet voor mezelf in. Ik voel me klote, ontzettend klote, en het is nog niet eens negen uur.

In het winkelgedeelte heeft Vito de radio aanstaan. Een plaatselijke zender, met muziek uit de jaren tachtig en negentig. Veel Britney Spears en Justin Timberlake. Om kwart over negen, in het nieuws, hoor ik voor het eerst officieel dat er in Zuid-Boston een vrouw wordt vermist. Een jonge vrouw, lieftallige lerares van groep zes, moeder van een dochtertje van vier. Een woordvoerster van de politie brengt het verhaal op een sentimentele manier.

Ik ben klaar met de Chevrolet en ga verder met een grote Suburban waarvan de remmen vervangen moeten worden. Ik hoor de andere jongens commentaar leveren.

'In Southie? Onmogelijk.'

'Drugs, dat kan niet anders. Het heeft altijd met drugs te maken.'

'Nee. Het is de man. Wedden dat hij er iets naast heeft, en geen alimentatie wil betalen? Zak.'

'Ik hoop dat ze hem te pakken krijgen, deze keer. Wie was dat ook weer, vorige jaar? Twee van zijn vrouwen waren verdwenen en ze konden maar geen bewijzen tegen hem vinden...?'

En zo gaan ze nog een poosje door. Ik zeg niets. Ik stort me op het losdraaien van de bouten en haal de beide achterwielen eraf. De oude Suburban heeft trommelremmen. Wat een klote-auto.

Beetje bij beetje word ik mij bewust van het fluisteren en de wijzende vingers. Ik krijg automatisch een kleur, en het kost me moeite om niet te stotteren. Maar dan realiseer ik me dat er helemaal niet op mij wordt gewezen, maar op de receptie, waar Vito twee agenten te woord staat.

Het liefst zou ik helemaal wegkruipen in de Suburban. Ik wil verdwijnen in een hoop metaal en plastic en chroom. In plaats daarvan loop ik naar de voorkant van de auto en begin de voorbanden eraf te halen – net alsof ik die ook wil controleren, hoewel mijn opdracht alleen de achterremmen betreft.

'Je doet het fantastisch,' mompel ik bij mijzelf. 'Je doet het echt fantastisch.' Maar ik ben niet in staat mijzelf te geloven.

Ik ben klaar met de Suburban. De politie is weggegaan. Ik kijk op de klok en besluit dat het tijd is voor de koffie. Ik ga naar mijn kastje om een boterham te pakken, en zie dat Vito daar met zijn armen over elkaar op me staat te wachten.

'Kom mee naar mijn kantoor. Nu meteen,' beveelt hij.

Ik verzet me niet, maar trek mijn blauwe overal uit omdat ik aan zijn gezicht kan zien dat ik die niet meer nodig zal hebben. Hij zegt niets. Hij kijkt me alleen maar strak aan om zich ervan te verzekeren dat hij me niet uit het oog verliest. Als het aan hem ligt, zullen er geen nare dingen gebeuren.

Nadat ik mijn handen heb gewassen en mijn lunchdoos en trui heb gepakt, maakt Vito een grommend geluid en gaat me voor naar zijn kantoor. Vito weet wat ik gedaan heb. Hij behoort tot die groep werkgevers die er geen bezwaar tegen heeft om zedendelinquenten in dienst te nemen. Hij kan werk bieden waarbij iemand geen contact heeft met het publiek, en als de grote, dikke man die hij is, denkt hij waarschijnlijk ook nog dat hij zo'n knulletje als ik in het gareel kan houden. En ik moet toegeven dat er momenten zijn geweest waarop hij echt aardig was. Wie weet, misschien denkt hij wel dat het in dienst hebben van iemand met een strafblad een goede daad is. Hij neemt paria's in dienst en maakt ze tot nuttige leden van de samenleving, en zo. Weet ik veel.

Maar het enige wat ik op dit moment kan denken, is dat Vito me nog nooit zo'n ellendig gevoel heeft bezorgd als zonet, toen hij me met zijn armen over elkaar geslagen aan stond te kijken met een mengeling van teleurstelling en afkeer. We komen in zijn propvolle kantoortje. Hij gaat achter zijn stoffige bureau zitten. Ik blijf staan omdat er geen tweede stoel is. Hij haalt zijn chequeboekje tevoorschijn en begint te schrijven.

'De politie was hier,' zegt hij kortaf.

Ik knik, maar wanneer ik me realiseer dat hij niet opkijkt, dwing ik mezelf om hardop te zeggen: 'Dat heb ik gezien.'

'Er wordt een vrouw vermist. Dat heb je vast ook wel op het nieuws gehoord.' Nu kijkt hij me doordringend aan.

'Ja.'

'De politie wilde weten of ze haar auto bij ons bracht. En of zij, of dat schattige dochtertje van haar, jou wel eens ontmoet had.'

Ik zeg niets.

'Hoe is het met je, Aidan?' blaft Vito opeens.

'Goed,' fluister ik.

'Ben je naar al je groepssessies geweest?'

'Ja.'

'En niks gedronken? Nog geen slok? Vertel me de waarheid, man, liegen heeft geen zin. Dit is mijn stad. Ik weet precies wat er zich in Southie afspeelt. Als jij iemand van hier iets aandoet, dan doe je míj iets aan.'

'Ik heb niets gedaan.'

'Echt niet? Daar schijnt de politie anders over te denken.'

Ik wring mijn handen. Dat wil ik niet, maar ik kan me niet beheersen. Ik schaam me ervoor. Ik, een vent van drieëntwintig, sta als een trillend riet voor deze man die me met één klap van die kolenschoppen van hem buiten westen kan slaan. Hij zit. Ik sta. Hij heeft de macht. Ik bid om genade.

Op dat moment haat ik mijn leven. En dan haat ik Rachel, want als zij niet zo mooi en zo rijp, zo aanwezig was geweest, zou dit waarschijnlijk nooit zijn gebeurd. Misschien dat ik gewoon verliefd had kunnen worden op een van die sletterige cheerleaders op het footballveld, of desnoods op het meisje met de paardentanden dat bij de plaatselijke bakker werkt. Ik weet niet. Iemand die beter bij me past. Iemand van wie de wereld dacht dat ze beter paste bij een jongen van negentien die iemand zocht om te neuken. Dan zou ik me niet in deze ellendige situatie hebben bevonden, en zou ik in plaats daarvan de kans hebben gekregen om een echte man te worden.

'Ik heb het niet gedaan,' hoor ik mijzelf zeggen.

Vito gromt alleen maar, en staart me aan met die kraaloogjes van hem. Ineens heb ik genoeg van zijn verwaande houding. Ik heb me zes keer door een leugendetector laten testen, en alle zes die keren ben ik daar probleemloos doorheen gekomen. Ik verdom het om me door deze smerige bullebak te laten kleineren.

In plaats van weg te kijken, blijf ik hem strak aanstaren. En ik merk dat hij zich realiseert dat ik boos ben. Maar dat schijnt hij alleen maar amusant te vinden, en dat maakt me nóg bozer. Ik bal mijn handen tot vuisten en denk dat ik, als hij niet snel een beetje inbindt, hem een rechtse voor zijn kop zal verkopen. Nou ja, misschien niet voor zijn kop, maar tegen de muur. Of tegen het raam. En dat zal me een aantal gebroken botjes en scherven in mijn vel opleveren, waardoor ik in één klap weer met mijn beide benen op de grond zal komen te staan. Dat is precies wat ik nodig heb: iets om me wakker te schudden zodat er een eind aan deze nachtmerrie kan komen.

Vito maakt opnieuw een grommend geluid en scheurt de cheque uit het boekje.

'Je loon voor deze week,' zegt hij. 'Pak aan. Je bent klaar.'

Ik laat mijn vuisten langs mijn zij hangen.

'Ik heb het niet gedaan,' zeg ik opnieuw.

Vito schudt zijn hoofd. 'Maakt niet uit. Je werkt hier en die vrouw bracht haar auto bij ons. Dit is een bedrijf, man, geen opvangtehuis voor gestoorden. Ik heb geen tijd om me bezig te moeten houden met jouw vuile was.'

Hij legt de cheque op het bureau en schuift hem met een vinger naar mij toe. 'Pak aan, of niet. Je bent hoe dan ook ontslagen.'

Dus ik pak hem aan. Bij het weggaan hoor ik Vito tegen mijn ex-collega's brullen dat ze weer aan het werk moeten, en vervolgens hoor ik ze fluisteren.

Op dat moment realiseer ik me dat het hiermee nog niet is afgelopen. Vito zal ze de waarheid vertellen, en die drie viriele ex-collega's van mij zullen voor het eerst horen dat ze dag in, dag uit met een kinderverkrachter hebben gewerkt. En nu er in de buurt een vrouw wordt vermist, zullen ze een simpel optelsommetje maken, van het soort waarin twee plus twee plotseling vijf is.

Ze zullen me op komen zoeken. En dat zal niet lang meer duren.

Ik probeer zelf ook optelsommetjes te maken, maar mijn van angst verlamde brein werkt niet mee.

Vluchten staat gelijk aan gearresteerd worden en levenslange opsluiting.

Blijven staat gelijk aan in elkaar worden geslagen, en mogelijk voor de rest van mijn leven impotent zijn.

Ik kies voor vluchten, maar bedenk dan dat ik daar, zelfs met Vito's schamele cheque, niet voldoende geld voor zal hebben. Mijn paniek neemt toe, en ik ren de straat uit, waarbij ik half tegen een meisje met bloemenparfum op bots. Ik ren nog harder, met de bloemengeur in mijn neus en een tiental goddeloze fantasieën in mijn hoofd, en realiseer me dat ik het niet ga redden. Ik zal het niet redden.

Uiteindelijk ben ik dan toch niet zo fantastisch. Binnenkort zal het met me gedaan zijn. Nog even en ik ben er geweest.

Hoofdstuk 16

Weet je wat de mensen het allerliefst willen hebben? Meer nog dan liefde, meer nog dan geld, meer nog dan vrede op aarde? Wat mensen vooral willen, is zich normaal kunnen voelen. Ze willen dat hun emoties, hun leven en hun ervaringen net zo zijn als die van iedereen.

Dat is waarvoor we het doen, met zijn allen. De doorsneewerkverslaafde advocate die om elf uur 's avonds de kroeg in gaat, een paar whisky's achteroverslaat en een anonieme kerel oppikt, de volgende ochtend om zes uur opstaat, een douche neemt om de nacht van zich af te spoelen en dan een keurig mantelpak aantrekt. De lieve moeder die zich inzet voor de voetbalclub van haar zoontje, die bekendstaat om haar brownies en haar smaakvol ingerichte huis, die stiekem de Ritalin van haar zoontje slikt om de nodige energie op te kunnen brengen. Of, natuurlijk, de alom gerespecteerde politicus die in 't geniep zijn secretaresse neukt, maar dan wel op het nieuws van elf uur komt vertellen dat we meer verantwoordelijkheid moeten nemen voor ons leven.

Niemand wil zich een freak voelen, of anders, of geïsoleerd. We willen normaal zijn. We willen net zo zijn als iedereen, of op zijn minst zoals ons in reclamespotjes voor viagra, botox of leningen wordt voorgehouden dat we zouden moeten zijn. Die dingen die ons anders maken, houden we zo veel mogelijk geheim. We negeren wat we negeren moeten om onze illusie van volmaakt geluk in stand te kunnen houden.

En misschien kwam het wel doordat Jason en ik er elk zo waanzinnig naar verlangden om normaal te zijn, dat we normaal werden.

Dus om de zes tot negen maanden ging ik er een nachtje vandoor. Werkende moeders hebben soms een pauze nodig, of niet soms? Wat ontzettend attent van mijn man dat hij het goedvond dat hij me van tijd tot tijd een verwenweekend gunde. Hij had de gewoonte om tot heel laat 's nachts over de computer gebogen te zitten en eindeloos te schrijven. Schrijvers houden er vaak de meest vreemde werktijden op na, nietwaar? Wat lief en begripvol van mij dat ik nooit klaagde over de veeleisende baan van mijn man.

We gaven elkaar ruimte. We negeerden wat we negeren moesten. En ondertussen stonden we zij aan zij te kijken hoe Ree op haar eerste driewieler over de stoep croste. We juichten toen ze voor het eerst in een zwembad sprong. We lachten, die eerste keer dat ze heel voorzichtig voor de eerste keer van haar leven haar grote teen in de ijskoude Atlantische Oceaan stak en krijsend het strand weer op kwam rennen. We droegen onze dochter op handen. We aanbaden elk van haar lachjes en waren verrukt over elk woordje dat van haar lipjes rolde. We hielden van haar onschuld, haar spontaniteit, haar lef. En misschien dat we, door van haar te houden, ook elkaar leerden lief te hebben.

Tenminste, zo voelde ik het.

Op een avond, op het eind van de zomer, toen Ree in september naar haar peuterklasje zou gaan en ik aan mijn baan als assistent-onderwijzeres zou beginnen, bleven Jason en ik wat later op dan anders. Hij had een melodieuze cd van George Winston opgezet. Ree en ik martelden hem onophoudelijk met keiharde rock, maar hij hield veel meer van klassieke muziek. Dan sloot hij zijn ogen en zakte weg in een soort zentoestand waarbij het leek of hij sliep terwijl hij in werkelijkheid zachtjes zat te neuriën.

Die avond zaten we op het bankje. Zijn arm lag over de rugleuning en zijn vingers streelden mijn nek. Dit deed hij steeds vaker. Luchtige, afwezig aandoende strelingen. In het begin was ik van zijn aanraking geschrokken, maar intussen had ik geleerd om heel stil te blijven zitten en er niets van te zeggen. Hoe langer ik me ontspande, hoe langer hij me zo bleef liefkozen. En ik vond het fijn om zo door hem gestreeld te worden. Hemeltjelief, ik genoot van de aanraking van de eeltige vingers van mijn man, van zijn vingertoppen op de achterkant van mijn schouders en in mijn haar. Soms masseerde hij mijn schedel, en dan bewoog ik mijn hoofd als een kat.

Een keer had ik geprobeerd om zíjn nek te strelen. Maar op het moment dat ik zijn shirt omhoog had willen duwen, was hij opgestaan en de kamer uit gegaan. Daarna heb ik geen nieuwe poging meer ondernomen.

Een man die de nek van zijn vrouw streelt terwijl ze dicht tegen elkaar aan op de bank zaten... Normaler kan het bijna niet.

'Geloof je in de hemel?' vroeg ik hem, terloops. We hadden die avond naar een film met Harrison Ford gekeken waarin de op wraak beluste geest van de eerste echtgenote voor grote ellende binnen het gezin had gezorgd.

'Misschien.'

'Ik niet.'

Zijn vingers trokken zachtjes aan mijn oorlelletje – een erotisch gebaar. Ik nestelde me dichter tegen hem aan, en hoewel ik mijn best deed om hem niet af te schrikken, kostte het me steeds meer moeite om stil te blijven zitten. Wie had gedacht dat oren zo'n erogene zone waren? Maar de mijne waren dat heel sterk.

'Waarom niet?' vroeg hij. Zijn vingers gingen van mijn oorlelletje omlaag,

langs de zijkant van mijn nek, en weer terug. Een man die zijn vrouw lief-
koost. Een vrouw die zich tegen haar man aan nestelt. Normaal. Volkomen
normaal.

Zo normaal dat er nachten zijn waarop ik eenzaam wakker word in ons
grote bed en mijn hart in duizenden stukjes breekt. Maar dan sta ik de vol-
gende ochtend gewoon weer op en doe alsof er niets aan de hand is. Soms kan
ik in gedachten zelfs mijn moeders stem horen die roept: 'Ik weet iets wat jij
niet weet. Ik weet iets wat jij niet weet.'

Uiteindelijk had ze gelijk. Op de rijpe leeftijd van eenentwintig lentes
begon ik eindelijk te begrijpen hoe het leven in elkaar zat. Je kunt verliefd zijn
en je altijd nog verschrikkelijk eenzaam voelen. Je kunt alles hebben wat je
hartje begeert, om dan ineens te beseffen dat je naar de verkeerde dingen hebt
verlangd. Je kunt zo'n intelligente en sexy en begrijpende man hebben als de
mijne, maar hem tegelijkertijd helemaal niet hebben. En er zijn dagen waar-
op je naar die beeldschone, schitterende dochter van je kunt kijken en intens
jaloers kunt zijn op de manier waarop hij haar liefheeft, in plaats van jou.

'Ik geloof er gewoon niet in,' zei ik toen. 'Niemand wil dood, dat is alles.
Dus ze verzinnen mooie verhaaltjes over het eeuwige leven, alleen om niet zo
bang meer te hoeven zijn. Maar als je er een beetje over nadenkt, slaat het
nergens op. Zonder verdriet kun je niet gelukkig zijn, en dat betekent dat een
toestand van eeuwige gelukzaligheid uiteindelijk helemaal niet zo gelukzalig
kan zijn. Ik kan me voorstellen dat het op een gegeven moment gewoon irri-
tant moet zijn. Niets om je best voor te doen, niets om je op te verheugen, en
niets omhanden.' Ik keek hem van terzijde aan. 'Je zou het er nog geen mi-
nuut uithouden.'

Er gleed een trage glimlach over zijn knappe gezicht. Hij had zich niet ge-
schoren vandaag. Ik hield van die dagen waarop hij dat vergat. Zijn onver-
zorgde baard paste mooi bij zijn donkerbruine ogen en eeuwig ongekamde
haar. Ik had altijd al een zwak gehad voor zijn uiterlijk van ruige kerel.

Ik wou dat ik zijn baard kon voelen, mijn vinger over zijn kin kon laten
gaan tot het plekje onder aan zijn keel waar zijn ader klopte. Ik wou dat ik
kon nagaan of zijn hart even snel sloeg als het mijne.

'Ik heb ooit een geest gezien,' zei hij.

'Echt? Waar?' Ik geloofde hem niet, en dat wist hij.

Hij glimlachte opnieuw. 'In een oud huis vlakbij waar ik heb gewoond.
Iedereen zei dat het er spookte.'

'Dus je bent er gewoon langsgegaan om het uit te zoeken? Om te laten zien
hoe flink je was?'

'Ik bracht een bezoekje aan de eigenaresse. Helaas was ze de avond ervoor overleden. Ik vond haar levenloze gestalte op de bank, en haar broer zat naast haar. Dat was opmerkelijk, want hij was vijftig jaar eerder gestorven.'

Ik was nog steeds niet overtuigd. 'En wat heb je toen gedaan?'

'Ik heb hem bedankt.'

'Hoezo?'

'Omdat die broer van haar ooit mijn leven had gered.'

Ik verbaasde me over zijn antwoord, en tegelijkertijd voelde ik mijn opwinding toenemen, want hij had al mijn zenuwen tot leven gewekt.

'Zal het altijd zo tussen ons zijn?' vroeg ik opeens.

'Hoe bedoel je?' Maar hij had zijn hand teruggetrokken en er gleed een schaduw over zijn gezicht.

'Halve antwoorden. Halve waarheden. Ik vraag je iets, en ik krijg een vaag antwoord terwijl je me naar de rest van het verhaal laat gissen.'

'Ik weet het niet,' zei hij zacht. 'Zal het altijd zo tussen ons zijn?'

'We zijn getrouwd!' verklaarde ik ongeduldig. 'Dit gaat nu al jaren zo, verdomme. We zouden elkaar inmiddels toch moeten kunnen vertrouwen. Elkaar onze diepste geheimen moeten kunnen vertellen, of op zijn minst iets over onze achtergrond. Zeggen ze niet van het huwelijk dat het een levenslang gesprek is? Worden we niet geacht voor elkaar te zorgen, elkaar te vertrouwen en voor elkaars welzijn te waken?'

'Wie zegt dat?'

Ik schrok van zijn reactie en schudde mijn hoofd. 'Hoe bedoel je, wie zegt dat?'

'Ik bedoel, wie zegt dat? Wie bedenkt die regels en stelt dat iedereen aan dat soort verwachtingen moet voldoen? Een man en een vrouw moeten voor elkaars welzijn waken. Een ouder moet voor zijn kind zorgen. Buren moeten elkaar helpen. Wie bepaalt die regels, en wat heb je er in de afgelopen tijd aan gehad?'

Zijn stem had een vriendelijke klank, maar ik wist wat hij bedoelde en de realiteit van zijn woorden deed me ineenkrimpen.

Toen zei hij zacht: 'Vertel me over je moeder, Sandy.'

'Hou op.'

'Je zegt al mijn geheimen te willen kennen, maar de jouwe wil je me niet vertellen.'

'Mijn moeder is overleden toen ik vijftien was. Einde verhaal.'

'Hartaanval,' verklaarde hij, herhalend wat ik hem eerder had verteld.

'Dat kan gebeuren.' Ik wendde me van hem af.

Even later gingen Jasons vingertoppen zachtjes over mijn wang en over mijn neergeslagen wimpers.

'Het zal altijd zo tussen ons zijn,' zei hij heel zacht. 'Maar voor Ree zal het anders zijn.'

'Er zijn dingen die je verliest en nooit meer terug kunt krijgen,' fluisterde ik.

'Dat weet ik.'

'Ook al wil je dat nog zo graag. Ook al blijf je zoeken en bidden en begin je helemaal van voren af aan. Het maakt niet uit. Er zijn dingen die je verliest en nooit meer terug kunt krijgen. Dingen die je, wanneer je ze eenmaal weet, nooit meer niet kunt weten.'

'Ik begrijp het.'

Ik stond op van de bank. Ik was opgewonden. Ik zweer je dat ik rozen rook, die lucht die ik zo haatte. Waarom liet die lucht me niet met rust? Ik was het huis van mijn ouders ontvlucht. Ik was de stad waar mijn ouders woonden ontvlucht. Ik zou nu toch geen last meer moeten hebben van die verrekte rozen.

'Ze was geestelijk niet in orde,' roep ik. 'Ze was alcoholist. Ze deed... bizarre dingen, en wij deden alsof er niets aan de hand was. Dat was wat mijn vader en ik deden. We lieten ons elke dag door haar martelen en kwellen, en daar spraken we nooit met iemand over. Het leven in een klein stadje, je weet wel. Alles draait om de schone schijn.'

'Ze sloeg je.'

Ik lachte, maar het was geen prettig geluid. 'Ze gaf me rattengif om te kunnen zien hoe de dokter mijn maag leegpompte. Ik was als gereedschap voor haar. Een beeldige pop die ze, telkens wanneer zij in het middelpunt van de belangstelling wilde staan, kon breken.'

'Münchhausen.'

'Dat zou best kunnen. Ik heb er nooit met een deskundige over gesproken.'

'Waarom niet?'

'Ze is dood. Wat maakt het nog uit?'

Hij keek me doordringend aan, maar ik weigerde te happen.

'En je vader?' vroeg hij ten slotte.

'Een succesvolle advocaat met een reputatie die hij hoog moest houden. Hij kon moeilijk toegeven dat zijn vrouw hem elke avond met jeneverflessen op zijn hoofd sloeg. Dat zou niet goed zijn voor de zaken.'

'Dus hij liet het over zich heen komen?'

'Gaat het niet altijd zo?'

'Ja, helaas wel. Vertel nog eens, Sandy, hoe is ze gestorven?'

Ik perste mijn lippen op elkaar en weigerde antwoord te geven.

'Koolmonoxidevergiftiging,' zei hij ten slotte. Het was geen vraag, maar een stelling. 'Jullie vonden haar in de garage. Zelfmoord, neem ik aan. Of misschien had ze wel te veel gedronken en is ze achter het stuur flauwgevallen. Wat ik niet begrijp, is dat de autoriteiten zich daar zomaar bij neer hebben gelegd. Helemaal omdat het zo'n klein stadje was, en er toch heus wel ergens iemand moet zijn geweest die wist hoe ze je behandelde.'

Ik staarde hem met grote ogen aan. En bleef hem aanstaren. Ik kon het niet helpen. 'Wist je het?'

'Natuurlijk. Anders zou ik nooit met je zijn getrouwd.'

'Heb je me onderzocht?'

'Dat is toch alleen maar verstandig voordat je een meisje vraagt om je vrouw te worden.' Hij beroerde mijn hand, maar ik trok hem snel weg. 'Jij denkt dat ik vanwege Ree met je ben getrouwd. Je hebt altijd gedacht dat ik vanwege Ree met je ben getrouwd. Maar dat is niet zo. Of liever, niet vanwege haar alleen. Ik ben met je getrouwd vanwege je moeder, Sandy. Omdat jij en ik in dat opzicht gelijk zijn. Wij weten dat monsters echt bestaan, en ze leven niet allemaal onder het bed.'

'Het was niet mijn schuld,' hoorde ik mezelf zeggen.

Hij zei niets.

'Ze was geestelijk labiel. Zelfmoord was waarschijnlijk alleen maar een kwestie van tijd. De laatste mogelijkheid om ons leven te verpesten, en zo.' Ik kwekte erop los. Ik kon er niet mee ophouden. 'Ik werd te oud om steeds maar mee te kunnen nemen naar de Eerste Hulp, en dus deed ze een hoger bod en maakte in plaats daarvan zichzelf van kant. Maar niet nadat ze de allergrootste begrafenis voor zichzelf had georganiseerd die het stadje ooit had gezien, dat spreekt vanzelf. O, en de rozen die ze voor de gelegenheid had besteld. Bergen en bergen rozen, kloterozen...'

Mijn handen had ik tot vuisten gebald. Ik keek mijn man uitdagend aan. Hij moest eens wagen te zeggen dat ik een freak was, een ondankbare dochter, een waardeloze del. Kijk me aan, wilde ik roepen. Toen mijn moeder leefde, haatte ik haar. Maar toen ze dood was, haatte ik haar nog meer. Ik ben níet normaal.

'Ik begrijp het,' zei hij.

'Ik had verwacht dat ik daarna gelukkig zou zijn. Ik had verwacht dat mijn vader en ik eindelijk rust zouden hebben.'

Jason nam haar heel aandachtig op. 'Toen we elkaar pas kenden, zei je dat

je weg wilde om nooit meer terug te gaan. En dat meende je ook echt, niet?
En na al die jaren heb je nog niet een keer met je vader gebeld. Je hebt hem
nooit verteld waar we wonen, of dat we een dochter hebben.'

'*Nee.'*

'*Haat je hem echt zo erg?'*

'*Nog veel erger dan dat.'*

'*Je denkt dat hij meer van je moeder hield dan van jou,' zei Jason. 'Hij*
nam je niet in bescherming, maar praatte alles goed wat ze deed. En dat heb
je hem nooit vergeven.'

Ik antwoordde niet meteen. Want op dat moment haalde ik me mijn vader
weer voor de geest – zijn charmante glimlach, de lachrimpeltjes bij zijn mooie
blauwe ogen, de manier waarop hij je, alleen door even je schouder aan te
raken, het gevoel wist te geven dat je het middelpunt van de wereld was. En
ik voelde me zo boordevol woede dat ik geen woord kon uitbrengen.

Ik weet iets wat jij niet weet. Ik weer iets wat jij niet weet...

Ze had gelijk gehad. En óf ze gelijk had gehad.

'*Je zei dat we anders zijn,' fluisterde ik met hese stem. 'Je zei dat we beter*
weten, dat niet alle monsters onder het bed leven.'

Jason knikte.

'*Dan moet je me één ding beloven. Mocht je mijn vader ooit zien, mocht*
hij ooit hier aan de deur komen, schiet hem dan eerst dood en stel hem dan
pas vragen. Laat hem met zijn vingers van Ree afblijven. Dat moet je me be-
loven, Jason.'

Mijn man keek me recht in de ogen. Hij zei: 'Daar kun je op rekenen.'

Nog voor Jason van de parkeerplaats was gereden, was Ree al in haar
kinderzitje in slaap gevallen. Mr. Smith zat naast hem op de passa-
giersstoel zijn poot te likken, zijn wang te poetsen, zijn poot te likken,
zijn wang te poetsen. Jason reed doelloos naar de snelweg. Hij wist niet
goed wat hij nu moest doen.

Hij was moe. Uitgeput. Wat hij het liefste wilde, was zich verschui-
len in zijn eigen huis en de rest van de wereld vergeten. Hij wilde heel
diep slapen, en als hij daarna wakker werd, zou Sandra naast het bed
staan en glimlachend op hem neerkijken.

'Wakker worden, slaapkop,' zou ze zeggen. En hij zou haar in zijn
armen nemen, en haar vasthouden zoals hij dat de afgelopen vijf jaar
had moeten doen. Hij zou zijn vrouw omhelzen, en dan zouden hij en
Ree weer gelukkig kunnen zijn. Ze zouden een gezin zijn.

Maar hij kon niet naar huis. De straat zou vol staan met busjes van de verschillende media. Flitslampen zouden afgaan en verslaggevers zouden vragen roepen die niet geschikt waren voor Rees jonge oortjes. Ze zou bang worden, en na alles wat ze die ochtend had meegemaakt, wilde hij voorkomen dat ze nog verder getraumatiseerd zou worden.

De politie dacht dat hij schuldig was. Dat had hij, toen het gesprek was afgelopen, in hun ogen gezien. Zijn eigen dochter had ervoor gezorgd dat ze hem verdachten, maar dat nam hij haar niet kwalijk. Ree had gedaan wat ze haar hadden gevraagd – ze had de waarheid verteld zoals die waarheid volgens haar was geweest. Vier jaar lang had hij zijn dochter voorgehouden dat ze niet mocht liegen. Hij kon onmogelijk boos op haar zijn nu ze zich helemaal had gehouden aan de waarden die hij en Sandra haar zo zorgvuldig hadden bijgebracht.

Hij was trots op Ree, en dat maakte hem verdrietig, want hoe meer hij over de zaak nadacht, hoe meer hij tot dezelfde onvermijdelijke conclusie kwam: hij zou gearresteerd worden. Iets wat elk moment zou kunnen gebeuren, vermoedde hij. De politie was hard bezig om alle gegevens op een rijtje te krijgen en hard te maken dat hij degene was die ze hebben moesten. Ze hadden zijn vuilnis doorzocht. Ze hadden zijn kind verhoord. Vervolgens zouden ze zijn huis opnieuw doorzoeken, en ten slotte zouden ze zijn computer in beslag nemen.

Ze zouden dieper in zijn verleden wroeten en op zoek gaan naar collega's en vrienden. Nou, daar zouden ze tenminste een tijdje mee zoet zijn. Hij had buiten zijn werk om nooit contact gehad met zijn collega's, en vrienden had hij niet. Daarbij ging hij van tijd tot tijd zijn 'firewalls' na om te zien of ze geen lekken vertoonden. Maar niets was volkomen waterdicht, al helemaal niet wanneer ze er de juiste deskundige op zetten, en de politie van Boston had dergelijke mensen in dienst. Hij had hier niet met een stelletje provinciale klungels te maken.

De geregistreerde zedendelinquent zou hen natuurlijk ook een poosje bezighouden. Daar was extra tijd en mankracht voor nodig. Misschien bekende die jongen wel, maar aangezien Jason de bewuste perverseling ontmoet had, zag hij dat nog niet zo snel gebeuren. Aidan had de zelfverzekerde indruk gemaakt van iemand die wist wat er in de wereld te koop was. Hij zou het de politie niet gemakkelijk maken.

Dus de politie had nog een heleboel te doen, zeker met twee mogelijke verdachten. Dat zou hem iets van drie, misschien zelfs vijf extra dagen kunnen opleveren. Daar stond tegenover dat het, met elk uur dat verstreek, minder waarschijnlijk werd dat Sandy levend zou worden teruggevonden. Gisteren was er nog kans geweest op een gelukkige afloop. En vanochtend misschien ook nog wel.

Maar als het straks donker werd en Sandy nog steeds niet terecht was...

Op het moment dat ze Sandy's levenloze lichaam vonden, was alles afgelopen. Ze zouden hem bij hem thuis komen halen. Ree zou hem worden afgenomen. De staat zou een voogd voor haar aanwijzen. Zijn dochter. Het meisje van wie hij meer hield dan van zichzelf, zou in een pleeggezin terechtkomen.

In gedachten hoorde hij Rees zangerige stemmetje, zoals ze tijdens de ondervraging had geklonken. '*Doe dit niet, alsjeblieft. Niet doen alsjeblieft. Ik zal het niet vertellen. Je moet me geloven, ik zal het nooit vertellen. Ik hou van je, ik hou nog steeds van je...*'

Zijn handen lagen bevend op het stuur. Hij dwong zichzelf het trillen te stoppen. Dit was niet het moment. Hij moest het hoofd koel houden. Moest in beweging blijven. Er wachtte hem een confrontatie met de media, hij had de politie achter zich aan en hij moest aan zijn dochter denken. Zet het van je af, stop het veilig diep weg. Dat was immers waar hij goed in was.

Blijf nadenken, blijf in beweging. Zoek zo snel mogelijk uit wat er met Sandy is gebeurd, vlug, voordat de politie je je dochter afneemt.

Maar toen opeens kreeg hij, bij de gedachte aan wat zijn dochter had gezegd, een idee. Een sprankje hoop. Treurende echtgenoot, hield hij zichzelf voor. Je bent de treurende echtgenoot.

Hij zette koers naar Sandy's school.

Hoofdstuk 17

Toen Jason veertien jaar was, hoorde hij laat op een avond een gesprek tussen zijn ouders, terwijl ze dachten dat hij sliep.

'Heb je zijn ogen gezien?' hoorde hij zijn moeder vragen. 'Of hij nou met Janie speelt, dank je wel zegt voor een kommetje ijs of vraagt of de televisie aan mag, zijn ogen zijn exact hetzelfde. Vlak. Leeg. Alsof hij helemaal geen gevoel heeft. Ik maak me zorgen, Stephen. Ik bedoel, ik maak me echt heel grote zorgen om hem.'

En terecht, had Jason indertijd gedacht. Terecht, volkomen terecht maak je je zorgen.

Nu reed de volwassen Jason de parkeerplaats van de school op, vond een plekje en zette de motor uit. Ree werd wakker en scheen, zoals zoveel kinderen, een innerlijke antenne te hebben die haar vertelde dat een auto tot stilstand was gekomen. Ze zou een minuutje nodig hebben, en dus sloeg hij het zonneklepje van de Volvo neer om zichzelf in het spiegeltje te bekijken.

Hij had donkere kringen onder zijn ogen. Hij was vergeten zich te scheren, en zijn zware baardgroei had zijn intens vermoeide gezicht al voor een groot deel bedekt. Niet alleen zag hij er moe uit, maar ook een beetje dreigend – een man met een licht ontvlambaar karakter die stiekem zijn vrouw en kind mishandelt.

Met zijn lippen trekkend probeerde hij een aantal gezichtsuitdrukkingen uit. De treurende echtgenoot, bracht hij zichzelf opnieuw in herinnering. De treurende echtgenoot.

Zijn moeder had gelijk – ook al trok hij nog zulke malle gezichten, het waren altijd zijn ogen die hem verrieden. Hij had de oogopslag van iemand die niets voelde.

Hij besloot om zijn blik neergeslagen te houden. Een hangend hoofd van verdriet. Het was het enige wat hij kon bedenken.

Op de achterbank hoorde hij Ree geeuwen en haar armen en benen strekken. Ze keek hem aan, en toen keek ze naar Mr. Smith, en toen naar buiten.

Ze herkende het gebouw en fleurde meteen op. 'Is mama hier? Zijn we hier om mama te halen?'

Hij kromp innerlijk ineen en koos zijn woorden met zorg. 'Weet je nog hoe de politie mannetjes eropuit stuurde om ons te helpen om Mr. Smith te vinden?'

'Ja.'

'Nou, nu gaan wij hetzelfde doen voor mama. De politie zoekt naar haar, maar onze vrienden willen ook meehelpen. Dus nu gaan we met mama's vrienden praten om te zien of ze ons kunnen helpen haar te vinden. Net als we met Mr. Smith hebben gedaan.'

'Mr. Smith is thuisgekomen,' zei Ree.

'Precies. En met een beetje geluk komt mama ook weer thuis.'

Ree knikte en ze maakte een tevreden indruk. Het was het eerste echte gesprek dat ze sinds Sandy's verdwijning hadden gehad, en hij had er een goed gevoel over. Hij mocht niet vergeten dat kinderen anders met emoties omgingen dan volwassenen – bij hen was het afwisselend heel sterk en nagenoeg afwezig. Op dit moment was Ree nog steeds bekaf van de beproeving van die ochtend en was ze met weinig tevreden. Later, wanneer het verdriet en de boosheid weer de overhand kregen...

Hij stapte uit, en hielp Ree uit de auto. Ze lieten Mr. Smith zitten en Jason legde dezelfde briefjes met 'hondsdolle kat' weer neer. Hij had even weinig vertrouwen in deze jonge scholieren als in de bendes van Roxbury.

Ze liepen naar het kantoortje van de administratie – Jason met gebogen hoofd, Ree met Lil' Bunny in haar armen.

'Meneer Jones!' riep Adele, de secretaresse, uit toen ze hen zag. De meelevende klank van haar stem en de meelijwekkende blik waarmee ze Ree aankeek, troffen hem als een dreun in de maag, en hij moest even blijven staan om diep adem te halen en het plotseling opgekomen vocht in zijn ogen terug te knipperen. Hij hoefde helemaal niet te doen alsof, want op dat moment werd Sandy's verdwijning opeens een realiteit. Ze was verdwenen en hij was de treurende echtgenoot die achterbleef met zijn kind dat nergens iets van begreep.

Zijn knieën knikten. Hij was bijna letterlijk ingestort, hier, op de school van zijn vrouw, terwijl hij naar de vloer keek waar ze vijf dagen per week overheen liep, naar de muren waar zij vijf dagen per week naar keek, en de receptie, die ze vijf dagen per week passeerde.

Niemand had tot nu toe enig medeleven met hem betuigd. Tot op dit moment had hij alleen nog maar spelletjes gespeeld met de politie, zijn eigen baas en die kinderverkrachter van verderop in de straat. Maar nu was er Adele, die achter de balie vandaan kwam, haar hand even op zijn rug legde en zijn dochter in haar armen nam. En op dat moment besloot hij, op die typische manier van hem, dat hij Adele haatte. Haar medeleven deed pijn. Geef mij die machtsspelletjes maar, dacht hij.

'Ik weet zeker dat Phil je dolgraag wil spreken,' hoorde hij Adele zeggen. Ze bedoelde het hoofd van de school. 'Hij zit op dit moment in een bespreking – hemel, sinds de officiële bekendmaking vanochtend staat de telefoon roodgloeiend. We hebben een psycholoog laten komen om met de kinderen en de collega's van je vrouw te praten, als ze dat willen. En om vier uur hebben we een speciale vergadering om te bespreken hoe we vanaf morgen met het zoeken kunnen helpen. Phil had gedacht om in de gymzaal de situatie in scène te zetten, en de buurtbewoners te vragen om te komen helpen...'

Ineens zweeg Adele. Kennelijk bedacht ze opeens dat ze veel te veel zei waar het kind bij was. Ze bloosde, en nam Ree opnieuw in haar armen.

'Wil je wachten?' vroeg de secretaresse vriendelijk. 'Ik kan koffie voor je halen, of water. En wat denk je, krijtjes voor Ree?'

'Nou, eigenlijk vroeg ik me af of ik misschien even naar de klas van Lizbet zou mogen. Heel even maar, als je het niet erg vindt...'

'Natuurlijk, natuurlijk. Over drie minuten is er pauze. Ik weet zeker dat ze graag tijd voor je vrij wil maken.'

Jason schonk haar een vluchtig glimlachje van dankbaarheid en stak zijn hand uit naar Ree. Samen liepen ze de gang door. Even later ging de bel, en ineens wemelde het op de gang van leerlingen. De plotselinge drukte leidde Ree af, waardoor hem de vragen bespaard werden die ze hem anders ongetwijfeld gesteld zou hebben.

Ze sloegen rechtsaf en passeerden een rij blauwgeschilderde kluisjes, en daarna sloegen ze linksaf, en in die gang waren de kluisjes oranje. Elizabeth Reyes, mevrouw Lizbet, doceerde maatschappijleer aan zevendeklassers. Haar lokaal was helemaal achteraan. Ze was begin vijftig, mooi slank en had lang, grijzend haar dat ze doorgaans in een dikke knot droeg. Toen Jason en Ree binnenkwamen, was ze bezig het bord uit te vegen.

'Juffie Lizbet!' riep Ree, en ze rende naar de vrouw toe om haar te omhelzen.

Lizbet drukte het meisje tegen zich aan en ging vervolgens op haar knieën zitten om met haar op gelijke ooghoogte te zijn. 'Ree-Ree! Hoe is het met je, lieverd?'

'Goed,' antwoordde Ree verlegen, want zo jong als ze was, had ze al begrepen dat dit het enige antwoord is dat er van goed opgevoede mensen wordt verwacht.

'Hé, en wie is dit?'

'Lil' Bunny.'

'Hallo, Lil' Bunny. Wat een mooie jurk!'

Ree giechelde. Ze leunde tegen de vrouw aan en sloeg opnieuw haar armpjes om haar heen. Het was helemaal niets voor Ree om zich tegenover andere volwassenen zo aanhankelijk te gedragen, en Jason zag in haar blik hoezeer ze naar haar moeder, naar de troostende armen van een vrouwelijke omhelzing verlangde. Lizbet keek Jason over Rees hoofd heen aan, en hij probeerde haar onderzoekende ogen te verdragen. Zo te zien weigerde ze een oordeel over hem te vellen, en daarmee plaatste ze zich een stapje boven het onmiddellijke wantrouwen van de politie, en een stapje onder Adeles spontane medeleven.

'Lieverd,' zei Lizbet nu tegen Ree, terwijl ze zich losmaakte uit haar omhelzing, 'ken je Jenna Hill nog, van het basketbalteam? Nou, ik weet toevallig dat Jenna op dit moment pauze heeft, en dat ze wanhopig op zoek is naar iemand om mee te trainen. Wat denk je, zou je haar willen helpen?'

Rees ogen lichtten op en ze knikte heftig.

Lizbet stak haar hand uit. 'Nou, kom dan maar met me mee. Ik breng je naar Jenna en dan kunnen jullie samen oefenen. Je vader en ik willen elkaar even spreken, en daarna komen we je weer halen.'

Het was een elegante manier om hem onder vier ogen te kunnen spreken. Jason was onder de indruk.

Zijn dochter volgde de onderwijzeres naar de deur, en pas op het allerlaatste moment aarzelde ze even. Hij zag de emoties op haar gezichtje. Haar behoefte om bij hem te blijven, haar enige anker in een wereld die steeds minder houvast leek te bieden, streed met het verlangen om te trainen met Jenna, een echte basketbalspeelster, wat in de ogen van een vierjarige gelijkstaat aan de status van een rockster.

Maar toen rechtte Ree haar schoudertjes en liep ze met Lizbet mee de gang af. Jason bleef alleen achter in het lokaal, en nu al miste hij haar tien keer meer dan zij hem ooit zou kunnen missen. Hij vroeg zich af hoe het kwam dat hij zo verkeerd in elkaar zat dat haat hem kracht gaf, terwijl liefde hem door merg en been ging.

Elizabeth Reyes was Sandy's mentor en begeleidster. In de loop van het vorige en het huidige schooljaar had Jason haar ruim tien keer ontmoet. Een paar keer toen hij samen met Ree naar school was gegaan om Sandy te halen omdat ze samen wilden lunchen. De keren dat hij Sandy naar school had gebracht of haar had gehaald. Dan zwaaide hij, en Lizbet zwaaide terug. Maar ondanks die vele ontmoetingen konden ze niet zeggen dat ze elkaar kenden.

Ze kwam terug en deed de deur achter zich dicht. Hij zag haar een blik op de klok werpen en vervolgens zenuwachtig haar rok glad strijken. Maar ze stond niet voor niets al twintig jaar voor de zevende klas; ze kon wel wat hebben. Nu rechtte ze haar schouders.

'Ziezo,' zei ze, kortaf, terwijl ze voor in het lokaal, bij het bord ging staan. Jason vermoedde dat ze zich daar het zekerst voelde. 'Phil heeft vanochtend verteld dat Sandy sinds woensdagavond wordt vermist. Dat de politie geen duidelijk beeld heeft van wat er gebeurd is, en dat er geen aanwijzingen zijn.'

'Ik was vrijdagavond naar een brand,' zei Jason. 'Toen ik rond twee uur 's nachts thuiskwam, lag Ree gewoon in haar bedje te slapen, maar verder was er niemand thuis. Sandy's tas en mobiele telefoon lagen in de keuken. Haar auto stond op de oprit. Maar van mijn vrouw was geen spoor te bekennen.'

'Goeie god.' Elizabeth deed geschrokken een stapje naar achteren en leunde voor steun tegen haar bureau. Jason zag haar handen beven. 'Toen Phil het ons vanochtend vertelde, kon ik het maar amper geloven. Ik bedoel, stel je voor, Sandy. Ik nam aan dat het een vergissing was. Een misverstand. Of dat jullie ruzie hadden gehad.' Ze nam hem nieuwsgierig op. 'Jullie zijn een jong stel. En soms hebben jonge stellen enige afstand van elkaar nodig om te bekoelen.'

'Ze zou Ree nooit alleen hebben thuisgelaten.'

De vrouw schrok opnieuw. 'Dat is zo,' zei ze zacht. 'Daar heb je helemaal gelijk in. Ze zou Ree nooit alleen hebben gelaten.' Ze zuchtte nog eens, leek toen weer moed te scheppen. 'Phil heeft psychologen laten komen om de kinderen en het personeel te helpen bij de verwerking van het trauma. Er is een protocol voor dit soort situaties, wist je dat? We hebben kort vergaderd en het toen aan de school verteld. De kinderen kunnen het beter van ons horen dan via geruchten.'

'Wat heeft hij gezegd?'

'Alleen dat mevrouw Jones wordt vermist, dat er aan alle kanten hard gewerkt wordt om haar te vinden, en dat de kinderen die met vragen zitten bij hun leraar terechtkunnen. De politiemensen doen wat ze kunnen, hij hoopte spoedig goed nieuws te hebben, enzovoort, enzovoort.'

'Ik heb begrepen dat er voor morgen een zoekactie is georganiseerd, en dat jullie vanuit het gymlokaal vertrekken.'

'Doe je mee?' vroeg ze nieuwsgierig.

'Ik ben er niet zo zeker van dat de politie daar blij mee zou zijn. Ik ben de echtgenoot, weet je, en dat maakt me automatisch tot verdachte.'

Elizabeth keek hem doordringend aan, en ineens wist hij het weer. *Treurende echtgenoot. Treurende echtgenoot.* Hij liet zijn hoofd zakken, spreidde zijn handen en keek ernaar.

'Ik weet niet wat er is gebeurd,' kwam het bijna fluisterend over zijn lippen. 'Ik ben als vader en echtgenoot naar mijn werk gegaan, om bij thuiskomst in een nachtmerrie te belanden. Heeft iemand mijn vrouw ontvoerd? Uit niets blijkt dat er zou zijn ingebroken. Is ze er met een andere man vandoor? Ik kan me van haar niet voorstellen dat ze Ree achter zou laten. Had ze tijd nodig om na te denken? Nou, Elizabeth, ik hoop en bid vurig dat dit zo is.'

'Dan zal ik dat ook doen.'

Hij haalde haperend adem, intussen goed in zijn rol ingeleefd. Hij moest het nu afmaken. 'We zíjn een jong stel,' beaamde hij. 'Het is niet altijd even gemakkelijk – twee banen en een klein kind. Ik zou het begrijpen als Sandy ongelukkig was. Dan zou ik me voor kunnen stellen dat ze zich tot iemand anders aangetrokken voelde.'

Elizabeth zei niets, maar bleef hem koeltjes aankijken.

'Het kan me niet schelen,' voegde hij er haastig aan toe. 'Als ze tijd nodig heeft om op adem te komen, zelfs als ze iemand anders heeft gevonden... Daar kan ik begrip voor opbrengen, Elizabeth. Daar móét ik begrip voor opbrengen. Ik wil haar gewoon terug. Voor mezelf, natuurlijk, maar vooral voor Ree.'

'Je denkt dat ze iemand heeft leren kennen,' zei Elizabeth bot. 'En je denkt dat ze mij daarover heeft verteld.'

Hij besloot tot een hulpeloos schouderophalen. 'Vrouwen vertellen dat soort dingen aan elkaar.'

'Niet jouw vrouw,' zei ze op scherpe toon. 'En niet aan mij.'

'Aan wie dan? Voor zover ik weet ben jij haar beste vriendin.'

Elizabeth zuchtte opnieuw. Ze verbrak het oogcontact en keek naar de klok. Hij realiseerde zich dat hij zijn maag vasthield, alsof hij zich voorbereidde op een stomp. Hij kon maar één verklaring bedenken waarom ze wegkeek – ze wilde hem iets vertellen.

'Moet je horen,' begon ze. 'Ik heb een enorm respect voor Sandy. Ze is een voortreffelijke lerares. Ze heeft geduld met de kinderen en ze is... evenwichtig. Dat zie je tegenwoordig niet vaak meer bij jonge leraren. En bij vrouwen nog minder. Ze brengen hun persoonlijke problemen mee naar het werk, en misschien dat de leerlingen dat juist mooi vinden, maar als collega's zijn we daar helemaal niet van onder de indruk. Sandy was anders. Ze was altijd beheerst en kalm. Betrouwbaar. Voor mij is ze helemaal niet het type dat iemand in vertrouwen neemt om haar persoonlijke problemen te bespreken. Dat deed ze niet met mij, noch met anderen. En daarbij, wanneer zou ze tijd voor iemand anders moeten hebben?'

Jason knikte. Dat had hij zich zelf ook al afgevraagd. De meest eenvoudige verklaring voor Sandy's verdwijning was natuurlijk een andere man. Ze was er met een minnaar vandoor gegaan, of ze had een minnaar genomen die zich ineens bedacht had.

'Niet doen alsjeblieft. ik hou nog steeds van je...'

Maar Jason had er geen idee van hoe zoiets had kunnen gebeuren. Zijn vrouw ging er eens in de zes à negen maanden een weekendje tussenuit. Hij wist heel goed dat hij niet aan al zijn verplichtingen als echtgenoot tegemoetkwam. Maar dat was hooguit twee nachtjes per jaar, en hij kon zich niet voorstellen dat zo'n aantrekkelijke vrouw als Sandy op basis van die paar nachtjes een relatie met iemand zou kunnen hebben.

'Na school?' mompelde hij.

Elizabeth schudde haar hoofd. 'Ze bleef alleen na wanneer er vergaderd moest worden. Maar daarna ging ze altijd zo snel mogelijk weg om Ree te halen, met wie ze, zo stel ik me voor, het merendeel van haar avonden doorbracht.'

Jason knikte. Afgezien van haar weekendjes, besteedde Sandy al haar middagen en avonden aan het zorgen voor Ree. En zoals hij in de afgelopen achtenveertig uur zelf had vastgesteld, was een kind van vier een uitstekende chaperonne.

'Lunch?' opperde hij.

'Dat zou alleen maar lukken als die man een collega was en ze een bezemkast hadden gevonden,' verklaarde Elizabeth twijfelend.

'Hoe staat het met de mannelijke collega's hier?'

'Ik heb nooit gezien dat ze met iemand in het bijzonder optrok, geen enkele collega, man noch vrouw. Sandy was hier alleen voor haar leerlingen.'

'En tijdens de vrije uren, of tussenuren? Hoe noemen jullie dat tegenwoordig?'

'Elke leraar heeft een tussenuur,' vertelde ze. 'De meesten gebruiken die tijd om proefwerken na te kijken of om lessen voor te bereiden, maar het kan best zijn dat Sandy in dat uur boodschappen heeft gedaan. Hoewel, nu ik daaraan denk...'

Ze aarzelde en keek hem opnieuw recht in de ogen.

'In september is ze met een speciaal project begonnen. Ze werkt samen met een van de achtsteklassers, Ethan Hastings, aan een onderwijsmodule.'

'Een onderwijsmodule?'

'Ethan moest voor computerwetenschappen een beginnershandboek voor internet ontwerpen, en dat zou worden uitgetest door de zesdeklassers, tijdens maatschappijleer. Dat verklaart waarom Sandy erbij was betrokken. Het project is al maanden geleden afgerond, maar ze zaten nog altijd vaak samen in het computerlab. Sandy had me de indruk gegeven dat Ethan aan iets groters werkte, en dat ze hem daarbij was blijven helpen.'

'Sandy... en een leerling?' Daar kon Jason niet bij. Hij vond het ondenkbaar.

Elizabeth trok haar wenkbrauwen op. 'Nee,' zei ze met klem. 'Ze mag dan jong en knap zijn, maar ze is ook bijzonder professioneel. En ten tweede, nou, als je Ethan Jones zag, dan zou je meteen weten wat ik bedoel. Wat ik ermee wilde zeggen, is dat Sandy per dag maar één uur vrij had, en dat ze in die tijd met Ethan aan zijn project werkte.'

Jason knikte langzaam. Hij keek naar de vloer en schoof wat heen en weer. Iets aan het verhaal beviel hem niet. Er was iets aan de hand. Of liever, dat probeerde hij zichzelf wijs te maken, al was het maar omdat het beter was dan zijn overige opties.

'En op donderdagavond?' vroeg hij opeens. 'Wanneer Sandy en Ree naar de basketbalwedstrijden kwamen kijken?'

'Wat is daarmee?'

'Zat ze altijd op dezelfde plaats? Naast dezelfde man, misschien? Kan het zijn dat ze tijdens die avonden iemand heeft ontmoet? Een andere ouder, misschien?'

Elizabeth haalde haar schouders op. 'Ik weet niet, Jason. Het is me nooit opgevallen. Maar ja, ik ben dit seizoen maar bij een handjevol wedstrijden geweest.' Ze wees op haar grijze haar. 'Ik ben inmiddels oma, stel je voor. Mijn dochter heeft in november haar eerste kind gekregen. Sindsdien breng ik de meeste donderdagavonden bij mijn kleinzoon door, en niet bij sportevenementen. Maar ik weet wel wie je meer over die donderdagavonden kan vertellen. Het basketbalteam heeft dit seizoen een nieuwe statisticus aangenomen – Ethan Hastings.'

Hoofdstuk 18

Het interesseerde inspecteur D.D. Warren geen zier wat Colleen Pickler had gezegd over haar zogenaamd voorbeeldige klantjes die vol berouw waren en hun best deden om het hun reclasseringsambtenaren zo veel mogelijk naar de zin te maken. D.D. deed dit werk nu al acht jaar, en als iemand die als een van de eersten op plaatsen delict verscheen en heel wat hysterische moeders en glazig voor zich uit kijkende kinderen had gezien, vond ze dat de hel nog veel te goed was voor zedendelinquenten.

In haar wereld was het een komen en gaan van moordenaars. Maar pedofielen lieten altijd littekens na. Ze kon zich die keer nog goed herinneren dat ze naar een kleuterschool had gemoeten nadat een jochie van vijf zijn juffie had verteld dat hij op de toiletten verkracht was. De vermoedelijke verkrachter was een ander jochie van vijf, een klasgenootje van het slachtoffer. Verder onderzoek had uitgewezen dat de jeugdige verdachte niet bij één, maar bij twee zedendelinquenten woonde. De eerste was zijn vader, de tweede zijn oudere broer. D.D. en haar partner meldden de situatie braaf bij de kinderbescherming, in de naïeve veronderstelling dat deze instantie de zaak verder zou regelen.

Nee dus. De kinderbescherming vond dat het niet in het belang van het jongetje was om hem uit zijn gezinssituatie weg te halen. In plaats daarvan werd het wegens ongepast gedrag ten aanzien van een klasgenootje van de kleuterschool verwijderd, en verder gebeurde er helemaal niets, totdat D.D. hetzelfde kind zes maanden later opnieuw tegenkwam. Deze keer was hij getuige van een drievoudige moord, gepleegd door zijn broer.

D.D. droomde nog steeds van die lege, grijze ogen van het kind. De totale uitzichtloosheid waarmee hij vertelde hoe zijn broer van zestien naar de supermarkt was gegaan, hoe hij zijn broer naar binnen was gevolgd omdat hij dacht dat hij een snoepreep van hem zou krijgen. In plaats daarvan had zijn broer een revolver getrokken, en toen de verkoper van negentien even had geaarzeld, had zijn broer het vuur op hem geopend en vervolgens ook nog eens twee kinderen doodgeschoten die zich toevallig op het verkeerde moment op de verkeerde plek hadden bevonden.

Nadat D.D. de jongen verhoord had, had ze hem weer naar huis gestuurd, naar zijn vader, de zedendelinquent. Meer doen liet het systeem niet toe.

Dat was nu twaalf jaar geleden. Van tijd tot tijd kwam D.D. in de verleiding om de naam van de jongen op te zoeken, om te zien hoe het hem vergaan was. Maar dat was niet echt nodig. Zo'n kind, dat op zijn vijfde herhaaldelijk misbruikt was, dat zelf andere kinderen misbruikt had, dat zijn broer een drievoudige moord had zien plegen... Ach, de kans dat zo iemand president van de Verenigde Staten zou worden was zo goed als nihil, nietwaar?

Er waren natuurlijk nog meer verhalen. Die keer dat ze bij een half verkrot, laag flatgebouw was gekomen en de echtgenote over het lijk van haar man gebogen had aangetroffen. Ze had het slagersmes nog in haar hand voor het geval hij, nadat ze hem er minstens twintig keer mee had gestoken, alsnog overeind zou komen. Het bleek dat de vrouw op de computer het geheime bestand van haar man had gevonden, het bestand waarin hij de video's bewaarde die hij elke avond van zichzelf maakte wanneer hij seks had met hun beide dochters.

Die dochters hadden dat al geruime tijd ervoor, toen ze zeven en negen waren, zelf verteld, maar toen de politie onderzoek had gedaan, hadden ze geen tekenen van misbruik kunnen vinden. De meisjes probeerden het opnieuw toen ze twaalf en veertien waren, maar tegen die tijd waren ze al zo dol geweest op heel korte minirokjes en strakke topjes, dat zelfs hun eigen moeder ze niet had geloofd.

De video's hadden echter de doorslag gegeven. En dus had de vrouw haar man aan mootjes gehakt, en nadat haar pro-Deoadvocaat vrijspraak voor haar had gekregen, was ze in een diepe depressie geraakt. En de twee meisjes, die vanaf hun vierde en zesde jaar door hun eigen vader waren misbruikt... van hen deden er zoveel verkrachtingsvideo's de ronde op internet, dat het herroepen ervan onbegonnen werk was. En ook van hen was het niet waarschijnlijk dat een van hen ooit president van de Verenigde Staten zou worden.

D.D. en Miller stopten bij het adres van Aidan Brewster dat ze van Colleen Pickler hadden gekregen. D.D. was al buikademhalingen aan het doen en probeerde te voorkomen dat haar handen zich vanzelf tot vuisten zouden ballen. De reclasseringsambtenaar had hun aangeraden om aardig te doen.

'De meeste zedendelinquenten zijn slappe figuren met een uiterst geringe dunk van zichzelf – daarom richten ze zich ook op kinderen, of voelen ze zich, als joch van negentien, zekerder en meer op hun gemak met een meisje van veertien,' had Colleen gezegd. 'Als je bij Aidan meteen hoog van de toren blaast, slaat hij dicht en kom je geen steek verder met hem. Probeer eerst vriendschap met hem te sluiten. En neem hem dán pas te grazen.'

Het zou D.D. nooit lukken om áárdig tegen de jongen te doen, dus ze spraken af dat Miller hier de leiding zou nemen. Hij stapte als eerste uit de auto en zij volgde hem naar de voordeur van het bescheiden, in de jaren vijftig gebouwde huis. Miller klopte aan. Geen reactie.

Daar hadden ze ook wel een beetje op gerekend. Van de twee geüniformeerde agenten wisten ze al dat Sandra Jones haar auto in onderhoud had bij de garage waar Aidan Brewster werkte. Colleen Pickler had ze een uur na hun bezoek gebeld om te zeggen dat ze van de eigenaar van de garage, Vito Marcello, gehoord had dat Aidan Brewster was ontslagen.

Ze waren het erover eens geweest dat Aidan waarschijnlijk bang was. Ze konden hem beter zo snel mogelijk in de kraag grijpen, voordat hij nog met de noorderzon zou vertrekken.

Miller klopte opnieuw, en drukte toen zijn identificatiebewijs tegen het raampje naast de deur.

'Aidan Brewster,' riep hij, 'dit is de politie van Boston. Doe open, jongen. We willen alleen maar even met je praten.'

D.D. trok haar wenkbrauwen op en maakte een ongeduldig geluid. De deur intrappen leek haar een veel beter idee, ook al waren de rechters het daar doorgaans niet mee eens.

Net toen ze dacht dat ze misschien toch haar zin zou krijgen, hoorden ze dat er een grendel van de deur werd geschoven. En daarna ging de deur op een kiertje open.

'Ik wil politiebescherming,' verklaarde Aidan Brewster. Hij stond verscholen achter de deur, en er lag een wilde blik in zijn ogen. 'De jongens van de garage zullen me vermoorden. Dat wéét ik gewoon.'

Miller maakte geen aanstalten om naar binnen te gaan, maar net als D.D. verplaatste hij zijn gewicht op de ballen van zijn voeten, waardoor hij iets naar voren boog. Tegelijkertijd stak hij zijn hand in zijn jasje om snel zijn wapen te kunnen trekken. 'Zou je misschien achter die deur vandaan willen komen?' vroeg Miller kalm. 'Zodat we elkaar kunnen zien wanneer we met elkaar praten?'

'Ik kijk naar uw gezicht,' zei de pedofiel angstig. 'En ik probeer te praten. Vito heeft me verlinkt – hij heeft de jongens verteld dat ik een geregistreerde zedendelinquent ben. En dat zit ze niet lekker, dat weet ik. Types zoals die kerels daar worden niet geacht om te gaan met watjes zoals ik. Ik ben er geweest, dat weet ik zeker.'

'Heeft iemand een specifieke dreiging geuit?' vroeg D.D. Ze deed haar uiterste best om even kalm en beheerst te klinken als Miller. Ze stond een halve meter achter haar collega, en ook zij had haar hand in de onmiddellijke nabijheid van de kolf van haar Glock .40.

'Een specifieke dreiging?' Het kind klonk nog angstiger. 'Zoiets hoef je niet uit te spreken. Ik heb ze horen fluisteren. Ik weet wat ze van plan zijn. Dankzij die mannetjes van u denkt iedereen dat ik die vrouw heb vermoord.' Nu kwam hij eindelijk achter de deur vandaan. Hij droeg versleten kleren en toonde zijn beide lege handen. Toen wees hij met een fel gebaar op Miller. 'Het is jullie schuld dat ik in deze situatie zit,' zei hij tegen hem. 'Jullie moeten me helpen. Dat zijn jullie mij verschuldigd.'

'Ik stel voor om daarover te praten.' Nu pas deed Miller een stapje naar voren. Met zijn voet schopte hij de deur wat verder open, waarna hij Aidan met zachte dwang naar achteren duwde. De jongen leek zich er in het geheel niet van bewust dat de beide rechercheurs hem wantrouwden. In plaats daarvan draaide hij zich om en ging hen voor, de gang door naar de achterzijde van het huis, waar hij, zoals ze gehoord hadden, twee kamers huurde.

De ruimte was klein. Keukenblok, bankje met een bloemmotief en een televisie uit het jaar nul. D.D. vermoedde dat de hospita, mevrouw April Houlihan, verantwoordelijk was voor de inrichting, want ze kon zich van een jongen van twintig niet voorstellen dat hij zo dol zou zijn op gehaakte kleedjes. Aidan ging niet zitten, maar vatte post bij het keukenblok. Om zijn linkerpols had hij een groen elastiekje dat hij voortdurend uitrekte en terug liet springen.

'Wie zijn die jongens en wat hebben ze tegen je gezegd?' vroeg ze nu, terwijl ze de huid van zijn pols steeds roder zag worden en ze zich afvroeg waarom hij niet leek te merken dat het pijn deed.

'Ik zeg verder niets meer,' verklaarde Aidan. 'Hoe meer ik jullie vertel, hoe groter het risico dat me iets overkomt. Geef me... geven jullie me nu maar gewoon bescherming. Een politieauto voor de deur, een kamer in een motel. Wat dan ook, maar dóé iets.'

D.D. besloot dat Colleen Pickler gelijk had – Aidan Brewster was een eersteklas slappeling.

Als *bad cop* vond ze het terecht om op te merken: 'Als je op een gegeven moment besluit om een formele aanklacht in te dienen tegen een van je collega's, willen we je daar graag bij helpen. Maar tot het zover is kunnen we niets voor je doen.'

Ze zag de pure paniek in Aidans ogen. Miller wierp haar een waarschuwende blik toe.

'Waarom beginnen we niet bij het begin?' stelde de *good cop* op geruststellende toon voor, terwijl hij een minirecorder tevoorschijn haalde en aanzette. 'We praten erover en kijken ter plekke wat we eraan kunnen doen. We zouden een beetje medewerking van jouw kant, Aidan, zeer op prijs stellen, en als tegenprestatie zouden we de pers kunnen vertellen dat je niets met deze zaak te maken hebt. Oké?'

'Oké,' fluisterde de jongen, en ondertussen liet hij het elastiek meerdere keren hard tegen zijn pols knallen.

'Dus.' Miller schoof het recordertje wat dichter naar de jongen toe en kwam meteen ter zake. D.D. maakte van het gesprek tussen het tweetal gebruik om een beetje rond te kijken. Zonder huiszoekingsbevel mocht ze alleen maar kijken naar wat zich in het zicht bevond, maar extra aandachtig rondneuzen kon nooit kwaad. Ze begon met de slaapkamer en trok haar neus op voor de stank.

'Heb je Sandra Jones wel eens ontmoet?' vroeg Miller, in de woonkamer.

D.D. woelde door het beddengoed, een hoop vuile kleren – voornamelijk spijkerbroeken en witte T-shirts – en een afvalemmer waar voornamelijk gebruikte tissues in zaten. Een hoekje van een tijdschrift piepte onder het matras uit. Porno, vermoedde ze, want wat zou je anders onder je matras willen verstoppen?

'Ja, ik bedoel, ik heb haar wel eens gezien. Maar ik heb haar niet gekénd. Ik ken haar niet,' zei Aidan. 'Ik zag haar wel eens buiten met haar kind spelen. Maar die keren ben ik altijd aan de overkant gaan lopen. Dat zweer ik! En ja, nou, nu u het zegt, ze is ook een paar keer bij ons in de garage geweest. Maar ik sta niet achter de receptie. Ik werk alleen maar in de werkplaats. Vito kent de eisen van mijn voorwaarde-lijke invrijheidstelling.'

'Wat voor kleur haar heeft ze?' vroeg Miller.

Het joch haalde zijn schouders op. 'Blond.'

'Ogen?'

'Weet ik niet.'

'Ze is jong, iets van jouw leeftijd.'

'Nou kijk, zelfs dát wist ik nog niet eens.'

D.D. moest kokhalzen. Met de punt van haar pen werkte ze het tijd-schrift wat verder onder het matras vandaan. *Penthouse*, zo te zien. Niets bijzonders. Ze besloot het er verder bij te laten, maar vroeg zich wel af wat Aidan Brewster verder nog onder zijn matras bewaarde.

'Vertel me over woensdagavond,' zei Miller. 'Was je uit die avond? Was je op stap met vrienden? Heb je iets speciaals gedaan?'

D.D. liep naar de kast – of liever, naar dat wat de kast leek. Hij puilde uit van de kleren – witte sokken, vuil ondergoed. De deur stond op een kier van tien centimeter. Ze besloot er vijftien centimeter van te maken. Ze zag een kettinkje hangen, en trok eraan om het licht aan te doen.

'Ik heb geen vrienden,' verklaarde Aidan. 'Ik ga niet naar bars, en ik ga niet stappen met mijn collega's. Ik kijk televisie, voornamelijk naar herhalingen. Ik hou van *Seinfeld*, en ook wel van *Law & Order*.'

'Vertel me wat je woensdagavond hebt gezien.'

'*Seinfeld* was weer eens de onbetwiste meester van zijn vak,' zei Aidan op droge toon. 'En McCoy had het voorzien op de een of an-dere sekteleider die dacht dat hij God was.'

D.D. zag nog meer stapels kleren. Ze fronste, deed een stapje naar achteren, en aarzelde. Opnieuw liet ze haar blik over de berg vuile was op de vloer gaan, en vervolgens over de hoop kleren in de kast. Hoe-veel spijkerbroeken en witte T-shirts had die jongen eigenlijk?

Alleen wat je zo kunt zien. Alleen wat je zo kunt zien. Alleen wat je zo kunt zien.

Ze schopte tegen de stapel kleren onder in de kast en duwde de neus van haar schoen nog wat dieper in de hoop. En ja hoor, ze stootte op iets hards. Metaal, meende ze. Rechthoekig. Redelijk formaat. Com-puter? Kluisje? Brandkast? Een computer zou in strijd zijn met de voorwaarden van Aidans invrijheidstelling. Interessant.

Ze trok haar voet terug, beet op haar onderlip en overwoog haar opties.

'Kom op, man,' zei Miller nu. 'Want ik kan zo nagaan wat er woensdag op de buis was. En als blijkt dat je ernaast zit, nemen we je mee naar het bureau, en dan ben ik je vriendje niet meer.'

'Maar ik heb niets gedaan!' riep Aidan uit.

'Dus dan is het zuiver toeval dat er bij jou in de straat een vrouw is verdwenen?'

'Een volwassen vrouw. Toe zeg, u weet waarvoor ik veroordeeld ben. Waarom zou ik in vredesnaam in een moeder geïnteresseerd zijn?'

'Ja, maar ze is toevallig wel een aantrekkelijke jonge moeder. Van jouw leeftijd. En ook eenzaam. Haar man werkt elke avond. Misschien wilde ze alleen maar een praatje maken. Misschien is het wel begonnen als een vriendschap. En is ze er toen achter gekomen wat je hebt gedaan, Aidan? Heeft ze het ontdekt van je eerste liefde, en werd ze toen hysterisch?'

'Ik heb nog nooit met haar gesproken! Dat kunt u aan iedereen vragen. En áls ze buiten was, was ze met haar kind. En ik loop met een grote boog om kinderen heen!'

'Je bent ontslagen, Aidan. Ik wed dat je woedend bent.'

'Ja, verdomme, natuurlijk!'

'Iedereen denkt dat je ertoe in staat bent. Je collega's uit de garage willen je tot voorbeeld maken. En ik kan me heel goed voorstellen dat je van streek bent.'

'Jezus, logisch toch?'

'Doet je pols pijn?' vroeg Miller opeens.

'Wat?'

'Of je pols pijn doet. Je bent nu al zo'n tien minuten met dat elastiek aan het knallen. Vertel eens wat meer over dat elastiekje, Aidan. Hoort dat bij de therapie? Moet je het telkens laten knallen wanneer je onzuivere gedachten over kleine meisjes hebt? Hemeltjelief, nou, dan is dit wel een behóórlijk onzuivere dag.'

'Hou op, wilt u? U weet nergens iets vanaf. Ik doe het niet met kleine kinderen. Ik heb nooit iets met kleine kinderen gedaan.'

'Dus dan is een moeder van drieëntwintig niet uitgesloten?'

'Hou op! U legt woorden in mijn mond. Ik ben alleen maar verliefd geweest op het verkeerde meisje, oké? Dat is het enige wat ik misdaan heb. Ik ben verliefd geworden op het verkeerde meisje, en daarmee heb ik mijn leven verziekt. Niets meer en niets minder.'

D.D. kwam de slaapkamer uit. Aidan schrok van haar plotselinge verschijning, en ze zag dat hij zich nu pas realiseerde dat ze in zijn slaapkamer had gekeken. Hij sloeg zijn blik neer. Ze hield ervan wanneer leugenaars voorspelbaar waren.

'Hé, Aidan, zou je me een rondleiding willen geven?'

Zijn glimlachje was bitter. 'Volgens mij heeft u zelf al rondgekeken.'

'Ja, maar mijn nieuwsgierigheid is nog niet helemaal bevredigd. Ik wil graag een kijkje met jou samen nemen.'

'Nee.'

'Nee?' vroeg ze met gespeelde verbazing. 'Kom, Aidan, je hebt tot nu toe zo goed meegewerkt. Denk aan wat Miller heeft gezegd. Hoe eerder we ervan verzekerd kunnen zijn dat jij er niets mee te maken hebt, hoe eerder we dat aan de buitenwacht kunnen melden. Ik weet zeker dat Vito dolblij zal zijn als hij hoort dat zijn favoriete monteur weer gewoon aan de slag kan.'

Aidan gaf geen antwoord. Hij speelde ook niet meer met het elastiek. In plaats daarvan schoot zijn blik schichtig door de kamer. Hij zocht wanhopig naar een uitweg. Niet letterlijk. Maar via een leugen, via een excuus. De magische woorden die zijn probleem van het ene op het andere moment lieten verdwijnen.

Er wilde hem niets te binnen schieten, en ze keek naar hoe hij zijn schouders optrok, alsof hij zich schrap zette voor de dreun die hij elk moment verwachtte.

'Ik wil dat u nu weggaat,' zei hij.

'Aidan...' begon Miller.

'U bent helemaal niet gekomen om mij te helpen,' verklaarde het joch bot. 'En dat weten we allemaal, dus u kunt zich de moeite besparen. U ziet mij ook als een pedofiel. En het maakt geen bal uit dat ik mijn straf heb uitgezeten en dat ik trouw naar therapie ga en me aan de regels houd. Eens een zedendelinquent, altijd een zedendelinquent, nietwaar? Ik heb die vrouw niet aangeraakt. Dat heb ik tegen Vito gezegd, en tegen haar man...'

'Heb je dat tegen haar man gezegd?' viel D.D. hem in de rede.

'Ja.' Aidan keek haar uitdagend aan. 'Ik heb een praatje met haar man gemaakt. Hij scheen het verrekte interessant te vinden dat er een zedendelinquent bij hem in de straat woonde. Ik durf er zelfs iets om te verwedden,' voegde het joch eraan toe, waarbij hij haar berekenend aankeek, 'dat hij u alles over mij heeft verteld.'

D.D. zei niets.

'En dat komt hem goed van pas, vindt u ook niet? Want zegt u nou zelf. Op dit moment bent u hier, bent u míj aan het ondervragen, en dat betekent dat u niet tegelijkertijd dáár kunt zijn om hém te ondervragen. Volgens mij is het feit dat ik hier woon het beste wat meneer Jones ooit is overkomen. Ik vraag me af hoelang het nog duurt voordat hij de pers over mij vertelt. Wedden dat ze daarvan zullen smullen? Dus, inmiddels is wel duidelijk dat het niet alleen in mijn belang is dat mijn onschuld vast komt te staan, maar ook in het uwe. Want zolang u zich met mij blijft bezighouden, kunt u nooit iets tegen hem ondernemen. En volgens mij weet hij dat. Slimme jongen, die meneer Jones. Volgens mij weet hij heel veel meer dan hij laat blijken.'

D.D. zei geen woord. Ze hield haar gezicht strak en in de plooi. Alleen haar hand, op haar rug, balde zich tot een vuist.

'Laat me je kast zien, Aidan.'

'Nee, dank u wel.'

'Als je niet wilt dat ik je straks arresteer, kun je me nu beter helpen.'

Niet langer maakte Aidan de indruk van iemand die in de val zat – in plaats daarvan had hij nu iets verwaands en ongenaakbaars over zich gekregen. 'Ik waag het erop.'

'Weet je, Aidan, ik heb het niet zo op lieden zoals jij en meneer Jones. Wat ik ook kan doen, is jullie alle twee arresteren en het verder aan de rechtbank overlaten. Mij best.'

'Dat gaat niet. Meerdere verdachten leiden alleen maar tot extra twijfel.'

'Dat is waar, maar het kan maanden duren tot het voorkomt. En al die maanden zit jij dan in de gevangenis, zonder mogelijkheid op vrijlating of borg, terwijl ondertussen het gerucht de ronde doet dat er in cel elf een bekende zedendelinquent zit.'

Hij trok bleek weg. Pedofielen werden niet echt goed behandeld in de gevangenis. Gevangenen hielden er hun eigen code op na van wat wel en niet ethisch was, en volgens het in de gevangenis gehanteerde systeem was het neuken van een pedofiel de aangewezen manier om aan je eigen reputatie te werken en de wereld tot een betere plek te maken.

Aidan had gelijk gehad toen hij zei dat zijn leven verziekt was – dat was het inderdaad, en dat betekende dat hij behoorlijk klem zat.

Toch had ze opgekeken van zijn slimme inzicht en het plotselinge lef waarvan hij ineens blijk had gegeven.

'Ik heb die vrouw niets gedaan,' bleef hij stug volhouden. 'Maar ik heb wel iets gezien.'

D.D. spitste haar oren, en ook Miller ging rechtop staan. Het was een beetje laat voor een dergelijke onthulling, en helemaal vertrouwen deden ze hem dan ook niet.

'Woensdagavond laat hoorde ik een geluid. Ik werd er wakker van. Ik moest plassen. Dus ik stond op. En toen ik door het raam keek...'

'Welk raam?' onderbrak D.D. hem.

'Het keukenraam, boven het aanrecht.' Aidan wees, en ze liep naar het keukenblok. De meeste huizen in Southie waren rijtjeshuizen, maar het huis naast dat van Aidan was vrijstaand en stond een stuk verder van de straat af, waardoor je door dit raam een deel van die straat kon zien.

'Ik zag een auto langskomen. Hij reed langzaam, net alsof hij net ergens was weggereden. Normaal zoek je daar niets achter, maar om één uur 's nachts gaan hier niet veel mensen hun huis uit.'

D.D. zei niets, maar ze bedacht dat Aidans buurman, Jason Jones, zo ongeveer elke nacht in de kleine uurtjes thuiskwam.

'De auto viel op,' ging Aidan verder, 'omdat hij een groot aantal antennes had. Het was een soort limousine, of zo'n speciale auto van een hulpdienst, of zo.'

'Kleur?' vroeg Miller,

De jongen haalde zijn schouders op. 'Donker.'

'Kenteken?'

'Om één uur 's nachts? U denkt toch niet dat ik röntgenogen heb, hè?'

'Waar kwam die auto vandaan?'

'Uit de richting van het huis van Sandy Jones.'

'Je weet hoe ze heet,' zei D.D. op scherpe toon.

Aidan keek haar fel aan. 'Iedereen weet hoe ze heet. Dankzij die persconferentie waarop u dat aan de hele wereld heeft verteld.'

'Speel je een spelletje met ons, Aidan? Wel handig, hoor, dat je opeens een getuigenverklaring hebt.'

'Ik had het bewaard. Niks voor niks geven, nietwaar? Jullie willen me arresteren, dus beschouw het maar als een troostprijs. Ik heb die vrouw niets gedaan, maar als het jullie lukt om die auto te vinden, misschien vinden jullie dan ook de dader. En als ik me niet vergis, heb ik al gezegd dat dat in ons beider belang zou zijn.'

D.D. moest toegeven dat ze onder de indruk was van het joch. Ze had hem onderuit willen halen, maar in plaats daarvan was er van het gezamenlijk doorzoeken van zijn kast ineens geen sprake meer.

Ze keek naar Miller en zag dat hij er net zo over dacht als zij. Ze waren klaar hier. Waar of niet, ze moesten het doen met een vage beschrijving van een mysterieuze auto.

'We zullen contact opnemen met je reclasseringsambtenaar,' liet ze Aidan weten.

Het joch knikte.

'En mocht je verhuizen, dan laat je ons dat natuurlijk weten.'

'En natuurlijk krijg ik politiebescherming nadat ik tot moes ben geslagen,' luidde zijn reactie.

'Dan zijn we het met elkaar eens.'

Zij en Miller liepen de gang door en verlieten het pand. Aidan volgde hen en deed de deur achter hen op slot.

'Nou, dat was lachen, gieren, brullen,' zei Miller, toen ze op weg waren naar de auto.

'Hij heeft iets in zijn kast. Een computer, een kluisje, iets in die geest.'

'Zoveel huiszoekingsbevelen en zo weinig concrete aanleiding,' verzuchtte Miller.

'Je meent het.'

Ze waren bij de auto. D.D. keek nog een laatste keer achterom. Haar blik ging over het langwerpige, smalle terrein, en de bomen in de achtertuin die zorgden voor iets van privacy tussen het bescheiden huis van Aidans hospita en het duurdere huis van de buren. 'Wacht even,' riep ze opeens. 'Ik moet iets controleren.'

D.D. jogde om het huis heen, terwijl Miller haar verbaasd bleef nakijken. Ze had er maar twee minuten voor nodig. Als kind was ze altijd al heel goed geweest in bomen klimmen, en de vele dikke zijtakken van de oude eik vormden een ideale ladder. Ze klom erin, controleerde het uitzicht, klauterde weer naar beneden en keerde terug naar de auto voordat iemand haar zou zien.

'Hou je vast,' riep ze, toen ze bijna bij de auto was. Ze trok het portier open en stapte in terwijl Miller de motor startte. 'Vanuit die boom in de achtertuin kijk je rechtstreeks de slaapkamer van Sandy en Jason binnen.'

'Gore leugenaar,' mompelde Miller.

'Ja, maar is hij de gore leugenaar die we zoeken?'

'Hij bezorgt me geen warme kriebels.'

D.D. knikte peinzend terwijl Miller wegreed. Ze waren nog niet eens de brug over toen Millers radio tot leven kwam. Hij nam de oproep aan, drukte op de schakelaar van de zwaailichten, rukte aan het stuur en reed plankgas terug, Zuid-Boston weer in.

D.D. hield zich vast aan het dashboard. 'Wat is er...'

'Dit geloof je nooit,' viel Miller haar opgewonden in de rede. 'Melding van een incident – op de school van Sandra Jones.'

Hoofdstuk 19

Jason en Elizabeth Reyes hadden zojuist haar lokaal verlaten toen Jason van achteren door iets hards werd getroffen. Hij wankelde, wist overeind te blijven, maar kreeg toen een tweede dreun tegen de achterkant van zijn linkerknie te incasseren.

Hij landde languit op zijn gezicht en voelde hoe de lucht uit zijn longen werd geperst. Het volgende moment werd hij besprongen door een kleine gestalte die zijn nek, de zijkant van zijn gezicht en zijn kruin met zijn vuisten begon te bewerken. Jasons was op zijn handen gevallen, waardoor ze onder zijn maag geklemd zaten en als harde knobbels tegen zijn nieren drukten, en hij had even nodig om zijn armen onder zijn romp vandaan te werken, half overeind te komen en op te kijken, maar op dat moment kreeg hij de scherpe, harde kant van een boek tegen zijn gezicht gemept.

'Je hebt haar vermoord, je hebt haar vermoord! Schoft die je bent, gore, vuile klootzak! Ze heeft me voor je gewaarschuwd! Ze heeft me gewaarschuwd!'

'Ethan! In vredesnaam, Ethan Hastings, hou daarmee op!'

Ethan Hastings trok zich niets aan van Lizbets bevel. Voor zover Jason in zijn versufte toestand kon nagaan, had de computerfreak een boek in zijn handen en wist hij precies hoe hij dat als wapen kon gebruiken. Hij had een punt ervan in zijn oog gekregen en voelde het bloed over zijn wang lopen nadat het jong hem een volgende dreun had verkocht.

Rennende voetstappen. Anderen hadden de opschudding gehoord en kwamen aangesneld.

'Ethan, Ethan,' riep een mannenstem vanaf het begin van de gang. 'Ga van hem af. Nu metéén!'

Sta op, sta op, sta op, schoot het door Jason heen. Verdomme nog aan toe, zet je handen op de vloer en STA OP.

'Ik hield van haar. Ik hield van haar. Ik hield van haar. Hoe durf je! Hoe dúrf je!'

De derde dreun trof Jason vlak onder zijn oor, en hij zag sterretjes. Ineens werd alles wazig om hem heen, en hij voelde hoe zijn ogen probeerden weg te draaien in hun kassen. Zijn borst leek te klein, hij kon geen lucht krijgen en het was alsof zijn longen vlam hadden gevat. Hij zou flauwvallen. Maar dat kon hij zich niet veroorloven.

'Ik haat je, verdomme!'

Even onverwacht als het was begonnen, was het ineens ook weer afgelopen. De voetstappen waren dichterbij gekomen, sterke mannenarmen grepen de uitzinnige achtsteklasser beet en trokken hem, schoppend en trappend, van Jasons rug. Jason maakte van het moment gebruik door zich om te draaien, maar hij had nog steeds moeite met ademhalen. Zijn borst deed pijn. Zijn hoofd, zijn rug, en zijn linker knieholte, die een keiharde klap van een zware encyclopedie te incasseren had gekregen. Godsamme.

Lizbet keek met een bezorgd gezicht op hem neer. 'Gaat het? Blijf stil zitten. We bellen een ambulance.'

Nee, wilde hij zeggen, maar hij kreeg het woord niet over zijn lippen. Pas na enkele seconden lukte het hem om in te ademen, en zijn longen zogen de verse zuurstof gretig in zich op. Uitademend was het gemakkelijker om het woord te zeggen, ook al klonk het dan nog zo zacht en erbarmelijk. 'Nee.'

'Doe niet zo dom...'

'Nee!' Hij draaide zich weer op zijn handen en knieën en liet zijn dreunende hoofd hangen. En zijn been deed pijn. Zijn gezicht. Zijn borst was al beter. Gelukkig, dat was alweer een hele vooruitgang.

Hij wist overeind te krabbelen en werd zich bewust van een stuk of honderd tieners die met grote, geschrokken ogen naar hem stonden te kijken, en pakweg een tiental volwassenen die vooral een bezorgde indruk maakten. Ethan Hastings werd in bedwang gehouden door een man die de gymleraar bleek te zijn. Het joch, met zijn rode haar en gezicht vol sproeten, bleef zich uit alle macht verzetten, waarbij hij Jason onverhuld hatelijke blikken toewierp.

Jason bracht een hand naar zijn gezicht en veegde wat van het bloed weg. En toen veegde hij nog meer bloed weg. Het joch had hem behoorlijk geraakt vlak bij zijn linkeroog, maar dat zou wel weer helen.

'Wat is hier in vredesnaam...' Eindelijk was het hoofd ter plekke gearriveerd. Phil Stewart wierp een blik op Jasons bloedende gezicht, keek naar Ethans van woede vertrokken gezicht en begon bevelen uit te delen. 'Jij,' zei hij, op Ethan wijzend, 'naar mijn kantoor. En de rest,' nu wees hij op de andere kinderen, 'terug naar jullie lokaal.'

Het woord van het hoofd was wet. De kinderen verdwenen even

snel als ze waren verschenen, en Jason volgde Ethan Hastings de gang door. Lizbets hand lag bezorgd op zijn elleboog. Hij probeerde te bevatten wat hem was overkomen, maar hij snapte er niets van.

'Ree?' vroeg hij zacht,

'Ze is nog in de gymzaal. Ik vraag Jenna wel of ze haar naar de klas huishoudkunde wil brengen. Daar zijn ze meestal bezig met koekjes bakken, dus daar is ze dan wel een tijdje zoet.'

'Dank je.' Ze waren bij de ziekenboeg gekomen. Elizabeth duwde hem voor zich uit naar binnen, waar hij werd opgevangen door een geschokt kijkende, wat oudere verpleegster in een operatieschort met een patroontje van katten erop.

'Heeft u een potje trefbal gespeeld? Op uw leeftijd?' vroeg ze.

'Wist u dat die jonge computerfreak onverwacht snel is voor zijn lengte?'

De verpleegster keek naar Elizabeth. 'Er was een incident,' zei Sandy's collega. 'Meneer Jones hier is aangevallen door een leerling.'

De ogen van de verpleegster werden nog groter. Om de een of andere reden voelde Jason zich in zijn mannelijkheid aangetast, en hij vond het nodig om eraan toe te voegen: 'Hij had een boek!'

Daarmee leek de spanning gebroken, en de verpleegster ging aan de slag. Ze onderzocht de wond bij zijn oog en gaf hem ijs voor de snel groeiende bult op zijn hoofd. 'U neemt zometeen twee aspirientjes, en daarna moet u acht uur slapen,' zei ze.

Hij wilde lachen. Acht uur slapen? Acht dagen, dat was wat hij nodig had. Maar dat kon hij wel vergeten. Dat zat er niet in.

Hij wankelde de ziekenboeg uit en keerde terug naar de administratie, waar, zo vermoedde hij, het avontuur nog maar net was begonnen.

Phil Stewart zat achter een indrukwekkend eikenhouten bureau – het soort bureau dat bedoeld was om zowel leerlingen als hun ouders ontzag in te boezemen. Links op het bureau stond een kleine, flatscreen monitor met een ingewikkeld uitziende telefoon ernaast. De rest van het bureau was leeg, afgezien van een vloeiblad en Phils in elkaar geslagen handen.

Ethan Hastings zat op een stoel in de spreekwoordelijke hoek. Hij keek op toen Jason binnenkwam, en even leek het alsof hij opnieuw tot de aanval wilde overgaan.

Jason besloot te blijven staan.

'Ik heb Ethans ouders gebeld,' verklaarde het hoofd kortaf. 'En de politie. Dit soort wangedrag van een leerling is een ernstige zaak. Ik heb Ethans ouders al laten weten dat hij de komende vijf dagen niet op school hoeft te komen, en we maken een afspraak met de onderwijscommissie voor een hoorzitting. U, meneer Jones, hebt alle recht om een officiële aanklacht in te dienen, als u dat wenst.'

Ethan trok bleek weg, waarna hij zijn handen tot vuisten balde en strak naar de vloer keek.

'Dat lijkt me niet nodig,' zei Jason.

'Heeft u al in de spiegel gekeken?' vroeg Phil op droge toon.

Jason haalde zijn schouders op. 'Ik weet hoe emotioneel deze periode is. Zowel voor Ethan als voor mijzelf.'

Als hij gehoopt had op contact met de roodharige jongen, dan had hij het mis. Ethan wierp hem opnieuw een dreigende blik toe, en op hetzelfde moment ging de deur van het kantoor open en stak Adele haar hoofd om het hoekje.

'De politie is er.'

'Laat ze maar binnen.'

De deur ging verder open en tot Jasons onaangename verrassing zag hij inspecteur D.D. Warren en haar hulpje, brigadier Miller, over de drempel stappen. De recherche? Hij had gewone geüniformeerde agenten verwacht. Maar misschien had dit tweetal de oproep wel over de radio gehoord, en hadden ze er hun eigen conclusie aan verbonden.

Jason wierp een treurige blik op Ethan Hastings in het besef dat de aframmeling op zich niets was in vergelijking met de verregaande gevolgen daarvan.

'Inspecteur D.D. Warren,' stelde de vrouw zich voor, en Miller volgde haar voorbeeld. Ze gaven Phil een hand, knikten naar Ethan en trakteerden Jason op de ijzige blik die de meeste smerissen voor seriemoordenaars reserveerden.

Treurende echtgenoot, bracht hij zichzelf opnieuw in herinnering, maar hij had inmiddels al geen zin meer in doen alsof.

'We hoorden dat hier een incident was,' zei Warren.

Phil wees op Ethan, die zijn schouders zo hoog mogelijk had opgetrokken. 'Ethan?' vroeg hij zacht.

'Het is zijn schuld,' riep de jongen onverwacht fel uit, waarbij hij met een heftig gebaar op Jason wees. 'Mevrouw Sandra heeft me voor hem gewaarschuwd. Ze had me gewáárschuwd!'

Nu lag er, behalve die ijzigheid, ook nog iets van voldoening in

D.D.'s blik. 'En wat heeft mevrouw Sandra dan over hem verteld, Ethan?'

'Ze was erg jong toen ze trouwde,' zei de jongen ernstig. 'Achttien. Dat is niet veel ouder dan ik nu ben, weet u.'

De volwassenen zeiden niets.

'Maar ze hield niet meer van hem,' hoonde de jongen, waarbij hij Jason aankeek. 'Ze heeft me verteld dat ze niet meer van u hield.'

Deden die woorden pijn? Jason wist het niet. Hij had zich teruggetrokken in zijn binnenste, en daar kon niets hem raken. Dat was de zin van zich terugtrekken in zijn binnenste. De enige reden waarom hij dat bedacht had toen hij te jong en te zwak was geweest om iets anders tegen de pijn te kunnen ondernemen.

'Sandy vertelde me dat ze samen met jou aan een project werkte,' zei Jason zacht. 'Ze zei dat je een voortreffelijke leerling bent, Ethan, en dat ze graag met je samenwerkte.'

Ethan kreeg een kleur en trok opnieuw zijn hoofd tussen zijn schouders.

'Hoe lang hou je al van haar?' drong Jason aan, terwijl hij zich ervan bewust was dat D.D. naast hem verstijfde en Phil Stewards ogen groot waren geworden van schrik.

'Nee...' begon het hoofd.

'U verdient haar niet!' riep Ethan uit. 'U doet niets anders dan werken. Ze is altijd alleen. Ik zou haar veel beter behandelen. Als ik zou kunnen, zou ik haar nog geen seconde alleen laten. Ik help haar met haar onderwijsmodule. En ik ga, alleen voor haar, mee naar de basketbalwedstrijden. Want als je van iemand houdt, dan doe je dat. Dan hou je diegene gezelschap en praat je met haar. Als je van iemand houdt, dan wil je zo veel mogelijk bíj diegene zijn.'

'Hoe vaak was jij bij mevrouw Sandra?' wilde inspecteur Warren nu weten.

'Elke dag. In het vrije uur. Ik heb haar alles geleerd over hoe je op internet surft, en hoe je dat moet uitleggen aan zesdeklassers. Ik ben heel goed met computers, weet u?'

Shit, dacht Jason. Shit, shit, shit.

'Ethan, ben je ooit uit geweest met mevrouw Sandra?' vroeg Warren.

'Ik zag haar elke donderdag bij het basketbal. Donderdagavond is voor mij het hoogtepunt van de week.'

'Ben je wel eens bij haar thuis geweest, of zijn jullie wel eens samen ergens naartoe gegaan?'

Phil Stewart zag eruit alsof hij een hartaanval nabij was.

Maar Ethan schudde zijn hoofd. 'Nee,' zei hij treurig, waarna hij zich ineens weer fel tot Jason wendde. 'Ze zei dat ik niet bij haar thuis mocht komen. Dat dat te geváárlijk was.'

'Wat heeft mevrouw Jones verder nog over haar man gezegd?' vroeg Warren.

De jongen haalde zijn schouders op. 'Van alles. Gewoon. Maar ze hoefde me niet alles uit te leggen, want ik zag het zo wel. Ze was zo eenzaam. Verdrietig. Op een keer moest ze zelfs huilen. Ze wilde bij hem weg, dat begreep ik zo. Maar ze was bang. Ik bedoel, moet je hem toch zien. Ik zou ook bang voor hem zijn.'

Allen keken automatisch naar Jason, naar zijn sombere ogen en zijn ongeschoren wangen. Hij richtte zijn blik weer op de vloer. *Treurende echtgenoot. Treurende echtgenoot.*

'Ethan, zo te horen hebben jij en mevrouw Sandra veel met elkaar gesproken. Heb je haar misschien ook e-mails gestuurd? Of haar op haar mobiele telefoon gebeld? Of heb je op een andere manier contact met haar gehad?' wilde de inspecteur weten.

'Ja, natuurlijk. Maar ze wilde niet dat ik te vaak zou schrijven. Ze wilde niet dat haar man achterdochtig zou worden.' De zoveelste woedende blik.

'Dus dan zagen jij en mevrouw Sandra elkaar ook buiten schooltijd?' Eindelijk bemoeide ook Phil Stewart zich met het gesprek. Hij was zichtbaar verschrikkelijk bezorgd.

Maar Ethan schudde zijn hoofd. 'Ik zei toch al dat we elkaar in het vrije uur troffen. En op donderdagavond, bij het basketballen.'

'Wat deden jullie verder nog tijdens die wedstrijden?' vroeg Warren.

'Hoe bedoelt u?'

De inspecteur haalde haar schouders op. 'Gingen jullie samen wandelen? Ik weet niet, blokjes om de school of zo? Of gingen jullie naar een lokaal om ongestoord te kunnen praten? Zoiets?'

De jongen keek gekwetst. 'Natuurlijk niet. Ze had haar dochter bij zich. Ze kon moeilijk gewoon weggaan en Ree alleen laten. Mevrouw Sandra is een heel goede moeder!'

Warren wierp een zijdelingse blik op Jason. 'Ik werk op donderdagavond,' zei hij zacht, zonder dat hem dat nog gevraagd was. 'Dus ja, ze moet Ree bij zich hebben gehad.'

De inspecteur knikte kort, en hij vermoedde dat ze door dezelfde vragen werd beziggehouden als hij. Het was duidelijk dat Ethan dacht dat hij een soort verhouding met Sandy had. Hoe ver was die verhouding gegaan? Was het een echte, fysieke relatie geweest tussen een lerares en haar leerling? Of bestond die zogenaamde relatie alleen maar in de fantasie van een sociaal onbeholpen kind?

Bij nader inzicht was er niet zo heel veel verschil tussen Sandy's blonde haren en jeugdige uiterlijk en dat van andere, jonge blonde docentes die onlangs gearresteerd waren voor hun ongepaste relatie met een minderjarige leerling. En Ethan zat er waarschijnlijk helemaal niet zo ver naast – Sandra had zich vast eenzaam en verwaarloosd gevoeld, en gestrest doordat ze er als moeder een baan bij had. Ethan was, zo te zien, een aandachtige luisteraar die geen gelegenheid onbenut zou laten om haar met complimentjes en aandacht te overladen.

Maar hij was en bleef een minderjarige. Jason wilde graag geloven dat, áls zijn vrouw hem had bedrogen, ze dat niet met een jongen van dertien had gedaan. Maar ja, vermoedelijk hadden die andere echtgenoten dat ook gedacht.

Opnieuw werd er zachtjes en discreet op de deur geklopt. Adele opende hem een klein stukje en verscheen. 'Ethans ouders zijn er,' zei ze.

Stewart knikte, en de deur ging verder open voor Ethans intens geschokte en onthutste vader en moeder.

'Ethan,' riep zijn moeder uit, terwijl ze zich langs de staande volwassenen naar haar zoon toe haastte. Ethan sloeg zijn armen om het middel van zijn moeder en veranderde op slag van een donjuan in spe in een angstig klein jongetje. Ze hadden hetzelfde haar, schoot het afwezig door Jasons hoofd. Het korte, rode bobkapsel van de vrouw versmolt met de verwarde rossige pieken van haar zoon. Ze leken als twee druppels water op elkaar.

Hij dwong zichzelf terug te keren naar zijn binnenste, naar die magische plek waar niets hem kon raken.

'Ik begrijp het niet,' begon de vader, maar toen zag hij de pleister op Jasons gezicht. 'Is hij ú te lijf gegaan? Een volwassen man?'

'Hij heeft een veelbelovende rechtse hoek,' zei Jason, en toen de man bleek wegtrok, haastte hij zich eraan toe te voegen: 'Wees maar niet bang, ik dien geen aanklacht in.'

Inspecteur Warren nam hem met hernieuwde interesse op.

'Ethan was van streek,' ging Jason verder. 'Dat kan ik begrijpen. Zelf heb ik ook geen al te beste week.'

De vader leek zo mogelijk nog meer van zijn stuk gebracht, maar Jason vond dat hij voldoende had gezegd. Voor hem was de maat vol. Hij had genoeg gehad. Hij ging naar huis.

Zonder afscheid te nemen draaide hij zich om en ging weg terwijl hij achter zich hoorde hoe Stewart de ouders, die waarschijnlijk altijd van die computerfreak van een zoon van hen hadden gedacht dat hij nog geen vlieg kwaad zou willen doen, over het 'zogenaamde incident' vertelde, en wat daarvan de gevolgen voor Ethan zouden zijn.

Bij de uitgang van de school haalde inspecteur Warren Jason in. Daar keek hij niet van op. Hij was moe en uitgeteld, dus natuurlijk wilde ze daar zo veel mogelijk haar voordeel mee doen.

'Gaat u nu al weg?' riep ze hem achterna.

'Ik moet mijn dochter halen.'

'Heeft u eindelijk een betrouwbare oppas voor haar gevonden?'

Hij draaide zich om en hield zijn gezicht in de plooi. Hij weigerde te happen. 'Ze zit bij huishoudkunde. Ik heb me laten vertellen dat ze daar koekjes bakken.'

'Ze mist haar moeder, hè?'

Hij zei niets.

'Het moet ook wel moeilijk voor haar zijn – vier jaar oud, en degene die haar moeder als laatste levend heeft gezien.'

Hij zei nog steeds niets.

D.D. sloeg haar armen over elkaar en ging wat dichter bij hem staan. Ze had, in die spijkerbroek en met die lange benen van haar, een agressieve manier van lopen. Een alfa die haar kansen inschatte. 'En hoe is het met uw kat?'

'Goed.'

'Uw dochter was vast heel blij toen Mr. Smith er ineens weer was.'

'Nou, ze huilde om haar moeder.'

'En daar gaat uw enige theorie – dat een liefhebbende vader zoals u het huisdier van zijn kind nooit iets aan zou doen.'

Jason zei nog altijd niets.

D.D. deed nog eens twee stapjes naar hem toe, en wees met haar kin achterom, op het kantoor van het hoofd van de school. 'En wat vindt u van uw concurrent? Hij mag dan jong zijn, maar zo te horen bracht hij meer tijd met uw vrouw door dan uzelf.'

'Waarom gaat u niet met mevrouw Lizbet praten?' vroeg Jason.

'O? Was zij op de hoogte van de relatie tussen Sandy en Ethan?'

'Van de ware aard ervan, ja.'

'En wat is die ware aard, als ik vragen mag?'

'Verliefde leerlingen horen bij het vak. Dat kan elke leraar bevestigen.'

'Zo te horen is het meer dan een verliefdheid.'

'Misschien voor Ethan Hastings.'

'En was u boos toen u het ontdekte? Werd u jaloers? Vond u het nodig om Sandy op haar plaats te wijzen?'

'Ik kan met mijn hand op het hart zeggen dat ik niet het jaloerse type ben.'

D.D. trok haar wenkbrauwen op en keek hem ongelovig aan. 'Iedereen is het jaloerse type. Zelfs de dertienjarige Ethan, te oordelen naar de bult op uw hoofd.'

'Hij had een boek,' zei Jason automatisch. 'En daarmee heeft hij me van achteren aangevallen.'

D.D. keek hem vriendelijk glimlachend aan. 'Kom op, Jason,' zei ze, alsof ze de beste maatjes waren. 'Dit heeft nu toch lang genoeg geduurd. Vertel ons wat er woensdagavond gebeurd is. Iedereen weet dat stellen, en met name jonge, werkende stellen met kinderen, ruziemaken, en daar hebben we alle begrip voor. En laten we niet vergeten dat Sandy, een mooie en jonge vrouw, de meeste avonden alleen thuis was... Je werd kwaad. Misschien heb je dingen gezegd die je beter niet had kunnen zeggen. Misschien heb je dingen gedaan die je beter niet had kunnen doen. Hoe eerder je het ons vertelt, hoe eerder we hier een punt achter kunnen zetten. Je dochter heeft behoefte aan duidelijkheid. Denk je in hoe bang Ree is, hoe het voor haar moet zijn om 's ochtends wakker te worden met de herinnering aan haar moeders laatste woorden...'

Hij zei niets.

D.D. kwam zo dicht bij hem staan dat hij de geur van de zeep waar ze zich die ochtend mee gedoucht had, kon ruiken. Ze had blonde krullen die een beetje op die van Sandy leken. Mooi haar, had Ree gezegd, waarschijnlijk omdat ze haar moeder miste.

'Vertel me waar ze is,' fluisterde D.D. 'Vertel me waar Sandy is, Jason, en ik zorg ervoor dat ze weer thuiskomt bij Ree.'

Hij boog zich naar haar toe, zo ver dat zijn lippen bijna haar wang beroerden, en hij voelde de onwillekeurige huivering van haar lichaam. 'Waarom vraagt u dat niet aan Ethan Hastings?' fluisterde hij.

'Wat?' vroeg D.D. ongelovig, en ze deed een stapje naar achteren. 'Wil je een jongen van dertien beschuldigen?'

'Laten we de jeugd nooit onderschatten,' zei hij, met een strak gezicht. 'U zou eens moeten weten wat ik niet allemaal deed toen ik zo oud was...'

Er was een schaduw over D.D.'s gezicht gegleden. 'Jason,' zei ze kortaf, 'je mag dan heel slim zijn, maar soms ben je echt ontzettend stom.'

'Omdat ik weiger me te laten arresteren?'

'Nee, omdat je de puntjes niet met elkaar verbindt. Laat ik het anders zeggen. Je zegt dat jij niet degene bent die je vrouw iets heeft aangedaan...'

'En dat is ook zo.'

'Maar je dochter zegt dat er woensdagavond iemand jullie huis is binnengekomen en Sandy iets heeft aangedaan.'

'Dat klopt.' Deze keer klonk er emotie door in zijn stem.

'Jason, die dochter van jou weet iets. Meer dan ze bereid is te zeggen. Marianne Jackson is ervan overtuigd. En ik ook. En laat ik je dit zeggen: als je dochter zelfs maar één onverklaarbare sproet mocht vertonen, dan zal ik er persoonlijk voor zorgen dat je in de hel belandt.'

Even was hij te geschokt om iets te kunnen zeggen. 'Bedoelt u...' bracht hij toen stamelend uit. 'Bedoelt u...'

'We houden je nauwlettend in de gaten. Elke minuut van elk uur van elke dag. Zorg ervoor dat Ree niets overkomt.'

Toen begreep hij het – niet alleen het dreigement maar ook, veel subtieler, de waarschuwing die de inspecteur hem gaf. Ree was de laatste die Sandy in leven had gezien. Ree wist meer dan ze op dit moment wilde of kon zeggen. Ree had de sleutel om de puzzel op te lossen.

Wat betekende dat degene die Sandy iets had aangedaan, meer dan zomaar een motief had om...

Jason was niet bij machte de gedachte te voltooien. Zijn borst voelde alsof hij op slot zat. Angst of woede? Hij wist het niet. Misschien was er voor een man als hij wel geen verschil tussen die emoties.

'Niemand zal mijn kind ook maar één haar krenken,' hoorde hij zichzelf zeggen. 'Ik zal ervoor zorgen dat haar niets overkomt.'

D.D. keek hem aan. 'O ja? En hoe vaak dacht je hetzelfde over je vrouw?'

Jason Jones liep met grote stappen verder. D.D. liet hem gaan. Ze keerde terug naar het kantoor van het hoofd van de school, waar zij en Miller Ethan opnieuw aan een verhoor onderwierpen maar daar niet veel verder mee kwamen. Ethan Hastings was ervan overtuigd dat Jason Jones het kwaad in eigen persoon was, maar kon desondanks geen enkele overtuigende reden noemen waarom Sandra Jones beweerd zou hebben dat haar man gevaarlijk was. De jongen had in haar zijn heldin gevonden, en in Jason Jones de boze draak.

Zijn ouders waren diep aangeslagen, en de vader ging zelfs zo ver dat hij D.D. terzijde nam om haar te vertellen dat zijn zwager, Ethans oom, voor de staatspolitie werkte...

D.D. had niet het hart om hem te zeggen dat een familielid bij de staatspolitie bij lange na niet voldoende is om bij de gemeentepolitie van Boston in een goed blaadje te komen.

Zij en Miller maakten aantekeningen van Ethans verklaring, namen zijn mobiel in beslag om te kijken of er belastende boodschappen tussen hem en zijn drieëntwintigjarige lerares op te vinden waren, en gingen op zoek naar Elizabeth Reyes, alias mevrouw Lizbet, die een wat meer objectieve kijk op de situatie had.

Tegen de tijd dat ze klaar waren op school, was het vijf uur en had D.D. onweerstaanbare trek in lasagne.

'Je bent walgelijk opgewekt,' vond Miller.

'Het was een goede dag,' beaamde ze.

'Ja, maar we hebben Sandra Jones nog steeds niet gevonden, en intussen hebben we er een derde verdachte bij – onze dertienjarige Romeo.'

'Ik geloof niet dat Sandra Jones een seksuele relatie met Ethan Hastings had. Maar ik verheug me op het onderzoek van zijn mobiele telefoon.'

Miller keek haar van terzijde aan. 'Daar ben ik helemaal nog niet zo zeker van. Kijk je naar dezelfde nieuwszender als ik? Het lijkt wel alsof alle knappe leraressen er tegenwoordig een verhouding met jongens uit de achtste klas op na houden.'

'Dat is waar.' D.D. trok haar neus op. 'Maar volgens mij is dat bij Sandra niet het geval. Ik bedoel, werkelijk, iemand met zo'n uiterlijk als zij heeft over mannelijke aandacht beslist niet te klagen.'

'Het is een kwestie van dominantie,' wist Miller te vertellen. 'Het is deze vrouwen niet te doen om een gelijkwaardige relatie. Ze willen iemand die precies doet wat ze van hem verlangen. En aangezien volwassen mannen niet bekend staan om hun meegevende aard, storten ze zich op de jonge jongens.'

'Dus dan ligt het volgens jou aan testosteron?' D.D. trok haar wenkbrauwen op. 'Hm, nou, misschien dat ik dan meer tijd op de lokale school zou moeten doorbrengen.' Ze blies de lucht uit haar longen. 'Pff. Maar ik blijf erbij dat Sandy volgens mij niets met Ethan had. Hoe zou ze ook kunnen? Ze was altijd samen met haar kind.'

Miller dacht na. 'Misschien was het dan wel zo'n, hoe noem je dat, gevoelsrelatie. Sandy verleidde Ethan met sms'jes en e-mails, en zo. Dan ontdekt haar man die berichten, en heeft hij haar in een aanval van jaloezie vermoord.'

'Of ze vertelde het aan de plaatselijke pedofiel, Aidan Brewster, en híj vermoordde haar in een aanval van blinde jaloezie. Je hebt gelijk, we hebben te veel verdachten. Maar laten we dat positief zien.'

'Positief?'

'Sandra Jones' vermeende relatie met haar leerling is waarschijnlijk voldoende aanleiding om haar computer in beslag te kunnen nemen.'

Daar fleurde Miller van op. 'Een goede dag,' beaamde hij.

Hoofdstuk 20

*Het enige wat in het leven lijkt te tellen, zijn de hoogtepunten. Alle belang-
rijke mijlpalen worden zo groot mogelijk gevierd – de eenentwintigste verjaardag, het verlovingsfeest, de huwelijksreceptie, de aanstaande geboorte. We
organiseren feesten en jubelen en juichen om dit soort momenten volop te be-
leven want, nou ja, het zijn de hoogtepunten.*

*Net zo zetten we ons schrap voor de grote klappen. De buurt die zich inzet
voor de overlevenden van een brand waarbij slachtoffers zijn gevallen. De fa-
miliebijeenkomst voor de begrafenis van de aan kanker overleden jonge vader.
De beste vriendin die blijft slapen om je gezelschap te houden op je eerste
weekend als gescheiden moeder. We zien de ingrijpende gebeurtenissen aankomen en stellen ons in op de hoofdrol die er in ons persoonlijke drama van ons
wordt verwacht. Daar worden we sterker van. Moet je mij zien, ik heb het
overleefd.*

*Maar ondertussen zien we de tussenliggende momenten over het hoofd.
Het dagelijkse bestaan dat is zoals het is. Niets te vieren. Niets te betreuren.
Alleen maar dingen die gebeuren moeten.*

*Ik ben ervan overtuigd dat dit de momenten zijn die ons uiteindelijk maken
of breken. Net als de golven die dag in dag uit tegen dezelfde rotskust slaan,
het steen eroderen en de kustlijn bepalen, zit de ware kracht, maar daarmee
ook al het verborgen gevaar, in de gewone, dagelijkse dingen van ons leven. De
dagelijkse dingen die we doen, of juist niet doen, zonder zelfs maar even stil te
staan bij de langetermijngevolgen van dergelijk onbeduidend handelen.*

*In die zin kan ik zeggen dat er voor mij een eind kwam aan de wereld
zoals ik die kende op zaterdag 30 augustus, de dag waarop ik een iPod voor
Jasons verjaardag kocht.*

*Ree en ik waren samen gaan winkelen. Ze had nieuwe schoolkleren nodig,
en ik wilde een paar spullen kopen die ik nodig had voor de inrichting van
mijn klas. We gingen het warenhuis binnen, zagen de iPods, en ik moest onmiddellijk aan Jason denken. Hij luisterde graag naar muziek, en sinds een
paar weken probeerde hij dagelijks een uurtje te joggen. Met een iPod zou hij
die beide dingen kunnen combineren.*

*We smokkelden het apparaatje verstopt tussen mijn schoolspullen het huis
binnen. Later, toen hij en Ree in de woonkamer aan het stoeien waren, stopte*

ik de iPod onder een stapeltje pannenlappen in de keukenla, dicht in de buurt van de computer.

Op de terugweg naar huis hadden Ree en ik hadden alles al bedacht. Hoe we de iPod stiekem van urenlange rock-'n-roll zouden voorzien – dit in plaats van de klassieke muziek waar Jason zo van hield. Door de film Flushed Away *had Ree de muziek van Billy Idol en Fatboy Slim leren kennen. Op zondagochtend, wanneer Jason wel eens langer uitsliep dan gewoonlijk, maakte Ree hem de laatste tijd bij voorkeur wakker door keihard* Dancing With Myself *op te zetten. Want niets krijgt een liefhebber van George Winston sneller uit bed dan een Engelse rocker.*

We waren bijzonder in onze nopjes met onszelf.

Zaterdagavond was familieavond, dus we hielden ons koest. Zondagmiddag om vijf uur kondigde Jason aan dat hij naar kantoor moest. Hij moest een paar bronnen nagaan, een opzet maken voor een artikel over de Ierse pubs in Southie, enzovoort, enzovoort. Ree en ik moesten ons beheersen om hem niet het huis uit te duwen. Dinsdag was hij jarig, en dan moest alles klaar zijn.

Ik begon met het opstarten van de familiecomputer. Mr. Smith sprong op de tafel om de operatie te superviseren, en maakte het zich gemakkelijk naast de warme monitor vanwaar hij me, met die goudkleurige ogen van hem, aandachtig in de gaten kon houden.

Zoals voor de meeste elektronica moest er voor de iPod speciale software ge-installeerd worden. Ik ben lang niet zo bedreven in de omgang met computers als Jason, maar de meeste downloads zijn simpel genoeg voor idioten zoals ik. Ja hoor, de installatiewizard kwam op het scherm, en ik klikte er vrolijk op los. Natuurlijk was ik het met de voorwaarden eens. Klik. En vervolgens was het klikken op elk venstertje met 'volgende'.

'Zie je wel, ik ben slimmer dan je dacht,' zei ik tegen Mr. Smith. Hij keek me aan en geeuwde.

Ree was al bezig met het maken van een selectie van haar cd's. Hoe meer ze erover nadacht, des te meer ze ervan overtuigd raakte dat Jason ook wat muziek van Disney nodig had als tegenwicht voor Billy Idol. Misschien liep hij wel sneller op Elton Johns interpretatie van The Lion King*. Of op de muziek bij* Tarzan *van Phil Collins.*

De computer liet weten dat de iTunes-software geïnstalleerd was. Ree kwam aanzetten met een stapeltje cd's. Ik las een deel van de instructies door en wees haar hoe ze een cd in de computer moest doen en hoe de muziek ervan naar papa's iPod werd gekopieerd. Het was puur toveren, voor haar gevoel. Daar-na brachten we natuurlijk een bezoekje aan de onlinemuziekwinkel waar we een aantal klassieke nummers van Led Zeppelin en de Rolling Stones kochten en downloadden. Sympathy for the Devil *is altijd al mijn lievelingsnummer geweest.*

Voor ik het wist was het acht uur en was het tijd om Ree naar bed te brengen. Ik stopte de iPod terug op het plekje onder de pannenlappen. Ree graaide haar cd's bij elkaar en zette ze terug in de kast. Daarna was het hup naar boven, een snelle douche, tandenpoetsen, plassen, twee verhaaltjes, een liedje, even kroelen achter de oren van de kat, en ten slotte dan eindelijk rust.

Ik keerde terug naar de keuken en zette een kopje thee. De volgende dag was Labor Day, de laatste dag van mijn en Rees grote vakantie. Daarna begon de vaste routine van Ree's ochtends naar het peuterklasje brengen, waarna ik dan zou doorrijden naar mijn school. Jason zou haar om één uur halen, en dan moest ik om vijf uur weer thuis zijn omdat hij naar zijn werk moest. Een heel gedoe, alles bij elkaar, waarbij mijn man en ik elkaar nog maar nauwelijks te zien zouden krijgen.

Ik was zenuwachtig. Ik vond het spannend en was opgewonden. Ik was bang. Ik had willen werken. Mijn eigen geld willen verdienen. Niemand was verbaasder geweest dan ikzelf toen ik uiteindelijk voor het onderwijs had gekozen, maar ik had van het afgelopen jaar genoten. De kinderen keken naar me op, zogen de kennis in zich op, maar waren daarnaast heel gevoelig voor een vriendelijk woord. Ik hield van die momenten waarop ik, door iets speciaals te doen, een hele klas vol glimlachende gezichten zag. En ik vond het fijn om vijfentwintig kinderen 'juf Jones, juf Jones' te horen roepen. Dat kwam misschien doordat het niet de naam van mijn moeder was, en daardoor klonk 'juf Jones' me in de oren als iemand die hoogst competent en respectabel was.

Wanneer ik voor de klas stond, voelde ik me intelligent en wist ik mezelf meester van de situatie. Mijn eigen jeugd viel van me af, en in de ogen van de kinderen zag ik de volwassene die ik wilde zijn. Geduldig, met kennis van zaken en vindingrijk. Mijn dochter hield van me. Mijn leerlingen mochten me.

En mijn man... Van Jason wist ik het nooit zeker. Hij had me nodig. Hij respecteerde mijn wens om te werken, hoewel ik wist dat hij liever had dat ik thuisbleef bij Ree. Hij had me aangemoedigd om dit werk aan te nemen, hoewel we er ons thuis allemaal naar hadden moeten richten. Ik zei hem dat ik zelf iets wilde presteren, en hij had onmiddellijk een cheque uitgeschreven om mijn opleiding van te betalen.

Hij gaf me ruimte. Hij had vertrouwen in mijn beslissingen. Hij was vriendelijk.

Hij was een goed mens, hield ik mezelf keer op keer voor, en vooral op die avonden dat de schaduwen lang werden en ik weer het gevoel had dat ik helemaal alleen was.

Goed, ons huwelijk was een huwelijk zonder seks. Geen enkel huwelijk was immers volmaakt, nietwaar? Dit was volwassenheid. Begrijpen dat de mooie dromen die je als kind had gekoesterd nooit waarheid konden worden. Je sloot deals. Je offerde jezelf op voor je gezin.

Je deed wat goed was, ook al was dat dan niet volmaakt, en was je dankbaar voor al die avonden dat je kon inslapen zonder de weeige stank van verwelkte rozen.

De gedachte aan Jason deed me beseffen dat Ree en ik de volgende dag Jasons verjaardagstaart moesten bakken. Misschien was het een goed idee om de iPod nu alvast in te pakken, nu hij nog niet thuis was. Maar toen viel mijn blik op de computer en realiseerde ik me waar de zwakke plek in ons plan zat.

Jason werkte elke avond en nacht op de computer. Dat betekende dat hij, wanneer hij straks thuis zou komen en de computer op zou starten, onmiddellijk zou zien dat de menubalk ineens een icoon van iTunes bevatte.

En daarmee zou onze verrassing geen verrassing meer zijn.

Ik ging achter de computer zitten en bedacht wat ik zou kunnen doen. Ik zou het programma kunnen wissen. We hadden onze favoriete muziek al naar de iPod gekopieerd, dus het tijdelijk wissen van de iTunes-software maakte niets uit. Of...

Ik had een vage herinnering dat je dingen op het bureaublad kon wissen door ze naar de prullenbak te verwijzen. Maar alles wat je gewist had, bleef in die prullenbak totdat je het commando gaf om de prullenbak te legen. Misschien was het een idee om het icoon van iTunes naar de prullenbak te slepen zodat Jason het niet zou opmerken, en dan zou ik het daar kunnen laten zitten. Fluitje van een cent.

Alvorens de daad bij het woord te voegen, besloot ik mijn theorie uit te testen met een oud document van mijzelf. Ik vond de naam van de map, klikte hem aan en sleepte hem naar de prullenbak. Daarna klikte ik twee keer op het icoon van de prullenbak om te zien wat er gebeurd was.

De prullenbak ging open en ja hoor, daar zag ik het document dat ik had weggegooid. Verder zag ik een ander document dat 'Foto 1' heette.

En daar klikte ik op.

De korrelige zwart-witopname vulde het scherm.

En ik stak mijn vuist in mijn mond om te voorkomen dat mijn dochter me zou horen gillen.

De afstand van de school naar het huis van Sandra en Jason bedroeg iets van een kleine tien kilometer en was rond de acht minuten rijden. De korte rit stond garant voor een dagelijkse portie stress waarbij Ree naar locatie A gebracht en daarvandaan gehaald moest worden, en Sandra of Jason op tijd bij locatie B probeerden te arriveren.

Jason reed de afstand en telde de straten af, terwijl hij het stuur met beide handen stevig vasthield en bedacht dat acht minuten veel te krap was. Acht minuten waren onvoldoende om zijn emoties onder controle te krijgen. Acht minuten waren onvoldoende om alles wat met Ethan Hastings samenhing te verwerken. Acht minuten waren onvoldoende om de waarschuwende woorden van de inspecteur ten aanzien van zijn kind behoorlijk te kunnen evalueren. Acht minuten waren onvoldoende om zich voor te bereiden op wat hem te wachten stond.

Ree was de laatste die haar moeder woensdagavond in leven had gezien. De politie wist dat. Hij wist dat. En het lag voor de hand dat nog iemand anders dat ook wist.

Die ander, dat was degene die zijn vrouw had meegenomen. Degene die misschien terugkwam om Ree iets aan te doen.

'Papa, ik ben moe,' jengelde Ree vanaf de achterbank. Ze wreef haar oogjes. 'Ik wil naar huis.'

Zelfs Mr. Smith had genoeg van het luieren en keek Jason afwachtend aan. De kat wilde natuurlijk eten, en waarschijnlijk wilde hij ook water en op de bak.

'Gaan we nu naar huis, papa? Ik wil naar huis.'

'Ja, ja, dat weet ik.'

Maar hij wilde niet naar huis. Hij overwoog om ergens te gaan eten, en daarna een goedkoop hotelletje te zoeken. Of, beter nog, de tank vol te gooien en naar Canada te rijden. Maar vluchten was in deze tijd van controles totaal zinloos, en al helemaal met een kind van vier en een rode kater. Canada? Hij zou al blij mogen zijn als hij het tot aan de grens van Massachusetts bracht.

Ree wilde naar huis, en thuis was waarschijnlijk nog altijd hun beste optie. Hij had stalen deuren en extra beveiligde ramen. Een gewaarschuwd mens telt voor twee. Misschien dat hij niet alles had geweten wat zich in de wereld van zijn vrouw voltrok, en hij had dan ook niet gevoeld dat er gevaar dreigde. Nou, maar nu was hij op zijn hoede. En hij zou ervoor waken dat niemand, maar dan ook niemand in de buurt van zijn dochter kwam.

Of dat hield hij zichzelf in ieder geval voor.

Teruggaan betekende ook dat hem een leeg huis wachtte en dat hij het zonder het opgewekte welkom van Sandy moest doen. Of, erger nog, dat hij het op moest nemen tegen de media die intussen hun tenten in zijn voortuin hadden opgeslagen.

'Hoe heb je je vrouw vermoord, Jason? Met een mes of een revolver? Of heb je haar gekneveld? Dat was, gezien je ervaring, natuurlijk een koud kunstje voor je...'

Hij had een woordvoerder nodig, schoot het door hem heen. Zo ging dat tegenwoordig toch? Je wordt slachtoffer van een misdaad en je neemt mensen in dienst. Een advocaat om je belangen te behartigen, een woordvoerder die namens jou en je gezin naar buiten treedt, en een agent die zich bezighoudt met de aanbiedingen voor boeken en films. Recht op privacy? Eenzaamheid en afzondering om het verdriet in alle rust te kunnen verwerken?

Geen mens hield daar nog rekening mee. Je zwangere dochter werd ontvoerd en vermoord. Je dierbare vrouw werd in de metro om zeep gebracht. Het lichaam van je vriendin werd teruggevonden – in stukken gesneden in een koffer. Ineens was je niet langer de baas over je eigen leven, maar werd je eigendom van het journaal. Van een begrafenis plannen was geen sprake, want je moest je opwachting maken in het programma van Larry King. En de tijd nemen om je kind uit te leggen dat mama nooit meer thuis zou komen? Onmogelijk, want Oprah verwachtte je bij haar op de bank.

Misdaad stond gelijk aan beroemdheid, of je dat nu wilde of niet.

Hij was boos. Woedend, ineens. Zijn knokkels zagen wit, en hij reed veel harder dan de toegestane snelheid.

Hij wilde dit leven niet. Hij wilde zijn vrouw niet missen. En hij wilde niet doodsbang zijn om zijn enige kind.

Jason dwong zichzelf om diep adem te halen, om langzaam uit te ademen, om zijn voet op het gaspedaal te ontspannen en om oefeningen met zijn schouders te doen. Zet het van je af. Stop het veilig diep weg. Laat het los. En dan is het glimlachen geblazen, want je bent in beeld.

Hij draaide zijn straat in. Ja hoor, hij zag de vier bussen van de televisiezenders meteen. En de politie was er ook. De patrouillewagen stond voor zijn deur, en twee geüniformeerde agenten stonden met de handen in de zij naar de keurig aangeklede verslaggevers en de sjofel uitziende cameramannen te kijken. Plaatselijke zenders – het nieuws had de landelijke pers nog niet gehaald.

Wacht maar tot ze van Ethan Hastings hoorden. Dat zou de doorslag geven.

Ree keek met grote ogen toe. 'Is er feest, papa?' vroeg ze opgewonden. 'Misschien is iedereen wel blij omdat Mr. Smith weer thuis is.'

Hij nam gas terug voor de oprit, en de eerste flitslampen gingen af bij zijn raampje. Zonder te stoppen reed hij de oprit in en zette de motor uit. De media mochten niet op privéterrein komen, dus hij had alle tijd om zijn gordel los te maken, zijn kind te helpen en zich over de kat te ontfermen.

Treurende echtgenoot. Treurende echtgenoot. Camera's hadden telelenzen.

Hij zou Mr. Smith naar binnen dragen en Rees handje vasthouden. Dat zou ze een fraai plaatje opleveren – de echtgenoot met een dikke pleister op zijn hoofd, met een aantrekkelijke rode kater op de arm en zijn beeldschone dochtertje aan de hand. Ja hoor, dat zou hem beslist een aardige hoeveelheid fanmail opleveren.

Hij voelde zich weer leeg. Niet boos, niet verdrietig, niets. Hij was terug in zijn binnenste.

Mr. Smith stond op Jasons schoot naar de drukte buiten te kijken. Hij had zijn oortjes gespitst en maakte zenuwachtige, schokkende bewinkjes met zijn staart. Ree had haar gordel al los en keek haar vader afwachtend aan.

'Zou je aan deze kant van de auto kunnen uitstappen, lieverd?' vroeg hij zacht.

Ze knikte en liet haar blik over de menigte onbekende mensen gaan die zich op de stoep had verzameld. 'Pap?'

'Het is goed, schat. Dat zijn verslaggevers. Vragen stellen is hun werk, net zoals papa ook vragen moet stellen voor zijn werk, maar papa schrijft alles op terwijl de verslaggevers er op de televisie over vertellen.'

Ze keek hem weer aan, en hij zag aan haar vermoeide gezichtje dat ze zich zorgen maakte.

Jason ging verzitten en draaide zich naar haar om. Terwijl hij zijn hand op de hare legde, zei hij: 'Ze moeten op de stoep blijven, lieverd. Dat is de wet. Dus ze kunnen niet bij ons binnenkomen. Maar als we zo uit de auto stappen, dan is het even heel erg druk. Ze zullen ons allemaal tegelijk allemaal vragen stellen, en stel je voor – dat doen ze zonder hun vinger op te steken.'

Ree keek hem verbaasd aan. 'Ze steken hun vinger niet op?'

'Nee. Ze praten allemaal tegelijk en schreeuwen om boven elkaar uit te komen. Netjes om de beurt praten kennen ze niet, en van 'sorry' hebben ze nog nooit gehoord.'

Ree knipperde met haar ogen. 'Daar zou juf Suzie niet blij mee zijn,' verklaarde ze stellig.

'En dat ben ik helemaal met haar eens. En als we zo uitstappen, zul je begrijpen waarom het zo belangrijk is om op school altijd je vinger op te steken, want als je dat niet doet...'

Hij wees op het opgewonden stel op de stoep, en Ree slaakte een zucht van irritatie. Haar angst en bezorgdheid waren verdwenen. Ze was zover dat ze uit kon stappen, en ze zou haar hoofd schudden om die schreeuwerige, slechtgemanierde volwassenen.

Jason voelde zich ook beter. Zijn dochter van vier wist meer dan die jakhalzen daarbuiten, en dat moest hij voor ogen blijven houden.

Hij klemde Mr. Smith onder zijn linkerarm en deed zijn portier open. De eerste vragen schalden door de tuin, en de verslaggevers kwamen allemaal tegelijk in beweging.

'Jason, Jason, waar is Sandy? Weet je al wat over haar verblijfplaats?'

'Klopt het dat de politie vanochtend met je dochtertje van vier heeft gesproken? Hoe is het met die kleine Ree? Vraagt ze om haar moeder?'

'Ben jij de laatste die Sandy levend heeft gezien?'

'Wat heb je erover te zeggen dat je als mogelijke dader wordt beschouwd?'

Jason sloot zijn portier en trok dat van Ree open. Hij trok zijn hoofd tussen zijn schouders, hield de kat dicht tegen zijn lichaam en stak zijn hand uit naar Ree. Zelfverzekerd stapte ze uit en keek de verslaggevers uitdagend aan. Jason hoorde meerdere camera's klikken. De prijsfoto, schoot het vagelijk door zijn hoofd. Zijn dochter, die beeldschone, moedige dochter van hem, had zojuist voorkomen dat zijn gezicht op het nieuws van vijf uur zou komen.

'Je hebt gelijk, papa.' Ree keek naar hem op. 'Ze zullen nóóit een medaille voor beleefdheid krijgen.'

Daar moest hij om glimlachen, en hij voelde zijn borst zwellen van trots toen hij de hand van zijn dochter in de zijne nam, de opgewonden meute de rug toekeerde en samen met haar op weg ging naar de veranda en de voordeur.

Mr. Smith probeerde zich los te wurmen, maar Ree liep met stevige pas door. Ze beklommen de treden van de veranda. Daar moest

Jason Rees handje loslaten omdat de kat tekenen van paniek begon te vertonen.

'*Jason, Jason, heb je zoekacties voor Sandy georganiseerd?*'

'*Komt er een wake met kaarsen voor je vrouw?*'

'*Hoe zit het met het feit dat Sandra's tas op het aanrecht is gevonden?*'

'*Klopt het dat Alan Dershowitz je advocaat is, Jason?*'

Jason drukte de kat nog steviger tegen zich aan, hield zijn sleutelbos op en zocht de juiste sleutel. Naar binnen, naar binnen. Kalm blijven. Bewaar je zelfbeheersing.

'*Wat waren Sandy's laatste woorden?*'

En toen, vlak naast hem, het onverwachte kraken van een van de vloerdelen.

Jason keek met een ruk op. Aan de andere kant van de veranda stapte een man uit de schaduw naar voren. Jason ging, gewapend met de kat en zijn sleutelbos, onmiddellijk voor zijn dochter staan.

De man deed drie stappen naar hem toe. Hij droeg een gekreukeld groenlinnen kostuum en had een verfrommeld petje in zijn hand. Opvallend heel lichtgrijs haar omlijstte zijn intens verweerde gezicht. Hij grijnsde van oor tot oor, en het scheelde maar een haar of Jason had de kat laten vallen.

De grijsaard spreidde zijn armen, schonk Ree een stralende glimlach, en riep joviaal uit: 'Hallo snoezepoes. Kom eens bij papa!'

Hoofdstuk 21

Zo snel als hij kon deed Jason de voordeur open en zette Mr. Smith in het halletje op de grond. Vervolgens legde hij zijn hand op Rees schouder en zei: 'Naar binnen.'

'Maar papa...'

'Naar binnen. De kat moet eten.'

Ree zette grote ogen op, maar ze herkende zijn toon en gehoorzaamde. Jason trok de deur achter haar dicht, deed hem op slot en wendde zich tot de man met het grijze haar.

'Maak dat je van mijn veranda komt, en de tuin uit.'

De nieuwkomer hield zijn hoofd schuin en deed alsof hij het niet begreep. Jason had Sandy's vader nog maar één keer eerder ontmoet, en net als toen werd hij ook nu weer getroffen door zijn vrolijk twinkelende blauwe ogen en zijn stralende glimlach. 'Kom, kom, Jason, dat is toch geen manier om je schoonvader te begroeten.'

Hij stak een vriendschappelijke hand uit. Jason negeerde het gebaar en zei kortaf: 'Donder onmiddellijk op, of ik laat je arresteren.'

Max verroerde zich niet, maar zijn gezicht betrok. Hij draaide zijn petje in zijn handen en leek zich af te vragen wat zijn volgende stap zou moeten zijn. 'Waar is je vrouw, jongen?' vroeg de edelachtbare ten slotte. Zijn stem had een gepaste, sombere klank.

'Ik tel tot vijf,' zei Jason. 'Een...'

'Ik hoor dat ze al ruim een dag wordt vermist. Toen ik het op het nieuws zag, ben ik als een pijl uit de boog naar het vliegveld gegaan.'

'Twee.'

'Is dat mijn kleindochter? Ze heeft de ogen van haar grootmoeder, echt waar. Beeldschoon meisje. Jammer dat niemand eraan heeft gedacht om mij te bellen toen ze is geboren. Ik weet dat Sandra en ik het niet altijd met elkaar eens zijn geweest, maar ik zou niet weten wat ik heb gedaan op grond waarvan jullie niet wilden dat ik van het bestaan van dat snoezige kind zou weten.'

'Drie.'

'Ik ben gekomen om te helpen, jongen. Echt. Ik mag dan een ouwe vent zijn, maar ik heb nog voldoende vechtlust.'

'Vier.'

Max kneep zijn ogen half dicht en nam Jason schattend op. 'Heb je mijn enige dochter vermoord, Jason Jones? Want als blijkt dat jij mijn Sandra iets hebt aangedaan, als je haar zelfs maar één haar op het hoofd hebt gekrenkt...'

'Vijf.'

Jason stapte van de veranda af. Max volgde hem niet meteen, en dat had Jason ook niet verwacht. Volgens Sandra had de man een ongekend ego. Hij was een alom gerespecteerde rechter en een innemende *gentleman* uit het zuiden van de Verenigde Staten. Mensen hadden onmiddellijk vertrouwen in hem, en dat was de reden waarom niemand ooit op het idee was gekomen zijn enige dochter te helpen, zelfs niet die keer toen haar moeder haar had gedwongen om bleekwater te drinken.

De journalisten, die hem een paar passen hun kant op zagen doen, kregen weer hoop. Ze brachten hun microfoons in de aanslag en begonnen opnieuw vragen te roepen.

'*Waar is Ree?*'

'*Wie is die man op de veranda?*'

'*Heb je een boodschap voor Sandy's ontvoerder?*'

Jason liep in de richting van de geüniformeerde agent die het verst van de pers af stond, en wenkte hem naderbij. Volgens zijn naamplaatje heette de man 'Hawkes'. Uitstekend. Jason kon wel een havik gebruiken.

De man boog zich naar Jason toe, want ook hij had er geen enkele behoefte aan dat de pers zou kunnen horen wat ze tegen elkaar zeiden.

'Die oude man op mijn veranda?' zei Jason zacht. 'Hij is niet welkom. Ik heb hem gevraagd om op te duvelen, maar hij weigert.'

De agent trok zijn wenkbrauwen op, en keek vragend van Jason naar de verslaggevers en terug.

'Als hij een scène wil maken, dan is dat zijn probleem,' zei Jason. 'Ik beschouw hem als een gevaar voor de veiligheid van mijn dochter, en ik wil dat hij verdwijnt.'

De agent knikte en haalde een notitieblokje te voorschijn. 'Hoe heet hij?'

'Maxwell Black uit Atlanta, Georgia.'

'Waar kent u hem van?'

'Technisch gesproken is hij de vader van mijn vrouw.'

Daar hoorde de agent duidelijk van op. Jason haalde zijn schouders op. 'Mijn vrouw wilde niet dat haar vader deel zou uitmaken van het leven van onze dochter. En alleen omdat Sandy... er nu niet is, betekent dat nog niet dat we haar wensen zouden moeten negeren.'

'Heeft hij een verklaring afgelegd? Of heeft hij u of uw dochter op enige wijze bedreigd?'

'Ik beschouw zijn aanwezigheid als een bedreiging.'

'Bedoelt u dat u een straatverbod voor hem heeft?' vroeg de agent, die er duidelijk weinig van begreep.

'Dat heb ik morgenochtend, dat beloof ik u.' En dat was een leugen, want daarvoor zou Jason eerst moeten aantonen dat Max' gedrag inderdaad een bedreiging inhield, en bovendien zou de rechtbank waarschijnlijk hardere bewijzen verlangen dan Sandy's overtuiging dat Max meer van haar gestoorde moeder had gehouden dan van zijn mishandelde dochter.

'Ik kan hem niet arresteren,' begon de agent.

Jason viel hem in de rede. 'Hij bevindt zich op onbevoegd terrein. Ik verzoek u hem van mijn grond te verwijderen. Meer vraag ik niet.'

De geüniformeerde agent haalde zijn schouders op om aan te geven dat Jason zich daarmee alleen maar nog meer voorpagina-ellende op de hals zou halen, en dat hij dat zelf maar moest weten. Hij draaide zich om en wilde naar het huis toe lopen, maar intussen was Max, die de bui al zag hangen, uit eigen beweging van de veranda gekomen. Hij glimlachte nog altijd even joviaal, maar zijn bewegingen waren houterig, als van iemand die doet wat hij moet, in plaats van iemand die doet wat hij graag wil.

'Nou, dan ga ik nu maar naar een hotel,' zei hij, met een knikje in Jasons richting.

De verslaggevers waren weer stil geworden. Het leek alsof ze begrepen wat er aan de hand was met de agent en de man met het grijze haar, en ze kozen ervoor om afwachtend te kijken wat er verder zou gebeuren.

'Maar je begrijpt natuurlijk,' zei Max tegen Jason, 'dat ik me verheug op een bezoekje aan mijn kleindochter morgenochtend.'

'Dat kun je vergeten,' zei Jason op effen toon, terwijl hij terugliep naar het huis waar Ree op hem wachtte.

'Nou jongen, dat zou ik niet zeggen als ik jou was,' riep Max hem achterna.

Zijn goede voornemens ten spijt bleef Jason staan, draaide zich om en keek zijn schoonvader strak aan.

'Ik weet iets,' zei de oude man zo zacht dat alleen Jason en de agent hem konden horen. 'Zo weet ik bijvoorbeeld op welke dag mijn dochter jou heeft leren kennen, én ik weet op welke dag mijn kleindochter is geboren.'

'Nee, dat weet je niet. Sandy heeft je nooit verteld wanneer ze Ree heeft gekregen.'

'Het bevolkingsregister, Jason Jones. Het bevolkingsregister. Dus denk je niet dat het hoog tijd is dat we het verleden laten rusten?'

'Dat kun je vergeten,' zei Jason opnieuw, maar ondertussen ging zijn hart wel als een waanzinnige tekeer. Voor de derde keer op één dag rook hij gevaar waar voorheen geen gevaar was geweest.

Hij keerde de man zijn rug toe, beklom de treden van de veranda en stak de sleutel in het slot van de voordeur. Toen hij hem opendeed zag hij Ree, die met een trillend onderlipje en ogen die glommen van de tranen in het halletje stond.

Nog voor hij de deur goed en wel weer dicht had gedaan, stortte ze zichzelf in zijn armen.

'Papa, ik ben bang. Papa, ik ben bang!'

'Sst, sst, sst.' Hij drukte haar dicht tegen zich aan, streelde haar haren en snoof de geruststellende geur van haar kindershampoo in zich op.

'Ik hou van je,' fluisterde hij tegen Rees kruin, terwijl hij zich ondertussen afvroeg of Max haar van hem af zou kunnen pakken.

Jason maakte wafels voor het avondeten. Ontbijt als avondmaal was een traditionele traktatie, en het vertrouwde ritueel van het maken van het beslag had een kalmerende uitwerking op hem. Jason schepte een soeplepel van het beslag op het dampend hete ijzer. Ree zat op de rand van het aanrecht en keek strak naar het rode lampje van de bakplaat. Wanneer het uitging, betekende dat dat de wafel klaar was. Ze nam haar taak van wafelwachter uiterst serieus op.

Jason pakte de stroop. Schonk voor elk een glas jus d'orange in en klutste vervolgens de laatste twee eieren die er nog in de koelkast lagen zodat zijn kind afgezien van meel en water ook nog iets voedzaams binnen zou krijgen. Bijna kon hij Sandy op dat moment horen zeggen: 'Wafels met stroop is net een beetje gezonder dan donuts. Maar jee, Jason, doe er op zijn minst iets van een gekookt ei bij.'

Sandy klaagde zelden. Ze was dol op extra dunne spaghetti met roze wodkasaus, en dat bestelde ze steevast wanneer ze in North End een hapje gingen eten. Roze spaghetti, noemde Ree het, en ze deelden de portie, die ze genietend naar binnen schrokten.

Jasons hand beefde een beetje. Hij schoot uit en een deel van het struif landde op de vloer. Hij zette zijn voet ernaast, tikte met de neus van zijn schoen op het zeil en Mr. Smith kwam onderzoekend naderbij.

'Het lampje is uit,' kondigde Ree op een zangerig toontje aan.

'Mooi zo. Dan kunnen we aanvallen!' zei hij, de stem van Jim Carrey imiterend. Ree giechelde. Haar lach deed hem goed. Hij kon niet alles weten. Hij maakte zich grote zorgen om alles wat er die dag was gebeurd en ook over wat nog zou kunnen gebeuren. Maar dit moment pakte niemand hem meer af. En niemand kon Ree dit moment afpakken.

Momenten waren belangrijk. Niet iedereen besefte dat. Maar Jason wel.

Ze zaten naast elkaar aan de bar en aten hun wafels. Ze dronken hun sap. Ree schoof de stukjes roerei over haar bord en haalde elk hapje, alvorens het in haar mond te stoppen, door de stroop.

Jason nam nog een wafel. Hij vroeg zich af wanneer de politie zou komen om de laptop in beslag te nemen. Hij sneed zijn wafel in hapklare stukjes. En vroeg zich af hoeveel Ethan Hastings Sandy over computers had geleerd en waarom ze Jason nooit met haar vermoedens had geconfronteerd. Hij schoof een aantal wafelhapjes op Rees bloemetjesbord. En vroeg zich af wat de ergste manier zou zijn om zijn dochter te verliezen – aan de politie, die haar in een pleeggezin zou plaatsen wanneer ze hem voor Sandy's moord kwamen arresteren, of aan Sandy's vader, nadat die voor de rechtbank had verklaard dat Jason Jones niet Clarissa Jane Jones' biologische vader was en dat deze daarom niet langer deel zou mogen uitmaken van haar leven.

Ree legde haar vork neer. 'Ik zit vol, papa.'

Hij keek naar haar bord. 'Nog vier hapjes, want je bent vier jaar oud.'

'Nee.' Ze sprong van de barkruk. Hij pakte haar arm en keek haar streng aan.

'Vier hapjes, en dan mag je opstaan.'

'Je bent niet de baas over mij.'

Jason knipperde met zijn ogen en legde zijn vork neer. 'Ik ben je vader, dus ik ben wel de baas over jou.'

'Nee, mama is de baas over mij.'

'Dat zijn we alle twee.'

'Nee, alleen mama.'

'Clarissa Jane Jones, je kunt die vier hapjes nu eten, of je kunt op de trap gaan zitten.'

Ree trok een pruillip. 'Ik wil mama.'

'Vier hapjes.'

'Waarom heb je tegen haar geschreeuwd? Waarom heb je haar boos gemaakt?'

'Terug op je kruk, Ree.'

Ze stampvoette. 'Ik wil mama! Ze heeft me beloofd dat ze thuis zou komen. Mama heeft beloofd dat ze me niet in de steek zou laten.'

'Ree...'

'Mama gaat werken, en dan komt ze thuis. Ze doet boodschappen, en dan komt ze thuis. Mama heeft me gezegd, ze heeft me beloofd, dat ze altijd weer thuiskomt!'

Jasons hart balde zich samen. Ree had een fase gehad waarin ze, telkens wanneer Sandy wegging, verschrikkelijk moest huilen. Sandy was toen begonnen met een spelletje dat ze ooit in een boek met tips voor het ouderschap had gelezen – altijd, wanneer ze om wat voor reden dan ook de deur uit moest, liet ze Ree dat weten, waarna ze bij thuiskomst het meisje liefdevol omhelsde. *Zie je wel, Ree, ik ben weer thuis. Ik kom altijd weer thuis. Ik laat je nooit in de steek. Nooit.*

'Ik wil dat mama me naar bed brengt,' zei Ree nu, weer met dat pruillipje van haar. 'Dat is haar taak. Jij gaat naar je werk en zij brengt me naar bed. Ga naar je werk, papa. Vooruit, ga dan!'

'Ree...'

'Ga weg, ga weg. Ik wil je niet meer zien. Je bent heel geméén!'

'Clarissa Jane Jones.'

'Hou op, hou op!' Ze drukte haar oren dicht. 'Hou op met schreeuwen. Ik wil niet dat je schreeuwt!'

'Ik schreeuw niet.' Maar hij had zijn stem verheven.

Zijn dochter deed alsof ze hem niet had gehoord. 'Boze voetstappen. Boze voetstappen. Ik hoor je gemene voetstappen op de trap. Ga weg, ga weg, ga weg! Ik wil mama! Het is niet eerlijk, het is niet eerlijk. Ik wil mijn mama!'

Zijn dochter trok zich los en rende snikkend de trap op.

Jason liet haar gaan en hoorde hoe ze de gang door snelde. Even later hoorde hij het dichtslaan van de deur van haar kamer. En toen zat hij alleen aan de eetbar in de keuken, met een half gegeten wafel en een hart dat overliep van spijt.

Twee dagen na de verdwijning van zijn vrouw, en zijn dochter hield het niet meer uit.

Ik hoop dat Sandy dood is, dacht hij in een opwelling van intense verbittering. Zo niet, dan help ik haar hierom zelf om zeep.

Die avond nog, om klokslag kwart voor negen, was de politie weer aan de deur. Jason stond midden in de keuken naar de laptop – die nu niet langer de familiecomputer was – te kijken, toen hij ze de treden van de veranda op hoorde komen.

Hij deed de deur voor ze open. Inspecteur Warren had de leiding.

Ze duwde hem het huiszoekingsbevel onder zijn neus en draaide in hoog tempo een verhaal af waarin ze uitlegde waar de rechter hun precies toestemming voor had verleend. Zoals hij al verwacht had, zouden ze de computer in beslag nemen, en daarnaast mochten ze andere elektronische apparatuur zoals computerspelletjes, iPods, BlackBerries en Palm Pilots meenemen.

'Wat voor computerspelletjes?' vroeg hij terwijl een aantal geüniformeerde agenten en technisch specialisten zijn huis binnen zag komen. Op straat, waar de pers had gezien dat er nieuwe ontwikkelingen waren, gingen de filmlampen aan om de fotografen en cameramensen in staat te stellen hun werk te doen.

'Xbox, Gameboys, Playstation2, Wii, enzovoort, enzovoort.'

'Ree heeft een Leapster,' zei hij. 'En als ik u een raad mag geven, het Cars-spel is beter dan dat van Disney Princess, maar daar komen die jongens van het lab vast zelf wel achter.'

D.D. trakteerde hem op een ijzige blik. 'Meneer Jones, de rechter heeft bepaald dat we elk elektronisch apparaat dat ons van belang lijkt mee mogen nemen. En wat van belang is, bepalen wij zelf.'

Ineens was hij weer 'meneer'. Dat stak hem, maar hij zei er niets van. 'Ree slaapt al,' hoorde hij zichzelf zeggen. 'Het was een lange, zware dag voor haar. Zou u iedereen willen vragen om zachtjes te doen...?'

Hij deed zijn best om beleefd te zijn, maar het kostte hem moeite. Hij had ook een zware dag gehad, en zo te zien wachtte hem ook een zware avond.

'We weten wat we doen,' zei de inspecteur kortaf. 'U hoeft niet bang te zijn dat we uw huis zullen plunderen. We zullen de boel heel voorzichtig en kalm, stukje bij stukje, ontleden.'

D.D. wenkte een geüniformeerde agent naderbij. Agent Anzaldi was uitverkoren om die avond op Jason te passen. Hij nam Jason mee naar de woonkamer, waar hij hem, net als de vorige dag, op het bankje liet plaatsnemen. Het verschil met toen was dat Ree er nu niet bij was – dat er nu geen lekker warm lijfje tegen hem aan genesteld zat. Zijn dochter, die hem nodig had, die hem hielp zijn kalmte te bewaren en voorkwam dat hij het uitschreeuwde van pure frustratie.

Dus Jason sloot zijn ogen, vouwde zijn handen achter zijn hoofd en ging slapen.

Toen hij zijn ogen weer opendeed, was er drie kwartier verstreken en stond inspecteur Warren woedend kijkend over hem heen gebogen.

'Wat doet u, verdomme?'

'Rusten.'

'Rusten? Zomaar? Uw vrouw wordt vermist en u besluit een dútje te doen?'

'Nou, als ik gedwongen ben om hier te zitten, is er niet veel dat ik kan ondernemen om haar te vinden, wel?'

Er gleed een uitdrukking van intense walging over D.D.'s gezicht. 'Er is iets grondig mis met u.'

Hij haalde zijn schouders op. 'Vraagt u maar eens aan iemand van een SWAT-team wat zij doen wanneer ze wel actief, maar nog niet ingezet zijn. Dan slapen ze. Dan slapen ze om, wanneer het moment aanbreekt, uitgerust aan de slag te kunnen gaan.'

'O? Is dat hoe u deze situatie ziet? Als een strijder die wel actief, maar nog niet ingezet is?' Er klonk twijfel door in haar stem.

'Mijn gezin zit midden in een crisis, en ik kan niet meer doen dan bij mijn dochter zijn. Actief, maar niet ingezet.'

'U zou haar opa kunnen vragen of hij op haar wil passen.' Warren zei het op een neutrale toon, maar de fonkeling in haar ogen ontging hem niet. Dus ze had het gehoord. Natuurlijk had ze het gehoord. Kennelijk deden alle geüniformeerde agenten tegenwoordig niets anders dan elk detail van zijn leven aan inspecteur Warren doorgeven.

'Nee, dank u,' zei hij.

'Waarom niet?'

'Ik hou niet van linnen pakken.'

Maar zo gemakkelijk liet D.D. zich niet afschepen. Ze ging tegenover hem zitten, zette haar ellebogen op haar knieën en deed het voorkomen alsof ze echt nieuwsgierig naar hem was. Terwijl er vanuit de keuken geluiden klonken van kastjes en laden die werden opengetrokken en dicht werden gedaan. Hij vermoedde dat de computer al weg was. Dat de iPod van zijn nachtkastje was gehaald. Misschien hadden ze ook zijn wekkerradio wel meegenomen. Alles was tegenwoordig voorzien van datachips, en elke datachip kon worden ingesteld op het verzamelen van bepaalde informatie. Vorig jaar nog was er een geval geweest van een belangrijke zakenman die enorme hoeveelheden belastende financiële bestanden naar de Xbox van zijn zoon had gekopieerd.

Jason had de voorwaarden van het huiszoekingsbevel uitstekend begrepen, maar hij weigerde deze knappe blonde inspecteur ook maar iets cadeau te doen.

'Zei u niet dat Sandy en haar vader geen contact meer hebben?' vroeg D.D. nu.

'Inderdaad.'

'Hoezo?'

'Dat is aan Sandy om te vertellen.'

'Nou, ze is momenteel niet bepaald beschikbaar, hè? Dus misschien dat u ons kunt helpen.'

Daar moest hij over nadenken. 'Als u dat aan die man zou vragen, zou hij waarschijnlijk zeggen dat zijn dochter, toen ze mij leerde kennen, jong, koppig en impulsief was.'

'O ja?'

'En ik denk dat u zich, als doorgewinterde rechercheur, dan zou afvragen wat er gebeurd was dat haar zo impulsief en koppig had gemaakt.'

'Heeft hij haar misbruikt? Geslagen?'

'Dat weet ik niet zeker.'

'Heeft hij haar verbaal mishandeld?' D.D. trok haar wenkbrauwen op.

'Ik denk dat het eerder is dat haar moeder haar de ene aframmeling na de andere gaf, en dat hij nooit zelfs maar één vinger heeft uitgestoken om dat te verhinderen. Maar toen overleed haar moeder, en hoefde ze háár niet langer te haten. Haar vader, daarentegen...'

'Ze heeft hem nooit vergeven?'

Hij haalde zijn schouders op. 'Ook dat zou u aan haar moeten vragen.'

'Waarom heeft u uw ramen extra beveiligd?'

Hij keek haar aan. 'Omdat er op de wereld een heleboel monsters rondlopen en we niet willen dat onze dochter in hun handen valt.'

'Is dat niet een beetje extreem?'

'Alleen omdat je paranoïde bent, betekent dat nog niet dat ze het niet op je voorzien zouden hebben.'

Daar moest ze een beetje om lachen. Er vormden zich rimpeltjes bij haar ooghoeken – rimpeltjes die haar leeftijd verrieden, maar die haar gezicht ook vriendelijker maakten. Minder ongenaakbaar. Ze was een heel goede ondervraagster, realiseerde hij zich. En hij was moe, waardoor het steeds verleidelijker werd om haar alles te vertellen. Leg al je problemen aan de voeten van de slimme, aantrekkelijke inspecteur Warren. En laat haar de boel uitzoeken.

'Wanneer heeft Sandy voor het laatst met haar vader gesproken?' wilde D.D. weten.

'Op de dag dat ze samen met mij hiernaartoe is verhuisd.'

'Heeft ze hem nooit opgebeld? Niet één keer sinds jullie in Boston zijn komen wonen?'

'Nee.'

'Niet op uw trouwdag en ook niet bij de geboorte van uw dochter?'

'Nee.'

D.D. kneep haar ogen half dicht. 'En waarom is hij nu dan hier?'

'Hij beweert dat hij het nieuws van Sandra's verdwijning op de televisie heeft gezien, en dat hij toen als een pijl uit een boog naar het vliegveld is gegaan.'

'Aha. Zijn dochter, met wie hij al geen jaren meer contact heeft, wordt vermist, en dít is het moment waarop hij jullie besluit te bezoeken?'

'Als u er meer van wilt weten, moet u bij hem zijn.'

D.D. hield haar hoofd schuin. 'Jason, je liegt. En weet je hoe ik dat weet?'

Hij weigerde te antwoorden.

'Je kijkt links omlaag. Wanneer mensen zich iets proberen te herinneren, kijken ze links omhóóg. Maar mensen die de waarheid proberen te verbergen, kijken links omlaag. Dit soort onbenullige dingen leren we op de rechercheopleiding.'

'En hoeveel weken had u nodig om af te studeren?'

Weer dat halve glimlachje van haar. 'Volgens agent Hawkes,' ging ze verder, 'houdt Maxwell Black er ten aanzien van zijn kleindochter bepaalde ideeën op na. Waaronder dat je niet haar echte vader bent.'

Jason onthield zich van commentaar. Het was niet dat hij niet iets wilde zeggen. Wat hij wilde, was uitschreeuwen dat Ree natuurlijk wel zijn dochter was. Dat ze altijd zijn dochter zou zijn. Dat ze nooit iets anders zou kunnen zijn dan zijn dochter. Maar de rechercheur had geen vraag gesteld, en regel nummer één van ondervraagd te worden was dat je nooit vragen moest beantwoorden wanneer dat niet strikt noodzakelijk was.

'Wanneer is Ree geboren?' drong D.D. aan.

'De datum staat op haar geboortebewijs,' zei hij kortaf. 'En ik weet zeker dat u daar allang naar hebt gekeken.'

Opnieuw schonk ze hem een glimlachje. 'Twintig juni 2004, als ik me niet vergis.'

Hij zei niets.

'En op welke dag heb je Sandy leren kennen?'

'In het voorjaar 2003.' Hij bleef haar bewust recht aankijken – links omlaag kijken was wel het laatste wat hij nu wilde.

Opnieuw trok D.D. haar wenkbrauwen op. 'Toen was Sandy nog maar zeventien.'

'U heeft mij niet horen zeggen dat die oude man geen reden zou hebben om mij te haten.'

'En waarom denkt Maxwell dan dat je niet Rees vader zou zijn?'

'Dat zult u aan hem moeten vragen.'

'Kom, doe me een plezier. Je kent hem duidelijk beter dan ik.'

'Nee, ik kan niet zeggen dat ik hem ken. In de tijd van onze verloving kwamen we niet bij onze ouders over de vloer.'

'Dus dan heb je Sandy's vader nooit eerder ontmoet?'

'Alleen vluchtig.'

Ze nam hem nieuwsgierig op. 'En jouw familie?'

'Ik heb geen familie.'

'O? Ben je het product van een onbevlekte ontvangenis?'

'Wonderen bestaan.'

Ze keek hem aan en rolde met haar ogen. 'Goed. Sandy's vader, dus. Opa Black. Je hebt hem zijn dochter afgepikt,' verklaarde ze. 'En je bent met haar naar een duizenden kilometers verre Yankeestaat verhuisd, en bovendien hebben jullie hem nooit meegedeeld wanneer zijn kleindochter is geboren.'

Jason haalde zijn schouders op.

'Volgens mij heeft de edelachtbare een gegronde reden om fiks nijdig te zijn op jou en Sandy. Misschien is hij daarom wel hier. Zijn dochter is verdwenen en zijn schoonzoon is de voornaamste verdachte. De familietragedie van de een is de kans van de ander.'

'Ik wil niet dat hij contact heeft met Ree.'

'Heb je een straatverbod voor hem?'

'Ik wil niet dat hij contact heeft met Ree.'

'En wat als hij een vaderschapstest eist?'

'Dat kan hij niet. Op het geboortebewijs staat vermeld wie de vader is.'

'Jij staat vermeld als de vader, dus hij heeft geen recht om een vaderschapstest te eisen. Het verweer van Howard K. Stern.'

Jason haalde alweer zijn schouders op.

D.D. glimlachte. 'Als ik het me goed herinner, heeft die andere partij toch gewonnen.'

'Waarom vraagt u me niet wie de ramen heeft laten beveiligen?'

'Wat?'

'Vraagt u mij wie de ramen heeft laten beveiligen. U draait er maar steeds omheen, en u graaft en graaft alsof u daarmee iets over mij te weten zou kunnen komen.'

'Goed. Wie heeft de ramen laten beveiligen?'

'Sandy. De dag nadat we hier zijn komen wonen. Ze was negen maanden zwanger, we moesten het huis nog verbouwen en inrichten, maar het eerste wat ze liet doen, was de beveiliging van de ramen.'

Daar dacht D.D. even over na. 'En na al die jaren sluit ze haar vader nog steeds buiten?'

'Dat zijn uw woorden. Niet de mijne.'

D.D. stond op. 'Nou, maar daar is ze dus niet in geslaagd, want pappie is terug en hij heeft meer in de melk te brokkelen dan je denkt.'

'Hoezo?'

'Het blijkt dat hij studievriendjes is met een van onze rechters hier.' Ze zwaaide met het papier in haar hand. 'Wie denk je dat ons huiszoekingsbevel heeft getekend?'

Het lukte Jason om zijn mond te houden, maar dat maakte waarschijnlijk geen enkel verschil, want hij trok lijkbleek weg, en dat zei voldoende.

'En je weet nog steeds niet waar je vrouw is?' vroeg D.D. vanaf de drempel.

Hij schudde zijn hoofd.

'Jammer. Het zou echt voor iedereen het beste zijn als we haar vonden. Al helemaal in haar staat, natuurlijk.'

'Haar staat?'

Voor de zoveelste keer trok D.D. haar wenkbrauwen op. En deze keer lag er een duidelijke, triomfantelijke blik in haar ogen. 'Dat is nog zoiets wat ze je op de rechercheopleiding bijbrengen. Hoe je iemands afval in beslag moet nemen en een zwangerschapstest moet lezen.'

'Wat? Bedoelt u...'

'Inderdaad, Jason. Sandy is zwanger.'

Hoofdstuk 22

Onbekenden neuken is niet iets wat een vrouw gemakkelijk afgaat. Voor mannen ligt dat minder problematisch. Ze halen hun ding tevoorschijn, vegen zich af en gaan verder. Voor vrouwen is het een totaal ander proces. We zijn van nature de ontvangster, gemaakt om de man in ons lichaam te ontvangen, hem te accepteren en hem te behouden. Snel afvegen is er niet bij. Het is moeilijker om gewoon verder te gaan.

Dit is iets waar ik in mijn ontspanningsweekenden vaak aan denk, met name wanneer ik het hotel verlaat, op weg naar huis ga en probeer te veranderen van losbandige slet in respectabele moeder.

Heb ik te veel van mijzelf weggegeven? Voel ik me daarom zo doorzichtig, alsof een enkele windvlaag voldoende zal zijn om mij omver te blazen? Ik neem een douche. Ik zeep me grondig in, boen mezelf af, spoel de zeepresten weg en begin weer van voren af aan. Ik probeer de vingerafdrukken van te veel mannen van mijn lichaam te wassen, en probeer tegelijkertijd de herinnering aan hun wellustige blikken uit mijn geheugen te bannen.

En dat lukt me aardig. Echt, die twee knullen van de eerste keer... Ik zou ze met geen mogelijkheid meer herkennen. En ook niet de mannen van die keer daarna, en de keer dáárna. Ze vergeten vind ik niet moeilijk. Maar wat ik niet kan, is ze vergeven, en dat slaat nergens op.

Mijn ontspanningsweekend heeft er een nieuw ritueel bij gekregen. Bij terugkeer in mijn hotel kruip ik in bed, maak me zo klein mogelijk en huil als een gek. Ik weet niet om wie ik zo moet huilen. Om mijzelf en om mijn toekomstdromen van weleer? Om mijn man en de verwachtingen die hij vermoedelijk in het begin voor ons heeft gekoesterd? Om mijn kind, dat me zo lief aankijkt en er geen idee van heeft wat mama in werkelijkheid doet wanneer ze twee daagjes weg is?

Misschien huil ik wel om mijn jeugd, om de momenten van tederheid en geborgenheid die ik nooit heb gekend, zodat ik een verdorven deel van mezelf moet blijven straffen, als om door te gaan met iets wat door mijn moeder in gang is gezet?

Op een dag sta ik voor de spiegel in het hotel naar de enorme blauwe plekken op mijn ribben te kijken, en ik bedenk dat ik dit niet meer wil. Dat ik op de een of andere manier verliefd ben geworden op mijn man. Dat hij, door-

dat hij me nog nooit heeft aangeraakt, de meest dierbare man van mijn leven is geworden.

Ik wil thuisblijven en me geborgen voelen.

En dat is een nobel streven, nietwaar?

Jammer genoeg blink ik niet bepaald uit in het leiden van een goed en gezond leven. Ik moet pijn voelen. Ik moet straf hebben.

En straf ik mij niet zelf, dan is er altijd wel iemand anders die mij kan straffen.

De eerste keer dat ik die foto op het computerscherm zag, die zwart-witopname waarop dat kwetsbare jongetje op die onuitsprekelijke manier mishandeld werd, had ik Ree onder mijn arm moeten nemen en er vandoor moeten gaan. Dat zou het enige verstandige zijn geweest.

Geen tijd verdoen met ontkennen. Goed, Jason was vriendelijk en attent en hij was, voor zover ik kon zeggen, een fantastische vader. En hoeveel fatsoenlijke vaders hielden er niet een of twee duistere geheimpjes op na? Alsof ik geen duistere geheimpjes zou hebben.

Was het de vicieuze cirkel van gewelddadigheid? Was ik, bij mijn uitgekiende poging mijn ouderlijk huis te ontvluchten en het kiezen van de man van wie ik dacht dat hij totaal het tegenovergestelde van mijn vader was, uitgerekend in de armen van een ander monster terechtgekomen? Misschien is het waar dat duisternis en duisternis elkaar aantrekken. Ik was niet met mijn man getrouwd omdat ik verwachtte dat hij me zou kunnen redden, ik was met hem getrouwd omdat ik kwaad gewend was en kwaad wilde behouden.

Dat realiseerde ik me op het moment dat ik die foto zag, en het duistere deel in mijn binnenste voelde reageren. Een bitter gevoel van herkenning. Ineens bleek die volmaakte echtgenoot van mij helemaal niet zo volmaakt te zijn, en God verhoede – daar was ik blij om. Daar was ik echt blij om.

Ik hield mezelf voor dat ik meer informatie nodig had. Dat mijn man het recht van de twijfel verdiende. Die ene veelzeggende foto in de prullenbak maakte hem nog niet automatisch een pedofiel. Misschien had hij hem toevallig, per ongeluk ontvangen en hem meteen gewist. Misschien was de foto wel zomaar op een website verschenen en had hij hem direct weggeklikt. Er zou heel goed een rationele verklaring voor kunnen zijn. Ja toch?

Hoe dan ook, toen Jason die avond thuiskwam, had ik geen enkele moeite om hem gewoon recht in de ogen te kunnen blijven kijken. Hij vroeg me of ik een goede avond had gehad, en ik zei van ja.

Ik ben heel goed in liegen. Me heel normaal voordoen, daar blink ik in uit.

En een afschuwelijk, woedend deel van mijzelf was dolblij dat het de touw-
tjes weer in handen had.

Ik bracht Ree naar school. Ik begon met lesgeven. En ik dacht na over wat
ik zou kunnen doen.

Vier weken later was ik zover. Ik had onderzoek gedaan naar mijn leer-
lingen, en mijn lieve vriendin, mevrouw Lizbet, was even hulpvaardig als
altijd.

Ethan Hastings zat in het computerlab. Hij keek op toen ik binnenkwam.
Hij werd op slag knalrood, en op dat moment wist ik dat het nog makkelijker
zou zijn dan ik had gedacht.

'Ethan,' zei ik – de aantrekkelijke, respectabele mevrouw Jones. 'Ethan, ik
heb een project voor je. Ik wil dat je me alles bijbrengt wat je me van internet
kunt leren.'

D.D. was nijdig. Ze verliet het huis van Jason Jones, stapte in haar
auto, pakte haar mobiel en begon nummers in te toetsen. Het was
bijna elf uur 's avonds, veel te laat voor een beleefd gesprek, maar de
rechercheur die ze belde was dit soort dingen gewend.

'Wat?' riep Bobby Dodge onvriendelijk door de telefoon. Hij klonk
slaperig en geïrriteerd, en zelf voelde ze zich al niet heel anders.

'Heb ik je gewekt, schattebout?'

'Ja.' Hij hing op.

D.D. draaide het nummer opnieuw. Zij en Bobby kenden elkaar al
jaren, ze hadden ook ooit iets met elkaar gehad. Ze hield ervan hem op
de meest onmogelijke uren te bellen. Hij hield ervan haar op te hangen. Beiden konden zich daarin vinden.

'D.D.,' kreunde hij nu. 'Ik heb de afgelopen vier nachten dienst
gehad. Ik heb mijn slaap hard nodig, doe me een lol.'

'Trouwen heeft je geen goed gedaan. Vroeger kon je daar tegen,' zei
ze.

'Dat zie ik anders. Trouwen heeft mijn leven evenwichtiger gemaakt.'

'Je lult. Een evenwichtig bestaan voor een smeris is een biertje in
elke hand.'

Nu lachte hij. Ze hoorde het ritselen van lakens, en hoe hij zich uitrekte. Ze realiseerde zich dat ze haar oren spitste en eventueel protes-
terende geluidjes van zijn vrouw probeerde te horen. Het besef bezorgde haar een kleur en ze voelde zich bijna een voyeur. Gelukkig was
het een gesprek zonder video.

Ze had een zwak voor Bobby Dodge, en daar had ze geen verklaring voor. Ze had hem opgegeven maar kon hem niet loslaten. Waaruit maar weer eens bleek dat slimme, ambitieuze vrouwen hun eigen grootste vijand waren.

'Oké, D.D., ik snap dat je ergens mee zit.'

'Toen jij als sluipschutter voor het STOP-team van de overheid werkte, sliep je toen?'

'Meer dan nu, bedoel je?'

'Nee. Ik bedoel, wanneer je actief was, deed je toen wel eens dutjes?'

'D.D., waar héb je het over?'

'Heb je het nieuws gezien? Vrouw vermist in Southie?'

'Ik sliep tijdens de persconferentie van vanochtend, maar volgens Annabelle zat je haar fantastisch.'

Het complimentje deed haar plezier, en dat was natuurlijk belachelijk. 'Ja, nou, ik was vanavond bij de echtgenoot, nam zijn computer in beslag, enzovoort, enzovoort. Meneers huis wordt binnenstebuiten gekeerd, en hij besluit een dutje te gaan doen op de bank in de kamer.'

'Echt?'

'Ja. Hij sloot zijn ogen, legde zijn hoofd op de rugleuning en viel in slaap. Wanneer heb jij voor het laatst meegemaakt dat een familielid van een vermiste midden in het onderzoek besluit een dutje te gaan doen?'

'Dat zou ik vreemd vinden.'

'Precies. Dus ik spreek hem erop aan, en hij zegt iets over een SWAT-team, en dat je, wanneer je actief bent maar nog niet bent ingezet, het beste een dutje kunt doen om zo goed mogelijk in vorm te zijn wanneer je moet optreden.'

Bobby was stil. En toen: 'Wat zei je dat die man doet voor de kost?'

'Hij is journalist. Hij is freelance en werkt voor de *Boston Daily*.'

'Aha.'

'Aha, wat? Ik bel je niet voor een aha. Ik bel je omdat ik je deskundige mening nodig heb.'

In gedachten kon ze hem in bed met zijn ogen zien rollen. 'Nou, vooruit. In de meeste van dat soort gevallen ben je actief en word je meteen ingezet. Maar ik snap wat hij bedoelt. Een paar jongens in mijn team hebben vroeger bij speciale militaire eenheden gezeten. SEALS van de marine, de Mariene Verkenningsdienst, je weet wel. En ja, ik heb die mannen midden op het veld, in gymzalen van scholen, in laadbakken van vrachtwagens een dutje zien doen. Het lijkt wel of militairen er een bepaalde regel op na houden – als je niet bezig bent, ga dan maar liever slapen om later goed uitgerust aan de slag te kunnen gaan.'

'Shit,' zei D.D., en ze beet op haar onderlip.

'Denk je dat hij ex-militair is?'

'Ik denk dat hij een partijtje poker van de duvel in persoon zou kunnen winnen, de zak.'

Bobby geeuwde. 'Wil je dat ik hem door het systeem haal?' bood hij aan.

'Hé, denk niet dat ik op inmenging van een staatspolitie zit te wachten. Dit is míjn onderzoek,' riep ze uit.

'Hé, rustig, blondje. Jij hebt míj gebeld.'

'En hou je vast,' ging ze verder, alsof ze hem niet gehoord had. 'De vrouw wordt vermist en hij weet van niets, en het ligt voor de hand dat we hem verdenken. We hebben zijn vuilnis in beslag genomen en doorzocht. We vonden een zwangerschapstest met een positieve uitslag.'

'Echt?'

'Echt. Dus ik besluit hem daar vanavond mee te confronteren. Kijken hoe hij reageert. Want dit had hij ons niet verteld, en je zou toch verwachten dat de man van een vermiste vrouw ons laat weten dat zijn echtgenote zwanger is.'

'En nu we het daar toch over hebben...'

Ze zweeg. Knipperde met haar ogen. Voelde haar maag samentrekken. 'Godsamme,' zei ze ten slotte. 'Ik bedoel: wanneer, hoe en waar?'

Hij lachte. 'Hoe en waar zijn vermoedelijk overbodig, maar Annabelle is uitgerekend voor de eerste augustus. Ze is zenuwachtig, maar verder maakt ze het goed.'

'Nou, shit. Ik bedoel, gefeliciteerd. Voor jullie alle twee. Dat is... geweldig.' En dat was het ook. En ze meende het. Of liever, ze wílde het menen. Verdomme, ze had dringend behoefte aan seks.

'Dus, oké.' Ze schraapte haar keel en deed haar best om zakelijk te klinken. *Dit is inspecteur Warren, geen geintjes, alsjeblieft.* 'Voor wat mijn mogelijke verdachte betreft. Ik confronteer hem met het nieuws...'

'Je vertelt hem dat zijn vrouw zwanger is.'

'Precies.'

'Maar hoe weet je dat die test van zijn vrouw is?'

'Dat weet ik niet, maar ze is de enige volwassen vrouw in huis, en ze hebben geen bezoek. Ik bedoel, ze hebben nooit bezoek, dus we kunnen rustig aannemen dat het van haar is. Het lab gaat het nog na om er helemaal zeker van te kunnen zijn, maar zo'n DNA-onderzoek duurt drie maanden, en laten we eerlijk zijn, Sandra Jones hééft geen drie maanden.'

'Het was maar een vraag,' zei Bobby.

'Hoe dan ook, op een strategisch moment in het gesprek laat ik die bom vallen.'

'En?'

'Geen enkele reactie. Nada. Onverschillig alsof ik hem gezegd had dat het buiten regende.'

'Hm.'

'Je zou toch denken dat hij op zijn minst verbaasd was, dat hij zou verbleken en van de bank zou springen, want nu blijkt dat niet alleen zijn vrouw mogelijk in gevaar is, maar ook zijn ongeboren kind. Het zou logisch zijn geweest als hij me vragen had gesteld, of wat dan ook, álles behalve gewoon te blijven zitten alsof we een praatje over het weer aan het maken waren.'

'Met andere woorden, hij wist het waarschijnlijk al,' zei Bobby. 'Zijn vrouw was zwanger van een andere man, hij vermoordt haar en nu wist hij zijn sporen uit. Allemachtig, D.D., daar hoef je geen gigabrein voor te hebben. Het is een nationale trend.'

'En ik zou het helemaal met je eens zijn geweest als we het over een normale man hadden gehad.'

'Definieer 'normaal',' zei Bobby.

Ze slaakte een diepe zucht. Dit was nu juist zo lastig. 'Goed, inmiddels werk ik al twee dagen met deze man. En het is een ijskoude vent. Een ijzige, ijskoude vent. Er is iets ernstig mis met zijn bedrading, en het zou me niets verbazen als het met levenslange therapie, zes verschillende geneesmiddelen en een persoonlijkheidstransplantatie nóg niet te verhelpen zou zijn. Maar hij is zoals hij is, en ik heb vastgesteld dat er een vast patroon in die diepvriessituatie van hem zit.'

'En dat is?' Bobby begon ongeduldig te klinken. Het was bijna middernacht, dus zo gek was dat ook niet.

'Hoe persoonlijker het wordt, hoe meer hij op slot gaat. Zoals vanochtend. We ondervragen zijn dochtertje van vier in zijn bijzijn. Ze herhaalt de laatste woorden van haar moeder, en dat klinkt niet echt veelbelovend, dat kun je rustig van me aannemen. En al die tijd staat hij totaal onverschillig tegen de muur geleund. Het lijkt wel alsof hij de knop heeft omgedraaid. Hij is er wel, maar hij is er niet. Dat was wat ik vanavond dacht toen ik hem vertelde dat zij vrouw zwanger was. Hij verdween. Zomaar, van het ene op het andere moment. We waren alle twee in de kamer, maar hij was weg.'

'Weet je zeker dat je niet wilt dat ik naar hem kijk?'

'Krijg wat.'

'Ik hou ook van jou, schat.' Ze hoorde hem weer geeuwen, en over zijn wang wrijven. 'Samengevat. Je hebt dus een ijskoude kikker die de een of andere militaire achtergrond heeft en die weet hoe je barre omstandigheden doorkomt. Denk je dat hij bij de een of andere speciale operationele eenheid heeft gezeten?'

'We hebben zijn vingerafdrukken door het systeem gehaald, maar er is niets uit gekomen. Ik bedoel, zelfs als hij topgeheim was, je weet wel, van het kaliber James Bond of zo, dan zou er weliswaar niets over zijn missies te vinden zijn, maar hij zou wel in het systeem zitten, of niet? Dát stukje van de puzzel zouden we wel te zien krijgen.'

'Dat klopt. Hoe ziet hij eruit?'

D.D. haalde haar schouders op. 'Hij lijkt een beetje op Patrick Dempsey – dik, golvend haar, ondoorgrondelijke donkere ogen...'

'O, alsjeblieft, hou op, wil je? Ik zoek geen date maar een verdachte.'

Ze kreeg een kleur. Ja hoor, ze had écht behoefte aan seks. 'Een meter tachtig, kleine tachtig kilo, begin dertig, donker haar en donkere ogen, geen snor of baard, geen uiterlijke kentekenen.'

'Lichaamsbouw?'

'Fit.'

'Tja, nou, dat klinkt wel degelijk naar een speciale eenheid. Lange, dikke mannen komen niet door de duurtraining. Het is altijd een kleiner, gemiddeld type,' verklaarde Bobby voldaan. Als voormalig sluipschutter voldeed hij helemaal aan dat profiel.

'Maar er zou een dossier van hem moeten zijn,' zei ze op een zangerig toontje.

'Shit.' Bobby begon moe te klinken. 'Oké. Vertel me dan maar wat je wel over hem aan de weet bent gekomen.'

'Trouwakte, rijbewijs, burgerservicenummer en bankrekeningen. De normale dingen.'

'Geboortebewijs?'

'Daar zoeken we nog naar.'

'Verkeersovertredingen, boetes?'

'Nada.'

'Betaalpassen?'

'Eentje maar.'

'Sinds wanneer is die geldig?'

'Eh...' D.D. probeerde zich te herinneren wat ze in het rapport had gelezen. 'Tussen nu en vijf jaar geleden.'

'Is die pas van dezelfde datum als de bankrekeningen?' wilde Bobby weten.

'Nu je het zegt, het grootste deel van zijn financiële activiteit valt rond de periode dat hij en zijn vrouw in Boston zijn komen wonen.'

'Oké, maar waar komt het geld vandaan?'

'Ook daarnaar zijn we nog op zoek.'

Bobby was weer even stil. 'Kortom,' zei hij toen, 'je hebt een naam, een rijbewijs en een burgerservicenummer dat pas sinds vijf jaar actief is.'

D.D. schrok. Zo had ze het nog niet bekeken, maar nu hij het zei... 'Ja. Inderdaad. We hebben niets van vóór vijf jaar geleden.'

'Kom op, D.D., zeg nou zelf, wat klopt er niet aan dat plaatje?'

'Shit,' riep D.D. uit terwijl ze met haar vlakke hand op het stuur sloeg. 'Jones is natuurlijk een alias. Dat wíst ik! Ik wíst het gewoon! Ik heb het van begin af aan gezegd. Hoe meer we van dat gezin te weten komen, hoe meer alles... lijkt te kloppen. Niet te druk, niet te saai. Niet te sociaal, niet te antisociaal. Alles is precies goed. Verdomme, als blijkt dat ze in de getuigenbeschermingsregeling zitten, dan doe ik mezelf iets aan.'

'Nee, dat kan niet,' stelde Bobby haar gerust.

'Waarom niet?' Ze wilde ook niet dat deze zaak daaronder zou vallen.

'Want als dat wel zo was, had de FBI zich er al lang mee bemoeid. Er zijn achtenveertig uur verstreken en de verdwijning van mevrouw is algemeen bekend. Ze zouden je al lang hebben gevonden.'

Ze voelde zich meteen weer een heel stuk beter, afgezien dan van: 'Maar wat kan het verder dan nog zijn?'

'Dat hij het zelf heeft gedaan. Of zij. Maar een van beiden heeft een nieuwe identiteit. Aan jou om uit te zoeken wie.'

Omdat het van Bobby kwam, vatte ze het idee van een mogelijke alias op als het advies van een deskundige. Uiteindelijk was hij getrouwd met een vrouw die minstens twaalf, misschien zelfs nog meer namen had gehad. En toen schoot haar ineens iets te binnen. 'Mr. Smith. Fuck. Mr. Smith!'

'Nou, dat is een bofkont, die Mr. Smith,' merkte Bobby plagend op.

'Hij is een kat. Hun kat. Het is geen moment eerder bij me opge-komen, maar het ligt voor de hand. Meneer en mevrouw Jones en hun kat, Mr. Smith. Dat is een grapje, verdomme! Je hebt gelijk, ze nemen ons in de maling.'

'Ik hou het op meneer IJsberg.'

'Ah, shit,' kreunde D.D. 'Dat heb ik weer. Een verdachte die zo op het eerste gezicht een vriendelijke journalist is, maar die wel een ge-heime identiteit heeft. Ik hoef je natuurlijk niet te vertellen aan wie me dat doet denken, hè?'

'Geen idee. Aan wie?'

'Aan Superman, verdomme.'

Hoofdstuk 23

Toen Jason veertien was, was hij met zijn ouders en zijn zusje naar de dierentuin gegaan. Hij was te oud voor dit soort uitstapjes, maar zijn zusje, Janie, was stapel geweest op alles wat een vacht had, dus om haar een plezier te doen had hij met het uitje ingestemd.

De meeste dingen die hij deed, deed hij om Janie een plezier te doen, en waar zijn moeder onbeschaamd gebruik van maakte.

Ze waren overal geweest – bij de slapende leeuwen, de slapende ijsberen en de slapende olifanten. Jason had zijn buik vol van al die slapende dieren. Ze passeerden de insectenafdeling zonder een woord te zeggen, maar gingen wel bij de reptielen naar binnen. Janie, die tien was, was niet echt dol op slangen, maar ze vond het nog wel leuk om angstige kreetjes te slaken wanneer ze er eentje zag, dus hij kon het begrijpen.

Jammer genoeg was het terrarium van de ster van het reptielenhuis, de Birmese python die een albino was, dicht, en hing er een bordje waarop stond: *AFWEZIG. BEN GAAN LUNCHEN. WELGEMEENDE EXCUSES. POLLY DE PYTHON.*

Janie moest erom giechelen – ze vond het grappig. Jason had zijn schouders opgehaald, want hij had verwacht dat de slang het zoveelste slapende dier zou zijn dat ze te zien kregen, en hij liep achter zijn zusje aan naar de uitgang. Hun vader sloot de rij. Maar op het laatste moment, vlak voordat ze weer naar buiten gingen, keek Jason nog even achterom, en zag hij dat het karton dat voor het glas van het terrarium was geplaatst, de ruit net niet helemaal bedekte. Vanwaar hij stond kon hij het terrarium wel in kijken, en zag hij dat Polly helemaal niet afwezig was voor de lunch, maar dat ze haar middaghapje ter plekke nuttigde – een aantrekkelijk ogend hapje bovendien. Op de grond, voor de slang, zat een van angst trillend konijn. Het reptiel had haar kaken wijd opengesperd en stond op het punt om aan het langdurige en moeizame proces van het langzaam maar zeker opslokken van het konijn te beginnen.

Jason stond zeker een minuut lang als aan de grond genageld. Totaal gefascineerd bleef hij kijken hoe het donzige bruine konijn centimeter na centimeter in het glimmende keelgat van de slang verdween.

En op dat moment, al starende naar het dode konijn, had hij gedacht: *Ik weet precies hoe je je voelt.*

Toen had zijn vader zijn hand op zijn arm gelegd en was hij hem naar buiten, de felle, zomerse zonneschijn van Georgia in gevolgd.

Zijn vader had hem de rest van de dag zorgvuldig in de gaten gehouden. Waar had hij op gelet? Tekenen van psychose? Een op handen zijnde zenuwinstorting? Een uitbarsting van gewelddadigheid?

Maar er gebeurde niets. Toen niet, en nooit niet. Jason kwam de dag door zoals hij elke dag doorkwam – stapje na pijnlijk stapje, de ene na de andere pijnlijke minuut – een schriel, broodmager knulletje dat veel te klein was voor zijn leeftijd, en van wie het enige wapen zijn totaal afwezige blik was.

Dat bleef zo tot zijn achttiende verjaardag, de dag waarop hij over Rita's erfenis kon beschikken. Hadden zijn ouders een feest voor hem georganiseerd? Had Janie een cadeautje voor hem gekocht?

Hij zou het nooit weten. Want op de ochtend dat Jason achttien werd, was hij rechtstreeks naar de bank gegaan, had hij de twee komma drie miljoen dollar opgenomen en was met de noorderzon vertrokken.

Het was niet de eerste keer geweest dat hij uit de dood was herrezen. Nooit meer wilde hij zijn ouders en zusje zoveel verdriet aandoen.

Sandy was zwanger.

Hij moest iets doen.

Het was een vreemd idee dat Sandy zwanger was. De gedachte zweefde als het ware boven zijn hoofd. Het waren woorden die hij uit kon spreken en na kon zeggen, maar vreemd genoeg klonken ze niet Engels.

Sandy was zwanger.

Hij moest iets doen.

De politie was weg. Ze waren kort na één uur 's nachts vertrokken en hadden de computer meegenomen. En zijn iPod en Rees Leapster. Ze hadden ook een paar dozen uit de kelder gehaald, vermoedelijk dozen waar oude software in zat. Hij wist het niet zeker en het kon hem niet schelen. Hij had zijn handtekening gezet op de documenten waar ze een krabbel van hem wilden hebben, en hij was er niet warm of koud van geworden.

Hij vroeg zich af of de baby van hem was.

En wat als hij er gewoon vandoor ging met Ree? Boven op zolder bevond zich, verstopt achter de isolatiemat, een plat metalen kluisje met daarin twee valse identiteitsbewijzen en vijfentwintigduizend dollar in grote coupures. Het stapeltje biljetten was opvallend dun, en het kluisje had het formaat van een doorsneeboek. Hij wist dat de politie het niet gevonden had, want anders hadden ze er allang een enorme ophef over gemaakt.

Hij zou naar boven gaan, naar de zolder, het kluisje pakken en het in zijn computertas stoppen. Daarna zou hij Ree uit bed halen, haar lange bruine krullen afknippen en haar een honkbalpetje opzetten. In een tuinbroek van spijkerstof en een blauw poloshirt zou ze probleemloos kunnen doorgaan voor Charlie, die op reis was met haar vader – een man met gladgeschoren wangen.

Om de pers te vermijden zouden ze het huis via de achterdeur moeten verlaten. Over de schutting klimmen. Het zou niet moeilijk zijn om ergens, een paar straten verderop, een auto te stelen en zonder contactsleutel aan de praat te krijgen. De politie verwachtte natuurlijk dat ze naar South Station zouden gaan, dus hij zou naar het Amtrakstation aan Route 128 gaan. Daar zou hij de eerste gestolen auto parkeren en een volgende stelen. De politie zou alle treinen naar het zuiden in de gaten houden, want uiteindelijk ging iedereen altijd naar het zuiden, naar New York of zo, waar je gemakkelijker kon onderduiken.

Hij en Ree zouden dus naar het noorden gaan, naar Canada. Hij zou 'Charlie' in de kofferbak stoppen, een colbertje aantrekken en een bril opzetten, en daarmee was hij de zoveelste vertegenwoordiger die voor zaken de grens over wilde. De grenspolitie was dat soort verkeer gewend.

En zodra hij en Ree in Canada waren, zouden ze verdwijnen. Het was een reusachtig groot land met talloze uitgestrekte en ondoordringbare wouden. Ze zouden op zoek gaan naar een plezierig klein plaatsje en daar opnieuw beginnen. Ver uit de buurt van Max. Ver uit de buurt van de achterdochtige politie van Boston.

Ree zou een nieuwe naam mogen kiezen. Hij zou een baan zoeken, misschien in de plaatselijke supermarkt.

En zo zouden ze het jaren uit kunnen zingen. Zolang hij maar nooit meer een computer aanraakte.

Sandy was zwanger.

Hij moest iets doen.

Maar hij wist niet wat.

Bij nader inzien was vluchten geen optie. Nog niet. Al moest hij wel aan Ree denken. Uiteindelijk draaide het altijd om Ree. Maar aan de andere kant wilde, nee, móest hij ook weten wat er met Sandy was gebeurd. En hoe het met de baby zat. Het voelde alsof in de afgelopen achtenveertig uur het lot zijn benen onder hem vandaan had gehaald. Terwijl het hem nu, paradoxaal genoeg, ook nog een worst voorhield.

Er was een kans dat hij vader werd.

Misschien haatte Sandy hem dan toch.

Als hij niet kon vluchten, had hij een computer nodig. Hij had zijn computer nodig, al was het maar om te kunnen begrijpen wat Sandy had gedaan. Hoeveel had die jongen van dertien, Ethan, haar bijgebracht?

Voor zover hij wist, stond de computer van het gezin nog altijd veilig en wel op het kantoor van de *Boston Daily*. De vraag was alleen hoe hij hem terug zou kunnen krijgen. Hij zou samen met Ree naar kantoor kunnen gaan. Deze keer zou hij door de politie, en mogelijk ook nog door een aantal journalisten worden gevolgd. Alleen al het feit dat hij voor de tweede keer achter elkaar midden in de nacht naar kantoor ging en dat hij, als treurende echtgenoot, zijn kind daarvoor uit haar slaap had gewekt, zou voldoende zijn om de nodige achterdocht te wekken.

Als de politie echt argwaan koesterde, zouden ze alle computers van de *Boston Daily* in beslag kunnen nemen. Zeker wanneer ze met Ethan Hastings in gesprek bleven. Hoeveel had Sandy gevonden? Welke puzzelstukjes had ze in elkaar gepast zonder hem ooit met het thema te confronteren? Hij kon zich haar woede helemaal voorstellen. En haar angst.

Maar ze had er nooit met één woord over gerept.

Had ze in die tijd een minnaar gehad? Was het zo ver gekomen? Ze had een minnaar genomen, en toen ze daarna de bestanden had gevonden, had ze besloten om Jason te verlaten. Behalve dat ze toen ontdekt had dat ze zwanger was. Was het zijn kind? Was het van die andere man? Misschien had ze geprobeerd het uit te maken met haar minnaar, en misschien was die man daar wel boos om geworden en had hij stappen ondernomen.

Een andere mogelijkheid was dat Sandy op woensdagavond, met

vers opgedane kennis dankzij Ethan Hastings, op Jasons computer-bestanden was gestoten. Op dat moment had ze zich gerealiseerd dat ze het kind droeg van een monster. En in reactie daarop was ze... wat? Blindelings op de vlucht geslagen, zonder zelfs maar haar portemonnee of extra kleren mee te nemen? Was ze tot de conclusie gekomen dat ze één kind wilde redden door het andere in de steek te laten?

Het sloeg echt helemaal nergens op.

En dat bracht hem weer terug bij de enige andere nieuwe man die, voor zover hij wist, een rol in Sandy's leven speelde – Ethan Hastings. Misschien had de jongen gedacht dat een intieme relatie tussen hen mogelijk was. Misschien had ze geprobeerd hem duidelijk te maken dat dit niet ging. En wie weet, misschien had Ethan, die urenlang met haar achter de computer had gezeten in een poging alles van haar man te ontdekken, dat wel helemaal verkeerd opgevat, en was hij midden in de nacht naar het huis gekomen om...

De jongste moordenaar van Amerika was twaalf geweest toen hij voor een dubbele moord veroordeeld was, dus wat Jason betrof was Ethan oud genoeg om een moord gepleegd te kunnen hebben. Maar de logistiek riep de nodige vraagtekens op. Om te beginnen, hoe was een kind van dertien naar Jasons huis gegaan? Op de fiets? Lopend? En dan, hoe ontdeed zo'n mager joch als Ethan zich van het lijk van een volwassen vrouw? Had hij haar bij de haren naar buiten gesleurd? Haar dan over het stuur van zijn fiets gelegd?

Jasons brein werkte op volle toeren, en hij ging aan de bar in de keuken zitten. Hij was moe. Intens moe. En dat betekende dat hij extra voorzichtig moest zijn. Want de kans was groot dat zijn gedachten afdwaalden en terechtkwamen in dat vertrek dat altijd naar pas omgespitte aarde en rottende herfstblaadjes rook. En dan voelde hij de zachte aanraking van honderden spinnenwebben op zijn gezicht en in zijn haar. En zag hij het haastig wegschieten van een of meerdere behaarde lijfjes die, op zoek naar een veilig heenkomen, over zijn tennisschoen kropen, of over zijn broekspijp, of over zijn schouder.

Je moest ontsnappen. Want daar, in het donker, waren dingen die nog veel en veel erger waren dan de schuwe, doodsbange spinnen.

Hij wilde aan Janie denken. Aan hoe zij, en zij alleen, hem altijd enthousiast omhelsd had wanneer hij thuiskwam. Hij wilde zich herinneren hoe het geweest was om naast haar op de vloer te zitten en plichtmatig eenhoorns te tekenen terwijl zij erop los kwebbelde over het belang van de kleur paars, of waarom ze, wanneer ze groot was, in een kasteel wilde wonen.

Één herinnering was hem erg dierbaar. Die van haar gezicht op haar twaalfde verjaardag, toen hij al zijn geld had gespaard om die dag met haar te gaan paardrijden, want ze waren nu eenmaal niet zo'n gezin dat zich dergelijke buitensporigheden kon veroorloven.

Wat hij graag wilde geloven was dat ze, toen ze op de ochtend van zijn achttiende verjaardag wakker was geworden en zijn kamer opnieuw leeg had aangetroffen, niet gehuild had en dat ze hem niet had gemist. Dat hij het hart van zijn zusje niet voor een tweede keer had gebroken.

Want hij had iets geleerd: het was in zekere zin even erg om familie van de vermiste te zijn als om zelf de vermiste te zijn. Hij was gaan beseffen dat het moeten leven met talloze vragen moeilijker was dan het zijn van degene die alle antwoorden had.

En hij begon te beseffen dat hij, diep in zijn hart, doodsbang was dat de Burgerman altijd nog levend en wel was. Op de een of andere manier was het monster uit Jasons jeugd teruggekomen om hem zijn gezin afhandig te maken.

Jason ijsbeerde nog eens tien minuten door de kamer. Of misschien waren het er wel twintig, of was het een halfuur. De klok tikte, en elke tik bracht hem dichter bij alweer een ochtend zonder zijn vrouw.

Max zou terugkomen.

En de politie ook.

En er zou nog meer pers komen. Nu van de actualiteitenprogramma's. Presentatrices zoals Greta Van Susteren en Nancy Grace. Ze zouden op hun eigen manier druk uitoefenen. Een beeldschone echtgenote die al meerdere dagen werd vermist. Een knappe, mysterieuze echtgenoot met een onzuiver verleden. Ze zouden zijn leven blootleggen, en iedereen kon ervan meegenieten. En ergens in Georgia zouden de mensen de puntjes met elkaar verbinden, en ook een aantal telefoontjes plegen...

Als dat gebeurde, zouden Max en de politie meer dan voldoende munitie hebben om hem Ree af te pakken. Hoelang had hij nog? Tot het begin van de middag? Tot twee uur? Misschien zouden ze de beelden voor het nieuws van vijf uur gebruiken. Dat zou kijkcijfers opleveren, en de een of andere nieuwslezer zou punten scoren.

En Jason... Hoe zou hij ooit afscheid moeten nemen van zijn dochter?

En erger nog: wat zou er van haar terechtkomen? Eerst haar moeder weg, en dan wordt ze ook nog weggesleurd bij de enige vader die ze ooit had gekend... *Papa, papa, papa...*

Hij moest nadenken. Opschieten.

Sandy was zwanger.

Hij moest iets doen.

Hij kon niet bij zijn computer. Kon Ethan Hastings niet om uitleg vragen. Vluchten kon hij ook niet. Wat moest hij doen? Wat kon hij doen?

Om drie minuten over twee schoot hem iets te binnen. Het was het enige en het laatste wat hij zou kunnen doen.

Maar daarvoor zou hij zijn dochter, die boven lag te slapen, alleen moeten laten. Dat had hij in vier jaar nog nooit gedaan. Stel dat ze wakker zou worden? Stel dat ze zou ontdekken dat ze weer alleen thuis was, en dat ze het hysterisch op een krijsen zou zetten?

Of stel dat er iemand was die het huis in de gaten hield, die afwachtte tot Jason zijn eerste fout zou maken zodat hij dan razendsnel naar binnen zou kunnen gaan om Ree te ontvoeren? Zij wist meer van wat er die woensdagnacht was gebeurd. D.D. was ervan overtuigd, en hijzelf ook. Als iemand Sandy had ontvoerd, en als diegene wist dat Ree daar getuige van was geweest...

D.D. had hem bezworen dat de politie zijn huis in de gaten hield. Was dat een belofte of een dreigement? Hij kon alleen maar hopen dat het een beetje van allebei was.

Jason ging naar boven en trok een zwarte spijkerbroek en een zwarte trui aan. Hij bleef even staan voor de deur van Rees kamer en luisterde aandachtig. Toen hij helemaal niets hoorde en die stilte hem bang maakte, voelde hij zich gedwongen om de deur op een kiertje open te doen om zichzelf ervan te overtuigen dat zijn vierjarige dochtertje nog leefde en in haar bedje lag.

Ze sliep op haar zij, met haar arm over haar gezicht geslagen. Mr. Smith lag in het holletje van haar knieën.

Op dat moment moest Jason ineens weer denken aan het moment waarop hij haar de wereld binnen had zien glijden. Een klein, rimpelig lijfje. Zoals ze met haar knuistjes had gezwaaid. De gerimpelde lipjes van haar krijsende mondje. En zoals hij op datzelfde moment totaal hoteldebotel stapelgek op haar was geworden. Zijn dochter. Zijn wonder.

'Je bent van mij,' fluisterde hij.
Sandy was zwanger.
'Bij mij ben je veilig.'
Sandy was zwanger.
'Bij mij zijn jullie veilig.'
Hij liet zijn dochter alleen en jogde naar de hoek van de straat.

Hoofdstuk 24

Weet je wat in de gevangenis het moeilijkst is om aan te wennen? Het geluid. Het niet-aflatende geluid van mannen – vierentwintig uur per dag, zeven dagen per week. Grommende mannen, winden latende mannen, snurkende mannen, neukende mannen, schreeuwende mannen. Gedetineerden die er in hun eigen fantasiewereld op los kwekken. Veroordeelde criminelen die aan een stuk door, zonder ophouden, praten, praten en nog meer praten, zelfs wanneer ze op de wc zitten, alsof het poepen waarbij iedereen je kan zien, makkelijker is als je daarbij van begin tot eind het woord voert.

De eerste maand deed ik geen oog dicht. Ik was overmand door de geuren, door alles wat ik zag, maar vooral doordat het nooit eens even stil was. Je kon je nooit een halve minuut terugtrekken, naar een kalm plekje ergens ver in je achterhoofd, waar je kon doen alsof je geen negentien was en niet in deze hel was beland.

In de derde week werd ik besprongen. Ik wist dat het ging gebeuren op het moment dat ik opeens zachte voetstappen achter me hoorde. Dat werd gevolgd door andere, traditionele gevangenisgeluiden – de natte klets van de vuist van de ene man die contact maakt met de nieren van de ander, de krakende klap van een schedel die hard tegen de muur van betonblokken knalt, de opgewonden kreten van andere beesten terwijl ik daar, met mijn oranje gevangenisoverall ergens rond mijn enkels, half verdoofd op de grond lag en ze het om de beurt met mij deden – een man, twee, drie, jezus, ik schat dat het er iets van zes zijn geweest.

Wie in de gevangenis belandt, gaat nooit als maagd weer naar huis. Mooi niet.

In de vierde week kreeg ik bezoek van Jerry. Het enige bezoek dat ik gedurende mijn hele detentie kreeg. Mijn stiefvader ging tegenover mij zitten, liet zijn blik over mijn gemangelde gezicht en mijn holle ogen gaan, en begon te lachen.

'Zei ik het niet? Dat je het hier nog geen maand uit zou houden, vieze, vuile, kleine etter die je bent?'

En toen ging mijn stiefvader weer weg.

Hij is degene die me had aangegeven. Hij had mijn stapeltje brieven gevonden, de brieven die ik aan 'Rachel' had geschreven. En toen belde hij de politie, maar niet nadat hij me, toen ik van school kwam, had opgewacht. Eerst sloeg hij me vlak boven mijn oog met het metalen kluisje dat ik gebruikte om mijn paar persoonlijke bezittingen in de bewaren. En vervolgens bewerkte hij me met zijn vuisten.

Jerry was één meter vijfentachtig lang en woog honderd kilo. Vroeger, op de middelbare school, was hij een ster speler van het football-team geweest, en daarna had hij als kreeftenvisser gewerkt, tot hij twee vingers was verloren en ontdekte dat hij het veel leuker vond om van vrouwen te leven. Mijn moeder was de eerste geweest op wie hij para-siteerde, maar toen ze overleed, ik was toen zeven jaar, duurde het niet lang voor hij achtereenvolgens meerdere opvolgsters voor haar vond. Ik mocht blijven, maar familie had ik niet meer. Ik was gedegradeerd tot het kleine blonde jochie dat door Jerry werd gebruikt om wijven mee aan de haak te slaan. Ik was zijn kind niet eens, probeerde ik ze te vertellen, maar het kon die vrouwen niet schelen. Weduwnaars schij-nen sexy te zijn, en dat ondanks hun enorme bierbuik en twee ontbre-kende vingers.

Jerry verkocht me een keiharde linkse, en na die eerste klap was ik al half buiten westen. Daarna verkocht hij me er nog eens twintig extra voor de zekerheid. Hij hield niet van half werk. Toen ik krimpend van de pijn en bloed spugend op de grond lag te kronkelen, belde hij de politie en zei dat ze het vuil konden komen halen.

De agenten kwamen binnen en zeiden geen woord. Ze knikten naar Jerry en keken naar mij, daar op de vloer.

'Hij, daar?'

'Ja, hij daar. Zij is nog maar veertien. Heb je ooit zo'n zieke smeer-lap gezien?'

De smerissen trokken me overeind. Ik spuugde nog altijd bloed en kon amper op mijn benen staan. Mijn rechteroog zat al bijna helemaal dicht.

En toen verscheen Rachel. Ze kwam, in gedachten verzonken, vanaf de schoolbus het tuinpad op gelopen. Langzaam maar zeker drong het tot haar door dat de voordeur al openstond en dat er een groepje agenten in blauwe uniformen in het halletje stond. We zagen allemaal aan haar gezicht hoe ze ineens begreep wat er aan de hand moest zijn.

Bij het zien van mijn tot pulp geslagen neus en opgezette oog, zette ze het ineens op een krijsen. Ze krijste en krijste en leek niet meer te kunnen stoppen.

Ik wilde haar zeggen dat het wel weer goed zou komen met mij.

Ik wilde haar zeggen dat het me speet.

Ik wilde haar zeggen dat ik van haar hield en dat het het waard was geweest. De pijn, alles. Zoveel hield ik van haar.

Maar uiteindelijk heb ik niets van dat alles kunnen zeggen. Ik viel flauw. Tegen de tijd dat ik weer bijkwam zat ik in een cel, en ik heb Rachel nooit meer teruggezien.

Om haar de beproeving van een rechtszitting te besparen heb ik schuld bekend, en dat was ook wat de officier van me had gevraagd. En daarmee offerde ik mijn vrijheid en mijn toekomst.

Maar de rechtbank zal altijd blijven zeggen dat het niets met echte liefde te maken heeft gehad.

Ik weet wat me vanavond te doen staat, en ik kan niet zeggen dat ik me erop verheug. Die knappe inspecteur komt terug, dat zag ik heel duidelijk aan haar gezicht. Een hond die een bot heeft geroken. En de jongens van de garage, die komen ook. Maar zij komen met honkbalknuppels, en met rollen kwartjes in hun vuist. Ook aan hun gezichten is precies te zien wat ze willen – je kent het wel, die kwijlende blik van die met hooivorken bewapende, overdreven gespierde zaagselkoppen.

Vanmiddag kreeg ik zelfs een telefoontje van Wendell, die potloodventer van groepstherapie. Zogenaamd beschikt niemand over persoonlijke info van de anderen, maar het zou me niets verbazen als Wendell iemand had omgekocht om aan mijn gegevens te komen. Hij had de persconferentie over de vermiste vrouw gezien en wilde er alles van horen. Niet dat hij belde om te zeggen dat hij dacht dat ik onschuldig was, hoor. En hij belde ook niet om me een hart onder de riem te steken. Nee, hij belde voor de details. Hij wilde van me horen hoe Sandra eruit had gezien, hoe ze had geklonken en hoe het had gevoeld toen ik de laatste adem uit haar lijf had geperst. Wendell is ervan overtuigd dat ik haar heb vermoord. En het kan hem niet schelen. Hij wil alleen maar dat ik mijn verhaal met hem deel zodat hij wat nieuws heeft om tijdens het masturberen over te fantaseren.

Iedereen heeft een mening over mij, en dat ben ik echt spuug- en spuugzat.

Dus ik ga naar de drankzaak. Mijn voorwaardelijke invrijheidstelling kan me wat. Ik word hoe dan ook gearresteerd en ik heb niets misdaan. Iedereen kent het gezegde dat je net zo goed de daad kunt plegen als je er toch voor gearresteerd zult worden. Dus ik ga me bezatten. En niet met een paar biertjes, maar grondig.

Maker's Mark whisky. Dat is het merk dat mijn stiefvader altijd kocht. Ik had ervan gedronken, die eerste keer dat ik Rachel verleidde. Whisky met Fanta, in grote glazen, voor Rachel en voor mij. Wat moet je als stel verveelde kinderen na schooltijd doen, afgezien van drank uit de drankkast van je ouders jatten?

Ik koop twee flessen, en keer zowat op een holletje terug naar huis. Want nu ik eenmaal heb besloten om me te misdragen, wil ik daar elke minuut van genieten. Ik schroef de dop van de eerste literfles en drink regelrecht uit de fles. Na één slok al moet ik ontzettend hoesten. Ik ben nooit een echte zuiplap geweest, zelfs niet als tiener. Ik was vergeten hoe erg whisky kan branden.

'Jezus christus!' breng ik uit, naar lucht happend. Maar ik geef het niet op. Helemaal niet!

Iets van zes slokken later voelt mijn buik lekker warm, en ben ik ook een stuk kalmer – lekker ontspannen, zelfs. Helemaal ideaal voor wat ik van plan ben.

Ik trek mijn kast open. Gooi al mijn kleren opzij, en daar is-ie. Het metalen kluisje. Het object waarvan ik zo goed als zeker weer dat Inspecteur Blondie het voorheen heeft gevonden en waar ze me nu een heleboel vragen over wil stellen. Nou, dat moet ze vooral doen.

Nadat ik het kluisje heb opgetild – het laatste wat me nog van mijn vroegere bestaan rest – wankel ik ermee de achtertuin in. Het is koud, vanavond. Ik zou een trui aan moeten trekken. Iets anders dan mijn gebruikelijke, lelijke witte T-shirt. In plaats daarvan neem ik nog een paar slokken Maker's Mark. Wedden dat ik daar warme tenen van krijg? Jazeker!

Ik maak het kluisje open. Het zit vol met briefjes. Ik weet niet waarom Jerry ze niet heeft weggegooid. Het enige wat ik kan bedenken, is dat Rachel het kluisje gepakt en verstopt heeft – mogelijk nog diezelfde middag. En dat ze het voor me heeft bewaard.

En op de een of andere manier heeft ze het, op een dag toen ik in de garage aan het werk was, bij me op de stoep gedeponeerd. Ik kwam thuis en bof, daar lag het. Geen papier of doos eromheen, geen briefje en zelfs geen telefoontje achteraf. Ik kan alleen maar bedenken dat zij het moet zijn geweest, want wie anders kan zoiets nou hebben gedaan? En toen bedacht ik dat ze inmiddels zeventien was, oud genoeg om auto te kunnen rijden, en moedig genoeg om van Portland, in Maine, naar de grote stad Boston te durven komen.

Misschien heeft ze mijn adres van de cheques die ik aan Jerry stuur. Misschien dat ze me, toen ze eenmaal wist waar ik woonde, op wilde zoeken. Om te zien hoe het met me is.

Heeft ze de brieven gelezen? Heeft ze eruit kunnen begrijpen waarom ik heb gedaan wat ik heb gedaan?

Gedurende de eerste paar weken heb ik de inhoud keer op keer doorgewerkt. Voor zover ik kon nagaan, zat elke brief die ik ooit heb geschreven erin, met inbegrip van de kladjes slechte poëzie, de beterschapskaart toen ze ziek was, en de gedichten die ik stiekem onder mijn werk had geschreven. Ik zocht overal naar antwoorden die ze mogelijk in de kantlijn had gekrabbeld, naar sporen van lippenstift en desnoods een vettige afdruk van haar hand.

Op een avond, nadat ik een aflevering van *MythBusters* had gezien waarin citroenzuur werd gebruikt om onzichtbare inkt zichtbaar te maken, kwam ik op het idee de brieven met citroensap te bespuiten. Niets.

En dus wachtte ik tot ze terug zou komen. Dag in, dag uit. Want ze wist waar ik woonde, en ik hoopte bij god dat ik haar terug zou zien. Al was het maar voor een paar minuten, om haar iets te kunnen vertellen. Om haar alles te kunnen vertellen. Alleen maar om haar... te kunnen zien.

Uiteindelijk leverde het wachten evenveel op als het zoeken naar krabbels in de kantlijn. Maanden later had ik haar nog steeds niet gezien.

En net zoals ik indertijd in de gevangenis had gedaan, vraag ik me ook nu weer af of ze eigenlijk ooit wel van me heeft gehouden.

Ik neem nog een slok Maker's Mark en dan, nog voor het brandende gevoel in mijn keel is verdwenen, ontsteek ik een lucifer en kijk naar hoe 's werelds kostbaarste verzameling liefdesbrieven vlam vat. Voor de zekerheid sprenkel ik er nog wat whisky overheen, en de vlammen laaien goedkeurend op.

Op het laatste moment krijg ik er ineens verschrikkelijk spijt van.

Ik steek mijn handen in de vlammen om te redden wat er te redden valt – snippers, meer niet. Ik brand me, het haar op de rug van mijn handen verschroeit. De velletjes papier krullen om en vallen onder mijn aanraking uit elkaar in gloeiende, omhoogzwevende deeltjes.

'Nee,' roep ik ze stompzinnig achterna. 'Nee, nee, kom terug. Nee.'

Het volgende moment begin ik de brandende snippertjes door de achtertuin achterna te rennen. De huid van mijn armen is pijnlijk verbrand en ik wankel op mijn benen, en dan opeens hoor ik het – een geluid.

De geluiden van de gevangenis vergeet je nooit.

En die geluiden hoor ik nu. Ze komen vanaf de andere kant van de tuin.

*

Mijn haar staat in lichterlaaie. Ik heb het op dat moment niet in de gaten, maar vermoedelijk heeft mijn buurman zijn leven daaraan te danken – aan hoe ik, wild met mijn armen zwaaiend terwijl de vonken van mijn hoofd spatten, naar de voortuin ren.

Ik kom de hoek van het huis om gevlogen en de drie jongens kijken tegelijkertijd op.

'Aidan,' zegt de eerste, alsof hij niet goed bij zijn hoofd is. Carlos heet hij – ik herken zijn stem meteen. Hij werkt in de garage.

En dan kijken ze op hetzelfde moment naar de donkere bult op de stoep. 'O, shit,' zegt nummer twee.

'Maar als hij Aidan is,' begint nummer drie, die duidelijk niet de allerslimste is. Zijn gelaarsde voet staat op de rug van de neergeslagen man, en hij staat half voorover gebogen met zijn arm halverwege een stomp.

Op dat moment dringt het tot me door dat ik Maker's Mark-fles nog in mijn hand heb, dus ik doe wat het verstandigst is en ram de onderkant ervan tegen de hoek van mevrouw H.'s met kunststof beklede huis. Vervolgens hou ik de scherpe resten van de fles boven mijn hoofd en stort ik mij, buiten mijzelf van de goedkope whisky en de onbeantwoorde liefde, als een hysterisch wijf schreeuwend in de strijd.

De drie in het zwart geklede gestalten stuiven uiteen. Carlos gaat ervandoor, wild om zich heen slaand. De derde man laat opnieuw zien hoe traag en dom hij is. Mijn geïmproviseerde wapen treft hem halverwege zijn bovenarm, en hij zet het op een krijsen wanneer het begint te bloeden.

'Shit, shit, shit,' herhaalt nummer twee aan de lopende band. Ik prik de fles in zijn zij, maar hij springt weg, en dan haal ik de scherpe glaspunten over zijn dij. 'Carlos,' brult hij nu, 'Carlos, verdomme, waar ben je?'

Ik ben totaal over mijn toeren. Ik ben dronken en ik ben het spuugzat dat ik niet kan leven zoals ik dat wil. Ik haal uit naar sufkop nummer drie en geef krijswijf nummer twee er meerdere malen van langs. Ik heb mezelf helemaal niet meer in de hand, en het enige wat hen redt is dat ik in sobere toestand absoluut geen vechtersbaas ben, laat staan in deze zwaar aangeschoten toestand. Ik ben één en al razernij, maar ik heb geen flauw besef van wat ik doe.

Het duurt niet lang tot de twee slimmeriken zich aan mijn aanval weten te onttrekken en Carlos achternagaan, van wie in de donkere straat allang geen spoor meer te bekennen valt. Ik blijf nog even, intussen obscene dreigementen uitend, schaduwen te lijf gaan, tot het uiteindelijk tot me doordringt dat mijn hoofd verschrikkelijk pijn doet en ik bovendien een heel vieze lucht begin te ruiken.

Ik laat de kapotte whiskyfles vallen en begin als een gek te huppen en te springen terwijl ik wanhopig probeer de smeulende resten van mijn verschroeide haar te doven.

'Shit. O, shit, shit, shit.' Het is duidelijk mijn beurt om sufkop van de week te zijn. Ik mep mezelf koortsachtig op mijn hoofd tot ik het gevoel heb dat het grootste gedeelte van de hitte is afgenomen. En dan, volledig buiten adem, dringt het beetje bij beetje tot me door wat ik heb gedaan. Ik ben dronken. Ik heb het grootste deel van mijn haar verbrand. Mijn armen zitten onder roet en verse brandblaren. Mijn hele lijf doet waanzinnig pijn.

De zwarte hoop op de stoep komt kreunend en steunend weer tot leven.

Ik loop naar de man toe en draai hem op zijn rug.

En zie dat het mijn buurman Jason Jones is.

'Wat doe jij zo laat op straat, verdomme nog aan toe?' vraag ik hem tien minuten later. Ik heb Jones met de nodige moeite mijn kamer binnen weten te slepen, en nu zit hij met een zak ijs op zijn hoofd en een tweede op zijn gekneusde ribben op het gebloemde bankje van mijn hospita.

Zijn linkeroog zit al nagenoeg dicht en zijn pleister zegt me dat dit niet de eerste aframmeling is die hij die dag te incasseren heeft gekregen.

'Ben je soms niet helemaal goed bij je harses?' ga ik verder. Het grootste deel van mijn extra stoot adrenaline is verbruikt. Ik loop voor het keukenblok op en neer, laat het elastiek knallen en wou dat ik uit mijn eigen huid kon kruipen.

'Wat heb je in vredesnaam met je haar gedaan?' brengt Jones met een kraakstem uit.

'Mijn haar doet er niet toe. Wat ik wil weten, is waarom je als een ninja verkleed door de buurt loopt te sluipen? Heb je niet al genoeg aan die freakshow bij je thuis?'

'De pers, bedoel je?'

'Kannibalen.'

'Aangezien ik ook journalist ben en ze hier zijn om dankzij mijn ellende hun brood te verdienen, is dat een treffende vergelijking.'

Ik ben boos, en ik ben niet in de stemming voor treffende vergelijkingen. 'Waar ben je mee bezig?' probeer ik opnieuw.

'Ik was op zoek naar jou.'

'Waarom?'

'Je zei dat je iets hebt gezien, die avond dat mijn vrouw is verdwenen. En ik wil weten wat dat is.'

'En je kon me niet bellen om dat te vragen?'

'Ik wilde je gezicht zien om te weten of je antwoord waar is of gelogen.'

'Je kunt net zo lang naar mijn gezicht kijken als je wilt, maar dat zie je toch niet.'

'Wedden?' vraagt hij zacht, en wat ik in dat halfdichte oog van hem zie verontrust me meer dan die drie vechtersbazen door wie hij eerder is besprongen.

'Best.' Ik probeer macho te klinken. 'Als jij zo groot en sterk bent, hoe komt het dan dat ík degene was die dat tuig weg moest jagen en jou vervolgens hier naar binnen moest slepen?'

'Ze hebben me van achteren aangevallen,' zegt hij zielig, en hij schuift de ijszak een stukje naar rechts. 'Wie waren het eigenlijk? Vrienden van je?'

'O, gewoon een paar jongens uit de buurt die erachter zijn gekomen dat er een geregistreerde zedendelinquent om de hoek woont. Als je morgenavond om dezelfde tijd terugkomt, zul je ze waarschijnlijk opnieuw ontmoeten.'

'Heb je medelijden met jezelf?' vraagt hij zacht.

'Absoluut.'

'Dat verklaart de whisky.'

'Ik heb nog een fles. Wil je een slok?'

'Ik drink niet.'

Om de een of andere reden maakt me dat nijdig. *'Don't drink, don't smoke, what do you do?... Goody two, goody two, goody goody two shoes.'*

Jones kijkt me vreemd aan.

'Jezus,' roep ik uit. 'Dat is van Adam Ant, dat nummer over de brave zielen. Uit de jaren tachtig. Waar ben je opgegroeid? Ergens in een grot?'

'Nee, in een kelder, als je het wilt weten. En je bent te jong om je die muziek te kunnen herinneren.'

Met een ongemakkelijk gevoel haal ik mijn schouders op. Ik heb meer gezegd dan ik wilde. 'Ik kende een meisje,' zeg ik zacht. 'Ze was een enorme fan van Adam Ant.'

'Je bedoelt het meisje dat je hebt verkracht?' vraagt hij op effen toon.

'O, hou je mond! Hou verdomme je mond. Ik heb echt schoon genoeg van iedereen die doet alsof hij alles weet van mij en mijn seksleven. Zo was het helemaal niet. Zo. Was. Het. Helemaal. Níet.'

'Ik heb je gegevens opgezocht,' gaat hij op effen toon verder. 'Je hebt seks gehad met een meisje van veertien. Volgens de wet is dat verkrachting. Dus, ja, zo was het wél.'

'Ik hield van haar!' roep ik uit.

Hij kijkt me strak aan.

'Er was iets tussen ons. Het was echt niet alleen maar seks. Ik had haar nodig. Zij had mij nodig. We waren de enige twee mensen op de hele wereld die om elkaar gaven. Dat is niet niks, verdomme. Dat is líefde.'

Hij blijft me strak aankijken.

'Nou, het is zo! Je kunt het niet helpen op wie je verliefd wordt. Zo simpel ligt dat.'

Eindelijk zegt hij iets. 'Wist je dat wat hardcore pedofielen met elkaar gemeen hebben, is dat ze voor hun vijftiende hun eerste seksuele ervaring met een volwassene hebben gehad?'

Ik sluit mijn ogen. 'Och jezus, man, krijg de tering!' zeg ik vermoeid. Ik pak de tweede fles whisky van het aanrecht en begin de dop eraf te schroeven, maar intussen voel ik me zo misselijk dat ik niet echt zin heb in nog een slok.

'Je had van haar af moeten blijven,' gaat hij verder. 'Zelfbeheersing, dat zou liefde zijn geweest. Een eenzame en kwetsbare scholiere respecteren, dat zou liefde zijn geweest. Haar je vriendschap geven. Dát is liefde.'

'Van mij mag je weer daar op de stoep gaan liggen,' zeg ik. 'Er komt vast wel gauw iemand anders langs om je te helpen.' Maar zo te zien heeft hij nog meer op zijn lever.

'Je hebt haar verleid. Hoe heb je dat gedaan? Met drugs, alcohol, mooie woorden? Je hebt erover nagedacht en je hebt er een plan voor gesmeed. Omdat je ouder was, was je rijper en was je bereid het juiste moment af te wachten. Je wachtte tot ze ergens verdriet om had en zich eenzaam en verlaten voelde, en dat was je moment. Je bood aan haar rug te masseren. Misschien heb je haar een borrel aangeboden. "Eén slokje maar," zei je. "Dat helpt je te ontspannen." En misschien voelde ze zich wel niet helemaal op haar gemak en wilde ze dat je ophield...'

'Hou je mond,' zei ik hard, en op een waarschuwende toon.

Hij knikt. 'Ja, ze heeft je gevraagd om op te houden. Ze zei dat je niet verder moest gaan, maar je luisterde niet. Je ging door met haar strelen en liefkozen. Ze had geen kans. Ze was nog maar veertien, ze begrijpt niet alles wat ze voelt, ook niet dat ze dit niet wil, en of het wel goed is. Ze is onzeker en ze kan zich niet goed uiten...'

In drie grote stappen ben ik mij hem, en ik geef hem een keiharde mep in zijn gezicht. De klap klinkt verrassend luid. Zijn hoofd knikt opzij, de ijszak valt op een kleedje. Hij draait zijn hoofd langzaam weer terug, wrijft bijna peinzend over zijn wang, pakt de ijszak weer op en legt hem terug op zijn hoofd.

Hij kijkt me recht aan en wat ik in zijn ogen zie, doet me rillen. Hij vertrekt geen spier. Ik ook niet.

'Vertel me wat je woensdagavond hebt gezien,' zegt hij zacht.

'Een auto die de straat uit reed.'

'Wat voor soort auto?'

'Eentje met een heleboel antennes. Het kan een gehuurde limousine zijn geweest. Het was een donkere personenauto.'

'Wat heb je tegen de politie gezegd?'

'Dat je een smerige moordenaar bent,' sis ik, 'die zijn best doet om mij erbij te lappen om er zelf ongestraft van af te komen.'

Hij kijkt naar mijn hoofd, mijn handen, mijn armen. 'Wat heb je daarnet verbrand?'

'Alles wat ik verbranden wilde.'

'Ben je een pornoverzamelaar, Aidan Brewster?'

'Dat gaat je niets aan!'

Jones legt de ijszak naast zich neer. Hij gaat voor me staan. Ik deins achteruit – ik kan het niet helpen. Die intens donkere ogen met het opgedroogde bloed eromheen, en die blauwe plekken. Ik heb iets van een déjà vu – het is alsof ik die ogen eerder heb gezien. In de gevangenis, misschien. Misschien bij die eerste man, die me in elkaar sloeg en me vervolgens bewusteloos neukte. Ineens realiseer ik me dat mijn buurman niet helemaal humaan is.

Jones doet een stapje naar me toe.

'Nee,' hoor ik mezelf hees uitbrengen. 'Ik heb liefdesbrieven verbrand, verdomme. Mijn eigen brieven. Ik zweer je, ik ben geen pedofiel!'

Hij keek om zich heen. 'Heb je een computer, Aidan?'

'Nee, verdomme, dat mag ik niet. Dat is een eis van mijn voorwaardelijke invrijheidstelling!'

'Waag het niet internet op te gaan,' zegt hij. 'Ik zweer je – één bezoekje aan een chat en één woord tegen een tiener, en ik breek je nek. Je zult nergens veilig voor me zijn.'

'Wie ben je, verdomme?'

Hij buigt zich over me heen. 'Ik ben degene die weet dat je je eigen stiefzusje hebt verkracht, Aidan. Ik ben degene die weet waarom je je stiefvader honderd dollar per week betaalt. En ik ben degene die weet hoeveel die zogenaamde liefde van jou je slachtoffer, een meisje dat inmiddels anorectisch is, de rest van haar treurige leven zal kosten.'

'Maar dat kun je niet weten,' zeg ik stompzinnig. 'Niemand weet dat. Ik ben door de test met de leugendetector gekomen. Ik ben door de test met de leugendetector gekomen!'

Hij glimlacht, maar iets in die grijns, in combinatie met die totaal uitdrukkingsloze ogen van hem, bezorgt me de ijskoude rillingen. Hij draait zich om en loopt de gang af.

'Ze hield van me,' roep ik hem, zonder al te veel overtuiging, achterna.

'Als ze van je hield, zou ze inmiddels toch wel bij je zijn teruggekomen, denk je ook niet?'

Jones trekt de voordeur achter zich dicht. Ik blijf alleen achter in mijn kamer. Mijn tot vuisten geballde, verbrande handen hangen slap omlaag, en het enige wat ik voel is haat – haat voor mijn buurman. Dan schroef ik de dop van de tweede fles Maker's Mark en drink.

Hoofdstuk 25

In het begin waren er twee dingen die me bezighielden. Als eerste was dat de vraag hoe ik mijn vragen aan Ethan Hastings zó zou kunnen formuleren dat ik niet te veel verried, en ten tweede wilde ik weten hoe ik, gezien de korte tijd die ik had, iets tegen mijn man zou kunnen ondernemen. Beide kwesties bleken uiteindelijk veel eenvoudiger dan ik had gedacht.

Ethan en ik kwamen elke dag in mijn vrije uur bij elkaar. Ik had hem verteld dat ik voor mijn klas bezig was met het maken van een module voor de navigatie op internet. Onder het mom van dat zogenaamde project beantwoordde Ethan al mijn vragen en vertelde hij me nog veel meer dan dat.

Ik begon met de beveiliging. We zouden natuurlijk moeten voorkomen dat de zesdeklassers toegang hadden tot pornosites. Ethan liet me zien hoe ik het zoekprogramma zodanig kon instellen dat de toegang tot bepaalde websites niet mogelijk was.

Die avond, nadat ik Ree naar bed had gebracht, startte ik de gezinscomputer en ging aan het werk. Ik opende het beveiligingsvenster van AOL en klikte alle ingestelde beperkingen weg. Pas later, toen ik in bed lag, bedacht ik dat het best kon zijn dat Jason niet via AOL internet op ging. Voor hetzelfde geld gebruikte hij Internet Explorer of een andere browser.

De volgende dag wendde ik me opnieuw tot Ethan.

'Is er een manier om na te gaan welke websites er door elke computer zijn bezocht? Ik bedoel, ik wil na kunnen gaan of elke leerling op de sites is geweest waar ze zijn moesten, en of de beveiliging wel goed heeft gewerkt.'

Ethan legde me uit dat telkens wanneer een gebruiker een website aanklikt, er door die site een cookie wordt aangemaakt en dat tijdelijke kopieën van de pagina's van die website in het cachegeheugen van de computer worden opgeslagen. Daarnaast beschikt elke computer over een zoekgeschiedenis, zodat ik, door in de betreffende bestanden te zoeken, precies kon zien welke sites door die computer waren bezocht.

Ik moest vijf avonden wachten, tot Ree sliep en Jason naar zijn werk was. Ethan had me gewezen hoe ik op het rolmenu van de internetbalk kon klikken, en dan alle door de computer bezochte sites te zien zou krijgen. Ik vond de balk, klikte op het rolmenu en zag drie opties – www.drudgereport.com, www.usatoday.com en www.nytimes.com.

Ik realiseerde me meteen dat dit veel te weinig opties waren, want toen Ethan dit op de schoolcomputer had gedaan, waren er zeker iets van twaalf tot vijftien adressen zichtbaar geworden. En dus startte ik Internet Explorer en bekeek de browsergeschiedenis die ik daar vond, maar het resultaat was precies hetzelfde.

Ik stond voor een raadsel.

Vanaf die dag bleef ik de browsergeschiedenis controleren – om de paar dagen, op willekeurige tijdstippen, wanneer ik dacht dat ik snel even kon kijken zonder dat Jason dat merkte. En altijd vond ik dezelfde drie sites, en daar snapte ik niets van. Jason zat urenlang over de computer gebogen. Het was ondenkbaar dat hij alleen maar op die drie nieuwssites keek.

Drie weken later kreeg ik opeens een idee. Ik bedacht een op maatschappijleer gerichte vraag om door mijn leerlingen te laten onderzoeken. Het betrof een thema dat te maken had met de vijf vrijheidsrechten zoals die in de grondwet staan vermeld. En toen googelde ik erop los. Ik vond geschiedenissites, sites van de overheid, van Wikipedia, talloze interessante adressen. Ik klikte ze allemaal aan, en toen ik die avond klaar was, vertoonde de browsergeschiedenis een lange, indrukwekkende lijst van bezochte websites.

De volgende dag op school gaf ik mijn klas een geïmproviseerde les over de vrijheid van meningsuiting, geloofsvrijheid, persvrijheid, het recht om vreedzame vergaderingen te houden en het recht om petities in te dienen.

Daarna ging ik meteen naar huis en kon mezelf amper beheersen tot Ree in bed lag en ik opnieuw de browser van de computer kon openen.

En wat vond ik? Drie websites – Drudge Report, USA Today en de New York Times. Elke site die ik vierentwintig uur eerder bezocht had, was verdwenen. Gewist.

Het was duidelijk dat mijn man heel bewust de sporen uitwiste van de sites die hij op internet bezocht.

De volgende dag arriveerde ik als eerste in het computerlab en nog voor Ethan goed en wel binnen was, overviel ik hem met mijn vraag.

'Ik sprak gisteren na schooltijd met een collega, en volgens haar is het niet voldoende om alleen die browsergeschiedenis te bekijken. Ze beweert namelijk dat er manieren zouden zijn om die geschiedenis te wissen of onzichtbaar te maken, of zo. Klopt dat?'

Ik haalde hulpeloos mijn schouders op. Ethan ging zitten en zette onmiddellijk een computer aan.

'Natuurlijk, mevrouw Jones. Je kunt zo'n cachegeheugen makkelijk wis-

sen. Als je dat doet, lijkt het net alsof je nooit op een bepaalde site bent geweest. Kijk, ik laat het u zien.'

Ethan opende de site van National Geographic, ging er weer van af en wees me wat ik moest doen om het cachegeheugen te wissen. Mijn teleurstelling was groot.

'Dus dan kan ik uiteindelijk toch niet echt nagaan wat de kinderen doen, wel? Ik bedoel, als ze erachter komen hoe ze dat geheugen moeten wissen – wat uiteindelijk niet meer is dan een enkele klik – dan kunnen ze, wanneer ik niet oplet, overal gaan kijken en kom ik daar nooit achter.'

'Nou, u heeft toch de beveiliging ingesteld,' probeerde Ethan me gerust te stellen.

'Maar ook dat is uiteindelijk geen enkele garantie. Dat heb je me zelf laten zien, toen we die instelden. Als ik het goed begrijp, kan ik nooit echt nagaan waar de leerlingen zijn geweest of wat ze doen. Misschien dat het uiteindelijk helemaal niet zo'n goed idee is, die internetmodule van mij.'

Ethan dacht even na. Hij is een slim joch. Serieus, maar eenzaam. Ik had het gevoel dat zijn ouders van hem hielden, maar dat ze niet wisten wat ze met hem aan moesten. Hij is te intelligent, te intimiderend, zelfs voor volwassenen. Het soort kind dat de eerste twintig jaar van zijn leven diep ongelukkig is, maar dan op zijn eenentwintigste met zijn eigen softwarebedrijf de beurs op gaat en uiteindelijk met een supermodel trouwt en in een Ferrari rijdt.

Maar zover was hij nog niet, en ik had met hem te doen vanwege zijn verlegenheid en de puur analytische manier waarop hij de wereld bekeek, een manier die geen mens kon volgen.

'U realiseert zich natuurlijk dat wanneer je iets op de computer wist, het nooit echt helemaal verdwijnt,' zei hij opeens.

Ik schudde mijn hoofd. 'Nee, daar weet ik niets van. Hoe kan dat?'

Hij fleurde op. 'Dat kan omdat computers in wezen ontzettend lui zijn.'

'O ja?'

'Nou en of. De voornaamste taak van een computer is het opslaan van gegevens. In die zin kun je de harde schijf van een computer beschouwen als een enorme bibliotheek met enorme hoeveelheden lege schappen. En dan komt u, de gebruiker, en begint met het opslaan van bestanden, met het downloaden van informatie of met het surfen op internet. Wat u doet, is het samenstellen van 'boeken', die u vervolgens wegzet in de schappen.'

'Ja.'

'Zoals in elke bibliotheek moet de computer op elk moment bij het gewenste

boek kunnen komen. Daarvoor maakt hij een adresboek aan, de computer-
versie van een kaartenbak, waarvan hij zich bedient om de opgevraagde in-
formatie van de plank te kunnen halen. Is dat duidelijk?'

'Ja, ja, dat is duidelijk,' verzekerde ik hem.

Ethan schonk me een stralende glimlach. Afgezien van een goede leraress
was ik kennelijk ook een uitstekende leerling. Hij vervolgde zijn verhaal.
'Maar dit is het punt waarop de computer lui is. Wanneer je bepaalde docu-
menten wist, neemt hij niet de moeite om die informatie van de plank te
halen en weg te gooien. Dat vindt hij te veel werk. Wat hij in plaats daarvan
doet, is alleen de referentie aan het betreffende document uit het adresboek
schrappen. Het boek blijft gewoon op de plank, maar de kaart bevindt zich
niet langer in de kaartenbak.'

Ik nam mijn roodharige partner gedurende enkele seconden aandachtig op.
'Dus als ik het goed begrijp, kun je het cachegeheugen leeghalen, maar dat
betekent niet dat de betreffende internetbestanden daadwerkelijk uit de com-
puter verdwijnen.'

Dat leverde me een tweede stralende glimlach op. 'U snapt het!'

Ik lachte terug, ik kon het niet helpen. Pas toen ik hem zag blozen, reali-
seerde ik me dat ik voorzichtig moest zijn. Het feit dat ik Ethan Hastings ge-
bruikte, betekende nog niet dat ik hem verdriet wilde doen.

'Dus als de kaartenbak is leeggehaald,' vroeg ik, 'wat kan ik dan doen om
alsnog aan de informatie te komen?'

'Om achter de browsergeschiedenis te komen, kunt u Pasco gebruiken.'

'Pasco?'

'Dat is forensische software die online gedownload kan worden. Het gaat
als volgt. Wanneer iemand het cachegeheugen wist, haalt de computer vrijwel
nooit het volledige cache leeg. Er blijven doorgaans altijd wel een aantal
index.dat-bestanden in achter. Wat u moet doen, is de bestanden van de ge-
schiedenis openen, Pasco in werking stellen, en dan krijgt u een CSV...'

'Een CSV?'

'Ja, dat staat voor Comma Separated Values, een kommagescheidenbestand,
een soort tafelbestand. Waar het om gaat, is dat het een Excel-spreadsheet
opent waarop elke URL *vermeld staat die door de computer is bezocht, compleet*
met datum en tijd. Je kunt de URL's *rechtstreeks naar de browser kopiëren en*
plakken om te zien wat voor website het is. En op die manier weet u precies
wat er met de betreffende computer is opgezocht.'

'Hoe komt het dat je al die dingen weet?' Ik kon het niet laten om dat te
vragen.

Ethan werd knalrood. 'Van eh... iemand in de familie.'

'Je familie?'

'Mijn moeder controleert mijn computer elke week met Pasco. Niet dat ze me niet zou vertrouwen!' Hij werd nóg roder. 'Het is alleen "uit voorzorg", zegt ze. Ze weet dat ik slimmer ben dan zij, dus het is belangrijk voor haar om dat soort programma's te kunnen gebruiken.'

'Je moeder heeft gelijk, Ethan. Je bent een genie en ik ben je echt heel erg dankbaar voor al je hulp bij het opzetten van deze module.'

Ethan glimlachte, maar deze keer maakte hij daarbij een peinzende indruk.

Die avond ging ik grondig aan de slag. Twee verhaaltjes, een liedje en een halve Broadwayshow later lag Ree in bed, was Jason de deur uit en was ik alleen met mijn nieuwe kennis en een grote hoeveelheid kersverse achterdocht. Taak nummer één was het downloaden en installeren van Pasco vanaf Foundstone.

Daarna klikte ik op het menu met zijn opties voor de identificatie van eventuele geschiedenisbestanden die door Pasco konden worden onderzocht. Ik zat ver voorovergebogen naar de minuscule lettertjes op het scherm te turen, terwijl ik ondertussen mijn oren spitste voor het geval ik Jasons auto op de oprit hoorde.

Ik wist niet precies waar ik mee bezig was, en alles nam veel meer tijd in beslag dan ik verwacht had. Voor ik het in de gaten had, was het na middernacht en kon Jason elk moment thuiskomen. Ik was nog steeds bezig met het zoeken naar informatie en had nog niet eens gekeken hoe ik Pasco weer moest verwijderen, want wanneer Jason het icoontje op het bureaublad zag, zou hij natuurlijk meteen onraad ruiken.

Eindelijk vond ik het dialoogvenster waarin me gevraagd werd of ik de CSV wilde openen of opslaan. Ik wist niet wat het beste zou zijn, maar ik had geen tijd meer en dus klikte op Openen, en het scherm vulde zich met een Excel-spreadsheet.

Ik had verwacht dat ik tientallen internetadressen zou zien. Pornosites? Chatrooms? Nog meer afschuwelijke foto's van doodsbange jongetjes? Bewijzen dat de man met wie ik was getrouwd en die ik als vader van mijn kind had gekozen een doorgewinterde pedofiel was, of op zijn minst zo'n zwaar ziek type dat op zoek naar kinderen van twaalf MySpace afschuimde? Ik wist niet precies waar ik op hoopte of voor vreesde. Ik kneep mijn ogen stijf dicht en kon mezelf er nauwelijks toe brengen te kijken naar wat de computer me vertelde.

Wat, o wat deed mijn man al die lange nachten op de computer?

Er stonden drie adressen op het scherm, en ik hoefde ze niet met de browser te controleren omdat ik meteen al wist wat ze waren – Drudge Report, USA Today en de New York Times.

Mijn man wist zijn geheimen uitstekend te bewaren.

De volgende dag, toen ik tijdens mijn vrije uur het computerlab binnenging, zat Ethan al op me te wachten.

'Is het gelukt?' vroeg hij.

Ik wist niet wat ik moest zeggen.

'Nou?' drong hij ongeduldig aan. 'Heeft u ontdekt wat uw man op de computer uitspookt, of niet?'

Ik keek mijn sterleerling met grote ogen aan.

Hij bleef heel zakelijk. 'Zesdeklassers zijn doorgaans echt geen computerdeskundigen,' zei hij. 'Ik bedoel, ik was dat wel, maar in uw klas zit niet één kind dat echt veel van internet weet, en dat betekent dat u zich in principe nergens zorgen om hoeft te maken. Ik breek voortdurend in op de schoolcomputer, en daar gebeuren echt geen spannende dingen...'

'Ethan!'

Hij haalde zijn schouders op. 'Dus dat brengt me bij de mogelijkheid dat er bij u thuis iets aan de hand moet zijn waar u zich zorgen om maakt. Ree is nog maar vier, dus zij kan het niet zijn. Degene die overblijft, is uw man.'

Ik ging zitten. Dat leek me een betere optie dan te blijven staan.

'Is het porno?' vroeg Ethan, me aankijkend met die naïeve blauwe ogen van hem. 'Of is hij bezig al uw spaargeld te vergokken?'

'Dat weet ik niet,' bracht ik ten slotte uit.

'Is het niet gelukt met de installatie van Pasco?'

'Jawel, maar ik heb slechts drie URL's gekregen, dezelfde drie als eerst.'

Ethan rechtte zijn rug. 'Echt?'

'Echt.'

'Wow. Dan moet het een versnipperaar zijn. Die ben ik nog nooit tegengekomen. Cool!'

'Is dat een goed teken, een versnipperaar?'

'Ja, als je je sporen probeert uit te wissen. Een versnipperaar, of scrubbersoftware, is als een soort hark die alle achtergebleven voetsporen uit het cachegeheugen haalt.'

'En het wist alle dingen die de luie computer anders gewoon laat zitten?'

'Nee. Versnipperaars zijn ook lui. Ze ruimen het cachegeheugen automatisch op zodat je er niet aan hoeft te denken om dat iedere keer zelf te doen.

Dus iemand kan talloze adressen bezoeken en de bewijzen daarvan 'versnip-
peren'. Maar aangezien geen browsergeschiedenis hebben op zich verdacht is,
probeert die man van u slim te zijn door een vals internetspoor na te laten.
Maar gelukkig voor ons is hij daar niet zo slim in als hij wel denkt.'

Ik zei niets.

'Het goede nieuws is namelijk dat versnipperaars niet waterdicht zijn.'

'Oké,' zei ik.

'Telkens wanneer je een internetpagina aanklikt, schrijft de computer zo-
veel tijdelijke bestanden dat de versnipperaar ze onmogelijk allemaal te pak-
ken kan krijgen. En daarbij houdt de versnipperaar zich voornamelijk met
het adresboek bezig. Met andere woorden, de bestanden zijn er nog steeds. De
truc is alleen om ze te vinden.'

'En hoe doe je dat?'

'Met beter gereedschap. Pasco is zonder recept verkrijgbaar. Wat u nodig
hebt, is software op recept.'

'Ik weet niet bij welke apotheek ik daarvoor moet zijn,' zei ik.

Ethan Hastings keek me grinnikend aan. 'Maar ik wel.'

Hoofdstuk 26

D.D. droomde weer van rosbief. Ze stond voor het buffet van haar favoriete restaurant en probeerde te kiezen tussen de aubergine met Parmezaanse kaas en een verrukkelijk ogend braadstuk. Ze koos voor alle twee – terwijl ze haar rechterhand regelrecht in de schaal met aubergine stak, pakte ze met haar linkerhand flinterdunne, sappige plakjes van het vlees van de schaal ernaast. Haar arm kwam onder de draden van gesmolten kaas te zitten, en de vleessappen dropen van haar kin.

Het kon haar niet schelen. Ze klom op de tafel met het witte kleed, plantte haar derrière tussen de groene gelatinepudding en de verzameling met gesuikerde kersen versierde puddingen. Terwijl ze met beide handen tegelijk de groene drilpudding in haar mond propte, likte ze de romige vla rechtstreeks uit het glas.

Ze had honger. Nee, ze rammelde. Maar het volgende moment was het eten verdwenen en bevond ze zich boven op een groot, met satijn bekleed matras. Ze was naakt, lag op haar buik en spinde als een tevreden kat terwijl onbekende handen over haar krommende rug en kronkelende heupen streelden en de binnenkant van haar dijen vonden. Ze wist precies waar ze die handen wilde hebben. D.D. wist waar ze aangeraakt wilde worden en wat ze van die aanraking verwachtte. Om de handen tegemoet te komen hief ze haar heupen op, en plotseling werd ze op haar rug gegooid en spreidde ze haar benen om de ongeduldige stoten te ontvangen, maar toen ze haar ogen opendeed, keek ze in het besnorde gezicht van Brian Miller.

D.D. was meteen klaarwakker. Haar tot vuisten gebalde handen grepen de deken stevig beet, en haar lichaam was nat van het zweet. Terwijl ze haar best deed om haar versnelde ademhaling onder controle te krijgen, keek ze strak naar de muur, die grijs oplichtte in het regenachtige ochtendgloren.

Ze liet het laken los, duwde de deken van zich af en liep op onvaste benen naar de badkamer, waar ze in de spiegel boven de wastafel keek.

'Dat,' zei ze op strenge toon tegen haar spiegelbeeld, 'is niet gebeurd.'

Om halfzes in de ochtend poetste ze haar tanden en maakte ze zich klaar voor de dag die haar wachtte.

D.D. was realistisch. Na twintig jaar in het vak had ze een duidelijk beeld van hoe de wereld in de elkaar zat. Tijdens de eerste vierentwintig uur in een vermissingszaak was er naar haar idee vijftig procent kans dat de vermiste alsnog levend werd teruggevonden. Het was geen uitzondering dat volwassen mensen ervandoor gingen. Stellen maakten ruzie. Sommigen hielden dat uit, anderen knepen er een paar dagen tussenuit. Dus de eerste vierentwintig uur, desnoods de eerste zesendertig uur, was ze bereid geweest te geloven dat Sandra Jones nog leefde en dat zij en haar collega's van de BPD haar veilig en wel weer thuis zouden kunnen afleveren.

Tweeënvijftig uur later dacht D.D. al niet meer in termen van het vinden van een vermiste moeder. Ze dacht aan het vinden van een lijk, maar zelfs in die zin was tijd nog altijd een belangrijke factor.

Misdaad en onderzoek verliepen volgens een bepaald ritme. De eerste vierentwintig uur hoopte je aan de ene kant dat het slachtoffer levend gevonden zou worden, en aan de andere kant dat de misdadiger een fout zou maken. Ontvoering, verkrachting, moord – stuk voor stuk hoogst emotionele zaken. Onder druk van intense emoties was de kans op het maken van fouten groter dan normaal. Als gevolg van de extra adrenaline, van angst of spijt, kon een dader makkelijk in paniek raken. *Ik heb iets gedaan wat niet kan. Hoe kom ik weg? Hoe kom ik hier van af? Ik wil wég!*

Met elke dag die zonder ingrijpen van de politie verstreek, kwam de dader steeds meer tot rust. Daardoor was hij meer en meer in staat om op rationele wijze na te denken over zijn volgende stappen, om een goed plan te maken om de sporen van zijn daad uit te wissen. De misdadiger ontdeed zich van eventuele bewijzen, bedacht een waterdicht verhaal en bewerkte kroongetuigen zoals, in dit geval, zijn dochtertje van vier. Of anders gezegd, de misdadiger veranderde van een prutserige amateur in een crimineel meesterbrein.

D.D. had geen behoefte aan criminele meesterbreinen. Wat ze wilde was een lijk en een arrestatie, en dat bij voorkeur voor het nieuws van vijf uur. Omsingelen, duimschroeven aandraaien en de zaak kraken. Dat waren de dingen waar ze vrolijk van werd.

Het vervelende was dat er net even te veel mensen waren op wie ze druk moest uitoefenen. Neem Ethan Hastings. Dertien jaar oud, griezelig intelligent en hopeloos verliefd op zijn vermiste juf. Een donjuan in de dop? Of een lugubere, minderjarige moordenaar?

En dan had je Aidan Brewster. Een jongeman met een strafblad die veroordeeld was voor een ongepaste seksuele relatie. Hij beweerde dat hij Sandra Jones niet kende, maar hij woonde wel in dezelfde straat. Was hij een tot inkeer gekomen pedofiel of was zijn behoefte aan geweld juist toegenomen?

Sandy's vader, de edelachtbare Maxwell Black, kon evenmin buiten beschouwing worden gelaten. Zijn dochter had opzettelijk al jaren geen contact meer met hem gehad, maar op het moment dat die dochter verdwijnt staat meneer ineens op de stoep. Volgens agent Hawkes voelde Jones zich door Black bedreigd, terwijl de rechter duidelijk had gemaakt dat hij hoe dan ook contact met zijn kleindochter wilde. Een diepbedroefde vader, of een opportunistische opa die tot het uiterste wilde gaan om Ree in handen te krijgen?

En ten slotte had je Jason Jones, de ijskoude echtgenoot die nog steeds geen enkele actie had ondernomen om zijn vermiste vrouw te vinden. Hij beweerde dat hij niet jaloers was. Er was niets van hem bekend uit de tijd vóór zijn huwelijk met Sandy, vijf jaar eerder. Het was duidelijk dat hij een nieuwe identiteit had aangenomen.

Maar van welke kant D.D. de zaak ook bekeek, ze kwam altijd weer terug bij Jones. Bij wat zijn eigen dochter over die woensdagavond had verteld, bij zijn totaal niet betrokken gedrag ten aanzien van zijn verdwenen vrouw en bij het feit dat hij niet was wie hij voorgaf te zijn. Jones verborg iets – ergo, hij was de meest voor de hand liggende verdachte met betrekking tot de verdwijning van zijn zwangere vrouw.

D.D.'s besluit stond vast. Ze wilde een tweede gesprek met Ree, en hoe eerder, hoe beter. Ze zou de andere twee verdachten laten schaduwen, hun verleden laten natrekken en hun alibi's laten controleren. En ze zou twee van haar beste mannen op het uitzoeken en natrekken van Jones' bankrekeningen zetten. Ze wilde weten waar het geld vandaan kwam, hoe Jones werkelijk heette en wat zijn verleden was.

Als ze zijn alias kon kraken, had ze hem te pakken.

Met een zucht van voldoening haalde D.D. haar notitieboekje te voorschijn en maakte een aantekening van haar hoofdtaak voor die dag: *Maximale druk uitoefenen op Jason Jones.*

Tien minuten later ging D.D.'s mobiel. Het was nog maar net zeven uur, maar in het leven dat zij leidde hielden de mensen geen rekening met normale beltijden. Ze nam nog een slok koffie, klapte haar gsm open en zei: 'Ik luister.'

'Inspecteur D.D. Warren?'

'Voor zover ik weet, ja.'

De man aan de andere kant van de lijn aarzelde. Ze nam nog een slokje cappuccino.

'U spreekt met, eh, Wayne Reynolds. Ik werk bij de staatspolitie van Massachusetts. En verder ben ik de oom van Ethan Hastings.'

D.D. nam even de tijd om over die informatie na te denken. Het nummer op het schermpje van de telefoon kwam haar vagelijk bekend voor. Ineens wist ze het weer. 'Heeft u mij gisterochtend ook niet geprobeerd te bereiken?'

'Ik heb uw pieper geprobeerd. Na het zien van de persconferentie leek het me een goed idee om te praten.'

'Vanwege Ethan?'

Opnieuw aarzelde de man. 'Het lijkt me het best om ergens af te spreken. Wat zou u ervan zeggen als ik u uitnodigde voor het ontbijt?'

'Bent u bang dat we Ethan zullen arresteren?'

'Als u dat deed, zou dat een vergissing zijn.'

'Wilt u daarmee zeggen dat u van plan bent uw invloed aan te wenden om mij op andere gedachten te brengen? In dat geval kan ik u van tevoren zeggen dat ik van dat soort gesprekken niet gediend ben, en een uitnodiging voor het ontbijt maakt in dat opzicht geen enkel verschil.'

'Wat zou u ervan zeggen om eerst ergens af te spreken, en om daarna te beslissen of u vijandig of onverschillig wilt zijn?'

'Zolang u zich maar realiseert dat we het over uw begrafenis hebben,' zei D.D. Ze noemde hem de naam van een cafeetje om de hoek en ging op zoek naar een paraplu.

Mario's was een echt buurtcafé. Het was klein en benauwd, de originele formicatafeltjes stonden er nog, en op de bar prijkte, naast de antieke kassa, een reusachtige stopfles met verse biscotti. Tegenwoordig werd de zaak beheerd door de zoon van Mario, Mario II. Hij serveerde roerei, toast, pancetta en de beste koffie die er buiten Italië zelf te krijgen was.

Slechts met de allergrootste moeite lukte het D.D. een piepklein rond hoektafeltje bij het raam aan de voorzijde te bemachtigen. Ze was er ruim voor de afgesproken tijd, voornamelijk om in alle rust van een tweede kop koffie te kunnen genieten en een aantal telefoontjes te plegen. Ze had nog maar amper besloten om de echtgenoot aan te pakken, en ineens was daar dat telefoontje van de oom van de jonge aspirant-minnaar geweest – fascinerend, vond ze. Voelde de familie zich schuldig of wilden ze alles doen wat ze konden om de jongen te beschermen? Interessant.

D.D. drukte op de snelkeuzetoets. Dat ze de afgelopen nacht van seks had gedroomd, was niet de enige reden waarom ze Bobby Dodge belde.

'Hallo,' zei een vrouwenstem.

'Goeiemorgen, Annabelle,' zei D.D., zonder ook maar een spoortje van de benauwdheid die ze vrijwel op hetzelfde moment voelde. Andere vrouwen intimideerden haar niet. Tot die conclusie was ze al jaren geleden gekomen, toen ze zich gerealiseerd had dat ze aantrekkelijker was dan negentig procent van de vrouwen in het algemeen, en dat geen enkele vrouw zo goed kon schieten als zij. De enige uitzondering daarop was Annabelle, en Annabelle had Bobby Dodge weten te strikken. Dat maakte Annabelle tot haar persoonlijke vijand, ook al waren ze ogenschijnlijk keurig beleefd tegen elkaar. 'Is Bobby al op?'

'Heb je hem niet al midden in de nacht gebeld?' vroeg Annabelle.

'Ja. O, hé, ik heb het nieuws gehoord. Gefeliciteerd.'

'Bedankt.'

'En... voel je je goed?'

'Ja, dank je.'

'Voor wanneer ben je uitgerekend?'

'Augustus.'

'Jongen of meisje?'

'We laten ons verrassen.'

'Leuk. Maar, kan ik Bobby even spreken?

'Hij hangt toch meteen weer op.'

'Dat weet ik. Dat krijg je, als je zo onweerstaanbaar bent.'

Er klonk geritsel terwijl Annabelle de telefoon aan haar man gaf, en vervolgens hoorde D.D. mannelijk gegrom, waaruit ze afleidde dat Bobby nog had geslapen.

'Zeg me dat ik droom,' verzuchtte Bobby in de telefoon.

'Dat weet ik niet. Ben ik naakt en bedekt met een laagje slagroom?'

'D.D., we hebben elkaar nog geen acht uur geleden gesproken.'

'Tja, dat is nu het lastige aan misdaad. Misdaad slaapt nooit.'

'Maar inspecteurs wel.'

'Echt? Dan heb ik die les op de academie zeker gemist. Hoe dan ook, ik heb een naam voor je van een ander lid van de staatspolitie. Wayne Reynolds. Zegt je dat wat?'

Er volgde een lange stilte, wat beter was dan de gebruikelijke klik van Bobby die ophing. 'Wayne Reynolds?' herhaalde hij ten slotte. 'Nee, er schiet me zo gauw geen rechercheur te binnen die zo heet.'

D.D. knikte – ze zei niets. Zowel de BPD als de Staatspolitie van Massachusetts waren flinke organisaties, maar desondanks voelden ze voor degenen die erbij werkten op de een of andere manier altijd nog als een soort familie. Ook al had je niet rechtstreeks met deze of gene collega te maken, de kans was groot dat je in de wandelgangen een naam opving, hem tegenkwam in een rapport of dat er een roddel over iemand de ronde deed.

'Wacht even,' zei Bobby opeens. 'Ja, ik ken die naam, maar hij zit niet op de recherche maar op het computerlab. Hij heeft gewerkt aan de forensische analyse van een aantal mobiele telefoons die vorig jaar na een bankoverval in beslag zijn genomen.'

'Is hij een computerfreak?'

'Ik denk dat hij liever forensisch deskundige wordt genoemd.'

'Pfff,' zei D.D.

'Heb je computers in beslag genomen en de staatspolitie om hulp gevraagd?'

'Ik heb computers in beslag genomen en de BRIC om hulp gevraagd. Wat dacht je?' De BRIC was het Boston Regional Intelligence Center, de Inlichtingendienst van het hoofdbureau van de BPD. In feite waren ze de computernerds van de politie van Boston, die er nu eenmaal graag zijn eigen specialistenteams op na hield.

'Waarom bel je niet iemand van de BRIC, dan?' gromde Bobby. 'Het zit er dik in dat ze daar wel eens met die Wayne hebben samengewerkt. Ik ken hem niet.'

'Oké, Bobby. Welterusten.'

'Shit, het is al ochtend. Ik moet opstaan.'

'In dat geval, Bobby, goeiemorgen.' D.D. hing op voor hij opnieuw iets lelijks tegen haar zou zeggen. Ze stopte haar mobiel terug in het hoesje aan haar ceintuur en bestudeerde haar lege mok. Wayne Reynolds was computerdeskundige van beroep en de oom van Ethan, de jeugdige computerfreak. Ze schonk haar mok nog eens vol. Interessant.

Om klokslag acht uur stapte Wayne Reynolds over de drempel van Mario's café. Aan zijn rode haar – dezelfde tint als het haar van zijn neef – zag D.D. meteen dat hij het was. De haarkleur was evenwel het enige wat hij met de jongen gemeen had.

Wayne Reynolds was lang – ze schatte hem iets van één meter vijfentachtig. Zijn bewegingen waren soepel en atletisch. Duidelijk iemand die, ondanks zijn drukke baan van het ontleden van harde schijven, elke dag tijd vrijmaakte om te joggen. Hij droeg een camelkleurige, dunne wollen blazer die contrasteerde met zijn donkergroene overhemd en donkere broek. Hij trok van meerdere kanten de aandacht, en D.D. voelde iets van opwinding toen hij regelrecht op haar afliep en niemand anders een blik waardig keurde. Als Ethan Hastings er over een paar jaar ook zo uit zou zien, had Sandra Jones het uiteindelijk nog niet zo slecht bekeken.

'Inspecteur Warren,' begroette Wayne haar, terwijl hij haar de hand reikte.

D.D. knikte en schudde de uitgestoken hand. De binnenkant van zijn hand voelde eeltig. Kortgeknipte, goed verzorgde nagels. Een ronduit aantrekkelijke hand en geen trouwring.

Godallemachtig, hoe eerder ze iets van bacon binnenkreeg, hoe beter. 'Wil je iets eten?' vroeg ze.

Hij knipperde met zijn ogen. 'Oké.'

'Mooi. Ik bestel voor ons beiden.'

D.D. benutte haar tijd aan de bar om haar ademhaling weer onder controle te krijgen en zichzelf eraan te herinneren dat ze een uiterst professionele instelling had en dat het haar natuurlijk niets deed om samen met een man te ontbijten die een tweelingbroer van David Caruso had kunnen zijn. Helaas geloofde ze zichzelf niet zo, waarschijnlijk omdat ze altijd al een zwak voor David Caruso had gehad.

Gewapend met servetten en bestek, en ook met een kop koffie voor Wayne, keerde ze terug naar het tafeltje. Ze keek strak toe hoe hij, met die prachtige handen van hem, de grote mok van haar aanpakte, en beet op de binnenkant van haar onderlip.

'Dus,' begon ze, ter zake komend, 'je zit bij de staatspolitie?'

'Forensische computereenheid in New Braintree. Zoals de naam al doet vermoeden, houden we ons bezig met het analyseren van elektronische apparatuur.'

'Hoelang werk je daar al?'

Hij haalde zijn schouders op, dronk van zijn zwarte koffie en zette even grote ogen op toen het brouwsel sterker bleek te zijn dan hij verwacht had. 'Een jaar of vijf, zes. Daarvoor zat ik bij de recherche, maar omdat ik nu eenmaal gek was op computers hield ik me hoe dan ook altijd al bezig met de technologische kant van de onderzoeken. Omdat iedereen, van een drugshandelaar tot een maffiabaas tegenwoordig computers, mobiele telefoons en PDA's gebruikt, werd er in toenemende mate een beroep op mijn kennis gedaan. En dus besloot ik de cursus van tachtig uur te doen die nodig is voor het verkrijgen van de titel van officiële deskundige, en daarna ben ik overgestapt naar het computerlab.'

'Vind je het leuk daar?'

'Ja. Een harde schijf is net een *piñata*. Je weet van tevoren nooit wat je erop tegenkomt, maar vaak is het puur goud. Je moet alleen weten hóe je hem moet kraken.'

Het ontbijt werd gebracht. Roereieren met pancetta van de gril. Het rook heerlijk, en D.D. viel aan.

'Hoe doe je dat, die hardwareonderzoeken?' vroeg ze, met volle mond.

Wayne had ei op zijn vork geladen, en hij keek haar onderzoekend aan, alsof hij probeerde te bepalen in hoeverre het antwoord op die vraag haar echt interesseerde. Hij had lichtbruine ogen met groene vlekjes, dus ze probeerde een zo geïnteresseerd mogelijke indruk te maken.

'Bij de forensische computeranalyse hanteren we de regel van vijftwaalf. Dat is voor ons een magisch getal. Je moet weten dat de binnenkant van een harde schijf uit meerdere ronde schijfjes bestaat die ronddraaien om informatie te lezen en te schrijven. Elk van die schijfjes bevat brokken informatie van vijfhonderdtwaalf bytes, die voortdurend onder de zoekkop door draaien. Wat die zoekkop moet doen, is alle informatie opsplitsen in brokjes van vijfhonderdtwaalf bytes om de gegevens op de schijfjes op te kunnen slaan.'

'Oké.' D.D. sneed haar spek in stukjes.

'Goed. Zeg dat je een bestand op je harde schijf wilt opslaan dat niet in keurige hapjes van vijfhonderdtwaalf bytes is op te splitsen. Het zijn niet duizendvierentwintig bytes aan gegevens, maar achthonderd. In dat geval vult de computer een schijfje, en dan nog eens de helft van een ander schijfje. En wat dan? De computer gaat niet automatisch verder op de plek waar hij is opgehouden. In plaats daarvan zal een nieuw bestand naar een vers schijfje worden geschreven, en dat betekent dat het vorige schijfje onbenutte capaciteit over heeft. Die onbenutte capaciteit noemen we *slack space*, wat neerkomt op schijfverspilling. Het gebeurt vaak dat oude informatie achterblijft in die *slack space*. Stel dat je dat bestand hebt opgeroepen, er een paar dingen aan hebt veranderd, en het dan opnieuw bewaart. Het kan zijn dat, in tegenstelling tot wat de meeste mensen denken, de overgeschreven informatie het vorige bestand niet helemaal bedekt en dat het in plaats daarvan ergens anders in dezelfde cluster van data wordt weggeschreven. En dan kan iemand als ik in die clusters van vijfhonderdtwaalf bytes gaan zoeken. Het is goed mogelijk dat ik in die *slack space* het oude document aantref van de oorspronkelijke brief waarin je je minnaar gevraagd hebt je man te vermoorden, plús het nieuwe, overgeschreven document waarin je die betreffende alinea hebt gewist. En dat is dan het begin van een veroordeling.'

'Ik heb geen man,' merkte D.D. ongevraagd op, waarna ze nog een hap ei nam. 'Wat trouwens niet wegneemt dat ik mijn computer van nu af aan niet meer vertrouw.'

Wayne Reynolds glimlachte. 'En dat is waarschijnlijk terecht, ook. De meeste mensen hebben geen idee hoeveel informatie er achterblijft op hun harde schijf. Ik zeg altijd dat de computer net zoiets is als je geweten. Hij onthoudt alles en je weet van tevoren nooit wanneer hij zijn mond opendoet.'

'En je hebt Ethan die kennis van jou bijgebracht?' vroeg D.D.

'Dat was niet nodig. Het joch komt overal zelf achter. Als ik ervoor kan zorgen dat hij zijn kennis niet ten kwade maar ten goede aanwendt, wordt die jongen ooit een kei van een onderzoeker.'

'Kun je me iets vertellen over de duistere zijde van de computertechnologie?'

Wayne haalde zijn schouders op. 'Hacken, codes, illegaal speuren naar data. Ethan is een goed joch, maar hij is intussen dertien en op die leeftijd wordt het steeds minder interessant om in de voetsporen van je oom te treden. Op een gegeven moment wordt het kiezen tussen de staatspolitie of de computeronderwereld.'

'Hij schijnt erg gevoelig te zijn geweest voor de mening van Sandy Jones.' D.D. had haar bord leeg, en ze schoof het van zich af.

Wayne dacht even na. 'Ethan denkt dat hij verliefd is op zijn juf,' zei hij ten slotte.

'Is hij met haar naar bed geweest?'

'Dat betwijfel ik.'

'Hoezo?'

'Omdat zij hem niet op die manier bekeek.'

'Hoe weet jij dat?'

'Omdat Sandra en ik elkaar elke week zagen. Op donderdagavond, tijdens de basketbalwedstrijd.'

*

'Ethan belde me in verband met Sandra,' vertelde Wayne even later. Ze hadden afgerekend en verlieten het café. Gezien het onderwerp voelde het beter om een eindje te lopen en er onder het wandelen over te praten. Ze volgden de zogenaamde rode route naar de haven, de weg die indertijd was afgelegd door onafhankelijkheidsstrijder Paul Revere.

'Voor zover ik weet,' ging Wayne verder, 'heeft Sandra Ethan benaderd met de vraag of hij haar wilde helpen bij de ontwikkeling van een leermodule voor internet. Ethan had al vrij snel in de gaten dat haar belangstelling voor onlinebeveiliging veel verder ging dan voor een simpele internetles nodig was. Hij vermoedde dat haar man iets in zijn schild voerde, mogelijk iets dat met kinderporno te maken had, en dat Sandra de zaak tot op de bodem wilde uitzoeken.'

'En daar heb je geen zaak van gemaakt?'

Wayne schudde zijn hoofd. 'Dat kon ik niet. De eerste keer dat ik Sandra sprak, gaf ze me heel duidelijk te verstaan dat ze mijn persoonlijke bemoeienis alleen maar wilde aanvaarden als het bij een persoonlijke gunst zou blijven. Zolang ze niet precies wist wat er aan de hand was, wilde ze de politie erbuiten laten. Ze dacht op de eerste plaats aan haar dochter, Ree. Ze was bang dat het meisje het als traumatisch zou ervaren als haar vader zonder echte reden in de gevangenis kwam.'

D.D. trok haar wenkbrauwen op. 'Als Sandra vermoedde dat het om kinderporno ging, zou haar dochter wel eens veel meer traumatische dingen mee kunnen maken dan de arrestatie van haar lieve papa.'

Wayne haalde zijn schouders op. 'Je weet hoe gezinnen functioneren. Confronteer een moeder met spermavlekken in het onderbroekje van haar zevenjarige dochter, en ze zal er altijd nog een logische verklaring voor weten te vinden.'

D.D. slaakte een diepe zucht. Hij had gelijk, en dat wisten ze alle twee. De geschiedenis had er voldoende voorbeelden van.

'Goed, dus je krijgt een telefoontje van Ethan. En wat dan?'

'Om Ethan, die zich nogal zorgen lijkt te maken om zijn juf, een plezier te doen, beloof ik hem dat ik de eerstkomende donderdag naar de basketbalwedstrijd zal komen om zelf met Sandra te praten. Ik had verwacht dat ik een kort praatje met haar zou maken, haar de naam en het telefoonnummer van een rechercheur zou geven en dat het daarmee bekeken zou zijn. Maar...' Hij maakte zijn zin niet af.

'Maar?' drong D.D. aan.

Wayne zuchtte. 'Maar toen zag ik Sandra Jones.'

'Niet wat je van een lerares maatschappijleer verwachtte.'

'Nee, helemaal niet. Ik begreep meteen waarom Ethan zo dol op haar was. Ik bedoel, ze was jonger dan ik verwacht had. Mooier dan ik verwacht had. En zoals ze daar op die houten tribune zat, met die leuke kleuter die tegen haar knieën stond geleund... Ik weet niet. Ik zag haar en voelde meteen een onbedwingbare behoefte om haar te helpen. Het voelde alsof ze me nodig had.'

'O, ja hoor. Mary Kay Letourneau, Debra Lafave, Sandra Beth Geisel – allemaal beeldschone vrouwen, allemaal vrouwen die het aanlegden met een jonge jongen. Vind je het niet vreemd dat alleen de mooie vrouwen het met knulletjes van twaalf willen doen? Hoe komt dat toch?'

'Ik zeg je net dat zij geen seksuele relatie met Ethan had.'

'En had ze dat wel met jou?'

Wayne keek haar strak aan. 'Wil je nog weten wat ik je te vertellen heb, of niet?'

D.D. maakte een bevestigend gebaar. 'Ja, ja, natuurlijk. Uiteindelijk ben je daarom hier.'

'Die eerste avond bleef Ethan bij Ree zitten terwijl Sandra en ik een blokje om de school liepen om ongestoord te kunnen praten. Ze vertelde me dat ze een verontrustende foto had aangetroffen in de prullenbak van de gezinscomputer. Het ging maar om één foto en het was alleen die ene keer geweest – sindsdien was ze niets meer tegengekomen. Intussen had ze van alles geleerd over zoekgeschiedenissen en het opslaan van gegevens, en was haar duidelijk geworden dat haar man knoeide met informatie, iets wat bij haar het vermoeden deed rijzen dat hij iets te verbergen had.'

'Knoeien in welke zin?'

'Ethan had haar geleerd hoe ze kon zien welke websites door een computer zijn bezocht. Die informatie wordt opgeslagen in het geschiedenisbestand van de harde schijf en zou dus opvraagbaar moeten zijn. Ze heeft op meerdere manieren die haar door Ethan waren aangereikt, geprobeerd om die informatie boven water te krijgen. Maar telkens kreeg ze maar drie internetadressen te pakken, altijd drie dezelfde URL's waren – die van *Drudge Report*, USA *Today* en de *New York Times*.'

D.D. kon hem nu al niet meer volgen. 'Waarom is dat verdacht?'

'Omdat Sandra zelf, voor de research voor huiswerkopdrachten voor haar klas, op een groot aantal verschillende webadressen is geweest. Al die adressen zouden bij de browsergeschiedenis op het scherm hebben moeten verschijnen, maar dat gebeurde niet. Dat betekende dat iemand het cachegeheugen wiste en daarna expres een valse geschiedenis creëerde door, wanneer hij klaar was met zijn werk, altijd op die drie vaste adressen te klikken. Dat was pure luiheid,' voegde Wayne er afwezig aan toe, waarbij hij het mogelijk meer tegen zichzelf had dan tegen haar. 'Zoals alle criminelen maken zelfs technici vroeger of later bepaalde domme fouten waarmee ze door de mand vallen.'

'Wacht even, kun je een momentje terugspoelen? Waarom zou iemand een valse browsergeschiedenis willen creëren?'

Ze waren bij de haven gekomen en liepen over de kade in de richting van het aquarium. Het motregende waardoor er aanzienlijk minder mensen op de been waren dan anders. Wayne liep naar de reling, bleef staan en draaide zich toen naar haar om. 'Inderdaad. Waarom zou iemand het nodig vinden om een valse browsergeschiedenis te creëren? Dat is nu precies waar het om gaat. Ethan had haar al een speciaal programma aangeraden dat voor het opsporen van gewiste browserinformatie wordt gebruikt, maar zelfs dat had niets aan het licht kunnen brengen. Hij vermoedde dat Sandra's man zogenaamde *shredder*- of *scrubber*-software gebruikte om zijn sporen uit te wissen. En daarom besloot hij mij te raadplegen – om er een echte deskundige bij te halen, zeg maar.'

D.D. knipperde met haar ogen. 'En, heb je haar kunnen helpen?'

'Dat probeerde ik. We hebben het over december, dus nog maar net een paar maanden geleden, en omdat ze haar man ergens van verdacht, moesten we uiterst voorzichtig te werk gaan. Zij en Ethan hadden de computer al doorgelicht met Pasco, maar Pasco kan alleen vinden wat je zegt dat hij moet zoeken. In die zin is het programma niet half zo effectief als, ik noem maar wat, EnCase, de software die we op het lab gebruiken. EnCase kan tot diep in de harddrive doordringen, kan een overzicht maken van de *slack space*, de niet-gebruikte clusters analyseren en meer van dat soort nuttige dingen. En wat gezien Sandra's vermoedens helemaal goed uitkwam, is dat EnCase ook alle afbeeldingen en foto's van de harde schijf kan halen, en in die zin letterlijk honderdduizenden foto's op kan hoesten. En ten slotte is EnCase in staat de zoekgeschiedenissen aan het licht te brengen...'

'Dus je hebt EnCase op Sandra's computer gezet?'

'Was het maar waar.' Hij rolde met zijn lichtbruine ogen. 'Om te beginnen werk je nooit rechtstreeks met de bron. Dat geldt als onverstandig binnen ons vak. Ten tweede moest Sandra discreet zijn, en het zou zeker opvallen als ze EnCase drie of vier dagen op de gezinscomputer had laten lopen. Een in beslag genomen computer analyseren is een koud kunstje, maar om dat ongemerkt te doen...'

'Wat hebben jullie uiteindelijk gedaan?'

'Ik was bezig om samen met Sandra een officiële kopie van de harde schijf van de gezinscomputer te maken. Ik had haar verteld wat voor soort onbeschreven harde schijf ze moest kopen, hoe ze die op de computer moest aansluiten en hoe ze de bestanden moest kopiëren. Helaas had Jason onlangs een nieuwe harde schijf van vijfhonderd gigabyte aangeschaft, en alleen het overschrijven daarvan neemt al gauw zes uur in beslag. Ze heeft meerdere pogingen ondernomen, maar het lukte haar nooit om het af te krijgen voor hij terugkwam van zijn werk.'

'Wil je daarmee zeggen dat Sandra Jones al drie maanden bezig is om te proberen te ontdekken wat haar man voor haar verbergt?'

Wayne haalde zijn schouders op. 'Sandra Jones probeert al sinds drie maanden haar man te slim af te zijn. En aangezien het haar nog steeds niet is gelukt om de harde schijf te kopiëren, heb ik er nog steeds EnCase niet op los kunnen laten. In die zin kan ik je dus ook niet zeggen of ze een terechte reden heeft om bang voor hem te zijn.'

D.D. glimlachte. 'Nou, ik heb goed nieuws. Sinds gisteravond is de BPD de trotse eigenaar van de computer van de familie Jones.'

Wayne zette grote ogen op. 'Ik zou dolgraag...'

'Dat zal niet gaan. Je neefje is bij de zaak betrokken, dus elk bewijsstuk is voor jou verboden terrein. De rechter zou er niet eens naar willen kijken als jij eraan hebt gezeten.'

'Kan ik dan wel een kopie van de rapporten krijgen?'

'Ik laat iemand van de BRIC wel contact met je opnemen.'

'Laat Keith Morgan het doen. Als je een harde schijf wilt ontleden, is hij daar de aangewezen figuur voor.'

'Daar zal ik rekening mee houden.' D.D. nam Wayne Reynolds even peinzend op. 'Had Sandra het idee dat haar man in de gaten had waar ze mee bezig was? Ze probeerde het al maanden. Dat is een lange tijd om onder één dak te leven met iemand van wie je denkt dat hij wel eens pedofiel zou kunnen zijn. Werd ze niet steeds zenuwachtiger?'

Wayne aarzelde, en voor het eerst zag ze iets in zijn ogen waaruit ze opmaakte dat hij zich slecht op zijn gemak voelde. 'Twee weken geleden heb ik Sandra voor het laatst gezien. Bij de basketbalwedstrijd. Ze maakte een teruggetrokken indruk en ze wilde niet praten. Ze voelde zich niet goed, zei ze, en daarna is ze met Ree weggegaan. Ik nam aan dat ze ziek was – zo zag ze er ook uit.'

'Wist je dat Sandra zwanger was?'

'Wat?' Wayne werd bleek, en het was duidelijk dat hij daar geen idee van had gehad. 'Nee... Nou, geen wonder dan dat ze zenuwachtig was. Stel je voor dat je zwanger bent van een man van wie je het vermoeden hebt dat hij een kinderverkrachter is.'

'Heeft ze het ooit met je gehad over het verleden van haar man? Waar hij vandaan komt, hoe ze elkaar hebben ontmoet?'

Wayne schudde zijn hoofd.

'En heeft ze wel eens laten doorschemeren dat Jones misschien niet zijn echte naam is?'

'Dat meen je niet. Nee, daar heeft ze nooit iets van gezegd.'

D.D. dacht even na. 'Zo te horen weet Jason aardig wat van computers.'

'Dat kun je wel zeggen.'

'Denk je dat hij er voldoende van weet om een vroegere identiteit te laten verdwijnen en een nieuwe te creëren?'

'Zeker,' zei Wayne. 'Je kunt onlinebankrekeningen openen, gas en licht aanvragen, geld lenen, noem maar op. Een beetje ervaren computergebruiker kan met zijn computer heel gemakkelijk nieuwe identiteiten creëren en oude laten verdwijnen.'

D.D. knikte en nam opnieuw de tijd om over zijn woorden na te denken. 'Wat zou hij daar, afgezien van een computer, voor nodig hebben?'

'Hmmm. Een postadres of een postbus. Vroeger of later moet je een postadres kunnen opgeven. Het kan een postbus zijn zoals je die op de kantoren van UPS kunt huren. En een telefoonnummer dat op die naam geregistreerd staat, hoewel je daar tegenwoordig ook een prepaidtelefoon voor kunt nemen. Met andere woorden, je hebt wel een paar tastbare dingen nodig om je identiteit te onderbouwen, maar het is echt niet moeilijk om daar aan te komen.'

Een postbus – daar had D.D. nog niet aan gedacht. Een postbus op naam van Jones, of op Sandra's meisjesnaam. Ze moest wat graafwerk doen...

'Heeft Sandra het ooit over ene Aidan Brewster gehad?'

Wayne schudde zijn hoofd.

'En kun je me, van de ene smeris tot de andere, zweren dat, voor zover je weet, Sandra Jones nooit alleen is geweest met je neef?'

'Het enige waar Ethan het altijd over had, was dat hij en Sandra in het vrije uur altijd bij elkaar kwamen in het computerlab. Ze zijn regelmatig alleen met elkaar geweest, maar het was altijd overdag en altijd op school.'

'Weet je of ze plannen had om haar man te verlaten?'

'Ze zou haar dochtertje nooit in de steek laten.'

'Zelfs niet voor jou, Wayne?'

Weer keek hij haar strak aan, maar D.D. nam haar vraag niet terug. Wayne Reynolds was een knappe man, en Sandra Jones was een zeer eenzame, knappe, jonge vrouw...

'Volgens mij heeft Jones haar vermoord,' zei Wayne op effen toon. 'Hij kwam woensdagavond thuis, ontdekte dat ze had geprobeerd de harde schijf te kopiëren en kon zich niet beheersen. Hij voerde iets in zijn schild, zijn vrouw kwam erachter en daarom heeft hij haar gedood. Dat denk ik al sinds ik gisteren de persconferentie zag, dus als je me vraagt of ik persoonlijk bij de zaak betrokken ben, dan kan ik daar alleen maar bevestigend op antwoorden. Ik probeerde een bange, jonge moeder te helpen, en in die zin is het niet ondenkbaar dat ze als gevolg van mijn bemoeienissen vermoord is. En daar ben ik behoorlijk nijdig om. Jezus, ik ben méér dan nijdig. Ik ben zo woedend, dat kun je je niet voorstellen.'

'Oké,' zei D.D. 'Je begrijpt natuurlijk dat ik je moet vragen om naar het bureau te komen om een officiële verklaring af te leggen.'

'Natuurlijk.'

'Vanmiddag om drie uur? Het hoofdbureau van de BPD?'

'Je kunt op me rekenen.'

D.D. knikte en wilde weggaan, maar toen schoot haar nog een laatste vraag te binnen. 'Hé, Wayne, hoe vaak hebben jij en Sandy elkaar ontmoet?'

Hij haalde zijn schouders op. 'Ik weet niet precies. Acht keer? Tien keer, misschien? Altijd tijdens de basketbalwedstrijd.'

D.D. knikte. Dat vond ze aardig wat keren, zeker aangezien Sandra nooit in de gelegenheid was geweest hem een kopie van de harde schijf van de computer te geven.

Hoofdstuk 27

Jason werd wakker van een steeds luider wordend zoemen en even later scheen er een fel licht in zijn gezicht. Hij wierp een slaperige blik op zijn horloge, zag dat het vijf uur 's ochtends was en keek vervolgens verbaasd naar de luiken, waar vanaf de buitenkant licht doorheen scheen. Dit verwarde hem. In maart kwam de zon niet om vijf uur 's ochtends op.

Toen begreep hij het. Schijnwerpers. Vanaf de andere kant van de straat. De mediaploegen waren terug en maakten zich gereed voor hun reportages die in het ochtendnieuws zouden worden uitgezonden – verse beelden van de plaats delict, oftewel, zijn voortuin.

Hij liet zijn hoofd naar achteren, tegen het kussen vallen en vroeg zich af of er zich in de laatste drie uur, de tijd waarin hij zowaar had geslapen, belangrijke ontwikkelingen hadden voorgedaan. Hij zou de televisie aan moeten zetten. Kijken hoe het met zijn leven was. Hij had altijd al een sterk ontwikkeld gevoel voor ironie gehad, en nu hoopte hij op een ironische gedachte om voor zichzelf iets van het moment te kunnen maken. Maar hij was verschrikkelijk moe en er wilde hem niets te binnen schieten. Het was alsof er aan alle kanten aan hem werd getrokken – om zijn kind te beschermen, zijn vrouw te vinden en ervoor te zorgen dat hij zelf niet in de gevangenis zou belanden.

Jason strekte zijn armen en benen om te zien of alles het nog deed na het pak slaag dat hij de vorige avond te incasseren had gekregen. Ja, zijn armen en benen deden het nog, hoewel het bewegen ervan niet geheel pijnloos was. Hij vouwde zijn handen achter zijn hoofd, keek met één oog – het andere was zo opgezet dat hij er niet mee kon kijken – naar het plafond en probeerde een plan te maken voor de dag die hem wachtte.

Max zou terugkomen. Sandra's vader was niet helemaal naar Massachusetts gekomen om rustig op zijn hotelkamer te blijven zitten. Hij zou doorgaan met het eisen van contact met Ree, en hij zou dreigen met... justitiële acties en mogelijk ook met het onthullen van Jasons verleden. Jason wist niet precies in hoeverre Max op de hoogte was van Jasons voorgaande leven. Je kon niet zeggen dat hij en zijn schoonvader ooit een vriendelijk contact met elkaar hadden gehad. Jason had Sandra in een bar leren kennen, en ze had gewild dat ze elkaar zo veel mogelijk daar zouden blijven ontmoeten. Alleen brave meisjes nemen hun vriendje mee naar huis om aan hun vader voor te stellen, had ze die eerste avond tegen hem gezegd, waarmee ze van begin af aan duidelijk had willen maken dat ze geen braaf meisje was. Jason nam haar mee naar zijn bescheiden huurflat, waar hij voor haar kookte en waar ze samen films keken of een bordspel deden. Ze deden alles, behalve datgene wat ze duidelijk van hem verwachtte, en dat had tot gevolg dat ze avond na avond terug bleef komen.

Totdat het Jason opviel dat haar buik steeds dikker werd. Tot hij vragen begon te stellen. Tot die avond waarop ze in snikken was uitgebarsten en hij de oplossing voor hun beider problemen zag. Sandy wilde – waarom wist hij niet – zo ver mogelijk bij haar vader vandaan. Hij wilde alleen maar weg. Dus ze zouden samen weggaan. Een nieuwe stad, een nieuwe achternaam en met een schone lei beginnen. En tot afgelopen woensdagavond zou hij zonder meer hebben kunnen zeggen dat ze daar geen van tweeën ooit spijt van hadden gehad.

En nu was Max weer in hun leven verschenen. Een man met geld, hersenen en invloed. Max kon Jason veel schade toebrengen. Maar dat wilde nog niet zeggen dat Jason bereid was om hem contact te laten hebben met Ree. Hij had zijn woord gegeven en daar zou hij zich aan houden, en vooral nu, nu zijn dochter hem meer nodig had dan ooit.

Dus Max zou blijven proberen zijn zin te krijgen, en aan de andere kant moest Jason er rekening mee houden dat de politie hem nog altijd op de hielen zat. Ze waren bezig zijn computer te ontleden. Het zou hem ook niets verbazen als ze bezig waren zijn financiële situatie na te trekken, en een praatje met zijn hoofdredacteur gingen maken. Misschien namen ze ook wel een kijkje op de redactie van de *Boston Daily*. Zouden ze de computer ontdekken die hij daar had gestald en dan een simpel optelsommetje maken?

Hoelang kon hij dit spel vol blijven houden?

Toen Jason getrouwd was en vader was geworden, had hij een aantal maatregelen genomen. In plaats van zijn 'andere' activiteiten te staken, had hij ze voorzien van een andere identiteit met een aparte bankrekening, creditcard en een postbus. Bankafschriften gingen naar een postbus in Lexington, een buitenwijk, waar hij een keer per maand langsging om de post door te nemen en vervolgens te vernietigen.

Maar elk plan, hoe goed ook, had een zwakke plek. In dit geval was dat de gezinscomputer, die over voldoende belastende bewijzen beschikte om hem voor minstens twintig jaar en mogelijk levenslang achter de tralies te laten verdwijnen. Goed, hij bediende zich van een redelijk goede *scrubber*-software, maar elk bezoekje aan welk webadres dan ook, genereerde veel meer tijdelijke bestanden dan een *scrubber* aankon. Drie, hooguit vier dagen, schatte hij. Dan zouden de computerdeskundigen van de politie in de gaten krijgen dat er iets niet klopte met de computer die ze in beslag hadden genomen, en dan zou hij de recherche pas echt goed over zich heen krijgen.

Aangenomen dat ze Sandy intussen niet al ergens levenloos hadden aangetroffen en weldra op de stoep zouden staan om hem te arresteren.

Jason, die te gespannen was om nog te kunnen slapen, stond op. Elke beweging bezorgde hem pijn in zijn ribben. Zijn linkeroog zat potdicht. Maar zijn letsel kon hem niet schelen. Niets kon hem schelen, behalve één ding.

Hij moest zich ervan verzekeren dat Ree nog veilig in haar kamertje lag te slapen – haar kleine kinderlijfje op haar zij, haar knieën hoog opgetrokken en de rode kater aan haar voeten.

Met al zijn zintuigen op scherp liep hij de gang door. Het huis rook en voelde zoals altijd. Hij deed de deur van Rees kamer op een kiertje open en zag zijn dochter languit op haar rug liggen. Ze hield het dekbed met beide handjes stevig vast en keek hem met grote ogen aan. Ze was wakker en – dat zag hij nu pas – ze had gehuild. Haar wangen waren nat van de tranen.

'Hé, lieverd,' zei hij zacht, terwijl hij de kamer in liep. 'Ben je verdrietig?'

Mr. Smith keek naar hem op, geeuwde en strekte zijn rechter voorpoot. Ree bleef hem alleen maar strak aankijken.

Hij ging op de rand van het bed zitten en streek de verwarde krullen van haar bezwete voorhoofd.

'Ik wil mama,' zei ze met een klein stemmetje.

'Dat weet ik.'

'Ze heeft gezegd dat ze altijd weer thuiskomt.'

'Dat weet ik.'

'Maar waarom komt ze dan niet thuis, papa? Waarom niet?'

Dat wist hij niet. Dus ging hij naast zijn dochter liggen en nam haar in zijn armen. Hij streelde haar over haar haren terwijl ze uithuilde op zijn schouder. Hij prentte de geur van haar huid, het gevoel van het gewicht van haar hoofdje op zijn schouder en het geluid van haar zachte, vermoeide snikken, in zijn geheugen.

Ree huilde tot haar tranen op waren. Toen legde ze haar hand op de zijne en drukte ze elk van haar vingertjes op zijn grotere, langere vingers.

'We komen hier doorheen,' fluisterde hij tegen zijn dochter.

Ze knikte bedachtzaam.

'Zullen we ontbijten?'

Ze knikte opnieuw.

'Ik hou van je, Ree.'

Het ontbijt bleek gecompliceerder dan hij verwacht had. De eieren waren op. Het brood eveneens, en vers fruit was er ook al haast niet meer. De melk was ook bijna op, maar waarschijnlijk was het restje nog precies voldoende voor twee kommen Cheerios. Toen hij de doos pakte, voelde deze verdacht licht aan, dus hij nam het pak met Rice Crispies. Ree was dol op de knetterende graanproducten, en ze maakte altijd een hele show van het ontbijt, waarbij ze deed alsof ze het geknetter verstond.

'O, wil je dat ik een paard voor mijn dochter koop? Ah, nee, je wilt dat ik een auto voor mezelf koop. Natuurlijk, dát kan ik me voorstellen.'

Jason kreeg Ree aan het glimlachen, en toen ze even later ook nog moest giechelen, voelde hij hoe ze zich alle twee ontspanden.

Hij had zijn kom helemaal leeg. Ree at de helft en begon toen de resterende drijvende Crispies in patroontjes te duwen. Dat hield haar een poosje bezig en het leverde hem tijd op om na te denken.

Zijn lichaam deed pijn. Het deed pijn bij het zitten, bij het lopen en bij het staan. Hij vroeg zich af hoe het met de anderen was. Ze hadden hem van achteren aangevallen – en hij had ze helemaal niet zien aankomen – dus waarschijnlijk waren ze zo goed als ongedeerd.

Zou het met het ouder worden te maken hebben, vroeg hij zich af, dat hij steeds vaker steken liet vallen? Eerst dat joch van dertien, en nu dit. Allemachtig, op deze manier zou hij het nog geen week uithouden in de gevangenis – een leuke gedachte aan het begin van de dag.

'Papa, wat is er met je gezicht gebeurd?' vroeg Ree toen hij zijn kruk naar achteren schoof en opstond om af te ruimen.

'Ik ben gevallen.'

'Au, pap.'

'Echt waar.' Hij zette de kommen in de gootsteen en trok vervolgens de koelkast open om te kijken wat hij voor de lunch zou kunnen doen. Geen melk, maar wel zes blikjes van Sandy's cola, vier potjes magere yoghurt en wat verlepte sla. Nog een leuke gedachte aan het begin van de dag – het feit dat je de politie en je schoonvader achter je aan hebt, betekent nog niet dat je geen boodschappen zou hoeven doen. Als ze vandaag nog iets wilden eten, zat er niets anders op dan naar de supermarkt te gaan.

Hij vroeg zich af of hij een zakdoek voor zijn gezicht moest knopen. Of misschien was het beter om een T-shirt aan te trekken met op de voorkant het woord ONSCHULDIG en achterop SCHULDIG. Dat werd lachen.

'Hé, Ree,' begon hij, terwijl hij de koelkast dichtdeed en zijn dochter vragend aankeek, 'wat zou je zeggen van een bezoekje aan de supermarkt?'

Ree begon onmiddellijk te stralen. Ze was gek op de supermarkt. Het was een officiële vader-dochterklus die minstens een keer per week gerealiseerd werd, in de tijd die ze samen hadden tot het moment waarop Sandy van school thuis zou komen. Hij streefde er altijd naar om zich te houden aan de officiële, door de vrouw des huizes opgestelde boodschappenlijst. Ree probeerde hem er steevast van te overtuigen dat artikelen als barbietaartjes en geglazuurde donuts minstens even noodzakelijk waren.

Meestal schoor hij zich voor het uitstapje, terwijl Ree zich bij voorkeur uitdoste in haar baljurk, compleet met haar van nepdiamantjes voorziene tiara. Het had geen enkele zin om door de twintig straatjes met levensmiddelen te lopen als je er niet een volledige voorstelling van kon maken.

Nu rende ze naar boven om haar tanden te poetsen en toen ze weer beneden kwam, droeg ze een blauwe bloemetjesjurk met elfjesvleugels in alle kleuren van de regenboog, en roze, met lovertjes bezette schoentjes. Ze drukte hem iets van roze tule in de hand en vroeg om een paardenstaart. Hij deed zijn best.

Jason maakte een boodschappenlijstje en deed een poging om zich presentabel te maken. Hij schoor zijn baard, en daarmee werd een grote blauwe plek op zijn kin zichtbaar. Hij kamde zijn haar naar achteren, en daarmee viel zijn dichtgeslagen oog nog meer op dan eerder.

Hij zag er niet uit. Of liever, hij zag eruit als een gevaarlijke moordenaar. En dat was de derde opbeurende gedachte voor die dag.

Hij besloot zijn uiterlijk verder te laten voor wat het was en ging weer naar beneden, waar Ree, met haar gele narcissentasje in de hand, bij de voordeur op hem stond te wachten.

'Weet je de journalisten nog?' vroeg hij. 'Die mensen aan de overkant van de straat met hun camera's en microfoons?'

Ree knikte ernstig.

'Nou, liefje, ze staan er nog steeds. En als ik de deur opendoe, beginnen ze waarschijnlijk meteen een heleboel vragen te schreeuwen en foto's te maken. Maar dat is hun werk, oké? Ze doen verschrikkelijk druk en opgewonden, maar jij en ik, wij lopen gewoon heel kalmpjes naar de auto, stappen in en rijden naar de supermarkt, goed?'

'Ja pap, ik zag ze al toen ik boven was. Daarom heb ik mijn elfjesvleugels ook aangetrokken. Als ze te hard schreeuwen, kan ik gewoon wegvliegen.'

'Wat ben je toch een slimmerik,' zei hij, en hij trok de voordeur open.

Het schreeuwen begon op vrijwel hetzelfde moment – ze hadden nog niet eens één voet buiten de deur gezet.

'Jason, Jason, is er al nieuws van Sandy?'

'Ga je vandaag met de politie praten?'

'Wanneer kunnen we een verklaring van je verwachten?'

Hij duwde Ree voor zich uit naar buiten, hield haar dicht tegen zich aan, trok de deur achter zich dicht en sloot af. Zijn handen beefden. Hij probeerde langzaam en vloeiend te bewegen. Geen haast, geen rennen alsof hij iets te verbergen zou hebben. De treurende echtgenoot die samen met zijn dochtertje een paar broodnodige boodschappen gaat doen.

'Ben je van plan mee te doen aan de zoekacties, Jason? Hoeveel vrijwilligers hebben zich voor het zoeken gemeld?'

'Wat een mooie vleugeltjes, schatje. Ben je een engel?'

Die opmerking trok zijn aandacht en hij keek met een ruk op. Hij had zich erbij neergelegd dat die nieuwsgieren tegen hem zouden schreeuwen, maar Ree moesten ze met rust laten.

'Papa?' fluisterde zijn dochtertje. Hij keek neer op haar angstige gezicht.

'We lopen naar de auto en we gaan naar de supermarkt,' herhaalde hij op effen toon. 'We hebben niets te vrezen, Ree. Zij zijn degenen die zich niet behoorlijk gedragen – niet wij.'

Ze pakte zijn hand stevig vast en leunde tegen zijn benen terwijl ze van de veranda over het gras naar de auto op de oprit liepen. Vandaag telde hij zes nieuwsploegen, en dat waren er twee meer dan gisteren. Vanaf de voortuin kon hij de bussen wel zien, maar hij kon niet lezen van welke zenders ze waren. Daar zou hij later naar moeten kijken om te zien of ze al op het nationale nieuws waren.

'*Wat is er met je gezicht, Jason?*'

'*Heb je dat blauwe oog van de politie?*'

'*Heb je gevochten?*'

Hij en Ree bleven doorlopen naar de Volvo. Hij pakte het sleuteltje en klikte de portieren open.

Politiegeweld, schoot hem afwezig door het hoofd, terwijl er nog meer vragen werden geroepen over zijn gezicht. Zijn ribben deden pijn toen hij het zware portier opentrok.

Ree was ingestapt en haar portier was dicht. En hij was ingestapt en zijn portier was dicht. Hij startte de motor, het geluid overstemde de schrille stemmen van de verslaggevers.

'Dat heb je uitstekend gedaan,' zei hij tegen Ree.

'Ik hou niet van verslaggevers,' zei ze.

'Dat weet ik. De volgende keer zorg ik ervoor dat ik ook een setje elfjesvleugels heb.'

In de supermarkt knapte er iets in hem. Hij was niet in staat zijn getraumatiseerde dochter de Oreo's en *chocolate chip cookies* te weigeren waar ze haar zinnen op had gezet. En dat was nog maar het begin. Ree, die vrijwel meteen in de gaten had dat hij geen nee kon zeggen, had er geen probleem mee om de helft van het wagentje met junkfood te vullen. Hij geloofde dat hij had wat hij hebben moest – melk, brood, pasta en fruit – maar hij wilde best toegeven dat hij er met zijn hart en hoofd niet bij was.

Hij probeerde samen met zijn dochter de tijd te doden. Hij snakte ernaar om normale dingen met haar te doen in een wereld die op zijn kop was komen te staan. Sandy was weg. Max was terug. De politie zou langskomen en meer vragen stellen, en hij vroeg zich af hoe hij zo stom had kunnen zijn om de gezinscomputer te gebruiken...

Hij wilde dit leven niet. Wat hij wilde, was de klok zestig of zeventig uur terugzetten om te zeggen wat hij had moeten zeggen en te doen wat hij had moeten doen zodat hij dit had kunnen voorkomen. Allemachtig, als het moest zou hij de klok desnoods terug willen zetten tot hun uitstapje in februari.

De vrouw achter kassa glimlachte om Rees feestelijke kleding. Toen keek ze naar hem, en hij zag haar schrikken. Hij haalde zelfbewust zijn schouders op, volgde haar blik naar het schap met de kranten en zag een grote zwart-witfoto van zichzelf op de voorpagina van de *Boston Daily*. 'Aardige journalist met luguber kantje?' luidde de kop erboven.

Ze hadden de foto van zijn perskaart gebruikt, een pasfoto die nauwelijks beter was dan een politiefoto, en er ging iets dreigends vanuit.

'Papa, dat ben jij!' riep Ree uit. Ze liep met grote stappen naar het schap en bestudeerde de krant. Ze trok de aandacht van andere klanten, die verbaasd van het leuke meisje naar die verontrustende foto van een volwassen man keken. 'Waarom sta je in de krant?'

'Dat is de krant waar ik voor werk,' zei hij luchtig, terwijl hij wou dat ze niet zoveel boodschappen hadden, zodat ze de winkel uit konden vluchten.

'Wat staat er?'

'Dat ik een aardige journalist ben.'

De ogen van de caissière puilden zo ongeveer uit haar hoofd. Hij keek haar strak aan en het kon hem niet langer schelen of hij dreigend overkwam. Godallemachtig nog aan toe, dit was zijn dochter.

'We nemen de krant mee naar huis,' zei Ree. 'Dan kan mama hem ook zien.' Ze trok een krant uit het rek en legde hem op de band. Nu zag hij dat het een artikel van Greg Barr was – de hoofdredacteur. Jason wist zo al wat er in het artikel zou staan – voornamelijk wat hij de vorige dag door de telefoon tegen hem had gezegd.

Hij haalde zijn portefeuille uit zijn achterzak en werd ineens zó verschrikkelijk boos dat hij niet langer normaal kon functioneren. *Reken af en maak dat je naar de auto komt. Reken af en maak dat je naar de auto komt.*

En ga terug naar huis, waar de verslaggevers je opnieuw onder vuur zullen nemen.

Hij pakte zijn betaalpasje en gaf het aan de caissière. Haar hand beefde zo erg dat ze twee keer misgreep. Was ze bang voor hem? Was ze ervan overtuigd dat hij een psychopaat was die, naar alle waarschijnlijkheid, zijn vrouw had gewurgd, haar in stukken had gesneden en vervolgens in zee had gedumpt?

Het was zo'n absurd idee dat hij er bijna om moest lachen, maar het geluid zou alleen maar verwrongen over zijn lippen komen. Te hol, te onecht. Zijn leven was door zijn vingers geglipt en hij wist niet wat hij zou kunnen doen om het terug te krijgen.

'Mag ik snoep in de auto? Mag ik snoep? Mag ik snoep?' zeurde Ree.

Eindelijk gaf de vrouw hem zijn pasje terug, en het bonnetje. 'Ja, ja, ja,' mompelde hij, terwijl hij zijn handtekening zette en zijn pasje wegstopte. Hoe eerder hij hier weg kon, hoe beter.

'Papa, ik hou van je!' riep Ree triomfantelijk uit.

En hij hoopte alleen maar dat de hele winkel dat had gehoord.

Hoofdstuk 28

Tegen de tijd dat Jason en Ree weer thuis waren en hij, onder de nieuwsgierige blikken van de pers, een stuk of zes keer naar de auto op en neer was geweest om alle boodschappen binnen te brengen, was hij totaal aan het eind van zijn krachten. Hij liet Ree naar een dvd kijken en onderdrukte het schuldgevoel – hij wist ook wel dat zoveel tv niet goed voor haar was en dat hij meer zijn best moest doen voor zijn dochter, die het nu ook niet gemakkelijk had, enzovoort, enzovoort.

Ze hadden eten in huis. De kat was terug. En ze hadden hem nog niet gearresteerd.

Jason wilde net de eieren in de koelkast zetten toen de telefoon ging. Afwezig, zonder naar het nummer op de display te kijken, nam hij op.

'Wat is er met je gezicht gebeurd, jongen?' vroeg Maxwell Black met dat langgerekte, zuidelijke accent van hem, dat Jason onmiddellijk terug deed denken aan een plek die hij voor altijd wilde vergeten.

'Dacht je soms dat jij hier de baas was, jongen? Je bent van mij! Je bent van top tot teen van mij.'

'Ik ben van de trap gevallen,' antwoordde Jason luchtig, terwijl hij die herinnering weer veilig wegstopte in het achterste hoekje van zijn geheugen. In gedachten verbeeldde hij zich hoe hij hem wegborg in een doosje, en dat doosje met een sleutel op slot deed.

Max lachte. Het was een zachte, warme lach. Jason kon zich voorstellen hoe hij dat lachje tijdens rechtszittingen gebruikte, of wanneer hij het middelpunt van de belangstelling was op cocktailparty's. Wie weet, misschien had hij het ook wel gebruikt, die eerste keer dat een van Sandy's onderwijzeressen zich met enige schroom tot hem had gewend. *Weet u, meneer, ik maak me zorgen over... de vele ongelukjes die Sandy heeft.* En Max had gereageerd met die charmante lach van hem. *O, u hoeft zich geen zorgen te maken over die kleine meid van mij. U heeft vast wel wat beters te doen dan dat. Die kleine meid van mij, die redt zich wel.*

Jason werd zich opnieuw bewust van de intense hekel die hij aan Sandra's vader had.

'Jongen, ik geloof dat we gisteren niet zo goed begonnen zijn,' zei Max.

Toen Jason niets zei, voegde Max er na lange seconden aan toe: 'Dus ik bel om het goed te maken.'

'Dat is nergens voor nodig,' zei Jason. 'Het enige waar je me een groot plezier mee kunt doen, is teruggaan naar Georgia.'

'Kom, kom, Jason. Als iemand het recht heeft om boos te zijn, ben ik dat denk ik wel. Je hebt mijn dochter meegenomen naar dit vreselijke noorden, en bovendien hebben jullie me niet eens uitgenodigd voor het huwelijk, laat staan dat jullie mij hebben laten weten dat ik een kleinkind had. Zo ga je niet om met je familie, jongen.'

'Je hebt volkomen gelijk. Als ik jou was, zou ik nooit meer iets met ons te maken willen hebben.'

Opnieuw dat stroperige, warme lachje. 'Je boft, jongen,' ging Max joviaal verder, 'dat ik besloten heb me eroverheen te zetten. Uiteindelijk hebben we het over mijn enige dochter en mijn enige kleinkind. Het zou dom zijn om het verleden van invloed te laten zijn op onze toekomst.'

'Weet je wat? Wanneer Sandra thuiskomt, zal ik je haar woorden overbrengen.'

'Wannéér?' vroeg Max op scherpe toon. 'Bedoel je niet áls?'

'Ik bedoel wannéér,' zei Jason nadrukkelijk.

'Is je vrouw ervandoor met een ander, jongen?'

'Dat schijnt een populaire theorie te zijn.'

'Kon je het haar niet naar de zin maken? En ik verwijt je niets, hoor. Ik heb dat meisje na het overlijden van haar lieve moeder in mijn eentje opgevoed, en je hoeft mij niet te vertellen dat ze bijzonder veeleisend kan zijn.'

'Sandra is een geweldige vrouw en een toegewijde moeder.'

'Ik moet eerlijk zeggen dat ik nogal verbaasd was toen ik hoorde dat mijn dochter het onderwijs in was gegaan. Ik sprak vanochtend met die aardige man, het hoofd van haar school. Hoe heet hij ook alweer... Phil, Phil Stewart? Hij was werkelijk vol lof over hoe geweldig Sandy met haar leerlingen is. Het heeft er alle schijn van, jongen, dat mijn dochter geboft heeft met jou. En daar ben ik reuzeblij om.'

'Ik ben geen jongen.'

'Goed, goed, Jason. Jones.'

Opnieuw hoorde Jason dat dreigende ondertoontje. Hij balde zijn hand tot een vuist en weigerde erop in te gaan.

'Je mag me niet zo, hè, Jason?'

Jason zei alweer niets. De edelachtbare leek het echter voornamelijk tegen zichzelf te hebben. 'Maar wat ik niet snap, is waarom. We hebben elkaar zo goed als nooit gesproken. Je wilde mijn dochter, je hebt haar gekregen. Je wilde weg uit Georgia, jullie zijn weggegaan. Volgens mij heb ik redenen te over om boos op jou te zijn. Het ligt voor de hand dat ik niet blij was met de manier waarop alles is gegaan, waarop je er met mijn enige dochter vandoor bent gegaan... Maar wat heb ik jou ooit aangedaan, jongen? Wat heb ik jou ooit aangedaan?'

'Je bent tekortgeschoten tegenover je dochter,' hoorde Jason zichzelf zeggen. 'Zij had je nodig, en je was er niet voor haar.'

'Waar héb je het in vredesnaam over?'

'Over je vrouw! Over die gestoorde, dronken vrouw van jou, die Sandra alle hoeken van de kamer liet zien, en over het feit dat jij nooit een vinger hebt uitgestoken om haar te helpen. Wat voor soort vader is dat, die zijn kind zo schandalig in de steek laat? Hoe durft iemand die het toelaat dat zijn dochter dagelijks wordt mishandeld zich een vader te noemen?'

Even was het stil. 'Heeft Sandy je dat verteld? Dat mijn vrouw haar heeft geslagen?'

Jason antwoordde niet meteen. De seconden kropen om. Maar toen zei hij: 'Ja.'

'Nu moet je eens goed naar me luisteren.' Max klonk beledigd. 'Sandy's moeder was verre van een goede ouder. En het is waar dat ze zo nu en dan meer dronk dan goed voor haar was. In die tijd werkte ik erg hard en Missy en Sandra waren vaak erg lang alleen samen thuis. Ik wil best geloven dat Missy daar nerveus van werd en dat ze misschien wel eens sneller boos werd dan je van een moeder zou mogen verwachten. Maar slaan... mishandelen... dat lijkt me toch wel een tikje te melodramatisch. En dat meen ik.'

'Je vrouw heeft Sandy nooit iets aangedaan?'

'Een kind heeft af en toe een pak slaag nodig. Ik heb haar Sandy een keer of twee een pak op haar billen zien geven, maar niet meer dan elke tot het uiterste getergde ouder zou doen.'

'En Missy heeft nooit overmatig gedronken?'

'Nou, het is waar dat ze een zwak had voor gin. Misschien dat ze gemiddeld zo'n twee avonden per week... Maar Missy was nooit gewelddadig als ze dronken was. Als ze een slok te veel op had, ging ze gewoon naar bed. Ze zou nog geen vlieg kwaad hebben gedaan, laat staan haar eigen dochter.'

'En dat ze jou met messen achternazat?'

'Pardón?' De edelachtbare klonk gechoqueerd.

'Ze heeft Sandy de meest vreselijke dingen aangedaan – haar vingers tussen de deur gehouden, haar gedwongen om bleekwater te drinken en haar alle mogelijke dingen laten inslikken, alleen om met haar naar het ziekenhuis te kunnen. Die echtgenote van jou was een zwaar, zwaar zieke vrouw.'

Deze keer bleef het nog wat langer stil aan de andere kant van de lijn. Toen de edelachtbare eindelijk weer het woord nam, klonk hij totaal perplex. 'Is dat wat Sandy je heeft verteld? Is dat wat ze over haar moeder zegt? Nou, dan verbaast het me niets dat je zo kortaf tegen me bent. Ik neem alles terug, echt. Ik heb alle begrip voor die houding van je. Hoe krijg je zoveel leugens... Hemeltjelief.' Max leek werkelijk niet te weten wat hij er verder nog van moest zeggen.

Jason, die ineens niet meer zo zeker van zijn zaak was, verplaatste zijn gewicht van zijn rechter- op zijn linkerbeen, terwijl hij werd bekropen door een akelig gevoel.

'Mag ik iets tot mijn verdediging aanvoeren?' vroeg zijn schoonvader.

'Waarom niet.'

'Om te beginnen, jongen, is dit de eerste keer dat ik van deze verschrikkelijke dingen hoor. En ik vermoed dat het mogelijk is dat er tussen Sandy en die arme vrouw van mij dingen zijn voorgevallen waar ik nooit weet van heb gehad. Maar als ik eerlijk ben, moet ik je zeggen dat ik me het niet voor kan stellen. Ik hou van mijn dochter, Jason. Dat heb ik altijd gedaan. Maar ik ben ook een van de weinige mannen die kunnen zeggen dat ik oprecht heel veel van mijn vrouw heb gehouden. Ik was negentien toen ik Missy voor de eerste keer zag, en op datzelfde moment wist ik dat ik met haar zou trouwen. Dat ik haar tot de mijne zou maken. Het was niet alleen omdat ze beeldschoon was – hoewel ze dat zeker was. En ook niet omdat ze een goed hart had en welgemanierd was – want dat was ze ook. Maar ze was Missy, en alleen al daarom hield ik van haar. Misschien vind je dat ik doordraaf. Dat dit nergens iets mee te maken heeft. Maar tegen de tijd dat Sandy twaalf was, had het wél overal mee te maken. Je moet namelijk weten dat Sandy jaloers werd. Ze werd jaloers op de manier waarop ik Missy behandelde, op de bloemen die ik zomaar voor haar mee naar huis bracht of de cadeautjes waarmee ik mijn vrouw verwende. Meisjes komen op een bepaalde leeftijd en dan beginnen ze, zonder dat ze zich daarvan bewust zijn, met hun moeder te concurreren. Ik denk dat Sandy het gevoel had dat ze niet kon winnen. En dat leidde ertoe dat ze boos werd en ze zich vijandig ging gedragen tegenover haar moeder. En toen stierf haar moeder, voordat Sandy en ik de kans hadden gekregen om de zaak uit te praten. Ze had het er heel moeilijk mee, die lieve kleine meid van mij... Ze veranderde van de ene dag op de andere. Ze werd wild en ontembaar, en ze was onhoudbaar. Ze wilde alles doen waar ze zin in had en ze liet zich niets verbieden. Ze onderging een abortus, Jason, weet je dat? Ree was niet haar eerste zwangerschap, mogelijk zelfs niet eens haar tweede. Ik wed dat ze je dat nooit verteld heeft, of wel? Officieel mag ik het zelfs niet eens weten, maar in de kliniek herkenden ze mijn naam en ze belden me. Ik gaf ze mijn toestemming. Wat kon ik anders? Ze was zelf nog een kind – ze was veel te jong en onstabiel om een moeder te kunnen zijn. En ik bad voor haar, ik bad voor mijn kleine meid, Jason, en dat ben ik blijven doen tot het moment waarop jij haar meenam uit mijn leven.'

De edelachtbare zuchtte. 'Wat ik probeer te zeggen, denk ik, is dat ik altijd ben blijven hopen dat Sandy uiteindelijk tot inzicht zou komen. En toen ik vanochtend met het hoofd van de school sprak, had ik het gevoel dat ze eindelijk volwassen was geworden. Maar nu, als ik hoor wat je daar allemaal zo zegt... Ik denk, Jason, dat mijn dochter ernstige problemen heeft. Eerst ontvlucht ze mij, en zo te zien heeft ze dat nu ook bij jou gedaan.'

Jason deed zijn mond open om ertegen in te gaan, maar er kwamen geen woorden over zijn lippen. De twijfel sloeg toe. Wat wist hij uiteindelijk van Sandy en haar familie? Hij had haar verhalen altijd geloofd. Ze had immers geen reden om tegen hem te liegen?

Maar wat voor reden had hij om tegen haar te liegen? Ontelbare redenen – pakweg vier miljoen en één.

'Misschien is het een idee om eens met elkaar om tafel te gaan zitten,' zei Maxwell nu. 'Als mannen onder elkaar. Om alles uit te praten. Ik wens je helemaal geen kwaad toe, jongen. Ik wil alleen maar wat het beste is voor mijn dochter en mijn kleinkind.'

'Hoe is Missy gestorven?' vroeg Jason opeens.

'Pardon?'

'Je vrouw. Hoe is ze gestorven?'

'Hartaanval,' antwoordde de rechter zonder aarzelen. 'Ze was op slag dood. Reuze tragisch, voor een vrouw van haar leeftijd. We waren er kapot van.'

Jason greep de telefoon steviger vast. 'Waar is ze gestorven?'

'Nou, eh, thuis. Waarom vraag je dat?'

'In de garage? Achter het stuur van haar auto?'

'Nou, ja, nu je het zegt. Maar dat zal Sandy je ook wel hebben verteld.'

'Was het echt een hartaanval? Weet je dat heel zeker?'

'Ja, dat weet ik heel zeker. Verschrikkelijk was het. Ik denk niet dat die kleine Sandy van mij het ooit helemaal heeft verwerkt.'

'Ik heb het autopsierapport gelezen,' ging Jason verder. 'Als ik me goed herinner, stond daarin dat mevrouw Black was aangetroffen met een knalrood gezicht. Dat is een duidelijke aanwijzing voor koolmonoxidevergiftiging.'

Er viel een lange stilte aan de andere kant van de lijn – dertig seconden werden een minuut. Jason voelde zijn maag tot rust komen en hij rechtte zijn schouders. Het was waar wat Sandy had gezegd – haar vader was een uiterst bedreven leugenaar.

'Ik weet werkelijk niet waar je het over hebt, Jason Jones,' zei Max ten slotte. Ineens klonk hij een stuk minder sympathiek. Hij klonk zelfs nijdig. Een vermogende, invloedrijke man die zijn zin niet kreeg.

'O nee? Tegenwoordig is alle informatie digitaal te achterhalen, en iemand die weet waar hij moet zoeken kan uiteindelijk echt alles vinden.'

'Dat geldt ook voor mij, Jason. Jij graaft naar informatie over mij, en ik graaf naar informatie over jou.'

'Ik wens je succes. Sinds wanneer ben je in Boston?'

'Op welke dag heb je mijn dochter leren kennen?' vroeg Max op zijn beurt.

'Heb je een auto gehuurd of neem je een taxi?'

'Laat je vrijwillig je DNA testen om aan te tonen dat je de vader van mijn kleinkind bent, of wacht je daarmee tot de rechter je daartoe verplicht?'

'Dat maakt niet uit. Dit is Massachusetts, waar homohuwelijken officieel erkend worden en waar het *in loco*-ouderschap voor het bepalen van de voogdij zwaarder weegt dan de biologische afkomst.'

'Och jongen, denk je echt dat je omdat je twee woordjes Latijn kent, meer van de wet weet dan ik?'

'Ik denk dat ik onlangs een artikel heb geschreven over een grootvader die probeerde de voogdij over zijn kleinzoon te krijgen omdat hij het niet eens was met de lesbische ouders van dat kind. De rechter bepaalde dat het kind moest blijven bij de enige ouders die het kende, ook al waren dat niet zijn biologische moeders.'

'Interessant. Nou, laat me je dan nog wat Latijn voorschotelen. Misschien dat je deze uitdrukking ook bent tegengekomen bij dat artikeltje van je – *ex parte.*'

Jason, die midden in de keuken stond, verstijfde. Zijn blik ging naar het raam en hij zag de geüniformeerde agent zijn tuinpad af komen.

'Dat betekent 'in geval van nood',' ging Max vrolijk verder, en hij lachte. 'Bijvoorbeeld: een grootvader kan de rechter om een *ex parte*-motie verzoeken, en de rechter kan een *ex parte*-bevel ten aanzien van het bezoekrecht uitvaardigen, en dat terwijl jij niet eens weet dat een dergelijke hoorzitting heeft plaatsgevonden. Uiteindelijk ben je hoofdverdachte in deze zaak. En het ligt voor de hand dat het nou niet bepaald in het belang van een kind is om bij degene te blijven die ervan verdacht wordt een rol te hebben gespeeld bij de verdwijning van haar moeder, wel?'

'Vuile huf...' siste Jason.

Er werd aangebeld.

'Ik zou maar opendoen,' zei Max. 'Ik kan je zien, jongen. En ik ben lang niet de enige.'

Dat was het moment waarop Jason zijn schoonvader zag, die met zijn mobiele telefoon tegen zijn oor gedrukt bij het groepje journalisten op de stoep stond. Toen hij Jason zag kijken, zwaaide hij jolig – een kwieke verschijning in een blauw pak waarvan de kleur afstak tegen zijn dikke dos zilvergrijs haar. De man had alleen maar gebeld om ervoor te zorgen dat Jason daar in de keuken bleef, en dat vriendelijke gedoe, zijn voorstel om rustig over de situatie te praten, was alleen maar een voorwendsel geweest... Er werd voor de tweede keer aangebeld.

'Ik ga wel, papa!' riep Ree.

Het maakte niet uit. Niets maakte nog uit. Bijna vijfentwintig jaar geleden was Jason al eens gestorven. Maar dit was erger. Deze keer was het zijn hele wereld die instortte. Ree moest op haar tenen gaan staan om bij het bovenste slot te kunnen, en toen maakte ze ook het onderste open.

Ze trok de deur helemaal open voor de agent.

De man had een dubbelgevouwen wit papier in zijn hand. Hij keek over Rees hoofd het huis in, naar Jason, die op de drempel van de keuken stond, nog altijd met de telefoon tegen zijn oor.

'Jason F. Jones.'

Nu pas verbrak Jason de verbinding en legde hij de telefoon neer. Zijn bewegingen waren mechanisch. Hij deed een paar stappen naar voren en stak zijn hand uit.

'Dit is voor u,' zei de agent. Zijn missie was volbracht, hij draaide zich om en ging weer weg. De fotografen aan de overkant van de straat fotografeerden er lustig op los.

Jason vouwde het papier open en las het rechterlijk bevel waarin stond dat hij morgenochtend om elf uur met zijn kind in de buurtspeeltuin moest verschijnen, waar het meisje een uur zou doorbrengen in het gezelschap van haar grootvader, de edelachtbare Maxwell M. Black. De officiële hoorzitting was over vier weken. Tot dan had Maxwell Black dagelijks recht op één uur gezelschap van zijn kleindochter, Clarissa Jane Jones. En dat was waartoe de rechtbank had besloten.

Elke dag. Elke dag van de week, vier weken lang. Max en Ree samen. Max die Ree kon zien, met haar kon praten en haar kon aanraken. En Jason, die er niet bij mocht blijven om de boel in de gaten te houden. Jason, die gedwongen was om zijn dochtertje helemaal alleen te laten met een man die had meegewerkt aan de mishandeling van zíjn enige kind.

'Wat is dat, papa?' vroeg Ree met een angstig stemmetje. 'Heb je iets gewonnen? Wat heeft die meneer je gegeven?'

Jason riep zichzelf tot de orde, vouwde het papier weer dubbel en stak het in zijn achterzak.

'Niets belangrijks,' stelde hij zijn dochter gerust. 'Kom, laten we een spelletje *Candy Land* gaan spelen.'

Ree won drie keer achter elkaar. Telkens wist ze in vier – of nog minder – beurten de kaart van Prinses Frostine tevoorschijn te toveren, wat overduidelijk betekende dat ze vals speelde. Jason was er met zijn hoofd te weinig bij om haar erop aan te spreken, en daar werd ze alleen maar humeurig van. Ze wilde op haar grenzen worden gewezen.

De wereld had grenzen, en die grenzen zorgden ervoor dat je nergens bang voor hoefde te zijn.

Na een poosje hield Jason het spel voor gezien, en hij maakte gegratineerde tomatensoep voor de lunch. Ree zat nukkig aan de bar en sopte haar boterham in de soep. Zelf roerde en roerde hij in zijn soep en keek hij hoe de croutons langzaam maar zeker bloedrood kleurden.

Het rechterlijk bevel zat nog steeds dubbelgevouwen in zijn achterzak. Alsof het op die manier minder van invloed kon zijn op het leven van hem en zijn kind. Eindelijk begreep hij waarom het Sandra zo weinig moeite had gekost om haar ouderlijk huis en haar vader de rug toe te keren, en waarom ze in de afgelopen vijf jaar zelfs nog niet één keer in de verleiding was gekomen om te bellen.

Het was menens voor Maxwell Black. En de man wist precies hoe hij de wet naar zijn hand moest zetten en zijn zin moest krijgen. De schoft.

'Ik wil mama gaan zoeken,' zei Ree.

'Wat?'

Ze hield lang genoeg op met het soppen van haar brood om hem koppig aan te kunnen kijken. 'Je zei dat de politie en vrienden vandaag naar de school gaan om naar mama te zoeken. Nou, ik wil ook naar de school. Ik wil ook naar mama zoeken.'

Jason keek zijn dochter met grote ogen aan en vroeg zich af in welke handleiding voor ouders hij hier een hoofdstuk over zou kunnen vinden.

Er werd weer aangebeld, en Jason stond onmiddellijk op om open te doen.

Inspecteur D.D. Warren en brigadier Miller stonden weer op de stoep. Jason keek automatisch achter hen om te zien of ze met versterkingen waren gekomen, maar toen hij had vastgesteld dat ze slechts met zijn tweeën waren, nam hij aan dat ze nog niet waren gekomen om hem te arresteren. Hij deed de deur wat verder open.

'Heeft u mijn vrouw al gevonden?' vroeg hij.

'Bent u al begonnen haar te zoeken?' vroeg D.D. op effen toon.

Hij had haar nog altijd heel wat liever dan Max.

Nadat hij de twee rechercheurs binnen had gelaten, zei hij tegen Ree dat ze een nieuwe film mocht kiezen omdat papa even ongestoord met de aardige agenten wilde praten. Ze reageerde door hem doordringend aan te kijken, en toen opeens half snikkend uit te roepen: 'Ik wil mama gaan zoeken en jij kunt me niet tegenhouden!'

Met die woorden rende ze de woonkamer in en zette de televisie en de dvd-speler aan. Ze had het laatste woord gehad, en dat was duidelijk ook.

'Het was een lange dag,' zei Jason tegen D.D. en Miller.

'Het is nog maar halftwaalf,' merkte D.D. op.

'O, mooi, dan heb ik dus nog tien uur om me te verheugen.'

Hij nam de beide agenten mee naar de keuken aangezien zijn dochter zich op het bankje in de kamer geïnstalleerd had om naar haar favoriete dinosaurus-dvd te kijken.

'Water? Koffie? Koude tomatensoep?' bood hij zonder al te veel enthousiasme aan.

D.D. en Miller schudden hun hoofden. Ze namen plaats op de krukken aan de bar. Hij bleef, met zijn armen over elkaar geslagen, tegen de koelkast geleund staan. *De treurende echtgenoot. De moordlustige vader. De treurende echtgenoot, verdomme.*

'Wat is er met u gebeurd?' vroeg D.D.

'Ik ben tegen een muur op gelopen.'

'Met beide kanten van uw gezicht?'

'Ik ben er twee keer tegenaan gelopen.'

Ze trok haar wenkbrauwen op, maar hij gaf verder geen uitleg. Alsof ze hem zouden kunnen arresteren omdat hij in elkaar was geslagen.

'Ik wil zwart op wit dat wij daar niets mee te maken hebben gehad,' zei Miller.

'Wie zijn "wij"?'

'De politie van Boston. We hebben u niet eens meegesleurd naar het bureau, dus welke muur u een blauw oog heeft geslagen weet ik niet, maar wij zijn het in ieder geval niet geweest.'

'Ik meen dat die muur van u de voorkeur geeft aan tasers, dus nee, u was het niet.'

Die opmerking viel niet echt in goede aarde bij Miller, maar dat kon Jason verder niet schelen. De man dacht waarschijnlijk toch al dat hij de dader was.

'Wanneer is het gebeurd?' wilde D.D. weten. Ze was duidelijk de slimste van de twee. 'We hebben u gezien nadat Hastings u te grazen had genomen. Maar dít is echt niet zijn werk geweest.'

'Misschien duurt het een tijdje bij mij voor de blauwe plekken opkomen.'

Opnieuw keek ze hem ongelovig aan, en alweer ging hij er verder niet op in. Hij kon dit makkelijk een hele dag volhouden. Maar dat kon zij waarschijnlijk ook. In dat opzicht waren ze *soulmates*. Voorbestemd om elkaar het leven zuur te maken.

Hij miste Sandy. Hij wilde zijn vrouw vragen of ze echt zwanger van hem was. Hij wilde haar zeggen dat hij alles voor haar zou doen wat ze maar wilde – het enige wat hem interesseerde, was een tweede kans om haar gelukkig te maken. Hij wilde haar zeggen dat het hem speet – met name van februari. Ten aanzien van februari was er heel wat waar hij spijt van had.

'Sandra wist waar u mee bezig was,' verklaarde D.D.

Hij zuchtte, en hapte. 'Waar was ik mee bezig?'

'U weet wel, op de computer.'

Jason was niet onder de indruk. Dat vermoeden had hij immers al op grond van wat hij over Ethan Hastings had gehoord. Ze zouden met iets beters moeten komen – dit was niet voldoende.

'Ik ben journalist. Het ligt voor de hand dat ik op de computer werk.'

'Goed, dan zal ik het anders zeggen. Sandy heeft ontdekt wat u op internet deed.'

Dat was al iets interessanter. 'En wat heb ik, volgens Ethan Hastings, dan precies op internet gedaan?'

'O, dat hebben we niet van Ethan.'

'Pardon?'

'Nee, we waren vanochtend niet bij Ethan. We hebben gisteravond met hem gesproken, en hij heeft ons een aantal interessante dingen verteld, waaronder dat hij Sandra had voorgesteld aan zijn oom, die als computerdeskundige bij de staatspolitie van Massachusetts werkzaam is.'

'We hebben uw bankgegevens onder de loep genomen,' vertelde Miller, 'dus nu weten we dat u geen gokker bent. Wat overblijft is kinderporno of volwassen cyberseks, of allebei. Als ik u was, zou ik mezelf een groot plezier doen door eerlijk te vertellen wát het is. Wie weet levert het u wel voordeel op om met ons samen te werken.'

'Ik heb niets gedaan wat niet mag.' Jason zei het automatisch, maar ondertussen werkte zijn brein op volle toeren en probeerde hij de zaak van alle kanten te bekijken. Sandra had zijn nachtelijke activiteiten ontdekt. Wanneer? En hoeveel was ze ervan te weten gekomen? Niet alles, want anders zou ze Ethan Hastings niet nodig hebben gehad.

Maar een officiële computerexpert van de politie. Shit. Een deskundige die op het computerlab werkte en over alle onderzoeksmiddelen beschikte...

'We hebben uw computer,' ging D.D. verder. 'Ik hoef u, als computerexpert, natuurlijk niet te vertellen dat we alles kunnen vinden. En met alles bedoel ik álles.'

Hij knikte kort, want ze had gelijk. Met de software van tegenwoordig zou hij er verstandiger aan hebben gedaan om met zijn truck over de computer te rijden, de onderdelen te vermalen en alle plastic resten in een verbrandingsoven te gooien, en daarna had hij voor de zekerheid die oven ook nog eens op moet blazen. Dán pas zou hij niets te vrezen hebben gehad.

Het liefst was hij ogenblikkelijk naar de *Boston Daily* gegaan om zijn oude computer te halen en er zijn eigen speurderssoftware op los te laten. Hoeveel had Sandra ontdekt? Hoeveel beveiligingslaagjes had ze los weten te pulken? De blogs van de chatrooms? De financiële gegevens? De pagina van MySpace? Of de foto's, misschien? O god, de foto's.

Maar hij kon niet terug naar de redactie. Het was een veel te groot risico, en hij zou er verstandig aan doen ook die computer nooit meer aan te raken. Dat was afgelopen. Klaar uit. Het beste wat hij zou kunnen doen, was het kluisje van de vliering halen en samen met Ree de grens over, naar Canada vluchten.

D.D. en Miller keken hem strak aan. Hij dwong zichzelf hardop uit te ademen en een intens teleurgestelde indruk te maken.

'Ik wou dat mijn vrouw me dat had verteld,' zei hij.

D.D. keek sceptisch.

'Ik meen het,' zei hij, in de rol van benadeelde stappend. 'Had ze maar iets gezegd over waar ze bang voor was, of waar ze zich zorgen om maakte, dan zou ik haar met alle liefde alles hebben uitgelegd.'

'Wat bedoelt u precies met 'alles'?' vroeg Miller.

Jason produceerde nog een zucht. 'Goed, goed. Ik heb een avatar.'

'Een wat?' vroeg Miller. Hij streek zijn snor glad en keek naar zijn collega.

'Een avatar. Een door de computer aangemaakte identiteit op een website die Second Life heet.'

'Ach, doe me een lol,' mompelde D.D.

'Hé, kleine potjes hebben grote oren,' zei Jason terwijl hij op de woonkamer wees, waar Ree helemaal opging in wat ze op de televisie zag.

'U heeft geen avatar,' zei D.D. dreigend.

'Natuurlijk wel. Ik wilde, eh, een bepaalde website op voor een artikel waar ik aan werkte. Ik wilde een paar dingen nakijken, en daarvoor moest ik inloggen. Maar... ik weet niet. Het viel me reuze mee, en het is veel complexer dan ik verwacht had. Heel sociaal, ook. Er zijn speciale regels, gewoontes, noem maar op. Als je er voor het eerst inlogt, bijvoorbeeld, begin je met een standaardlijf en standaardkleding. Wist ik veel, dus ik bezocht er een aantal bars en winkels, om te kijken hoe alles in zijn werk ging. Het eerste wat me opviel, was dat de vrouwen niet met me wilden praten. Omdat ik nog de standaardkleren droeg. Iedereen kon dus zo aan me zien dat ik een groentje was, zeg maar. En niemand houdt van groentjes. Je zult eerst moeten bewijzen dat je wat in je mars hebt.'

Dat leverde hem alweer een sceptische blik op van de inspecteur. Miller daarentegen maakte een geïnteresseerde indruk. 'Wilt u daarmee zeggen dat u de hele nacht opblijft om op de computer, in een virtuele omgeving, te spelen dat u iemand anders bent?'

Jason haalde zijn schouders op en stak zijn handen in zijn zakken. 'Nou, het is niet iets wat je als volwassen man graag toegeeft, en al helemaal niet tegenover je vrouw.'

'Wat bent u, in dat alternatieve leven?' wilde Miller weten. 'Rijk, knap en geslaagd? Of een sexy blondje met een zwak voor bikers?'

'Nou, ik ben schrijver. Ik werk aan een avonturenroman die misschien wel, maar misschien ook niet autobiografisch is. Een mysterieus type, zullen we maar zeggen. Daar houden vrouwen van.'

'Nou, dat klinkt net zoals u in het gewone leven bent,' merkte D.D. met een strak gezicht op. 'Daar hoef je internet toch niet voor op.'

'En dat is precies de reden waarom ik het niet aan Sandra heb verteld. Logisch. Ze werkt de hele dag, en dan let ze elke avond op Ree terwijl ik op stap ben als journalist voor de *Boston Daily*. Ze zit er heus niet op te wachten dat haar man, wanneer hij eindelijk thuiskomt midden in de nacht, ook nog eens spelletjes op de computer gaat zitten spelen. U kunt rustig van mij aannemen dat geen enkele vrouw daar blij mee zou zijn.'

'Dus u wilde het geheimhouden,' zei D.D.

'Ik heb het haar niet verteld,' zei Jason, waarmee hij er net een iets andere lading aan gaf.

'Kom zeg! U deed er zó stiekem over dat u het, elke keer voor u de computer uitzette, nodig vond om de browsergeschiedenis te wissen?'

Verdorie, Ethan en dat computertype hadden Sandra aardig wat bijgebracht. 'Dat doe ik als journalist altijd,' antwoordde Jason gladjes. Hij realiseerde zich dat het liegen hem even moeiteloos afging als Maxwell Black. Was Sandra daarom met hem getrouwd? Omdat hij haar aan haar vader deed denken?

'Pardon?'

'Ik wis de geschiedenis om mijn bronnen te beschermen,' legde Jason uit. 'Dat heb ik op de journalistenopleiding geleerd – een les over ethiek in het computertijdperk. In theorie zou ik alleen maar op mijn eigen computer mogen werken, maar de desktop van het gezin werkt prettiger. Ik heb de gewoonte om met die computer online te gaan en dan kopieer ik mijn informatie. En omdat de gezinscomputer niet van inbeslagname is vrijgesteld' – hij keek ze om de beurt veelzeggend aan – 'is het wissen van de zoekgeschiedenis een standaardprocedure.'

'U liegt.' D.D. maakte een uiterst gefrustreerde indruk. Ze zag eruit alsof ze zin had om ergens tegenaan te trappen. Tegen hem, waarschijnlijk.

Hij haalde zijn schouders op als om te zeggen dat hij verder niets voor haar kon doen.

'Welke journalistenopleiding?' vroeg ze opeens.

'Welke universiteit?'

'Waar hebt u die les in ethiek gehad?' Ze zei 'ethiek' alsof het een vies woord was.

'O, dat is intussen alweer jaren geleden. Het was een onlineopleiding.'

'Ik wil een naam,' drong ze aan. 'Zelfs onlineinstellingen houden boeken bij.'

'Ik zal het voor u opzoeken.'

Ze schudde haar hoofd. 'Er is geen opleiding. Of misschien is die er ooit wel eens geweest, maar in die tijd heette u niet Jason Jones, of wel? Van wat we hebben kunnen nagaan, bestaat deze Jones nog maar iets van vijf jaar. Wie was u voordien? Smith? Brown? En krijgt de kat, telkens wanneer u een nieuwe naam neemt, ook een nieuwe identiteit?'

'Dat weet ik niet,' antwoordde Jason. 'De kat is nog maar drie jaar oud.'

'Je liegt, Jason.' D.D. was opgestaan, deed een paar stappen naar hem toe als om hem met haar nabijheid te intimideren zodat hij haar de antwoorden zou geven die hij niet had. 'Avatar! Maak de kat wat wijs. De enige identiteit die je op dit moment hebt, is die je op dit moment gebruikt. Je bent voor iets op de vlucht. Voor iemand. En je hebt verschrikkelijk je best gedaan om je sporen uit te wissen, ontken het maar niet. Sandra begon dingen te ontdekken en ze wilde de zaak tot op de bodem uitzoeken. Ze vroeg Ethan om hulp, en Ethan vroeg zijn oom om hulp. Ineens blijkt dat de staatspolitie je op het spoor is. En ik snap best dat je bang werd, Jason. Maar hoe bang? Wat kan er zo verschrikkelijk zijn dat je besluit je vrouw en je ongeboren kind te vermoorden?'

'Is ze echt zwanger?' kwam het fluisterend over Jasons lippen. Dat had hij niet willen vragen. Maar hij wachtte toch op een antwoord, want hij wilde het opnieuw horen. Wilde het opnieuw voelen. Het was een heel bijzonder soort pijn, vergelijkbaar met het gevoel van iemand die met een uitbeenmes je huid lossnijdt.

'Wist je dat echt niet?'

'Hoelang? Ik bedoel, ik vond haar wel wat pips en zo, maar ik dacht dat het griep was... Ze heeft er nooit iets van gezegd.'

D.D. nam hem onderzoekend op. 'Nou, aan die test kunnen we niet zien hoe lang ze al zwanger is. Maar dat we er een DNA-onderzoek op uit zullen voeren, ligt voor de hand. Ik wil weten of je de vader bent.'

Hij zei niets. Hij kon niets zeggen. Want ineens meende hij iets te begrijpen. 'Die computerdeskundige...' begon hij.

D.D. keek hem aan.

'... kwam hij naar school?'

'Dat zegt hij.'

'Onder schooltijd?'

'Nee. Op donderdagavond tijdens de basketbalwedstrijd.'

En aan de blik in haar ogen zag hij dat ze precies hetzelfde dacht als hij – van begin af aan had hij gezegd dat Sandra het veel te druk had met Ree om er een minnaar naast te kunnen hebben. Maar Sandra had klaarblijkelijk toch een manier gevonden om een affaire te beginnen. Op de donderdagavond. Elke donderdagavond. Zijn vrouw was naar school gegaan en daar had ze een andere man ontmoet.

'Hoe heet hij?' Jasons stem had een schrille klank gekregen. Hij kon er niets aan doen.

D.D. schudde haar hoofd.

En opnieuw schoot hem iets te binnen. 'Wat voor soort auto heeft die man? Rijdt hij in een officiële auto?'

'Zeg me hoe je heet, Jason Jones. Ik wil je échte naam.'

'Heeft u al met Aidan Brewster gesproken? Vraagt u hem wat hij gezien heeft, woensdagavond. U moet hem naar die auto vragen. Vraagt u hem naar details over die auto.'

'Vertel ons wat je op de computer deed, Jason. Zeg ons wat het is dat je zo wanhopig probeert te verbergen.'

'Niets!' riep hij uit. Hij had het gevoel alsof hij klem zat, en hij begon bang te worden. De tijd drong. Ze moesten naar hem luisteren, ze moesten nadenken. Het ging om de toekomst van zijn dochter. 'U zegt zelf dat Sandra heeft samengewerkt met een computerdeskundige van de overheid, en dat ze samen geprobeerd hebben informatie van de harde schijf van de familiecomputer te halen. Het is duidelijk dat ze niets hebben gevonden, want anders zou u mij niet blijven lastigvallen met dit soort vragen. Ik heb niets te verbergen, dat is duidelijk.'

'Wat is er gebeurd met je geheime dubbelleven als avatar?'

'Het is die man van de staatspolitie,' probeerde hij opnieuw. 'U moet bij hem zijn. Mogelijk had hij meer dan alleen een professionele relatie met Sandra. Misschien had hij zijn zinnen wel op haar gezet, en werd hij jaloers toen ze Ree niet in de steek wilde laten.'

'Bedoel je niet, toen ze jóú niet wilde verlaten?'

'Ik heb mijn vrouw niets aangedaan! Ik zou Ree nooit haar moeder af willen nemen! Maar die man, wat kan dat kind hem schelen? Of Sandra's vader, Maxwell Black. Wist u dat de rechter hem zojuist bezoekrecht voor Ree heeft toegekend? Waar het op neerkomt, is dat Max helemaal niet hiernaartoe is gekomen om mee te helpen zoeken naar zijn dochter, maar om de voogdij over zijn kleindochter te krijgen. Dat zou hem nooit lukken zolang Sandra erbij was geweest. Hij zou geen enkele reden hebben kunnen aanvoeren. Maar nu Sandra vermist wordt en ik de belangrijkste verdachte ben... Vindt u niet ook dat dit verduveld goed in zijn straatje past? Dat het misschien net iets te goed van pas komt om helemaal toevallig te kunnen zijn?'

D.D. keek hem strak aan. 'Dit is je verweer? Dat je schoonvader het heeft gedaan? Of de computerdeskundige? Ik dacht dat je de plaatselijke pedofiel voor de dader hield.'

'Ik weet niet zeker of Sandra hem wel kende.'

'Aha. Dus het is veel logischer dat haar eigen vader de dader is, of anders wel de computerexpert die ze had ingeschakeld om haar te helpen bij het onderzoeken van jouw activiteiten op internet.'

'En vergeet u Ethan Hastings niet.' Hij wist dat hij bezig was wanhopig om zich heen te meppen, maar hij kon het niet laten. 'Er zijn jongens van dertien die veel ergere dingen hebben gedaan.'

'Echt? Nou, wie is het, Jason? Aidan Brewster, Ethan Hastings, Wayne Reynolds of Maxwell Black? Of misschien was het de tandenfee wel.'

'Wayne Reynolds?' herhaalde hij.

D.D. kreeg een kleur in het besef dat ze ongewild de naam van de computerdeskundige had genoemd. 'Je liegt, Jason,' snauwde ze. 'Je liegt over je identiteit, je liegt over je computeractiviteiten, je liegt over je hele leven, verdomme. En tegelijkertijd beweer je dat je van je vrouw houdt en dat je haar alleen maar terug wilt. Nou, als je echt zo veel van haar houdt, waarom vertel je ons dan niet de waarheid? Vertel ons wat er werkelijk aan de hand is. Vertel ons wat er met je vrouw is gebeurd.'

Jason gaf het enige antwoord dat hij had: 'Ik zweer het, inspecteur, ik heb geen idee wat er met haar gebeurd zou kunnen zijn.'

Hoofdstuk 29

Het begon met een eerste ontmoeting tijdens de basketbalwedstrijd. Ethan had een oom die als computerdeskundige bij de forensische dienst werkte, en hij bracht hem mee naar de wedstrijd om hem aan me voor te stellen.

Wayne Reynolds was niet wat ik verwacht had. Naar mijn idee waren computerexperts vooral freaks en geen aantrekkelijke, knappe mensen. Waynes rode haar was niet keurig gekamd en zijn stropdas zat niet helemaal recht. Dat ietwat onverzorgde aspect van zijn uiterlijk maakte hem er alleen maar aantrekkelijker op – het verleende hem iets extra's, een soort achteloze charme in de zin dat je de neiging kreeg om zijn kraag goed te doen en de verwaaide pieken van zijn voorhoofd te strijken. Hij was lang en had een atletische bouw, terwijl hij tegelijkertijd de indruk maakte aangeraakt te willen worden. En vooral van dat laatste was ik me scherp bewust.

Gedurende de hele drie kwartier van ons eerste gesprek hield ik mijn tot vuisten gebalde handen losjes hangen om te voorkomen dat ik iets zou doen waarmee ik mezelf voor gek zou zetten.

Hij sprak over computers. Over hoe je een harde schijf kon kopiëren. Over hoe je in clusters van informatie op zoek kon gaan naar onderliggende gegevens. Over hoe belangrijk het was om goede forensische software te gebruiken.

Ik keek naar zijn lange benen die met grote stappen door de gang van de school liepen. Ik vroeg me af of zijn dijen en kuiten, onder die bruine broek van hem, echt zo prachtig gespierd waren als zo op het eerste gezicht leek. Had hij ook rood haar op zijn borst en op de rest van zijn lichaam, of alleen op zijn hoofd? Zou het even zijdezacht aanvoelen als het eruitzag?

Tegen de tijd dat de wedstrijd was afgelopen en we naar de gymzaal waren teruggekeerd, was ik een tikje buiten adem en zag ik dat Ethan me achterdochtig opnam. Ik probeerde niet meer naar zijn oom te kijken. Uit ervaring wist ik dat Ethan de dingen altijd meteen in de gaten had.

Wayne gaf me een papiertje met de naam van een programma dat ik moest kopen. Ik stopte het, samen met zijn visitekaartje, in mijn tas, en Ree en ik gingen naar huis.

Later die avond, nadat ik Ree naar bed had gebracht, leerde ik Waynes e-mailadres en zijn telefoonnummer uit mijn hoofd. Daarna scheurde ik zijn visitekaartje in kleine snippertjes en spoelde deze door de wc. Hetzelfde deed ik met het papiertje waar hij de naam van het programma op had geschreven. Ik kon me in deze fase niet één foutje permitteren.

Het was al na tweeën toen Jason thuiskwam. Ik hoorde zijn voetstappen in de woonkamer, het kraken van de oude houten stoel toen hij hem onder de keukentafel vandaan trok en zijn vaste plekje achter de gezinscomputer innam.

Toen ik weer wakker werd, was het vier uur en kwam hij de slaapkamer binnen. Zonder het licht aan te doen ging hij in de hoek staan en kleedde zich uit. Nu vroeg ik me af hoe zíjn lichaam eruitzag, onder de lange broeken en de effen buttondownshirts die hij altijd droeg. Had hij een grote hoeveelheid dik golvend haar op zijn borst? Groeide het in een zijdezachte streep omlaag naar zijn lendenen?

Sinds Brokeback Mountain *maakte ik mezelf wijs dat Jason gay was en dat hij daarom niet in mijn lichaam geïnteresseerd was. Het lag niet aan mij, hield ik mezelf voor. Hij gaf de voorkeur aan mannen, dat was alles. Maar van tijd tot tijd betrapte ik hem erop dat hij met donkere, verlangende ogen naar me keek. Ik wist zeker dat hij ergens diep vanbinnen wel gevoelig voor me was, maar helaas was dat niet voldoende om van me te houden. Het was alleen maar voldoende om ervoor te zorgen dat ik bleef.*

Ik sloot mijn ogen toen mijn man bij me in bed kroop en ik deed alsof ik sliep.

Later, ergens tussen halfvijf en vijf uur, draaide ik me op mijn andere zij en beroerde zijn schouder. Ik spreidde mijn vingers op het warme T-shirt dat strak om zijn rug sloot. Zijn spieren spanden zich onder mijn aanraking, en dat was ook wel het minste wat me toekwam, vond ik.

Het volgende moment sloten zijn vingers zich rond mijn pols. Hij verwijderde mijn hand van zijn schouder.

'Niet doen,' zei hij.

'Waarom niet?'

'Ga slapen, Sandy.'

'Ik wil nog een kind,' zei ik. Dat was voor een deel waar. Ik verlangde inderdaad naar een tweede kind, of op zijn minst naar nog iemand die van me zou houden.

'We zouden een kindje kunnen adopteren,' zei hij.

'God, Jason, haat je me echt zo erg?'

Hij zei niets. Ik schoot uit bed, stampvoette de trap af en ging achter de computer zitten. En toen, uit pure balorigheid, controleerde ik de lege prullenbak en de drie webadressen in de zoekgeschiedenis van de browser. New York Times, USA Today, Drudge Report.

Op dat moment haatte ik mijn man, ik was woedend op hem omdat hij me had meegenomen zonder me ooit echt te redden. Ik haatte hem erom dat hij me altijd respecteerde, maar me nooit het gevoel wist te geven dat hij me begeerde. Ik haatte hem om zijn zwijgen en om zijn geheimen en om de herinnering aan een eenzame zwart-witfoto van een doodsbang jongetje, die ik maar niet van me af kon zetten.

'Wat ben je eigenlijk voor monster?' vroeg ik hardop, maar de computer gaf geen antwoord.

En dus opende ik mijn eigen pagina van AOL. Ik begon een nieuwe mail en schreef: 'Beste Wayne, bedankt voor de ontmoeting. Ik ben bezig met ons project en hoop je volgende week tijdens de basketbalwedstrijd weer te zien...'

Hoofdstuk 30

'Hoe bedoel je, je kunt het geld niet vinden? We hebben het over vier miljoen dollar, verdomme. Heel wat meer dan er in een spaarvarkentje past. Zo'n hoeveelheid raak je heus niet zo gemakkelijk kwijt.' D.D. ging tekeer in haar mobiele telefoon, die ze tegen haar oor gedrukt hield. Jason Jones had de voordeur achter ze dichtgedaan en ze stonden op de veranda. Een vijftal fotografen schoot plaatjes van hen. De module die ze op de opleiding zouden moeten hebben maar niet gekregen hadden: *hoe er te allen tijde fotogeniek uit te zien.*

'Nee, ik wil de FBI er niet bij halen. We hebben eerder geld opgespoord, en dat kunnen we heus nog wel een keer... Goed, goed, het gaat niet in een dag. Je kunt nog twee uur van me krijgen... Ja, dat weet ik, dus ga maar snel weer aan het werk.'

D.D. klapte met een boos gezicht de telefoon dicht.

'Slecht nieuws?' vroeg Miller. Hij streelde zijn snor en voelde zich met die fotografen duidelijk net zo weinig op zijn gemak als zij. Onder aan de treden van de veranda bleven ze staan – dit gesprek was niet bestemd voor de oren van de journalisten.

'Cooper komt niet verder met het opsporen van Jones' bankrekeningen,' meldde D.D. 'Er is geld op Jones' rekening gestort dat afkomstig is van een overzeese rekening. Het is bekend dat overzeese banken geen informatie willen verstrekken. Volgens Cooper moeten we Jones zo snel mogelijk in staat van beschuldiging stellen en dan is de kans groot dat ze wel mee zullen willen werken. Maar om achter Jones' ware identiteit te kunnen komen moeten we het geld vinden; dan pas kunnen we hem van een echt misdrijf beschuldigen. Zoals het er nu uitziet gaat hij de strijd winnen en trekken wij aan het kortste eind.'

'Botte pech,' meende Miller.

Ze keek hem aan, rolde met haar ogen en beet op haar onderlip. 'Het voelt alsof we bekneld zijn geraakt in een slechte aflevering van *Law & Order.*'

'Hoezo?'

'Moet je zien hoeveel verdachten we hebben. Als eerste is daar de mysterieuze echtgenoot die mogelijk een zwak voor internetporno heeft. Dan is er de buurman die een geregistreerde zedendelinquent is. We hebben een dertienjarige scholier die verliefd is op zijn juf die vermist wordt, een computerdeskundige die voor de overheid werkt en een persoonlijk belang bij het onderzoek schijnt te hebben, en uiteindelijk dan ook nog de vader van het slachtoffer, met wie ze al tijden geen contact meer had, die wel of niet heeft geweten dat ze als kind mishandeld is en die er alles aan gelegen is deze zaak in de doofpot te houden. Het lijkt een aflevering te zijn die geïnspireerd is op een zaak die vette krantenkoppen heeft gehaald, maar het vervelende is dat ik niet weet om welke krantenkop het gaat.'

'Misschien is het wel zoals in die oude film, je weet wel, *Moord in de Oriënt Expres*. Ze hebben het allemaal gedaan. Dat zou te gek zijn.'

Ze keek hem doordringend aan. 'Je hebt een bizar gevoel voor humor, Miller.'

'Dat krijg je van dit werk.'

In geval van twijfel is het verstandig om iedereen aan de praat te houden. D.D. wilde een tweede gesprek met Ree, maar dat leek de deskundige, Marianne Jackson, geen goed idee. Drie verhoren op drie achtereenvolgende dagen zou niet alleen te veel zijn voor het kind, maar ze zou bovendien het gevoel krijgen dat ze onder druk werd gezet. Zelfs al zou ze iets bruikbaars vertellen, was de kans groot dat een goede advocaat het erop zou gooien dat ze het kind tot een dergelijke uitspraak hadden gedwongen. Ze moesten het meisje een dag rust geven, of, beter nog, iets vinden dat een verhoor rechtvaardigde. Dan maakten ze een betere kans.

En dus concentreerden D.D. en Miller zich op hun verdachten. In de loop van de achtenveertig uur hadden ze met Jason Jones, Ethan Hastings, Aidan Brewster en Wayne Reynolds gesproken, en daarmee was alleen Maxwell Black nog over. Op dit moment stond de edelachtbare aan de overkant van de straat en bewerkte hij het gezelschap van verslaggevers en journalisten op een wijze die deed denken aan de manier waarop een politicus een aantal eventuele vette geldschieters bewerkte.

D.D. voelde zich nu al ongemakkelijk. De man had zijn dochter in vijf jaar niet gezien, hoort dat ze vermist wordt en springt op de eerste de beste vlucht naar Boston om voor de camera's te lachen en dikke maatjes met de plaatselijke nieuwslezers te worden.

En hij maakte bovendien een heel ontspannen indruk. Hij droeg een zwierig lichtblauw kostuum met een roze stropdas en een bijpassende zijden pochet. Op en top een *gentleman* uit het zuiden. En dan was er natuurlijk nog dat honingzoete, zuidelijke accent van hem.

Bij het naderen van de nieuwsploegen ging Miller een paar stapjes achter D.D. lopen, waarmee hij haar de leiding gaf. D.D. stapte op haar doel af.

'*Agent, agent,*' begonnen de verslaggevers.

'Inspecteur,' snauwde D.D. terug. Dat was toch wel het minste.

'*Is er al nieuws van Sandy?*'

'*Gaat u Jason arresteren?*'

'*Hoe is de kleine Ree eronder? Volgens haar kleuterjuf is ze al sinds woensdag niet meer op school geweest.*'

'*Is het waar dat Jason niet wilde dat Sandy contact had met haar vader?*'

D.D. wierp Maxwell een dreigende blik toe. Het was duidelijk dat dit brokje informatie van hem afkomstig was. Ze negeerde de verslaggevers, legde haar hand nadrukkelijk op Maxwells schouder en leidde hem bij de microfoons en cameralenzen vandaan.

'Inspecteur D.D. Warren en brigadier Brian Miller. Wij willen graag even met u spreken als dat kan, meneer.'

De edelachtbare knikte kort en wuifde naar zijn kersverse vriendjes van de pers. Hij was vast een enorme lolbroek tijdens zijn rechtszaken, dacht D.D. geïrriteerd. Zoiets als de ringmeester van een groot circus.

Ze liep met hem terug naar Miller, waarna ze gedrieën verder liepen naar hun auto. De pers volgde hen op de voet, in de hoop iets – bij voorkeur een sensationele onthulling – op te kunnen vangen van hun gesprek. Dat Sandra dood was. Dat ze op het punt stonden de echtgenoot te arresteren. Of misschien dat de politie Sandy's vader wilde verhoren omdat ze het vermoeden hadden dat híj iets met de verdwijning van zijn dochter te maken had. Hoe dan ook, de verslaggevers wilden iets waar ze een poosje zoet mee konden zijn.

Maxwell stapte achter in D.D.'s auto en ze reden weg. D.D. toeterde en gaf haar beste imitatie van Britney Spears door regelrecht af te sturen op de voet van een opdringerige fotograaf. De cameralieden weken onmiddellijk achteruit en het lukte haar om zonder incidenten de straat uit te rijden. Ze voelde zich een tikje teleurgesteld.

'U bent het team dat aan de zaak van mijn dochters vermissing werkt,' zei Maxwell vanaf de achterbank.

'Inderdaad, meneer.'

'Perfect. Ik verheugde me er al op met u te spreken. Ik heb informatie over mijn schoonzoon. Om te beginnen kan ik u zeggen dat hij níet Jason Jones heet.'

Ze namen de rechter mee naar het bureau. Het was een verantwoorde manier om iemand te ondervragen, en Jason had het hen in dat opzicht erg lastig gemaakt. D.D. was allang blij dat ze eindelijk eens iets volgens de regels der kunst konden doen. De verhoorruimte was aan de kleine kant en de koffie was er niet te drinken, maar Maxwell Black nam even charmant en ontspannen als voorheen plaats op het ongemakkelijke metalen klapstoeltje tussen de tafel en de kale witte muur. Hij gedroeg zich alsof ze op een mooi buitenverblijf waren.

De rechter bezorgde D.D. een onprettig gevoel. Hij was te zelfverzekerd en te joviaal. Zijn dochter werd vermist. Hij bevond zich op een groot politiebureau in een benauwd klein kamertje. Hij zou toch op zijn minst een beetje moeten inbinden. Dat was een normale reactie, en niet alleen van mensen die zich ergens schuldig aan hadden gemaakt.

D.D. nam alle tijd. Ze ging heel kalmpjes aan tafel zitten, pakte een blocnote en zette de minirecorder midden op tafel. Miller zat naar achteren geleund en met zijn armen over elkaar op zijn klapstoel. Hij maakte een verveelde indruk. Dat was altijd een aardige strategie wanneer je te maken had met iemand die zo dol was op aandacht als edelachtbare Black.

'Sinds wanneer bent u in Boston?' vroeg D.D. op effen toon. Uiteindelijk was dit alleen maar een informatief praatje.

'Sinds gistermiddag. Ik kijk altijd naar het nieuws wanneer ik 's ochtends koffiedrink. En u kunt zich mijn verbazing voorstellen toen Sandy's foto ineens op het scherm kwam. Ik wist meteen dat die man van haar iets verschrikkelijks had gedaan, en ik ben rechtstreeks vanaf kantoor naar het vliegveld gegaan. Ik heb zelfs niet eens de tijd genomen om mijn koffie op te drinken.'

D.D. legde op overdreven wijze haar pennen neer. 'Bedoelt u dat u dit kostuum gisteren ook al aan had?' vroeg ze, want als ze zich de nieuwsflitsen goed herinnerde, had hij de vorige dag iets anders gedragen.

'Ik ben snel nog even thuis langsgegaan om een paar dingen in een koffer te gooien,' corrigeerde de rechter zichzelf. 'Ik begreep meteen al dat dit wel eens een paar dagen zou kunnen duren.'

'Aha. Dus u zag de foto van uw dochter op de televisie, en toen bent u naar huis gegaan om een koffer te pakken...'

'Ik heb een huishoudster die dat soort dingen voor me doet, inspecteur. Ik heb haar vanuit de auto gebeld, ze is meteen gaan pakken, en voilà: nu ben ik hier.'

'Waar logeert u?'

'Ritz-Carlton, natuurlijk. Ik ben dol op hun thee.'

D.D. knipperde met haar ogen. Misschien was ze niet zuidelijk genoeg, want het was nog nooit bij haar opgekomen om een bepaald hotel te boeken omdat ze er zulke lekkere thee zouden hebben. 'Met welke maatschappij bent u gevlogen?'

'Delta.'

'Vluchtnummer? En hoe laat bent u geland?'

Maxwell keek haar verontwaardigd aan, maar gaf haar de informatie waarom ze had gevraagd. 'Waarom wilt u dat weten?'

'Standaardvragen,' stelde ze hem gerust. 'U weet wel, zoals in die serie van vroeger, *Dragnet*: "Kunnen we ons tot de feiten beperken, mevrouw?"'

Hij schonk haar een stralende glimlach. 'Ik was dol op die serie.'

'Kijk aan. Wij van de BPD maken het de mensen graag naar de zin.'

'Kunnen we het nu over mijn schoonzoon hebben? Want ik zeg u, er is een aantal dingen dat u van hem moet weten...'

'Alles op zijn tijd,' viel D.D. hem in de rede. Ze bleef beleefd, maar hield de touwtjes van het gesprek in handen. Aan de andere kant van de tafel begon Miller met zijn pen te spelen, en daarmee trok hij Maxwells aandacht.

'Wanneer heeft u voor het laatst met uw dochter, Sandra Jones, gesproken?' wilde D.D. weten.

Maxwell keek haar weer aan, knipperde even met zijn ogen en maakte de indruk alsof hij de vraag niet helemaal begreep. 'Eh, o, jaren geleden. Sandra hield niet van telefoneren.'

'En in al die tijd heeft u haar niet één keer opgebeld?'

'Nou, als u het per se weten wilt, de avond voor ze wegging hadden we ruzie. Mijn dochter was nog maar achttien – veel te jong voor types als die Jason, en dat heb ik haar duidelijk gezegd.' Black slaakte een diepe zucht. 'Maar Sandy was nu eenmaal een koppig meisje. Ze is midden in de nacht het huis uit gerend. Weggelopen. En sindsdien wacht ik op een telefoontje, of op zijn minst een kaartje van haar.'

'Heeft u na haar vertrek aangifte gedaan bij de politie? Haar als vermist opgegeven?'

'Nee, mevrouw. Ik beschouwde haar niet als vermist. Ik wist dat ze ervandoor was met die jongen. Dat was echt iets voor haar.'

'O ja? Was ze al vaker weggelopen?'

Black kreeg een kleur. 'Ouders moeten de zwakke plekken van hun kinderen kennen,' verklaarde hij stijf. 'Mijn dochter – nou, Sandy had veel moeite met het verwerken van de dood van haar moeder. Ze is een tijd lang heel opstandig en dwars geweest, en zo. Drinken, de hele nacht wegblijven. Ze was... laten we maar zeggen dat ze een actieve tiener was.'

'Seksueel actief, bedoelt u,' verhelderde D.D.

'Inderdaad, inspecteur.'

'Hoe wist u dat?'

'Nou, ze stak het niet onder stoelen of banken. Ze kwam voor dag en dauw thuis, stinkend naar sigaretten, drank en seks. Ik ben ook jong geweest, inspecteur. Ik weet wat kinderen van die leeftijd doen.'

'En hoelang heeft dit geduurd?'

'Haar moeder overleed toen ze vijftien was.'

'Hoe is ze gestorven?'

'Hartaanval,' zei Black, maar scheen zich toen te bedenken. Hij keek haar aan. Keek Miller aan, die nog steeds met zijn pen zat te spelen, en richtte zijn aandacht toen weer op D.D. 'Nou, in werkelijkheid was het geen hartaanval. Dat verhaal vertellen we al zo lang dat het intussen waar lijkt te zijn, zoals dat wel eens met leugens gaat. Ik kan het u net zo goed vertellen. Mijn vrouw, Sandra's moeder, heeft zelfmoord gepleegd. Koolmonoxidevergiftiging. Sandra heeft haar in de garage gevonden.'

'Uw vrouw heeft thuis zelfmoord gepleegd?'

'In haar eigen Cadillac.'

'Was uw vrouw depressief?'

Weer zo'n heel korte aarzeling. 'Mijn vrouw dronk meer dan goed voor haar was, inspecteur. Ik heb een veeleisende baan, weet u. Ik denk dat ze niet tegen de eenzaamheid kon.'

'Had uw vrouw een goede relatie met Sandra?'

'Mijn vrouw is waarschijnlijk geen volmaakte moeder geweest, maar ze deed erg haar best.'

'En u?'

'Zoals ik al zei, ik had waarschijnlijk meer en vaker thuis moeten zijn, maar ik hou ook van mijn dochter.'

'Zoveel dat u in de afgelopen vijf jaar geen enkele poging hebt gedaan om haar te vinden?'

'O, maar dat heb ik wel. Natuurlijk heb ik geprobeerd haar te vinden.'

'Hoe?'

'Ik heb een privédetective in de arm genomen. Een van de besten van het land. Maar de grap was dat de man die Sandra me als haar toekomstige echtgenoot had voorgesteld, niet Jason Jones heette, maar Jason Johnson.'

D.D. verexcuseerde zichzelf om een glas water te halen. Ze liep direct naar het bureau van brigadier Cooper om te zeggen dat hij, afgezien van naar achtergrondinformatie over Jason Jones, ook naar informatie over Jason Johnson moest zoeken.

Cooper reageerde met een veelzeggende blik. Hij was de beste van de hele afdeling in dit soort dingen, maar zonder op zijn minst een tweede voornaam of een aanvullend gegeven zou het even lastig zijn om alle Jason Johnsons ter wereld na te trekken als het al met de vele Jason Jones was geweest.

'Ja, ja, zeg maar niets,' zei ze. 'Je hebt lol in je werk en elke nieuwe dag is leuker dan de vorige. Veel plezier.'

D.D. keerde terug naar de verhoorkamer, maar in plaats van er weer naar binnen te gaan, gaf ze de voorkeur aan de observatieruimte ernaast, aan de andere kant van de doorkijkspiegel. Edelachtbare Black voelde zich meer dan volkomen op zijn gemak met vrouwen. Hij wond ze om zijn vinger en pakte ze in met die zuidelijke charme van hem. In die zin leek het haar beter om hem aan Miller over te laten.

Tot dusver had Miller geen enkele poging gedaan om zelfs maar een beetje interesse te tonen. Hij zat nog steeds onderuitgezakt, en D.D. zag dat Black zich aan zijn houding begon te irriteren. Hij werd onrustig, speelde met zijn stropdas, streek zijn pochet netjes recht en nam vervolgens een paar slokjes koffie. Zijn hand beefde een beetje toen hij het bekertje optilde. Vanwaar ze stond, kon D.D. de ouderdomsvlekken op de rug van zijn hand zien, maar zijn gezicht vertoonde nog maar weinig rimpels.

Hij was een aantrekkelijke man. Rijk, charmant en invloedrijk. Het bevreemdde haar dat er nog geen tweede mevrouw Black was.

'Wist u dat Sandra sinds kort weer zwanger is?' vroeg Miller opeens.

De rechter knipperde een paar keer met zijn ogen en leek met zijn gedachten niet bij de rechercheur, maar heel ergens anders te zijn geweest. 'U zei?'

'Had Sandy u indertijd verteld dat die Jason Johnson of Jones of hoe hij dan ook heten mag, haar zwanger heeft gemaakt?'

'Ik... ik wist dat ze zwanger was.'

'Nou, daar zou ik toch goed pissig over zijn,' vervolgde Miller op een kameraadschappelijk toontje. 'Ik bedoel, een kerel van in de dertig die mijn dochter van achttien zwanger maakt. Als het míjn dochter was, zou het huis te klein zijn geweest.'

'Ik, eh... nou, zoals ik al zei, je moet je kind kennen. Sandra was in een roekeloze fase. Het was slechts een kwestie van tijd voor ze zwanger zou raken – of erger nog. En daarbij, ik ben er helemaal niet zo zeker van dat het van die Jason was.'

Miller hield op met zijn pen te draaien. 'O?'

'Precies. Ik kan me nog goed herinneren hoe Sandy's moeder was toen ze haar verwachtte. Missy kwam amper uit bed – zo moe en misselijk was ze. En Sandra had dat ook. Ineens was ze ziek, zo ziek dat ze thuisbleef en niets anders deed dan slapen. Eerst dacht ik dat ze griep had, maar toen het na een week of zo nog niet over was, begon ik te vermoeden dat er iets anders speelde. Korte tijd later ging het weer beter met haar, en ze begon ook weer uit te gaan. En toen pas vertelde ze me op een keer over die nieuwe man die ze had leren kennen. Jason Johnson.'

'Wacht u eens eventjes. Zegt u dat Sandra al zwanger was toen ze die rijke, oudere man leerde kennen en hem zo ver kreeg dat hij met haar trouwde?'

'Ja, zo zou je het ook kunnen zeggen.'

'Nou, neemt u het mij niet kwalijk, maar zou dat geen reden zijn om de vlag uit te hangen? Binnen de tijd van nog geen zes maanden verandert uw dochter van een zwangere, ongehuwde tiener in de vrouw van een rijke kerel? Daar zou ik Jason niet om kunnen haten.'

'Jason Johnson heeft mijn dochter van me gestolen.'

'Ah, zeker omdat u tegen haar had gezegd dat ze niet mocht trouwen. Toe zeg, u weet hoe ze is, dat kind van u. Nog voor u goed en wel nee had gezegd, was ze er al met die Jason vandoor.'

'Ze was nog veel te jong om te trouwen!'

'Waarom zei u dat niet tegen de jongen die haar zwanger had gemaakt? Als u het mij vraagt, mag ze haar handjes dichtknijpen dat Jason bereid was de troep van een ander op te ruimen.'

'Ze was heel kwetsbaar en daar heeft Johnson van geprofiteerd. Als ze niet zo bang was geweest, zou ze me nooit hebben verlaten voor iemand die ze helemaal niet kende.'

'Zou ze ú niet hebben verlaten?'

'Nou, de geborgenheid van haar ouderlijk huis,' corrigeerde Maxwell zichzelf. 'Gaat u maar na, meneer. Deze man van dertig komt zomaar uit de lucht vallen, versiert mijn kwetsbare dochter en neemt haar mee zonder mij daar eerst voor om toestemming te vragen.'

'Bent u boos omdat hij u niet om haar hand heeft gevraagd?'

'Waar wij wonen, agent, is dat soort dingen belangrijk. Het is traditie. Sterker nog... het getuigt van goede manieren.'

'Heeft u die Jason wel eens ontmoet?'

'Eén keer. Op een avond toen mijn dochter erg laat thuiskwam, was ik nog wakker. Ik ben naar buiten gegaan toen ik de auto op de oprit hoorde. Jason was uitgestapt en liep met haar mee naar de deur.'

'Zo te horen valt het dus nogal mee met die slechte manieren van hem.'

'Hij hield haar bij de arm, heel stevig, brigadier. Vlak boven haar elleboog. Het viel me op, want het had iets bezitterigs. Alsof ze van hem was.'

'En wat heeft u tegen hem gezegd?'

'Ik vroeg hem of hij zich ervan bewust was dat mijn dochter nog maar achttien was.'

'En dat was hij?'

'Weet u wat hij zei? Hij zei: "Goedenavond, meneer." Verder niets. Geen antwoord op mijn vraag. Hij liep pal langs me heen, bracht mijn dochter tot bij de deur en liep toen doodkalm weer terug naar zijn auto. Vlak voor hij instapte, knikte hij me nog kort toe en wenste me welterusten. Verder niets. Verwaande kwast! Hij reed weg alsof het zijn volste recht was om met een scholiere aan zijn arm te pronken.' Maxwell ging verzitten. 'En ik zal u nog eens iets zeggen. Toen hij dat tegen me zei, had hij net zo'n zuidelijk accent als ik. Misschien dat

Jason inmiddels een Yankee is, maar ik zweer u dat hij uit het zuiden komt. Waarom geeft u hem geen portie grutten? Ik wed dat hij er onmiddellijk een flinke lik boter doorheen roert, zoals we dat allemaal doen in het zuiden.'

D.D. maakte in gedachten een aantekening. *Jason Johnson, waarschijnlijk geboren in Georgia of in een aangrenzende staat.* Interessant. Want nu de rechter dat had gezegd, realiseerde ze zich dat ze inderdaad een heel licht accent bij Jason had bespeurd. Het leek wel alsof hij dat bewust probeerde te onderdrukken, en zijn best deed om zijn stem zo effen mogelijk te laten klinken. Dat kon evenwel niet voorkomen dat er iets van een zuidelijke melodie in doorklonk.

'Twee weken daarna was Sandy verdwenen,' ging Maxwell verder. 'Haar bed was keurig opgemaakt, maar de helft van haar kleren was weg. En zij zelf dus ook.'

'Had ze een briefje achtergelaten?'

'Niets,' antwoordde de rechter nadrukkelijk, maar daarbij keek hij Miller niet aan. Maxwells eerste duidelijke leugen.

'Nu moet u mij eens vertellen,' ging Maxwell snel verder, 'wat voor soort man dat is, die een jong meisje meeneemt naar een totaal nieuwe omgeving, en dan ook nog eens onder een heel andere naam? Wie doet zoiets? Waaróm zou hij zoiets doen?'

Miller haalde zijn schouders op. 'U mag het zeggen. Waarom denkt u dat Jason Johnson in Jason Jones veranderde?'

'Om mijn dochter te isoleren!' riep hij meteen uit. 'Om ervoor te zorgen dat ze geen contact meer zou hebben met haar ouderlijk huis, met haar familie. Om zich ervan te verzekeren dat Sandy niemand zou kunnen bellen wanneer ze hulp nodig had, zodra hij eenmaal was begonnen te doen wat hij in werkelijkheid met haar van plan was.'

'En wat wás Jason in werkelijkheid met haar van plan?'

'Zoals u zo-even al zo mooi zei, agent, wat kan een man voor reden hebben om de troep van een ander op te ruimen? Tenzij hij die baby wilde. Of liever, dat hij contact zou kunnen hebben met het kind van een moeder die te jong, te overdonderd en te onevenwichtig is om er zelf voor te kunnen zorgen. Ik ben al ruim twintig jaar rechter, en dat is lang genoeg om dit soort treurige situaties al vaker te hebben meegemaakt dan mij lief is. Jason Johnson is gewoon een viezerik. Hij heeft mijn dochter bewust uitgezocht. En ik verzeker u dat hij al lang bezig is die kleine Clarissa klaar te stomen voor wat haar lot zal zijn.

Het enige wat hij nog doen moest, was Sandy voor eens en voor altijd uit de weg ruimen.'

Godallemachtig, dacht D.D. Ze boog zich wat dichter naar de ruit. Zei die brave rechter daar echt wat ze dacht dat hij zei?

'Bedoelt u dat Jason Jones een pedofiel zou zijn?' vroeg Miller voor alle duidelijkheid.

'Natuurlijk. Ik hoef u het profiel toch niet uit te leggen. De uitgeputte jonge moeder met een geschiedenis van depressies, seksuele activiteit, drank en drugs. Geïsoleerd door een oudere, overheersende man die ervoor zorgt dat ze langzaam maar zeker steeds afhankelijker van hem wordt. Jason en de kleine Clarissa zijn elke middag samen thuis. Gaan daar uw nekharen niet van omhoogstaan?'

Miller leek over de kwestie na te denken, maar hij zei niets. D.D. had ondertussen het gevoel alsof in haar achterhoofd het ene na het andere lampje ontplofte. Het profiel van de rechter klopte als een bus. En het zou heel wat puzzelstukjes opleveren – Jasons voorkeur voor een valse identiteit, het feit dat zijn vrouw en dochter geen vriendinnen hadden en zijn overduidelijke paniek omdat Sandy in de bestanden van de gezinscomputer was gaan graven.

D.D. moest zo snel mogelijk een foto van Jason naar het Nationale Centrum voor Vermiste en Misbruikte Kinderen faxen. Het centrum beschikte over een enorme database die was opgebouwd uit informatie van internet en van zedenmisdrijven. Als Jason Jones in het bestand bleek voor te komen, zou ze voldoende aanleiding hebben om hem te arresteren en om Clarissa Jones opnieuw te verhoren. Ineens leek er schot in de zaak te zitten.

Behalve dat het niet goed voelde. Ze herinnerde zich de manier waarop Ree haar vader na het verhoor om de hals was gevallen, en de intens tedere uitdrukking op zijn gezicht. Op dat moment had D.D. sterk het gevoel gehad dat ze oprecht van elkaar hielden, maar misschien was Jason alleen maar dankbaar geweest omdat Ree hun geheimpje niet had verklapt.

Er waren momenten waarop ze dit werk moeilijk vond, en er waren momenten waarop ze dit ronduit klotewerk vond.

Miller was nog niet klaar met de edelachtbare Maxwell Black. 'Denkt u dat uw dochter dood is?'

Maxwell trakteerde de rechercheur op een meelijwekkende blik. 'Is dit soort vrouwen ooit levend teruggevonden? Natuurlijk heeft Jason

Jones mijn dochter vermoord, daarvan ben ik overtuigd. En ik wil dat hij de straf krijgt die hij verdient.'

'Is dat de reden waarom u bezoekrecht voor uw kleindochter heeft aangevraagd?'

'Wat dácht u! Ik heb, net als u, mijn licht opgestoken, en het beeld dat dit heeft opgeleverd is bepaald niet fraai. Mijn kleindochter heeft geen echte vriendinnetjes, ze heeft geen ooms, tantes, nichtjes of neefjes, geen vaste oppas. De kans dat haar vader haar moeder heeft vermoord, is uitermate groot. Nog nooit heeft een meisje haar grootvader zo nodig gehad als nu.'

'En u wilt de voogdij over haar?'

'Daar ga ik zeker voor vechten, als het moet.'

'Jason Jones zegt dat Sandy het daar nooit mee eens zou zijn geweest.'

'Alstublieft, meneer... Jason Jones is een leugenaar. Zoekt u maar naar Jason Johnson, dat weet u tenminste met wie u hier te maken heeft.'

'Heeft u een auto gehuurd?'

'U zegt?'

'Op het vliegveld. Heeft u een auto gehuurd? Of heeft u een taxi genomen?'

'Ik, eh, natuurlijk heb ik een auto gehuurd. Ik ging ervan uit dat ik hier een auto nodig zou hebben.'

'Ik wil de naam van het verhuurbedrijf van u hebben – wanneer u de auto gehaald hebt en wanneer u van plan bent hem terug te brengen.'

'Goed, goed, goed. Waarom maakt u het mij zo lastig? Ik ben niet de verdachte hier. De verdachte, dat is Jason Johnson.'

'Jason Jones alias Jason Johnson. Ik heb u begrepen. En waarom bent u eigenlijk niet op zoek naar uw dochter?'

'Dat heb ik u al gezegd. De enige manier waarop we Sandy zullen vinden, is door het arresteren van haar man.'

'Het is wel heel bitter om zowel je jonge vrouw als je jonge dochter te moeten verliezen.'

'Voor mij telt nu alleen mijn kleindochter nog. Mijn persoonlijke drama's zijn wat ze zijn. Het gaat me alleen om die kleine meid.'

'En om het uitschakelen van Jason Jones.'

'Hij heeft mijn dochter van me gestolen.'

'Keek u ervan op, dat uw dochter het hier zo goed deed? Een toegewijde moeder, een populaire lerares en een goede buurvrouw. Wij zijn niets tegengekomen van verhalen over depressiviteit, drankmisbruik of drugs. Misschien dat ze, sinds de geboorte van haar dochter, haar leven weer op de rails heeft gekregen.'

Maxwell glimlachte. 'Het is duidelijk dat u mijn Sandy helemaal niet kent.'

Hoofdstuk 31

Weet je nog hoe het was, dat moment waarop je voor het eerst verliefd werd? Zoals je van top tot teen trilde wanneer je dicht bij hem kwam? Of hoe je naar dat plekje vlak boven zijn schouder moest kijken omdat je ontzettend moest blozen als je in die prachtige lichtbruine ogen met groene vlekjes van hem keek?

Donderdagavond werd mijn favoriete avond van de week. Het hoogtepunt van de e-mails die Wayne en ik elkaar in de loop van de week toestuurden. Niets hartstochtelijks. Niets opvallends. Ik vertelde hem over Ree, over hoe ze zojuist had geleerd het botermes te gebruiken en hoe ze nu alleen nog maar dingen wilde eten die ze doormidden kon snijden, ongeacht of dat nu kipsticks waren of druiven. Hij vertelde me over zijn laatste opdracht, zoals de mobiele telefoon van een bankrover die hij aan het analyseren was, of het project dat erop was gericht de gewone internetgebruiker bij te brengen hoe hij zijn computerverbindingen kon beveiligen. Ik deed verslag van een grappig incident dat zich had voorgedaan toen een van mijn leerlingen geprobeerd had om de kaart van Bulgarije te vinden. Hij gaf een schets van een etentje bij zijn zus thuis, waar Ethan de BlackBerry van zijn vader had ingepikt en onder het eten geprobeerd had de website van een grote bank te hacken.

Op woensdag betrap ik mezelf erop dat ik bij het vooruitzicht loop te neuriën. Nog maar een nachtje te gaan. Vierentwintig uur. Ree en ik zouden ons mooi maken, keihard Loreena McKennitt opzetten, door het huis paraderen en doen alsof we twee elfjes waren die naar een feest gingen. We aten van onze gebloemde borden en dronken melk uit de kristallen sapglazen die we oppakten met onze pink omhoog.

Ik was verliefd op Wayne Reynolds en ik voelde me jonger. Ik voelde me licht en blij en zat lekker in mijn vel. Ik droeg vaker een rok in plaats van een broek. Ik lakte mijn teennagels felroze. Ik kocht nieuw ondergoed, waaronder een WonderBra met tijgermotief die ik bij Victoria's Secret vond.

Ik werd een betere moeder. Ik bracht meer geduld op voor bijna eindeloze routineklussen als het voeden, wassen en verzorgen van een jong kind. Ik lachte makkelijker om Rees eisen zoals die waarbij uitgerekend díe vork op precies díe manier op uitgerekend dát bord van díe kleur moest liggen.

En ironisch genoeg werd ik ook een betere echtgenote. Aan de ene kant kocht ik een blanco harde schijf waarop ik geacht werd de bestanden van de gezinscomputer te kopiëren. Aan de andere kant deed ik steeds minder mijn best om dat ook daadwerkelijk te doen, want zodra ik een voor forensisch onderzoek geschikte kopie had gemaakt, zou ik geen reden meer hebben om Wayne nog langer te ontmoeten.

Wat ik deed, was excuses verzinnen voor mijn man. Een enkele foto over een periode van een paar maanden wilde nog helemaal niet zeggen dat hij aan porno verslaafd was. Het was veel waarschijnlijker dat hij die foto per ongeluk had gedownload. Hij was op een verkeerde website beland en had het verkeerde bestand overgenomen. Mijn man kon geen pedofiel zijn. Kijk maar hoe hij naar zijn dochter glimlachte, of naar zijn eindeloze geduld wanneer ze pogingen deed zijn dikke krullende haar te vlechten, of naar de manier waarop hij haar de eerste dag dat er wat sneeuw was gevallen op haar paarse sleetje door de buurt had getrokken. Die foto was niet meer dan een vreemde, hoewel angstaanjagende uitzondering.

Ik kookte wat mijn man lekker vond. Ik was vol lof over zijn artikelen in de krant. Ik werkte hem de deur uit naar zijn werk, want hoe eerder hij weg was, des te eerder ik online kon om met Wayne te chatten.

Jason informeerde niet naar de oorzaak van mijn opgeruimde humeur. Ik wist dat hij mijn middernachtelijke verzoek om een tweede kind niet was vergeten, en dat hij blij was dat ik verder niet had aangedrongen.

Ik probeerde mijn man niet meer aan te raken, en daar was hij blij om.

Ree en ik ontwikkelden een nieuwe routine voor de donderdagavond. Ik haalde haar thuis op en dan gingen we naar het restaurantje om de hoek voor een damesmaaltijd. Aansluitend gingen we terug naar school voor de basketbalwedstrijd, waar Ree naast Ethan ging zitten en ik, wanneer de wedstrijd was begonnen, samen met Wayne verdween.

'We gaan alleen maar even een eindje lopen,' zei ik dan tegen Ree. Mijn dochter, die intussen al helemaal opging in het plagen van Ethan, knikte alleen maar. Het kon haar niet schelen.

Ons gesprek begon altijd met het thema computers. Wayne vroeg of ik de harde schijf al had gekopieerd, waarop ik over mijn mislukte pogingen vertelde. Jasons werktijden waren enorm verschillend, zei ik dan. Hij kon vanaf elf uur in principe elk moment thuiskomen, en eerst moest ik Ree naar bed brengen en het werk van mijn leerlingen nakijken, en tegen de tijd dat ik daarmee klaar was, was ik verschrikkelijk zenuwachtig omdat Jason elk moment thuis zou kunnen komen. Ik probeerde het, maar moest het dan weer afbreken. En ik vond het ook moeilijk om me te concentreren....

'*Ik word er hypernerveus van,*' *zei ik dan.*

Dan drukte Wayne mijn hand om me duidelijk te maken dat hij het begreep, en zijn aanraking bezorgde me een heerlijke warme tinteling die langs mijn arm omhoogkroop.

We liepen niet hand in hand. We zochten geen donkere hoekjes. We kropen niet weg op de achterbank van zijn auto om daar als tieners een potje te vrijen. Ik was me er scherp van bewust dat we op mijn werk waren en dat er van alle kanten op ons werd gelet. En ik was me zo mogelijk nog meer bewust van mijn dochtertje, dat vlakbij was en me elk moment nodig zou kunnen hebben.

En dus liepen we de gangen door en spraken over ditjes en datjes – het was werkelijk heel onschuldig allemaal. En hoe meer Wayne me niet aanraakte, hoe meer zijn handen niet mijn borsten streelden en zijn lippen niet over mijn schouders streken, hoe meer ik hem begeerde. Ik begeerde hem als een gek. Ik hoefde maar naar hem te kijken of ik dacht dat mijn lichaam van pure wellust spontaan zou ontbranden.

Hij begeerde mij net zo. Dat merkte ik aan de manier waarop zijn hand op mijn rug bleef liggen wanneer hij me de tribune op hielp. Of zoals hij aan het eind van de gang bleef staan wachten en me zonder iets te zeggen doordringend aankeek tot we ons uiteindelijk omdraaiden en terugliepen naar de gymzaal, waar meer mensen waren.

'*Hou je van hem?*' *vroeg hij me op een avond. Ik hoefde niet te vragen wie hij met '*hem*' bedoelde.*

'*Hij is de vader van mijn dochter,*' *antwoordde ik.*

'*Dat is geen antwoord op mijn vraag.*'

'*Ik geloof van wel.*'

Ik vertelde hem niet over mijn seksleven, of het gebrek daaraan. Dat voelde te zeer als het overtreden van de gezinscode. Ik kon met een onbekende flirten en hem vertellen dat ik vermoedde dat mijn man betrokken was bij onwettige activiteiten op internet, maar het ging te ver om hem te vertellen dat mijn man me nog nooit had aangeraakt. Dat was als het overschrijden van een onzichtbare grens.

Daarbij wilde ik Jason geen verdriet doen. Het enige wat ik wilde was... me voelen zoals ik me voelde wanneer we samen waren. Jong. Knap. Begeerlijk.

Machtig.

Wayne begeerde me, maar hij kon me niet krijgen en dat maakte me nóg begeerlijker.

Tegen eind januari hadden de e-mails plaatsgemaakt voor sms'jes. Maar alleen onder schooltijd – Wayne was niet gek. Soms stuurde hij me een smiley, soms een foto van een bloem die hij met zijn telefoon bij de supermarkt had genomen. En niet lang daarna kwamen de verzoeken.

Zou ik geen oppas kunnen nemen voor Ree? Of tegen mijn man kunnen zeggen dat ik lid was geworden van een literair clubje? Hoelang had ik vrij tussen de middag?

Nooit vroeg hij me of ik met hem naar bed wilde. Hij maakte geen dubbelzinnige opmerkingen en refereerde op geen enkele wijze aan mijn lichaam. Maar wat hij deed was onvermoeibaar zeuren om een ongestoord samenzijn. Het sprak voor zich wat we tijdens zo'n ontmoeting zouden doen.

De lunchpauze was onmogelijk – te kort en te onvoorspelbaar. Stel dat Jason langs zou komen met Ree, of dat een leerling me wilde spreken? Of stel dat Ethan ons samen zou zien weggaan. Ethan zou er beslist het fijne van willen weten.

Een oppas kwam niet ter sprake. Na al die jaren kende ik nog steeds niemand in de buurt. Daarbij had Ree nu de leeftijd dat ze dingen vertelde, en Jason zou onmiddellijk willen weten wat ik te doen had dat belangrijker was dan samen met ons kind te zijn.

En voor wat het literaire clubje betrof... Sommige dingen waren makkelijker gezegd dan gedaan. Van wie ging dat clubje uit? Wie of wat zou ik Jason als contact op moeten geven? En stel dat hij me in de opgegeven tijd zou bellen? Ik voorspelde dat hij zoiets minstens een keer zou doen. Hij had de neiging om te checken of alles goed met me was.

Ik zou een 'ontspanningsweekend' hebben kunnen regelen, maar ik had Wayne nooit iets van mijn afspraak met mijn man verteld, en dat was ik ook nu niet van plan. Ontspanningsweekends waren voor vreemden, en Wayne was geen vreemde. Dit zou heel anders zijn.

Zo draaiden we almaar in hetzelfde kringetje rond. E-mails en sms'jes, en een week lang uitkijken naar de donderdagavond, waarop we door de gangen van de school zouden wandelen en hij me hongerige, begerige en eisende blikken toewierp...

En ik liet hem begaan.

*

De tweede week van februari had Jason een verrassing voor mij. De voorjaarsvakantie stond voor de deur en hij zei dat het hoog tijd was voor een gezinsvakantie. Op dat moment stond ik voor het fornuis een hamburger te braden. Waarschijnlijk was ik in gedachten bij Wayne, want ik weet nog dat ik glimlachte. Maar Jasons woorden brachten me met een ruk terug in de realiteit.

'Jippie!' kraaide Ree, die aan de eetbar zat. 'We gaan met vakantie!'

Ik wierp Ree een berispende blik toe, want we waren nog nooit met vakantie geweest, dus ze kon helemaal niet weten of het wel zo leuk was.

Jason keek echter niet naar zijn dochter, maar naar mij. Hij nam me peinzend en afwachtend op. Hij voerde iets in zijn schild.

'Waar wilde je dan heen?' vroeg ik, me weer over de hamburger buigend.

'Boston.'

'We wonen in Boston.'

'Dat weet ik. Het leek me goed om bescheiden te beginnen. Ik heb een hotelkamer voor ons geboekt. In het centrum. Er is een zwembad, een groot overdekt terras, en nog meer attracties. Het lijkt me leuk om een paar dagen in onze eigen stad toerist te spelen.'

'Heb je echt al geboekt? Een hotel gekozen en zo?'

Hij knikte en stond me altijd nog aan te kijken. 'Ik vond dat we wel eens wat tijd voor onszelf mochten hebben,' zei hij, met een ondoorgrondelijke uitdrukking op zijn gezicht. 'Ik dacht dat het goed voor ons zou zijn.'

Ik deed het zakje met hamburgersaus in de pan. Een gezinsvakantie. Ik wist werkelijk niet wat ik daarop zou moeten zeggen.

Ik schreef Wayne een e-mail om het te vertellen. Daarop hoorde ik twee dagen lang niets van hem. Zijn uiteindelijke reactie was maar één regel lang: Denk je dat het veilig is?

Dat stak me. Waarom zou ik niet veilig zijn met Jason? Maar toen moest ik weer aan de foto denken, en aan de gezinscomputer die ik had willen onderzoeken, maar waar ik uiteindelijk nooit aan toe was gekomen omdat ik zo in de ban was geraakt van het flirten met Ethans oom dat ik helemaal was vergeten dat Wayne geacht werd me bij dat onderzoek te helpen.

We hebben een chaperonne van vier jaar, *schreef ik ten slotte terug.* Met haar erbij kan er niets gebeuren.

Maar ik wist dat Wayne het er niet mee eens was, want er kwamen geen sms'jes meer. Hij was jaloers, realiseerde ik me, en ik was naïef genoeg om me gevleid te voelen.

Zondagavond stuurde ik hem via mijn mobiel een foto van Ree in een knalroze badpakje met een paarse snorkel, een blauwe duikbril en twee veel te grote blauwe zwemvliezen. Chaperonne bereidt zich voor op haar taak, *schreef ik erbij. Ik stuurde er een tweede foto achteraan van Rees koffer,* die uitpuilde van de pakweg vijfhonderd dingen die ze nodig meende te hebben voor vier nachtjes slapen in een hotel.

Wayne schreef niet terug. Dus ik wiste alle berichten van mijn mobiel, leegde de inbox van AOL en bereidde me voor op vier dagen vakantie.

Mijn man zal me nooit iets aandoen, dacht ik. En waarschijnlijk had ik me tot op dat moment niet gerealiseerd in hoeverre ons leven gebaseerd was op een leugen.

Hoofdstuk 32

D.D. was op dreef. Ze zat goed, dat voelde ze. Eerst dat gesprek met Wayne Reynolds, en daarna het verhoor van Maxwell Black. Er kwam vaart in het onderzoek en de puzzelstukjes begonnen op hun plaats te vallen.

Meteen nadat ze klaar waren met Sandy's vader, had D.D. de foto van Jason Jones naar het Nationale centrum voor vermiste en misbruikte kinderen én naar de recherchedienst van Georgia gefaxt. Het profiel werd steeds nauwkeuriger – bekende aliassen, mogelijke geografische verbanden, financiële gegevens en relevante informatie. In de afgelopen vijf jaar had hij een duidelijk herkenbaar administratief verleden opgebouwd, maar van zijn leven daarvoor hadden ze nog niets kunnen vinden. Maar nu beschikten ze over een paar gegevens op grond waarvan zijn oorspronkelijke identiteit mogelijk gekraakt zou kunnen worden en ze erachter zouden kunnen komen waar hij zijn fortuin vandaan had.

D.D. was zover dat ze er iets om durfde te verwedden dat ergens anders in het land een rechercheteam was dat er precies hetzelfde dossier op na hield als zij, met als enige verschil dat er een andere naam op stond. Als het haar lukte om met dat andere team in contact te komen, zouden ze eindelijk weten wie Jason Jones/Johnson in werkelijkheid was, en zou ze hem kunnen arresteren. En dat bij voorkeur vóór het nieuws van elf uur.

Ondertussen gingen de standaardklussen natuurlijk gewoon door. D.D. was bezig met het doornemen van de verschillende labrapporten, met inbegrip van dat van het sporenonderzoek op de sprei die ze uit de wasmachine bij het gezin Jones thuis had gehaald. Er waren sporen bloed op aangetroffen, maar dat was helaas onvoldoende voor een arrestatiebevel. En waren dat sporen omdat de rest er met succes uit was gewassen? Of waren die sporen het gevolg van een bloedneus die Sandra in de afgelopen weken had gehad? Het bloed kwam overeen met Sandra's bloedgroep, maar omdat ze niet wisten welke bloedgroep Jason en Clarissa hadden, kon het in theorie ook om hun bloed gaan.

Met andere woorden, met dat labrapport kwamen ze op dit moment niet veel verder, maar misschien dat het in een later stadium, in combinatie met andere relevante gegevens, alsnog van pas zou kunnen komen en het Jason Jones een stapje dichter bij de gevangenis zou brengen.

D.D. belde met het BRIC-team dat zich bezighield met het analyseren van de gezinscomputer van de familie Jones. Gezien de tijdsdruk was het team er non-stop mee bezig. Een bruikbare kopie van de harde schijf maken had bijna de hele nacht in beslag genomen. Nu maakten ze rapport na rapport van de ingekomen en verzonden e-mails en van de internetactiviteit. De volgende ochtend zouden ze meer concrete informatie hebben, zeiden ze. D.D. zag in dat ze het nieuws van elf uur niet zou halen, maar ze was optimistisch genoeg om te hopen dat ze in ieder geval voor het ochtendnieuws een doorbraak zouden kunnen melden.

Dit was het deel van een onderzoek waar een rechercheur blij van werd, en dat het team motiveerde om er een derde nacht van hard werk tegenaan te gooien. Het vormde echter geen verklaring voor D.D.'s plotselinge behoefte om nader naar de persoon van de edelachtbare Maxwell Black te kijken, en ook naar de omstandigheden waaronder zijn vrouw Missy acht jaar tevoren was gestorven. De plaatselijke sheriff zei dat ze de zaak nooit onderzocht hadden, maar hij gaf haar het nummer van de lijkschouwer van de county, die de volgende ochtend telefonisch bereikbaar zou zijn. De officiële uitspraak was zelfmoord geweest, maar D.D. kon het niet helpen dat de toon waarop de sheriff dat zei haar intrigeerde.

Er was iets aan Maxwell Black wat haar een onprettig gevoel gaf. Zijn accent, zijn charme, de ongevoelige wijze waarop hij zijn enige kind omschreef als roekeloos en als iemand die altijd loog en er willekeurige seksuele relaties op na hield. Het trof D.D. dat Sandra twee derde van haar jonge leven had doorgebracht met een joviale vader die veel te veel praatte, en het laatste deel met een schijnbaar gespleten man die nauwelijks zijn mond opendeed. De vader beweerde dat de echtgenoot pedofiel was. De echtgenoot beweerde dat Sandy's vader zijn eigen dochter had mishandeld.

D.D. vroeg zich af of Sandy Jones van haar man had gehouden. Of ze hem als haar ware jakob had beschouwd, haar redder, en of ze hem al die jaren zo was blijven beschouwen, tot het moment, woensdagavond, waarop er op brute wijze een eind aan haar dromen was gemaakt.

Inmiddels werd Sandra Jones drie dagen vermist.

D.D. geloofde niet meer dat ze de jonge moeder levend terug zouden vinden.

Waar ze nu vooral nog op hoopte, was dat ze konden voorkomen dat Ree iets overkwam.

Ethan Hastings had last van zijn geweten. Dat was hem nog nooit eerder overkomen. Hij was slimmer dan de volwassenen die hij kende, dus het was bijna logisch dat hij bepaald geen hoge pet van hen op had. Waar ze zelf niet achter konden komen, dat hoefden ze ook niet te weten.

Maar nu, terwijl hij met zijn moeders iPhone op de vloer zat – het incident dat zich de vorige dag op school had afgespeeld, had tot gevolg gehad dat hij een maand lang niet op de computer mocht, maar niemand had met zoveel woorden gezegd dat hij de tas van zijn moeder niet leeg mocht halen – en zijn e-mail bekeek, vroeg hij zich af of hij er goed aan zou doen de politie te bellen.

Ethan maakte zich zorgen om mevrouw Sandra. Dat deed hij al sinds november, vanaf het moment waarop hij had ingezien dat haar interesse voor veilig internetten veel verder ging dan in principe nodig was voor een lesmodule voor een zesde klas.

Ze had hem nooit verteld dat ze haar man ergens van verdacht, en dat betekende natuurlijk dat hij de meest voor de hand liggende dader was. Ze had het dan ook nooit over 'internetporno' gehad, maar wat kon een aantrekkelijke jonge lerares er anders toe brengen om al haar vrije uren met een kind als hij door te willen brengen?

O, ze was heel lief. Ze wist dat hij haar aanbad, want hij was nu eenmaal niet goed in het verbergen van dat soort dingen. Maar ze had hem heel duidelijk gemaakt dat ze niet verliefd op hem was zoals hij dat op haar was. Ze had hem nodig. Ze respecteerde hem om zijn kennis. Ze waardeerde zijn hulp. En dat was voldoende voor hem.

Mevrouw Sandra sprak met hem als een gelijke. Er waren niet veel volwassenen die dat deden. Je had er die hem als een klein kind behandelden, en je had anderen die zo doodsbang waren voor zijn onthutsende intelligentie dat ze hem gewoon nooit bij gesprekken betrokken. En ten slotte had je de categorie waartoe zijn ouders behoorden – volwassenen die wel met hem probeerden te praten, maar daarbij klonken alsof ze voortdurend met hun tanden knarsten.

Maar mevrouw Sandra was anders. Ze was warm en belangstellend, en sprak met dat melodieuze accent van haar waar hij maar geen genoeg van kon krijgen. En ze rook naar sinaasappels. Hij had het aan niemand verteld, maar hij had haar de naam van haar bodylotion weten te ontfutselen. Daarna had hij er online een hele doos van besteld, om haar ook te kunnen ruiken wanneer ze niet in de buurt was. Die doos bewaarde hij achter in de kast van zijn vader, achter alle kostuums die zijn vader nooit droeg, want hij had al heel lang geleden vastgesteld dat zijn moeder elke dag zijn kamer doorzocht.

Ze deed erg haar best, zijn moeder. Het kon niet gemakkelijk zijn om een kind te hebben zoals hij. Maar aan de andere kant kon hij het ook niet helpen dat hij zo kien was. Hij was gewoon zo geboren.

Toen hij in november had begrepen dat mevrouw Sandra zich zorgen maakte over wat haar man op internet deed en Ethan had vastgesteld dat haar man verrassend veel van computers wist, had hij besloten dat hij verdere stappen moest ondernemen om zijn favoriete lerares te helpen.

Hij had meteen aan zijn oom gedacht, de enige volwassene die in Ethans ogen echt intelligent was. Voor wat computers betrof was zijn oom Wayne een echte deskundige. Daar kwam nog bij dat hij voor de staatspolitie werkte, en dat betekende dat, als bleek dat de man van mevrouw Sandra iets deed wat bij de wet verboden was, oom Wayne hem op grond daarvan zou kunnen arresteren en dat Sandra's man daarmee het veld zou moeten ruimen. In Ethans hoofd was dit een heel goed idee geweest. Een van zijn betere plannen.

Behalve dat Sandra's man niet het veld had geruimd. Hij was er nog steeds, en oom Wayne trouwens ook. Ineens had zijn oom een enorme belangstelling voor basketbal ontwikkeld. Elke donderdagavond kwam oom Wayne naar school, en dan ging hij samen met mevrouw Sandra een eindje lopen. En hij, Ethan, moest dan ondertussen op die irritante Ree passen.

Hij had steeds meer een hekel aan de donderdagavond gekregen. Er waren heus niet drie maanden lang wekelijkse ontmoetingen nodig om iemands computer te hacken. Allemachtig, zelf zou hij aan vijf minuten of minder genoeg hebben gehad.

En toen had hij een idee gekregen. Misschien dat hij zijn oom of de staatspolitie helemaal niet nodig had. Misschien zou het voldoende zijn om een bepaalde code te schrijven. Een Trojaans paard. Hij zou hem in een e-mail kunnen stoppen, en die mail zou hij dan aan mevrouw Sandra sturen. En door Trojaanse paard zou haar computer voor hem toegankelijk worden.

Hij zou in haar computer kunnen.

En dan zou hij met eigen ogen kunnen zien wat Sandra's man in zijn schild voerde.

Wat hem dan tot ster van de show zou maken.

Maar Ethan had nog nooit eerder zo'n code geschreven. Dat betekende dat hij zich er eerst in zou moeten verdiepen. En dan zou hij hem moeten uittesten, en waar nodig moeten corrigeren.

Drie weken geleden was hij er klaar voor geweest. Hij had mevrouw Sandra een onschuldig mailtje gestuurd met daarin een paar links waarvan hij meende dat ze er wat aan zou hebben voor haar leerlingen. En daar had hij de code in gestopt. Vanaf dat moment was het afwachten geblazen.

Ze wachtte twee dagen met het openen van de mail, en dat irriteerde hem een beetje. Hij vond dat leraren sneller behoorden te reageren.

Maar het Trojaanse paard deed zijn werk – het virus nestelde zich meteen in de harde schijf van mevrouw Sandra's computer. Ethan testte hem op de derde dag, en ja hoor, hij kon in de computer van de familie Jones. Nu was het afwachten geblazen tot het moment waarop hij meneer Jones letterlijk op heterdaad zou kunnen betrappen.

Ethan was reuze opgewonden geweest. Hij zou ermee in het programma van *48 Hours Investigates* komen. Een hele aflevering gewijd aan het jonge genie dankzij wie een beruchte kinderlokker opgepakt had kunnen worden. Hij zou geïnterviewd worden door Leslie Stahl en talloze websites zouden hem in dienst willen nemen. Hij zou beroemd worden als geduchte internetbeveiliger. Een eigentijdse webstrijder.

Gedurende de eerste drie avonden en nachten kwam Ethan inderdaad het een en ander over meneer Jones te weten. Een heleboel, zelfs. Meer dan hij eigenlijk had willen weten.

Maar waar Ethan niet op had gerekend, was dat hij ook een heleboel over mevrouw Sandra te weten kwam.

En daarmee was hij klem komen te zitten. Want als hij meneer Jones erbij wilde lappen, zou hij daarmee tegelijkertijd mevrouw Sandra erbij lappen, en oom Wayne op de koop toe.

Aan de ene kant wist hij te weinig, maar aan de andere kant wist hij te veel.

En Ethan Jones was slim genoeg om te weten dat dit een gevaarlijke positie was.

Hij pakte zijn moeders iPhone, keek weer naar de e-mails. Zei tegen zichzelf dat hij het alarmnummer moest bellen, legde toen de telefoon weer neer. Misschien kon hij de inspecteur bellen, die met het blonde haar. Zij leek aardig. Maar zijn moeder vertelde hem altijd dat leugens om bestwil ook leugens zijn, en hij was er aardig zeker van dat de politie hem in meer problemen zou brengen dan een schorsing en vier weken zonder computer.

Ethan wilde niet naar de gevangenis.

Maar hij maakte zich ernstige zorgen om mevrouw Sandra.

Opnieuw nam hij de iPhone op, controleerde de mails en slaakte een diepe zucht. En ten slotte deed hij het enige waartoe hij zichzelf kon brengen. Hij begon aan een nieuwe mail met de woorden: *Beste oom Wayne...*

Wayne Reynolds was geen geduldig mens. Sandra Jones werd intussen al meerdere dagen vermist, en voor zover de computerexpert van de staatspolitie kon nagaan, maakte de politie niet bepaald haast om haar te vinden. Allemachtig, hij had hun Jason Jones bijna op een zilveren dienblaadje aan moeten reiken, en voor zover hij op het nieuws van vijf uur had kunnen zien, hadden ze de man nog steeds niet gearresteerd.

In plaats daarvan hadden de verslaggevers lucht gekregen van een geregistreerde zedendelinquent die een paar huizen van Sandra af woonde. Een bleek, raar joch met een kop vol blaren dat ze op straat hadden zien lopen en letterlijk achterna waren gerend tot bij een vrijstaand huis uit de jaren vijftig. '*Ik heb niets gedaan!*' had het joch over zijn schouder geroepen. '*Vraagt u maar aan mijn reclasseringsambtenaar. Mijn vriendin was alleen maar minderjarig, dat is alles. Dat is alles. Dat is alles.*'

De pedofiel was het huis in gevlucht en de verslaggevers hadden opnamen gemaakt van dichte deuren en ramen met dichte gordijnen – echt wat je opwindende beelden noemt.

En toen was ook Sandra's vader nog op het toneel verschenen. Hij omschreef Jason Jones als een uiterst gevaarlijke, manipulatieve man die de jonge vrouw van haar familie had afgezonderd. De grootvader eiste de voogdij over Ree en had om te beginnen al bezoekrecht weten te krijgen. De oude man wilde gerechtigheid voor zijn dochter en bescherming voor zijn kleindochter.

De media smulden ervan. En nog altijd was er niemand gearresteerd.

Wayne snapte er niets van. De echtgenoot was altijd automatisch de eerste naar wie de politie keek, en Jason Jones was een ideale verdachte. Dat hij niet over geloofwaardige achtergrondinformatie beschikte was op zich al verdacht. Daarbij was zijn vrouw bezig geweest met het onderzoeken van zijn dubieuze activiteiten op internet. Het was van hem bekend dat hij na middernacht vaak lange uren op stap was voor een baan die hem geen concreet alibi kon verschaffen. Waar wachtte die inspecteur Warren eigenlijk op? Wilde ze hem soms in een mooi papiertje met een strik eromheen?

Jason moest gearresteerd worden. Want alleen dán zou Wayne weer rustig kunnen slapen. De hemel wist dat hij de afgelopen dagen zelf ook koortsachtig bezig was geweest zijn persoonlijke computer en zijn Treo op te schonen. En dat was behoorlijk ironisch, want niemand wist beter dan hij dat je dit soort apparatuur nóoit voor de volle honderd procent schoon kon krijgen. Hij zou een nieuwe harde schijf voor zijn computer moeten kopen en zijn Treo moeten 'verliezen', bij voorkeur door er met zijn grasmaaier overheen te gaan. Of anders zou hij er met de auto overheen kunnen rijden, of hem bij de haven in zee moeten gooien.

Het was grappig, buitenstaanders dachten altijd dat mensen die bij de politie werkten in het voordeel waren – ze zaten er middenin, en dat betekende dat ze precies wisten met welke misstappen iemand door de mand zou vallen. Maar dat was nu juist het probleem. Niemand wist zo goed als Wayne dat het vrijwel ondoenlijk was om je elektronische sporen volledig uit te wissen, en juist omdat hij zich daarvan bewust was, realiseerde hij zich ook dat alles wat hij deed onder een vergrootglas gelegd zou worden.

Drie maanden lang had hij wandelingetjes met Sandra Jones gemaakt – niet meer en niet minder dan dat. Maar als hij niet uitkeek, zou hij het etiket van haar minnaar opgeplakt krijgen, met verplicht verlof worden gestuurd en van alle kanten worden doorgelicht. En natuurlijk helemaal als hij, als de forensische computerexpert die hij was, zijn Treo 'verloor' of zijn persoonlijke computer van een nieuwe harde schijf voorzag. Dat soort dingen zou alleen maar extra aandacht trekken.

En in die zin vroeg hij zich af waarom de BPD Jones' computer nog altijd niet had gekraakt. Ze hadden het ding al bijna vierentwintig uur in hun bezit. Reken vijf tot zes uur voor het maken van een bruikbare kopie, en dan was het alleen nog maar een kwestie van er EnCase op te zetten...

Nog één à twee dagen, vermoedelijk, dacht hij met een zucht. Hij betwijfelde of zijn zenuwen het nog wel zo lang uit zouden kunnen houden.

Om nog maar te zwijgen over hoelang twee dagen voor Sandy zouden zijn.

Hij probeerde er niet aan te denken. De zaken waar hij eerder aan had gewerkt, de misdaadfoto's die hij voor zijn werk zo vaak te zien had gekregen. Gewurgd? Doodgestoken? Een enkel dodelijk schot door het hoofd?

Hij had geprobeerd Sandy te waarschuwen. Ze had nooit mee moeten gaan op die vakantie in februari.

Opnieuw slaakte Wayne een diepe zucht. En hij keek weer op de klok. Hij besloot nog wat langer op het lab te blijven en nog wat werk te doen. Maar op dat moment trilde zijn Treo. Hij keek op het schermpje. Een mail vanaf het adres van zijn zus.

Hij fronste zijn voorhoofd en klikte de boodschap open.

Kwart voor zes in de middag. Wayne las de onthutsende bekentenis van zijn neef.

En toen kreeg hij het pas echt benauwd.

Zes uur 's middags. Maxwell Black zat in een hoekje van de eetzaal van het Ritz achter een tafel voorzien van een wit linnen tafelkleed. Zijn eend met bessencompote was zojuist opgediend, waarbij hij een opvallend goede Pinot Noir uit Oregon dronk. Verrukkelijk eten, mooie wijn en een onberispelijke bediening. Hij zou volkomen in zijn nopjes moeten zijn.

Maar dat was hij niet. Na zijn gesprek met de recherche was hij rechtstreeks teruggekeerd naar zijn hotel en daar had hij zijn griffier gebeld met de vraag of hij namens hem iets uit wilde zoeken. Helaas klonk het nieuws dat de man aan het licht had gebracht helemaal niet veelbelovend.

In de meeste staten – ook in Massachusetts – werden de ouders in een voogdijzaak als eerste rechthebbenden beschouwd. Je kon als grootouder een rechtszaak aanspannen, maar uiteindelijk luisterde de rechter altijd naar wat de ouders wilden.

Maar Max had gemeend dat Sandra's verdwijning – plus het feit dat Jason ervan verdacht werd bij de verdwijning van zijn vrouw betrokken te zijn – in zijn voordeel zou zijn. Daarbij was Max ervan overtuigd dat Jason niet Clarissa's biologische vader was. Kortom, nu Sandra er niet meer was, was Max Clarissa's meest nauwe, in leven zijnde bloedverwant. En dat legde beslist het nodige gewicht in de schaal.

Maar niet dus. Wat kon je ook anders verwachten van een staat die het homohuwelijk gelegaliseerd had. Daardoor konden ze ook niet anders dan het accepteren van *in loco parentis*, oftewel, dat de man of de vrouw die als ouder optrad tevens de officiële voogd van het betreffende kind was. En dat betekende dat Max, als hij de voogdij over Clarissa wilde hebben, eerst zou moeten bewijzen dat Jason een gevaar voor zijn kleindochter was. En als rechter wist hij dat zoiets nagenoeg nooit bewezen kon worden.

Wat Max nodig had, was dat ze Sandy's stoffelijk overschot vonden. En dat Jason gearresteerd werd. Dan zou de kinderbescherming zich over Clarissa ontfermen, waarop hij, als biologische grootvader, zou kunnen aanvoeren dat het in het beste belang van het kind was dat het bij hem kwam wonen. Dat zou toch mogelijk moeten zijn.

Alleen had hij er geen idee van hoelang het zou duren voor ze Sandy vonden. Hij was intussen al vier keer langs de haven gereden, en voor zover hij kon nagaan, zou het voor Jason Jones heel makkelijk zijn geweest om Sandra's lichaam gewoon maar ergens in het water te dumpen. En in die zin zou het wel eens weken, zo niet maanden of jaren kunnen duren.

Dat was voldoende om hem te doen overwegen om Jason via het kantongerecht aan te klagen. Daar werd minder streng naar de bewijzen gekeken. Wat daar weer tegen pleitte, was dat hij een lijk nodig zou hebben. Geen lijk betekende dat Sandra er net zo goed met de tuinman vandoor kon zijn gegaan, en dát betekende weer dat ze net zo goed gezond en wel in Mexico kon zijn.

Uiteindelijk draaide het hoe dan ook om het lijk.

Max zat om een lijk te springen.

Dat bracht hem op een idee. Goed, hij had een lijk nodig, maar moest het per se het lijk van Sandra zijn?

Kwart voor acht 's avonds. Aidan Brewster stond in de wasserette zijn laatste lading was op te vouwen. Voor hem lagen vier stapels witte

T-shirts, twee stapels spijkerbroeken, en zes stapeltjes witte onderbroeken en witte sportkousen met een blauwe rand. Hij was om zes
uur begonnen, nadat zijn reclasseringsambtenaar zo vriendelijk was
geweest hem met de auto van zijn door de pers belegerde huis te halen.
Colleen had aangeboden om hem onder te brengen in een hotel totdat de situatie weer gekalmeerd zou zijn. In plaats daarvan had hij haar
gevraagd om hem af te zetten bij een wasserette ergens in een verre
buitenwijk, waar de pers hem nooit zou zoeken en waar hij in alle rust
zijn witte onderbroeken zou kunnen bleken.

Hij had zo aan Colleen kunnen zien dat ze moeite had gehad met
zijn verzoek. Misschien lag dat wel eraan dat hij, terwijl er aan de overkant van de straat drie fotografen druk bezig waren geweest met plaatjes schieten, de ene na de andere vuilniszak met wasgoed achter in haar
auto had geladen. Maar toen Colleen was weggereden, waren de fotografen ook weggegaan. Wat had het voor zin bij een huis te posten als
je wist dat degene die je wilde fotograferen niet thuis was.

'Wat is er met je hoofd gebeurd?' had Colleen gevraagd toen ze de
straat uit reden.

'Brand in de keuken. Ik had een kartonnen wegwerpbordje te dicht
bij het fornuis gezet, en het vatte vlam. De opspattende vonken kwamen in mijn haar, dat vlam vatte, maar ik was zo druk met als een be-
zetene meel op het fornuis te gooien, dat ik er aanvankelijk niets van
merkte.'

Ze maakte geen overtuigde indruk. 'Is alles goed met je, Aidan?'

'Ik ben ontslagen. Ik heb mijn hoofd verbrand. Ik ben in het nieuws
geweest. Nee, natuurlijk gaat het niet goed met me, wat dacht u? Maar
aardig dat u het vraagt.'

'Aidan...'

Hij keek haar uitdagend aan. Zou ze het zeggen? Zou ze zeggen dat
ze het naar voor hem vond? Dat dit maar iets tijdelijks was en dat het
wel weer beter zou gaan. Hou je vast.

Het maakte niet uit wat ze zou zeggen. Het zou toch alleen maar
een loze, banale formule zijn. Dat wist zij net zo goed als hij.

Zonder verder nog iets te zeggen, bracht ze hem naar de wasserette.
Hij was haar dankbaar voor haar zwijgen.

Hij was klaar met het opvouwen van zijn handdoeken, lakens, verschillende spreien en zelfs drie kleedjes. Hij had alles wat hij aan tex-
tiel in zijn kamers had gehad, gewassen met Clorox kleurveilige bleek.

Laat de politie er maar van denken wat ze willen. Laat ze hem maar haten.

Hij was van plan om, zodra hij hier klaar was, de schone was naar huis te brengen en zijn boeltje te pakken. Hij zou zijn persoonlijke bezittingen, alles wat hij op deze wereld bezat, in vier vuilniszakken pakken en met de noorderzon vertrekken. Dat was dat. Het was afgelopen. Hij hield het voor gezien. Colleen moest maar zien of ze hem nog zou kunnen vinden. En de politie kon op zoek gaan naar een andere geregistreerde zedendelinquent.

Van begin af aan had hij zich aan de regels gehouden, en dit kreeg hij ervoor terug. De politie zat hem op de hielen. Zijn voormalige collega's hadden geprobeerd hem te lynchen. En zijn buurman, Jason Jones, joeg hem de stuipen op het lijf. En dan had je de verslaggevers... Aidan had er geen zin meer in. Tot kijk. De mazzel. Doei.

Wat hij zelf niet begreep, was waarom hij, in plaats van op te stappen, hier nog steeds op de vloer van een armoedige wasserette zat, zijn elastiek liet knallen en een balpen vasthield. En waarom hij al drie minuten lang naar het blanco blocnotevelletje staarde. Ten slotte schreef hij:

Lieve Rachel,
Ik ben een lul. Het is allemaal mijn schuld. Je zou me moeten haten.

Hij aarzelde. Kauwde op de achterkant van de pen. Knalde met het elastiek.

Bedankt voor het sturen van de brieven. Misschien kon je de aanblik ervan niet langer verdragen. En dat kan ik je niet kwalijk nemen.

Hij schrapte de laatste twee zinnen. Probeerde het opnieuw.

Ik hou van je.

Dat kraste hij door.

Ik hield van je. Het was verkeerd wat ik heb gedaan. Het spijt me.
Je zult geen last meer van me hebben.

Tenzij, dacht hij. Maar dat schreef hij niet. Hij weerhield zich er heel bewust van om dat te schrijven. Als ze hem terug had willen zien, had ze daar ondertussen tijd genoeg voor gehad. Dus, Aidan, gebruik je verstand. Ze hield niet van je. Ze houdt niet van je. Je hebt voor niets in de gevangenis gezeten, treurige lul die je bent...

Hij nam de pen weer op.

Doe jezelf alsjeblieft geen pijn.

En toen, even later, schreef hij erachteraan:

En laat Jerry je ook geen pijn doen. Je verdient beter. En dat meen ik uit de grond van mijn hart.

Het spijt me als ik overal een puinzooi van heb gemaakt. Ik wens je een goed leven.

Aidan

Hij legde de pen neer en las de brief opnieuw door. Overwoog of hij hem in duizend kleine stukjes moest scheuren en de snippers moest verbranden. Besloot hem te houden. Hij zou hem niet versturen. In de groep ging het alleen maar om de oefening van het schrijven. Daar leerde je empathie van, en wat het betekende om ergens spijt van te hebben. En hij dacht wel dat hij dat voelde, want hij had een beklemmend gevoel in zijn borst en het kostte hem moeite om adem te halen, en hij had geen enkele behoefte om hier nog langer in deze verwaarloosde wasserette te blijven. Hij wilde terug naar zijn kamer en diep wegkruipen onder de dekens. Hij wilde zich verliezen in het duister om niet meer te hoeven denken aan die winter en aan hoe lekker haar huid tegen de zijne had gevoeld, of aan hoe hij hun beider levens had verpest.

Hij kon het niet helpen, hij hield nog steeds van haar. Echt waar. Ze was het enige goede dat hem ooit was overkomen, en ze was zijn stiefzusje geweest en hij was het wreedste monster ter wereld en misschien zouden die jongens van de garage hem toch maar beter kunnen lynchen. Misschien was dat de enige oplossing voor zo'n waardeloze lul als hij. Hij was ziek, een pedofiel. Geen haar beter dan Wendell de psychotische potloodventer. Hij verdiende het afgemaakt te worden.

Behalve dat hij, net als elke andere pedofiel, helemaal geen behoefte had om te sterven. Het enige wat hij wilde was deze nacht doorkomen, en met een beetje geluk ook de volgende dag.

Dus hij raapte zijn wasgoed bijeen en hield een taxi aan.

'Naar huis, James,' zei hij tegen de chauffeur.

En op de achterbank scheurde hij de brief in kleine snippertjes, die hij vervolgens uit het raam gooide en weg liet dwarrelen op de wind.

Vijf over negen in de avond. Jason had Ree eindelijk in bed. Dat was nog een hele toer geweest. Door de steeds groter wordende groep verslaggevers konden ze het huis moeilijk uit, en Ree was kribbig als gevolg van een tekort aan frisse lucht en beweging. Na het eten waren de eerste schijnwerpers aangegaan, en sindsdien stond er zoveel licht op hun huis dat het vanuit de ruimte te zien moest zijn.

Ree had over dat licht geklaagd. En ze had geklaagd over het lawaai. Ze had van hem geëist dat hij de verslaggevers weg zou sturen, en toen ze haar zin niet had gekregen had ze gestampvoet en erop gestaan dat hij nú met haar naar haar moeder zou gaan zoeken.

In plaats daarvan had hij aangeboden om een kleurplaat met haar te maken. Of om met vouwblaadjes aan de slag te gaan. Of misschien had ze wel zin in een potje dammen.

Hij nam het haar niet kwalijk dat ze boos op hem was en nijdig door het huis stampte. Ook hij wilde niets liever dan dat de pers zou vertrekken. Als het aan hem lag, gaf hij verreweg de voorkeur aan hun bestaan zoals dat vroeger was geweest.

Een heel sprookjesboek – alle honderd bladzijden – had hij voor moeten lezen om Ree eindelijk rustig te krijgen. Zijn keel deed pijn en hij had het gevoel alsof hij nooit meer als een normale volwassene zou kunnen spreken, maar ze sliep.

En nu zat hij alleen in de woonkamer. De luiken en de gordijnen zaten potdicht. Hij wilde dat hij wist wat zijn volgende stap zou moeten zijn. Sandra was nog altijd niet terecht. Maxwell had officieel toestemming om Ree een uur per dag te mogen zien. En Jason was nog altijd de voornaamste verdachte ten aanzien van de verdwijning van zijn zwangere echtgenote.

In zijn hart had hij gehoopt dat zijn vrouw er met een minnaar vandoor was. Hij had het niet echt geloofd, maar hij had het gehoopt omdat het, alle opties in aanmerking genomen, de enige was waarbij ze gezond en wel zou zijn. En misschien dat ze zich op een dag zou bedenken en terug zou komen. Hij zou haar terugnemen. Omwille van Ree, maar ook voor zichzelf. Hij wist dat hij geen volmaakte echtgenoot was en dat hij, tijdens die korte vakantie in februari, een verschrikkelijke fout had gemaakt. Als ze hem daarvoor wilde straffen, was hij bereid dat te aanvaarden.

Maar nu, nu er al bijna drie dagen op zaten en de uren zich voortsleepten, zag hij zich gedwongen om ook de andere opties onder ogen te zien. Dat zijn vrouw er niet met een ander vandoor was gegaan. Dat er iets vreselijks was gebeurd, hier, in zijn eigen huis, en dat het een wonder was dat Ree het overleefd had. Misschien had Ethan zijn frustratie over zijn onbeantwoorde liefde niet langer de baas gekund. Misschien had Maxwell hen eindelijk gevonden en had hij Sandy ontvoerd om bij zijn kleindochter te kunnen komen. Of misschien had Sandy inderdaad wel een minnaar, de mysterieuze computerdeskundige. De man wilde dat ze haar echtgenoot zou verlaten en zijn geduld was opgeraakt.

Ze was zwanger geweest. Was het zijn kind? Van een ander? Was dat de aanleiding geweest? Misschien had ze met de hulp van Ethan Hastings ontdekt wie hij in werkelijkheid was en was ze geschrokken van het besef dat ze het kind van een monster droeg. En dat kon hij haar niet echt kwalijk nemen. Zelf zou hij het ook doodeng moeten vinden om iemands biologische vader te zijn.

Maar dat was hij niet. Wat hij gewild had... Waar hij op had gehoopt...

Als dat moment zich ooit zou hebben voorgedaan, waarop Sandy hem zenuwachtig verteld zou hebben dat ze samen een kind hadden verwekt, zou hij een enorme ontroering en een diep ontzag hebben gevoeld. En hij zou eeuwig dankbaar zijn geweest.

Dat moment had hij nooit gekregen. Zijn vrouw was verdwenen en hij was achtergebleven met het spook van wat had kunnen zijn.

En daarbij voegde zich het spook van zijn dreigende arrestatie.

Hij zou met zijn dochter kunnen vluchten. Dat was eigenlijk de enige mogelijkheid, want vroeger of later zou inspecteur Warren met een arrestatiebevel en iemand van de kinderbescherming op de stoep staan. En hij zou in de gevangenis belanden. Maar wat nog veel erger was dan dat, was dat Ree in een pleeggezin zou komen.

Dat moest hij hoe dan ook voorkomen. Dat kon hij zichzelf niet aandoen, en ook zijn dochter niet.

Hij ging naar boven.

De toegang tot de vliering zat verborgen achter een paneel van de kast in de grote slaapkamer. Hij pakte de hendel in het plafond en trok de gammele vlizotrap naar beneden. Vervolgens deed hij een zaklantaarn aan en klom naar de duistere ruimte.

De zolder, die te laag was om er rechtop te kunnen staan, was bedoeld als opslagruimte. Hij kroop over de triplexvloer en schoof de dozen met kerstversieringen opzij om achter in de verste hoek te kunnen komen. Hij telde twee dakbalken naar links, duwde het isolatiemateriaal weg en pakte het platte, metalen kluisje.

Het voelde lichter dan hij zich herinnerde. Hij zette de zaklantaarn op de vloer, deed het deksel open...

Leeg. Het kluisje was leeg. Het geld, de valse identiteitsbewijzen, alles was verdwenen.

De politie? Sandy? Iemand anders? Hij begreep er niets van. Hij had niemand over zijn vluchtsetje verteld. Het was zijn geheim, het geheim dat hem in staat stelde 's nachts rustig te slapen, in plaats van om de zoveel tijd krijsend wakker te worden. Hij zat niet in de val. Hij had een ontsnappingsplan. Hij had altijd een ontsnappingsplan.

En toen, terwijl zijn brein koortsachtige pogingen deed om te begrijpen wat hem was overkomen, en hóe hem dat had kunnen overkomen, drong iets anders tot hem door. Een geluid, niet ver onder hem.

Het kraken van de vloer.

In de kamer van zijn dochter.

Hoofdstuk 33

Voor wat het familie-uitstapje betreft, moet ik eerlijk zeggen dat ik geschokt was toen ik zag wat voor soort hotel Jason voor ons had geboekt. Ik had iets driesterrenachtigs verwacht, een normaal soort familiehotel waar kinderen welkom waren, maar in plaats daarvan bleek het een luxehotel te zijn, compleet met een uitgebreide spa en een reusachtig overdekt zwembad. Een piccolo in een rood jasje met gouden bies begeleidde ons naar de bovenste verdieping, waar je alleen kon komen door de sleutel van de kamer in de daarvoor bestemde gleuf in de lift te steken. En boven bracht hij ons naar de twee kamers tellende hoeksuite.

In de eerste kamer stond een kingsize bed met weelderig wit beddengoed en voldoende overdadig geborduurde kussens om een harem mee in te kunnen richten. Onze kamer had uitzicht op de haven van Boston. De badkamer was van onder tot boven betegeld met roze marmer.

Het zitgedeelte beschikte over een slaapbank, twee lage, camelkleurige luie stoelen en de grootste flatscreentelevisie ter wereld. Toen Jason aankondigde dat dit Rees kamer was, puilden haar ogen zowat uit haar hoofd. En de mijne ook.

'Ik vind het prachtig!' kraaide Ree, waarop ze onmiddellijk begon met het uitpakken van haar overvolle koffers, en het zoeken van een plaatsje voor haar spulletjes. Binnen de tijd van krap vijf seconden was de kamer omgetoverd in een kinderkamer met knalroze dekens, een zestal Barbies en, natuurlijk, Lil' Bunny, die de ereplaats midden op de bank had gekregen. 'Mogen we een film zien?'

'Straks. Ik wilde jullie eerst voorstellen om je prachtig mooi te maken, want ik heb zin om met mijn twee lievelingsdames een hapje te gaan eten.'

Rees vreugdekreet deed het glas van het panoramavenster trillen. Ik bleef mijn man stomverbaasd staan aanstaren. 'Maar ik heb helemaal niets moois bij me... Ik verwachtte niet...'

'Ik ben zo vrij geweest om een jurk en je laarzen mee te nemen.'

Mijn ogen puilden nog een beetje verder uit, maar Jason bleef totaal onverstoord. Hij voerde iets in zijn schild. Ik voelde het gewoon. En even moest ik weer denken aan Waynes waarschuwende woorden. Misschien wist Jason wel waar ik mee bezig was. Hij had in de gaten dat ik zijn gangen op inter-

net naging en nu... wilde hij me verblinden met verwennerijen en me vervolgens vermoorden? Me verleiden met al dit moois om me tot onderdanigheid te dwingen?

Ik trok me terug in onze kamer om de glanzende blauwe jurk en de kniehoge zwartleren laarzen aan te trekken die Jason voor me had meegenomen. Ik had deze jurk nog niet voor Wayne gedragen, en toen ik me afvroeg of Jason dat wist, voelde ik me opnieuw verschrikkelijk zenuwachtig.

Ree kwam de kamer binnengerend. Ze maakte een pirouette in haar mooie, met bloemetjes geborduurde rode jurk die een enorme strik op de rug had. 'Mama, doe mijn haar. Het is haartijd, mama. Ik wil er prachtig mooi uitzien!'

Ik deed Rees haren in een knotje en trok kleine plukjes los die speels rond haar gezichtje vielen. Daarna behandelde ik mijn eigen blonde krullen, en toen ik de make-up ontdekte die mijn slimme man eveneens voor ons familie-uitstapje in mijn koffer had gestopt, maakte ik ons alle twee ook nog een beetje op. Ik deed oogschaduw, rouge en lipgloss op, Ree kreeg alleen wat gloss op haar lippen. Daar was ze het helemaal niet mee eens, want ze was ervan overtuigd dat je er met meer make-up mooier uitzag.

Jason verscheen op de drempel van de badkamer. Hij droeg een donkere broek die ik nog niet van hem kende en daarop een donkerpaars overhemd en een donker colbertje. Geen das. De bovenste twee knoopjes van zijn boord stonden open, waardoor zijn krachtige hals zichtbaar was. Op dat moment werd ik me bewust van een kriebel in mijn buik die ik al in vier maanden niet meer had gevoeld.

Mijn echtgenoot is een knappe man. Een heel knappe man.

Ik hief mijn blik op en onze ogen vonden elkaar, en toen ging het dwars door me heen. Ik voelde het tot in het merg van mijn botten.

Angst. Ik was bang voor hem.

*

Jason wilde een eindje wandelen. Het was een verkwikkend frisse en droge februariavond en de stoepen waren sneeuwvrij. Ree vond het een geweldig idee – tot dusver vond ze alles aan deze minivakantie even prachtig. Ze liep tussen ons in, haar linkerhand in die van Jason en haar rechter in de mijne. Ze telde tot tien, en dan was het onze taak om haar hoog in de lucht te zwaaien zodat ze naar voorbijgangers kon schreeuwen.

Dat leverde ons een glimlach van hen op – een goedgekleed gezin dat een avondje uit was in de grote stad.

337

We volgden de lijn van de Paul Revere-route naar het oude State House, daar sloegen we linksaf en liepen langs de Boston Commons – het park – naar de theaterbuurt. Ik herkende de Four Seasons, het hotel waar ik mijn ont-spanningsweekenden doorbracht, en we liepen erlangs. Ik hield mijn dochters handje stevig vast en vermeed naar de glazen deuren te kijken – omdat het voelde als een plaats waar ik een misdrijf had begaan.

Gelukkig besloot Jason over te steken, en even later kwamen we bij een allercharmantst restaurantje waar het rook naar versgeperste olijfolie en robijnrode Chianti. De maître, die een smoking droeg, bracht ons naar een tafeltje, en een andere in het zwart gestoken jongeman vroeg ons of we ge-woon water of bruisend water wilden. Ik stond op het punt om kraanwater te zeggen toen Jason met de grootste vanzelfsprekendheid een fles Perrier bestelde, en zei dat we natuurlijk ook graag de wijnkaart wilden hebben.

Ik keek hem alweer sprakeloos aan, deze man met wie ik al vijf jaar was getrouwd, terwijl Ree op haar houten stoel heen en weer draaide tot ze ineens het broodmandje ontdekte. Ze stak haar hand onder het linnen ser-vet door dat eroverheen lag en viste er een lange, dunne soepstengel uit. Ze brak hem doormidden, leek het een leuk geluid te vinden, en begon erop te knabbelen.

'Je moet je servet op je schoot leggen,' wees Jason haar. 'Kijk, zo.'

Hij deed het voor met zijn servet en ze was voldoende onder de indruk om het na te willen doen. Toen hielp Jason haar de stoel wat aan te schuiven en begon hij uit te leggen wat de bedoeling was van de verschillende onderdelen van het bestek.

De kelner kwam terug en schonk mooie kleine plasjes olie op onze brood-bordjes, een procedure die Ree al kende van onze etentjes in North End. Ze begon ijverig alle stukjes brood uit het mandje in de olie te dopen, terwijl Jason zich tot de kelner wendde en zelfverzekerd een fles Dom Pérignon bestelde.

'Maar je drinkt helemaal niet,' merkte ik op nadat de kelner kort geknikt had en weer was weggegaan.

'Heb je zin in een glaasje champagne, Sandra?'

'Misschien.'

'Dan drink ik graag een glaasje met je mee.'

'Waarom?'

Hij volstond met een glimlachje en boog zich weer over de kaart. Uitein-delijk deed ik hetzelfde, maar ondertussen werkte mijn brein op volle toeren. Wilde hij me dronken voeren? Om me dan, wanneer Ree niet keek, vanaf de kade in zee te duwen? Ik nam me voor om op de terugweg naar ons hotel niet langs de waterkant te lopen. Ik voelde mijn paniek toenemen. Het was belangrijk om aan de overkant van de straat te blijven.

Ree besloot dat ze tagliatelle met boter en kaas wilde. Tot trots van haar ouders bestelde ze met een goede, heldere stem en dacht ze eraan om met twee woorden te spreken. Ikzelf, daarentegen, stotterde en stamelde als een gek om venusschelpjes en risotto met paddenstoelensaus te bestellen.

Jason nam kalfsoesters.

De champagne werd gebracht. De kelner maakte de fles keurig, met een zacht plopje open. Hij schonk twee uiterst slanke glazen voor ons in, waarin de belletjes heel goed te zien waren. Ree vond het het mooiste drankje dat ze ooit had gezien, en ze wilde er wat van proeven.

Jason zei dat ze dat kon zodra ze eenentwintig was.

Ze trok een pruillipje en ging weer verder met brood in de olie soppen.

Jason pakte als eerste zijn glas op en ik nam het mijne.

'Op ons,' zei hij, 'en op ons toekomstige geluk.'

Ik knikte en nam gehoorzaam een slokje. De belletjes prikten in mijn neus, en heel even dacht ik dat ik zou huilen.

Hoe goed ken jij degene met wie je bent getrouwd? Je belooft elkaar trouw, geeft elkaar een ring, bouwt samen een huishouden op en je krijgt kinderen. Elke nacht lig je naast elkaar in bed, en je ziet het naakte lichaam van je man of vrouw zo vaak dat het je even vertrouwd wordt als je eigen lijf. Misschien vrijen jullie. Misschien heb je de vingers van je man in je billen voelen drukken om zo dicht mogelijk bij je te kunnen zijn en om het tempo op te voeren. En misschien heb je hem met hese stem horen vragen: 'Vind je dat lekker? Doet dat je wat?' En misschien is diezelfde man zes uur daarna stilletjes opgestaan om, met het schortje van je dochtertje voor en misschien zelfs wel met een vlinderspeldje in zijn haar dat zijn dochter hem voor de grap heeft aangegeven, wafels te bakken voor het ontbijt.

Als je je kunt verwonderen over de tederheid van je man, over zijn vermogen om zowel jouw hartstochtelijke minnaar te zijn als de toegeeflijke vader van je kind, is het dan zo vergezocht om je af te vragen of hij misschien ook nog andere rollen weet te vervullen? Kent zijn persoonlijkheid nog andere facetten die op een gegeven moment ook naar boven willen komen?

Onder het eten moest Ree vrijwel voortdurend giechelen, en Jason en ik nipten van de champagne. Ik dacht eraan dat mijn man geen familie en geen vrienden had. En ik nam nog een slokje. Ik herinnerde me hoe weinig moei-

te het hem had gekost om mij, toen we naar Boston waren verhuisd, over te
halen tot het aannemen van een nieuwe naam. Dat was om ervoor te zorgen
dat mijn vader ons niet zou kunnen vinden, beweerde hij indertijd. En ik
dronk nog wat champagne. Ik dacht aan de nachten die hij achter de compu-
ter doorbracht. De websites die hij had bezocht en die hij zo zorgvuldig weer
had gewist. En ik dacht aan die foto. Eindelijk, zes maanden later, dacht ik
aan die enkele zwart-witfoto van dat doodsbange jochie en die duidelijk zicht-
bare zwarte spin die over zijn blote borst kroop.

En ik dronk nog wat champagne.

Mijn man ging me vermoorden.

Dat was me intussen zo duidelijk dat ik niet snapte waarom ik het niet eer-
der had beseft. Jason was een monster. Misschien geen pedofiel, misschien iets
veel ergers. Een psychopaat die zo gestoord was dat zijn knappe jonge vrouw
hem totaal ongevoelig liet, terwijl hij opgewonden raakte van afschuwelijke
foto's van doodsbange jonge kinderen.

Ik had naar Wayne moeten luisteren. Ik had hem moeten vertellen waar
we heen gingen, alleen was het geen moment bij me opgekomen om dat te
vragen. Nee, ik vertrouwde mijn man en liet me regelrecht door hem naar de
slachtbank leiden zonder ook maar iets van hem te willen weten. Ik, degene
die als kind al had geleerd dat je geen mens kunt vertrouwen.

Ik nam nog een slokje champagne en schoof de schelpjes over mijn bord. On-
dertussen vroeg ik me af wat hij achteraf aan Ree zou vertellen. Dat er een
ongeluk was gebeurd? Mama komt niet meer thuis. Het spijt me, lieverd, het
spijt me verschrikkelijk.

Ik schonk een tweede glas champagne voor Jason in. Hij was geen grote
drinker. Als ik hem dronken genoeg zou kunnen krijgen, zou hij misschien
misgrijpen en zelf in het water vallen. Zou dat geen rechtvaardigheid zijn?

Jason was klaar met eten. Ree ook. De kelner kwam terug om onze borden
weg te halen en hij keek bezorgd naar mijn bord.

'Heeft het u niet gesmaakt? Wilt u misschien iets anders eten?'

Ik wuifde hem weg met de smoes dat ik tussen de middag al veel had ge-
geten. Jason keek me aan, maar hij zei niets van mijn leugen. Zijn donkere
haar was over zijn voorhoofd gevallen. Hij zag er ineens losbandig uit – zijn
openstaande boord, zijn wat ongekamde, dikke, golvende haar, zijn totaal ge-
voelloze ogen. Ik kon me helemaal voorstellen dat andere vrouwen bewonde-
rend naar hem gluurden wanneer ik niet keek. Ach, en misschien keek ieder-
een wel bewonderend naar ons. Moet je dat aantrekkelijke gezinnetje zien, en
dat mooie dochtertje van hen dat zich zo keurig gedraagt.

340

Vormden we geen mooi plaatje? Een volmaakt gezinnetje, alleen was het nog maar de vraag of we de volgende ochtend zouden halen.

Ree wilde ijs als toetje. De kelner nam haar mee naar de ijsvitrine om een smaak te kiezen. Ik vulde Jasons glas bij met het laatste beetje champagne. Hij had zijn tweede glas nauwelijks aangeraakt. Ik vond het walgelijk oneerlijk van hem.

'Ik wil een toost uitbrengen,' zei ik, en ja hoor, ik had hem goed zitten. Hij knikte en nam zijn glas.

'Op ons,' zei ik. 'In voor- en tegenspoed, in rijkdom en in zware tijden, in ziekte en gezondheid.'

Ik gooide mijn glas achterover en keek naar mijn man, die langzaam aan het zijne nipte.

'En wat gaan we verder nog doen in deze vakantie?' wilde ik weten.

'Ik had gedacht om het aquarium te bezoeken, en we zouden met de trolleybussen kunnen gaan en een kijkje in Newbury Street kunnen nemen. Of, als je dat liever wilt, kunnen we de musea doen. En je zou iets van een massage of een schoonheidsbehandeling kunnen boeken, als je daar zin in hebt.'

'Waarom doe je dit?'

'Hoe bedoel je?'

'Waarom doe je dit?' Ik gebaarde om me heen en morste met de champagne. 'Het extravagante hotel, dit dure restaurant. Het familie-uitstapje. We hebben zoiets nog nooit gedaan.'

Hij antwoordde niet meteen, maar draaide zijn glas in zijn vingers.

'Misschien hadden we het vaker moeten doen,' zei hij ten slotte. 'Misschien dat jij en ik te lang bezig zijn geweest met overleven in plaats van genieten.'

Ree kwam terug. Ze had de kelner een hand gegeven, en in haar andere hand hield ze een knoert van een glazen coupe met Italiaans ijs. Ze had het kennelijk te moeilijk gevonden om slechts één smaak te kiezen, en had er uiteindelijk drie genomen. De kelner gaf ons een knipoog, legde drie lepels voor ons neer en trok zich terug.

Jason en Ree stortten zich op het lekkers. Ik sloeg ze gade en voelde me misselijk – ik voelde me als een vrouw die ter dood was veroordeeld, die op het guillotineblok was gestapt en nu wachtte op het moment dat het mes zou vallen.

Jason liet een taxi komen die ons terugbracht naar het hotel. De combinatie van het mierzoete ijs en het late uur had tot gevolg dat Ree ontzettend klierig was. Zelf stond ik niet al te stevig meer op mijn benen. De drie glazen champagne die ik op had, waren me rechtstreeks naar het hoofd gestegen.

Het kwam me voor dat Jason, toen hij het portier opentrok en Ree probeerde in te laden, ook niet helemaal vlijmscherp meer was, maar ik kon me vergissen. Ik kende niemand die zo beheerst was als hij, en zelfs twee glazen champagne leken hem weinig te doen.

We kwamen bij het hotel en zochten onze kamer op. Ik hielp Ree uit haar mooie jurk, en bij het aantrekken van haar De Kleine Zeemeermin-nacht- japonnetje. Een kamermeisje had de bank omgetoverd in een bed, waar dikke dekens, vier kussens en twee in een goudpapiertje verpakte chocolaatjes op lagen. Ree snoepte van de chocolaatjes terwijl ik op zoek was gegaan naar haar tandenborstel, waarna ze de papiertjes onder de kussens probeerde te verstoppen. Misschien zou ik het niet hebben gemerkt, maar de bruine resten bij haar mondhoeken verrieden haar.

Ik nam haar mee naar de badkamer om haar gezicht te wassen, haar tanden te poetsen en haar haren te kammen. Ze jengelde, zeurde en klierde vrijwel van het eerste tot het laatste moment. Daarna stopte ik haar in bed en legde Lil' Bunny in haar armen. Ree had twaalf boeken meegenomen. Ik las er twee van voor, en nog voor ik de laatste zin had gelezen, waren haar ogen al bijna dichtgevallen.

Nadat ik de bureaulamp had gedimd, sloop ik de kamer uit en deed de deur op een kiertje. Ze protesteerde niet – een teken dat ze rustig zou gaan slapen.

In de grote slaapkamer lag Jason op bed. Hij had zijn schoenen uitgetrokken en zijn jasje hing over een stoel. Hij lag televisie te kijken, maar toen ik binnenkwam zette hij hem uit.

'Hoe is het met haar?' vroeg hij.

'Moe.'

'Ze heeft zich voorbeeldig gedragen vanavond.'

'Ja, dat heeft ze. Dank je.'

'Heb je een fijne avond gehad?' vroeg hij.

'Ja.' Ik deed een paar stapjes naar het bed toe. Ik voelde me onzeker – ik wist niet wat ik moest doen of wat er van me werd verwacht. Ik was moe van de champagne, maar toen ik naar mijn man keek, naar zijn lange, slanke gestalte op de dure witte sprei, was er van die vermoeidheid van mij ineens niets meer te bespeuren. Omdat ik me geen raad wist met mezelf, bleef ik, zenuwachtig met mijn handen friemelend, staan waar ik stond.

'Ga zitten,' zei hij opeens. 'Ik help je wel met je laarzen.'

Ik ging op de rand van het bed zitten. Hij stond op, knielde voor me op de grond en nam de eerste laars tussen zijn beide handen. Zijn vingers vonden de rits, die hij vervolgens langzaam – voorzichtig om te voorkomen dat mijn

*vel ertussen zou komen – omlaag trok. Nadat hij mijn rechterlaars had uit-
getrokken, herhaalde hij de procedure met het linker exemplaar.*

*Zonder erbij na te denken, leunde ik naar achteren. Ik voelde zijn vingers
over mijn kuiten gaan, waarna ze zich om mijn hiel sloten en hij me mijn
ragfijne kousen uittrok. Had hij mijn benen ooit eerder aangeraakt? Misschien toen ik negen maanden zwanger was geweest en mijn eigen voeten niet
had kunnen zien. Maar ik wist heel zeker dat ik toen niet had gevoeld wat
ik nu voelde, want dat zou ik me zeker herinnerd hebben.*

*Mijn kousen waren uit, maar zijn handen lagen nog steeds op mijn huid.
Zijn duim ging strelend over de zijkant van mijn wreef. Het scheelde een
haar of ik had mijn been met een ruk weggetrokken, maar zijn andere hand
hield mijn voet stevig vast. Het volgende moment waren zijn beide duimen
aan het werk. Ze deden de meest verrukkelijke dingen, en als vanzelf kromde
ik mijn rug. Ik kreunde zacht, en dat kon ik niet helpen – het was ook zó
heerlijk decadent om je voeten gemasseerd te krijgen na een lange avond op
strakke leren laarzen.*

*Na mijn rechtervoet behandelde hij mijn linkervoet, en toen kropen zijn
knedende vingers over mijn kuiten omhoog. Ik voelde zijn adem in het holletje van mijn knieën, zijn lippen die vederlicht over de binnenkant van mijn
dijen gingen. Het gevoel hield me als het ware gevangen. Ik verroerde me niet
uit angst de betovering te verbreken.*

*Als ik mijn ogen open zou doen, zou hij verdwijnen en zou ik weer alleen
zijn. Als ik zijn naam zei, zou hij zich bewust worden van wat hij deed en
zou waarschijnlijk meteen naar beneden gaan, naar de godvergeten computers in de lobby. Ik mocht me niet bewegen. Ik moest vooral niet reageren.*

*Mijn heupen begonnen echter vanzelf te kronkelen, en ik was me scherp be-
wust van elke beroering van zijn vingers, van het kietelen van zijn golvende
haar en de streling van zijn zijdezachte, gladgeschoren wangen. De champagne verwarmde mijn buik. Zijn handen verwarmden mijn huid.*

Ineens stond hij op en ging weg.

*Ik beet op de binnenkant van mijn wangen om niet te kreunen. De tranen
sprongen in mijn ogen en ineens voelde ik me eenzamer dan ik al die nachten had gedaan waarop hij ons bed had verlaten. Dat is niet eerlijk, wilde ik
roepen. Hoe kun je dat nu doen?*

*Maar op dat moment hoorde ik een zacht klikje, en begreep ik dat hij de
deur tussen onze kamer en die van Ree had dichtgedaan. Even later hoorde
ik hem ook het kettinkje voor de toegangsdeur van onze suite doen.*

Het bed bewoog toen hij naast me kwam liggen. Ik deed mijn ogen open en zag de man met wie ik al vijf jaar was getrouwd op me neerkijken. Zijn anders zo emotieloze, donkere ogen hadden hun ondoorgrondelijkheid verloren. Hij leek zenuwachtig, verlegen haast.

Maar hij vroeg, met die beheerste stem van hem die ik zo goed kende: 'Mag ik je kussen, Sandra?'

Ik knikte.

Mijn man kuste me – langzaam, zoet en teder.

Eindelijk drong het tot me door dat mijn man mijn wens had begrepen. Hij wilde me niet vermoorden. Hij was bereid me een tweede kind te geven.

Er zijn altijd dingen waarvan je wenste dat je ze eerder had geweten in plaats van later. Dat je eerder je mond open had gedaan, voordat de leugen zo groot was geworden. Of dat je in het begin het gesprek aan had gedurfd, voordat het, door erover te zwijgen, te moeilijk was geworden om eraan te beginnen.

Ik had seks met mijn man. Of liever, we hadden seks met elkaar. En het was langzaam, teder en behoedzaam. Na vijf jaar moesten we elkaars lichaam nog ontdekken, moesten we nog leren dat het ene kreuntje betekende dat ik iets goed had gedaan, terwijl het andere betekende dat het te veel van het goede was.

Voor mijn gevoel had ik van ons tweeën de meeste ervaring. Maar toch was het belangrijk voor hem om de leiding te houden. Als ik te snel was of te veel aandrong, zou het zó zijn afgelopen. Dan zou de knop omgaan en zouden we weer terug bij af zijn – bij het punt van twee vreemden die het bed met elkaar deelden.

En dus liet ik zijn vingers over mijn huid dansen, terwijl ik zelf de golfjes van zijn ribben, het trekken van de spieren van zijn middel en zijn gespannen billen ontdekte. Zijn rug vertoonde geultjes die littekens zouden kunnen zijn. Maar telkens wanneer ik ze probeerde te beroeren, maakte hij een wegtrekkende beweging, en dus nam ik er genoegen mee om mijn vingers door het krulhaar op zijn borst te laten gaan en zijn brede, sterke schouders te strelen.

Ik genoot van het aanraken van zijn lichaam en hoopte dat hij ook plezier aan het mijne beleefde. Even later kwam hij boven op me liggen, waarop ik mijn benen dankbaar voor hem spreidde. Ik kromde mijn heupen en nam hem in mij op. Ik geloof dat ik een kreet slaakte toen hij me binnendrong, waarschijnlijk omdat ik zo verschrikkelijk naar hem had verlangd.

Hij begon te bewegen, ik bewoog met hem mee, en we hoefden niet meer voorzichtig te zijn en we hoefden niet meer verlegen te zijn. Alles was zoals het hoorde te zijn en het voelde goed.

Na afloop hield ik hem in mijn armen. Ik legde zijn hoofd tegen mijn schouder en streelde zijn haar. Hij zei niets en zijn wangen waren vochtig – ik wist niet of het van het zweet was of van iets anders. Ik vond het fijn om daar zo met hem te liggen, onze benen verstrengeld en onze adem die zich met elkaar vermengde.

Goed, ik mag dan met een heleboel mannen seks hebben gehad, maar ik heb slechts met weinigen geslapen, en ik vond dat mijn man daar recht op had.

Ik viel in slaap met de gedachte dat deze familievakantie een absoluut geweldig idee was.

En ik werd wakker van een hese, schorre kreet.

Mijn man lag naast me heen en weer te wiegen. Ik voelde zijn bewegingen meer dan ik ze echt kon zien. Het was alsof hij met hoog opgetrokken benen op zijn zij lag en een afschuwelijke nachtmerrie had. Ik legde mijn hand op zijn schouder en hij schoof met een ruk van me af.

'Jason?' vroeg ik fluisterend.

Hij kreunde en schoof nog wat verder naar de andere kant van het bed.

'Jason?' probeerde ik opnieuw, ietsje harder, maar niet echt hard omdat ik Ree niet wilde wekken. 'Jason, word wakker.'

Hij wiegde en wiegde en wiegde.

Ik legde mijn beide handen op zijn rug en rammelde hem met kracht door elkaar. Daarop schoot hij als een pijl uit de boog uit bed, de kamer door, stootte zich aan de leunstoel en struikelde over een schemerlamp.

'Raak me verdomme niet aan!' brulde hij, terwijl hij wegdook in de hoek. 'Ik heb je vermoord, verdomme! Je bent dood! Dood! Dood!'

Ik maakte dat ik ook uit bed kwam en hield mijn handen voor me uit, alsof ik me schrap wilde zetten. 'Sst, sst, sst, Jason. Het is maar een droom. Word wakker, liefste, alsjeblieft. Het is maar een droom.'

In de hoop dat hij wakker zou worden van de klik en het licht, deed ik het lampje op het nachtkastje aan.

Hij wendde zijn gezicht af, greep het gordijn beet en hield het voor zijn lichaam als om zijn naaktheid te beschermen.

'Ga weg,' jammerde hij. 'Alsjeblieft, ga weg, ga weg, alsjeblieft.'

Maar dat deed ik niet. Ik deed juist nog een stapje naar hem toe. En toen nog een. Alles was me eraan gelegen mijn man te wekken, en om mijn dochter door te laten slapen.

Ten slotte draaide hij zich heel langzaam naar me toe.

Met ingehouden adem keek ik naar zijn van doodsangst wijd opengesperde, donkere ogen. Ineens begreep ik het, en de puzzelstukjes vielen op hun plaats.

'O, Jason,' fluisterde ik.

En op datzelfde moment realiseerde ik me dat ik een verschrikkelijke, ver-schrikkelijke fout had gemaakt.

Hoofdstuk 34

Het was een paar minuten over tien toen de taxi voor Aidans huis stopte. Aidan stapte niet meteen uit. Hij nam de tijd om een stapeltje verkreukelde dollarbriefjes af te tellen, terwijl hij ondertussen aandachtig naar de struiken tuurde om te bepalen of de kust veilig was. Was die ronde schaduw daar de rododendron van zijn hospita, of was het iemand van Vito's garage die hem opwachtte? En die donkere vlek, daar rechts? Fotografen verscholen tussen de bomen? En verderop in de straat? Schaduwen te over. Wie weet, misschien lag Jason Jones wel op de loer om hem te vermoorden.

Wat zou het. Stap nou maar gewoon uit.

Aidan gaf de chauffeur twaalf dollar, pakte zijn wasgoed en kroop uit de taxi. Hij had de huissleutels al in zijn hand. Hij haalde de voordeur terwijl de taxi nog altijd met draaiende motor voor de deur stond. Aidan liet de vuilniszakken vallen, stak de sleutel in het slot en kreeg, ondanks zijn heftig bevende handen, de deur in één keer open. Hij had zoveel adrenaline in zijn bloed dat hij amper normaal kon functioneren.

De taxichauffeur gaf een paar keer gas en reed weg. *Opschieten, opschieten, opschieten.*

Hij duwde de deur verder open, zwaaide de zakken naar binnen, gebruikte zijn been om de deur achter zich dicht te duwen en liet zich er voor de zekerheid met zijn volle gewicht tegenaan leunen terwijl hij van binnenuit afsloot.

Van pure opluchting liet hij zich met zijn rug langs de deur omlaag glijden. Hij leefde nog. Hij was door niemand besprongen, er waren geen buren die de wacht hielden en er stonden geen fotografen voor zijn ramen. De lynchers moesten nog komen.

Hij begon te lachen, een hese, misschien ook wel een tikje hysterische lach, want jezus nog aan toe, hij had zich sinds de gevangenis niet meer zo opgefokt gevoeld. Behalve dat hij nu een vrij man was – en dat riep de vraag bij hem op waar hij in vredesnaam naar uit zou kunnen kijken. Hij had niets om zich op te verheugen. Zou er ooit een eind komen aan die straf van hem?

Met moeite kwam hij overeind, pakte de zakken bij elkaar en sleepte ze de gang door. Hij moest inpakken. Hij moest slapen. Hij moest hier weg. Hij moest een nieuw mens worden. Bij voorkeur met een beter karakter. Bij voorkeur iemand die niet bang was, iemand die 's nachts kon slapen.

In de woonkamer liet hij de zakken op het bankje vallen. Hij draaide zich om en wilde naar de badkamer gaan toen hij tocht langs zijn gezicht voelde strijken. Het voelde als een briesje dat door de kamer trok.

De schuifpui stond open.

En toen pas besefte Aidan dat hij niet alleen was.

D.D. was bijna klaar met de administratie toen haar mobiel ging. Ze herkende het nummer van Wayne Reynolds en drukte de gsm tegen haar oor.

'Inspecteur Warren.'

'Je hebt de verkeerde computer,' zei Wayne. Hij klonk een tikje buiten adem, alsof hij hard had gelopen.

'Pardon?'

'Ik kreeg zojuist een e-mail van Ethan. Dat joch is nog slimmer dan we dachten. Hij heeft Sandy een met een Trojaans paard besmette mail gestuurd...'

'Wat?'

'Dat is een soort virus waarmee je toegang krijgt tot de harde schijf van iemands computer. U weet wel, zo'n vriendelijk mailtje waarmee de afzender zichzelf toegang verschaft tot het gebied achter de poort...'

'Ongelooflijk,' zei D.D.

'En dat is mijn neef. Hij vond dat ik veel te traag was met mijn actie om Sandy tegen haar man in bescherming te nemen, dus toen heeft hij zelf maar een plan bedacht om Jasons onlineactiviteiten te onderzoeken.'

D.D. hoorde iemand een trap op lopen. 'Waar ben je, Wayne?'

'In het lab. Ik heb net met Ethan gesproken. Maar ik ben op weg naar mijn auto. Ik heb tegen hem gezegd dat ik hem oppik en dat we er dan samen heen gaan. Het idee is om elkaar daar te ontmoeten.'

'Waar?' vroeg ze verbaasd.

'Dat is het hem nu juist: Ethan heeft nog altijd toegang tot Sandy's computer, en volgens hem is de computer in de afgelopen achtenveertig uur door twaalf verschillende mensen gebruikt, die verschillende dingen op internet hebben opgezocht.'

'Bedoel je dat dit het werk van onze technici is? Dat de technici proberen na te gaan op welke sites Jason is geweest?'

'Nee, nee, helemaal niet. Zo werkt het niet. Als jouw mannetjes Jasons computer hadden, zouden we absoluut geen enkele activiteit kunnen zien.'

'Ik snap het niet.'

'Je hebt zijn harde schijf niet. Hij moet hem verwisseld hebben. Hij heeft ofwel alleen de ingewanden van zijn computer verwisseld, of hij heeft jullie een heel andere computer gegeven. Dat kan ik zo niet zeggen – daarvoor moet ik hem eerst zien. Maar ondertussen heeft hij de computer waar het om gaat wel op een absoluut geniale plek verstopt.'

'Maar waar dan, verdomme? Als ik dat weet, kan ik binnen twintig minuten een rechterlijk bevel in handen hebben!'

'Op het kantoor van de *Boston Daily*. Ethan kan de e-mailadressen van de gebruikers lezen, en het zijn allemaal adressen van de krant. Ik weet bijna zeker dat Jason zijn computer op de redactie van de krant heeft neergezet, waarschijnlijk ergens op een voor iedereen toegankelijke plek. En ik moet het hem nageven – hij is een bijzonder sluwe, uitgekookte jongen.' Op de achtergrond klonk het geluid van een zware, stalen deur die openging en vervolgens weer dichtsloeg. Wayne had het gebouw verlaten.

D.D. hoorde het gerinkel van sleuteltjes en Waynes voetstappen op weg naar de parkeerplaats. Ze sloot haar ogen en probeerde zich een beeld te vormen van deze allernieuwste ontwikkelingen met de bijbehorende juridische implicaties. 'Shit,' zei ze ten slotte. 'Ik zou zo gauw niet een rechter weten die bereid zal zijn me toestemming te geven om alle computers op een krantenredactie in beslag te nemen.'

'Dat is ook niet nodig.'

'Nee?'

'Ethan houdt alle activiteiten bij op de iPhone van zijn moeder. Op het moment dat een gebruiker inlogt, kan hij zijn of haar e-mailadres zien. Dat betekent dat we alleen maar op de nieuwskamer hoeven zijn, moeten uitzoeken wie de gebruiker met dat betreffende e-mailadres is en waar diegene zit, en dan hebben we de computer die we zoeken.' Ze hoorde een gedempt geluid, en toen: 'Momentje. Het portier.'

Op de achtergrond hoorde ze het autoportier opengaan en vervolgens dichtslaan. D.D. was al opgestaan en ze had haar jack gepakt. Ze zou razendsnel een bevel tot inbeslagname moeten regelen en dan moeten beslissen welke rechter ze daarmee op dit late uur nog zou kunnen lastigvallen...

'Dus,' ging Wayne verder, 'ik ga nu Ethan halen, jij zorgt voor de machtiging. En dan zien we elkaar daar.'

'Ik haal Ethan,' corrigeerde ze hem, naar buiten lopend. 'Miller zorgt voor de machtiging. Jíj mag er helemaal niet bij zijn.'

'Maar...'

'Je mag niet alleen zijn met een getuige, of op een plek waar zich de computer van de verdachte bevindt. Tegenstrijdige belangen, knoeien met bewijzen, beïnvloeding van een getuige. Moet ik doorgaan?'

'Wel godallemachtig!' explodeerde Wayne. 'Ik heb Sandra niets gedaan! Ik ben degene die jou heeft gebeld, of was je dat vergeten? En bovendien hebben we het over mijn neefje. Het jong doet het in zijn broek van angst!'

'Zweer me dat je nooit met Sandra Jones naar bed bent geweest,' zei D.D. op effen toon.

'O, toe zeg, ik zit al in de auto. Laat mij dan tenminste meegaan om Ethan tot steun te zijn. Hij is nog maar dertien, verdomme. Een kind!'

'Onmogelijk.'

'Omdat jij dat niet wilt.'

'Omdat ik dat niet kan.'

'Nou pech. Het huis van mijn zus is nog altijd voor iedereen toegankelijk.'

'Ik waarschuw je!' riep D.D. uit. Maar verder kwam ze niet. Ze hoorde hem de motor starten. En toen hoorde ze een vreemd klikje.

Hij hoorde het ook.

'Verdomme, nee!' brulde de computerdeskundige.

En toen explodeerde zijn auto, midden op de parkeerplaats van het misdaadlaboratorium.

D.D. liet haar telefoon uit haar hand vallen. Ze bleef als aan de grond genageld staan, wreef over haar piepende oor en brulde ondertussen dat Wayne zo snel mogelijk zijn auto uit moest, hoewel het daar natuurlijk al veel te laat voor was.

Collega's kwamen aangesneld. Iemand zei dat ze moest gaan zitten. En toen ging de eerste van hun piepers. *Collega gedood. Collega gedood.*

Ethan, schoot het door haar heen.

Ze moesten zo snel mogelijk naar Ethan. Ze moesten Jason Jones voor zijn.

Aidan Brewster smeekte niet.

Misschien dat hij dat in het verleden gedaan zou hebben. Hij zou zich tot het uiterste hebben verzet om te overleven omdat hij nog iets had gehad dat het leven de moeite waard had gemaakt. Al die kansen die hem wachtten! Geef hem maar een auto die gerepareerd moest worden...

Maar hij was moe. Hij was moe van bang te zijn, moe van zich opgejaagd te voelen. Maar hij was vooral moe van het missen van een meisje op wie hij nooit verliefd had moeten worden.

Midden in de kamer bleef hij staan. Naast het gebloemde bankje – zijn hand op mevrouw H.'s favoriete gehaakte kleedje.

Toen werd de loop van de revolver op zijn buik gericht.

Geen zorgen meer, dacht Aidan.

Hij dacht aan Rachel. In zijn gedachten keek ze hem glimlachend aan. Ze stak haar armen naar hem uit, en toen hij haar deze keer bij de handen pakte, huilde ze niet.

De revolver ging af.

Aidan viel op de grond.

Doodgaan duurde langer dan hij verwacht had. Dat maakte hem nijdig, dus op het laatste moment draaide hij zich op zijn buik en probeerde naar de telefoon te kruipen.

Een tweede schot trof hem van achteren, tussen zijn schouderbladen.

Krijg de klere, dacht Aidan. En daarna bewoog hij niet meer.

Jason deed zijn zaklantaarn uit. Hij hield het zware metalen voorwerp als een wapen vast en kroop voorzichtig terug naar de gammele vlizotrap. Het ganglicht viel de slaapkamer binnen, en daar richtte hij zich op terwijl hij eerst zijn linkervoet op de bovenste traptree zette, en toen zijn rechter. De bovenste trede kraakte en wankelde onder zijn gewicht.

Krijg wat. Hij liet zich in een keer omlaag glijden, landde met een doffe klap en rolde door over de vloer van de donkere ouderslaapkamer. Het volgende moment kwam hij overeind, gereed om naar de kamer van zijn dochter te rennen en voor haar leven te vechten.

Maar toen stond hij oog in oog met zijn vrouw.

Hoofdstuk 35

'Hier begrijp ik niets van,' stamelde hij.

'Dat weet ik.'

'Leef je? Ben je het echt? Waar was je?'

Ze pakte de zaklantaarn van hem aan. Pas op dat moment realiseerde Jason zich dat hij ermee had staan zwaaien in een poging zichzelf te verdedigen tegenover zijn vrouw, die naar het scheen uit de dood was herrezen.

Ze was helemaal in het zwart. Een zwarte broek, een zwart shirt – kleren die hij niet van haar kende. Ze waren van goedkope makelij en pasten slecht. Nu drong het tot hem door dat ze ook een zwart honkbalpetje ophad. De perfecte inbrekersoutfit. Alleen: had ze ingebroken, of wilde ze juist ongezien verdwijnen? Waarom begreep hij niet wat er aan de hand was?

'Ik heb het nieuws gezien,' zei ze zacht.

Jason staarde haar alleen maar aan.

'Mijn vader was op het nieuws van vijf uur en beweerde dat hij recht had op de voogdij over Ree. Dat was het moment waarop ik inzag dat ik terug moest.'

'Hij beweert dat je liegt,' mompelde Jason. 'Je moeder was een keurige, oprechte vrouw, en je vaders enige zonde was dat hij meer van zijn vrouw hield dan van zijn dochter.'

'Wát heeft hij gezegd?' vroeg Sandy op scherpe toon.

'Jij bent niet goed bij je hoofd, je hebt alcoholproblemen gehad, je gaat met Jan en alleman naar bed en je hebt waarschijnlijk meerdere abortussen gehad.'

Ze kreeg een kleur, maar zei niets.

'Maar op je ouders viel niets aan te merken. Jij was alleen maar jaloers op je moeder, en daarna was je woedend omdat ze veel te jong was gestorven. Toen ben je dus weggelopen bij je vader, en daarna... ben je van mij weggelopen. Je hebt ons verlaten.' Hij verbaasde zich erover dat die woorden, nu hij ze hardop zei, zo'n pijn deden. 'Je hebt mij verlaten en je hebt Ree verlaten.'

'Ik wilde niet weg,' zei Sandy meteen. 'Dat moet je geloven. Er was iets ergs gebeurd. En hoewel hij me woensdagavond niet vermoord heeft, was dat slechts een kwestie van tijd. Als ik was gebleven, als hij wist waar hij me zou kunnen vinden... Ik... ik wist niet wat ik moest doen. Het leek me verstandig om een tijdje te verdwijnen. Als ik weg was, kon hij me niet langer begeren. En dan zou alles vanzelf weer goed komen.'

'Wie? Hoe? Waar heb je het in vredesnaam over?'

'Sst.' Ze pakte zijn handen en het eerste contact voelde als een stroomstoot. Hij wist niet of haar aanraking het beste was wat hem ooit was overkomen, of het slechtste. Hij had naar haar verlangd. Had om haar terugkeer gebeden. Was wanhopig geweest. En nu wilde hij niets liever dan zijn vingers rond haar blanke strot klemmen en haar evenveel pijn doen als haar vertrek hem had gedaan...

Sandy moest er iets van in zijn ogen hebben gezien, want ze verstevigde haar greep op zijn handen tot het pijn deed. Ze probeerde hem mee te trekken naar het bed, en na een korte aarzeling volgde hij haar. Ze gingen op de rand van de matras zitten, een stel dat terugkeert naar hun echtelijk bed, maar hij begreep er nog steeds helemaal niets van.

'Jason, ik heb er een puinhoop van gemaakt.'

'Ben je zwanger?' vroeg hij.

'Ja.'

'Van mij?'

'Ja.'

'Van... tijdens ons familie-uitstapje?'

'Ja.'

Nu pas liet hij de ingehouden adem uit zijn longen ontsnappen. Hij liet zijn schouders hangen. Hij begreep het nog altijd niet, maar het deed niet meer zo verschrikkelijk pijn. Hij trok zijn handen los omdat hij haar aan wilde raken. Hier droomde hij al van, hier verlangde hij al naar sinds het moment waarop hij het nieuws had gehoord.

Op zoek naar leven spreidde hij zijn vingers over haar platte buik. Tastend naar het kleine wonder dat daar leefde. Een echt leven. Eentje dat ze samen hadden gemaakt, met liefde – in ieder geval wat hem betrof.

'Ik voel nog niets,' fluisterde hij.

'Lieverd, het is nog maar een paar weken.'

Eindelijk keek hij haar echt aan. Er lag een schaduw over haar blauwe ogen, haar wangen waren ingevallen. Bij haar rechterslaap zag hij de resten van een bloeduitstorting. Een zwelling met een snee op haar bovenlip. Zijn handen gingen als vanzelf van haar buik naar haar middel, over haar armen en haar benen. Hij wilde elke centimeter van haar voelen, zich ervan verzekeren dat ze echt helemaal terug was. Dat alles goed met haar was.

'Ik hoorde van de politie dat je zwanger was, van de inspecteur die op het punt staat me naar de gevangenis te verbannen.'

'Dat spijt me.'

Hij draaide de duimschroeven nog wat harder aan. 'Als ze me gearresteerd zouden hebben, zou Ree in een pleeggezin zijn geplaatst.'

'Dat zou ik nooit hebben laten gebeuren, Jason. Dat moet je geloven, alsjeblieft. Toen ik wegging, wist ik dat het een risico was, maar ik wist ook dat je goed voor Ree zou zorgen. Ik ken niemand die zo sterk is als jij. Anders zou ik dit nooit hebben gedaan.'

'Mij laten beschuldigen van de moord op mijn zwangere vrouw?'

Ze glimlachte zonder vreugde. 'Zoiets, ja.'

'Haat je me?' fluisterde hij.

'Nee.'

'Is ons gezinnetje zo ondraaglijk voor je?'

'Nee.'

'Hou je meer van die andere man?'

Ze aarzelde en hij merkte het – nog een gevoelige plek waar de komende tijd aan gewerkt zou moeten worden.

'Dat dacht ik,' zei ze ten slotte. 'Maar toen bedacht ik dat ik met Jason Jones was getrouwd. Dus ik denk dat we alle twee goed zijn in het willen van wat we niet kunnen hebben.'

Hij kromp ineen, maar dwong zichzelf even later om te knikken. Uiteindelijk kwam het hierop neer. Hij was hun huwelijk begonnen met een leugen, dus als zij besloot om er met een leugen een eind aan te maken, wie was hij dan om daar iets van te zeggen?

Jason haalde zijn handen van haar lichaam, ging rechtop zitten, rechtte zijn schouders en zette zich schrap voor wat er ging komen. 'Dus je bent teruggekomen voor Ree,' concludeerde hij. 'Om te voorkomen dat je vader haar zal krijgen.'

Maar Sandra schudde haar hoofd. Ze hief haar hand op en streek het vocht van zijn wang.

'Nee, Jason. Je begrijpt het nog steeds niet. Ik ben teruggekomen voor jullie alle twee. Ik hou van je, Joshua Ferris.'

D.D. racete met loeiende sirenes en zwaailicht Roxbury uit. Tegelijkertijd was ze in de weer met de radio en verzocht ze om onmiddellijke assistentie op het adres van Ethan Hastings. Ze wilde Ethan keurig in verzekerde bewaring stellen, en hoe eerder hoe beter.

Wat ze ook wilde, was dat er een aantal rechercheurs naar de parkeerplaats van het misdaadlaboratorium van de staatspolitie ging, ook al zou de staatspolitie daar ernstig bezwaar tegen hebben. Wayne Reynolds mocht dan hun mannetje zijn, hij was een getuige van de BPD, en ze twijfelde er niet aan dat wat hij van Sandra Jones had geweten, hem het leven had gekost.

Daarnaast moesten er rechercheurs naar de redactie van de *Boston Daily*. Niemand mocht aan zelfs maar één computer zitten tot ze meer wisten van wat Ethan Hastings te vertellen had.

Ten slotte had ze duidelijke instructies voor de twee agenten die het huis van Jason Jones bewaakten. Als Jason Jones zijn deur zelfs maar op een kier opendeed, moest hij onmiddellijk gearresteerd worden. Voor ongeoorloofd rondhangen, voor onbetaalde verkeersovertredingen, het kon haar niet schelen. Maar hij ging nergens heen zonder de handboeien van de BPD om zijn polsen.

Er was een dode gevallen en ze was woedend.

En ze werd niet vrolijker toen het radiobericht terugkwam met de melding dat er twee agenten bij het huis van de Hastings waren gearriveerd, maar dat de dertienjarige jongen helaas niet op zijn kamer was, en dat zijn ouders er geen idee van hadden waar hij kon zijn.

Het was drie minuten over elf en Ethan Hastings was verdwenen.

*

'Hoe ben je er uiteindelijk achter gekomen?' vroeg Jason aan zijn vrouw.

'Je verjaardag. Ik wilde de software voor de iPod op de computer installeren en toen vond ik een foto in de prullenbak.'

'Welke?'

'Je was naakt en je had een flink pak slaag gehad. Er kroop een tarantula over je borst.'

Jason knikte. Hij keek strak naar de vloer. 'Dat is wat ik het moeilijkst vind,' zei hij zacht. 'Aan de ene kant is het al ruim twintig jaar geleden. Ik heb kunnen vluchten. Het verleden is het verleden. Maar aan de andere kant... die man heeft zoveel foto's gemaakt... en films. En die heeft hij verkocht. Zo verdiende hij de kost. Met het verkopen van kinderporno aan andere pedofielen die, dat mag duidelijk zijn, die foto's weer doorverkopen – en zo gaat het steeds verder. Er zijn zoveel foto's in omloop – honderden landen en honderdduizenden servers. Ik weet niet hoe ik ze allemaal terug moet krijgen. Het zal me nooit lukken om ze allemaal terug te krijgen.'

'Je bent ontvoerd,' zei ze zacht.

'In 1985. Dat was geen goed jaar voor mij.'

'En wanneer ben je gevlucht?'

'Drie of vier jaar daarna. Ik had vriendschap gesloten met een oudere buurvrouw, Rita. Ik mocht bij haar wonen.'

'En dat liet die man zomaar toe?'

'Natuurlijk niet. Hij kwam me halen. Hij bond Rita vast, gaf me de revolver en beval me haar dood te schieten. Dat was mijn straf omdat ik ongehoorzaam was geweest.'

'Maar je deed het niet.'

'Nee.' Nu pas keek hij haar aan. 'In plaats van haar, heb ik hem doodgeschoten. En toen hij in elkaar zakte, ben ik blijven schieten – je kon immers nooit weten.'

'Wat vreselijk voor je.'

Hij haalde zijn schouders op. 'Het is zo lang geleden. Ik heb die man vermoord. De politie bracht me terug bij mijn ouders. Het dossier werd gesloten en ik kreeg te horen dat alles weer goed was.'

'Waren je ouders gemeen tegen je? Namen je ouders je kwalijk wat je was overkomen? Namen ze aanstoot aan de dingen waartoe die man je had gedwongen?'

'Nee. Maar ze waren normaal. En ik... was dat niet.' Hij nam haar peinzend op. Het was donker in de slaapkamer. Buiten stonden de felle schijnwerpers van de pers op de gevel gericht. Op de een of andere manier klopte dat voor hem. Ze waren net twee kleine kinderen die elkaar weggekropen onder de dekens enge spookverhalen vertelden terwijl hun ouders al lang naar bed waren gegaan. Dit hadden ze de eerste nacht moeten doen, realiseerde hij zich nu. Andere stellen gingen op huwelijksreis. Dit had hun versie daarvan moeten zijn.

Hij voelde Sandy's been tegen het zijne, hun verstrengelde vingers. Zijn vrouw die naast hem zat. Als het aan hem lag, bleef dat zo.

Hij zei: 'Je hebt ooit tegen me gezegd dat dingen die gebeurd zijn nooit meer ongedaan gemaakt kunnen worden. Wat je weet, kun je niet meer níet weten. We zijn getekend, jij en ik. Zelfs in een menigte zullen we ons altijd eenzaam voelen. Omdat wij dingen weten die andere mensen niet weten, omdat we ooit dingen hebben gedaan, of hebben moeten doen, die andere mensen niet hebben gedaan en niet hebben hoeven doen. De politie bracht me terug naar mijn ouders, maar ik kon zelfs niet voor mijn ouders weer een echt jochie zijn. Dat vonden ze erg moeilijk. Dus op de ochtend van mijn achttiende verjaardag, toen ik aan de aandelen kon komen die Rita me had nagelaten, ben ik hem gesmeerd. Het voelde niet goed om Joshua Ferris te zijn, en dus heb ik een andere naam aangenomen. En daarna weer een andere, en toen nog weer een. Ik werd een deskundige in het bedenken van nieuwe identiteiten. Het gaf me een veilig gevoel.'

Sandra wreef over de rug van zijn hand. 'Joshua...'

'Nee, noem me Jason, alsjeblieft. Als ik Joshua had willen zijn, zou ik in Georgia zijn gebleven. Ik ben hier – wíj zijn hier niet zomaar naartoe verhuisd.'

'Maar dat is wat ik niet begrijp,' zei ze ineens fel. 'Je zegt zelf dat we zoveel met elkaar gemeen hebben. Waarom heb je me dit alles niet eerder verteld? En helemaal toen je het van mijn moeder wist, toen had je het me toch zeker wel kunnen vertellen?'

Hij aarzelde. 'Omdat ik niet alleen maar pornografische foto's van het internet laat verdwijnen. Ik, eh... Nou, laten we maar zeggen dat ik in therapie ben geweest, maar dat deed me niets. Maar toen, op een avond, ben ik op de computer van mijn ouders gegaan en begon ik de chatrooms te bezoeken. Ik... ik ging op zoek naar het soort kerels dat het voorzien heeft op jongetjes zoals ik. En ik bedacht een systeem – ik krijg ze zo ver dat ze me, in ruil voor die oude pornografische foto's van mij, het nummer van hun creditcard en andere persoonlijke informatie geven, en dan neem ik ze te grazen. Ik haal hun rekeningen leeg, neem al het hun toegestane krediet op en zet hun hele bezit op naam van het Nationale centrum voor vermiste en misbruikte kinderen. Ik pak ze in en zuig ze leeg. Als een spin. In zekere zin zou je kunnen zeggen dat ik net zo'n roofdier ben geworden als de man die me destijds ontvoerd heeft. Het zijn natuurlijk hoogst illegale activiteiten,' besloot hij. 'Maar het is het enige wat me geestelijke rust geeft.'

'Is dat waar je elke nacht mee bezig bent? Waarom je al die uren op internet zit?'

Jason haalde zijn schouders op. 'Ik heb moeite met slapen. Dat zal waarschijnlijk wel altijd zo blijven. Het is een nuttige tijdsbesteding, zullen we maar zeggen.'

'En je ouders?'

'Mijn ouders wilden Joshua, en Joshua bestaat niet meer. Jason Jones daarentegen heeft een beeldschone vrouw en een prachtig dochtertje. Hij kan zich geen betere familie wensen.'

'Ik begrijp het niet,' zei ze. 'Waarom ben je met me getrouwd? Als je alleen maar een kind wilde, waren er vast wel betere manieren te verzinnen in plaats van jezelf op te zadelen met een vrouw...'

Hij drukte twee vingers op haar lippen en legde haar het zwijgen op. 'Het gaat me om jou, Sandy,' fluisterde hij zacht. 'Vanaf het allereerste moment waarop ik je zag, was je de vrouw die ik wilde. Ik ben een waardeloze echtgenoot. Ik kan niet alles... wat je van een echtgenoot zou mogen verwachten. Ik kan niet alles zeggen wat een echtgenoot zou moeten zeggen. En dat spijt me. Als ik de klok terug zou kunnen draaien, tot voor het moment waarop ik vrolijk de straat uit fietste en die man opeens vlak voor mijn neus rechts afsloeg waardoor ik kwam te vallen, en hij zich het volgende moment dreigend over me heen boog...'

Hij schudde zijn hoofd. 'Ik weet dat ik niet volmaakt ben. Maar wanneer ik samen met jou ben, en met Ree, dan wil ik het proberen. Waarschijnlijk zal ik nooit meer Joshua Ferris kunnen zijn. Maar ik heb echt heel erg mijn best gedaan om Jason Jones te worden.'

Ze huilde. Hij voelde haar tranen op zijn vingers. Hij bracht zijn andere hand naar haar gezicht en veegde met zijn duimen haar tranen weg. Hij deed heel voorzichtig, want hij was zich pijnlijk bewust van de snee op haar lip, de bloeduitstorting bij haar slaap, van de rest van het verhaal dat hij nog tegoed had en waarvan hij bij voorbaat al wist dat het zijn hart zou breken.

Zijn vrouw was mishandeld en hij was er niet geweest om haar te helpen. Om haar te beschermen.

'Ik hou van je,' fluisterde ze tegen zijn vingertoppen. 'Op de dag van Rees geboorte ben ik verliefd op je geworden en sinds die tijd wacht ik erop dat je ook van mij zult houden.'

Stomverbaasd nam hij haar op. 'Waarom ben je dan bij me weggegaan? Vanwege Aidan Brewster?'

Nu was het haar beurt om verbaasd te zijn. 'Aidan Brewster? Wie is dat?'

D.D. reed juist Southie binnen toen de radio een nieuw bericht door-gaf. *Melding van schoten. Eenheden die in de buurt zijn worden verzocht zich er onmiddellijk heen te begeven.* Het adres werd genoemd, en D.D. begreep meteen wat er aan de hand moest zijn.

Zo snel als ze kon, maakte ze verbinding met de meldkamer. 'Is dat het adres van mevrouw Margaret Houlihan?'

Een moment stilte, toen de gemompelde reactie.

'Verdomme!' riep ze uit, en ze gaf een harde klap op het stuur. 'Dat is waar Brewster woont! Wie is ter plaatse?'

'Brigadiers David en Jezakawicz. Ze zijn aan de deur, maar er wordt niet opengedaan.'

'Laten ze hem forceren. Ik kom eraan.'

D.D. gaf een ruk aan het stuur, sloeg links af en racete naar de straat waar Aidan Brewster woonde. Een explosie. Een vermiste tiener. Scho-ten. Wat was er vanavond allemaal gaande?

'Sinds september,' zei Sandra, 'was ik bang dat je de een of andere grie-zel was die verschrikkelijke dingen op internet deed. Om uit te zoeken wat dat was, wilde ik meer over computers leren, en zo leerde ik Wayne Reynolds kennen.'

'Je werd verliefd op die computerdeskundige,' concludeerde Jason. Hij trok zijn handen terug en legde ze tot vuisten gebald op zijn schoot. Dat was misschien niet eerlijk van hem, maar hij kwam niet verder dan hij kwam.

'Ja, ik werd verliefd.'

'Je bent met hem naar bed geweest.'

Ze schudde direct haar hoofd, maar toen aarzelde ze. 'Maar soms, die keren dat ik weg was voor mijn ontspanningsweekend...'

'Ja, dat van je ontspanningsweekenden, dat weet ik,' zei Jason kortaf.

'Waarom liet je me dan gaan?'

Hij ademde diep in en ademde uit. 'Het leek me niet fair om jou voor mijn tekortkomingen te laten boeten.'

'Je kunt geen seks hebben.'

'We hebben seks gehad.'

'Vond je het fijn?' vroeg ze nieuwsgierig.

Hij perste er een scheve glimlach uit. 'Ik zou het best nog een keer-tje willen proberen.'

Daar moest ze om glimlachen en ze ontspanden zich wat, maar toen betrok haar gezicht weer, en hij boog zich in de donkere kamer naar haar toe om haar ogen te kunnen zien.

'Na dat uitstapje van ons in februari,' zei ze, 'toen me duidelijk was geworden dat die foto die ik had gezien niet iets was wat je had gedaan maar iets wat je was aangedaan, heb ik geprobeerd het uit te maken met Wayne. Maar daar reageerde hij niet zo best op. Hij dacht dat je me daartoe dwong en dat ik het niet in de gaten had. Hij dreigde met je verhaal naar de politie te gaan als ik erop stond mijn relatie met hem te verbreken.'

'Hij wilde je voor zichzelf alleen.'

'Toen bleek dat ik zwanger was,' fluisterde Sandra. 'Dat weet ik sinds afgelopen vrijdag, toen ik de test had gedaan. Nog meer dan daarvoor wist ik dat het afgelopen moest zijn met Wayne. Ik was stom geweest, ik had niet nagedacht. Maar... ik wilde jou, Jason. Ik zweer je, het enige wat ik wilde was jou, Ree en het leven dat we samen hebben opge-bouwd. En dus stuurde ik Wayne weer een e-mail, waarin ik schreef dat ik me vergist had en dat het me speet, maar dat ik voor mijn hu-welijk had gekozen. Hij belde me meteen. Hij was opgewonden en boos en probeerde me te laten inzien dat ik er niets van snapte. Het leek wel alsof hij het idee had dat je mij op de een of andere manier in je macht had, dat je me mishandelde om mij je zin te laten doen, ik weet niet. Maar hoe meer ik probeerde om hem ervan te overtuigen dat alles goed was, des te meer hij zich geroepen leek te voelen om mij te redden. Ik verbrak elk contact. Als hij belde, nam ik niet meer op. Hij stuurde sms'jes, maar ik stuurde er geen terug. Ik wiste alles wat er maar te wissen was. Het enige wat ik wilde, is dat hij verdween. En toen, woensdagavond...'

Ze keek weg. Jason pakte haar kin en draaide haar gezicht weer naar zich toe. 'Vertel het me, Sandy. Laten we het helemaal uitpraten, en dan kunnen we beslissen hoe het van nu af aan verder moet.'

'Wayne kwam. Ineens was hij hier, in onze slaapkamer. De laatste keer dat ik bij hem was, had hij kennelijk een kopie van mijn sleutel laten maken. Zijn gezicht was rood van woede. En hij had een honk-balknuppel in zijn hand.'

Ze zweeg. Haar blik was wazig en het was alsof ze naar iets keek wat alleen zij kon zien. Jason gunde haar de tijd die ze nodig had en drong niet aan.

'Ik probeerde hem op andere gedachten te brengen,' fluisterde ze.

'Ik probeerde hem te kalmeren, hem te zeggen dat alles goed zou komen. Dat ik wel weer met hem zou praten en dat we weer naar de basketbalwedstrijden zouden kunnen gaan, wat dan ook. Het enige wat ik van hem wilde, was dat hij weg zou gaan. Dat hij naar huis zou gaan. En toen sloeg hij me. Met zijn hand. Hij sloeg me – hier. Hier.' Haar vingers gingen afwezig over de blauwe plekken op haar gezicht. 'Ik viel terug op het bed en hij dook boven op me. Ineens zag ik niet in waarom ik me nog zou verzetten, en ik gaf me over. Ik dacht: als ik me nu gewoon maar overgeef, dan is hij vast minder boos. Dan houdt hij op en gaat hij weg voor er nog ergere dingen gebeuren. Ik was doodsbang voor de baby, en Ree. En voor jou. Stel dat jij thuis zou komen, ons zou vinden, en dat hij die honkbalknuppel zou gebruiken om... De meest verschrikkelijke scenario's schoten door mijn hoofd. En toen... kwam Ree opeens de slaapkamer binnen. Ze was wakker geworden van het lawaai. Ze bleef slaperig in de deuropening staan en zei: "Mama." Op het moment dat Wayne haar stem hoorde, hield hij op. Ik dacht: nu is het afgelopen. Hij vermoordt haar, en dan vermoordt hij mij. Dit is het einde. En dus duwde ik hem van me af. Ik zei dat hij zich niet moest verroeren. Ik trok mijn nachtjapon omlaag, liep naar onze dochter en bracht haar terug naar haar kamer. Ik zei dat mama en papa een potje geworsteld hadden en dat alles goed was. Dat alles oké was. En dat we elkaar de volgende ochtend terug zouden zien. Eerst wilde ze mijn hand niet loslaten. Ik werd zenuwachtig. Ik dacht: als ik niet snel deze kamer uit kom, misschien komt hij dan wel hier. Met zijn knuppel. Dus ik zei dat ik even weg moest, maar ik beloofde haar dat ik terug zou komen. Alles is oké, ik ben zo weer terug.'

'En toen liet ze je gaan.'

Sandra knikte. 'En toen ik weer terugkwam in onze slaapkamer, was Wayne verdwenen. Ik denk dat hij was geschrokken van Ree. Misschien heeft ze hem wel tot inzicht gebracht, wie zal het zeggen. Ik ging terug naar beneden en deed de voordeur weer op slot. Niet dat het veel zou uithalen tegen iemand die een sleutel heeft. Vervolgens besloot ik de boel op te ruimen. De sprei met de bloedvlekken, de kapotte lamp. Behalve...'

Hij wreef de rug van haar hand. 'Behalve...'

Ze keek hem aan. 'Behalve dat ik begon te beseffen dat het, wat ik ook deed, nooit voldoende zou zijn. Wayne werkt bij de staatspolitie. Hij heeft de sleutel van ons huis. Misschien dat hij me die nacht niet vermoord had, maar in principe kon hij elke dag terugkomen. Iemand dringt niet met een honkbalknuppel je huis binnen om alleen een praatje met je te maken. Hij zou je kunnen aanklagen voor die foto op de computer, en dan zou je in de gevangenis belanden. Of, erger nog, misschien dat hij ook Ree iets aan zou willen doen. Zij beschouwt hem als een vriend. Ze zou zo bij hem in de auto stappen. Langzaam maar zeker drong het tot me door... begon ik te beseffen dat ik overal een enorme puinhoop van had gemaakt.'

'En toen ben je dus maar weggelopen.'

Ze glimlachte zonder overtuiging. De scherpe klank van zijn stem was haar niet ontgaan. 'De enige manier om aan een man als Wayne te ontkomen, dacht ik, was door ervoor te zorgen dat iedereen zou weten dat hij en ik een relatie hadden. Zodra het eenmaal bekend was dat hij en ik iets hadden, zou hij mij en mijn gezin niets meer aan kunnen doen, ja toch? Want dan zou hij automatisch een verdachte worden.'

Jason kon haar logica niet volgen. 'Misschien.'

'En dus besloot ik te verdwijnen. Want als ik verdween, zou de politie een onderzoek instellen, nietwaar? Dan zouden ze ontdekken dat Wayne iets met mij te maken had, en als ik dan weer boven water zou komen, zou ik niets meer van hem te vrezen hebben. Omdat hij me dan niets meer aan zou durven doen, uit angst dat het hem zijn baan zou kosten. En dus haalde ik jouw kluisje van de vliering...'

'Ik had je nooit van dat kluisje verteld.'

'Ik wist het van Ree. Ze heeft je na Kerstmis gezien, toen je de versieringen opruimde. In januari had ze het er onophoudelijk over dat je op zolder een schatkist had, en ze wilde steeds maar schatzoekertje met me spelen. Ik dacht dat ze bedoelde dat je een doos met persoonlijke herinneringen had of zo, maar ja, met alles wat er in de afgelopen maanden is gebeurd, begon ik een heel ander beeld van je te krijgen. Hoe moeiteloos je je naam van Johnson in Jones had veranderd. Ons enorme vermogen, waar je het nooit over hebt, maar waarvan ik op grond van de bankafschriften weet dat het er is. Ik besloot een beetje rond te snuffelen op de vliering. Na een paar keer vond ik het kluisje. Het geld kwam uitstekend van pas, maar de valse identiteitsbewijzen... die zaten me niet echt lekker.'

'Een vluchtmogelijkheid is enorm belangrijk voor mij,' zei hij.

'Er zijn alleen maar valse identiteitsbewijzen voor jou – niet voor je gezin.'

'Dat kan ik zo verhelpen.'

Ze glimlachte, met iets meer warmte nu, en zonder erbij na te denken nam hij haar hand weer in de zijne.

'Ik trok oude kleren van je aan – alles zwart,' zei ze. 'En ik stopte het geld en de identiteitsbewijzen in mijn zak – het geld om uit te geven, de pasjes om ervoor te zorgen dat je tijdens mijn afwezigheid niet zou kunnen verdwijnen. Ik gebruikte een van de reservesleutels om de deur achter me af te sluiten, en toen verstopte ik me achter de struiken tot je thuis was.'

'Zat je achter de struiken?'

'Ik kon Ree toch niet alleen laten,' zei ze ernstig. 'Stel dat Wayne terug zou komen. Ik kon niet zomaar weg. Het was moeilijk...' Haar stem brak. 'Je kunt je niet voorstellen hoe moeilijk het was om weg te gaan. Om jullie twee achter te laten... Ik hield mezelf voor dat het maar voor een paar dagen zou zijn. Ik zou me schuilhouden, een goedkoop hotelletje nemen, alleen met contanten betalen. En als de politie dan zou beginnen Wayne aan de tand te voelen, zou ik terugkomen en zeggen dat ik overspannen was geweest, dat het me allemaal te veel was geworden – werken, het moederschap, het huishouden – en na een paar beschamende dagen zou de bui wel weer zijn overgewaaid en zouden we gewoon de draad van ons leven weer oppakken. Waar ik nooit op gerekend had, was dat mijn vader zich ermee zou bemoeien. Of dat ze Ethan door de mangel zouden halen, of... ik weet niet. Het liep volkomen uit de hand. De aandacht van de media, de zoekacties van de politie. Het ging veel te ver.'

'Je zou eens moeten weten.'

'Ik heb door de achtertuinen moeten sluipen om hier binnen te kunnen komen, vanavond. Het is een circus daarbuiten.'

'En hoe had je je dit alles verder voorgesteld?'

Ze haalde haar schouders op. 'De voordeur wijd opentrekken en roepen: "Ik ben weer thuis...!" En dan kunnen de fotografen hun gang gaan.'

'Ze zullen je levend verslinden.'

'Ik zal vroeger of later voor mijn fouten moeten boeten.'

Het beviel hem niets. En volgens hem ontbraken er ook stukjes aan de puzzel. Sandy's minnaar had geen genoegen genomen met een afwijzing en dus had ze de relatie aan de grote klok willen hangen door onder te duiken? Waarom had ze het niet gewoon verteld? Ze had het aan hem kunnen vertellen, en aan de staatspolitie. Haar verdwijnings-act kwam hem nogal extreem voor. Maar aan de andere kant, Wayne had haar overvallen en ze was angstig om Ree. Ze had verschrikkelijk onder druk gestaan...

Voor de zoveelste keer wilde hij dat hij die woensdagavond thuis was geweest. Dat hij zijn gezin had kunnen beschermen.

'Best,' zei hij. 'Laten we dit samen doen. We gaan samen naar bui-ten, hand in hand. Ik ben toch al de echtgenoot die je heeft bedreigd. Jij mag de excentrieke echtgenote zijn. Morgen worden we aan de schandpaal genageld, tegen het einde van de week hebben we onze eigen realityshow op de televisie en mogen we bij Oprah op de bank.'

'Mag het ook morgen?' vroeg Sandy. 'Ik wil samen met Ree wakker worden. Ik wil dat ze weet dat alles goed met me is. En met ons.'

'Daar heb ik niets op tegen.'

Ze stonden samen op. Ze hadden net een stapje gedaan toen ze op straat een dof ronkend geluid hoorden. Jason liep nieuwsgierig naar het raam, deed het luik op een kiertje open en keek naar buiten.

Sommige journalisten hadden hun boeltje gepakt en waren vertrok-ken, de anderen waren daar nog mee bezig. Hij zag de ene na de an-dere bus starten, keren en wegrijden.

'Wat is dit?' mompelde hij. Sandra was achter hem komen staan.

'Er moet iets belangrijkers aan de hand zijn.'

'Belangrijker dan jouw terugkeer uit het rijk der doden?'

'Dat weten ze nog niet.'

'Dat is waar,' zei hij. Maar na twee nachten in de spotlights te heb-ben geleefd, vond hij het een vreemd gevoel dat het nu weer gewoon donker was. En toen hoorde hij opeens nog iets anders. Een piepend schuren, als van boomtakken tegen de ruit, maar er groeiden geen bo-men zo dicht bij hun huis. Het kwam van de achterkant, realiseerde hij zich ineens, en inmiddels bewoog het geluid zich al bij het raam van-daan, naar de gang.

'Blijf hier,' beval hij.

Maar het was te laat. Ze hoorden het op hetzelfde moment – het ge-luid van rinkelend glas. Iemand had aan de achterkant van hun huis een ruit ingeslagen.

Hoofdstuk 36

'Twee dodelijke schoten,' liet D.D. weten aan Miller, die zojuist op de plaats van het misdrijf was verschenen nadat hij uit bed was gebeld. D.D. was al bijna twintig minuten in het huis waar Aidan Brewster had gewoond en ze vertelde hem alles wat ze tot dusver te weten was gekomen. 'Het eerste in zijn maag en het tweede in zijn rug, tussen de schouderbladen, vermoedelijk toen hij probeerde er kruipend vandoor te gaan.'

'Slordig,' vond Miller.

'Niet bepaald professioneel. Het is duidelijk dat het om een persoonlijke kwestie ging.'

Miller rechtte zijn rug en smeerde de Vicks die hij op zijn snor had gedaan wat verder uit. Schoten in de maag zorgden niet alleen voor troep, ze stonken ook. Vrijgekomen ontlasting, bloed en gal sijpelden in de vloerbedekking.

'Maar Wayne Reynolds is omgekomen bij de explosie van zijn auto,' zei Miller. 'Dat is wel een professionele klus geweest.'

D.D. haalde haar schouders op. 'De dader kan niet op twee plaatsen tegelijk zijn, dus hij regelt een bom voor nummer één en gaat persoonlijk op bezoek bij nummer twee. En zo schakelt hij op een avond twee concurrenten uit.'

'Je denkt dat het Jason Jones is geweest.'

'Wie had er verder een connectie met beide slachtoffers?'

'Dus Jones vermoordt eerst zijn vrouw en trekt er dan op uit om zich te wreken op de mannen die volgens hem haar minnaars waren.'

'Ik heb wel gekkere dingen meegemaakt.'

Miller trok zijn wenkbrauwen op om duidelijk te maken dat het voor hem niet zo duidelijk lag. 'Ethan Hastings?'

'Die is ervandoor. Misschien heeft hij gehoord wat er met zijn oom is gebeurd en is hij bang dat hij mogelijk als volgende aan de beurt is. En dat is nog niet eens zo'n vreemde gedachte.'

Miller zuchtte. 'Shit. Wat een rotzaak is dit. Oké, waar is Jason Jones?'

'Thuis, waar hij bewaakt wordt door twee agenten en de belangrijkste media.'

'Niet de media,' corrigeerde Miller haar. 'Dit hier is veel interessanter. Toen ik kwam aanrijden, stond de straat al vol. Als ik jou was, zou ik mijn haar nog maar even doen voor ik zo weer naar buiten ga, want dit zijn vette koppen morgenochtend.'

'Ah, shit. Moet alles dan altijd meteen uitlekken?' D.D. kamde haar vingers door haar haren. Inmiddels was het al bijna twintig uur geleden dat ze gedoucht had of iets aan haar persoonlijke hygiëne had gedaan. Geen uiterlijk waarmee je als vrouw graag in de schijnwerpers wilt komen. Ze schudde haar hoofd. 'Nog iets,' zei ze tegen Miller. 'Buiten.'

Hij volgde haar gehoorzaam de glazen schuifpui door naar buiten. De achtertuin was donker in vergelijking met het licht van de schijnwerpers aan de voorzijde. Maar de huizen in Southie hadden voor het merendeel tuinen met schuttingen die de media op een afstandje hielden.

D.D. nam Miller mee naar de boom die haar bij hun eerste bezoek was opgevallen. De ideale klimboom van waaruit je rechtstreeks bij de Jones naar binnen kon kijken. En Miller bedacht dat diezelfde boom net zo goed gebruikt zou kunnen worden als ladder om over de schutting heen in de tuin van de buren te kunnen komen. En ja hoor, Miller zag precies wat D.D. bedoelde.

Op de tweede tak zat iets zwarts dat, toen ze er hun zaklantaarns op richtten, een donkerbruine, leren handschoen bleek te zijn.

'Denk je dat die handschoen de maat van Jason Jones is?' vroeg D.D.

'Ik denk dat er maar één manier is om dat uit te zoeken.'

'Verstop je,' fluisterde Jason met klem. 'In de kast. Je wordt vermist, weet je nog? Geen mens zal op het idee komen dat je hier zou kunnen zijn.'

Sandy bleef staan waar ze stond, en dus duwde hij haar naar de openstaande kast, gaf haar een zetje en deed de deur op een kiertje na voor haar dicht.

Nu kwamen de voetstappen de trap op. Langzaam en sluipend. Jason griste twee kussens bij het hoofdeinde van het bed vandaan en stopte ze onder de dekens – een wat onhandige poging om de indruk te wekken dat er iemand lag te slapen. Toen ging hij met zijn rug tegen de muur naast de deur staan en wachtte. Hij was zich scherp bewust van zijn dochter, die nog geen zes meter van hem af lag te slapen. En hij was zich even scherp bewust van zijn zwangere vrouw, drie meter verderop in de kast. Het besef maakte hem ijzig kalm, zo kalm dat hij, als hij een wapen had gehad, dat op dit moment op de indringer zou hebben leeggeschoten.

De voetstappen aarzelden op de gang – Jason schatte ze ter hoogte van de deur van Rees kamer. Hij hield zijn adem in, want als de indringer het waagde die deur open te doen en Ree te wekken om haar mee te nemen...

Er klonk een zacht, schuifelend geluid toen de indringer een stapje verder deed, en toen nog een.

Opnieuw was het stil. Jason zag een schaduw in de deuropening en hij hoorde het geluid van zacht, regelmatig ademhalen.

'Ik zou maar tevoorschijn komen, jongen,' zei Maxwell Black. 'Ik heb je voetstappen gehoord toen ik de trap op kwam, dus ik weet dat je wakker bent. Laten we het simpel houden, zodat ik je dochter niets aan hoef te doen.'

Jason verroerde zich niet. Hij hield zijn zware metalen zaklantaarn bij zijn heup en ging na wat zijn mogelijkheden waren. Maxwell was nog niet ver genoeg de kamer binnengestapt om hem onverwacht te grazen te kunnen nemen. De sluwe oude man bleef op de gang voor de deur staan, vanwaar hij de slaapkamer binnen kon kijken en in de gaten kon houden of hij eventueel van links of van rechts werd benaderd.

De vloer van de gang kraakte een beetje. Maxwell deed een stapje terug, en toen nog een, en nog een.

'Ik sta nu voor haar deur, jongen. Ik hoef alleen de knop maar om te draaien en het licht aan te doen. Dat wordt ze wakker en vraagt ze om haar papa. Wat wil je dat ik tegen haar zeg? Hoeveel wil je dat je dochtertje van je weet?'

Jason zette zich af tegen de muur en ging zo staan dat Sandy's vader zijn profiel kon zien, maar de rest van zijn lichaam niet. Hij hield de zaklantaarn op zijn rug.

'Beetje laat voor een vriendschappelijk bezoekje,' merkte Jason op effen toon op.

De oude man grinnikte. Hij stond vlak voor Rees kamer, midden op de verlichte gang. En hij leek te menen wat hij zei, want zijn gehandschoende hand lag op de deurknop, en in de andere gehandschoende hand hield hij een revolver.

'Je hebt een drukke avond gehad,' zei Maxwell terwijl hij het wapen ophief en de loop op een plekje in de buurt van Jasons linkerschouder richtte. 'Jammer dat je die jonge Brewster zo om het leven moest brengen. Er zijn genoeg mensen die van mening zijn dat de dood veel te goed is voor pedofielen.'

'Ik weet niet waar je het over hebt.'

'Maar daar denkt de politie anders over. Ik wed dat ze op dit moment druk bezig zijn die kamers van hem binnenstebuiten te keren, en onder de matras die oude liefdesbrieven vinden die Sandy jaren en jaren geleden heeft geschreven. En dan zullen ze ook die verloren handschoen vinden, en een afgebroken tak. Ik geef ze twintig minuten, een halfuur, tot ze hier zijn om je te arresteren. En dat betekent dat we geen tijd te verliezen hebben.'

'Geen tijd te verliezen hebben waarvoor?'

'Voor die zelfmoord van jou, jongen. Godallemachtig, je hebt je vrouw vermoord en haar minnaar doodgeschoten. Je komt om van de schuldgevoelens, van berouw. Iedereen zal het erover eens zijn dat zo'n man als jij geen behoorlijke vader kan zijn. Dus het ligt voor de hand dat je naar huis terug bent gegaan en een eind aan je leven hebt gemaakt. De politie zal je vinden, je briefje lezen en het verband leggen. En natuurlijk neem ik Ree dan mee, weg uit dit dal der treurnis, naar een heel nieuw bestaan in Georgia. Je hoeft niet bang te zijn, ik zal goed voor haar zorgen.'

Uit de kast hoorde Jason een zacht sissend geluid van scherp inademen. Hij deed nog een stapje naar de deur in de hoop dat Max op hém gefocust zou blijven.

'Aha. Nou, dat lijkt me een leuk plan, Max, maar ik zie zo al dat het niets zal worden.'

'Hoezo?'

'Je kunt me vanaf de gang niet neerschieten. Je zult toch wel het nodige hebben geleerd van alle zaken die je berecht hebt. Het eerste waaruit blijkt dat een zelfmoord geen zelfmoord is, is het ontbreken van kruitsporen. En als de kogelwond geen kruitsporen vertoont, heeft het slachtoffer niet zelf geschoten. Ik vrees dat je, als je wilt dat dit op een zelfmoord lijkt, een stuk dichterbij zult moeten komen.'

Maxwell nam hem vanaf de gang aandachtig op. 'Tja, daar had ik ook al aan gedacht. Dus kom de gang dan maar op.'

'En zo niet, dan schiet je? Dat lijkt me niet.'

'Niet op jou, nee, maar op Ree.'

Jason huiverde, maar hij dwong zichzelf te geloven dat de man blufte. 'Daar trap ik niet in. Je zegt net dat je dit allemaal bedacht hebt omdat je Ree wilt hebben. Als je haar vermoordt, gaat je hele plannetje dus niet door.'

'Dan maak ik haar wakker.'

'Nee, dat doe je niet. Kom op, Maxwell, de enige die je wilt, ben ik. Nou, kom op dan maar. Mijn enige wapens zijn mijn verstand en mijn charmante glimlach. Kom me maar halen.'

Jason trok zich terug in een donker hoekje van de kamer. De dichte luiken en gordijnen, en daarmee het gebrek aan schaduwen, kwamen hem nu goed van pas. De kamer was niet groot en hij zou een kogel maar moeilijk kunnen ontwijken, maar dit was zíjn slaapkamer, een ruimte waarin hij bij donker helemaal thuis was. En daarbij had hij een geheime troef: Sandra, die veilig weggedoken in de kast zat.

Even was het stil, maar toen ging opeens het ganglicht uit, en op dat moment wist Jason dat Maxwell eraan kwam. Nog eens vijf seconden later, waarschijnlijk de tijd die de oude man nodig had gehad om zijn ogen aan het schaarse licht te laten wennen, hoorde Jason hem aarzelend de slaapkamer binnenkomen.

Op hetzelfde moment werd er beneden op de deur gebonsd. 'Politie. Doe open! Politie.'

Max vloekte zacht. Hij draaide zich om in de richting van het geluid, en dat was het moment waarop Jason zijn kans schoon zag. In drie grote stappen was hij de kamer door. Hij greep de oudere man bij zijn middel en ze vielen alle twee op de grond. Jason hoopte op het glijdende geluid van Maxwells revolver die wegschoot over het parket. Pech.

Jason drukte met de helft van zijn gewicht op Maxwells benen en probeerde hem het wapen te ontfutselen. Sandy's vader bleek sterker te zijn dan hij verwacht had. De oude man wurmde zichzelf half los en wist zich bijna te bevrijden.

De revolver, de revolver. Verdomme, waar is die revolver?

'Politie! Doe open! Jason Jones, we hebben een arrestatiebevel.'

Jason gromde en kreunde. Hij wilde geen lawaai maken, maar was zich ervan bewust dat het feit dat hij jonger was niet automatisch betekende dat hij geen kogel door zijn kop zou kunnen krijgen als hij dat wapen niet heel snel te pakken kreeg... De loop drukte in zijn dij.

Hij trok met zijn heupen, probeerde zijn onderlijf weg te draaien terwijl zijn tastende handen de lijn van Maxwells armen volgden. Het wapen bevond zich tussen hen in, en beiden lagen hijgend en naar lucht happend op de vloer. Maxwell wist zijn armen een eindje hoger te wurmen...

De kastdeur vloog open en Sandra kwam tevoorschijn. 'Stop, papa. Hou daarmee op! Wat doe je? Laat hem gaan, verdomme.'

Maxwell zag zijn dochter. Er gleed een stomverbaasde uitdrukking over zijn gezicht en de revolver knalde.

De eerste pijn die Jason voelde, was in zijn zij. Het was een lichte pijn, hij dacht dat het maar een schrammetje was. Maar het volgende moment was het alsof zijn ribbenkast explodeerde. *O, heilige moeder....*

In gedachten flitste hem het gezicht van de Burgerman door het hoofd – diens onthutste trekken toen Jasons eerste kogel hem in de schouder trof. Het volgende moment zakte hij door zijn knieën en viel hij op de grond. Terwijl Jason de Colt .45 richtte voor het volgende schot, en het volgende...

Zo voelt het dus om te sterven.

'Papa, o god, papa, wat heb je gedaan?'

'Sandy? Sandy? Is alles goed met je? Och, lieverd, wat heerlijk om je te zien.'

'Ga bij hem vandaan, papa! Hoor je me? Ga bij hem vandaan.'

Jason rolde weg. Hij kon niet anders. De pijn, de pijn, de pijn. Hoe kon hij aan deze vreselijke pijn ontsnappen? Zijn rechterzij stond in brand. Hij voelde zijn ingewanden branden, en dat was grappig, want het bloed was zo nat, zo nat.

Beneden was een enorm kabaal. De politie probeerde zijn extra beveiligde stalen voordeur in te trappen.

Jammer, jongens, wilde hij tegen ze zeggen. Te laat.

Hij krabbelde half overeind op zijn knieën en hief zijn hoofd op.

Maxwell zat nog steeds op zijn billen en keek op naar zijn dochter, die het wapen vasthad en haar vader aanstaarde. Sandra's armen beefden als een gek. Ze hield de revolver met beide handen vast.

'Lieverd, het was noodweer. We zullen het aan de politie uitleggen. Hij heeft je mishandeld, ik zie de bloeduitstortingen op je gezicht. Dus je moest vluchten en ik probeerde je te helpen. We zijn teruggekomen... voor Ree. Ja, voor Ree, maar hij was deze keer gewapend en hij draaide door toen hij ons zag. Ik heb op hem geschoten om jou te redden.'

'Waarom heb je haar vermoord?'

'We gaan naar huis, lieverd. Jij en ik, en de kleine Clarissa. Terug naar het grote witte huis met de veranda rondom. Je was altijd al dol op die veranda. Clarissa zal er ook dol op zijn. We kunnen er een schommelbank neerzetten. Ze zal er zo gelukkig zijn.'

'Je hebt haar vermoord, papa. Je hebt mijn moeder vermoord en ik heb het je zien doen. Ik heb alles gezien, hoe je haar eerst dronken voerde en haar bewusteloze lichaam toen naar de auto hebt gesleept. Ik heb gezien hoe je de tuinslang op de uitlaat hebt gezet en het andere uiteinde door het kapotte raampje van het portier hebt gestoken. En toen heb je de motor gestart, heb je de portieren afgesloten en ben je de garage uit gegaan. Ik heb haar bij zien komen, papa. Ik stond in de deur van de garage en ik heb haar gezicht gezien op het moment dat ze zich realiseerde dat je daar nog stond maar dat je geen enkele intentie had om haar te helpen. Ik kan me haar geschreeuw nog herinneren. Jarenlang ben ik ingeslapen met de geur van verwelkte rozen en werd ik 's nachts wakker van dat verschrikkelijke gejammer van haar. Maar je hebt niets gedaan. Je hebt geen poot uitgestoken. Ook niet toen ze haar vingers tot bloedens toe openhaalde terwijl ze wanhopig probeerde het portier open te krijgen. Ze krijste je naam, papa. Ze krijste om je hulp, maar jij stond daar doodkalm toe te kijken hoe ze stierf.'

'Lieverd, luister naar me. Leg die revolver neer. Sandy, honnepon, alles komt goed.'

In plaats daarvan verstevigde Sandy haar greep op het wapen. 'Ik wil antwoorden, papa. Na al deze jaren heb ik recht op de waarheid. Zeg op. Kijk me aan en zeg het: heb je mama vermoord omdat ze mij mishandelde? Of heb je haar vermoord omdat ik eindelijk oud genoeg was om haar te kunnen vervangen?'

Maxwell gaf geen antwoord. Ondanks de verdwazing van de pijn kon Jason de uitdrukking op het gezicht van de man zien. En Sandy kon dat ook. De stalen deur en de beveiligde ramen – na al die jaren probeerde ze nog steeds haar vader buiten te sluiten. Maar nu had ze iets beters dan dat. Nu had ze een revolver.

Jason stak zijn hand uit naar zijn vrouw. Niet doen, wilde hij tegen haar zeggen. Dingen die gebeurd zijn kunnen nooit meer ongedaan worden gemaakt. Wat je weet, kun je nooit meer níet weten.

Maar ze had al te veel gedaan en ze wist al te veel. En dus boog Sandra zich naar voren, drukte de loop van het wapen tegen de borst van haar vader en haalde de trekker over.

Beneden werd eindelijk de ruit van de woonkamer ingeslagen.

In de kinderkamer zette Ree het op een krijsen.

'Jason...' begon Sandy.

'Ga naar haar toe. Ga naar onze dochter. Haal Ree.'

Sandy liet de revolver vallen. Ze vloog de kamer uit terwijl Jason het wapen opraapte, de kolf afveegde aan zijn broekspijp en vervolgens zijn vingers eromheen klemde.

Dat was de beste oplossing, dacht hij, en hij wachtte tot het zwart werd om hem heen.

Hoofdstuk 37

'Wil je beweren dat je met de taxi naar de redactie van de *Boston Daily* bent gegaan? Helemaal alleen? En dat je, zonder je te identificeren, daar gewoon naar binnen bent gelopen en dat niemand je heeft tegengehouden?'

'Dat heeft hij al gezegd,' bemoeide Ethan Hastings advocate zich ermee, voordat zijn dertienjarige cliënt nog iets had kunnen zeggen. 'Vooruit, inspecteur.'

D.D. zat in de vergaderkamer van het hoofdbureau. Miller zat rechts van haar en haar directe baas, de assistent-hoofdinspecteur moordzaken, zat aan haar linker zijde. Tegenover hen zaten Ethan Hastings, zijn ouders en een van Bostons meest gehaaide advocaten, Sarah Joss. Twee weken na Wayne Reynolds' vroegtijdige verscheiden op de parkeerplaats van het misdaadlaboratorium van de staatspolitie, hadden Ethans ouders de politie eindelijk toestemming gegeven om hun zoon aan de tand te voelen. Maar gezien de keuze van hun advocaat was duidelijk dat ze niets aan het toeval wilden overlaten.

'Kom op, Ethan,' drong D.D. aan. 'Je oom heeft me telefonisch verteld dat het je gelukt was om te bepalen dat de computer van de Jones' zich op de redactie van de *Boston Daily* bevond. Maar dan opeens, nadat je drie uur op de redactie hebt rondgehangen, besluit je het op te geven?'

'Iemand had de beveiliging gewijzigd,' verklaarde Ethan op effen toon. 'Dat heb ik ook al verteld. Ik had een virus gestuurd, en een nieuw antivirusprogramma heeft het gelokaliseerd en onschadelijk gemaakt. Tenminste, dat vermoed ik.'

'Maar de computer staat daar nog steeds. Het moet een van de computers zijn die ze daar gebruiken.'

De jongen haalde zijn schouders op. 'Dat is uw probleem, niet het mijne. Misschien zou u betere mensen in dienst moeten nemen.'

D.D. balde haar handen onder de tafel tot vuisten. Betere mensen, krijg wat. Ze hadden opnamen van de beveiligingscamera's waarop te zien was dat Ethan om enkele minuten voor halftwaalf het gebouw van de krant binnen was gegaan, volgens zijn zeggen nadat hij zich daar per taxi – die hij vanaf de iPhone van zijn moeder had gebeld – naartoe had laten brengen. Terwijl D.D. en de rest van de BPD in volle vaart op weg waren geweest naar het laboratorium van de staatspolitie en de schietpartij op Aidan Brewster, en ze vervolgens bij de Jones' thuis op Sandra Jones en haar gewonde vader en echtgenoot waren gestuit, was Ethan zijn gang gegaan op het kantoor van de *Boston Daily*. Enkele verslaggevers die op dat late uur nog op de redactie waren geweest, konden zich herinneren dat ze hem daar hadden gezien. Maar ze hadden het veel te druk gehad met het afkrijgen van hun artikelen voor het sluiten van de deadline om het joch verder enige aandacht te schenken.

Ze namen aan dat hij met een van hun collega's was meegekomen, en dat was alles. Ze werkten aan hun artikelen en Ethan Hastings had...

Wat duidelijk was, was dat hij íets met de computer van de Jones' gedaan moest hebben, want het ding leek van de aardbodem te zijn verdwenen.

'We weten dat je oom verliefd was op mevrouw Sandra,' probeerde D.D. het nu via een andere weg. 'Er is geen enkele wet die zegt dat twee volwassen mensen geen relatie mogen hebben, Ethan. Je hoeft ze niet te beschermen.'

Ethan zei niets.

'Aan de andere kant impliceerde je oom dat Jason Jones zijn computer wel eens gebruikt zou kunnen hebben voor verschillende onwettige activiteiten. En dát is waar we ons zorgen om maken. En dáárom is het belangrijk dat we de computer vinden. En ik weet zo goed als zeker dat jij ons daarbij zult kunnen helpen.'

Ethan keek haar strak aan.

'Weet je nog wat je hebt gezegd, Ethan?' probeerde D.D. opnieuw. 'Jason is geen goede echtgenoot. Hij maakte mevrouw Sandra ongelukkig. Kom, help ons ons werk te doen, misschien dat we daar dan ook iets aan kunnen veranderen.'

Het was een achterbakse aanpak, maar D.D. was behoorlijk wanhopig. Twee weken na een van de meest bloedige nachten in de geschiedenis van de BPD had ze drie lijken en niemand om te arresteren. En dat was in strijd met haar principes.

Sandra Jones beweerde dat ze was ondergedoken om zichzelf te verlossen van een uit de hand gelopen affaire met Wayne Reynolds. Alle publiciteit had er, tragisch genoeg, toe geleid dat haar vader zich met de hele zaak was komen bemoeien. Acht jaar tevoren had hij zijn vrouw vermoord, en daarna had hij Sandra seksueel misbruikt tot ze, op haar zestiende, zwanger was geraakt. Die zwangerschap had ze met een abortus beëindigd. En vanaf dat moment was ze 's nachts nooit meer thuis geweest.

Op Maxwell Blacks hotelkamer waren bewijzen aangetroffen waaruit bleek dat hij rechtstreeks te maken had gehad met de moord op Aidan Brewster, en met het vervaardigen van de bom die Wayne het leven had gekost. Volgens Sandra had haar vader toegegeven dat hij beide mannen had vermoord om ervoor te zorgen dat Jason daarvan beschuldigd zou worden. Hij had gehoopt dat de politie eindelijk zou overgaan tot Jasons arrestatie, waardoor de kans groot was dat hij als enige de voogdij over zijn kleindochter zou krijgen, die dan ongetwijfeld zijn volgende slachtoffer zou worden.

Maar toen hij bij de Jones' had ingebroken om zijn schoonzoon zogenaamd zelfmoord te laten plegen, had hij daar onverwacht zijn dochter levend en wel aangetroffen. Het lukte hem op Jason te schieten voordat Sandra hem het wapen afhandig had kunnen maken, waarna ze, volgens haar eigen zeggen uit noodweer, haar vader had doodgeschoten.

Maxwell Black was dood. Jason Jones lag zwaargewond in het Boston Medical.

Volgens Sandra Jones had ze intense spijt van alle ellende die ze veroorzaakt had door zo impulsief onder te duiken. Maar ze was teruggekomen. Haar man had haar nog nooit ook maar een haar gekrenkt, en ze konden de draad van hun leven weer oppakken.

Toch zat het D.D. helemaal niet lekker allemaal. Sandra had spijt? Nou, daar had Aidan Brewster wat aan. De jongen was alleen maar uit de weg geruimd omdat dit toevallig zo goed in haar vaders straatje had gepast. En Wayne Reynolds schoot er al evenmin iets mee op – hij mocht zich dan in Sandra vergist hebben, maar tot op het moment van zijn dood had hij volgehouden dat Jason Jones zich op het internet bezighield met dingen die niet door de beugel konden.

En dan had je Ethan Hastings, die op die bewuste avond en nacht bijna vier uur verdwenen was en nu beweerde dat hij werkelijk niet wist wat er met de computer van de Jones' was gebeurd.

Ondertussen had D.D. wel toestemming van de rechter gekregen om elke computer die zich op het kantoor van de *Boston Daily* bevond te onderzoeken om vast te stellen of deze de krant toebehoorde, of dat hij iemands privébezit was. Ze hadden gebruikgemaakt van registratienummers van de krant en het was een uiterst grondig onderzoek geweest, waaruit was gebleken dat de computer van de Jones zich níet op het kantoor bevond. En dát betekende dat het apparaat spoorloos was. Verdwenen. In rook opgegaan.

Het kon niet anders dan dat Ethan Hastings iets had gedaan. Dat stond voor haar als een paal boven water.

Helaas bleek de jongen absoluut niet mee te willen werken.

'Kunnen we nu gaan?' wilde zijn vader weten. 'Want we zijn vrijwillig hier, en zo te zien heeft mijn zoon u verder niets meer te vertellen. Als u die computer niet kunt vinden, zult u verder moeten zoeken, en dat is uw probleem en niet het onze.'

'Niet als uw zoon met bewijzen heeft geknoeid...' begon D.D.

Haar superieur hield zijn hand op. Hij keek haar aan, ze kende die blik. Het gebaar wilde zoveel zeggen als 'tot hier en niet verder', Ze kon ook niet verder, want daar had ze het bewijsmateriaal niet voor.

'Ja, we zijn klaar,' verklaarde ze kortaf. 'Dank u voor uw medewerking. Mochten we verder nog iets van u nodig hebben, dan laten we u dat weten.'

Met andere woorden, wacht maar af tot ik je uiteindelijk toch te grazen neem...

Ethan en zijn gevolg stapten op, waarbij de jongen haar op de valreep een onheilspellende blik toewierp.

'Hij heeft iets gedaan,' mompelde ze tegen haar baas.

'Dat zit er dik in, maar hij is ook nog altijd verliefd op zijn juf, en zolang hij het gevoel heeft dat hij die arme juf Sandra moet beschermen...'

'Dankzij wie zijn oom om het leven is gekomen.'

'Die, volgens haar zeggen, door die oom is overvallen.'

D.D. zuchtte. Ze hadden Waynes computer, en daarop hadden de experts een uitvoerige briefwisseling tussen hun collega van de staatpolitie en de mooie lerares gevonden. Op zich hadden ze er niet veel aan, maar het ging om een groot aantal mails, meer dan je van een zuiver platonische relatie zou mogen verwachten. En het klopte wat Sandra zei, dat ze sinds vijf dagen voor haar verdwijning geen mails meer aan Wayne had gestuurd, terwijl goed te zien was dat hij haar sindsdien met berichten had overstelpt.

'Ik wil iemand arresteren,' mokte D.D. 'En bij voorkeur Jason Jones.'

'Waarom?'

'Dat weet ik niet. Maar iemand die zo kalm en beheerst is, móét iets te verbergen hebben.'

'Ja, en datzelfde dacht je van Aidan Brewster,' bracht haar superieur haar vriendelijk in herinnering, 'terwijl uiteindelijk is gebleken dat hij er helemaal niets mee te maken had.'

D.D. liet de ingehouden adem uit haar longen ontsnappen. 'Ja, dat weet ik. Maar je begint je wel af te vragen hoe we er nog achter kunnen komen wie de echte monsters zijn.'

Vandaag is mijn man thuisgekomen uit het ziekenhuis.

Ree had een groot spandoek voor hem gemaakt. Ze is drie dagen bezig geweest om het bakpapier met afbeeldingen van regenbogen en vlinders en met drie glimlachende poppetjes te beplakken. Ze is zelfs de grote rode kater met een reusachtige snor niet vergeten. Welkom thuis, papa! *had ze erop geschreven.*

We hadden hem in de woonkamer gehangen, boven de groene bank waarop Jason de komende weken zou herstellen.

Ree had haar slaapzak voor de bank gelegd. Ik maakte mijn eigen nest van kussens en dekens. De eerste vier nachten sliepen we zo dicht bij elkaar in de kamer en zagen we 's ochtends bij het wakker worden elkaars gezichten. Op de vijfde dag verklaarde Ree dat ze genoeg had van het kamperen en dat ze weer in haar eigen bed wilde slapen.

En vanaf dat moment pakten we de draad van ons leven weer op. Ree ging weer naar de kleuterklas, ik maakte het schooljaar af. Jason herstelde van zijn verwondingen en ondertussen deed hij een aantal freelanceopdrachten voor verschillende tijdschriften.

De pers had het nodige over ons geschreven. Ik werd neergezet als Bostons Helena van Troje, een vrouw wier schoonheid tot enorme drama's had geleid. Ik was het daar niet mee eens. Helena begon een oorlog, terwijl ik er een had weten te beëindigen.

De politie bleef snuffelen. Het verdwijnen van onze computer zat hen dwars en ik zag duidelijk aan het gezicht van de inspecteur dat de zaak voor haar nog niet was afgesloten.

Ik deed een test met een leugendetector waarbij ik de absolute waarheid vertelde. Ik had er geen idee van wat er met onze harde schijf was gebeurd. De redactie van de Boston Daily? *Dat Ethan er iets mee te maken had ge-*

had? Ik wist van niets. Ik had de computer niet van zijn plaats gehaald en natuurlijk had ik Ethan ook nergens toe aangezet.

Ik was me ervan bewust dat Jason er rekening mee hield dat hij, nu hij weer thuis was, elk moment gearresteerd zou kunnen worden. Telkens wanneer de bel ging, verstijfde hij en zette hij zich schrap voor wat er zou gebeuren. Het duurde weken voor hij zich eindelijk leek te kunnen ontspannen. Maar dan zag ik hoe hij mij, in plaats daarvan, steeds vaker peinzend opnam.

Hij stelde niet de voor de hand liggende vragen en ik paste ervoor om uit vrije beweging iets te vertellen. Zelfs nu, nu we zo dicht bij elkaar zijn gekomen, hebben we nog altijd waardering voor de geheimen van de ander.

Maar mijn man is bijzonder intelligent en ik weet zeker dat hij intussen een aantal dingen op een rijtje moet hebben. Zoals dat ik op woensdagavond voor Wayne Reynolds op de vlucht was gegaan, de man die met zijn auto werd opgeblazen op de avond dat ik thuiskwam. Of dat mijn vader bekende dat hij Aidan Brewster had vermoord, hoewel hij over Wayne nooit iets had gezegd. En dat is interessant als je bedenkt dat de materialen voor het vervaardigen van een bom op mijn vaders hotelkamer zijn aangetroffen.

Tegenwoordig kan iedereen zo te weten komen hoe je een autobom moet maken. Het enige wat je daarvoor nodig hebt, is een simpele zoektocht op internet.

En ik twijfel er niet aan dat mijn man daarna nog een aantal dingen heeft begrepen. Bijvoorbeeld hoe het kon dat Ethan ineens onze computer had kunnen vinden. En waarom hij het zou riskeren om in een openbare ruimte iets met die computer te doen. Alsof het hem iets zou kunnen schelen dat die harde schijf voldoende informatie bevatte om Jason voor de rest van zijn leven naar de gevangenis te sturen.

Aan de andere kant was het waarschijnlijk zo dat de ware reden achter het bezoek aan een aantal websites kort nadat Ethan van de dood van zijn oom en de autobom had gehoord, aan het licht was gekomen. Met zijn virus had hij niet alleen Jasons activiteiten kunnen schaduwen, maar ook de mijne, en laten we het er maar op houden dat niemand erbij gebaat is om te weten wat ik die woensdagavond allemaal op internet had gedaan.

Ik heb er nooit met Ethan over gesproken. En dat zal ik ook nooit doen. Zijn ouders hebben elk contact tussen ons verboden en Ethan zit inmiddels op een andere school. Uit respect voor Ethan heb ik besloten me bij hun wensen neer te leggen. Hij heeft me mijn gezin teruggegeven, en daar zal ik hem altijd dankbaar voor zijn.

378

Ik weet dat Jason zich zorgen om mij maakt. Ik vraag me af of hij zich bewust is van de ironie – dat mijn vader iemand heeft vermoord om Jason erbij te lappen, terwijl ik iemand heb vermoord om mijn vader erbij te lappen. Zo vader, zo dochter? Twee zielen, één gedachte?

Misschien heb ik een waardevolle les van mijn man geleerd – je kunt kiezen tussen opgejaagd worden of de jager zijn. Wayne Reynolds ontpopte zich als een bedreiging voor mijn gezin. En vanaf dat moment was zijn lot bezegeld.

Ik zal je de waarheid vertellen.

Ik droom niet meer van bloed of verwelkte rozen of de hoge giechel van mijn moeder. Ik word niet midden in de nacht wakker omdat ik gedroomd zou hebben van mijn vaders laatste woorden, of van de enorme vuurbal die het einde betekende van het leven van mijn minnaar. Ik droom niet van mijn ouders, van Wayne of van anonieme kerels die mijn lichaam binnendringen.

Het is zomer. Mijn dochter rent in haar favoriete roze badpak onder de tuinsproeier door. Mijn man zit glimlachend naar haar te kijken. En ik lig, met mijn hand op mijn bolle buik waarin ons tweede kind voorspoedig groeit, lekker lui in de hangmat.

Ooit was ik mijn moeders dochter. Nu ben ik mijn dochters moeder.

En dus kan ik uitstekend slapen 's nachts, lekker weggekropen in de sterke armen van mijn man, in de wetenschap dat mijn dochtertje veilig in de andere kamer ligt te slapen en dat Mr. Smith aan haar voeteneinde ligt. Ik droom van Rees eerste dag op de kleuterschool. Ik droom van het eerste glimlachje van de baby. Ik droom ervan dat ik dansend met mijn man onze gouden bruiloft vier.

Ik ben een vrouw en een moeder.

Ik droom van mijn gezin.

Dankwoord en opdracht

Zoals gewoonlijk gaat mijn enorme dank uit naar de ontelbare deskundigen die geduldig antwoord gaven op mijn talloze vragen, evenals naar mijn familie en vrienden, die geduldig mijn soms onaangename schrijvershumeur verdroegen. Dit zijn aardige en fantastische mensen. Het enige wat ik doe, is snel typen voor de kost. Daarnaast zijn ze opvallend slim. Ik daarentegen sta erom bekend dat ik fouten maak met de informatie waarvan ze zo hun best hebben gedaan me die bij te brengen.

Om te beginnen is dat Rob Joss, de forensisch deskundige die me onderwees over de manieren en middelen voor het bepalen van risicofactoren bij zedendelinquenten. Hij maakte de interessante opmerking dat hij zich veel liever bezighoudt met de evaluatie van zedendelinquenten dan met de evaluatie van gescheiden ouders. Uiteindelijk, zegt hij, zijn zedendelinquenten slechte mensen die zich zo goed mogelijk proberen voor te doen, terwijl gescheiden ouders goede mensen zijn die zich van hun slechtste kant laten zien.

Verder gaat mijn dank uit naar Katie Watkins en Liz Kelly, directrice en forensisch ondervraagster van het Child Advocacy Center voor de rechten van het kind van Carroll County. Deze twee vrouwen houden zich dag en nacht bezig met het werken aan zaken van kinderen die misbruikt zijn, en doen werk dat de gewone stervelingen niet lang vol zouden kunnen houden. De meeste mensen verlangen naar een betere wereld. Zij zetten zich daar actief voor in.

Ik dank Carolyn Lucet, een freelance maatschappelijk werkster die gespecialiseerd is in de behandeling van zedendelinquenten. Ik ben je dankbaar dat je me ook de andere kant van het verhaal liet zien. Als ouder ben ik dit boek begonnen met de wijze waarop inspecteur D.D. Warren over zedendelinquenten denkt. Volgens haar is de hel nog te goed voor dit soort mensen. Ik moet bekennen dat ik door Carolyn tot het inzicht ben gekomen dat de rehabilitatie van deze mensen zinvol is, en dat een complex probleem mogelijk een complexer antwoord verdient dan: 'Lynchen die lui, en laat God het verder maar met ze uitzoeken!'

Dankzij Theresa Meyers, reclasseringsambtenaar, heb ik inzicht ge-kregen in het werk dat, van alle banen die er bij justitie zijn, mogelijk het minst begrepen wordt. Theresa, die dit werk al ruim achttien jaar doet en die inmiddels met de tweede generatie voorwaardelijke invrij-heidstellingen te maken heeft, merkte heel verstandig op dat, als we van begin af aan meer in onze kinderen zouden investeren, zij de maat-schappij later, voor wat justitie aangaat, waarschijnlijk minder zouden kosten. En dat ben ik volledig met haar eens.

Wayne Rock, van de BPD, die me al eerder hielp bij *Alone*, was zo vriendelijk om opnieuw mijn vragen te willen beantwoorden en me daarmee voor dit nieuwe avontuur van D.D. Warren van de laatste nieuwtjes op de hoogte bracht. Hij vertelde me over de voorschriften ten aanzien van huiszoekingsbevelen en de inbeslagname van voor-werpen, over de regels die bij verhoren gelden en over de strategie van het afval ophalen. Bedankt, Wayne!

Keith Morgan, computerdeskundige bij de forensische dienst, deel-de zijn kennis over de luie aard van de harde schijf van computers en over het functioneren van het schuldige geweten. Ik vond het fascine-rend wat hij me vertelde, al moet ik eerlijk zeggen dat dit soort zaken, voor iemand die zo ontechnisch is als ik, ook een beetje angstaan-jagend zijn. Keith verdient een prijs voor zijn geduld, aangezien het een poosje heeft geduurd voor ik alle informatie goed op een rijtje had. Dat wil zeggen: ik hoop dat het nu klopt allemaal. Mochten er toch foutjes in zijn geslopen, dan is dat mijn schuld. Een van de leuke kan-ten van het schrijverschap.

Verder gaat mijn dank uit naar de volgende deskundigen: naar het schoolhoofd Jack McCabe, naar Jennifer Sawyer Norvell van Moss Shapiro, naar Liz Boardman, Laura Kelly, Tara Apperson, Mark Schieldrop en Betty Cotter van de *South County Independent*, en ten slotte naar de Diva's, die het eens waren met mijn keuze van Barbies, spelletjes, boeken en films waar de vierjarige Ree van dit verhaal zich mee amuseert. Ik heb nog nooit zulk uitgebreid advies van zulke aan-biddelijke adviseurs mogen ontvangen, iets waarvoor ze ruimschoots met gezond lekkers zijn beloond.

Op het gebied van leuk maar link, gaan mijn gelukwensen uit naar Alicia Accardi, de winnares van alweer de vijfde editie van *Kill a Friend, Maim a Buddy*. Alicia Accardi nomineerde Brenda J. Jones, 'Brennie', als de *Lucky Stiff*. Alicia zegt over haar: 'Brenda heeft moeten knokken voor wat ze heeft bereikt, ze heeft veel te verwerken gekregen en worstelt nog elke dag. Maar ze heeft een onvoorstelbaar groot hart en zou haar allerlaatste bezit met je delen... Ze verdient het om onsterfelijk te worden gemaakt.'

Kelly Firth was onze eerste winnares van *Kill a Friend, Maim a Mate Sweepstakes*, de internationale competitie voor literaire onsterfelijkheid. Kelly nomineerde Joyce Daley, haar moeder, die op dat moment net achtenzestig was geworden en gek is op het lezen van misdaadromans. 'Ze is mijn moeder en ik wilde haar laten weten hoeveel ik van haar hou... Ik heb het haar verteld omdat ik me niet kon beheersen, en ze vond het fantastisch.'

Voor al diegenen onder jullie die nog mee willen doen, wees gerust. Beide prijsvragen worden elk jaar gehouden op www.LisaGardner. com. Neem gerust een kijkje en misschien weet jij ook wel iemand van wie je zoveel houdt dat je hem of haar in mijn volgende boek wilt laten sterven.

Tot slot noem ik mijn man, voor wie ik een enorme waardering heb – zijn behendigheid met de nieuwe ijsmachine zorgde ervoor dat het corrigeren van dit boek veel leuker en calorierijker was dan het anders geweest zou zijn. Mijn schat van een dochter, die – hoe kan het ook anders – met haar enorme originaliteit in zekere zin model stond voor Ree. Mimi, die we altijd nog missen en naar wie onze beste wensen uitgaan. Mijn geweldige redacteur, Kate Miciak, dankzij wie dit boek stukken beter is geworden, hoewel ik tijdens het correctieproces bepaald niet altijd even vriendelijk tegen haar was. En als laatste, mijn fantastische agent, Meg Ruley, en de rest van het team van de Jane Rotrosen Agency, die precies weten hoe ze met humeurige schrijvers moeten omgaan.